Tim Parks

Mein Leben im Veneto

Aus dem Englischen von
Bernhard Jendricke,
Gerlinde Schermer-Rauwolf
und Thomas Wollermann,
Kollektiv Druck-Reif

Knaur®

Für Lucia

Vorbemerkung des Autors

Mein Verleger fürchtet, daß ich in diesem Buch zu viele italienische Ausdrücke verwendet habe. Das fürchte ich inzwischen auch. Ich habe den Text noch einmal überflogen und festgestellt, daß ein bis zwei, ja manchmal sogar drei auf jeder Seite stehen. Selbst die Kapitelüberschriften sind in Italienisch. Keine Frage, ich muß etwas zu meiner Verteidigung anführen.

Zuerst habe ich überlegt, ob ich nicht ein kleines Glossar anfügen soll. Aber das wäre keine Lösung gewesen. Denn wenn jedes dieser Wörter mit einem englischen Äquivalent hätte erklärt werden können, hätte ich mich ja gar nicht erst bemüßigt gefühlt, es italienisch stehenzulassen. Ich habe viele Jahre als Übersetzer gearbeitet, und einer der leidigsten Aspekte dieses leidigen Berufs ist die Erkenntnis, daß man beim Übersetzen eines Worts nur einen winzigen Bruchteil seines Bedeutungsspektrums übertragen hat, eine hohle semantische Schale, denn die vordergründige Bedeutung ist oft nicht mehr als Geröll über dem darunterliegenden riesigen Gefüge von Muttergestein – dem kulturellen Hintergrund. Wenn ich das italienische *»sacrifici«* schreibe, werden Sie folglich sofort mutmaßen, daß dieses Wort auf englisch »sacrifices«, also Opfer, heißt. Doch wenn Sie noch nie in Italien gelebt haben, können Sie sich beim besten Willen nicht vorstellen, wie häufig und in welch unterschiedlichen Zusammenhängen dieses Wort hier gebraucht wird,

wie stark die italienische Geisteshaltung davon geprägt ist, daß *»sacrifici«* einen wesentlichen Abschnitt auf dem katholischen Pfad nach einem reinen Gewissen bilden.
Unsere Kenntnis anderer Länder beruht auch auf der Kenntnis der jeweiligen Landessprache, auf ihrer Ähnlichkeit und den Unterschieden zu unserer Muttersprache. Als eine mögliche Form, Italien zu beschreiben, kam mir einmal in den Sinn, schlicht eine Liste all der italienischen Wörter zusammenzustellen, die nicht zu übersetzen sind – oder deren Übersetzung einem überhaupt nichts vermittelt. Und dann anhand Dutzender von Anekdoten zu erläutern, wie sie verwendet werden. Doch dazu bin ich nie gekommen. Ich bin nicht penibel genug. Aber etwas ist dennoch aus dieser Idee heraus entstanden, zuerst *Ein Haus im Veneto* und jetzt dieses meinen Kindern, meinen ausländischen Kindern, gewidmete Buch. Denn wenn meine Tochter *»O la Madonna!«* ruft oder mein Sohn zwei Finger jeder Hand nach oben streckt und *»Facciamo le corna«* flüstert, dann scheint es überflüssig, ersteres zu übersetzen, während »Laß uns die Hörner machen« als Übersetzung für letzteres keinem irgendwie weiterhilft. Italienisch ist eine Sprache, die man sich auf der Zunge zergehen lassen muß, die entdeckt und genossen werden will. Synchronisierte Filme sind stets eine Enttäuschung.
Kenner des Verlagswesens haben mich gewarnt, daß Menschen keine Lust haben, irgendein Wort zu lesen, das sie noch nie gesehen haben, oder sich mit Vorstellungen auseinanderzusetzen, die ihnen nicht vertraut sind. Davon bin ich keineswegs überzeugt. Denn wer Redewendungen wie *facciamo le corna* oder *tengo famiglia* erst einmal begreift, kann viel Spaß damit haben. Murmeln Sie diese Sätze täglich bei entsprechender Gelegenheit vor sich hin, und Sie werden sich, zumindest ein wenig, als Italiener fühlen. Jedenfalls

verspreche ich, jene, die dieses kleine *sacrificio* nicht scheuen, nicht im Regen stehen zu lassen, schon allein deshalb, weil genau das Sinn und Zweck der gesamten italienischen Erziehung ist: daß niemand abseits bleibt, sondern jeder in eine privilegierte Gruppe, in eine Familie, hineinwächst.

Cocco fresco

»Cocco! Cocco!«

Eine laute, durchdringende Stimme von weit her. Schon um Viertel vor neun flimmert die Morgenluft vor Hitze und Licht. Ein gleichmäßiger Schimmer senkt sich schwer auf leuchtende Farben.

»Cocco! Cocco fresco!« Die Stimme wird lauter, und sie gehört eindeutig einem fliegenden Händler – eine theatralische und fordernde Stimme, das harte doppelte »c« außergewöhnlich stark betont, das »o« am Ende fast zu zwei Silben gedehnt. Eine junge Stimme, die sich alt und dreist gibt.

»COC-CO-O!« Jetzt ist das Scheppern eines Eimers zu hören, als würde er bei jedem Schritt gegen ein Bein schlagen.

»Cocco fresco!«

Die Welt um uns herum ist geometrisch geordnet. Zuerst einmal das Meer – es ist am weitesten entfernt und beträgt sich heute recht ordentlich, ein flaues, einheitliches Schimmern, leicht gekräuselt, wo es auf den fast weißen Sand trifft. Als nächstes liegt, zwischen Wasser und der ersten Reihe Sonnenschirme, ein genau bemessener Streifen von zwanzig Metern Breite. Auf diesem spazieren, parallel zum Ufer, forschen Schrittes alte Leute. Ihre rundlichen oder kantigen Silhouetten heben sich scharf von der gleißenden Helligkeit hinter ihnen ab, wenn sie ihren belebenden Morgenspaziergang entlang des endlos langen Strandes absolvieren.

Die Stimme wird um so aufdringlicher, je näher sie kommt.
»Cocco! Cocco fresco!«
Das Meer, der Streifen Sand und dann die Sonnenschirme: an diesem Badestrand große, grün-orange gestreifte Schirme, hoch und ausladend, jeder zweieinhalb Meter vom nächsten entfernt, vierundzwanzig Stück parallel zum Meer und jeweils eine Reihe von vierzehn im rechten Winkel dazu, mit einem Freiraum in der Mitte pro Längs- und Querreihe, so daß zwischen Straße und Meer ein Weg entsteht, ein Weg über den Strand (von oben gesehen könnte man es für ein helles Kreuz aus Sand auf einer riesigen farbigen Fahne halten). Auf dem Boden unter den gestreiften Schirmen schiebt die noch niedrig stehende Sonne, die von Minute zu Minute höher steigt, langsam dunkle Schattenflecken um die ebenfalls grün-orangefarbenen Liegestühle und Strandliegen. Der Sand ist ein regelmäßiges Muster aus Licht und Schatten; darauf breiten die morgendlichen Badegäste ihre Handtücher aus, entfalten ihre Zeitungen und achten überhaupt nicht auf das jetzt bereits herrische Rufen:
»COCCO!« Bäng, bäng, bäng. *»COCCO FRESCO!«*
Ein kleiner Junge, der mit einer Schaufel im Sand herumstochert, ruft *»Cocco!«*, so wie ein Baby eben alles wiederholt, was es hört. *»Cocco!«* Er blickt von seiner Grabungsarbeit auf und sieht in die Richtung, aus der ein schlaksiger Halbwüchsiger, in blendendes Licht getaucht, näher kommt, zwei scheppernde Eimer in den Händen.
Die Mutter beugt sich zu ihrem Sprößling hinunter, um ihm den Sonnenhut zurechtzurücken, und sagt mit sanfter Stimme: »Ja, *cocco della mamma!«* Was heißen soll: »Mammis kleiner Liebling, Mammis knuddeliger kleiner Mann.«
Das Kind aber – in vollendeter Nachahmung des jungen Hausierers, der jetzt nur mehr ein paar Meter entfernt

ist – plärrt: »Nein, *Cocco! Cocco fwecco!*« Als hätte es verstanden.
Die Mutter lacht, dreht sich auf ihrem Liegestuhl herum und winkt dem Jungen, der mit einem Grinsen herüberkommt. Er ist großgewachsen und geht hoch aufgerichtet, hat südländisch-schwarzes Haar und eine glatte, haarlose und ziemlich mickrige Brust, die schon jetzt, Anfang Juni, so braun ist wie eine Scheibe Brot, die zu lange im Toaster gesteckt hat.
»Wieviel?« fragt sie.
Er stellt seine Eimer im Sand ab, und nun sieht man die Kokosnüsse, in Stücke geschnitten, weiß im Wasser schwimmen.
»Tausend Lire.«
Das ist ein Wucherpreis, aber das Kind, das auf seiner Windel und den leuchtend roten Shorts hin und her rutscht, plärrt noch einmal: *»Cocco fwecco!«*
»Ganz sauber«, meint der Hausierer nachdrücklich. Er hat ein goldenes Kruzifix um den Hals hängen, drei Armspangen, einen Ohrring, eine Taucheruhr und ein strahlendes Lächeln.
»Va bene.«
Das Geschäft ist besiegelt. Der Junge steckt einen zerknüllten Geldschein in die Tasche seiner Jeans-Shorts und zieht mit seinem Hausiererruf weiter durch die Reihen der Sonnenschirme. Inzwischen wird die weiße Kokosnuß, die noch weißer ist als das Licht, so weiß wie der Tod, sorgfältig mit kohlensäurefreiem Mineralwasser abgespült und in winzige Stückchen geschnitten, damit das Kind auf ihnen herumkauen kann – mein kleiner Sohn Michele, der im Licht und in der Hitze der adriatischen Küste vor sich hin gluckst und wie ein kleiner Italiener aufwächst.
Zu Rita, meiner Frau, sage ich: Wenn sich dort, wo ich groß

wurde, jemand um halb neun Uhr morgens ans Meer legen würde, würde er geradewegs erfrieren. Aber Rita ist eben damit beschäftigt, Michele davon abzuhalten, einen Schnitz der Kokosnuß aufzuheben, der in den Sand gefallen ist. Und jetzt hat er auch noch einen Zigarettenstummel ausgebuddelt.

Ich sage: Würde man am Strand von Blackpool, wo ich als Kind gelebt habe, einen Sonnenschirm aufstellen, würde er aller Wahrscheinlichkeit nach wegfliegen. Selbst wenn man ihn in einen riesigen Zementsockel gesteckt hätte. Und angenommen, man wollte ihn an einem einigermaßen trockenen Platz aufstellen, müßte man erst einmal achthundert Meter laufen, bis man ans Wasser käme; trotzdem würde man riskieren, daß das Ding bei schnell steigender Flut fortgespült wird. Allerdings würden dann natürlich auch die Zigarettenstummel weggeschwemmt.

In Pescara, auf halber Höhe des eleganten italienischen Stiefels auf der rechten Seite, bewegt sich das Meer an Sommertagen kaum jemals. Höchstens so, als ob eine riesige Schüssel mit Wasser ganz sanft einmal von dieser, einmal von jener Seite angestupst würde. Winzige Wellchen kriechen einen oder zwei Meter den Strand hinauf, um sich dann respektvoll wieder zurückzuziehen, ohne den Spaziergängern und Sonnenschirmen und Tretbooten zu nahe zu kommen. Der Sand, den Michele hundert Meter vom Ufer entfernt durch seine Babyhände rieseln läßt, ist so weich und fein wie der Sand in einem Stundenglas und trocken wie ein Knochen in der Wüste; ganz bestimmt zu trocken, um damit eine Sandburg zu bauen, aber bestens dafür geeignet, ihn in die Luft zu schleudern oder über Daddys Beine zu schütten. Zum Glück regt sich heute kein Lüftchen, so daß er einem nicht in die Augen fliegt.

Noch ein paar weitere Familien schlendern gemächlich von

der Straße und der Strandbar zu ihren Sonnenschirmen. Ihr Weg ist mit kleinen quadratischen Steinplatten gepflastert, denn durch den weichen, trockenen Sand zu laufen ist beschwerlich, und außerdem könnte man auf ihm auch kaum einen Kinderwagen schieben. An den Sonnenschirmen hängen kleine rote Scheiben mit Nummern, um Verwechslungen zu vermeiden.

Ich sagte Familien, aber in Wirklichkeit sind keine Männer dabei, denn es ist noch nicht Wochenende und eigentlich auch noch keine Ferienzeit. Erst Ende Juli und im August ist die eigentliche Ferienzeit. Eine arg geplagte Mutter trägt einen riesigen aufgeblasenen Hai. Ihre beiden kleinen Jungs schleifen ein Gummiboot voller Spielzeug hinter sich her.

Die drei lassen sich, wie immer, bei dem Sonnenschirm gegenüber dem unseren auf der anderen Seite des Weges nieder. Denn das ist ihr Sonnenschirm. Gemietet für den ganzen Sommer. Nummer 34. Aber nein, die Jungs können doch jetzt noch nicht ins Wasser. Nein! *Per l'amore di Dio!* Es ist noch zu früh, um ins Wasser zu hüpfen. Nicht vor zehn Uhr! Auch wenn es schon jetzt mindestens dreißig Grad haben muß ... Mein Hemd habe ich jedenfalls schon vor einer ganzen Weile ausgezogen.

»Wenn man in Blackpool warten würde«, sage ich zu meiner Frau, »bis es noch heißer wäre als jetzt, um ins Meer zu springen, würde man überhaupt nie hineinkommen. Doch das wäre vielleicht auch egal, weil ...«

Aber Rita macht sich Sorgen, daß Michele vielleicht Sand in seiner Windel hat, und überlegt, ob man sie ihm nicht besser ausziehen sollte. Ist diese frühe Morgensonne womöglich schon zu intensiv für seine zarte Haut? Und wenn sie ihn eincremt, wird dann der Sand festkleben?

Wenn man in Blackpool schwimmen ging, zog man in

Windeseile die Kleider aus, fror aber trotzdem schon, bevor man noch die Badehose übergestreift hatte. Wegen der Kälte sauste man blitzschnell über den Strand, durch seichtes Wasser oder über harten, geriffelten Sand, der einem an den Fußsohlen weh tat. Lachend tauchte man mit Gänsehaut ins trübe Meer, daß es spritzte, und tollte so lange in den Wellen herum, wie man es aushielt, ohne sich eine ernsthafte Unterkühlung zu holen. Dann rannte man aus dem Wasser, hin zu der Stelle, wo die Mutter mit einem großen, bereits ausgebreiteten Handtuch auf einen wartete. Vater rieb einem energisch das Haar trocken und versperrte einem dabei die Sicht auf die tiefhängenden Wolken über der Strandpromenade mit den edwardianischen Häusern. Der Sand war feucht und klebrig, man konnte ihn nie restlos aus allen geheimen Winkeln des Körpers entfernen, vielleicht auch deswegen nicht, weil die Handtücher niemals völlig trocken waren. Auch die Luft klebte wie ein feuchter Film auf der Haut. Dann gab es Suppe, Tee und Kaffee aus Thermosflaschen, man kauerte sich hinter einen Windschutz, schniefte und versuchte, sich mit einem sandverschmierten Handrücken die Nase abzuwischen. Wenn man wieder ganz angezogen war, hob man Kanäle aus und baute Dämme gegen das Wasser, das überall knapp unter der Oberfläche zum Vorschein kam. Dabei hatte man die ganze Zeit ein wachsames Auge darauf, ob die Flut nicht eine Zangenbewegung machte, was bekanntlich weniger erfahrenen Strandgästen oft zum Verhängnis wurde. Beim Aufbruch fühlte man sich rundum wie ein zerschundener Held.

Rita lacht. Die Engländer tun ihr zwar leid, aber sie findet sie auch ziemlich albern. Bei all unseren Reisen nach England hat sie sich, obwohl sie eine ausgezeichnete Schwimmerin ist, nicht ein einziges Mal in die englischen Fluten gewagt.

In Pescara bringen die Mütter ihre Kinder früh an den Strand, denn dann ist die Sonne noch am besten verträglich. Erst später, wenn das kühle Meer bloß noch als angenehm erfrischend empfunden wird, lassen sie sie ins Wasser hüpfen. Und wenn die Kleinen wieder herauskommen, schlüpfen sie nicht gleich wieder in ihre Kleider, zittern sie nicht wie nasse Hunde und klappern mit den Zähnen, sondern ziehen nur eine andere, trockene Badehose an. Und eine dritte trockene liegt vielleicht auch schon bereit …

Oben am Himmel, ein paar hundert Meter draußen über dem Meer, zieht ein Kleinflugzeug tief und parallel zur Küstenlinie dahin, im Schlepptau eine lange orangefarbene Plastikfahne. Es ist Werbung für CRODINO, eine alkoholfreie Limonade. Niemand hier braucht Suppe oder heißen Tee.

Michele spuckt sein Stück Kokosnuß aus. Es scheint ihm wohl nicht zu schmecken. *»Cocco«*, plappert er fröhlich – offenbar hat er den Zusammenhang noch nicht erfaßt. Also mache ich mich daran, sie aufzuessen. Wahrscheinlich ist dies mein erstes Stück frische Kokosnuß seit den Kokosnuß-Wurfspielen auf den Rummelplätzen in Lancashire vor zwanzig und mehr Jahren. Kinder zu haben bedeutet unter anderem, daß man an vieles erinnert wird. Und in einem fremden Land Kinder zu haben vermittelt einem ein neues Gefühl von Distanz, zeigt einem, wie weit man sich von seinem Ursprung entfernt hat.

Als nach zehn Uhr immer mehr Leute herbeiströmen, entwickelt sich in den orangefarbenen und grünen Schatten der Sonnenschirme ein lebhaftes Treiben, das – zu dieser Stunde – vor allem dem Wohlbefinden kleiner Kinder dient, die ausgezogen, mit Sonnencreme eingeschmiert, in Badeanzüge gepackt und mit einem Hütchen ausgestattet werden müssen, das sie sich natürlich vom Kopf ziehen, woraufhin es erneut aufgesetzt werden muß, auf daß sie es zum zweitenmal herunterziehen, weshalb es schließlich festgebunden wird, was dazu führt, daß sie nun zu heulen anfangen. Und vielleicht sticht die Sonne auch wirklich schon so, daß sie ein T-Shirt brauchen, vielleicht aber auch nicht. – Wieviel Grad hat es denn schon? – Und: Schmeiß nicht mit dem Sand, Matteo, laß das, Cristina! – Nein, du kannst jetzt keine *pizzetta* haben, es ist noch zu früh für eine *pizzetta.* – Ja, ich weiß, daß ich dir eine versprochen hab. Also gut, um elf Uhr gehen wir eine holen. – Nein, du kannst jetzt noch nicht ins Wasser. Jetzt noch nicht. Sei doch endlich mal ruhig und beschäftige dich mit deinen Spielsachen.

Denn alle haben eine Unmenge Spielzeug dabei. Sie haben große Plastikeimer und Schaufeln, und sie haben Rechen und Gabeln und kleine Plastikförmchen, mit denen sie aus Sand Frösche und Hasen und Hunde und Katzen backen können, wozu der Sand hier allerdings zu trocken ist, weshalb jemand losgehen und einen Eimer Wasser holen muß. Und sie haben Plastikdelphine und Gummireifen und Schwimmflügel und Taucherbrillen und Schnorchel und Schwimmflossen – alles in grellen Farben – und Kipplaster, mit denen sie Sand herumkarren können, und Bagger, um ihn zu schaufeln, und Schläger und Bälle und womöglich sogar einen Bumerang oder einen Drachen.

Aber sie haben keinen Vater, der mit ihnen spielen könnte, der ihre Spielsachen zum Leben erwecken würde, weil Vater im Büro sitzt oder in der Fabrik oder vielleicht sogar auf dem Feld arbeiten muß. Und die meisten haben auch keinen Bruder und keine Schwester, die mit ihnen spielen würden, denn die Italiener meines Alters haben nur selten mehr als ein Kind.

Diese Einzelkinder sitzen ein wenig hilflos zwischen all ihren Spielsachen und wissen nicht recht, was sie mit sich anfan-

gen sollen, während ihre Mütter ausgiebig miteinander plauschen.
Denn da die Mütter immer zu demselben, nämlich zu *ihrem* Sonnenschirm kommen, lernen sie recht schnell sämtliche anderen Mütter kennen, die die angrenzenden Sonnenschirme ihr eigen nennen, und dieses Kennenlernen scheint wesentlich schneller vonstatten zu gehen als das der Kinder untereinander. Schließlich haben Erwachsene darin auch schon mehr Übung.
Die Sonnenschirme zu unserer Rechten haben zwei Grundschullehrerinnen in Besitz genommen. Hingerekelt auf ihren Liegen cremen sie sich die Schwangerschaftsstreifen ein, ihr Gesprächsstoff scheint schier unerschöpflich zu sein: Gameshows im Fernsehen, die Preise im Supermarkt, medizinische Untersuchungen, Scheidungen im Freundeskreis, Scheidungen von Prominenten, Hautausschlag durch Windeln, Nudelgerichte, die ersten Gehversuche der Sprößlinge und ihre ersten Zähne. Neben ihnen hantieren die lieben Kleinen – Hauptthema aller Gespräche – in aller Regel recht grob mit ihren Spielsachen und schlagen, falls sie einen Spielgefährten haben, auf ihn ein, während die Sonne in den Zenit wandert und die Schattenfläche auf das Kreisrund unter den Sonnenschirmen zusammenschmelzen läßt.
»Ich frage mich, warum sie überhaupt an den Strand kommen«, wundere ich mich ungnädig, während Michele krampfhaft meine Zehen festhält. Ich kann mich nicht erinnern, daß wir am Meer bei Blackpool einfach so faul herumgelegen hätten. Wir waren ständig auf den Beinen und haben etwas unternommen. Es wurde unentwegt gespielt, dazwischen gab es einen Imbiß, man schwamm und bibberte und flüchtete wieder aus dem Wasser.
Rita liest ein Buch mit dem Titel *Io e il mio bambino* – Ich und

mein Baby. Als Gratisbeigabe zu dem Buch gab es einen Beißring. Für Michele kam er allerdings zu spät.

Ich wiederhole meine vorwurfsvolle Frage noch einmal.

»Wegen der Seeluft«, erklärt mir Rita. »Sie ist gut für die Kinderlungen. Die Ärzte empfehlen den Aufenthalt am Meer. Gerade habe ich hier irgendwo einen Aufsatz darüber entdeckt: Die heilsame Wirkung von Jod auf die Bronchien.«

»Aber man kann das Meer hier nicht einmal riechen.«

»Von hier aus nicht.«

Das ist erstaunlich. Zumindest für mich. Da das Wasser so ruhig und die warme Luft so unbeweglich ist (und vielleicht auch, weil einem von überall her der Geruch von Sonnenmilch in die Nase sticht), nimmt man den wunderbaren Geruch des Meeres erst wahr, wenn man schon fast im Wasser steht. Blickt man hingegen nicht direkt in Richtung Meer, könnte man ebensogut meinen, man wäre in irgendeinem Freizeitclub mitten in der Sahara.

Die beiden Lehrerinnen stellen gerade Vergleiche darüber an, bei welcher der beiden Frauen sich die Haut an den Schultern stärker schält, während ihre beiden Kinder einander ignorieren. Nicht ein einziges Mal innerhalb einer Stunde haben sie auch nur ein Wort über berufliche Angelegenheiten verloren. Rita aber läßt sich von meiner Kritik nicht beeindrucken; sie liest gerade einen Artikel über Fußdeformationen. Sie fürchtet, daß Michele vielleicht Plattfüße haben könnte. Deshalb legt sie ihn auf den Rücken und untersucht seine Fußsohlen, was dazu führt, daß er zu kichern beginnt. Für mich sehen seine Füße wie zwei wohlgeformte Semmeln aus, und ich beschließe, daß es nun an der Zeit ist, mit ihm zum Wasser zu gehen.

Man kann verstehen, weshalb italienische Mütter vielleicht nicht allzu unglücklich darüber sind, daß sich ihre Ehemänner nicht den lieben langen Tag am Strand aufhalten. Ab elf Uhr prickelt am Strand von Pescara eine entschieden erotische Atmosphäre, die der Bewahrung monogamer Beziehungen unter reiferen Menschen kaum zuträglich ist. Denn ab elf Uhr treffen die Jugendlichen und die – man kann sie nicht anders bezeichnen – ernsthaften Sonnenanbeter ein. Mit meinem tapsigen Kind an der Hand schreite ich quälend langsam an einer aufgetakelten Nixe in einem Monokini vorbei, der nicht mehr ist als ein Faden aus fluoreszierendem Grün zwischen straffen dunkelbraunen Pobacken. Erstaunlicherweise kommt sie stets in Begleitung eines älteren dickleibigen Herrn, der vielleicht ihr Großvater ist – oder auch nicht. Auf seiner Liege sitzend liest er *La Gazzetta dello Sport,* ohne auch nur den Anflug von Amüsement erkennen zu lassen. Im Sommer dreht sich das Transfer-Karussell, und man darf raten, welcher Spieler zu welchem Verein wechselt.

Michele heult. Der heiße Sand verbrennt ihm die Füße. Ich hebe ihn hoch und trage ihn zu dem Weg in der Mitte. Überall in den Schattenzonen sind nun sechzehn- und siebzehnjährige Mädchen dabei, sich zurechtzumachen und auf die feierliche Prozedur des »Sonnenanbetens« vorzubereiten. Sie stammen aus der Gegend, es sind Mädchen von der Adria, zartgliedrig, dunkelhäutig und schlank, in neonfarbigen Badeanzügen, die dieses Jahr an den Schenkeln hoch ausgeschnitten sind, wobei man bei dem täglichen Wechsel des Badeanzugs – oder dem mehrmaligen Wechsel an einem Tag – darauf achten muß, daß am Bauch die Bräunung weitestmöglich nach unten reicht und an den Beinen so hoch wie möglich.

Ich achte angestrengt darauf, daß Michele seinen Sonnenhut aufbehält, und bin mir dabei bewußt, daß sämtliche Frauen und Mädchen sich umdrehen und lächelnd herblicken, aber nicht wegen mir – weit gefehlt –, sondern wegen meines goldigen kleinen Jungen, wie er blondschöpfig dahinstakst. Was mich betrifft, könnte ich ebensogut unsichtbar sein. So etwas tun einem die Kinder an. Vielleicht ist das in Italien ausgeprägter als anderswo. Kinder ziehen die weibliche Aufmerksamkeit wie ein Magnet auf sich. Es würde mich nicht wundern, wenn irgendwelche gewissenlosen Kerle sich ihrer in derselben Absicht bedienten, mit der andere Leute sich ein schnelles Auto kaufen …

Aus dem Wald der Sonnenschirme kommend, betreten wir jene zwanzig abgemessenen Meter leeren Sandstrandes vor dem Meer. Offenbar gelten hier bestimmte Regeln. Und hier ist auch etwas los, hierher kommen die Leute, wenn sie genug haben von ihren Sonnenschirmen, wenn sie es nicht mehr aushalten, bloß zu brutzeln, zu tratschen, sich herauszuputzen oder zu lesen. Der Sand hier ist fest, und auf einem Streifen von einem oder zwei Metern, dort, wo er vom Meer überspült wird, auch dunkelfeucht. Dort kann man also bequem laufen, und auch Spiele sind möglich. Genaugenommen ein einziges Spiel, *tamburello.* Denn einer der bemerkenswertesten Züge der Italiener ist ihre Konformität, das heißt, daß sie alle zur gleichen Zeit das gleiche machen. Die älteren Herrschaften spazieren am Meeressaum entlang, mit dicken Bäuchen, die über engsitzende Badehosen quellen, und gut sichtbaren Operationsnarben; die Kinder rennen in die flache Gischt; die Mütter stehen in Gruppen am Ufer und passen auf, daß ihre Sprößlinge sich nicht zu weit hinauswagen, plaudern miteinander und rufen den Kindern gelegentlich etwas zu. Die jungen Mädchen hingegen, plus einige gutgebaute Männer, die aus irgendeinem Grund nicht in der Arbeit sind, sowie einige Frauen, die aus irgendeinem Grund keine Kinder haben, spielen *tamburello.* Wenn jemand etwas anderes spielt, ist er kein Italiener.

Tamburello ist ein Spiel, bei dem man ursprünglich eine Art hölzernes Tamburin benutzte, um einen harten Ball hin und her zu schlagen; mittlerweile verwendet man dazu einen kurzen, stabilen Schläger aus Sperrholz und einen Tennisball. Natürlich darf der Ball nicht den Boden berühren, denn vom Sand würde er nicht mehr hochhüpfen. Was bedeutet, daß man kräftig draufhauen muß ... Im Abstand von zehn oder fünfzehn Metern und parallel zum Ufer (damit man eine ebene Fläche hat) dreschen die Spielpartner, auf dem Sand umherhüpfend, einander den Ball zu: plopp, plopp, plopp. Das Spiel ist so beliebt, daß man zuweilen Schwierigkeiten hat, diesen Strandabschnitt in Richtung Meer zu überqueren, insbesondere mit einem Kleinkind. Man will ja nicht, daß es von einem heransausenden Tennisball getroffen wird oder, noch schlimmer, von einem dieser jungen Männer mit seinem Holzschläger.

Ich mache einen weiten Bogen um zwei einheimische Jungen, die einander den Ball zudreschen, dann setze ich Michele ans Ufer und beginne damit, für ihn ein kleines Bassin auszuheben. Bestimmt bin ich an dem ganzen, sieben Kilometer langen, bevölkerten Strand der einzige, der so etwas macht, da diese Art schwerer körperlicher Betätigung nicht zur Tradition des italienischen Strandlebens gehört. Sogar Michele will offensichtlich lieber dabei zuschauen als sich beteiligen. Oder er hockt einfach regungslos da und starrt in den blendend hellen Himmel über dem Meer, wobei er gelegentlich – die Handflächen nach außen – die Arme hebt, als bete er dieses phantastisch prächtige Licht des Mittelmeers an. Das ist ziemlich irritierend, wenn ich mit meiner protestantischen Arbeitsethik gerade dabei bin zu zeigen, was für ein guter Vater ich bin.

Links von meiner Grabungsstelle – auf einem zwei oder drei Meter hohen leiterartigen Gebilde – sitzt der Rettungs-

schwimmer mit seinem roten T-Shirt auf einem Stuhl, raucht eine Zigarette und starrt ebenfalls hinaus auf die See, allerdings nicht so entrückt wie Michele. Seine ganze Haltung verrät jedoch Unbehagen und Unentschlossenheit; er kann sich anscheinend nicht recht entscheiden, mit welcher Hand er sein Kinn aufstützen soll ... Unter ihm auf dem Sand plaudern zwei geschmeidige junge Sirenen, die immer wieder seine Aufmerksamkeit auf sich lenken; mit leuchtend bunten Bändern haben sie ihr rabenschwarzes Haar zurückgebunden, sie tragen Fußkettchen und haben lackierte Zehennägel. Sie kichern. Sie rufen spöttisch zu ihm hoch und warten darauf, daß er herunterkommt, während er, ein stämmiger, kräftiger Bursche, mit unbewegter Miene zu den Badenden hinausblickt. Sommerliche Affären mit dem *bagnino,* dem Strandwächter am Badeufer, der auch die sonstige Dreckarbeit erledigt, sind unverzichtbarer Bestandteil der italienischen Strandmythologie.
Während Michele ein paar Schritte ins Wasser hinausstapft, lege ich eine Pause ein und sehe den Badenden zu. Ich denke daran, wie ich im vorigen Sommer einige Wochen in den USA verbracht habe und in dieser Zeit auch einmal an einem Badesee in Neu-England war. Dort hatten sie nicht nur einen Bademeister, sondern gleich zwei, und zwar an einem viel kleineren Strand, der mit Seilen abgegrenzt war, um zu verhindern, daß die Leute zu weit hinausschwammen und von den Motorbooten der Reichen zerstückelt wurden. Natürlich hatten diese Vorkehrungen viel mit den amerikanischen Gesetzen zum Versicherungsschutz und mit dem vom Geist dieser Gesetze beseelten ernsthaften Bemühen um Sicherheit zu tun. Weil ich aber zu jenen gehöre, die lieber eine längere Strecke am Stück schwimmen als ständig vor und zurück, empfand ich diese Eingrenzung als deprimierend, vor allem auch, weil ihre Einhaltung

strengstens überwacht wurde – mittels Trillerpfeifen und Armwinken und Schreien und Strafandrohung für die Schwimmer, die aus ihrem Pferch ausbrachen.
Auf den ersten Blick könnte man den Eindruck gewinnen, als verhielte es sich hier am Strand von Pescara ganz ähnlich. Denn nur zehn Meter weit draußen in dem sandigen Wellengekräusel ragt ein rostiger Pfosten ein wenig schief aus dem seichten Naß; obendrauf verkündet ein Schild: LIMITE DELLE ACQUE SICURE – Hier endet das sichere Wasser. Zu beiden Seiten des Pfostens markiert ein schlaffes Seil aus blauem Nylon, das zwischen Styroporklötzchen hängt, die Grenze.
Plötzlich stürmt eine riesige Horde Kinder ins Wasser. Sie gehören zu einer *colonia*, einem Sommerlager, und werden von einer nicht unattraktiven Frau etwa Anfang Dreißig beaufsichtigt. Die Acht- bis Zehnjährigen stürzen sich ins seichte Wasser, planschen herum und bespritzen einander; alle sind sehr ausgelassen. Doch plötzlich ruft die Frau: *»Alt! Nur bis il limite delle acque sicure! Per l'amore di Dio!«* Die armen Kinder müssen sich damit zufriedengeben, in einem Wasser zu spielen und herumzutollen, das an der mit dem blauen Seil markierten Grenze kaum tiefer ist als einen halben Meter.
Aber ich habe Ihnen noch nicht alles über die Topographie des Strandes von Pescara verraten. So liegt etwa dreihundert Meter weit draußen im Meer eine Reihe von riesigen Wellenbrechern, bestehend aus großen Steinquadern. Sie bilden hügelige kleine Inseln aus Granit, Tang und Krabben. Jeder der Wellenbrecher steht diagonal zum Ufer, gemeinsam aber bilden sie eine zur Küste parallel verlaufende Barriere, die so angelegt ist, daß die schwerfällige adriatische Flut Sand ans Ufer spülen, aber keinen forttragen kann. Auf diese Weise wird der Strand mit jeder Saison

breiter und das Wasser immer seichter. Als diese rostige Warntafel mit der Aufschrift LIMITE DELLE ACQUE SICURE aufgestellt wurde – vor weiß Gott wie langer Zeit –, hatte sie wahrscheinlich noch wirklich eine Bedeutung. Heute könnte man hier nicht einmal mehr eine Katze ertränken. So stößt man, wie so oft in Italien, auf Vorschriften oder Warnungen, die inzwischen längst überholt sind. Und das einzige Positive daran ist, daß sich normalerweise niemand darum schert, ob man sie befolgt. Nur die armen Kinder der *colonia* werden gezwungen, innerhalb des LIMITE DELLE ACQUE SICURE zu bleiben. Weil hier Fragen der Aufsichtspflicht, der Versicherung und der Haftung berührt werden. Alle anderen Leute hingegen ignorieren den schiefen Pfosten mit seiner unsinnigen Warnung einfach. Einige Kinder machen sich auch einen Spaß daraus, mit nassem Sand nach den großen roten Buchstaben zu werfen. Und manchmal, beim Herumhüpfen im Wasser oder bei einer Wasserschlacht, stößt auch jemand dagegen und verletzt sich daran. Der Pfosten selbst ist eine weit größere Gefahr als die-jenige, vor der er warnt.
Das Werbeflugzeug fliegt wieder den Strand entlang, diesmal in entgegengesetzter Richtung, und nun ist auf der orangefarbenen Plastikfahne ONIᗡOЯƆ zu lesen. Ich habe mich schon immer gefragt, ob sich diese Art von Werbung lohnt.
Die Zeit verstreicht. Inzwischen hat die Sonne ihren Scheitelpunkt erreicht. Wenn man jetzt in dem seichten Wasser sitzt, wirft man so gut wie keinen Schatten. Und es ist zu heiß. Schließlich entscheide ich mich, das gleiche zu tun, was italienische Mütter tun. Ich hebe Michele hoch und wate mit ihm hinaus ins Meer. Die Mütter machen das, weil weiter draußen im Wasser der Jodgehalt noch höher, noch heilsamer ist. Ich will mich aber nur ein wenig abkühlen.

Jenseits der *colonia* und anderen herumtollenden Kinder, dort, wo das Wasser etwa einen Meter zwanzig tief ist, sind nur noch sehr wenige Leute. Bloß eine Gruppe Jugendlicher, die eine Art Wasser-Volleyball spielen, und ein Mann, der Muscheln fischt. Er hat einen kräftigen Stock, an dessen einem Ende ein sehr großes Netz an einem exakt halbkreisförmigen Rahmen befestigt ist. Mit der geraden Kante des Halbkreises fährt er in den sandigen Untergrund, um die Muscheln unter der Oberfläche zu erwischen. Er hebt das Netz hoch. Michele beugt sich in meinen Armen nach vorne, um besser sehen zu können.

»Was erwischt?«

Mit seinen alten, dicken Fingern sichtet er geschwind seine Beute aus Tangfetzen und Muschelstücken. Sein kahler Schädel blitzt im Sonnenlicht. Über der einen Schulter trägt er eine arg lädierte alte Schultertasche aus Öltuch, in die er gelegentlich etwas verschwinden läßt. Er blickt auf. *»Che bellu citolo«*, sagt er und sieht dabei Michele an. Ich habe zwar nicht die geringste Ahnung, was *»citolo«* bedeutet, aber er hat den nachsichtigen Blick, den ältere Italiener immer dann aufsetzen, wenn sie es mit kleinen Kindern zu tun haben. Es ist wohl ein Dialektausdruck. Und er greift in eine andere Tasche, zieht eine winzige weiße spiralenförmige Muschel heraus und reicht sie Michele. Seine Hand umschließt die Muschel in der entschiedenen Art, die Kleinkindern eigen ist. *»Azie«*, sagt er. Er meint *»grazie«*.

Der alte Mann watet weiter. An manchen Vormittagen habe ich beobachtet, wie er und einige Gleichgesinnte drei oder sogar vier Stunden lang ihre Netze durchs Wasser zogen, oft inmitten der Kinder und anderer Badender. Sie sammeln Herz- und Miesmuscheln, um zu Hause daraus Soße für ihre Pasta zu kochen und Soße für die Pasta ihrer Söhne und Töchter und Enkel und Enkelinnen. Die Geschäftstüchtigeren unter ihnen verkaufen ihren Fang an die Fischläden.

Jemand ruft nach mir. Es ist mein Schwiegervater, der am Ufer steht. Rita hat den Strand verlassen und ist einkaufen gegangen. *»Nonno!«* kreischt Michele. Großvater! Offenbar hat er Anweisung erhalten, mich abzulösen, damit ich eine Runde schwimmen kann.

Als ich den Jungen durch den Wald der Sonnenschirme zurücktrage, höre ich wieder den Ruf: *»Cocco! Cocco fresco!«* Dadurch kommt mir in den Sinn, wie viele Menschen auf diesem schmalen Streifen zwischen Land und Meer ihre Bahnen ziehen: der Kokosnuß-Verkäufer und eine Vielzahl von Einwanderern, die als fliegende Händler wertlosen Schmuck feilbieten, die alten Muschelfischer, der Flieger, die Dicken bei ihrem Gesundheitstraining, die Asthmatiker, die die gute Luft genießen wollen – hin und her, hin und her in immergleicher, liebgewordener Gewohnheit. Denn morgen werden sie exakt das gleiche tun. Und auch am Tag darauf. Und auch am übernächsten Tag. *»Cocco!«* (Der Junge schlägt auf seinen Eimer, aber mein Schwiegervater ist nicht interessiert, er denkt bereits an seinen *aperitivo,* den er in einer knappen halben Stunde zu sich nehmen wird.) *»COCCO!«* Und wieder dröhnt das Flugzeug über uns und zieht einen Schleier aus Lärm und Schatten hinter dem grellfarbenen Fetzen her.

Als ich wieder ins Wasser hinauslaufe, um endlich zu schwimmen, sehe ich sie plötzlich ganz deutlich vor mir, die Beschaffenheit dieser Welt, in die mein Sohn hineinwächst: eine Welt, die so ordentlich angelegt ist mit ihren aufgereihten Sonnenschirmen, ihrer Bevölkerung, die sich aus Müttern mit ihren Kindern zusammensetzt und aus Vätern, die, weil sie arbeiten müssen, nicht da sind, aus alten Männern, die fischen, aus Strandwächtern, die halbherzig den

Lockungen der Sirenen widerstehen – alle verhalten sich ausnahmslos so, wie es von ihnen erwartet wird. Da ist der sorgfältig gepflasterte Weg, der Streifen harten Sandes (den ich wegen der umherfliegenden Bälle rasch mit eingezogenem Kopf durchquere), der etwa fünfzig Meter breite Abschnitt mit den herumtollenden Kindern, das ruhige Wasser und jenseits die Bastionen, die das alles beschützen, der äußere Wall dieser geometrisch gegliederten Zivilisation, jene großen steinernen Wellenbrecher, angeordnet in regelmäßigen Winkeln und Abständen. Ich stürze mich ins Wasser und bin nach ungefähr zehn Minuten bei diesen Gebilden. Ein paar Männer sitzen darauf und angeln, und ein Tretboot mit Teenagern neigt sich gefährlich zur Seite, als sie versuchen, die Felsen zu erklimmen, ohne naß zu werden. Auf einem anderen Felsen versucht ein Junge ein Mädchen herumzukriegen …

Aber jenseits der Wellenbrecher ist nichts mehr. Kein einziger Schwimmer draußen im wirklichen Meer mit seiner langen sanften Dünung. Ich schwimme ein paar hundert Meter über die Felsbarriere hinaus. Dort sind die Markierungsbojen einiger Krabbenreusen, und am Horizont ist irgendein Schiff zu erkennen. Noch weiter in dieser Richtung liegt, besser lag, Jugoslawien und all das, was – wie wir wissen – dort passiert. In Rückenlage schwimmend kann ich selbstzufrieden darüber nachdenken, daß Italien trotz all seiner Fehler wohl einer der zivilisiertesten Orte der Welt ist, an dem ein Kind aufwachsen kann. Ich sollte ein Buch darüber schreiben, sage ich mir. Denn das scheinen die Leute von mir zu erwarten …

Preh-dick-torr

Man entscheidet sich, ein Buch zu schreiben, doch dann überdenkt man den Entschluß. Man schiebt es auf. Manchmal jahrelang. Die Wahrheit lautet: Ich habe Reiseliteratur schon immer mißtraut, diesen Versuchen, so schwer faßbare Dinge wie typisch nationale Eigenschaften festzuschreiben, allgemeingültig und ein für allemal zu behaupten, dieser Ort sei so und so und jener wiederum anders. Man denkt immer: Aber ich habe doch auch schon Franzosen kennengelernt, die gar nicht spaßig waren. Oder: Als ich dort war, fand ich es überhaupt nicht romantisch/heruntergekommen/interessant. Oder aber noch schlimmer: Wie lang war der Autor überhaupt dort? Zwei Monate, drei? Wie kann er überhaupt etwas wissen, das unter die Oberfläche geht? Was kann er uns denn mehr berichten als die zufälligen Eindrücke, die jeder x-beliebige Reisende sammelt, also Unterhaltungen in Bars und Gesprächsfetzen auf der Straße? In diesem Fall wird das Ganze zu einer Schreibübung für flüssigen Reportagestil oder vergleichbar mit den Romanen Dumas', der äußerst unterhaltsam Länder beschreibt, die er nie mit eigenen Augen gesehen hat.

Als ich 1981 in Italien eintraf – mehr um der Familie und Freunden zu entfliehen und ungestört herumzubummeln als mit einem bestimmten Reiseziel –, da schwor ich mir, niemals über dieses Land zu schreiben. Es gibt schon so viele Bücher über Italien. Bis dahin noch immer ein unveröffentlichter Autor, plante ich, einen weiteren Roman zu schreiben, dann die Schriftstellerei an den Nagel zu hängen und mir eine vernünftige Arbeit zu suchen. Ich war nicht unterwegs, um »Material zu sammeln«.

Und doch ... Länder und Orte unterscheiden sich. Sogar ganz erheblich. Vielleicht hatte ich das bis dahin nicht genug gewürdigt. Und auch wenn man individuelle Eigenheiten, Klassenmerkmale, Generationenunterschiede und natürlich die unzähligen Erscheinungsformen verschiedenster Persönlichkeiten abzieht – es bleibt ein Substrat an Nationalcharakter. Die Franzosen *sind* irgendwie französisch, die Deutschen auf vorhersehbare Weise deutsch, und die Italiener – wie ich allmählich herauszufinden begann – unstrittig italienisch. Nachdem ich also seit – wie lange? fünf Jahre, sechs, oder sieben? – in diesem Land lebte und dabei kaum aus meinem Dorf und Verona, der kleinen Stadt, in der ich arbeitete, herausgekommen war, wurde mir immer klarer, was ich alles zu sagen und zu berichten hatte. Und daß ich dies nicht in Form eines Romans tun konnte, zumindest nicht in einem, wie ich ihn gerne schreibe. An diesem Punkt fehlte nur noch ein Verleger, der mich entsprechend drängte – schon tat ich, was ich immer von mir gewiesen hatte.

Doch blieb weiterhin die Frage offen, wie dieses Italienisch-Sein zu fassen war, ohne daß man Klischees bediente und nur das aufgriff, was die Leser bereits wußten. Vielleicht ist das ja ein letztlich unlösbares Problem. Am besten schien es mir jedenfalls, nur über die Menschen und die Orte zu schreiben, die ich wirklich gut kannte – also über meine Nachbarn, meine Straße, mein Dorf. Und mich nie verleiten zu lassen, ins Journalistische abzuschweifen oder den Blickwinkel des Durchreisenden zu wählen. Was auch hieß, dieses eine Reisebuch und dann Schluß, beruhigte ich mein

Gewissen, als ich die letzten Sätze von *Ein Haus im Veneto* schrieb. Denn das war schließlich die einzige Welt, die ich in Italien kannte. Mein Haus, meine Straße. Der einzige Ort, der sich mir wirklich erschlossen hatte. Über was hier sollte ich denn sonst noch schreiben?

Bis ich mich nächsten Sommer im adriatischen Meer dahintreiben ließ, an jenem Vormittag, als selbst im köstlich kühlen Naß die südliche Sonne mein Hirn zum Brodeln brachte. Mir kam der Gedanke, daß es noch eine andere Welt gab, die ich hier kannte oder zumindest kennenlernen würde: die Welt der Kinder. Die meines Sohnes, die der Nachbarkinder und – warum nicht? – die der älteren Kinder, die ich jahrelang an der Universität unterrichtet hatte. Man könnte durchaus ein Buch über diese Welt schreiben, samt allem, was irgendwie damit zusammenhängt: wie alles anfing, was sich daraus ergibt und wohin es zwangsläufig führt. Und vielleicht – die Idee stand mir plötzlich so deutlich vor Augen wie die gleißende Helligkeit auf meinen geschlossenen Lidern, und sie riß mich mit wie eine unbändige Strömung –, ja, vielleicht würden nach der letzten Seite eines solchen Buches der Leser und, viel wichtiger noch, ich allmählich verstehen, wie es dazu kommt, daß ein Italiener zum Italiener wird, woran es deutlich wird (und es ist nun, nach Jahren, deutlich geworden), daß meine Kinder für mich Ausländer sind.

Ich schwamm zurück. Der Junge auf dem Felsen hatte seine Freundin inzwischen dazu gebracht, das Bikinioberteil abzustreifen; er konnte sich wohl nicht vorstellen, daß jemand sich jemals auf die andere Seite der Wellenbrecher wagen würde. Oder es war ihm egal. Jedenfalls hielt ich den Kopf gesenkt, doch dann mußte ich ihn wieder heben, um den vielen Tretbooten in Strandnähe auszuweichen. Ich watete zwischen der Kindergruppe der *colonia* hindurch, die sich inzwischen im Wasser langweilte, aber offensichtlich noch nicht an Land zurück durfte. Sie mußten jeden Tag eine bestimmte Zeit im Wasser verbringen, wegen des Jods. Darauf verließen sich ihre Mütter, die sie hierher geschickt hatten. Wie sie sich auch darauf verließen, daß keines ihrer Kinder ertrinken würde. Die attraktive Lehrerin mühte sich redlich, Spiele zu erfinden, zu denen die Kinder aber keine Lust hatten.

Ich rannte zurück zum Sonnenschirm, trocknete mich ab, brachte alle Strandklamotten, Spielsachen, Sonnencremes und Zeitschriften zurück in unsere Strandkabine und gesellte mich dann auf einen *aperitivo* zu meinem Schwiegervater.

Das ist ein Mittelmeerritual angenehmster Natur. Bei solchen Gelegenheiten bin ich froh, daß ich nach Italien gekommen bin. Es gibt eine große, gepflasterte Terrasse unter schattenspendenden Weinreben, ein paar Video-Spielautomaten werden von Zehnjährigen drangsaliert, wobei die Mehrzahl den wenigen Akteuren über die Schultern zu gucken versucht. Halbwüchsige Mädchen in erfreulich knappem Outfit füttern eine Musikbox, dic die unvermeidlichen Sommerschlager krächzt: Heisere, dunkle Stimmen reimen auf Liebe. Und es gibt jede Menge Fast food. Jeder hält eine *pizzetta* in der Hand, eine kleine, runde, teigige Pizza zwischen fettigen Servietten. Mein beleibter Schwiegervater – den weißen Sonnenhut auf dem sommersprossigen kahlen Schädel nach hinten geschoben – drückt Michele eine in dic gierigen Patschhände, dann lehnt er sich zurück und genießt den Wein, seine olivengefüllte Pastete und den erfrischenden Anblick schöner junger Menschen, die mit wiegenden Hüften fast nackt zwischen Straße und Strand hin und her stolzieren. Aah. Das sind unsere schönsten gemeinsamen Augenblicke. Wir verstehen einander vollkommen. Der Wein, dann vielleicht eine Zigarette. Ein überwältigendes Gefühl des Wohlbefindens, der kleine Junge mit pizzaverschmiertem Gesicht zur Abwechslung einmal verhältnismäßig ruhig.

Ich erzähle meinem Schwiegervater von dem Buch, das ich zu schreiben plane. Er ist begeistert und meint, ich solle unbedingt auch davon erzählen, wie anders die Kindheit zu seiner Zeit war. Bevor sein Vater zu Bett ging, markierte er stets mit Bleistift auf der Salami, bis wohin sie gegessen worden war, damit sich keines der zehn Kinder nachts daran vergriff. Niemand hatte *ihn* mit Pizza gefüttert, als er eineinhalb war!

Wie viele Italiener liebt es auch mein Schwiegervater, auf seine schwere Jugend zu verweisen. Ich mache ihn darauf aufmerksam, daß er sich für seine Entbehrungen inzwischen wohl mehr als schadlos gehalten hat. Er lacht. Der Mann ist nie besserer Laune, als wenn er – fern von seinem Weibervolk – ißt und trinkt. Er winkt eine Bedienung herbei, die ihn selbstverständlich kennt, samt seinen Vorlieben und Abneigungen; er bestellt noch einen Teller Knabbereien, noch zwei Gläser Wein. Warum nicht? Als Michele seine *pizzetta* verdrückt hat und zu quengeln beginnt, drückt ihm sein Großvater ein paar Münzen in die Hand und schickt ihn zu dem elektrischen Schaukelpferd. Das nette Mädchen dort wird das Geld für ihn einwerfen. Das gibt dem alten Mann Gelegenheit, grüßend an den Hut zu tippen und einer pummeligen Zwölfjährigen mit Händen und Füßen zu bedeuten, daß sie doch bitte Babysitter spielen soll. Vertrauensselig stapft Michele davon.

Wir lassen es uns gerade so richtig gutgehen in diesem sommerlichen Ambiente, als meine Frau auftaucht. Und das ist, ich kann es nicht anders sagen, höchst ungewöhnlich. Die Zeit des *aperitivo* in Pescara ist ihre Erholungspause,

dann »kümmern sich die Männer um das Kind«, wobei sie – wie Michele blitzschnell erkannt hat – bereit sind, sich auf jede erdenkliche Art seine Kooperationsbereitschaft zu erkaufen. Vielleicht ist Rita gekommen, weil heute unser letzter Tag hier ist; morgen fahren wir zurück in den Norden, in die drückende Hitze des Veroneser Sommers.
Lächelnd läßt sie sich nieder, ohne uns – welch ein Wunder! – zu schelten, daß wir den Kleinen der Obhut eines jungen Mädchens überlassen haben. Dabei hatte ich mit dem Schlimmsten gerechnet. Und auch gegen das Rauchen in seiner Gegenwart sagt sie nichts. Und sie bestellt auch nicht – ein weiterer Grund zum Staunen – ein Glas Wein, sondern *gingerino:* bittersüß, rot, klebrig und überteuert. Sie sollte lieber keinen Alkohol trinken, erklärt sie.
Das ist nicht die Rita, die ich kenne. Großmütig erkundige ich mich, ob die Läden sehr voll waren.
Sie war gar nicht einkaufen, antwortet sie. Mama (ihre) kocht zum Mittagessen *pasta e fagioli,* Nudeln mit Bohnen. Nicht gerade mein Leibgericht. Und nun fängt sie auch noch zu lachen an. Sie ist weggewesen, um den *predictor* kontrollieren zu lassen. Das Ergebnis war positiv.
Ihren was? Ich habe sie nicht verstanden, weil sie das Wort italienisch ausgesprochen hat – *prehdicktorr* –, damit ihr Vater, mit dem sie italienisch redet, sie versteht.
Den *predictor.* Sie wiederholt es mit englischer Aussprache. Und langsam dämmert es mir. Ebenso meinem Schwiegervater. Er ist ganz außer sich. Das sei ein Riesenfehler. Was sollte denn nun aus Ritas beruflicher Laufbahn werden? Große Familien seien völlig unzeitgemäß. Keiner könne sich heutzutage mehr als ein Kind leisten. Wollten wir denn wieder die Salami, die Weinflaschen markieren? Und so weiter und so weiter. Mein Buchprojekt liegt jetzt erst einmal sechs Jahre oder so auf Eis ...

Contro corrente

»Schwangerschaft«, sagt Dr. Maroni mit feierlichem Lächeln, »ist kein pathologischer Befund.«

Dr. Maroni, später gezwungen, sich aus dem Berufsleben zurückzuziehen, weil man wegen unterlassener Hilfeleistung gegen ihn ermittelte, ist eindeutig *contro corrente*, schwimmt also gegen den Strom.

»Schwangerschaft ist keine Krankheit«, beharrt er. »Das Gebären ist die natürlichste Sache der Welt.«

Um die Mütter, und nebenbei auch die Väter, auf dieses natürlichste aller Ereignisse vorzubereiten, will er sie eine Form der Selbsthypnose lehren, mit der es ihnen möglich wird, das Denken auszuschalten und so dem Körper Gelegenheit zu geben, normal und natürlich zu reagieren. Um dem, was er lehrt, einen wissenschaftlichen Anstrich zu verleihen, beruft er sich auf französische und russische Spezialisten und amerikanische Forschungszentren. Solche Quellen gelten viel in einem verunsicherten Land, das sich irgendwelche bedeutenderen wissenschaftlichen Entdeckungen nicht so recht zutraut. Zumindest nicht in der heutigen Zeit.

Die jungen Männer und Frauen, die auf unbequemen Stühlen nervös Händchen halten, sind beeindruckt.

Jawohl. Es hat in Kalifornien eine wegweisende Untersuchung darüber gegeben, in welchem Maße Wehen bewußt gesteuert werden können, erläutert Dr. Maroni. Darauf verliert er sich in fachlichen Details, wobei sein übermäßig breites Lächeln keinen Augenblick schwindet. Er spricht von all den verschiedenen chemischen und physiologischen Veränderungen, die während einer Geburt stattfinden; von der außerordentlichen Tatsache, daß der Kopf des Kindes größer ist als die Öffnung, durch die er hindurch muß, weshalb es so wichtig ist, daß dieser beim Eintritt des Kindes in den Geburtskanal zusammengepreßt wird; und von der ständigen Gefahr, daß die Nabelschnur sich um den Hals des Sprößlings wickeln könnte.

Das ist der wundervolle Mechanismus, lächelt er, den Gott und die Natur ersonnen haben, um uns auf diese Welt zu bringen. Und das alles ist auch noch *vollkommen natürlich.*

Auf mich, zwischen lauter werdende Mütter gezwängt, wirkt er zunehmend bedrohlich. Das Wort »natürlich« trifft schließlich auch auf Phänomene wie Erdbeben, Vulkanausbrüche und, am alltäglichsten, auf den Tod zu.

Dr. Maroni ist ein großer, kurzatmiger, bulliger Mann, aber mit einlullender Stimme. Entspannen Sie sich, befiehlt er seinem Mittelschicht-Auditorium, nachdem er die Zuhörerinnen entsprechend verängstigt hat: Was wir hier erlebten, sei die Anspannung durch das Gefahrenbewußtsein, durch unnatürliches intellektuelles Erfassen eines natürlichen Prozesses; dadurch würden die natürlichen Reaktionen des Körpers blockiert, so daß genau die Gefahr heraufbeschworen werde, die wir uns zuvor ausgemalt hätten und der wir entgehen wollten. Weshalb wir uns erst einmal wieder eine primitive Unschuld erarbeiten müßten.

Damit beginnt er sein autogenes Training. Sein Tonfall erinnert seltsam an die Bibel: »Jeder von uns sage sich: Ich bin entspannt, ich bin gelassen, ich bin ruhig …«

Wir sitzen in einem kleinen Nebenraum voller Stühle mit

rechteckigen Lehnen und Plakaten an den Wänden, die die Frauen dazu auffordern, sich auf Brustkrebs untersuchen zu lassen, einen AIDS-Test zu machen und zur Eheberatung zu gehen. Denn wir befinden uns im Consultorio Familiare von Verona. *»Vieni, donna«*, heißt es auf einem riesigen Plakat, *»Vieni al consultorio.«* Komm, Frau, komm in die Klinik. Diese imperative Rhetorik erinnert mich an die langweiligen Programme des BBC World Service, in die man hin und wieder hineinhört und wo wortgewandte Kommentatoren sich lobend über die Bildungsmaßnahmen für Bauern in der Dritten Welt äußern. Auffälligerweise fehlt jeder Hinweis auf Verhütungsmittel. Auch kein Wort zur Abtreibung. Der Papst kennt eben Mittel und Wege.

»Und nun sage sich jeder von uns: Ich bin ganz ruhig, es gibt nichts, worüber ich nachdenken muß, mich stört nichts, und ich muß auch nichts tun ...«

Alle schließen die Augen und machen sich an diesen unmöglichen Entspannungsversuch. Über den gebeugten Häuptern thront die Madonna, eine kleine und ziemlich bunte Porzellanfigur an der Wand zur Linken des Doktors. Wie die meisten modernen italienischen Mütter hatte sie (in der katholischen Version der Geschichte) nur ein Kind, und sie hat, wie auch uns geraten wird, die natürlichste Form der Geburt gewählt: in einfacher Umgebung und mit der Freiheit, die Position einzunehmen, die ihr gerade behagte. Besonders das Licht, so stellt man sich vor, muß abgesehen von dem ungewöhnlichen Stern sehr gedämpft gewesen sein. (Dr. Maroni hat uns von seiner enormen Mißbilligung des hellen Neonlichts in Kenntnis gesetzt, das in den meisten Kreißsälen üblich ist; seiner Meinung nach gestaltet es die Ankunft eines Babys in dieser Welt unnötig traumatisch, so als würde man von einem Suchscheinwerfer geweckt.) Joseph steht selbstverständlich nicht an der Seite der Porzellanfigur. Falls er bei der Geburt überhaupt anwesend und eine Hilfe war, wie das von einem guten Ehemann heutzutage erwartet wird, hat er sich danach jedenfalls sehr schnell verdrückt. Ebenso der leibliche Vater. Aber auch das ist in Italien mehr oder weniger die Regel. Ich weiß nur von sehr wenigen Männern hier, die tatsächlich einen Berg schmutziger Windeln gewechselt haben. Worum ich die Italiener glühend beneide.

Unser Arzt, der keinen Hehl daraus macht, daß ihm seine biblischen Zurück-zur-Natur-Gesänge nicht vergütet werden, hat eine ungemein hypnotische, selbstsichere und selbstgefällige Stimme: »Und nun sage sich jeder von uns: Ich bin die Haut meiner Fingerspitzen, das weiche Fleisch darunter, die Fältchen über den Knöcheln, die Adern auf dem Rücken meiner Hand ...«

Sinn dieses Spielchens ist es, sich nacheinander und in den kleinsten Einheiten auf die verschiedenen Körperteile zu konzentrieren und diese zu entspannen. Ich konzentriere mich und werde mir, wie immer, wenn ich mich konzentriere, ihrer immer bewußter und – falls das bei dem vielen Kaffee, den ich trinke, überhaupt möglich ist – immer verspannter.

»Und nun stelle sich jeder von uns vor«, säuselt die weise, bedächtige Doktorstimme, »wie er durch die Vagina in seinen Körper eindringt. Zuerst öffnen sich die äußeren Schamlippen, dann die röteren inneren. Nun sind wir im Inneren unserer Vagina. Wir haben den Muttermund erreicht. Jetzt begeben wir uns in unsere Gebärmutter, wo unser Baby in seinem Fruchtwasser schwimmt ...«

In Augenblicken wie diesem kann ich nicht umhin, mich zu wundern, daß der liebe Arzt auf die Teilnahme der Ehemänner bei diesen Sitzungen pocht. Unfähig, meine Gebärmutter zu entspannen, konzentriere ich mich entschlossen auf

die bizarre Sprache, derer er sich bedient, um die gewünschte Wirkung zu erzielen, und ersinne einige wörtliche Übersetzungen der Art: Und nun bedenke jeder von uns, wie sehr sich seine Hautbeschaffenheit verändert, wenn er vom glatten Dunkel der Lenden zu dem rauhen schwellenden Bereich der Schamhaare hinübergleitet …
Man hört das Klicken eines Kassettenrecorders, den jemand mitgebracht hat, das Band ist zu Ende. Offensichtlich irritiert hebt der Arzt ein wenig die Stimme. Er haßt Unterbrechungen, vor allem, wenn seine Beschwörung sich dem Höhepunkt nähert: »*Ecco*, nun sind wir in unserer Gebärmutter und umarmen unseren winzigen *bambino*, der ein Teil von uns ist und auch wiederum nicht. Wir sind eins mit unserem *bambino*, wie er eins ist mit uns …«
Ein bißchen später, und wir befinden uns in dem züchtigeren Bereich unserer Lungen. Ja, wir *sind* unsere Lungen, und unser ganzes Sein besteht aus nicht mehr und nicht weniger als unserem Atemrhythmus. Das bleibt eine Weile so, und seine Stimme wird immer einschläfernder, während er gleichzeitig in unregelmäßigen Abständen mit den Fingern schnalzt, um festzustellen, ob jenes leise instinktive Einatmen folgt, das Schlaf oder Trance verrät. Bemerkenswerterweise reagiert meine Frau perfekt. Dann weckt er uns mit einem Händeklatschen auf.
Er fragt, wie es uns ergangen sei.
In das verlegene Schweigen hinein, das bei solchen Gelegenheiten anscheinend unvermeidlich ist, sagt Rita, sie habe keinerlei Schwierigkeiten, bei den Sitzungen diesen außerordentlich entspannten Zustand zu erreichen, und auch nicht, wenn sie zu Hause auf dem Sofa übe, wie er es empfohlen habe. Doch bei ihrer ersten Geburt sei es ihr einfach nicht möglich gewesen. Deshalb wiederhole sie auch den Kurs, denn sie hielte es für sehr hilfreich, wenn sie

es schaffen würde, in dem entscheidenden Moment entspannt zu sein.

Um uns herum hörbar scharfes Einatmen, diesmal jedoch nicht durch den halbwachen Zustand bedingt. Sondern zum einen, weil die Entscheidung für ein zweites Kind im heutigen Italien äußerst folgenschwer ist und – je nach Weltanschauung – entweder als sichtbarer Beweis von Verschwendungssucht oder aber als katholischer Vorwurf jenen gegenüber gilt, die sich ganz offensichtlich nicht vom Willen des Papstes leiten lassen. Zum anderen, weil Rita mit ihrer Erfahrung offenbar die Autorität des Arztes samt seiner autoritären Behauptung in Frage stellt, daß sich dieser Kurs im entscheidenden Moment als unendlich wertvoll erweisen wird.

Dr. Maroni hat eine bestimmte Art, mit seinen Daumen herumzuspielen, während er onkelhaft, ja duldsam wie ein Priester lächelt. Er fragt Rita, was genau ihrer Ansicht nach verkehrt gelaufen sei. Sie beschreibt ihre entsetzlichen Rückenschmerzen, die schlimmen Wehen und dann das Gefühl der Verlassenheit in der kleinen und ziemlich schäbigen *sala travaglio,* dem Entbindungszimmer.

»War Ihr Mann dabei?«

»Ja, aber letztlich bleibt Schmerz doch Schmerz«, erwidert sie, was für meine Ohren etwas doppeldeutig klingt.

Der Arzt hört nicht auf zu lächeln, seine Miene ist die reine Zuversicht. »Das ist einzig eine Frage der Übung«, erwidert er. »Üben, üben, üben ...« Ich hoffe inbrünstig, daß meine Frau sich nicht etwa genötigt sieht, solche Ereignisse ad infinitum zu wiederholen, bis sie die Technik endlich gemeistert hat.

Da ertönt von hinten eine Stimme, die fragt, was alle hier vorrangig beschäftigt: Stimmt es, daß es in dem kleinen Provinzkrankenhaus unseres Arztes keine *sala rianimazione,*

keine Intensivstation, gibt und auch keine Möglichkeit der Herzchirurgie bei Neugeborenen, falls es sich als notwendig erweisen sollte?
Der Arzt runzelt die Stirn. Nachdem er die Natürlichkeit des Geburtsvorgangs ausführlichst hervorgehoben hat, ist dies nicht gerade die Art von Frage, die er gern hören will. Doch auszuweichen hieße, nahezu seine gesamte Gefolgschaft einzubüßen. Es würde in seiner Klinik die nächsten hundert Jahre keine Geburt mehr geben. Für den Notfall, sagt er, und nun kostet es ihn sichtlich Mühe, das Lächeln beizubehalten, steht im Krankenhaus von Borgo Trento in Verona ein Hubschrauber bereit, der in etwa fünf Minuten in seiner Klinik und in weiteren fünf Minuten wieder in Borgo Trento sein kann. Da man mindestens vierzig Minuten braucht, um eine Operation vorzubereiten und die entsprechenden Chirurgen für eine komplizierte Operation herbeizurufen, ist es für das Baby ebenso sicher, außerhalb der Stadt auf die Welt zu kommen wie im Zentrum. Wenn nicht sogar sicherer. Denn dort neigen sie dazu, die Geburt mit einem Wehentropf künstlich einzuleiten und dem natürlichen Ereignis mit jeder nur denkbaren technologischen Barbarei ihren Willen aufzuzwingen, anstatt den Dingen einfach ihren Lauf zu lassen. Ganz zu schweigen von dem grausamen Licht, welches das Baby als das der Welt erblickt …
Während nun viele weitere Fragen gestellt werden – über die Art der Muskelkontraktionen und wie sie durch die Atmung beeinflußt werden können, über Ernährung, über die Bedeutung von roter Beleuchtung, leiser Musik und bequemen weichen Doppelbetten im Kreißsaal –, zeigt sich deutlich, daß die meisten Anwesenden nun, da sich der Abend dem Ende zuneigt, über anderes meditieren: nämlich über jene entscheidenden Sekunden, da jemand beschließt, den Notfallhubschrauber aus Borgo Trento anzu-

fordern, ein anderer den Hubschrauber warmlaufen läßt, die Ärzte in der kalten Nachtluft hinaus auf den dunklen Hubschrauberlandeplatz rennen müssen, mit einem winzigen Neugeborenen im Arm …

Denn für Italiener ist und bleibt Schwangerschaft ein pathologischer Befund und die Geburt selbst Höhepunkt und zugleich Ende dieses bedrohlichen Zustands. Die Zeitspanne, die Dr. Maroni braucht, um uns vom Gegenteil zu überzeugen, kann als Bestätigung hierfür dienen. Er ist der einsame Rufer in der Wüste und macht damit jedem klar, daß es diese Wüste gibt. Alle Paare, die wir bei seinen kleinen Sitzungen trafen, bedienten sich seiner, wie manche Leute homöopathische Mittel einnehmen: als modische und politisch korrekte Begleitmaßnahme zur eigentlichen Behandlung. Doch ganz bestimmt würde man nicht ohne Netz ans Trapez gehen. Und wenn der Mann jetzt wegen unterlassener Hilfeleistung angeklagt ist, deren er sich ganz bestimmt nicht schuldig gemacht hat, dann zweifellos deshalb, weil jemand, der eine traurige Erfahrung hinter sich hat, überzeugt ist – und wahrscheinlich schon immer überzeugt war –, eine Geburt solle ausschließlich dort stattfinden, wo technische Möglichkeiten und Fachkenntnis in größtmöglichem Maß gebündelt sind. Wenn es bei der Madonna in einem Stall gutgegangen ist, dann nur, weil sie den Sohn Gottes gebar. Und schließlich hat sie es ja auch kein zweites Mal gewagt, nicht wahr? Jedenfalls schuldet der Staat all jenen, die auf orthodoxere Art gezeugt worden sind, jedwede nur mögliche logistische Unterstützung (wie er später jedem Kind eine Schulbildung, die medizinische Versorgung, einen sicheren Arbeitsplatz, die Rente, ein Unterhaltungsprogramm im Fernsehen und die Beerdigung schuldet). Nirgends tritt die Entschlossenheit einer Nation, die Unwägbarkeiten ihrer bäuerlichen Vergangenheit aus dem

Gedächtnis zu löschen und sich in die schützenden Arme der modernen Wissenschaft zu werfen, offensichtlicher zutage als in der italienischen Einstellung zur Geburt … wonach das Säuglingsalter mit Fug und Recht als lange und sorgsam behütete Periode der Rekonvaleszenz betrachtet werden kann.

Facciamo le corna

Entgegen einem weitverbreiteten Glauben wird das italienische Kind nicht in eine wunderbare Welt der Spontaneität, des Frohsinns und des sinnlichen Vergnügens hineingeboren, sondern in ein enges Gefüge aus übergroßer Vorsicht, Verboten und dem erdrückenden Bewußtsein, daß alles, aber auch wirklich alles, schiefgehen kann.
Ganz davon zu schweigen, was das alles kostet.
Also ließ ich mich von Nachbarn und Arbeitgebern, die den Ernst des Lebens kannten, und natürlich von meinem besorgten Schwiegervater davon überzeugen, sofern ich darauf bestünde, ein zweites Kind haben zu wollen (aus Torheit wurde Wahnsinn, als wir schließlich ein drittes bekamen) – sei es für mich an der Zeit, das Thema Versicherungen gründlicher zu überdenken. Mein Steuerberater schloß sich dieser Ansicht an, er meinte nämlich, daß sich durch ein weiteres Nesthäkchen meine Steuerschuld jährlich nur um einen Betrag von etwa fünfundzwanzig Pfund vermindern würde (in Italien gibt es kein Kindergeld). So legte er mir dar, wie vorteilhaft es doch sei, wenn ich mein steuerpflichtiges Einkommen durch den Abschluß einer Versicherung um einige Millionen Lire verringern würde. Wie alle Italiener darauf erpicht, einem Gefälligkeiten zu erweisen, empfahl er mir denn auch gleich jemanden, an den ich mich wenden könnte: einen Versicherungsvertreter namens Ragioniere Nascimbeni. Da Nascimbeni »von vornehmer Her-

kunft« bedeutet, beschloß ich, dies als gutes Omen zu deuten.
Ich rief Ragioniere Nascimbeni an. Im allgemeinen ist es in Italien nicht leicht, Termine zu vereinbaren, denn für jemanden, der eine Dienstleistung anbietet, ist es wichtig, als äußerst beschäftigt und mithin erfolgreich zu erscheinen. Jegliche Unzulänglichkeit des Anbieters hinsichtlich seines Tempos wird auf diese Weise zur Garantie für seine Qualität. In Verona hatte ich einmal mit einem Kurierdienst zu tun, der mir mitteilte, daß sie mein Päckchen frühestens in zwei Tagen abholen könnten, weil sie so ausgelastet seien, und natürlich seien sie so ausgelastet, weil sie für ihre Schnelligkeit bekannt seien. Gegen eine solche Logik fruchtet kein Argument. Nascimbeni hingegen muß – was sehr für ihn spricht – einer der entgegenkommendsten Menschen der Welt sein. Er sei unglaublich, ja wirklich unglaublich beschäftigt, und es habe einfach keinen Sinn, ihn im Büro aufzusuchen, wo er unter einer »Lawine von Arbeit« ersticke, aber er würde gleich nach Büroschluß zu uns nach Hause kommen. Ja, noch heute abend. Ob neun Uhr dreißig zu spät sei? Ich war entsprechend beeindruckt.
Ragioniere Nascimbeni (*ragioniere* bedeutet Steuerberater, oder genauer gesagt, es bezeichnet jemanden, der eine Handelsschule mit dem Schwerpunkt Steuerberatung absolviert hat. Es bedeutet nicht, daß die fragliche Person ein waschechter Steuerberater ist, denn dann hätte sie einen akademischen Abschluß, der durch den begehrteren Titel *Dottore* angezeigt würde. *Ragioniere* ist daher der am wenigsten eindrucksvolle all dieser Titel – *Ingegnere, Avvocato, Architetto, Professore* usw. –, die die Italiener gerne vor ihren Namen setzen, um sich selbst ein wenig Bedeutung und Gepränge zu verleihen, wobei in diesem Fall die Bedeutung so gering und das Gepränge so hohl ist, daß man der

Sache besser keine allzu große Aufmerksamkeit schenken sollte) …

Ragioniere Nascimbeni läutet genau zur vereinbarten Zeit. Ich drücke auf den Türöffner und warte oben auf der Marmortreppe, damit er gleich die richtige Wohnung findet. Beim Heraufsteigen produziert er ein ungewöhnliches Geräusch, seine Schritte erinnern merkwürdig an den schwankenden Gang eines Matrosen. Gebannt beobachte ich, wie er den ersten Absatz nimmt, dann verschwindet, danach auf dem zweiten wieder in Sichtweite kommt. Als er mir oben auf dem vierten schließlich gegenübersteht, begreife ich allmählich, weshalb dieser Mann auf seinem Gebiet tatsächlich so beschäftigt und erfolgreich ist: Er selbst ist der wandelnde Beweis dafür, wieviel im Leben schiefgehen kann, die perfekte Widerlegung der glücklichen Vorsehung, die sein Name suggeriert. Ein Blick auf Nascimbeni, und man *weiß*, daß man eine Versicherung braucht. Und vielleicht kommt er nur deshalb lieber zu seinem Kunden ins Haus, anstatt ihn in seinem Büro in der Stadt zu empfangen, um ihm zu demonstrieren, wie schwierig es für einen Menschen bereits sein kann, eine Treppe zu erklimmen, ein Zimmer zu durchschreiten und einen bequemen Stuhl zu finden.

Ich sprach von einem »wandelnden Beweis«, aber ich hätte besser »hinkenden« sagen sollen. Nascimbeni trägt einen Schuh mit erhöhter Sohle, wie sie die Opfer der Kinderlähmung haben. Er wirft das lahme Bein nach vorne, verlagert sein Gewicht erst dann darauf, wenn es ganz gerade steht, und zieht dann das gesunde Bein so schnell wie möglich nach. Es sieht aus, als würde jemand mitten im Sturm über ein Schiffsdeck laufen. Seine Augen hinter dicken Brillengläsern schielen streng. Alle paar Sekunden schneuzt er sich unter lautem Keuchen.

»Bella zona«, sagt er gewohnheitsmäßig und meint damit die staubige Straße draußen, *»bella palazzina, bell'apartamento. Molto bello.«* Seine Stimme klingt nasal, als habe er eine verstopfte Nase oder Polypen. Wir bieten ihm einen Platz auf dem Sofa an, aber er möchte sich lieber an den Tisch setzen. Für sein Bein ist ein Sofa nicht bequem. Nicht die richtige Haltung. Und dann muß er sich ja auch Notizen machen, natürlich. Ja, der Küchentisch ist bestens geeignet. »In vielen Wohnungen, in die ich komme, ist der Küchentisch die einzige Fläche, auf der man schreiben kann«, sagt er und lacht. Nein, einen Kaffee müsse er leider ablehnen, sein Blutdruck sei zu hoch. Er müsse vorsichtig sein. Letztes Jahr habe er sich einer Bypass-Operation unterzogen. Wenn man ihn genau betrachtet, sieht er nicht älter aus als vierzig. Seine Haare sind ihm zu früh ausgefallen.

»Bene, allora?« Er hat ein Notizbuch, eine Reihe Broschüren und einen eindrucksvollen Taschencomputer vor sich ausgebreitet. Er verschränkt die Finger, eine pantomimische Geste, die anzeigt, daß er ganz Ohr ist. Alle paar Sekunden zwingt ihn ein nervöses Zucken, den Kopf mit einer leichten Auf- und Abbewegung nach rechts zu drehen.

Ich erkläre, daß wir bald ein zweites Kind bekommen werden, und deshalb meinten wir …

»Però!« ruft er, was in etwa bedeuten soll: Wer hätte das gedacht – welche Courage! *»Complimenti, Signora«*, fügt er mit Blick auf Rita hinzu, wobei er generös lächelt und sich schneuzt.

Dann fängt er an, seine verschiedenen Modelle der Lebensversicherung darzulegen. Der Punkt ist, hmm, da der Ehegatte noch so jung ist, hmm, daß im Falle – er zögert –, falls … Er zögert erneut und blickt mich über den Küchentisch hinweg an, schielend und lächelnd: »Nun, falls Ihnen irgend etwas, äh, *zustoßen* sollte …« Kaum hat er das gesagt, hebt er die Hände vom Tisch und ballt sie zur Faust, wobei er aber Zeige- und kleinen Finger streckt und nach oben richtet. »Falls Ihnen irgend etwas zustoßen sollte – *facciamo le corna* – wäre das wahrscheinlich eher ein, äh, Unfall – *facciamo le corna* – als, äh, eine Krankheit. Nicht wahr?«

Facciamo le corna heißt wörtlich übersetzt »Machen wir die Hörner« und bezieht sich auf diese Geste mit den geballten Fäusten und den dabei abgespreizten Fingern zu beiden Seiten. Aus irgendeinem Grund meint man, damit Unglück abwenden zu können. Man macht sie zum Beispiel, wenn man einem Leichenwagen begegnet oder wenn man meint, daß die Fußballmannschaft, deren Anhänger man ist, das nächste wichtige Spiel verlieren könnte, oder einfach dann, wenn bei einem Gespräch am Eßtisch eine Krankheit (Schwangerschaft?), die normalerweise tabu ist, erwähnt wird. Ragioniere Nascimbeni macht diese Geste, verbunden mit dem entsprechenden Gesichtsausdruck, wahrscheinlich an die hundertmal am Tag, und bestimmt zuckt er dabei oft gleichzeitig nervös mit dem Kopf …

»Nun, ich denke, bei Männern Ihres Alters ist die häufigste, äh, ja, Todesursache, ein Verkehrsunfall, *facciamo le corna.*«

Und er macht es wieder. Die Finger spreizen sich ganz automatisch, aber immer recht beredsam von den beiden Fäusten ab, stets von einem entschuldigenden Lächeln begleitet. Offenbar will er mir begreiflich machen, daß ich gut beraten wäre, eine besondere Art von Versicherung abzuschließen, bei der eine große Summe fällig würde, *sollte mir etwas zustoßen,* insbesondere im Falle eines Autounfalls, die aber zumindest in den ersten Jahren ziemlich wenig auszahlen würde, falls ich eines natürlichen (schon wieder dieses Wort) Todes stürbe. Von seinen ständigen *corna,* mit denen er über dem Tisch in der Luft herumstochert, bin ich jedoch so hypnotisiert, daß ich mich kaum konzentrieren kann.

Ganz gedankenlos frage ich: »Und zahlen sie auch dann, wenn es eine Folge von Trunkenheit ist?«
»Wie bitte?«
»Falls ich betrunken Auto fahre. Oder, was weiß ich, wenn ich den Sicherheitsgurt nicht angelegt habe. Würden sie auch dann zahlen?«
Er blickt mich an wie jemand, dessen Aufgabe es ist, Verständnis aufzubringen, was ihm aber schwerfällt, wenn er kein Wort verstanden hat. Vielleicht hat es ja auch damit zu tun, daß ich Ausländer bin. Dann aber fällt bei ihm der Groschen. Er lacht. *»Per carità,* kein Mensch *überprüft,* ob jemand was getrunken hatte, wenn ein Unfall passiert ist! *O Dio, no.«* Dann runzelt er die Stirn. »Die Versicherungsunternehmen sind gerade dabei, die Regierung zu verklagen, eben *weil* sie Trunkenheit am Steuer nicht gesetzlich verfolgt. Aber nicht, weil sie verhindern wollen, daß sie etwas auszahlen müssen. O nein, nein, nein, *per l'amore di Dio.* Sondern weil es weniger Unfälle geben würde, wenn die Regierung tatsächlich auf die Einhaltung dieses Gesetzes pochen würde, und dann gäbe es auch weniger traurige Anlässe, die sie verpflichten, etwas auszuzahlen ...«
»Aha.«
»Also, wo waren wir stehengeblieben, ach ja, bei Unfällen. Hmm. Nun, falls Sie andererseits« – er hat den Faden wiedergefunden – »äh, eine, äh, eine irgendwie geartete Behinderung davontragen sollten – *facciamo le corna naturalmente* –, dann wird ...«
Lächelnd schaltet sich jetzt Rita ein. Er brauche nicht wie die Katze um den heißen Brei herumzuschleichen und immer wieder seine *corna* zu machen. Wir wüßten sehr wohl, daß Versicherungen mit Krankheit und Tod zu tun haben. Es gehe uns nur um eine angemessene Absicherung für die Kinder. Wir dächten dabei an die Kinder.

Ragioniere Nascimbeni schielt sie durch seine dicken Brillengläser an, dann löst sich seine Anspannung. Er hat ein rundes, angenehmes Gesicht, das durch den zurückweichenden Haaransatz noch runder erscheint. Er wirkt erleichtert. Viele Kunden, die er besuche, erklärt er, würden richtiggehend wütend, wenn er das Wort Tod in den Mund nehme, weil sie meinten, es würde ihnen Unglück bringen. Er schneuzt sich. Das sei fast der mühsamste Teil seiner Arbeit, sagt er ernst. Er schneuzt sich erneut und entschuldigt sich, daß er an Allergien leide, gegen die man sich, wie es scheint, nicht versichern kann.

Hocherfreut über unsere nicht-abergläubische Einstellung legt er sich nun weniger Zurückhaltung auf. Nun, am wahrscheinlichsten sei, daß ich durch einen Autounfall zu Tode käme, auch wenn er sich nicht vorstellen könne, daß ich mich betrunken ans Steuer setze, ha ha, hmm, nein, nach einem solchen Unfall jedenfalls würde ich, oder besser gesagt – er lacht entschuldigend –, nun, würden meine Frau oder die Kinder gemäß dieser besonderen Versicherungsklausel exakt das Vierfache der Summe bekommen, die ich erhielte, wenn ich infolge einer Krankheit stürbe. Gut. Nun, wenn man eine solche Versicherung abschließen wolle, bedürfe es keiner ärztlichen Untersuchung. Falls man jedoch bei Tod durch Krankheit einen höheren Betrag erhalten wolle, müsse man sich ärztlich untersuchen lassen. Er blickt uns mit betrübter Miene an: »Nicht weil wir Ihnen unterstellen, daß Sie die Versicherung austricksen wollen, indem Sie verschweigen, daß Sie bereits krank sind, sondern nur für den Fall, *facciamo le corna,* daß Sie an etwas leiden, ohne sich dessen bewußt zu sein.«

Ich verkneife mir ein Lachen und frage ihn, ob er selbst Kinder habe und falls ja, welche Vorsorge er für sie getroffen habe. Ich mache das, weil ich in dem Finanzjournal *Il Sole*

24 Ore einmal gelesen habe, daß man mit einem Investment- oder Versicherungsvertreter dann am besten verhandelt, wenn man ihn fragt, wie er sich selbst absichert. Denn diese Leute kennen die günstigsten Optionen. Nascimbeni jedoch schüttelt den Kopf. Schon vor langer Zeit hätten er und seine Frau entschieden, daß Kinder ein zu risikoreiches Unterfangen seien. Zu vieles könne passieren. Aber nachdem er das sehr feierlich gesagt hat, wird ihm plötzlich bewußt, daß wir den Eindruck gewinnen könnten, er würde unser Unglück herbeireden. Rita springt ihm bei. *»Facciamo le corna«*, sagt sie. Und spreizt dabei Zeige- und kleinen Finger ab. Ich kann mir gerade noch ein Lachen verbeißen. Genau in diesem Augenblick fängt Michele im anderen Zimmer zu brüllen an – ein wütendes Geschrei, bei dem einem das Blut in den Adern gefriert. Nascimbeni reagiert darauf mit einem nervösen Hüsteln, als wollte er andeuten, daß unser Mangel an Ehrfurcht daran schuld sein könnte. Er schneuzt sich erneut, und als meine Frau aufsteht, um nach dem Jungen zu sehen, beginnt er mir ein Sparmodell für Kinder zu erläutern. Eines der Hauptprobleme mit Kindern sei – und wieder tadelt er sich dafür, daß er ständig Probleme herbeireden muß –, daß man, wenn sie achtzehn oder so werden, für ihr Studium aufkommen muß, das fünf, sechs oder sogar sieben Jahre dauern kann, und danach müsse man ihnen, wenn sie heiraten, bei ihrer Haushaltsgründung helfen, ihnen eine Wohnung kaufen und so weiter. Nun, wenn man monatlich einen recht bescheidenen Betrag in einen völlig steuerfreien Investmentfonds einzahle, könne man sicher sein, daß man an ihrem achtzehnten Geburtstag …

»Niemand hat mir eine Wohnung gekauft«, werfe ich ein. »Uns gehört nicht einmal diese hier.«

»Nein, natürlich nicht, mir auch nicht.« Nascimbeni dreht

den Kopf und lächelt. Er blickt um sich und betrachtet offenbar anerkennend die Fenstergriffe, die Qualität der Kacheln, die gute handwerkliche Ausführung der Arbeiten. »Vielleicht sollten Sie sie jetzt kaufen. Oder eine andere Wohnung.« Er zögert. »Ich meine damit, nur durch Wohnungseigentum können Sie sich wirklich absichern gegen, äh, gegen eine eventuelle Kündigung, die natürlich mit kleinen Kindern, äh, eine Katastrophe wäre. Falls Sie ein Haus kaufen wollen, würde ich Ihnen gerne bei den Hypotheken behilflich sein ...«

Rita geht mit Michele auf dem Arm durchs Zimmer und trägt ihn auf den Balkon hinaus. Die kühle Abendluft wird ihn beruhigen. Draußen auf der Straße spielen Kinder Fußball und springen jedesmal zur Seite, wenn ein Auto vorbeirast. Nicht gerade eine Situation, denke ich mir, über die Nascimbeni gerne genauer nachdenken würde. Außer in geschäftlicher Hinsicht.

»Und mit einer Hausratversicherung«, fährt der Agent fort. »Es gibt da eine sehr interessante Police, die für Sie heute schon nützlich sein könnte, weil Sie damit nicht nur gegen Schäden an Ihrem Hausrat versichert sind, sondern auch gegen alle Schäden, die Ihre Kinder einer Person oder deren Eigentum zufügen. Stellen Sie sich zum Beispiel vor, Ihr kleiner Junge wäre schon etwas älter und würde diesen Topf mit Basilikum vom Balkongeländer stoßen und er fiele jemandem auf den Kopf. Sie wären dann schadensersatzpflichtig, und dies würde diese Police abdecken, und das Wunderbare daran ist, daß die Beitragshöhe immer gleich bleibt, ganz egal, wie viele Kinder sie noch bekommen, so daß ...«

Nachdem er gegangen ist, wälzen wir uns auf dem Bett vor Lachen und machen dabei *le corna* zu allen nur denkbaren Dingen, die schiefgehen könnten: So könnte zum Beispiel ein Satellit auf unsere Wohnung stürzen, oder der Schiefe Turm von Pisa könnte genau an dem Tag umfallen, an dem wir ihn besteigen und so weiter. Bis mir einfällt, daß *fare le corna* auch bedeuten kann, sein Ehegespons zu betrügen (so wie man im elisabethanischen England glaubte, daß jemand, der treu ist, auf der Stirn eines betrogenen Ehemannes Hörner sehen kann). *Facciamo le corna* könnte also auch die Aufforderung sein, den Partner zu hintergehen, und die Leute hier sagen ja auch: »Tja, die und die zieht wieder rum, bestimmt setzt sie ihrem armen Mann wieder Hörner auf ...« Aber man kann dem armen Nascimbeni bestimmt nicht unterstellen, daß er diese zweite Bedeutung gemeint hat. Andererseits ist das ein Ereignis, gegen das kein wirksamer Versicherungsschutz zu haben ist – wie auch bei fast allen sonstigen wirklich ernsten Dingen im Leben.

Ich weiß noch, wie mich einige Jahre später der Schock des Déjà vu zusammenfahren ließ, als ich einmal den kleinen Michele vorsorglich warnte, daß es in der *pasticceria,* die wir besuchen wollten, vielleicht keine Schokoladenhörnchen mehr geben würde. Da ballte er seine beiden kleinen Fäuste, spreizte die Zeige- und kleinen Finger ab und erklärte ernst: *»Facciamo le corna, Papà!«*

Casa

Nascimbenis Bemerkung über einen Wohnungskauf war auf fruchtbaren Boden gefallen. Denn als Teil der Sicherheitsmanie – diese manifestiert sich in hohen schmiedeeisernen Zäunen um stoppelige Gemüsebeete, Rezepten für jedwede medizinische Untersuchung unter der Sonne und einer instinktiven Furcht vor jedem Nahrungsmittel, das nicht traditionell zur italienischen Küche zählt – wurde es in Italien zur Binsenweisheit, daß ein Paar keine Familie gründen sollte, bevor ihm nicht Ziegel und Mörtel seiner vier Wände gehören. Das hängt vielleicht damit zusammen, daß die italienische Sprache keinen Unterschied zwischen der bloßen Vorstellung eines Hauses, dem tatsächlich gebauten Haus und dem Zuhause als emotionaler Heimat kennt. All das bezeichnet das Wort *casa*, als ob die Familie eigentlich nur an dem Ort existiert, wo ihre Mitglieder tatsächlich zusammentreffen. *In gioia e in lutto la casa è tutto*, so lautet ein Sprichwort: In Freude und Leid, was zählt, ist das Heim.

Doch als armselige Ausländer (da Rita nicht aus dem Veneto stammt, wird auch sie, obwohl Italienerin, als Ausländerin betrachtet) hatten wir dieses innige Verlangen nach Eigentümerschaft noch verdrängen können, als unser erstes Kind bereits unterwegs war. Zwar hatten wir einiges Staunen ausgelöst, daß wir uns ein Kind zulegten, während wir nicht nur zur Miete, sondern fragwürdigerweise sogar möbliert wohnten, also ohne ordentlichen Mietvertrag gemäß einem Mietspiegel, der die Miete der meisten Bewohner genauestens festsetzt. Doch letztlich waren selbst wir nicht immun. Der Wunsch, unsere Kinder in einem Haus geborgen zu wissen, das wirklich Heim war – kurz gesagt, in unserer *casa* –, wurde schließlich auch bei uns übermächtig. Und so war die zweite Schwangerschaft der Beginn unserer Wohnungskauf-Odyssee. Weshalb unsere Tochter in eine Welt höchster Anspannung hineingeboren wurde, damit sie darin Geborgenheit fände. Was könnte einem Initiationsritus mehr entsprechen?

In den Sommermonaten nach unserem Urlaub in Pescara wanderten Rita und ich kreuz und quer durch unser Dorf und durch zahllose andere Dörfer; dabei schoben wir Klein-Michele vor uns her, in seinem MacClaren-Buggy, der in Italien mit dem Sonderzubehör eines Sonnenschirms auf biegsamem Ständer verkauft wird, so daß besorgte Mütter diesen jedesmal, wenn sie an einer Kreuzung abbiegen, neu einstellen. Immer wieder spazierten wir die gewundene Hauptstraße von Montecchio auf und ab, entlang der bröckeligen Fassade schlicht gemauerter Häuser im alten Kern, und auch durch die planmäßiger angelegten und langweiligeren Straßen der Neubausiedlungen – ständig auf der Suche nach einem Kaufobjekt.

Wenn man die Londoner Vororte vor Augen hat, wo vor jedem dritten oder vierten Haus ein ZU VERKAUFEN-Schild steht und es in jeder Ladenzeile mindestens einen Immobilienmakler gibt, mag eine solche Suche als kein allzu schwieriges Unterfangen erscheinen. Doch während der Wohnungsmarkt in Großbritannien in all den Jahren, seit ich in Italien lebe, zuerst aufblühte und dann wieder in den Keller ging, kann ich wohl wagen zu behaupten, daß das Immobiliengeschäft hier stets ein reiner Verkäufermarkt war. Denn so sehnlich erwünscht eine Eigentumswohnung ist, so selten wird sie, hat man sie erst einmal ergattert, wieder verkauft. Zudem hat die Mittelschicht durch Steuervergünstigungen und das Horten hochverzinslicher Staatsanleihen – zu deren Ausgabe die Regierung aufgrund ihrer Unfähigkeit oder ihres Unwillens zum Steuereintreiben gezwungen ist – Unmengen von Geld angehäuft.

Kurz gesagt, für uns gab es nichts zu kaufen. Nicht, daß es keine leeren Wohnungen gegeben hätte. Immer mal wieder wurde uns geraten, bei dieser oder jener unbewohnten Wohnung nachzufragen. Doch im Endeffekt war sie immer bereits einem Sohn, einer Tochter, einer Nichte oder einem Neffen versprochen, der/die in ein, zwei oder drei Jahren heiraten würde. Und der Refrain war immer derselbe: *bisogna fare sacrifici per i figli* – man muß nun mal Opfer bringen für seine Kinder. Man muß ihnen eine Wohnung kaufen und sie bereithalten für den Zeitpunkt, da sie diese – wann auch immer – nutzen wollen. Manchmal scheint es, als liege der gesamte italienische Wohnungsmarkt auf Eis, in duldsamer Erwartung der nächsten Generation, die zu genau dem Zeitpunkt, da sie wiederum die nächste Generation zeugen soll, in das für sie gemachte Nest ziehen wird.

Nein, die einzige Möglichkeit, eine Wohnung zu kaufen, war, so der Rat unserer Freunde, etwas zu kaufen, das noch nicht existierte. Etwas ganz Neues, vielleicht in einer Genossenschaft.

Also schieben wir Micheles Buggy über den zerklüfteten Boden und das Geröll des ehemaligen Kirschgartens am unteren Ende unserer Straße zu Stefanos und Martas neuem Haus, das auf genossenschaftlicher Basis entstand. Die beiden sind alte Freunde, ehemalige Sprachstudenten; ich habe gerade seinen noch fast neuen Opel gekauft, während er sich mit einem ehrfurchtgebietenden Passat Variant verbesserte. Sein Wohlstand, der sich in diesem Tausch ausdrückt – wie auch in der Tatsache, daß Stefano eine ausgesprochen erfolgreiche Steuerkanzlei führt, und außerdem in der untadeligen Eleganz, mit der sich dieser kleine Mann kleidet –, macht es für mich schwer nachzuvollziehen, warum er sich für das Genossenschaftsmodell entschieden hat. Nur weil es billiger war, weil der Steuersatz dadurch sinkt oder etwa weil man in Italien der Überzeugung ist, Zinsen zu bezahlen anstatt zu bekommen sei glatter Diebstahl? Ich bin gespannt.

Um sich in eine Genossenschaft einkaufen zu können, muß man sich einer Gruppe von Leuten anschließen, denen ein bestimmtes Grundstück zweckgebunden für preiswerten Wohnungsbau zugeteilt wurde. Ein Bauunternehmer wird beauftragt, ein verbindlicher Kostenvoranschlag für das Bauvorhaben erstellt. Die Bauarbeiten selbst beginnen, sobald jeder eine bestimmte Summe gezahlt hat, und schreiten dann mehr oder weniger zügig voran, je nach Zahlungsfähigkeit der Beteiligten. Wenn man Glück hat, sind die Bauarbeiten nur ein, zwei Jahre später abgeschlossen als geplant.

Allerdings machen verschiedenste Bestimmungen diese Form des Bauens alles andere als attraktiv. Man muß bereits seit geraumer Zeit in der betreffenden Gegend wohnen; man muß sich verpflichten, sein künftiges Heim zehn Jahre lang nicht zu veräußern; man kann nicht mehr aussteigen, sobald das Projekt einmal in Gang gekommen ist. Dann darf das Haus eine bestimmte Größe nicht überschreiten, der Grundriß ist ebenso begrenzt wie die Anzahl der Badezimmer und so weiter. Und es müssen sehr viele Häuser auf den zugeteilten Grund gequetscht werden.

Stefanos und Martas Haus ist ein (niedriges) zweistöckiges Reihenhaus mit einer Garage darunter. Da ihre Häuserrei-

he Rücken an Rücken mit der nächsten Häuserzeile steht, fällt Licht nur durch die Fenster ihrer nach Norden ausgerichteten Vorderseite ein. Allerdings ist der Außenputz in tiefem Lachsrosa gehalten, und alle Spenglerarbeiten sind in – teurem – schimmerndem Kupfer ausgeführt, während innen keiner der im Kostenvoranschlag aufgeführten Baustoffe Einzug gehalten hat. Sonst hätte Stefano ja den gleichen billigen Schund hier drin wie alle anderen. Nein, wie wir feststellen können, ist im Haus von Stefano und Marta das ganze Erdgeschoß mit toskanischem *cotto* gefliest – wunderschöne rostbraune Kacheln mit matter Oberfläche, zwischen denen hie und da ein ausgefallener persischer Teppich einen Akzent setzt.
Die scheinbare Bescheidenheit des genossenschaftlichen Kaufs entpuppt sich als bloßer Schein. Denn letztlich hat nicht einer der Käufer bei diesem Projekt die vertraglich vereinbarte Standardausführung akzeptiert. Obwohl auch keiner – außer ihm, wie Stefano zufrieden lächelt – diesen wunderbaren *cotto* hat verlegen lassen …
Als wir hineingehen, wird uns auch klar, warum. Bestürzung macht sich breit. Im Gegensatz zu normalen Fliesen bekommt *cotto* nämlich Flecken; und als die Arbeiter den antiken Kamin eingebaut haben, so erklärt Marta mit ihrem kleinen Jungen auf dem Arm, müssen sie ein Nudelgericht mitgebracht und es auf dem Boden sitzend verzehrt haben. »Seht, hier.« Sie zeigt uns die Stelle, wo ein paar Nudeln auf einer Fliese neben dem Kamin unverkennbar ein dunkles Gespinst hinterlassen haben. Ein Experte könnte vielleicht sogar herausfinden, ob sie Lasagnette oder Tagliatelle gegessen haben. Und daher ist Stefanos und Martas *cotto* ruiniert, noch bevor sie sich daran haben erfreuen können.
»Wirft Beppe denn nicht manchmal was hin?« frage ich mit

Blick auf den kleinen Jungen, der sich aus Mutters Arm zu winden versucht. »Essen und so? Dann gibt es doch bald noch viel mehr Flecken. Michele wirft weiß Gott die ganze Zeit mit Essen um sich.«

»Nicht auf den *cotto*«, erwidert die Mutter des Kindes zuversichtlich. Instinktiv nimmt Rita Michele auf den Arm, da er gerade versucht hat, aus seinem Buggy zu klettern.

Denn obwohl die Menschen hier ein Haus haben müssen, um ihren Kindern Geborgenheit zu schenken, wollen sie ihrem Nachwuchs damit ganz gewiß nicht zu mehr Freiheit verhelfen. Ähnlich wie sie ihnen später zwar das Geld geben werden, um zur Universität zu gehen – und das, solange es eben dauert, fünf Jahre vielleicht, oder auch zehn –, aber ihnen nicht erlauben, das Studienfach selbst zu wählen. Sie müssen Wirtschaft und Handel studieren. Sie müssen Ingenieurswissenschaften studieren. Wenngleich das bemerkenswert stabile Sozialgefüge des ländlichen Italiens einem großen Respekt abverlangt, es ist teuer erkauft.

Stefano ist ein pausbäckiger Mann, der eine unerschütterliche korpulente Würde ausstrahlt; nur die freundlichen Grübchen, die hin und wieder neben seinem angegrauten Schnurrbart erscheinen, strafen diesen Eindruck Lügen. Doch jetzt hat ihn dieser Nudelfleck aus dem Konzept gebracht. Während Stefano grimmig an seinem Schnurrbart zupft, warnt er uns, daß wir uns ähnlichen Problemen gegenübersehen werden, egal, für was für ein Haus wir uns entscheiden. »Weil italienische Handwerker einfach Idioten sind.« Und er zeigt uns, was mit seinen Designer-Lichtschaltern passiert ist. Es handelt sich um wunderschöne große, mattschwarze Schalter mit mattschwarzen Blenden, ein seidenmatter Augenschmaus, der herrlich weich klickt, wenn man das Licht an- oder ausschaltet. Mehr als hunderttausend Lire pro Stück anscheinend, aber natürlich kauft

man solche Sachen nur einmal im Leben ... Jedenfalls werden sie mit einem schützenden Klebeband darauf geliefert, das man erst abziehen soll, *nachdem* die Wände geweißelt sind. Statt dessen, so klagt Stefano, zieht dieser Dummkopf den Schutzfilm ab, kaum daß er die Schalter eingebaut hat, und der schwachköpfige *imbianchino,* der Maler – alle Häuser sind innen weiß getüncht – bemerkt es nicht und sprüht sie mit seiner Farbpistole allesamt weiß. Obwohl es Stefano inzwischen in stundenlanger geduldiger Arbeit geschafft hat, die Farbe von der glatten Oberfläche abzukratzen, erscheint nun, wenn man das Licht einschaltet, auf dem vortretenden Teil des Schalters ein weißer Rand – *ecco,* hier! –, der höchst unansehnlich ist.
Oder etwa nicht?
Ich muß mich vornüberbeugen, um das Delikt zu beäugen – eine haarfeine Zuckerglasur auf tiefem seidigen Schwarz. Und ich fühle unwillkürlich, daß ich solchen Maßstäben niemals gerecht werden kann. Niemals werde ich modern oder italienisch genug sein, um mich über einen kleinen Fleck auf einer Fliese oder eine Farbspur auf einem Lichtschalter zu ärgern. Weshalb ich mich wohl auch niemals wirklich dem Dilemma der meisten heutigen italienischen Eltern stellen muß: Wie kann ich in begrenztem Rahmen zugleich ein zwanghafter analer Hedonist sein und doch meine Kinder bis zum Exzeß verwöhnen? Teilweise dadurch natürlich, indem ich nur ein Kind habe.
Der kleine Beppe strampelt noch heftiger, um sich zu befreien. Marta – sie ist so zierlich, daß sie fast geschnürt wirkt – jammert, daß er bereits seine Fingerabdrücke auf der frischgetünchten Wand hinterlassen hat. Als wir uns umschauen – Michele so fest im Griff, daß er schreit – und sagen, aber nein, es ist doch alles blendend weiß, erfahren wir, daß alle Spuren längst sorgfältig getilgt wurden. Marta

hat herausgefunden, wie man mit einem trockenen Tuch und …

Ich erkundige mich bei Stefano nach näheren Einzelheiten dieser Größenbeschränkungen in *case cooperative,* worauf er eine todernste Miene aufsetzt und mich nach oben in ein winziges Badezimmer führt. *»Orribile,* nicht wahr? Viel zu klein. Aber«, er klopft an die Wand, und kurz zeigen sich die Grübchen seines Lächelns, »dahinter ist ein Hohlraum. Sobald das Haus von den Behörden abgenommen wurde, können wir die Mauer einreißen und ein anständiges Bad einbauen.« Sein Gesicht wird wieder ernst: *»Sai com'é?«* sagt er beinahe entschuldigend – Du weißt ja, wie es ist? –, und damit meint er: Zu solchen Winkelzügen werden wir nun vom Staat gezwungen. Obwohl man natürlich sehen kann, wie sehr er das genießt, wirklich. Und ich stelle mir vor, wie er diese Worte zu all seinen Klienten sagt, wenn sie mit ihren Steuerproblemen zu ihm kommen. *Sai com'é?* Was heißt, natürlich wissen wir alle, wie schlecht die Dinge stehen, aber ich kann Ihre Probleme lösen. Und plötzlich verstehe ich, warum er sich für das Genossenschaftsmodell entschieden hat. Nicht allein, um Geld zu sparen, obwohl es ihn so natürlich billiger kam, und auch nicht nur, um im Luxus zu schwelgen, obwohl er sich ein paar wunderschöne Stücke geleistet hat. Nein, er will vor allem das wohlige Gefühl auskosten, den Vorschriften ein Schnippchen geschlagen zu haben und *allen gesetzlichen Regelungen zum Trotz* Komfort zu genießen. Das erst macht die Freude zum Genuß.

Wir gehen wieder hinunter, über eine enge Wendeltreppe aus glattem Stein, den Stefano, wie er erklärt, gewählt hat, weil sich seine olivgrüne Färbung so gut gegen das dunkle Holz des Geländers abhebt. Für mich scheint das Ganze eher dazu entworfen, daß Kinder die Treppe herunterfallen und sich den Hals brechen.

Wieder auf dem *cotto* vor dem Kamin. Beppino wurde endlich losgelassen … in einen Laufstall.
Wir trinken an einer Theke aus glänzendem Granit ein Glas Wein zusammen, bewundern die Einbauküche und die in die Decke eingelassenen Halogenleuchten. Wir plaudern ein bißchen, wie sich der Opel und der neue Passat so machen – Stefano hält ihn für außerordentlich chic, während Marta schimpft, daß er wie ein Sarg aussehe. Aber natürlich schließen sich in der romanischen Kultur Beerdigungen und Eleganz nicht aus, ganz im Gegenteil. Jeder dreht den Kopf, um durchs Küchenfenster einen Blick auf das schwarze Ungetüm zu werfen. Zuerst liegt da, von einem robusten Eisenzaun umgeben, ein winziger Garten. Dahinter dieses Prachtstück deutscher Technologie. Und dann Ödland, Schlamm und ausrangierte Baumaterialien. Ich frage, wann denn Straße und Bürgersteig angelegt werden. Es zieht sich schon eine Weile hin, nicht wahr? Stefano seufzt. Wieder mit ernster Miene. Wenn man genossenschaftlich baut, so erklärt er, muß man sich unter anderem damit abfinden, daß in diesem Fall die Gemeinde und nicht der Bauherr für Straßen und Gehwege zuständig ist. Daher, wer weiß? Eine resignierte Geste. *»Sai com'è?«* Und diesmal bedeutet seine Lieblingswendung: Da kann man nichts machen.
Fünf Jahre nach dieser Unterhaltung gibt es immer noch keinen Gehweg vor der Kirschgarten-Genossenschaft. Doch ich war bereits entschlossen, eine weniger aufreibende Form des Wohnungskaufs ausfindig zu machen.

Mella

Italienische Männer, die einen Kinderbuggy die Straße entlangschieben, sind kein alltäglicher Anblick. Wenn sie es doch einmal tun, dann in Begleitung ihrer Frauen und normalerweise in leicht gebeugter und gequälter Haltung, der Befreiung harrend. Andererseits ist für einen Schriftsteller die Tatsache, daß ein Kind zuviel Lärm macht und seine Frau an irgendeiner Übersetzung arbeitet, eine gute Ausrede für einen Spaziergang. Und man kann ja immer noch behaupten, man ziehe los, um ein neues Bauprojekt zu besichtigen.

Man schnallt den Knirps also im Buggy fest, schiebt ihn hinaus auf die Straße und fummelt sogleich an dem Sonnenschirm herum. Es ist August, die Hitze erschlägt einen, und obendrein ist es noch schwül. Michele beugt sich in seinem Buggy mal zur einen, mal zur anderen Seite, er will mit seinen Patschhändchen einen – braunen und purpurfarbenen – Schmetterling und dann eine Hornisse fangen. Ich versuche ihn davon abzubringen, diesen kräftigen, irgendwie strahlend blonden und rosafarbenen Jungen mit Vollmondgesicht und Ärmchen aus weißem Schmalz – beinahe wie bei dem Michelin-Männchen –, die er jetzt fest an die Brust preßt, aus Angst vor dem sonnendurchglühten Metall der Buggy-Verstrebungen. Rita hätte daran gedacht, ein Handtuch darumzuwickeln.

Als ich den Hochwassergraben entlang ins Dorf spaziere,

sehe ich, wie eine Schlange den Kopf hebt und dann blitzschnell durch den Efeu über eine Mauer verschwindet. Ich will sie dem Jungen zeigen und drehe seinen Buggy um, während ich in die Richtung deute. Aber er kann nichts sehen. Rasch schlängelt sich die Schlange durch die Efeuranken und verschwindet. Dann huscht eine große grüne Eidechse von einer verputzten Mauer, schnell wie ein Gedanke, der sich schon wieder verflüchtigt hat, bevor er einem richtig bewußt wird, und ganz bestimmt viel zu schnell für einen Zweijährigen. Nur ein Aspekt von Italien, der ihn wohl kaum interessiert – noch nicht.

Was er allerdings sehen kann, sind die wie verrückt rasenden Autos, und er reagiert auf jedes Geräusch der Beschleunigung oder des Abbremsens in den engen Kurven der Dorfstraßen mit einem wilden »brummbrumm« seiner wulstigen Lippen. Micheles Lieblingsworte heißen zur Zeit: »Alfa Trenta-Tre«, und er wiederholt sie hingebungsvoll trotz der beträchtlichen Schwierigkeiten mit den »r«s. Was er damit meint, ist selbstverständlich der schnittige Alfa 33, von dem eine hellrote Ausführung immer hier vor dem Gemüseladen steht.

»Alfa Tenta-Re!« ruft Michele und zerrt am Sicherheitsgurt seines Buggys.

Salvatore, der Besitzer des Ladens, stapelt gerade Obstkisten an der Wand. Er lacht und zieht dem Jungen die Kappe über die Augen, dann drückt er ihm einen Pfirsich in die Hand. Anstatt nun aber danke zu sagen, dreht sich Michele um und starrt auf dieses Auto, in das er sich unerklärlicherweise verliebt hat. »Alfa Renta-Te!« Als ich den Sonnenschirm neu einstellen will, ist der Ständer klebrig vom Pfirsichsaft.

Dann haben sie im Supermarkt keine dreißig Lire Wechselgeld, weshalb Michele etwas Süßes bekommt. *»Che caro!«*

sagen die beiden Mädchen an der Kasse. Was für ein Schatz! Serena stiehlt sich von ihrem Stuhl an der anderen Kasse weg, um ihn genauer in Augenschein zu nehmen und sein blondes Haar zu verwuscheln. An den Supermarktkassen liegen immer einige Süßigkeiten anstelle des Wechselgeldes, wenn dieses fünfzig Lire unterschreitet, denn niemand will mit kleineren Münzen hantieren, von denen man nicht einmal sicher weiß, ob sie überhaupt noch im Umlauf sind. Doch auch wenn das Wechselgeld stimmt, stecken die Mädchen den kleinen Kindern stets etwas zum Naschen zu. Sie wollen nett sein und denken dabei vielleicht an die Zeit, da sie endlich die Arbeit im Supermarkt aufgeben werden, um selbst ein Kind zu bekommen. Deshalb hat Michele jetzt nicht nur eine *caramella* im Mund, ihm wird eine weitere in die Hand gedrückt. Ich versuche zu protestieren. Seine Zähne, sein Blutzucker ... Ihre Schwester füttere ihr Baby löffelweise mit Zucker, sagt Serena. Das ist gut für die Kinder. Da ihre eigenen Zähne von schamlosem Grau sind, kann ich nicht einmal entgegnen, daß es auch gut für die Zahnärzte ist.

Im Dorfzentrum marschiere ich schnellen Schrittes und weiche möglichst den Blicken der Menschen aus. Auf diese Weise werde ich nur – wie oft? – dreimal aufgehalten ... *»Che bel butin! Che boceto! Che biondin!«* Die ältlichen Damen drücken im Dialekt ihre Zuneigung aus. Babys sind Gemeineigentum. Sie drehen an seinem Näschen und kneifen ihn in die Backen. Und daß der Kleine beim Zeitungshändler nicht das nächste Bonbon bekommt, ist nur dem Umstand zuzuschreiben, daß ich es mit Hilfe der Lokalzeitung und des obligatorischen *Io e il mio bambino* schaffe, das Naschwerk verschwinden zu lassen. Inzwischen küßt ihn ein Mädchen, zieht ihm die Kappe gerade und untersucht seine knubbeligen Knie. Natürlich ist es einfach herrlich, in Italien Kind zu sein, so herrlich, daß man fürchten muß, nichts wird jemals wieder so wunderbar sein …

Eilig schiebe ich den Buggy durch die Straßen, auf der Suche nach Schatten und einer Spielmöglichkeit. Auf der Piazza Buccari, dem Hauptplatz, gibt es zwei kleine Flecken vertrockneten Grases, dazwischen ein Stück löchriger Asphalt und ein ovales Wasserbecken mit Marmorumrandung in der Mitte. Kaum befreit, trippelt Michele schnurstracks los, um seine Finger in die Düsen zu stecken, aus denen Wasserfontänen von einem Ende des Beckens zum anderen schießen. In der beruhigenden Gewißheit, daß seine Mutter ihn nicht sehen kann, widme ich mich meiner Lektüre.

Ein Artikel berichtet über einen elektronischen Taschenrosenkranz, erfunden von einem gewissen Pasquale Silla, Pfarrer der Kirche zur Göttlichen Liebe in Rom, ein faszinierendes Gerät mit einem *misteri*-Knopf zum Auswählen des gewünschten Mysteriums und einem *Ave-Maria*-Knopf, um die entsprechenden Gebete auf einer winzigen LCD-Anzeige abzurufen. Diese Erfindung wird für Kinder wärmstens empfohlen.

In *Io e il mio bambino* gibt es eine Menge Leserbriefe zum Thema Vorurteile gegen weibliche Babys. Eine Schreiberin weist darauf hin, daß die Leute, wenn es ein Junge geworden ist, sagen: *»È nato un maschio«* – Es ist ein Junge –, bei einem Mädchen aber: *»É nata una bella bambina«* – Es ist ein hübsches Mädchen –, wobei das Adjektiv in tröstender Absicht hinzugefügt werde.

Ich muß gestehen, da ich bereits mit einem *mascio* gesegnet bin, der gerade das Wasser aus dem Springbrunnen über die ganze Piazza spritzen läßt und bei jedem vorbeifahrenden Auto »brummbrumm« macht, überkreuze ich die Finger und wünsche mir eine *bella bambina.*

Als ich mich gerade in ein höchst seriöses Horoskop vertieft habe, das vorgibt, den Charakter meines künftigen Babys abhängig von Stunde und Tag der Geburt des reizenden kleinen Wesens analysieren zu können, kommt Iacopo vorbei, auf dem Weg zur *pasticceria*.

Iacopo ist ein Künstler, ein Bulle von einem Mann, hochgewachsen und kräftig, mit breiten Schultern und einem großen, kantigen Gesicht; außerdem hat er eine Methode gefunden, den Bart immer exakt zwei männliche Millimeter lang stehen zu lassen. Er malt. Und fühlt sich von daher als verwandte Seele eines Schriftstellers, mit dem er im Chor darüber klagen kann, wie hoffnungslos provinziell das Veneto ist, daß ein Künstler hier niemals Anerkennung finden kann, daß seine bis ins kleinste ausgearbeiteten Stilleben von modernem Nippes – ein *telefonino* neben einer Aubergine, eine Madonna, gespiegelt in der Mikrowelle (die tatsächlich sehr witzig sind) – hier niemals gewürdigt werden. Wohingegen, wären wir in Rom …

Immer wenn ich mich mit Iacopo unterhalte, überkommt mich das beunruhigende Gefühl, wir probten für eine italienische Inszenierung der *Drei Schwestern*. Und ja, beharrt er, ich muß einen Cappuccino mit ihm trinken. Meinem kleinen Jungen – wie heißt er noch mal? – will er ein Eis spendieren.

Und so wird Michele vom Brunnen weggezogen; er plärrt und bekommt, damit er ruhig ist – zumindest beinahe –, nach dem Pfirsich und den beiden Bonbons schließlich auf sein eigenes Drängen hin eine *bomba*, eine Art Krapfen, während mir Iacopo sein Leid klagt. Um Geld zu verdienen, ist er momentan gezwungen, die blödesten Mutter-und-Kind-Porträts zu malen. Alles, was die Leute wollten, schienen Bilder von sich selbst am Hochzeitstag oder mit ihrem Baby im Arm zu sein. Inzwischen hat sich das Mädchen an der Bar in die Schar der Menschen eingereiht, die meinem

kleinen Jungen heute morgen durchs Haar zausen und ihn auf die Stirn küssen. Soll ich Iacopo bitten, das zu malen? Das Mädchen beugt sich anmutig und mit freizügigem Dekolleté hinunter, um dem Kleinen sein Backwerk auseinanderzuschneiden, ihm ins Ohr zu flüstern, sein Hemd in die Hose zu stecken, ihm zu sagen, was für ein kleiner Schatz er ist, und ihm eine *caramella* in die Tasche zu schieben. Häufig frage ich mich, ob Michele bereits den Unterschied zwischen der Großzügigkeit von Männern, die hauptsächlich darauf abzielt, sich selbst einen Freiraum zu erkaufen, und der von Frauen, die vermutlich durch ihren Mutterinstinkt bedingt ist, begriffen hat. Und falls ja, welche Form er bevorzugt. Wenn er schlau ist, wird er wahrscheinlich lernen, aus beiden Kapital zu schlagen.
Es fiele ihm ausgesprochen schwer zu arbeiten, erzählt Iacopo, denn sein kleines Baby raube ihm nachts den Schlaf, und seine Frau sei auch nicht mehr so zugänglich wie früher. Er sei sogar dazu übergegangen, hin und wieder auf der Pritsche in seinem Atelier zu schlafen. Ich revanchiere mich mit der Geschichte, wie ich, kurz nach Micheles Geburt, meine Frau in der Küche *»Amore?«* rufen hörte. Worauf ich *»Si, cara?«* antwortete. Nur um zu hören zu kriegen: »Ich habe doch nicht dich gemeint, *stupido.«*
Iacopo lacht. *»I sacrifici.* O welche Opfer müssen wir doch für unsere Kinder bringen!«
Was mich daran erinnert, daß ich eigentlich auf Wohnungsjagd sein sollte. Ich erläutere unser Dilemma. Da erwarteten wir nun ein zweites Kind ... Iacopo schürzt die Lippen und runzelt die Stirn, nicht anders, als wenn er über den Mangel an Geschmack hier klagt. Ein zweites Kind! Also wirklich ... Aber dann gibt er mir – typisch Italiener, der sich stets höchstpersönlich zur Hilfeleistung aufgefordert fühlt und einem gern einen Gefallen erweist – einen schicksalhaften

Wink: »Geh mal die Via Segheria ortsauswärts«, sagt er. »Dort werden den Hügel hoch gerade ein paar *villette* gebaut.«

Während ich an der Bar stehe, um zu bezahlen, und dabei Michele zurück in seinen Buggy bugsiere (Kinderaufzucht ist so ein Kuddelmuddel aus Zärtlichkeit und Zwang), bringt der Kleine das Wort *»mella«* heraus.

»Was war das?« frage ich. Denn das ist ein neues Wort.

»Mella.«

»Was?«

»Mella«, schreit es mir aus einem gequälten roten Gesicht entgegen, er langt nach oben, keucht und scheint einem Tränenausbruch gefährlich nahe. Erklärend reicht ihm das Mädchen hinter der Theke etwas in silberblaues Zellophan Gewickeltes hinüber. *»Caramella«*, sagt sie. *»Azie«*, antwortet Michele. Das macht vier. Hätte ich ein bißchen mehr Elan, würde ich die Gelegenheit wahrscheinlich nutzen, um ihm Zählen beizubringen.

Naturalmente

Sega bedeutet Säge, *segheria* Sägemühle. Sägemühlstraße. Mitte des 19. Jahrhunderts war Montecchio ein blühendes Industriezentrum, hauptsächlich dank der vielen Flüsse, die hier entspringen, sie lieferten den Mühlen Energie und den Gerbereien Wasser. So stehen am Beginn der Via Segheria, die nach Süden aus der Stadt hinausführt, eine lange Reihe verlassener oder halbverlassener Fabrikgebäude der mehr pittoresken Art, eines davon mit einem schönen roten Ziegelschornstein, der an die fünfundzwanzig Meter hoch aufragt. Gegenüber, auf den tiefer gelegenen Hängen der Hügel, läßt ein Bauunternehmer ungefähr zwanzig *palazzine* unterschiedlicher Form errichten, als Doppelhaushälften oder als Einzelhäuser mit vier bis fünf Wohnungen. Alle diese Gebäude haben ausnahmslos rote Dächer, sind weiß verputzt, und jedes sitzt auf einem Geviert aus taubengrauem Beton, das von einem Garten umgeben und ordentlich von einer Betonmauer mit einem braungestrichenen robusten Eisengeländer umfriedet ist. Die Garagentore sind abwechselnd eisenfarben und braun. Doch diese Häuser haben mehr Wohnfläche, als es gewöhnlich der Fall ist, der Abstand zwischen ihnen ist großzügiger als üblich, und obendrein sind sie auch nicht streng regelmäßig angeordnet. Ich beschließe mit dem Bauunternehmer zu sprechen, der, wie auf einer Tafel unten an der neu angelegten Straße zu lesen ist, Righetti heißt, Guglielmo Righetti.

Michele wird vom Lärm eines Bulldozers angezogen, der sich in den Hügel hineinwühlt. Er zerrt an meiner Hose und macht »brummbrumm«. Eine Zementmischmaschine rattert fröhlich vor sich hin und wartet darauf, die ganze Landschaft mit einer grauen Kruste überziehen zu dürfen. Wir steigen die neue Straße hinauf, und bei den Garagen, die in einer Reihe seitlich an ein dreistöckiges Gebäude anschließen, stoße ich auf eine Gruppe von vier Arbeitern. Sie nutzen den Schatten dort zu einem frühen Mittagessen. Auf einer umgedrehten Kiste steht die unvermeidliche Zwei-Liter-Weinflasche. Alle vier sind Mitte bis Ende Fünfzig, grauhaarig, wettergegerbt und unfähig, deutlich zu sprechen. Mir fällt auf, daß es immer die ältere Generation der Kleinbauern ist, die hier die Bauarbeiten ausführt, die die körperliche Schufterei auf sich nimmt, und das hauptsächlich für die jüngere, aufstiegsbewußte mobile Generation, zu der oft ihre eigenen Kinder gehören. Obwohl diese Männer alle *sacrifici* der Welt auf sich genommen haben, damit ihre Kinder sich die Bequemlichkeiten des modernen Wohnens leisten können, kommt es gelegentlich vor, daß sie mit voller Absicht ein paar Spaghetti auf den *cotto* fallen lassen – vielleicht aus einem unbestimmten Groll heraus oder sogar, Iacopos Klagen zum Trotz, mit einem gewissen Sinn für Humor. Die Garage, so fällt mir auf, ist völlig unnötigerweise mit grauen Hochglanzfliesen gekachelt, die an sardischen Granit erinnern. Eine englische Familie wäre stolz, wenn sie solche Fliesen in der Küche hätte.
Die extravaganten Bodenfliesen in den Garagen ... Das diskrete Zurschaustellen von vernunftwidrigem Überfluß ... In dieser unmöglichen Kombination liegt die zeitgenössische italienische Ästhetik, eine in Wohlstand eingefrorene Welt des Luxus, in der die kleinen Kinder, die ja stets

herumtollen wollen, geborgen und frustriert aufwachsen können.
Als ich den Arbeitern eine Frage stelle, antworten sie in einem so ausgeprägten Dialekt, daß ich sie kaum verstehe. Sie stammen aus einer anderen Zeit als der, die sie erbauen.
»Signor Righetti?«
Aber plötzlich hört man das Kreischen eines schlecht eingestellten Automotors, und mit einer mächtigen Auspuffwolke knattert ein winziger Fiat 126 heran. Heraus klettert ein hagerer junger Mann in gelben Shorts und ohne Hemd, zerschlissene Joggingschuhe an den Füßen, ein verschlagenes Lächeln in einem schmierigen Gesicht. *Buon giorno, buon giorno.* »Guglielmo Righetti«, sagt er, »es ist mir ein Vergnügen«, und sofort beugt er sich hinunter, um mit Michele dieses Ja-wer-bist-du-denn-du-kleiner-Mann-Ritual abzuspulen; die älteren Männer waren zurückhaltender und haben den Jungen kaum beachtet. Der Oberkörper von Righetti ist flach und glatt, eher drahtig aus muskulös. Und ja, *naturalmente* wird er mir eines der Häuser zeigen. Wonach ich denn suche? Ja, *naturalmente* ist der Kaufpreis sehr günstig. Vor allem für die hohe Qualität, die er biete; nichts von diesem Genossenschaftspfusch. Er hebt an zu einer gut eingeübten Suada über all die Probleme, die sich auftun, wenn man ein Genossenschaftshaus kauft. Scheinbar war es überaus klug von mir, mich keiner Genossenschaft anzuschließen. Er erzählt mir Schreckensgeschichten von Leuten, die dabei ihr ganzes Geld verloren haben. »Und was für Materialien sie verwenden!« Doch als ich so neben ihm hergehe, fällt mir auf, daß die Regenrinnen an seinen Häusern nicht wie bei Stefano aus Kupfer sind. Als er mich auf meinen Akzent anspricht und erfährt, daß ich Engländer bin, will er von mir wissen, ob es wahr ist, daß die Engländer und Amerikaner nach wie vor mit Holz bauen: hölzerne

Rahmen, hölzerne Böden. Ist das denn möglich? Wirklich? Das einzige, wofür er Holz benütze, sei die Verschalung, in die der Zement gegossen wird. Ha, ha! Wie rückständig wir doch sein müssen. Und wie sei es bei Regenwetter? Bauen sie wirklich auch bei Regen? Er schüttelt den Kopf. Die Zukunft liege in Beton und Stahl. Und gebaut werde, *naturalmente,* bei sengender Sonne ...

Righettis persönlicher Stil besteht darin, dick aufgetragene Jovialität mit Zeugnissen seiner überlegenen Professionalität zu paaren. Wie so oft, bevor ich Zeit habe, die Sache zu durchdenken, bin ich beeindruckt.

Er führt mich zu einem ziemlich einladenden Gebäude am oberen Ende der Straße, das in L-Form gebaut ist. Es hat zwei Stockwerke mit drei Wohnungen im Erdgeschoß und ebenfalls drei im ersten Stock, wobei man von diesen oberen Wohnungen über Wendeltreppen Zugang zu einem weiteren Stockwerk unter dem Dach hat. Er zeigt mir eine dieser größeren Maisonettewohnungen. Wir müssen dort, wo einmal die Wendeltreppe sein wird, mit einer Leiter hinaufklettern, was Michele in höchstes Entzücken versetzt. Innen erscheint es mir recht merkwürdig, daß sämtliche Rohre und Kabel direkt in den Beton gelegt werden, der dann mit Kacheln oder Ziegeln verblendet wird. Was ist, wenn einmal ein Rohr bricht? »Meine Rohre brechen nicht«, versichert mir Righetti selbstbewußt. »Und meine Handwerker sind die besten im ganzen Veneto. Ich lasse schließlich nicht jeden x-beliebigen für mich arbeiten.« Ich denke an die Arbeiter vor der Garage, die direkt aus der Flasche tranken, und frage mich, wie wohl die schlechtesten sein müssen. Und dann erwische ich Michele gerade noch, bevor er durch ein Loch hinunter in den ersten Stock stürzen kann. Oder bin ich ungerecht? Die Fenster sehen ja wirklich solide aus und sind ordentlich doppelverglast. Die Fensterläden bestehen, wie es der Tradition entspricht, aus Holz, was nur vernünftig ist. Als ich in einem der Schlafzimmer aus dem Fenster blicke, wobei ich jetzt Michele fest in den Armen halte (ich fische eine *mella* aus seiner Tasche, damit er ruhig bleibt), stelle ich fest, daß man von dieser Wohnung einen ausgezeichneten Blick auf einen mit Weinstöcken und Kirschbäumen bewachsenen Hügel hätte, wenn Guglielmo Righetti nicht damit begonnen hätte, etwa fünfzig Meter entfernt einen weiteren großen und exakt gleichen Block hochzuziehen, anscheinend den letzten in dieser Anlage, denn gleich dahinter ist ein Begrenzungszaun. Vor allem auf dem großen Terrassenbalkon vor der Küche könnte man schön sitzen, wenn sich dieser Block, anstatt einem die Aussicht zu versperren, auf der anderen Seite des anderen Gebäudes befinden würde.

»Und der Preis?«

»Die Wohnung hat ungefähr 170 Quadratmeter«, erklärt er mir.

Wenn die Italiener abwägen, ob eine Immobilie teuer ist oder nicht, orientieren sie sich gern am Verhältnis von Preis zu Quadratmeter. Hätte ich etwas mehr Erfahrung gehabt, so hätte ich gewußt, daß ich von dieser Flächenangabe etwa zehn Prozent abziehen müßte, denn rückblickend war es natürlich ein Trick, mir zuerst die Quadratmeterzahl zu nennen, um so den Preis niedrig erscheinen zu lassen.

»Ja, aber was kostet sie denn nun?«

»Weniger als eine Million pro Quadratmeter.« Das ist eine dieser psychologischen Preisgrenzen. Besser gesagt, sie war es, bevor die Preise auf zwei Millionen pro Quadratmeter kletterten.

»Können Sie mir denn keine genaue Summe nennen?«

»Dazu müßte ich erst einige Berechnungen anstellen«, erwidert er vorsichtig. Er spricht mit einem sehr starken nasalen Akzent und muß sich anstrengen, um nicht in den Dialekt zu verfallen, in dem er sich mit seinen Arbeitern unterhält. Er wird mich heute abend anrufen, sagt er, und ich gebe ihm meine Nummer.

»Nun gut«, sage ich, »ich bin an dieser Wohnung interessiert, aber nur in dem anderen Gebäude mit dem Blick übers Land. Dort muß es ja eine identische Wohnung geben.«

»Naturalmente«, meint er lachend und schüttelt wissend den Kopf. »Und wie viele Leute schon genau dasselbe gesagt haben! Aber leider ist sie schon vergeben. Endgültig, wirklich.« Righetti hat eine ganz bestimmte Art, von einem Fuß auf den anderen zu treten und sich überhaupt jungenhafter und unschuldiger zu geben, als er in Wirklichkeit ist. Ist er so alt wie ich? Ein bis zwei Jahre älter oder jünger. Seine Hände hat er vor der Brust gefaltet, die fast die Farbe von Stefanos *cotto* hat. Ich sollte es mir dennoch überlegen, meint er. In Montecchio würde ich keine bessere Wohnung als diese finden. Und sie seien, wiederholt er, von Fachleuten gebaut, nicht von einer Genossenschaft. »Die Leute, die hier einziehen«, vertraut er mir an, »sind durchaus in der Lage, sich auch einen Mercedes zu leisten ...«

Draußen wuschelt er Michele noch einmal durchs Haar und erzählt mir, daß er selbst auch bald Vater werde und wie wichtig es sei, wie überaus notwendig, zu wissen, daß man, wenn man Kinder hat, ein eigenes Heim besitzt. *»In gioia e in lutto la casa è tutto!* Oder etwa nicht?« Er lacht. Es ist genau die Art von Sprichwort, die man aus dem Mund eines Bauunternehmers erwartet. Dann rast er in seinem verrosteten weißen 126er davon, was jemandem wie ihm, der offenbar »schaufelweise« Geld macht – wie man hier sagt –, einen sympathischen Zug verleiht. Erst später wurde dieses Auto für mich zum Ausdruck der unerhörten Niederträchtigkeit dieses Menschen.

»Ich verstehe nicht«, sage ich später zu Rita, »warum Michele nichts essen will; er hat, als wir unterwegs waren, ja überhaupt nichts bekommen ...«
Der Junge sitzt in seinem Kinderstuhl auf dem Balkon und blickt auf die Straße hinunter, wo andere Kinder zwischen den vorbeifahrenden Autos eine Art »Himmel und Hölle« spielen. Er nimmt ein Stück Ei und wirft es über die Brüstung. Machen Eier auf der Marmorbrüstung unter uns Flecken? Vielleicht hätte ich bei Nascimbeni doch eine Versicherung abschließen sollen. Und ich bleibe dabei: »Ich versteh es einfach nicht.«
Rita runzelt die Stirn. Sie ist völlig meiner Meinung, daß wir nicht weiß Gott wie viele Millionen hinblättern wollen, nur um in die Garagen des nächsten Wohnblocks zu starren. Ganz egal, wie aufwendig gefliest diese sein mögen. Wenn wir das wollten, könnten wir ebensogut in die Stadt ziehen.
Als Righetti abends anruft und uns als Kaufpreis 158 Millionen nennt, sagen wir ihm also, daß wir nur an der Wohnung in dem anderen Haus interessiert seien. Er hängt ein.
Einen Monat danach ruft er wieder an. Wir hätten ihm noch nicht gesagt, wie wir uns wegen der Wohnung entschieden hätten.
Welche Wohnung? Ach ja. Nein, wir sagten doch bereits, wir seien nur an der Wohnung in der *palazzina* mit dem Blick übers Land interessiert.
Hätten wir uns denn noch nicht entschieden, ob wir sie kaufen wollten oder nicht?
'tschuldigung, aber habe er denn nicht gesagt, daß sie schon vergeben sei?
Nein, ganz und gar nicht. *Naturalmente* sei sie noch frei. Sie sei ja noch nicht einmal gebaut gewesen, oder?
Eines der Probleme, wenn man in einem fremden Land lebt, besteht darin, daß man nie hundertprozentig weiß, ob

man etwas richtig verstanden hat. So gesehen könnte man fast sagen, daß man halbtaub ist. Hatte mich Righetti also verschaukelt oder nicht?
»Sämtliche Zahlungen sind bar zu entrichten«, sagte die Stimme am Telefon, *»naturalmente«*.

Un riassetto ...

Kann irgend etwas an einer Geburt typisch italienisch sein? Wir rasen in einer Winternacht übers flache Land in den Süden des Ortes. Die Wehen haben sehr plötzlich eingesetzt und kamen beinahe sofort in kurzen, rhythmischen Abständen. Während des Tages hatte es nicht das geringste Warnzeichen gegeben. So daß wir den Nachmittag in einem düsteren Büro in der Innenstadt verbrachten, wo uns ein Notar die Bedingungen eines Kaufvertrags vorlas, über einhundertundzehn Millionen Lire, die laut Vertrag bereits vollständig entrichtet waren. Das für die Behörden. Um Steuern zu sparen. Dann verlas er einen zweiten Vertrag, der besagte, daß wir ungeachtet der im ersten Vertrag bestätigten Zahlung Righetti & Co. noch immer fünfzig Millionen Lire schuldeten. Dies für uns, während Michele auf ganzer Länge die Fußleisten untersuchte und Christus die Szene mit apathischem Gleichmut von oben betrachtete; er hing über der ansprechend gerahmten Bestallungsurkunde des Notars. Der zweite Vertrag, der – wahrscheinlich immer noch – im Handschuhfach des Autos liegt, während wir querfeldein ins Krankenhaus brausen, beinhaltet eine Klausel, mit der wir uns verpflichten, ebendiesen Vertrag in Gegenwart der anderen Unterzeichner zu vernichten, sobald der Betrag beglichen ist. Von da an wird es keinen schriftlichen Beleg mehr geben, wieviel wir wirklich gezahlt haben. Nachdem das sicher unter Dach und Fach gebracht war, machte sich auf den Pokergesichtern des Bauunternehmers und des Notars ein breites, verschwörerisches Grinsen breit, und sie wünschten Rita *auguroni* – alles Gute – für die Geburt des Kindes.

Die uns nun ziemlich plötzlich bevorsteht.

Es ist eine kalte, frostige Nacht: Nebelschwaden über der dunklen Ebene; schmale, leere Provinzsträßchen. Rita drängt mich, schneller zu fahren. Sie spürt, daß die Dinge rascher voranschreiten, als sie sollten. Doch der strenge Frost des Winters hat aus dem Asphalt eine Schlaglochpiste gemacht. Das ganze Auto vibriert wie wild. Bei hundert Stundenkilometern fängt es an, wilde Sätze zu machen. Man kann jetzt verstehen, warum Stefano auf den Leichenwagen-Passat umgesattelt ist. Rita schreit auf. Und wieder ein heftiger Stoß ... Es stellt sich die interessante Frage, ob wir das Krankenhaus eher »rechtzeitig« erreichen, wenn wir schneller oder wenn wir langsamer fahren. Was für Parameter bräuchte man, um das zu errechnen, frage ich sie. Aber Rita sagt wieder einmal Namen auf.

»Okay. Wenn es wieder ein Junge wird, nennen wir ihn Filippo, in Ordnung?«

»In Ordnung.«

»Und wenn es ein Mädchen wird, Stefania.«

Beide Namen lassen sich leicht ins Englische übersetzen. Kein Problem für die Verwandten. Aber hüte dich vor Girolamo, Giuseppe, Amalia und dergleichen.

Fast wünsche ich mir bereits, wir wären auch vor Guglielmo auf der Hut gewesen ...

»Und wenn es ein kleiner Marokkaner wird?« fragt Rita, womit sie andeuten will, daß sie mich mit einem der marokkanischen Hausierer, die an der Haustür Teppiche und Tischdecken verkaufen, betrogen haben könnte. Oder wenn es ein Holzbein hat und *le corna* macht? Sie versucht zu lachen und gleichzeitig die Zähne zusammenzubeißen, während mir einfällt, daß wir uns noch mit Nascimbeni wegen der Versicherung für das neue Haus treffen müssen. Schon jetzt haben die Kinder den Mann zu einem unverzichtbaren Bestandteil meines Lebens gemacht.

»Esposito«, schlage ich vor. So nannte man die Kinder, die an der Kirchenpforte abgelegt wurden; wörtlich übertragen heißt das »Ausgesetzter«. Im Gegensatz, versteht sich, zu »wohlbehütet«, wie all die anderen Babys in den sicheren eigenen vier Wänden der vorsorglichen Nascimbeni-Welt. Kürzlich erst sind eine ganze Reihe von Babys ausgesetzt worden, die meisten lagen – ein sehr trauriger Fundort – in *cassonetti,* städtischen Müllcontainern an der Straße, in die man seinen Abfall wirft. Und gestern rutschte ein Neugeborenes durch die Toilettenöffnung des Schnellzugs Mailand–Venedig, als er aus dem Bahnhof Vicenza fuhr …

Doch das sind keine tröstlichen Gedanken zu solch einem Anlaß.

Also stelle ich das Radio an, gerade rechtzeitig, um einen so bemerkenswerten Satz zu hören, daß Rita und ich beschließen, ihn trotz unserer dramatischen Situation keinesfalls zu vergessen. Die Spätnachrichten auf RAI 1, dem größten öffentlichen Sender, geben die Festnahme eines Mörders bekannt, der folgendermaßen beschrieben wird: *»un sicario di spicco molto attivo durante il riassetto degli organigrammi gerarchici della camorra negli ultimi anni ottanta«* – ein bekannter Killer, besonders aktiv bei der Umstrukturierung der Organisationshierarchie in der neapolitanischen Mafia Anfang der achtziger Jahre.

Werden unsere Kinder je so zu sprechen lernen? Wollen wir das überhaupt? Und was für eine Nation ist das, die über ihre Verbrecherbanden spricht, als handele es sich lediglich um bürokratische Organisationen wie alle anderen?

Während der Wagen wieder durch ein Schlagloch holpert, wird von einem neuen Tuberkulose-Fall in Neapel berichtet. Sie ist ausgebrochen, nur weil die Leute es nicht für nötig hielten, ihre Kinder impfen zu lassen. Und schon wieder haben Zigeuner kleine Mädchen geraubt und sie als Prostituierte verkauft …

»*Basta!*« sagt Rita. Und schaltet aus.

»Die Geburt ist etwas völlig Natürliches«, versichere ich beim nächsten Schlagloch. Der Transport im Auto weniger.

Wir überqueren die Etsch und gelangen nach Castellano. Das Krankenhaus hat die freundliche Architektur einer Irrenanstalt aus den Zwanzigern: düstere, steingepflasterte Gänge und eine Spezialbeleuchtung für den Außenbereich, was zumindest das Parken erleichtert, wenn man nach Mitternacht eintrifft. Der Mann in der Pförtnerloge ist damit beschäftigt, Revuegirls im Fernsehen anzustarren, und deutet mit einer vagen Geste den Gang entlang in Richtung *Maternità*.

Dort werden wir in einem winzigen Büro von einer kleinen Nonne mit Brille begrüßt, die nun ein langes Formular auszufüllen beginnt und sich dabei genau des Vokabulars bedient, über das wir beim Radiohören gerade gelacht haben. Rita sagt ihr, daß sie die Angelegenheit inzwischen für dringlich halte, sie habe starke Wehen, aber die sehr korrekte Nonne weist darauf hin, daß zuerst das Formular ausgefüllt werden müsse: Alter, Geburtsort, Beruf der Eltern, Wohnort, Telefonnummer, erster oder zweiter oder wievielter Sprößling? Das Büro ist ein Wandschrank mit zwei Stühlen, einem Schreibtisch und der unvermeidlichen gerahmten Urkunde, die Kompetenz bescheinigt.

Rita stöhnt und klagt, daß die Sache jetzt tatsächlich ernst werde. Sie hat noch immer ihren weiten, braunen Mantel an. »*O Dio*«, keucht sie bei einer besonders schmerzhaften Wehe.

Auffälligkeiten beim Erstgeborenen. Kopf- oder Steißlage. Geburtsgewicht. Fehlgeburten seither. Datum der letzten Menstruation. Bisherige Untersuchungsergebnisse. Datum der eigenen Geburt. Beruf. Die Liste scheint endlos.

O Dio!

Soweit ich mich erinnere, hat Dr. Maroni den Kursteilnehmerinnen nicht verraten, wie man sich in Trance versetzt, während man ein Formular ausfüllt.

Adresse, Postleitzahl, Telefonnummer (am Arbeitsplatz, zu Hause) ...

Endlich werden wir, vorbei an einer lebensgroßen Gipsstatue Unserer lieben Frau, den Gang zu den Entbindungsräumen hinuntergeführt. Da Rita den Kurs von Dr. Maroni besucht hat, bekommen wir das neue, hypermoderne und politisch korrekte Zimmer; sein Vorteil ist, daß es hier kein schweres Gerät, weder komplizierte Instrumente noch Beinschnallen gibt, die ein normales Entbindungszimmer wie ein Notlazarett in Bosnien aussehen lassen. Nein, hier steht nur ein großes Doppelbett mit vielen Kissen, die man sich nach Belieben in den Rücken stopfen kann. Das rosafarbene Licht ist gedämpft und würde, so stelle ich mir vor, gut in ein Bordell passen, im Gegensatz allerdings zu der Musik: Vivaldis Concerto in D-Dur für zwei Mandolinen.

Da wir zu Hause ein sehr ähnliches Bett haben – ganz zu schweigen von der Fülle an Kissen und Polstern, der Möglichkeit einer gedämpften roten Beleuchtung und einer Aufnahme der Deutschen Grammophon von ebendiesem Konzert (wie sonst hätte ich es erkannt?) –, drängt sich mir der Gedanke auf, daß wir genausogut hätten zu Hause bleiben und uns die Befragung durch die Nonne ersparen können. Obwohl der Notfall-Hubschrauber vielleicht

Schwierigkeiten hätte, uns in der Via Segheria ausfindig zu machen, weil es bei uns noch keine Straßenbeleuchtung gibt.

Zu Hause, so grüble ich weiter, wüßte ein Ehemann vielleicht, was er tun könnte. Oder richtiger, wohin er gehen könnte, falls es für ihn nichts zu tun gäbe. Das ist in einem Krankenhaus nicht der Fall. In einem Krankenhaus ist man gezwungen, die Rolle des modernen Ehemanns zu spielen, der seiner Frau bei der Geburt beisteht; das ist in Italien ganz besonders wichtig, wo man erst kürzlich solche gesunden wegweisenden Vorstellungen entdeckt hat (die Spannbreite reicht von den Rechten der Schwulen bis zum Flaschenrecycling), weshalb dies alles mit geradezu religiösem Eifer praktiziert wird.

Doch was genau soll ein Mann denn nun tun, wenn seine Frau ein Kind bekommt? Abgesehen davon, daß er bei ihr ist und sich fragt, was er denn tun könne, und ihre Hand hält, falls das hilft? Es hilft nicht, wird mir schroff mitgeteilt.

»Jeder von uns sage sich ...«, beginne ich mit leiser Stimme, während Rita es sich auf dem Bett bequem macht. »Ich bin entspannt, ich bin gelassen ...« Doch das bringt sie nur zum Kichern, mitten in einem langgezogenen Stöhnen. Verärgert fängt sie an, tief durchzuatmen.

Die Krankenschwester erscheint, ein dunkles Mädchen aus der Gegend mit einem breiten Dialekt. Sie hält ein Klemmbrett mit einem weiteren Formular in der Hand, einem Formular, das in vielfacher Hinsicht, in allzu vielfacher Hinsicht, dem ersten gleicht. Offenbar ist es ein bürokratisches Prinzip, daß man niemandem trauen kann, bevor selbige Person auf dieselben Fragen nicht mindestens dreimal dasselbe geantwortet hat.

»O Dio!« schreit Rita. »Ich glaube, es kommt.«

»Das glauben alle«, meint die Schwester herablassend. Zumindest könnte ein Ehemann, so will man einwerfen, doch vielleicht das Formular ausfüllen, während die anderen mit der Geburt weitermachen …

Aber nun ist es an der Schwester, *O Dio* zu schreien, denn das Baby kommt tatsächlich. Sie rennt zum Schrank, um Gummihandschuhe, Schere, Baumwolle und ähnliches zu holen (jedenfalls nehme ich das an). Schachteln und Klarsichtpackungen purzeln von einem hohen Regalbrett zu Boden. *»O la Madonna!«* schreit sie (nun nicht ganz unpassend), läßt alles fallen, erinnert sich dann daran, daß sie den Notfallknopf drücken muß, um den Arzt zu rufen. Bis sie es geschafft hat, ihre Gummihandschuhe überzustreifen, ist das Baby bereits da, strampelt und wimmert und verschmiert die Laken.

Ich bete nur, daß es meinem neugeborenen Kind auch in Zukunft stets gelingen möge, der Bürokratie so effektiv einen Schritt voraus zu sein. Wenn je eine Organisationshierarchie umstrukturiert wurde, dann ist das hier und heute geschehen.

Doch als Dr. Maroni eintrifft, ist er fuchsteufelswild. Denn wie natürlich der Geburtsvorgang auch sein mag – und diese Vorstellung war ein nahezu perfektes Beispiel –, der Arzt muß zugegen sein. Das ist Gesetz in Italien. War es die Schuld meiner Frau oder die der Schwester?

Doch Rita hört ihn gar nicht. Sie ist einfach glücklich, daß es … eine *bella bambina* ist: Stefania. In den knapp fünf Minuten seit der Geburt wurde das Kind schon mit unzähligen zärtlichen Verkleinerungsformen überschüttet, viele davon neu erfunden: *sinfolina, ciccolina, ciccina* … Das ist einer der Bereiche, worin das Italienische offenbar unübertroffen ist – die säuselnde, aufgeregte Liebkosung eines winzigen Geschöpfs, *uccellina, tartarughina* … Vögelchen, kleine Schildkröte. Rita ist hingerissen.

»Was ist Ihr anderes Kind, Junge oder Mädchen?« fragt mich die Schwester und versucht so, von der verspäteten Ankunft des Arztes abzulenken. »Ein Junge«, erwidere ich. »Und wie groß ist der Altersunterschied?« »Zweieinhalb Jahre.« »Hervorragend«, lächelt sie. »Er wird ältere Jungen für sie nach Hause bringen, und sie jüngere Mädchen für ihn. Der Junge sollte immer der ältere sein ...«
Wer würde in einem solchen Augenblick gegen dieses konservative Gedankengut Stellung beziehen? Als mir angeboten wird, die Nabelschnur durchzuschneiden, lehne ich ab. Ich bin überwältigt, nervös und den Tränen nahe. Gerade jetzt würde ich mich nicht trauen, eine Schere in die Hand zu nehmen.

Rosa e blu

Rosa und blau. Eine blaue Rosette für *un maschio,* eine rosafarbene Rosette für *una bella bambina.* Man heftet sie an die Tür, an die Eingangstür der *palazzina* zur Straße hin, damit die Passanten es sehen und die Freunde es erfahren, ohne nachfragen zu müssen. Auf diese Art gibt die Familie ihren Mitmenschen bekannt, daß es nun einen weiteren Bewohner hier gibt, wie andererseits die düsteren Todesanzeigen, die neben den übrigen Gemeindenachrichten aushängen, sie davon in Kenntnis setzen, daß jemand von ihnen gegangen ist.

Allerdings gestaltet sich die Sache mit der Rosette in unserer neuen Wohnung schwierig, weil diese sich ganz am Ende von Righettis noch nicht fertig erschlossenem Grundstück befindet. Die Straße macht eine Rechtskurve, schlängelt sich den steilen Hügel hinauf und endet abrupt vor einem rostigen Drahtzaun. Selbst wenn wir die Rosette ans Gartentor anstatt an die Eingangstür heften, erfahren nur unsere unmittelbaren Nachbarn davon.

Meine neuen Nachbarn. Bis jetzt sind einschließlich uns fünf Familien eingezogen. Alles junge Paare, alle mit einem *maschio.* Die Ankunft einer *femmina,* und das so kurz nach unser aller Einzug, ist von daher ein Grund zum Feiern.

»Ah«, sagt Silvio (untere Wohnung, Nordseite), als er mich die Rosette am Zaun befestigen sieht. »Es ist eine *bella bambina.«* Er lächelt. »Nun, du hast deinen *maschio* ja schon.«

Doch gewillt zu gutnachbarschaftlichem Verhalten läßt er sich nicht weiter darüber aus. Da kommt seine Frau mit ihrem kleinen Jungen, Giovanni, einem aufsässigen Zweijährigen. Die fröhliche Stimmung ermuntert mich zu fragen, ob sie ebenfalls ein zweites Kind planen (diese ärgerliche Angewohnheit von Eltern, die immer wollen, daß andere die gleiche Kinderzahl haben wie sie). Worauf Silvio eine Pantomime verlegener Gesten aufführt, als wollte er sagen: Ah, wäre das nicht wundervoll? Aber so kostspielig! Denn dann müßte Sabrina aufhören zu arbeiten. *»I sacrifici«*, meint er vage.

Würde er ebenso empfinden, frage ich mich, wenn sie zuerst ein niedliches kleines Mädchen bekommen hätten? So viele Einzelkinder hier sind Jungen ...

Dann spricht er weiter, und nun mit weit größerer Begeisterung. Es geht um den Garten, der im Moment nicht mehr ist als tausend Quadratmeter umgepflügter Hang. Silvio möchte einen kleinen Bulldozer ausleihen, um die Weinstöcke und die vier Kirschbäume herauszureißen. Solche Dinge gehörten nicht in einen Garten. Ich bin so in Gedanken über mein neues Baby versunken, daß ich nicht einmal widerspreche.

Danach müßten Terrassen angelegt werden, um dem Hang die Steilheit zu nehmen; und anschließend müßten eine Menge Pflanzen gekauft werden – Oleander, Hibiskus, Azaleen – und natürlich Bäume; er hat da etwas Japanisches im Sinn für diese Ecke neben der Eingangstür, obwohl das natürlich leider nicht ganz billig kommt. Und bevor wir die Pflanzen setzten, müßten wir natürlich eine Sprinkleranlage verlegen, wofür wir einen kleinen Löffelbagger bräuchten. Denn der Boden hier ist zu hart, um Gräben per Hand auszuheben; Righetti hatte seine Maschinen hier über ein Jahr lang geparkt. »Wir müssen natürlich zuerst noch einen Kostenvoranschlag einholen.« Außerdem habe Mario (größere Wohnung oben) angeregt, daß wir – wenn wir schon dabei sind – auch gleich die Kabel für eine Gartenbeleuchtung verlegen sollten …

Ich habe die Rosette befestigt. »*Complimenti*«, sagt er noch einmal. Und schüttelt den Kopf. Er ist ein sehr gutaussehender junger Mann, dieser Silvio, Meister in einer Fabrik, die Bilderrahmenformen fertigt. Und er spricht mit entwaffnender Offenheit. Es wäre ja so teuer, noch ein Kind zu haben …

Rosa e blu … Hier in dieser kleinen Ecke der Welt, dem ländlichen Veneto, tobt heutzutage ein Kampf der kulturellen Werte. Oder zumindest sieht es auf den ersten Blick so aus. Da gibt es die alten Strukturen des bäuerlichen, katholischen, abergläubischen Italien, was sich in den Bildstöcken und Madonnen am Wegrand manifestiert, in den Weingärten und Olivenhainen auf den Hangterrassen, in den Weinstöcken, die meine Nachbarn entschlossen sind auszureißen, in der baufälligen Infrastruktur des alten Ortskerns mit seinen hohen Steinmauern und Mühlrädern, seinem komplexen, von den vielen Quellen hier gespeisten Bewässerungssystem. Verbeulte Traktoren verdrecken die Straßen. Dunghaufen dampfen auf Gemüsebeeten. Vor dem Haus sind Hunde angekettet.

Und es steckt auch in den Menschen, ob jung oder alt, sie scheinen sich eine altmodische Mentalität bewahrt zu haben: Die Männer scheuchen ihre Hunde in den Kofferraum; in abgelegenen Pizzerien bedienen einen kleine Kinder, die schon mit neun oder zehn Jahren schwer arbeiten müssen; Jäger mit zerknautschten Hüten und Gewehren stapfen durchs Unterholz; ergraute Kartenspieler in der Bar Centrale trinken Rotwein und rauchen filterlose Zigaretten; Frauen fahren auf verrosteten Rädern zum Friedhof oder erledigen ihre Einkäufe in Pantoffeln; junge Mütter weinen, wenn sie erfahren, daß sie ein Mädchen und nicht einen Jungen bekommen haben; Teenager lassen sich aus der Hand lesen, Karten legen oder auf andere Art wahrsagen, in welchem Sternzeichen der Mann geboren ist, den sie heiraten sollten. Und all diese guten Menschen sieht man selbstverständlich im Sonntagsstaat die Messe besuchen.

Aber dann gibt es auch dieses neue Italien mit seinen Schnellstraßen und glänzenden Autos, diese Gebilde aus hochglanzpoliertem Stahl, die neuen Ersatz-*palazzine,* die um unser Örtchen aus dem Boden schießen und hauptsächlich von Büroangestellten aus der Stadt bewohnt werden, welche so überaus höflich und sorgfältig gekleidet sind – o nein, nicht steif, wie etwa Engländer, die zwischen Geschäftsanzug und schlabbriger Freizeitkleidung zu Hause wechseln, sondern mit überlegter Eleganz, aus einem tiefen, durch Zeitschriften und Fernsehen genährten Wissen heraus, was modisch und daher unverzichtbar ist.

Das ist die Welt des *telefonino* – des Handys – und der *donna manager* in ihrem knappen *tailleur,* der Einbauküche und der Halogenlampen, des japanischen Regenschirmbaums und der Satellitenschüssel. Beim Zeitschriftenhändler konkurrieren *Casa bella* und *Elettronica* mit *Famiglia Cristiana* und *Die Kasteiungen des heiligen Gaspare;* das Computerspiel verdrängt den Rosenkranz (was dann den Wunsch weckt, einen Rosenkranz zu erfinden, der tatsächlich ein Computerspiel *ist).*

Doch abgesehen von diesen offensichtlichen äußeren Phänomenen wandelt sich auch das Verständnis von Laster und Tugend. Die Messe zu versäumen gilt nicht mehr als Sakrileg; hingegen ist es verwerflich, ja geradezu undenkbar, seine Kinder zu prügeln, einen Arbeiter rauszuschmeißen oder auch nur ein Auto ohne Katalysator mit bleifreiem Benzin zu betanken. Und natürlich, am wichtigsten: Es gibt ABSOLUT KEINEN UNTERSCHIED zwischen Weißen und Farbigen, zwischen Behinderten und der übrigen Bevölkerung, zwischen AIDS-Infizierten und Gesunden. Nein, wir sind alle immer und für alle Zeiten gleich, insbesondere Männer und Frauen ...

Dennoch bekommt ein kleiner Junge bei der Geburt weiterhin eine blaue Rosette und ein hübsches kleines Mädchen eine rosafarbene. Womit die Geschlechterkonditionierung fröhlich bereits bei der Geburt beginnt, trotz der neuen Glaubensregeln, und im modernen Heim nicht anders als im traditionellen. Die kleine Stefania – oder Francesca oder Cristina – bekommt ihre rosafarbene Rosette, ihr rosafarbenes Hütchen, ihre rosafarbenen Schuhe und ihren rosafarbenen Schlafanzug. Der kleine Enrico – oder Gigi oder Maurizio – wird in Blau gekleidet und bekommt die aggressiveren Rasseln. Isabella umklammert ein Zauberpony mit goldener Mähne. Giovanni spielt mit seinem ersten Spielzeugauto, wenn Antonella ihre erste Puppe umsorgt. Marco wird wütend die Pedale seines Dreirads traktieren, während Marzia auf noch unsicheren Beinen ihren ersten Baby-Buggy schiebt.

Die Kindererziehung wird als zu wichtig empfunden, als daß die brüchigen Pfeiler zeitgemäßer Frömmigkeit sie tragen könnten. Allerdings werden die größten Anstrengungen unternommen, den kleinen Geschöpfen eben jene Werte einzuimpfen, die ihre Eltern ignorieren, seien sie nun christlicher oder weltlicher Natur. So werden sämtliche Kinder getauft und in den Religionsunterricht geschickt – von Eltern, denen es nicht einmal im Traum einfiele, die Schwelle einer Kirche zu überschreiten. Die Kindergärtnerin wird

entschieden verneinen, daß sie die Kleinen in Buben- und Mädchenspielgruppen aufteilt, daß sie ihnen irgend etwas anderes beibringt als die unbedingte Gleichheit der Geschlechter, wohingegen ich selbst schon Lehrerinnen erlebt habe, die einen kleinen Jungen nachdrücklich darauf hinwiesen, daß Buben niemals Haarbänder tragen.
Nein, wirklich bemerkenswert am Veneto ist weder der hier noch immer tiefverwurzelte Katholizismus noch die flammende Begeisterung für alles Moderne, sondern daß beides offenbar so harmonisch und befruchtend nebeneinander existiert. Bis einem allmählich klar wird, daß hier gar kein Kampf zwischen grundverschiedenen Lebensauffassungen ausgetragen wird – das ist nur eine angelsächsische Sichtweise –, es handelt sich vielmehr um Dinge, die sich ergänzen. Als würden Wertvorstellungen mehr ihrer ästhetischen Eigenschaften wegen geschätzt und könnten von daher nicht stärker miteinander in Konflikt geraten als die Schöpfungen von Armani mit jenen von Krizia, als Werke Michelangelos mit jenen Picassos. Man kann felsenfest davon überzeugt sein, daß Männer und Frauen gleichberechtigt sein sollten – was für eine hübsche Vorstellung! –, aber ist eine rosafarbene Rosette nicht auch sehr hübsch? Nun, dann hefte sie an. Wo liegt das Problem? Einst wild entschlossen, Geschlechterkonditionierung um jeden Preis zu vermeiden, habe ich längst schon nachgegeben. Nachdem ich die Rosette ordentlich am Zaun befestigt habe, zupfe ich sie noch einmal in Form und ziehe die beiden glänzenden Bänder zurecht, die beinahe bis zum Sockel hinunterreichen. Ehrlich, es sieht toll aus …

La visione del bambino

Nach meinem kurzen Plausch mit Silvio bin ich gerade auf dem Weg zurück ins Haus, als Righetti mit seinem Kleinwagen heranprescht und mit einer Spitzhacke in der Hand aus dem Wagen steigt. Er hat die Rosette gesehen und spricht uns die herzlichsten Glückwünsche aus. »Natürlich«, meint er, »Sie haben ja schon *un maschio.*« Diesen Satz werde ich wohl noch öfter zu hören bekommen.

»Und die Hypothek? Ist sie schon bewilligt?« Er ist besorgt, weil ich ihm noch fünfzig Millionen Lire schulde. Ich erkläre ihm, daß sich die Angelegenheit verzögert habe, weil die Bank darauf besteht, ein Original der Heiratsurkunde nicht nur einzusehen, sondern zu ihren Akten zu nehmen. Und eine solche Urkunde muß in England per Hand ausgestellt werden.

Er schüttelt den Kopf über diese unsere Rückständigkeit. Häuser aus Holz, handgeschriebene Heiratsurkunden. Es erscheint ihm sinnlos, zu erklären, daß in anderen Ländern manche Dinge nach Treu und Glauben geregelt werden. Oder schlimmstenfalls mit einer Fotokopie.

»Und die Miete für die Garage?« Da ich gegenwärtig nicht in der Lage bin, die Garage zu kaufen, vermietet er sie an mich, solange ich mich bereit erkläre, sie innerhalb eines bestimmten Zeitraums von Jahren zu erwerben. Er hat mir versprochen, den Mietpreis konstant zu halten.

»Ich habe sie ja noch nicht einmal eine Woche«, erinnere ich ihn.
»Miete wird stets im voraus gezahlt.«
Mit seiner Spitzhacke stapft Righetti über das umgepflügte Terrain unseres zukünftigen Gartens zu einer Stelle, wo ein Plastikrohr von etwa einem halben Meter Länge in einem fallengelassenen Batzen Zement feststeckt. Während ich mir rasch ein familienfreies Mittagessen herrichte (Michele ist bei Marta, Stefano und Beppe), hackt er den Zement weg, bis dieses Stück Rohr schließlich freigelegt ist. Zufrieden pfeifend hebt er es auf und trägt es zu seinem verbeulten 126er; ich schätze, er hat sich damit etwa fünf bis zehn Pfund gespart.
Ungefähr das Doppelte dieser Summe gebe ich für Blumen aus und mache mich wieder auf den Weg in die Klinik – um dort zu erfahren, daß in den Krankenzimmern keine Blumen gestattet sind. Denn Blumen sind unhygienisch. Ich soll sie bei mir zu Hause hinstellen. Und das könne ich gleich tun, denn mir ist auch nicht erlaubt, meine Frau oder mein Baby zu sehen. Die Besuchszeiten sind strikt begrenzt, von drei bis vier Uhr nachmittags und von acht bis neun Uhr abends. Mit der Natürlichkeit ist es offensichtlich seit Dr. Maronis Erscheinen im Entbindungszimmer vorbei – was mich ein wenig bitter stimmt.
Als Ehemann habe ich jedoch das ganz besondere Privileg, bereits um sieben Uhr dreißig kommen und der Mutter zusehen zu dürfen, wie sie das Baby stillt. Dann, kurz vor acht, werden die Babys weggebracht und die anderen Besucher eingelassen, damit sie mit der *mamma* die schauerlichen Einzelheiten der Geburt besprechen können. Aber ohne das Baby dabei zu sehen zu kriegen.
Am Abend begleiten mich Stefano und Marta, weil sie hoffen, gemeinsam mit dem Ehemann ebenfalls schon früher

eingelassen zu werden. Ein enger Freund von Stefano arbeitet auf einer der Stationen, und Stefano ist überzeugt, daß sie mit einigem Geschick die Beschränkung umgehen können. *Sai com'è?* Stefanos kleiner Schnurrbart steht borstig ab. Marta, auf elegante Art zierlich wie immer, ist beinahe außer sich vor Aufregung. Sie liebt Babys, aber sie meint auch, mich warnen zu müssen, daß das Chaos, das zwei von ihnen bei uns zu Hause anrichten werden, einfach schrecklich sein wird …

Draußen vor dem Krankenhaus ruft Stefano über sein Handy den Arzt in der Allgemeinen Chirurgie an, mit dem er befreundet ist. Der Mann verspricht, gleich mit der zuständigen Schwester zu reden. Stefano grinst affektiert und ist völlig zuversichtlich, als wir den Lift besteigen, der uns in den zweiten Stock bringt. Marta will das Baby sehen; er will die Vorschriften umgehen.

Aber es soll nicht sein. Als sich die Tür des Lifts öffnet, müssen wir uns durch eine regelrechte Menschenmenge kämpfen, die den Gang vor der Stationstür und das Treppenhaus bevölkert. Sämtliche Leute starren auf die Tür aus Glas und Aluminium, auf die wir zusteuern. Sie ist abgesperrt. Neben der Tür gibt es eine Klingel, doch auf einem Schild darunter steht, daß man nur im Notfall läuten soll. Ich zögere. »Drück drauf«, meint Stefano, »das steht nur da, um die Leute abzuschrecken«. »Aber …«

Jemand hinter mir sagt, auch wenn davon nichts an der Tür stehe, sei es zulässig, daß Ehemänner klingelten, jetzt, da es bereits nach sieben Uhr dreißig sei. Also drücke ich auf den Klingelknopf. Nichts passiert. »Läute noch mal«, fordert Stefano. Nach ungefähr zwei Minuten erscheint eine Schwester. Wer wir seien? Völlig locker fängt Stefano zu erklären an, daß er eben mit Silvano Benigni geplaudert habe, der in der Allgemeinen Chirurgie arbeite und der … Die Schwester läßt ihn nicht einmal ausreden. Es sei bereits ein außerordentliches Entgegenkommen, sagt sie, daß den Ehemännern erlaubt werde, beim Stillen der Babys dabei zu sein, ein außerordentliches und, offen gesagt, meint sie, törichtes Entgegenkommen. Wenn sie jetzt damit anfangen würden, auch noch andere hereinzulassen, wo das denn enden würde ...?

Bei Ochs und Esel und den drei Weisen aus dem Morgenland?

Als ich durch die Tür schlüpfe, lasse ich Stefano und Marta in einer riesigen Menge von eifrigen Großeltern, Tanten, Onkeln, Schwestern, Brüdern und Freunden zurück, die – wie ich nun begreife – alle hofften, als Ausnahme von der Regel betrachtet zu werden, die hofften, dank irgendeiner Verbindung mit irgendwem durch diese Stationstür ins magische Reich von Mutter und Kind zu gelangen. Man hört ein unzufriedenes Murren, als die Schwester die Tür hinter mir zuschließt.

In England kann man meiner Erfahrung nach so gut wie immer und wie oft man möchte eine Entbindungsstation besuchen. Die Babys bleiben den ganzen Tag über bei der Mutter. Ihre Freundinnen kommen und plaudern mit ihr. Es herrscht nicht diese Panikstimmung. Aber hier muß ich mir einen grünen Kittel über meine Kleidung ziehen und zwei elastische Plastikhüllen über die Schuhe streifen. Und eben deshalb werden die anderen ausgeschlossen. Wegen des modernen Hygienewahns und der Besessenheit von Technik, Management und Kontrolle – die Babys dürfen unter gar keinen Umständen der Welt da draußen ausgesetzt werden. Alles muß klinisch sauber und sicher sein, wohingegen auf der anderen Seite der Stationstür – während ich mich mit den Bändern meines grünen Kittels abmühe – die alte romanische Welt der Gefühlsseligkeit und unermeßlichen Zuneigung vor sich hin brodelt, die blinde Entschlossenheit, wenigstens einen Blick auf das neue Kind zu erhaschen, es anzubeten, ihm Geschenke darzubringen: Gold, Gold, und nochmals Gold – darauf läuft es heutzutage hinaus, da ja Gewürze und Öle von der chemischen Industrie billig geliefert werden. Als ich den Gang zu Ritas Zimmer entlanggehe, wird die Notfall-Klingel mit monotoner und ungeduldiger Regelmäßigkeit traktiert.

Wie läßt sich eine solch unglückliche Kluft überbrücken? Wie kann eine Großmutter ihr neugeborenes Enkelkind besuchen, ohne das Gefühl zu bekommen, sie habe der Gesundheit des teuren Geschöpfs Schaden zugefügt? Die Antwort darauf ist einfach, und sie steht auf dem Schild an der Tür, auf dem auch die Besuchszeiten angegeben sind. Denn unter den Ziffern, die den Zugang zur Mutter beschränken, stehen die Worte:

VISIONE DEL BAMBINO
20.30 – 21.00

Visione! Was für ein treffendes Wort. *Visione della Madonna. Visione del bambino …*

Auf dem Gang findet zwischen einer Frau mit unverkennbar südlichem Akzent und der Schwester ein hitziger Wortwechsel statt. Man hat das Baby der Frau, einen Jungen, mit einem rosafarbenen Kleidchen zu ihr gebracht. Rosa! Die Schwester versucht zu erklären, daß laut Vorschrift die Neugeborenen nur die klinikeigene, sterilisierte Babykleidung tragen dürfen, man aber nicht immer garantieren könne, daß genügend Kleidung in der richtigen Farbe vorrätig ist. In den letzten Tagen seien eben eine Menge Jungen geboren worden, und deshalb …

»Seien Sie bloß froh«, sagt die Frau drohend, »daß mein Mann in Deutschland ist.«

Ich finde Rita in einem Zimmer, in dem nur zwei Betten stehen; sie unterhält sich mit der Frau eines hiesigen Busfahrers. Die Babys haben bereits an der Mutterbrust saugen dürfen und schlummern jetzt vor sich hin. Die beiden Frauen plaudern miteinander, leicht euphorisch, aber nichts erinnert einen an die widerspenstige Menge draußen. Dann kommt auch der Busfahrer selbst, ein nervöser, junger, langhaariger Bursche; er hat einige Päckchen dabei. Er setzt sich und preßt vor Verlegenheit die Hände zusammen, was ihn mir sympathisch macht. Die Frauen unterhalten sich weiter miteinander. Ich und der andere Ehemann werden mehr oder weniger übersehen. Unsere Pflicht besteht ausschließlich darin, zuzusehen, das nette kleine Wesen, das in Mamas Armen gewiegt wird, zu bestaunen und gelegentlich etwas herüberzureichen, eine Flasche Mineralwasser zu öffnen und zu erklären, daß es daheim an der häuslichen Front nichts Neues gebe.

Die andere Frau, Fausta, erzählt von ihren anderen Kindern. Ja, sie hat noch drei weitere! Scheu lächelnd fährt sich der (jetzt erstaunlich) junge Ehemann mit der Hand durch sein fettiges Haar. (Hätte uns die Schwester vielleicht auch mit Hauben ausstatten sollen?) Als ich sie beglückwünsche, lacht Fausta: *»Figliole e fritelle, più se ne fanno, più vengono belle.«* »Kleine Mädchen und Pfannkuchen – je mehr man davon backt, desto besser sehen sie aus.«

Wie können sich die Italiener nur all die vielen Sprichwörter merken, die sie zitieren?

Plötzlich hört man auf dem Gang dieselbe südländische Stimme, die ein paar Minuten zuvor mit der Schwester gestritten hat, »Salvatore! O Salvatò!« schreien. Es ist ein dramatischer, typisch italienischer Aufschrei, wie an einem offenen Grab. Gleichzeitig hallt von der Stationstür her der Lärm von Gedränge und Geschimpfe durch den Gang. Der Radau ist so gewaltig, daß er engelsgleiche Blick von den Gesichtern der beiden stillenden Mütter schwindet. Was geht da vor? Der Busfahrer und ich treten vor die Tür, wo wir entdecken, daß es tatsächlich eine Möglichkeit gibt, jemanden mitzubringen, wenn man seine Frau und sein Baby besucht: Man muß sich nur mit Handschellen an die betreffende Person ketten und sie als *carabiniere* verkleiden. Offenbar war der Ehegatte der Frau aus dem Süden doch nicht in Deutschland …

Trotz der Handfesseln umarmt sich das Paar. Der Häftling, der kleiner ist als seine Frau und vielleicht auch jünger, wirkt gleichzeitig mürrisch und verlegen. Im Gefolge ist noch ein zweiter *carabiniere*. Keiner der drei wird aufgefordert, einen grünen Kittel überzuziehen. Sie verschwinden in ihrem Zimmer. Die Äußerungen des Mißfallens, die man kurz darauf hört, dürften von Salvatore stammen, der wohl gerade feststellt, daß sein *maschio* das rosafarbene Strampelhöschen einer *femmina* trägt …

Aber wie bereits gesagt: Abgesehen von Ehemännern und *carabinieri* müssen normale Sterbliche, die das Baby zu Gesicht bekommen wollen, die *visione del bambino* abwarten … Diese geht folgendermaßen vor sich: Um fünf vor acht erscheinen die Schwestern und bringen hastig die Babys weg. Sobald sie sicher im Schwesternlift verschwunden sind, wird die Stationstür aufgeschlossen, so daß die wartenden Leute die Mütter besuchen können. Das dient als eine Art Appetitanreger, als Lockmittel und auch als Hinhaltemethode. Ja, er ist groß, ja, mit einer Menge Haare, und er hat Nonnos Nase, ja, haargenau. Dann, kurz vor halb neun, verlassen die Besucher mit einem Schlag eilig die Station und hasten die Treppe hinunter, zur Säuglingsstation ein

Stockwerk tiefer, wo die Babys inzwischen hergerichtet wurden und in ihren Bettchen aus Plexiglas hinter einer großen Glaswand liegen ... Damit ist die *visione* eröffnet.

Angesteckt von der allgemeinen Aufregung eilen auch wir – Stefano, Marta und ich – nach unten. Wir schieben uns durch die Türen zur Säuglingsstation. Doch noch ist die Glaswand von innen mit einer klinikgrünen Jalousie verhängt. Eine Menge von vierzig oder fünfzig Leuten hat sich angesammelt, und alle warten verzweifelt, daß die Uhr endlich halb neun schlägt, die Jalousie hochgezogen wird und das Wunder sich offenbart. Die Leute drängeln sich ungeduldig auf dem begrenzten Raum. Ein Aufkleber in Donald-Duck-Form warnt uns: NICHT AN DIE SCHEIBE KLOPFEN!

Dann wird die Jalousie hochgezogen. Die Menge drängt vorwärts, wie bei einem Fußballspiel. Sie pressen die Nasen an die Scheibe. Um was zu sehen? Vier Reihen rosa- und blaugekleideter Babys, gerade noch zu erkennen in ihren Bettchen – wenn diese richtig herum aufgestellt sind –, und auch dann nur an den großen schwarzen Nummern zu identifizieren, die auf dem Plexiglas kleben. Unseres ist die Nummer 16.

Aber die Leute sind nicht enttäuscht. Überall hört man Ohs und Ahs und Begeisterungsrufe und Gelächter und »Er ist doch seinem Onkel wie aus dem Gesicht geschnitten, oder etwa nicht?« Gemeint ist ein winziges Wesen, fast drei Meter entfernt, das eins seiner Ärmchen über dem Gesicht liegen hat. Sicher, es gibt schon Enttäuschung bei denen, die nicht bis zu der Scheibe vordringen, und bei jenen, die zwar bis nach vorne gelangen, aber dann feststellen, daß das Bettchen, das sie suchen, in der hintersten Reihe steht. Doch das läßt sich lösen, wenn man eine der Schwestern findet: Bitte, Schwester, könnten Sie nicht Bettchen 12 nur für ein paar Minuten nach vorn schieben, bitte, Schwester, bitte …

Ich für meinen Teil staune, wie gespannt Marta und Stefano zum Bettchen Nummer 16 hinüberstarren, während die kleine Stefania ihr Gesicht abgewandt hat, so daß man nichts anderes erkennen kann als einen erstaunlich dichten, dunklen Schopf. Dann beschwert sich plötzlich jemand, daß man ihn angerempelt habe, während er mit seiner Videokamera filmte. Er wollte gerade seinen Neffen (der zwölf Stunden alt ist) durchs Glas hindurch filmen, als …

Was für ein Fanatismus! Was für eine Begeisterung! Was für ein Drang nach Anbetung, nach Einswerden mit dem Objekt der Anbetung … Es erinnert mich an den Augenblick, da die hölzerne Madonnenstatue in der Dorfkirche von Cologna Veneta zu weinen begann. Rita und ich wollten uns das Wunder ansehen, gaben aber auf, weil sich schon vor der Kirche die Leute drängten, von denen viele mit teuren Fotoausrüstungen gekommen waren. In diesem Augenblick begreife ich, daß der Zugang zur Wöchnerinnenstation nicht nur aus Gründen der Hygiene untersagt ist, sondern auch, um deutlich zu machen, daß das Kind etwas Heiliges ist.

Stefano und Marta scheinen nun befriedigt zu sein. Die Schwester hat das Bettchen umgedreht, so daß sie sehen können, daß Stefania Angela dunkle Augen und das Gesicht eines alten Mannes hat. Wir fahren nach Hause. Gerade als ich zur Wohnungstür hereinkomme, läutet das Telefon. Aus fast fünfhundert Kilometern Entfernung will Ritas Mutter wissen: »Ist es ein Junge?«

Sogni d'oro

Vielleicht ist es ja nur passend, daß der Tag nach Stefanias Geburt auch der Tag der ersten Eigentümerversammlung ist. Meine eigene Familie bekommt Zuwachs, zugleich werde ich in die größere Familie der *palazzina* aufgenommen.

Als ich an diesem Nachmittag nach der Drei-bis-vier-Uhr-Besuchszeit aus der Klinik zurückfahre und von der Hauptstraße abbiege, stelle ich fest, daß am unteren Ende des Grundstücks ein Straßenschild in den Matsch gerammt worden ist. Es verkündet, daß das rutschige asphaltierte Fragezeichen, das hügelan Righettis verschiedene Baustellen verbindet, von nun an nicht mehr Via Segheria heißt, sondern in Via delle Primule – Primelweg – umbenannt worden ist. Oberflächlich scheint das ein gutes Omen, es erinnert an unbeschwerte Jugend. Doch irgend etwas gefällt mir nicht daran. Was nur? Liegt es an der Warnung Shakespeares, welch unselige Folgen Hedonismus – der Blumenpfad der Lust – nach sich zieht? Oder ist es diese latente Geziertheit, die mir bei Namen wie Butterblumenweg und Schlüsselblumen-Alm schon immer aufgestoßen ist? Überflüssig zu erwähnen, daß in dieser Straße noch nie eine Primel gesichtet wurde.

Die Hausversammlung findet um halb zehn Uhr abends in der Wohnung unter mir, bei den Cremoneses, statt. Hier leben der sanfte Francesco und die mürrische Francesca mit

ihrem einzigen Kind Gigi, das zu diesem Zeitpunkt viereinhalb Jahre alt ist. Was einem bei Gigi als erstes auffällt, ist sein enormer Umfang. Er ist ein *bufalo,* wie man hier sagt, der lärmend durch eine Wohnung tobt, die unbedingt alt, wenn nicht gar antik, aussehen soll, noch bevor die Tünche trocken ist. Diese Wirkung wird vor allem durch die Fliesen erzielt, deren dunkles Rostrot die Wohnung auf Anhieb sehr viel kleiner erscheinen läßt, als sie ist, und obendrein düster. Allerdings jammert Francesco, daß mindestens die Hälfte von ihnen ersetzt werden müsse, weil sie fehlerhaft sind.
Er winkt uns zur Seite, damit wir es sehen können. Erst einmal muß man sich im Kücheneingang hinkauern und dann – in Augenhöhe eines Kleinkindes – schräg darüberschauen, zwischen einem klobigen dunkelbraunen Ledersessel und einem breiten weichen Sofa hindurch. In dieser Position, und nur in dieser Position, fällt das Licht eines altmodischen Kandelabers (so ein Ding mit Ketten und Messingarmen und trüben Glasperlen) in einem Winkel auf den rostroten Fußboden, der enthüllt, daß die Glasur vieler dieser Fliesen in der Tat Risse und Sprünge aufweist ...
Alle schütteln den Kopf und sind ebenfalls der Meinung, daß sie ausgewechselt werden müssen. *Fondi di magazzino,* sagt Silvio wissend und meint damit Lagerrestbestände. Wobei diese Interpretation Francesco mit der bestürzenden Möglichkeit konfrontiert, daß nicht mehr genügend einwandfreie Fliesen vorhanden sein könnten, um die schadhaften zu ersetzen. Vielleicht wird diese Farbe ja gar nicht mehr hergestellt. Hat Righetti ihm womöglich die allerletzten Fliesen dieser Sorte angedreht?
Mario – stämmig, bodenständig, geschäftsmäßig – ist gerade hereingekommen und verkündet seinen Entschluß, alle

Türen in seiner Wohnung auszutauschen, weil das Holz so minderwertig sei. Das ist der Auftakt zu einer ganzen Litanei: Steckdosen und Lichtschalter, Mischbatterien, Fensterlädenschließen ... Da ein Bauunternehmer immer verflucht werden muß, sobald man von ihm gekauft hat, schlage ich einen Toast vor: Righettis Kind möge, wenn es geboren wird, eine kleine Tochter sein. »*Cattivo!*« rufen alle, was heißen soll: »Oh, wie gemein!« oder – auf ein Kind gemünzt: »Du bist garstig!« Aber sie lächeln dabei. Schließlich haben sie alle *maschietti.* Soll doch Righetti ruhig das Herz bluten angesichts seiner Tochter.
Als Gigi um das Sofa kurvt, stößt er eine Lampe von einem Beistelltisch. »*Smettila!*« ruft Francesca. Hör auf damit! Doch trotz des Mißgeschicks tobt der blonde, pausbäckige, niedliche Gigi weiter. Halbherzig schlägt Francesco vor, daß der Junge, sein Sohn, doch vielleicht zu Bett gehen könne, ein Gedanke, den niemand aufgreift, denn alle sind damit beschäftigt zu untersuchen, ob die Lampe kaputt ist. Auch wird dieser Vorschlag nicht wiederholt, als wir uns endlich an den Tisch setzen, um zu reden. Viertel nach zehn saust Gigi mehrmals in die Küche, um sich eigenhändig aus dem Kühlschrank zu bedienen.
Wo denn mein Michele sei, fragt Sabrina, Silvios Frau. Wie um Himmels willen ich es ohne ihn aushielte? Als ich erwidere, Michele liege im Bett, reagieren die anderen am Tisch mit einer Mischung aus Ehrfurcht und Sorge.
»Sie haben ihn allein im Bett gelassen, wo er doch erst zweieinhalb ist?«
Ich weise darauf hin, daß es schon ziemlich spät für einen kleinen Jungen ist, und will gerade hinzufügen, für ihn sei sieben Uhr Schlafenszeit, als mir einfällt, daß es kein italienisches Wort dafür gibt. Es hat so etwas von Zwang, diese Vorstellung einer »Schlafenszeit«. Der Begriff legt nahe, daß

es einen Augenblick gibt, da die Eltern ihre kleinen Kinder tatsächlich zwingen, ins Bett zu gehen, und sich mit einem »Nein« nicht abwimmeln lassen – hier in diesen nachsichtigeren Breiten geradezu undenkbar. Um es zu umschreiben, muß ich also sagen, daß Michele »gewöhnlich um sieben Uhr zu Bett geht«, was den Sachverhalt reichlich beschönigt, und besonders Francesca staunt, was für ein wunderbarer kleiner Junge mein Michele doch sei, daß er schon so früh in sein Bettchen will. Sie verkennt hierbei, daß ich den Burschen eine halbe Stunde oder länger festnageln mußte, indem ich ihm vorsang, Geschichten erzählte und versprach, Mami werde sehr bald wieder zurück sein, bis er endlich – gelangweilter als ich und müde vom vielen Plärren – eingeschlafen war. Nicht nur einmal habe ich gehört, wie Italiener ein solches Verhalten als grausam bezeichneten.

»Aber was, wenn er aufwacht?« fragte Sabrina. *»Poverino!«* (Ihr zwei Jahre alter Giovanni ist bei seinen Großeltern.)

Ich erwidere, daß mich nur wenige Treppenstufen von meiner Wohnung trennen und die Tür offensteht. Ich würde es hören, wenn er schreit.

»Die Tür ist offen? Die Wohnungstür?«

»Ja.«

Nun macht sich beträchtliche Sorge breit, daß jemand hineingehen und etwas Entsetzliches anrichten könnte.

»Aber die Haustür zur *palazzina* ist doch zu«, entgegne ich. »Wir hören, wenn jemand hereinkommt oder rausgeht.«

»Die Wohnungstüren sind in Ordnung«, sagt Silvio, während er sich an den ihm angebotenen Platz setzt, und streicht damit den Gegensatz zu den anderen von uns kritisierten Ausstattungsstücken heraus. Dann schüttelt er den Kopf: »Aber die Haustür ganz und gar nicht.«

Der Ausdruck »in Ordnung«, wie Silvio ihn hier gebraucht, meint einbruchssicher. Die Eingangstür zu einer Righetti-Wohnung wiegt zweihundert Kilo; sie besitzt einen gepanzerten Stahlkern und Sicherheitsschlösser ober- und unterhalb des Riegels, den man beidseitig in den Stahlrahmen schiebt. Es ist praktisch das erste, was ein Bauunternehmer einem potentiellen Käufer zeigt; er bittet ihn, die Tür hin und her zu schwingen und ihr Gewicht zu fühlen, die dunklen Löcher in dem gepanzerten Rahmen zu begutachten, in die der Sicherheitsbolzen tief und immer tiefer hineinfährt, wenn man den Schlüssel nicht einmal, nicht zweimal, sondern dreimal in jedem Schloß umdreht. Welch ein Unterschied zu der eher eleganten Eingangstür der *palazzina* mit den kleinen Glasscheiben. Ein Kinderspiel, diese mit einem Ziegelstein einzuschlagen und dann die Klinke von innen herunterzudrücken. Ohne es direkt auszusprechen, gibt mir Silvio zu verstehen, daß ich auf das falsche Bollwerk setze, um mir Ärger vom Hals zu halten.

»Und die Fensterläden im Erdgeschoß müssen mit Streben gesichert werden«, fährt er, zu Francesco gewandt, fort. »Sonst kann ein Dieb sie einfach aus den Angeln schrauben und herausheben.«

Sofort steht Francesco auf und sieht nach. Alle Männer folgen ihm, sie drängen auf die Balkon-Terrasse über unserer Garten-Wüstenei mit dem Ackerland und den Weinstöcken dahinter. Und ja, Silvio hat recht, ein mit einem Schraubenzieher bewaffneter Dieb muß nur etwa vierzig Holzschrauben herausdrehen und die Fensterläden aufstemmen, bevor er sich durch die bruchsichere Doppelverglasung arbeiten kann. Aus der fernen Kaserne meldet der Klang eines Horns die Wachablösung. Im frostklaren Mondlicht liegt still der Ort unter uns. Die Männer diskutieren, wo die Stahlstreben anzubringen sind. Es scheint fehl am Platz zu erwähnen, daß niemand in England auch nur Fensterläden hat. Jedenfalls geben die nüchternen Betrachtungen, was noch alles für unser aller Sicherheit im Primelweg getan werden muß, den Ausschlag, schließlich doch noch mit der Versammlung zu beginnen.

Wir setzen uns um einen altmodischen Tisch, vor uns hohe Gläser mit einem *frizzante,* den der kleine Gigi unbedingt kosten will, wie er auch all die verschiedenen *dolce* probiert, die die Leute für den heutigen Abend mitgebracht haben. Nicht, daß seine Eltern ihm das einfach erlaubten. Ganz im Gegenteil, sie protestieren energisch. Es ist spät, sagen sie. Gigi sollte längst im Bett sein. Er ist zu jung, um Wein zu trinken. Er hat schon nach dem Abendessen Kastanientorte gegessen. Und so weiter und so weiter. Nichtsdestotrotz wird Gigi ein Schluck Wein eingegossen, während er sich ein Stück Kuchen schnappt.

Alle lachen, und mir kommt der Gedanke, wie lehrreich das für ein kleines Kind sein muß, wie präzise es dadurch angeleitet wird, das Nichtvorhandensein jeglicher Beziehung zwischen dem, was sein »sollte«, und dem, was »möglich ist«, also die Diskrepanz zwischen Regel und Wirklichkeit zu verinnerlichen. Wie oft wacht man in Italien morgens auf und hört, daß ein neues Gesetz in Kraft getreten ist, eine Verordnung über das Anlegen von Sicherheitsgurten auf dem Rücksitz, die Besteuerung von Staatsanleihen, die Besteuerung von Arztbesuchen, so daß man sich aufsetzt, eine Notiz macht und entsprechende Vorkehrungen trifft, nur um eine Woche später zu hören, daß die Regierung aufgrund der Proteste der Öffentlichkeit das Gesetz oder die Besteuerung oder was auch immer wieder rückgängig gemacht, korrigiert oder auf später verschoben hat, was auf das gleiche hinausläuft. Mit dem Ergebnis, daß man zu den spärlichen fünf oder sechs Prozent der Bevölkerung gehört, die sich auch nur Gedanken darüber gemacht haben. Dieses Szenario ist mir inzwischen wohlvertraut, trotzdem werde ich wahrscheinlich wieder in diese Situation kommen – nicht aber Gigi, so denke ich, während ich zusehe, wie er eine Schüssel *tiramisù* verdrückt. Er wird niemals etwas zahlen, bevor nicht feststeht, daß jeder andere das ebenfalls tut. Gigi weiß, daß es ein Fehler ist, einem Befehl sofort Folge zu leisten.

»Er wird zu Bett gehen, wenn wir es auch tun«, meint Francesco säuerlich. Der Mann schämt sich nicht einmal, mir die ganze traurige Wahrheit zu gestehen. »Besser gesagt, er wird so lange quengeln, bis er zu uns ins Bett darf, so daß am Ende ich in seinem Bett schlafe. Damit ich morgens nicht völlig gerädert bin, wenn ich zur Arbeit muß.«

Francesco ist ein reizender Mensch, leicht gebeugt, phlegmatisch, anpassungsfähig, liebenswert, pfiffig. Sein Gesicht unter dem sehr kurz geschorenen, störrischen Haar ist dunkel, der Bart wirkt eher düster denn männlich. Was seine Züge aber nur um so attraktiver macht, wenn sie ein strahlendes Lächeln erhellt. Francesco ist Schadensgutachter bei der Autoversicherungsabteilung eines großen Geldinstituts. Er fotografiert zerbeulte BMWs, Fiats, Alfa Romeos. Er kennt den Wert von Materialien, die sich bruchlos verformen. Er weiß, daß Kunden oft Schäden melden und reparieren lassen, die nichts mit dem fraglichen Unfall zu tun haben, so daß sein Versicherungsunternehmen theoretisch nicht dafür aufkommen müßte. Aber er weiß auch, daß man – außer in wirklich himmelschreienden Fällen – zahlen wird. Denn schließlich ist eine Autoversicherung genau deshalb so teuer. Damit jeder sie plündern kann. Fraglos ist Francesco unendlich besser gewappnet als ich, ein italienisches Kind zu erziehen. Wo ich mir schon wegen eines Namens wie Via delle Primule den Kopf zerbreche, also wirklich! Alle anderen sind offensichtlich beglückt darüber. Es hätten ohnehin alle neuen Straßen im Ort Blumennamen, erzählt Sabrina: Via dei Ciclamini, Via delle Rose, Via dei Garofani. Und auch dort würden weder Alpenveilchen noch Rosen oder Nelken blühen. Warum sollte unsere Straße eine Ausnahme sein?

Wir sitzen an diesem Abend zu siebt am Tisch: ich selbst, die Gastgeber Francesco und Francesca, dann Silvio und Sabrina von der Nachbarwohnung, Giorgio – ein rundlicher, unbekümmerter Bursche mit schleppendem Tonfall – von der Wohnung neben meiner, und schließlich (da eine Wohnung, obwohl bezahlt, noch leer steht) Mario, der Mann, der die Türen austauschen will (wie sich herausstellt, ebenso die Lichtschalter und die Türrahmen und die Wendeltreppe ...). Mario ist vom Scheitel bis zur Sohle ein Mann der Tat. Er kam mit vier oder fünf Pflanzenkatalogen bewaffnet hierher, voller Fotos von Sträuchern, die wir uns anschaffen könnten. Mit unseren Schampusgläsern in der Hand tun wir unser Bestes, den kreischenden Gigi zu überhören, und entwerfen ein kleines Paradies ... für unsere Kinder.

»Was uns«, wie Silvio verkündet, »zum Tagesordnungspunkt Gartentor bringt.« Es stellt sich wieder einmal heraus – wie könnte es anders sein –, daß bei einem Paradies in erster Linie sein Schutz gewährleistet sein muß.

»Das Gartentor?« frage ich nach. Was könnte es über das Tor schon zu sagen geben, außer daß ich soeben eine rosafarbene Rosette daneben befestigt habe?

»Manche Leute vergessen, das Tor abzuschließen«, erwidert Silvio, reichlich verkniffen für einen so jungen gutaussehenden Mann.

Das ist wahr. Das große Doppeltor, das geöffnet werden muß, damit man mit dem Wagen hinausfahren kann, ist mit einem Schloß versehen, dessen Nutzen fragwürdig ist; meine Hausnachbarn allerdings bestehen darauf, daß es stets verschlossen sein müsse. Das heißt, man muß zuerst aus dem Wagen steigen, das Tor aufschließen und es öffnen, dann setzt man sich wieder in den Wagen, fährt durch und steigt nochmals aus, um es zu schließen und abzusperren. Einige Leute – ich gehöre, wie ich zugeben muß, auch dazu – haben den letzten Teil dieser Prozedur immer mal wieder »vergessen«. Wenn auch nicht so oft, wie ich es gerne gewollt hätte.

Und das sei gefährlich, beharrt Silvio, denn es bedeute, daß ein Dieb leicht eindringen könne. Dabei wechselt er einen Blick mit Mario und Francesco. Es ist offensichtlich, daß zwischen ihnen bereits ein gewisses Einverständnis herrscht.

Da ich mich in die Enge gedrängt fühle, weise ich darauf hin, daß ein Dieb ohnehin leicht aufs Grundstück gelangen könne. Der Zaun ist nicht hoch, und die Fußgängerpforte kann geöffnet werden, indem man mit der Hand über das kleine Mäuerchen faßt und dort auf den nicht einmal versteckten Plastikknopf drückt. Ein Kinderspiel.

Aber wenn das große Tor offen sei, erwidert Silvio, könnte jemand mit einem Kleintransporter oder sogar einem Lastwagen hineinfahren und eine große Menge Diebesgut mitgehen lassen.

Vielleicht sollte ich an diesem Punkt erwähnen, daß bei den Hausversammlungen in der Via delle Primule 6, da alle Eigentümer Ortsansässige sind, der hiesige Dialekt und nicht »richtiges« Italienisch gesprochen wird. Weshalb ich mir, wie vorher bei Righetti, zuerst nicht sicher bin, ob ich mich nicht verhört habe, so bizarr kommen mir Silvios

Ängste vor. Aber nein, denn nun setzt er zu einer Erklärung an, wie im Sommer, wenn zweifellos die meisten von uns gleichzeitig in Urlaub sind, jemand mit einem Lastwagen durchs Tor fahren, vor den Garagen unter seiner Erdgeschoßwohnung parken und sein ganzes Hab und Gut aufladen könnte. Während also von Righettis Handwerkern geradezu erwartet wird, daß sie nachlässig arbeiten, und die Regierung weitestgehend ignoriert werden darf, rechnet man bei Dieben mit einer geradezu teuflischen Effizienz.
Ich entschuldige mich, falls ich das Tor hin und wieder offengelassen haben sollte. Zweifellos lag das daran, daß mich die Geburt von Stefania so in Anspruch genommen hat ... Eine der wundervollen Seiten Italiens ist es, daß Kinder hier mehr oder weniger als Entschuldigung für alles akzeptiert werden. Ich habe sogar einmal aufgeschnappt, wie ein Mann seine eheliche Untreue damit entschuldigt hat, er sei einfach überglücklich gewesen, daß seine Frau ... gerade einen Sohn geboren habe.
Nun bringt Francesco zur Sprache, wie lästig es sei, bei Regen aus dem Auto aus- und wieder einzusteigen, um mit dem Tor herumzuhantieren. Da es in den paar Tagen, seit wir hier eingezogen sind, nicht ein einziges Mal geregnet hat, verstehe ich seinen Einwurf als versöhnliche Geste mir gegenüber. Doch dann stellt sich heraus, daß dies nur der Auftakt für einen Vorstoß ist, den er mit Mario und Silvio bereits vorher abgesprochen hat. Später werde ich erkennen, daß ich wirklich der einzige gewesen bin, der unvorbereitet zu den Hausversammlungen kam.
»Deshalb habe ich mir überlegt«, sagt Mario, »daß wir uns *un cancello telecomandato* zulegen sollten«, – ein Tor mit Fernbedienung.
Ich habe mich schon oft über die Etymologie von *cancello,* dem italienischen Wort für Tor, gewundert. Denn *cancellare,*

das Verb, bedeutet absagen, annullieren oder auch auslöschen, ausradieren, streichen. Steckt dahinter, zumindest ansatzweise, die Vorstellung, daß man die Außenwelt mit all den dort lauernden Gefahren auslöscht, wenn man ein Tor hinter sich schließt? Was könnte es dann Besseres geben als ein automatisches Tor, um damit der Welt automatisch eine Absage zu erteilen?

»Mit einem *cancello telecomandato«,* bekräftigt Mario, »könnten wir nicht vergessen, das Tor wieder zuzumachen, denn es öffnet und schließt sich dann ganz von allein.«

Weshalb wir nun, um die Unbequemlichkeit des Ein- und Aussteigens zu vermeiden, drei Millionen Lire ausgeben sollen, von denen Giorgio und ich, da wir die größten Wohnungen besitzen, den Löwenanteil aufzubringen hätten. Denn Ausgaben werden nach Wohnfläche aufgeteilt. Giorgio – beherrscht und höflich, aber durchaus von einer gewissen wortkargen Angriffslust – erhebt Einspruch. Er verkauft am hiesigen Bahnhof Fahrkarten, und wenngleich er sich dabei wohl kaum überarbeitet, wird er auch nicht überbezahlt.

Aber das andere Lager steht wie ein Bollwerk und ist gut organisiert. Und es bildet die Mehrheit. Tatsache ist, sie wollen ihr *cancello telecomandato* haben. Sie wollen es unbedingt. Und nicht nur aus Gründen der Sicherheit. Nachdem sie ihre brandneuen weißverputzten Wohnungen gekauft haben, wollen sie jetzt zeigen, daß sie es geschafft haben. In diesem Sinn ist ein Tor mit Fernbedienung zugleich Luxus und unverzichtbar – oder eben ein unverzichtbarer Luxus wie die Sprinkleranlage und die Gartenbeleuchtung, die Entscheidung, Kirschbäume zu fällen und Weinstöcke auszureißen, und teure Fliesen in der Garage.

»In Nummer 4 haben sie schon ein *telecomandato«,* sagt jemand, als wollte er die Sache damit besiegeln.

Aber ich bin entschieden dagegen. In den reichen amerikanischen Vororten, führe ich aus, haben sie, soweit ich mich erinnern kann, nicht einmal Gartenzäune. Der Vorgarten endet einfach an der Straße. Wenn wir uns wirklich Unannehmlichkeiten ersparen wollten, könnten wir doch einfach Zaun und Tor entfernen. Für einen entschlossenen Dieb stellten sie ohnehin kein ernsthaftes Hindernis dar.

Wieder lachen alle herzlich, wie vorher bei meinem Vorschlag, Righetti ein kleines Mädchen zu wünschen. Was für einen großartigen *senso dell'umorismo* diese Engländer doch haben ...

Den Rest des Abends verbringen wir dann damit, Pflanzen aus Marios Katalogen auszusuchen, mit Gigi in der Mitte, der keinerlei Anzeichen von Schläfrigkeit zeigt und immer wieder mit seinen schmierigen Fingern auf die Hochglanzseiten deutet – »Aber ich will die und die« –, uns dann das Geld in seiner Börse und später die Narbe an seiner Wade bewundern läßt. Wobei mir plötzlich das schlagende Argument einfällt.

»Sie sind gefährlich für Kinder«, verkünde ich.

»Was?«

»Automatische Tore! In der *Arena* [der Lokalzeitung] stand erst letzte Woche, daß ein Kind gestorben ist, weil ein Tor ihm das Genick gebrochen hat.«

Das ist tatsächlich wahr. Ich besinne mich auf Nascimbeni und mache die *corna*-Geste, um Unheil abzuwehren. Erfreut stelle ich fest, daß diesmal niemand lacht.

»Ich habe eine Wohnung am Ende einer ruhigen Sackgasse gekauft, damit die Kinder allein draußen herumrennen und spielen können«, fahre ich gräßlich selbstgerecht fort, »und nicht, damit ich ständig aufpassen und mir Sorgen wegen eines automatischen Tores machen muß.« Kurz gesagt, ich

möchte nicht, daß die Kinder durch ein *cancello* etwa *cancellati* …
Stille. In einem seltenen Augenblick der Intuition habe ich es geschafft, zwei, wenn nicht gar drei italienische Ideale miteinander in Widerstreit zu bringen: Auf der einen Seite steht der Schutz des Eigentums, in diesem Fall noch verstärkt durch die modische Eleganz eines automatischen Tors mit gelbem Blinklicht und kleinen piependen Fernsteuerungen am Armaturenbrett; auf der anderen Seite die Sicherheit des einen und einzigen Kindes, in das man schon viel investiert hat. Der Konflikt dieser höchsten Werte gleicht jenem, der im Krankenhaus zur *visione del bambino* führte. Kaum lösbar … Giorgio wirft mir über den Tisch dankbare Blicke zu. Silvio räumt ein, daß er den Sicherheitsaspekt noch genauer ausloten müsse. Die Versammlung wird vertagt, und Gigi kann endlich in sein beziehungsweise in Mutters Bett.
Oben ist eine Nachricht auf dem Anrufbeantworter. Rita hat die Nase voll vom Krankenhaus. Das ständige Klingeln der Notfallglocke treibt sie zum Wahnsinn. Sie hat die Ärzte überredet, sie schon morgen früh nach Hause zu entlassen, anstatt sie die vorgeschriebenen drei Tage im Krankenhaus zu behalten. Ob ich mich darauf einrichten könnte?
In seinem Zimmer schläft Michele tief und fest. Während ich ihn betrachte, geht mir durch den Sinn, daß alle Neugeborenen auf der ganzen Welt die gleichen Erfahrungen wie Stefania machen. Ab welchem Zeitpunkt werden sie dann echte Italiener? Ich habe gesehen, wie Michele an dem kleinen Knopf in der Mauer herumgefummelt hat, der summend die Fußgängerpforte zur Straße hin öffnet. Er wurde für die Leute angebracht, die hinausgehen, damit sie nicht einen Schlüssel benutzen müssen. Aber Michele hat mitgekriegt, daß die Leute auch, wenn sie kommen, einfach

mit der Hand über die Mauer fassen und ihn drücken; selbst Leute, die noch nie bei uns im Haus waren, aber wissen, daß so etwas üblich ist. Wir haben also ein Schloß am Tor und eine Vorrichtung, die die Pforte gleich wieder verriegelt, um Störenfriede draußen zu halten. Doch um der lieben Bequemlichkeit willen und weil elektrische Dinge so reizvoll sind, gibt es einen Knopf in der Mauer, den jeder x-beliebige drücken kann, um so die Pforte zu öffnen – Störenfriede eingeschlossen. Geradeso wie Kinder um acht ins Bett gehen sollten, es aber nicht tun, weil sie nicht wollen, und wie es ausgezeichnete gesetzliche Regelungen zu den verschiedensten Fragen gibt, die jedermann aus Bequemlichkeit ignoriert.

Hat mein Sohn dies bereits verinnerlicht? Mit zweieinhalb? Weiß er schon zu schätzen, wie absurd und gleichzeitig angenehm das ist? Oder macht es ihm nicht vielleicht einfach nur Spaß, erst zu sehen, wie die Pforte von selbst ins Schloß fällt, um sie dann mit seinen plumpen kleinen Fingern summend wieder aufschnappen zu lassen? Und wird er sich schließlich, als Ergebnis solcher Erfahrungen, diesen alles übertrumpfenden Pragmatismus zu eigen machen, der es ermöglicht, gleichzeitig zwei voneinander unabhängige und sich teilweise widersprechende Vorhaben durchzuführen, weil man Seelenqualen vermeiden will, indem man eins davon ablehnt? Ein Tor zum Schutz. Das Schloß aus Bequemlichkeit für jedermann leicht zu öffnen. Wer weiß?

Er trägt nachts noch immer eine Windel. Ich überprüfe und wechsle sie. Vorne auf seinem kleinen Schlafanzug steht »Golden Dreams«, die treffende wörtliche Übersetzung des italienischen Ausdrucks *sogni d'oro.* Ich frage mich, ob Silvio und Mario vielleicht in eben diesem Augenblick von goldenen Toren träumen, *telecomandati* natürlich, und ob »goldene Träume« heißt, daß die Träume golden, also schön sind oder von Gold handeln? Würde das im heutigen Italien auf dasselbe hinauslaufen? Die Größenbezeichnung hinten in seinem Schlafanzug ist ebenfalls englisch, um die Möglichkeiten des Exports zu vergrößern. »For the kids great« steht da. Was heißt: »Large«. Mein Michele ist offensichtlich, nicht anders als Gigi, ein Mordsbrocken. Oder sollte ich vielleicht sagen, ein echter kleiner italienischer *bufalo?*

Ninne nanne

Sehr früh am Morgen klopft es an meine Tür. Es ist Francesco mit der schlechten Nachricht, daß sich an der Decke seines Badezimmers sehr rasch ein Wasserfleck ausbreitet. Eines der Rohre in meinem Fußboden muß ein Leck haben. Am Telefon gibt sich Righetti ungläubig. Dazu kann er nun nicht mehr *»naturalmente«* sagen. Als ich dann mit Rita und der kleinen Stefania vom Krankenhaus zurückkomme, erfahren wir, daß der Bauunternehmer und sein Gehilfe den Fehler immer noch nicht gefunden haben, obwohl sie schon vier Bodenfliesen herausgenommen haben. Offensichtlich gibt es keine Pläne darüber, wo genau die Rohre verlegt worden sind. Sie sind wohl nicht aus Gold. Die Männer bearbeiten die Fliesen mit Hammer und Meißel. Das Baby schreit. Rita flucht. Als Righetti am späten Nachmittag geht, nimmt er die Gelegenheit wahr, mich wieder einmal an die noch ausstehende Bezahlung der ersten Monatsmiete für die Garage zu erinnern.
Am Abend kommen Stefano und Marta mit ihrem kleinen Beppe vorbei, um das neue Haus und das neugeborene Baby in Augenschein zu nehmen. Und während ich zu erklären versuche – ich fühle mich beinahe unter Rechtfertigungsdruck –, daß wir beschlossen haben, es in Ordnung zu finden, wenn die Kinder ihre schmutzigen Fingerabdrücke auf der Wand des Kinderzimmers hinterlassen, was Michele natürlich schon ausgiebig getan hat, schüttelt Stefano viel-

sagend den Kopf über die Pfuscharbeit im Badezimmer und überlegt laut, ob der Fußboden jemals wieder richtig eben gemacht werden kann. Wenn erst einmal etwas schiefgelaufen ist ... es dann wieder hinzukriegen ... *sai com'è?*
Aber das Baby, sagt Marta, ist ein *spettacolo* – ein Spektakel, eine Show. Oh, das ist es wirklich. *Un vero spettacolo!* Hier muß man erwähnen, welch positiven Beigeschmack dieses Wort im Italienischen besitzt. Was könnte sich Marta zum Beispiel mehr wünschen, als daß man ihr sorgfältig gepflegtes Haus, ihren *cotto*-Fußboden, den offenen Kamin aus *pietra serena* und ihr Wohnzimmer, das immer fest verschlossen bleibt, damit Beppe nicht hineinkann, *uno spettacolo* nennt? Meine Mutter hingegen pflegte immer zu sagen: »Tim, um Himmels willen, veranstalte nicht solch ein Spektakel um dich!« Sollte heißen, stell dich nicht so in den Mittelpunkt. Und es bedeutete auch, daß man kleine Kinder zwar sehen, aber nicht hören oder, noch besser, weder hören noch sehen soll.
Leider stellte es sich in den kommenden Wochen und Monaten heraus, daß der negative Sinn, in dem meine Mutter das Wort gebrauchte, hervorragend auf unser neugeborenes Baby paßte. Stefi machte ein ausgesprochen fürchterliches Spektakel um ihre Person, und das nicht nur am Tag, sondern um eins und um zwei und um drei und um vier Uhr in beinahe jeder Nacht und am frühen Morgen, sie plärrte und strampelte und kotzte, und nie nie nie wollte sie einschlafen. Alle möglichen Ratgeber und Zeitschriften wurden konsultiert, jeder nur irgendwie bedenkliche Bestandteil vom Speiseplan der Mutter gestrichen, einschließlich Artischocken und *peperoni.* Ein Arzt verschrieb sogar, wie die Ärzte im Veneto das bekanntlich tun, Valium für das Kind. Ob es genützt hätte oder nicht, weiß ich nicht, denn davor schreckten wir dann doch zurück. Sicher ist nur, daß

nichts sonst half. Die Nächte verbrachten wir *in bianco,* wie die Italiener sagen – wachend. Obwohl Wachheit ein eher schönfärberischer Ausdruck für diesen Zustand am Rande des Komas war, in dem ich mich während der kommenden Monate Tag und Nacht dahinschleppte. Denn ich wurde nicht nur unaufhörlich von Stefis quengligem Geschrei aus dem Schlaf gerissen, sondern zugleich ständig von den *ninne nanne,* den Schlafliedern, die meine Frau sang, narkotisiert. An eines, das ich ohne Ende gehört habe, erinnere ich mich besonders gut, sein Refrain geht so:

Ninna nanna, ninna nanna,
La bambina è della mamma,
Della mamma e di Gesù,
La bambina non piange più …

Eiapopeia, eiapopeia,
Das Kindlein gehört der Mama,
Der Mama und dem Jesulein,
Nun hört das Kindlein auf zu schrein …

Es sollte sich herausstellen, daß dies nicht der Wahrheit entsprach. Ob es nun Mamas Baby war oder das vom Jesulein oder auch beiden gehörte, das Baby wollte jedenfalls nicht aufhören, heftig zu schreien. Ich weiß noch gut, daß es mich in diesem Zustand nahe dem Delirium, in den man unter solchen Umständen gerät, gelegentlich irritierte, daß das Baby, für das ich so große *sacrifici* brachte, anscheinend jedermanns Baby war, nur nicht meines …
Meine Frau sang:

Sorridi alla tua mamma amore
Che sempre veglierà per te …

Lächle deine Mami an, mein Kleines,
Sie wird immer für dich wachen …

Aber auch das entsprach nicht den Tatsachen. Denn wie alle Eltern wissen, ist diejenige Person am anfälligsten für die einschläfernde Wirkung eines Schlafliedes, die es singen muß. Viele Nächte pflegte Ritas rothaariger Kopf aufs Kissen zu sinken, worauf es jenem Kerl, von dem kein Schlaflied jemals spricht – dem Papa – überlassen blieb, das Baby auf den Arm zu nehmen und ihm ein paar von diesen eher schrägen englischen Liedchen vorzusingen, die auf ziemlich sadistische Weise beschreiben, wie Babys in gefährlichen Baumwipfeln schaukeln.
Eines der Hilfsmittel, auf das wir zurückgriffen, um nicht selbst stundenlang singen zu müssen, war eine Kassette mit Schlafliedern. Ein schmachtender, südländischer Schmalzgesang gab ein paar tatsächlich einschläfernde, geradezu an Trauermusik erinnernde Stücke zum besten (sie erwiesen sich als sehr wirkungsvoll), aber unerklärlicherweise waren sie mit lebhafteren, fröhlicheren Liedern durchsetzt, die von unausgebildeten Kleinmädchenstimmen dargeboten und von einem aufreizenden Akkordeon von der Art begleitet wurden, wie man es unfehlbar im Österreichischen Rundfunk zu hören bekommt. Das war höchst kontraproduktiv, so als ob derjenige, der die Kassette zusammengestellt hatte, den Zuhörer nur in den Schlaf wiegen wollte, um ihn gleich danach wieder aufzuschrecken. Es erübrigt sich zu erwähnen, daß männliche Stimmen nicht vorkamen. Wie oft habe ich diese Kassette gehört! Eines der fröhlicheren Lieder erzählte, wie die Madonna zum Markt ging, und ihr Bambino Gesù überließ sie … ja, wem wohl? Leichter ist es zu erraten, bei wem sie es sicher nicht ließ. Glücklicher Giuseppe. Nein, sie ruft eine Gruppe von Engeln mit alber-

nen italienischen Namen herbei, die fröhlich bereit sind, den Babysitter zu spielen. Aber in ihrer Abwesenheit wacht das Jesuskind auf und beginnt zu weinen. Die Engel versuchen nun mehr oder weniger all das, was auch wir versucht haben, um unser Baby wieder zum Einschlafen zu bewegen. Angelo Lilla versucht es mit *camomilla.* Der *angelo d'oro* schlägt einen *bel coro* vor – einen Chorgesang. Verschiedene andere reimfreudige himmlische Wesen verfallen nun darauf, die Windeln zu wechseln, dem kleinen Kerl den Bauch zu reiben, auf einer Geige zu spielen, ihm Gesichter zu schneiden etc. Aber das Baby schreit immer noch *disperato,* und die Madonna ist immer noch *al mercato* (wo sie sicher einen Cappuccino trinkt, meine Frau jedenfalls würde das tun). Schließlich kommt die Madonna zurück und erklärt, daß Gesù nur ein bißchen hungrig sei. Sie schickt die Engel zum Markt, um zu holen, was sie unverständlicherweise vergessen hat, aber als sie mit den Sachen für den Sohn Gottes zurückkommen, ist dieser natürlich schon längst in den Armen der Madonna eingeschlafen.

Man spricht zwar vom »Sohn Gottes«, aber unbedeutende Details dieser Art spielen in den zahllosen italienischen Schlafliedern, die von der Jungfrau und ihrem kleinen Jungen handeln, keine Rolle. Sehr schnell begreift man, daß im Gegensatz zu den Geschichten anglikanischer Tradition, die man mir als Kind in der Sonntagsschule erzählt hat, das Sendungsbewußtsein von Jesus nur ganz am Rande mit der Tatsache zu tun hat, daß er Gottes Sohn ist, sondern vielmehr damit, daß die Madonna seine Mutter ist. Jedenfalls ist der einzige wirklich bedeutende Umstand im Verhältnis dieser beiden die Tatsache, daß er ihr *bambino* ist und sie seine *mamma.* Sie hat nach ihm keinen anderen Mann und er außer ihr keine andere Frau. Das ist ein geheiligter Tatbestand. Alles andere ist Nebensache.

Aber die Schlaflieder, die ich am meisten mag, sind die, bei denen die traurige Wahrheit ihrer Entstehungsbedingungen zwischen den Zeilen durchschimmert. Das brutal direkte *Fa la nanna e la nanna faremo …* (Schlaf endlich ein, damit wir auch schlafen können) hätte auch gut von mir stammen können, etwa gegen Ende der dritten Woche mit Stefi. Gereimte Verhandlungsstrategien im Stile von: *Non fare più capricci / se no sarann' pasticci* (Laß jetzt diesen Unfug sein, oder du wirst es bereun), gefolgt von dem noch viel bedrohlicheren *Alla tua mamma dài già tante pene / potrebbe creder che non le vuoi bene* (Mach es deiner Mutter nicht so schwer / sie denkt sonst noch, du liebst sie gar nicht mehr) wären mir dann vielleicht etwa eine Woche später in den Sinn gekommen. Aber das *ninna nanne,* mit dem ich mich schließlich nach ein, zwei Monaten vollauf identifizieren konnte, lautet so:

Nanna O, nanna O
Il mio bambino a chi lo do?
Lo darò al suo angiolino
Che lo tenga fino al mattino …

Ich versuche erst gar nicht, mich für die Unfähigkeit, eine gereimte Übersetzung anzufertigen, zu entschuldigen …

Eiapopeia, eiapopeia,
Wem soll ich denn mein Kindchen geben?
Ich gebe es dem Schutzengelein,
Das wird es hüten bis zum Morgen …

Kurz und gut, hier ist eine Mutter schließlich an dem Punkt angekommen, wo sie nur noch irgend jemand anderen finden will, der sich um ihr Kind kümmert …

Nanna O, nanna O
Il mio bambino a chi lo do?
Lo darò al suo cherubino
Che lo tenga a se vicino ...

Eiapopeia, eiapopeia
Wem gebe ich den kleinen Bub?
Ich geb' ihn seinem Cherub,
Der wacht bei ihm ganz nah ...

Die arme Mutter geht dann eine Liste möglicher Ersatzlösungen für ihre eigene Person durch, darunter vor allem die *befana*, eine häßliche, aber gutmütige Hexe, und schließlich, unvermeidlich, Gesù und Maria, wobei sich diese endlich gefundene Lösung auf *e così sia* – so soll es sein – reimt. Was wohl bedeuten soll: Von jetzt ab wasche ich bei dieser ganzen tristen Angelegenheit meine Hände in Unschuld. Das in Moll gehaltene Lied hört sich unendlich wehklagend an, es ist verzweifelt und hoffnungslos resigniert zugleich, stellenweise vielleicht auch leicht rachsüchtig, besonders wenn die *befana* aufgefordert wird, das Kind eine ganze Woche lang, eine *settimana*, zu hüten, oder auch, hier jedoch subtiler, wenn die Sängerin auf den Gedanken verfällt, ihre schlaflose Brut bei der Madonna und ihrem Kind abzuliefern, so als ob die ganze unangenehme Situation irgendwie in erster Linie deren Schuld sei. Und überhaupt nicht die des Vaters. Offensichtlich ist der Vater, verglichen mit all diesen übernatürlichen Kandidaten, der unwahrscheinlichere Babysitter. Jedenfalls wird er nirgendwo erwähnt, kein Ton von *papà*, nicht einmal eine Aufforderung, daß der Kerl doch endlich mal seine Pflicht tun solle. Wenn ich also mit Stefi zu früher Morgenstunde auf und ab ging und den südlichen Stimmen lauschte, mit ihrem traurig rollen-

den »r« und den schmerzvoll langgezogenen Vokalen, die sich durch herzzerbrechende, von Akkordeonklang durchhauchte Kadenzen schleppten, dann fühlte ich mich berechtigt, mir zu wünschen, ich wäre in der Zeit geboren, als man diese Schlaflieder geschrieben hatte. Denn dann hätte ich sie mir wahrscheinlich nie anhören müssen.
Einmal, während Michele und Beppe mit ihren Spielzeugautos in dem immer noch großen Schutthaufen vor dem Haus herumtobten, machte ich Marta gegenüber eine Bemerkung über diese durchgängige Abwesenheit von Vätern in Schlafliedern. Stimmt nicht, widersprach sie. Ich hätte wohl noch nicht das *»Ninna nanna al mio papà«* – das Schlaflied für meinen Papi – gehört. Sing es mir vor, bat ich. Als Antwort ging sie zu einem Regal, das so peinlich geordnet war, wie es meine Sachen erst nach meinem Dahinscheiden sein werden, und nahm eine Kassette heraus. Hör zu, sagte sie. Sie war sich ihrer Sache sehr sicher. Ich lauschte mit angehaltenem Atem. Das Lied erwies sich als einer dieser wundervollen Fälle von jener Ausnahme, die nicht allein die Regel bestätigt, sondern sie sogar noch untermauert. Hier ist es, gesungen von höchst entzückenden Kinderstimmen:

Ninna nanna al mio papà
Al più buono e al più caro dei papà
Dormi, dormi, mio papà,
Il tuo bimbo a te vicino resterà.

Schlaflied für meinen Papi,
Für den besten und liebsten aller Papis.
Schlafe, mein Papi, schlaf ein,
Dein Bübchen wird bei dir sein.

Kurz, anstatt daß der Papi dem Baby einzuschlafen hilft, ist es das Baby, oder der kleine Junge, der hier seinen Papi in den Schlaf singt. Anstatt selbst der Leidende zu sein, der damit kämpft, jemand anderen in Morpheus' Arme zu legen, wird hier der Papa zum Baby, zum Adressaten des Gesangs beruhigend zärtlicher Stimmen. Eine absurde Vorstellung, mögen Sie denken, eine Halluzination, hervorgerufen durch die überreizten Nerven eines modernen, politisch korrekten Vaters während einer wieder einmal *in bianco* verbrachten Nacht. Ich fürchte aber, daß es sich nicht so verhält. Nein, ich vermute, daß die Entstehungsbedingungen dieses kleinen Liedes ganz andere und wieder einmal sehr wenig schmeichelhaft für die Gestalt des Vaters sind. Denn wir befinden uns, man erinnere sich, in Italien, und es ist anscheinend gerade Siesta. Papa kommt von der Arbeit nach Hause, er will nach dem Essen ein Nickerchen machen, bevor sein langer Nachmittag beginnt, und sehr wahrscheinlich hat er den Kindern, die nun schon etwas älter sind, mit Gott weiß was gedroht, wenn sie nicht ruhig sind und ihn schlafen lassen. (Wozu sonst das besänftigende »Für den besten und liebsten aller Papis«?) Niemand interessiert sich hier schließlich dafür, ob die Kinder schlafen oder nicht, solange sie den Papa nicht stören. So ist, nach der oben angeführten Strophe, der ganze Rest des Lieds ein leises, beinahe ängstliches Flüstern:

Dormi, dormi, Papà
Io sono qui vicino a te
Zitto zitto, senza fare rumore …

Schlafe, mein Papilein, schlaf,
Ich wache hier ganz nah bei dir,
Still, so still, und bin ganz brav …

Das ganze Lied dauert genau eine Minute und achtzehn Sekunden, ungefähr doppelt so lange, wie ich gebraucht hätte, um einzuschlafen, wenn Stefi ihren Beitrag dazu geleistet hätte. Ich lachte mit Marta und fragte sie, ob denn Stefano jemals eine Nacht durchwacht und sich um das Baby gekümmert hätte. Aber sie antwortete, seine Arbeit sei viel zu wichtig für so etwas. Als Beppe noch klein war, ist er in das Gästezimmer umgezogen.
Ich konnte mir ausmalen, wie er sagen würde: *»Sai com'è«*, was hier nur bedeuten kann: »Ich wette, daß du jetzt gern wissen würdest, wie das ist.«
Nachdem ich vielleicht drei oder vier Monate auf dieser *via crucis* verbracht hatte, habe ich einmal das Problem am Telefon mit meiner nie um kluge Ratschläge verlegenen Schwiegermutter besprochen, die fast fünfhundert Kilometer entfernt in Pescara lebt. Sie sagte: *»Ma Tim, le hai dato il sonno?«* Wörtlich übersetzt: »Aber Tim, hast du ihr auch den Schlaf gegeben?« Einen Augenblick lang überlegte ich, ob sie damit vielleicht auf irgendein Schlafpülverchen anspielte, das ich nicht kannte. Oder vielleicht hatte ich nur einmal wieder nicht richtig verstanden.
»Was meinst du damit?«
Da erinnerte sie sich daran, daß ich noch lange kein Italiener bin, auch wenn ich Italienisch spreche.
»Ob du ihr Schlaf gegeben hast? Das heißt, ob du ihr Geld irgendwo in die Kleider gesteckt hast.«
»Wie? Geld?«
»Das gibt ihnen ein Gefühl von Sicherheit«, erklärte sie.
Warum hatte Nascimbeni mich nicht darauf hingewiesen? Oder war das vielleicht so selbstverständlich …
So beschlossen wir in einer Nacht, in jenem unbestimmten Geisteszustand zwischen Aufgekratztheit und Verzweiflung, es mit diesem sprichwörtlichen Heilmittel zu versuchen.

Man kann ja nie wissen. Ein Fünfhundert-Lire-Stück wurde in jedes Söckchen und ein Fünfzigtausend-Lire-Schein oben in ihre Windel gesteckt, als sei sie eine Art frühreife Bauchtänzerin. Es nutzte nichts. Aber wie Rita dann feststellte, hatte ich nachzufragen vergessen, wieviel Geld genau man heutzutage denn benötige. *Un milione? Un miliardo?*
Wenn ich sie gehabt hätte, ich hätte sie ihr gegeben.

Ricatti

Im Wartezimmer der Kinderärztin stößt ein kleines Mädchen – vielleicht vier oder fünf Jahre alt – das niedrige Tischchen um, auf dem die Zeitschriften liegen; dann nimmt es die Magazine und wirft sie quer durch den Raum. Die Mutter schüttelt den Kopf, sagt: *»Smettila, Jessiica«* (vermutlich nach Jessica Lange) und stellt das Tischchen wieder ordentlich hin. Die anderen Mütter lächeln nachsichtig. Wie könnte man die kleinen Lieblinge denn auch bändigen? Da es niemanden zu stören scheint, lasse ich Michele umherlaufen; er singt dabei vor sich hin und stößt und knufft die anderen Kleinkinder. Inzwischen hebe ich eine Ausgabe von *Donna & Mamma* vom Boden auf. In einem Brief auf der ersten Seite heißt es:

Wir, die Eltern, 29 und 31 Jahre alt, haben ein dreijähriges Mädchen, das uns wirklich große Sorgen macht. Francesca ist unser erstes Kind, das erste Enkelkind in der Familie und überhaupt das erste Baby in unserem ganzen Freundeskreis. So ist sie von einer ganzen Schar von Leuten umgeben (Großeltern, Tanten und Onkeln, Verwandten, Freunden und vor allem uns selbst, den Eltern), die allesamt völlig hingerissen von ihr sind. Wir arbeiten beide nur halbtags, so daß wir viel Zeit mit ihr verbringen können, und auch die vier Opas und Omas stehen uns oft hilfreich zur Seite. Das Ergebnis: Francesca ist überaus trotzköpfig, herrisch und launisch …

Währenddessen – hier im Wartezimmer – ist es Jessica gelungen, auf einen Stuhl zu klettern, um vom Schwarzen Brett einen Zettel herunterzureißen, welcher einen Vortrag über »Inner- und außerfamiliäre Kommunikation in einer pluralistischen Gesellschaft« ankündigt, den irgendein Professor in der Stadthalle halten wird. Die Mutter heftet den zerrissenen Zettel hastig wieder an das Brett und fragt, ob Jessica nicht lieber mit einigen der vielen Spielsachen spielen möchte, die sie mitgebracht haben: dem quakenden Frosch oder der Puppe, die wimmert, wenn man ihr kein Fläschchen in den Mund steckt und so weiter. Doch Jessica läßt sich nicht beirren. Sie will diesen Zettel herunterreißen. Vielleicht gefällt es ihr nicht, in einer pluralistischen Gesellschaft zu leben.

In dem in *Donna & Mamma* abgedruckten Brief heißt es weiter, daß Francesca als Gegenreaktion auf jedes elterliche Veto (»und wir versichern Ihnen, daß wir solche Maßnahmen auf das absolute Minimum beschränken«) völlig aus dem Häuschen gerät, herumschreit, die Türen zuschlägt und ihre Eltern sogar tätlich angreift.

Jemand öffnet kurz die Tür zum Wartezimmer, stellt fest, daß bereits zu viele Leute drin sitzen (vier Patienten beim Kinderarzt bedeuten eine Wartezeit von mindestens einer Stunde), und verschwindet wieder.

»Das einzige Mittel, das zu funktionieren scheint«, schreiben die verzweifelten Eltern, »– und bitte seien Sie nicht allzu schockiert –, ist *ricatti,* Erpressung. ›Sei ein braves Mädchen, sonst darfst du nicht auf den Spielplatz.‹ ›Schrei nicht, sonst darfst du das Video nicht angucken.‹ ›Tu uns den Gefallen, dann tun wir dir auch einen …‹«

Aber dies ist eine Methode, deren sich diese gewissenhaften Eltern wirklich nicht bedienen wollen. Sie ist *poco educativo* – nicht sehr pädagogisch im Hinblick auf eine kindgerechte

Erziehung. Wie kann man, fragen sie sich, so tief sinken, daß man ein dreijähriges Kind erpreßt? Und sie klagen darüber, daß die Widerspenstigkeit des Mädchens allmählich auch ihr eigenes Verhalten beeinflußt. Sie selbst reagieren immer gereizter und sind immer weniger bereit, »sie verstehen« zu wollen. »Obwohl wir Francesca über alles lieben«, endet ihr Brief.

Jessica hat gerade damit angefangen, den Teppich mit einem Stift zu bearbeiten, als sich die Tür zum Sprechzimmer öffnet, die Mutter ihr Kind bei der Hand packt und es hineinzieht.

»Bella bambina«, meint eine der anderen Frauen anerkennend.

»Sehr lebhaft«, stimme ich zu.

Noch bevor ich sie davon abhalten kann, gibt diese Frau, in der ich die Kassiererin beim Metzger erkenne, Michele eine *caramella.* Seine Zähne werden also verklebt sein, wenn die Kinderärztin ihm in den Mund schaut.

Ich beschließe, die Empfehlungen des Experten zu dem Fall der kleinen Francesca zu lesen, und stelle fest, daß auf seiner mehr als eineinhalb Seiten umfassenden Antwort (denn dies ist der »eingehend behandelte Fall-der-Woche-Brief«) nur einmal von »hauen« die Rede ist; und bezeichnenderweise wird dafür das unangenehmere Wort *picchiare* – schlagen – verwendet (das heißt etwas völlig Unangemessenes) und nicht der mildere, weniger erschreckende Begriff *botte* (Klaps).

»Manchmal«, schreibt der Experte, »verlieren Eltern von solchen Kindern wie Francesca die Nerven und *schlagen sie sogar* [Hervorhebung von ihm], und danach fühlen sie sich natürlich ›schuldig‹, weil sie ihr Kind so schlecht behandelt und ihm vielleicht ein schweres Trauma zugefügt haben …«

Nascimbeni würde jetzt bestimmt seine *corna* machen. Mir

hingegen kommt unwillkürlich der Gedanke, daß zwar überall in der westlichen Welt der Trend weg von formaler Disziplin festzustellen ist, aber die Italiener so hilflos wie vielleicht kein anderes Volk vor dem Problem stehen, wie man ein Kind dazu bringt, etwas zu tun, was es nicht tun möchte. Möglicherweise weil es italienischen Eltern oft schwerfällt, gute Gründe dafür zu finden, etwas nicht zu tun, was *sie* tun möchten.

»Sie müssen«, kommt unser Experte in *Donna & Mamma* zum Schluß, »jedes Verhalten, das Sie für nicht akzeptabel halten, deutlich mißbilligen, auch wenn dies nicht sofort zu merklichen Ergebnissen führt. Sie müssen, so herzzerreißend das sein mag, Ihr Kind auch einmal weinen lassen ...«

O la Madonna!

Denn *ricatti* sind, wie der Erziehungsberater betont, völlig unzeitgemäß. Insbesondere *ricatti,* die mit Essen zu tun haben. Man dürfe dem kleinen Mädchen niemals androhen, daß es etwas nicht bekommen werde, wenn es dies oder jenes nicht esse. Man darf es keinesfalls bestechen ...

Wie abwegig und unnatürlich dies alles ist! Und wie paradox, gerade in einer Gesellschaft, die vor allem von ebendiesen *ricatti,* von einem strikten System des Eine-Hand-wäscht-die-andere und gegenseitigen Begünstigungen zusammengehalten zu werden scheint. Wenn ich eine Einladung zum Abendessen annehme, schimpft mich meine Frau, denn: »Jetzt müssen wir *sie* auch einmal einladen.« Mein Professor an der Universität bietet mir an, einen Tag freizunehmen, aber Freunde raten mir ab, darauf einzugehen, denn: »Dann bist du gezwungen, auch ihm einen Gefallen zu tun, wenn er dich darum bittet. Und du weißt nicht, welcher Gefallen das sein wird.« Meine Bank gewährt mir eine Hypothek, zeigt sich dann aber höchst ungehalten, als ich danach mein Konto kündige und zu einer anderen Bank gehe. »Als Sie mich brauchten, damit ich Ihnen eine Gefälligkeit erweise, da sind Sie gerne zu mir gekommen«, schreit mich der Bankmanager fast an, »und jetzt kehren Sie mir auf diese Weise den Rücken. Und ich hatte geglaubt, die Briten seien ein zivilisiertes Volk!« Wir schicken Michele zu einem unserer Nachbarn, damit er ihm ein Weihnachtsgeschenk überbringt, und als er zurückkehrt, hat er einen Zehntausend-Lire-Schein in der Hand. Beunruhigenderweise war der Nachbar wohl der Ansicht, er müsse auf der Stelle dafür Sorge tragen, daß er nicht in unserer Schuld steht.

Aber vielleicht ist die Gesellschaft so durch und durch auf *ricatti* aufgebaut, daß Eltern ihrem Nachwuchs diese Erfahrung ersparen wollen. Weshalb zum Beispiel Jessica nicht den Entzug des einen oder anderen Vergnügens angedroht wird, wenn sie sich daranmacht, Plakate von den Wänden zu reißen. Meiner Ansicht nach kann man als Elternteil jedoch nicht auf Erpressung verzichten. »Benimm dich ordentlich«, sage ich zu Michele, bevor wir ins Behandlungszimmer gehen, »oder es gibt anschließend kein Eis. Verstanden?« Ich sage das aber auf englisch, damit die anderen Mütter etwas so *poco educativo* nicht mit anhören müssen.

Die Tür öffnet sich, und Jessicas Mutter wird hinauskomplimentiert. Jessica selbst flitzt quer durchs Wartezimmer und schnappt sich den Einkaufswagen einer der Mütter. *»Che bambina vivace!«* meinen alle. Was für ein lebhaftes kleines Mädchen.

Eine der hervorragenden Eigenschaften des italienischen Gesundheitssystems ist die strikte Trennung zwischen der allgemein- und der kinderärztlichen Versorgung. Darin zeigt sich, daß es auch positive Seiten hat, wenn man die Kinder ernst nimmt. Der Umgang mit unserer Kinderärztin, einer zierlichen Frau voller Elan, die genauso alt ist wie ich, ist das reinste Vergnügen. Sie hat uns gebeten, Michele zu dem Check-up zu bringen, der bei Dreijährigen automatisch durchgeführt wird.

»Was für ein Riesenkerl!« sagt sie, als er hereinkommt. Sie hat einen Jungen desselben Alters, der aber nur etwa halb so groß ist wie Michele. Sie bittet Michele, sich auszuziehen, dann wiegt und mißt sie ihn und blickt auf die Tabelle an der Wand. Dort zeigt sie mir das Verhältnis der verschiedenen Parameter zueinander: Alter, Größe, Gewicht. Michele liegt sogar über dem Maximum; seine Werte sind die eines Fünfjährigen. Ich bin ziemlich besorgt, denn ich möchte nicht, daß der Junge zu einem dieser armen Riesen heranwächst, die in der Schule gebeugt dahinschlurfen, weil ihnen ihre Größe peinlich ist. Aber die Kinderärztin beruhigt mich. Die Tabellen vor uns basieren auf Erhebungen über römische Kinder Anfang der sechziger Jahre. Die erste dieser Tabellen wurde in den Fünfzigern erstellt, und sämtliche Italiener waren besorgt, wie schmächtig ihre Nachkommen waren, weil die Werte auf Studien über schwedische Kinder beruhten und dann international verbreitet wurden. Daraufhin erstellten die Italiener eigene Tabellen für ihre viel kleineren Kinder, aber in den vitaminbesessenen letzten Jahrzehnten holten sie die Schweden nicht nur ein, sondern überflügelten sie sogar.

»Ein Zeitalter, in dem zuviel gegessen wird«, sagt die Kinderärztin und schüttelt den Kopf. Als wir jedoch Micheles Speiseplan durchgehen, kann sie nichts Falsches entdecken: zum Frühstück einen großen Becher warme Milch und ein Stück Toast; im Laufe des Vormittags Obst; zu Mittag Fleisch und Gemüse oder Mozzarella mit gekochten Eiern und Tomaten; nachmittags zwei oder drei ganze Pfirsiche oder eine große Schale Kirschen; zum Abendessen

Nudeln in Ragout; und zwischendurch ein Eis oder zwei. Das sei nicht übertrieben, meint sie. Es seien eben große Kinder. Ich erwähne Ritas Bemühen, den Kindern auch wirklich das Richtige zu essen zu geben, verschweige aber, wie entsetzt sie ist, wenn wir englische Freunde besuchen, die schon zufrieden sind, wenn ihr etwas klein geratener Nachwuchs ein paar Stück Honigtoast verdrückt. Die Wahrheit ist, daß Italiener ihre Kinder viele Jahre länger mit dem Löffel füttern als die Engländer, damit sie auch ja von allem genügend aufnehmen. Das ist so ziemlich der einzige Punkt, an dem sie offenbar bereit sind, körperlichen Zwang anzuwenden. Marta schnallt Beppe immer in seinem Stühlchen fest, damit sie ihm hineinstopfen kann, was gut ist für ihn, erst danach läßt sie ihn nach Belieben herumtollen. Draußen natürlich.

»Occhio alle merendine«, warnt mich die Kinderärztin. Vorsicht mit Süßigkeiten.

»Magari«, sagt der kleine Kerl. Ja, gern. »Daddy gibt mir nie welche, auch wenn er es versprochen hat, weil ich immer unartig bin ...«

Die Kinderärztin runzelt die Stirn. Ich merke schon, daß ein weiterer *ricatto* nötig ist – denn wenn er anderen Leuten von unseren *ricatti* erzählt, ist das genauso, als würde er seinen Teil der Abmachung von vornherein brechen. Wir werden diese Sache durchsprechen, wenn er sein Eis lutscht.

Barbecue

Da wir gerade beim Thema Essen sind: Als wir die Via delle Primule zurückgehen, riecht es sehr lecker. Silvio weiht an diesem warmen Frühlingsabend seinen Barbecue-Grill ein (ein neues Wort hier, das Ba-bee-kuu ausgesprochen wird). Es handelt sich nicht etwa um irgendeinen alten Grill, den man aus dem Kofferraum zieht, wenn man ein Picknick machen will, um dann ein bißchen Spiritus auf die eigens dafür gekaufte Grillholzkohle zu träufeln. Es handelt sich um ein Luxusmodell.

Wir gehen hinten an der *palazzina* entlang, um das gute Stück zu bewundern. Silvio hat das Glück, daß eine seiner Türen direkt in seinen Garten hinausführt, und er ist allen anderen eine Nasenlänge darin voraus, diesen in ein paradiesisches Fleckchen zu verwandeln. Ende März hat er Rasen ausgesät, der nun, Anfang Mai, bereits kräftig genug spießt, daß man darauf herumlaufen kann. Das Geheimnis sei, so vertraut er mir an, dreimal soviel Dünger zu nehmen, wie auf der Packung empfohlen wird. Der Rasen hat, wie mir auffällt, eine merkwürdige, chemisch blaue Färbung, ebenso die kleine Lorbeerbaumhecke, die er rundum gepflanzt hat.

Der Grill steht am Ende des Rasens an der Grundstücksmauer. Circa zwei Meter hoch und aus weißem Steinkonglomerat erinnert er an ein Mahnmal auf dem sogenannten Gedenkfriedhof Veronas, an einen pompösen Grabstein oder den Eingang zu einer Gruft. Er hat sogar ein kleines terrakottagedecktes Dach, durch das der große Kamin stößt. Mir kommt der Ausdruck »Beinhaus« in den Sinn. Silvio hat bereits einige Teile totes Tier auf den Rost gelegt, der in bequemer Bauchhöhe über einer Öffnung angebracht ist, in der man in der pittoresken Manier von Schweizer Almhütten Holzscheite lagern kann. Das Fleisch brutzelt in der warmen Frühlingsluft. *»Che profumino«*, sage ich höflich. Silvios kleiner Junge Giovanni fuchtelt mit einem langen dünnen Stock, während er, immer und immer wieder, wild im Kreis herumrennt – innerhalb der Lorbeerbaumhecke, die dieses Stückchen Land bald von den anderen Gärten abschotten wird. Seine Frau Sabrina, eine sehr große und hübsche Person, bringt aus der Küche ein Tablett voll Knoblauchbrot, das mit Auberginen und Olivenöl ebenfalls gegrillt werden soll. Da er hört, wie Michele und Giovanni zusammen lärmen und spielen, kommt auch der dicke Gigi herbei, mit einer Plastiktüte voller Modellautos in der Hand. Die Kinder fangen an, in dem Dreck zu spielen, den andere erst noch in angelegte Gärten verwandeln müssen. Dann kommen auch Mario und Francesco, schließlich Marcello – der junge Mann, dessen Familie die letzte übrige Wohnung für ihn und seine Freundin gekauft hat, damit sie hier leben können, wenn sie, spätestens in einem Jahr, verheiratet sind. Die Vorzüge dieses Rolls-Royce unter den Barbecue-Grills lösen eine breite fachmännische Debatte aus. Sein Hauptvorteil scheint der durch den sehr hohen Kamin entstehende Zug zu sein, der bewirkt, daß die Speisen schneller und sauberer gar werden. Wie nicht anders zu erwarten, werden wir eingeladen, zumindest ein *antipasto* zu probieren. Wir nehmen an. Rita kommt herunter, die weinende Stefi an der Schulter. Stühle werden herausgetragen, brandneue Gartenklappstühle, die in den feuchten Untergrund einsinken.

Besorgt mustert Silvio seinen bläulichen Rasen, den er nächste Woche zum ersten Mal mähen will. Kann es sein, daß zuviel Dünger die Wurzeln verätzt? »Bei Bäumen«, sagt Mario, der Experte, »aber nicht bei Gras.« Silvio hat drei Zierobstbäume exakt auf Linie genau in die Mitte seines Rasens gepflanzt, die Entfernung zwischen dem mittleren Baum und den beiden äußeren ist genauso groß wie die zwischen letzteren und den ordentlich in Reihe gesetzten Lorbeerbäumchen, die sein Grundstück begrenzen. Überall – in den perfekten rechten Winkeln der Hecke, dem gnadenlosen Beschneiden der Bäume in Form, der steifen Vertikalität des Grills und der rechtwinkligen Präzision des Blumenbeetes – spürt man diese moderne Liebe zu einer alles betäubenden Symmetrie, die einen von den Seiten der Designzeitschriften und aus klar umrissenen Fernsehwelten anspringt. Mir kommt der Gedanke, daß dies der strengen Geometrie des Strandes von Pescara gleicht – es ist die Farce einer Ordnung, innerhalb derer jeder mehr oder weniger tut, was er will. Vor allem die Kinder.

Wie jetzt Giovanni, der mitten in einer sinnvollen Diskussion darüber, welche Pflanzen verschwinden müssen und wann, plötzlich damit anfängt, die anderen Kinder und dann auch uns mit den kleinen Metallautos zu bewerfen. »*Smettila!*« ruft Silvio. Giovanni reagiert nicht. Worauf Silvio – ein kräftiger, muskulöser Mann, der mit dem Gedanken spielt, einen dieser Hochparterreräume im Haus zu mieten, um darin ein kleines Fitneßstudio für sich und seine Hanteln einzurichten – in derbem Dialekt droht, den kleinen Jungen zu vermöbeln. Giovanni reagiert immer noch nicht. Doch dann zieht der Junge mit einem diabolischen Kichern die Hosen herunter und pinkelt nur wenige Meter von uns entfernt auf den Rasen.

Jemand lacht.

»Ti farò a pezzi!« brüllt Silvio. Ich reiß dich in Stücke. Doch trotz seiner gewalttätigen Worte, Welten getrennt von dem Gesäusel in *Donna & Mamma,* hat er sich bis jetzt nicht aus seinem elegant gestreiften Gartenstuhl gerührt. Giovanni pinkelt weiter, eine dieser herrlich goldenen kindlichen Fontänen; er hält sein *pistolino,* wie man es hier nennt, gen Himmel.

Noch mehr Gelächter.

»Guter Dünger«, meint Mario, dem Olivenöl von den Lippen tropft. »Keine Gefahr, daß es die Baumwurzeln verätzt.«

»Aber trotzdem«, protestiert Silvio. »Doch was kann man tun, mit solch einem Kind?« Seine Ohnmacht macht ihn zwar offensichtlich ein bißchen verlegen, zugleich aber erfüllt ihn paradoxerweise Stolz auf die Dreistigkeit seines Sohnes. Während er uns der Reihe nach anschaut, scheint seine Miene zu beteuern, daß er doch alles Menschenmögliche getan habe. Indes geht Sabrina zu dem Buben und schimpft ihn leise. Kichernd macht sich Giovanni davon.

Während die Schatten immer länger werden und die Flammen immer heller lodern – das Glas Wein, das ich getrunken habe, nimmt der Welt gerade ein paar Ecken und Kanten, selbst Stefania ist für ein paar Augenblicke eingenickt, und Silvio besteht darauf, daß Rita ein gegrilltes Würstchen probiert –, ausgerechnet da wirft Mario von neuem die Frage des ferngesteuerten Tores auf. Er hat mit einem Unternehmen verhandelt, das hundertprozentig kindersichere Tore produziert, mit Lichtschranken auf *beiden* Seiten, so daß es sich nicht schließen kann, wenn jemand sich innerhalb des Gefahrenbereichs befindet. Ausgeschlossen. Der Mechanismus kostet nur zwei Millionen Lire, zusätzlich zu den drei Millionen, die für das Grundsystem bereits veranschlagt wurden, plus sechzigtausend Lire für jede Fernbedienung.

Er hat den Zeitpunkt glänzend gewählt. Die von uns in Anspruch genommene Gastfreundschaft zwingt uns in die schwächere Position *(ricatto)*, dazu gesellen sich die angenehme frühe Abendstimmung und der allgemeine Wunsch, diesem großzügigen Menschen gefällig zu sein – vielleicht auch das bisher unbekannte Empfinden, es wäre vielleicht nicht das Schlechteste, wenn ein oder zwei Kinder in direkte Berührung mit diesem Tor kämen. Jedenfalls ist plötzlich weder Rita noch mir danach, ernsthaft deswegen zu streiten. Vor allem, nachdem sich herausstellt, daß die anderen bereits Marcello für sich gewonnen haben und es von daher vier gegen zwei steht. Allerdings findet Rita, daß die Kapitulation unsererseits von einem Zugeständnis begleitet sein sollte. Da wir nur ein Auto und nur eine Garage haben, während alle anderen über zwei verfügen, schlägt sie vor, daß wir nicht mehr als ein Sechstel des Tores bezahlen, auch wenn wir eine der beiden großen Wohnungen bewohnen. Mit ihrer typisch italienischen Kompromißbereitschaft stimmen Silvio und Mario sofort zu – vielleicht nehmen sie ja an, daß dies unser einziger Beweggrund für unsere ursprüngliche Weigerung war. Wenn man das alles in Betracht zieht, ist nicht mehr ganz klar, wer eigentlich wen erpreßt hat. Jedenfalls stoßen wir alle darauf an, während die Kinder milde getadelt werden, weil sie ihre Sachen schmutzig gemacht haben.
Ein paar Wochen später nimmt mich Michele bei der Hand und zieht mich in sein kleines Zimmer, dessen Fenster nach hinten hinaus gehen, so daß man Einblick in die kleinen Privatgärten hat (der große gemeinsame Garten befindet sich seitlich des Hauses). Was er mir zeigen will, ist der neue Barbecue-Grill in Marios Gärtlein am oberen Ende des Grundstücks – ein Grill, völlig identisch mit dem Silvios, auch was seine Lage und Ausrichtung betrifft. Einen Monat

später wird bei Marcello, obwohl er noch gar nicht hier wohnt, der dritte Grill stehen, genau in der Mitte zwischen den beiden anderen.
So verbreiten sich diese Beinhäuser immer weiter. Und die Kinder lernen, daß es wichtig ist zu haben, was andere Leute haben. Michele hält das für wundervoll. Er liebt Gegrilltes. Wann aber wird Papà einen Barbecue-Grill kaufen?
Und wann einen Fernseher?
Wann kauft Papà ein Mountainbike?
Es eröffnen sich vielzählige Möglichkeiten für *ricatti.*
Klüger als *Donna & Mamma* zeigt sich *Frate Indovino,* eine Art Kalender-Almanach:
»Dein Sohn. Von null bis fünf ist er dein Gebieter, von fünf bis zehn dein Diener, von zehn bis fünfzehn dein heimlicher Ratgeber, und danach dein Freund – oder dein Feind.«
Schön. Ich kann warten, bis Michele fünf ist.

Alto Adige

Ein Jahr, und noch immer schlief Stefania nicht nur nicht durch, sondern hielt uns die ganze Nacht wach. Unsere Kinderärztin empfahl uns nun einen Aufenthalt in den Bergen. Die frische Luft in tausend Metern Höhe und mehr sollte für den Schlaf eines Kindes Wunder wirken. All unsere Nachbarn bestätigten das, überrascht, daß wir bisher noch nicht dort oben gewesen waren. So zeigen Fotos, wie wir im Alto Adige – hundert Kilometer nördlich – erschöpft einen Kinderwagen aufs Hochplateau der Alpe di Siusi schieben, während Michele auf meinen Schultern sitzt oder sich an der Jacke seiner Mutter festklammert.
Alto Adige gehört offiziell zu Italien, doch nirgends könnte es weniger italienisch sein. Die Männer tragen Lederhosen über den knochigen Knien und Federn an ihren Filzhüten. Die Frauen haben runde, rosige, wettergegerbte Gesichter. Orange- oder rosafarbene Geranien, aber nie beide Farben gemischt, zieren in unzähligen Reihen exakt ausgerichteter Blumenkästen jeden Holzbalkon. Das Pflaster ist sorgfältig gekehrt. Die Tore sind aus Holz. Die Zäune ebenfalls, und auch die Tische in den Bars und die Straßenschilder. Ja, wenn irgend etwas aus Holz gemacht werden kann, dann ist es hier aus Holz. Und wenn man hier eine Pizza bäckt, dann ist sie mit Speck oder Würstchen belegt, nicht mit Auberginen oder Artischocken. Ethnisch gesehen sind sie hier Deutsche. Sie sprechen deutsch. Sie nennen die Gegend Südti-

rol. Und eines Abends geschah hier etwas, was mit Stefis Schlaflosigkeit zusammenhing, etwas, das mir wieder einmal den Unterschied zwischen Italienern und Deutschen vor Augen führte. Und ich begriff, wie tolerant erstere sind, nicht nur Babys gegenüber, die nicht schlafen, sondern auch Eltern gegenüber, die unter diesen Babys zu leiden haben.

Es war März. Ostern. Nachmittags waren wir in einem Pferdeschlitten hinauf zum Gletscher gefahren. Man bekommt Decken zum Einmummeln, und wir hatten Stefi zwischen uns, während Michele vorn neben dem alten Bauern auf dem Kutschbock saß. Das Pferd zog uns hinauf, während sich wunderbar schräg einfallendes Sonnenlicht an verschneiten Felsen brach und viele hundert Meter tiefer liegende Matten in grüngoldene Teppiche verwandelte. Stefi heulte die ganze Fahrt über. Und sie heulte auch danach in dem überfüllten Lokal, wo Michele zweimal von seinem Stuhl rutschte und beim zweiten Mal einen Teller Knödel mit sich riß. Während ich meinen Strudel aufspießte, wurde mir bewußt, daß ich mich rapide dem Punkt näherte, da geballte Müdigkeit in einen Wutausbruch umschlägt. Nur noch ein paar Minuten, und ich würde etwas Unüberlegtes tun. Verzweifelt entschied ich, daß etwas Nachsicht den Tag vielleicht noch retten konnte, ging und kaufte mir eine Schachtel Zigaretten. Das mache ich höchst selten und – aus welchen Gründen auch immer – nur, wenn ich nicht zu Hause bin. Die Kinder heulten noch immer, während ich mir, bei Kaffee und Grappa, genüßlich eine ansteckte. Wie auch Rita.

Wir hatten den Rauch, das Nikotin, die sonnengedörrten Gifte erst etwa zehn Sekunden genossen, als zu meinem Entsetzen und zu meiner Überraschung ein riesiges fettes Weib auf dem Weg nach draußen plötzlich in volkstümlichem Italienisch das Wort an uns richtete: Wir sollten uns schämen, meinte sie grimmig, wirklich schämen, in Gegenwart unserer Kinder zu rauchen! Der Akzent der Dame war von teutonischer Art, was niemandem, der südlich von Trento geboren wurde, lieblich in den Ohren klingt. Zudem schwang eine entschieden rassistische Anmaßung mit, als würde niemand deutscher Abstammung je in der Nähe eines kleinen Kindes rauchen. Ihre Miene belegte das mit erschreckender Strenge, nachdem sie den Satz beendet hatte. Sie rührte sich nicht vom Fleck, sondern starrte uns nur an, offensichtlich wartete sie auf eine Antwort. Wobei sie ihrem Angriff aber nicht etwa die Spitze zu nehmen versuchte, indem sie Michele anlächelte oder Stefi ansäuselte, wie das ein ältlicher bigotter Italiener getan hätte. Nein, sie sagte es uns direkt ins Gesicht, und sie wiederholte diese Anschuldigung, daß wir uns schlecht benahmen.

Mir riß der Geduldsfaden. In einem heftigen und eigentlich unentschuldbaren Wutanfall brüllte ich der Frau entgegen, daß ich *wegen* meiner Kinder rauchte, daß ich rauchte, *weil sie mir das Leben zur Hölle machten,* weil sie sich weigerten zu schlafen und ich deshalb selbst seit Monaten nicht mehr geschlafen hatte. Seit Monaten. Seit Monaten! Ob sie das verstanden habe? Ob sie überhaupt begreifen könne, was das hieß? Und ich fügte hinzu, wenn jetzt jemand komme und deshalb Wirbel mache, würde ich nur um so mehr rauchen. Ja, ich würde heute abend eine Million Zigaretten rauchen, wenn sie sich nicht, verdammt noch mal, um ihren eigenen Kram kümmern würde.

Die Frau wurde von diesem erbärmlichen Verlust an Selbstbeherrschung nicht einmal ansatzweise aus dem Konzept gebracht – als hätte sie es von jemandem, den sie für einen Italiener hielt, nicht anders erwartet. Wenn meine Kinder nicht schlafen würden, erklärte sie mir in dem gleichen

schneidenden, einschüchternden Ton, dann läge das daran, daß ich sie verwöhnte. Ich sollte sie *einfach schreien lassen,* empfahl sie. Egal, wie lange es dauerte. Das wäre immer noch sehr viel liebevoller, als ihnen Zigarettenrauch ins Gesicht zu blasen.
Diesmal ersparte ich mir eine Erwiderung und zündete mir nur grimmig die nächste Zigarette an, wobei ich den Rauch gezielt in ihre Richtung blies. Sie drehte sich um und ging, während sie auf Deutsch laut zu ihrem Gatten sprach; eins ihrer Worte war *italienische,* woraufhin ein Gemurmel an den Tischen um uns herum anhob. Stefi heulte passenderweise. Wahrscheinlich zum ersten Mal war ich froh darüber.
Kinder in deutschsprachigen Ländern wären ja vielleicht gesünder, meinte Rita, nachdem das Weib verschwunden war, aber zweifellos weniger glücklich. Ich meinerseits sah mich durch die Tatsache getröstet, daß ich wirklich und wahrhaftig für einen Italiener gehalten worden war, wenn auch von keinem Muttersprachler. Vielleicht war es auch nur auf den geharnischten Wortwechsel zurückzuführen, daß ich mich entspannter fühlte. Bereit zu einer weiteren Nacht *in biancho,* mit »Eiapopeia, eiapopeia, wem soll ich denn mein Kindchen geben? ...«
Denn weder die frische Bergluft noch eine Tabakschwade zeitigte bei Stefi irgendeine Wirkung.
Mitten in der Nacht unterbrach Rita ihren leisen Singsang und lachte auf. »Ich weiß jetzt, wem wir sie geben sollten!«
Wem? Hatte sie Halluzinationen von Engeln?
»Der deutschen *befana* aus dem Lokal.« Der alten Hexe. »Wir sollten sie mal eine Nacht bei Stefi babysitten lassen.«
Doch trotz der Schwierigkeiten, die uns unsere teure Tochter machte, hatten wir sie doch viel zu lieb, um sie einem solch furchteinflößenden Weib auszuliefern. Obwohl ich mich entsinne, daß wir einmal versucht haben, die Kleine

einfach schreien zu lassen. Aber nach etwa einer halben Stunde Dauergebrüll gaben wir auf. Genau ein Jahr und neun Monate nach der Geburt unserer Tochter schrieb Rita in ihr Tagebuch: »Stefi hat vier Stunden ohne Unterbrechung geschlafen. Zum ersten Mal ...«

Capitomboli

Wenn englische Kinder zu krabbeln beginnen, entdecken sie auf dem Boden Teppiche, deren Ecken unordentlich hochstehen. Sie entdecken Wände mit weichen Tapeten, dicke Vorhänge, an denen sie sich hochziehen können, tiefe, mit Kissen überhäufte Sofas, große Steppdecken auf dem Bett und Fusseln und Staubflocken darunter. Die häusliche Welt in England ist ein weicher, kuscheliger Ort. Vielleicht gibt es auch einen Kaminvorleger. Vielleicht liegt auf diesem Vorleger sogar ein Hund oder eine Katze. Das Kind kriecht von einer Weichheit zur anderen.

Wenn italienische Kinder zu krabbeln beginnen, entdecken sie Kacheln oder bestenfalls poliertes Holz. Teppiche sind für heiße Sommer zu warm und zu unhygienisch. Jeden Tag wird die schimmernde Keramik mit einem feuchten Tuch desinfiziert. An den Wänden gibt es keine weichen Tapeten, sondern rauhen Kalkanstrich oder soliden gewachsten Putz, wie er jetzt in Mode ist. Die Treppe zur Außenwelt ist aus poliertem Stein. Die Fenster sind mit Läden verschlossen. Es ist eine härtere, sauberere, glattere, kontrolliertere Umgebung, strahlend hell bei Tag, stockfinster in der Nacht. Sind die Fensterläden geschlossen, schlüpfen keine Schatten unter dem Vorhangsaum hindurch. Stößt man mit dem Kopf gegen das Fenstersims, so stößt man gegen Marmor. Fällt man auf den Kacheln hin – fabriziert man, wie es

hier heißt, einen *capitombolo* –, holt man sich ordentliche Blessuren.
Mit sechs Monaten schafft es Stefi, sich vom Wickeltisch herunterzurollen … und danach stundenlang zu schreien. Mit zehn Monaten findet sie heraus, wie viele scharfe Kanten Righetti in die elegante Wendeltreppe eingeschliffen hat. Die kleinen Balkonfliesen, so versicherte uns der Bauunternehmer, wurden besonders hart gebrannt, damit sie auch der schlimmsten Hitze standhalten und kühl bleiben. Aber wenn ein kleines Mädchen sich am Balkongeländer hochhievt, merkt es schnell, daß das Metall glühend heiß ist. Zu Ehren Nascimbenis wirft sie alle ihre Spielsachen zwischen den Gitterstäben nach unten, wobei es ihr aber niemals gelingt, jemanden zu treffen. Nur die miesepetrige Francesca in der Wohnung unter uns beschwert sich, daß zwischen der Unterwäsche, die sie vor ihrem Balkon auf ein Gestell zum Trocknen hängt, Pinocchio, Topo Gigio und der seinen Namen zu Unrecht tragende Große Vogel herumbaumeln.
Harte Oberflächen sorgen für laute Geräusche. Bei schwüler Hitze geöffnete Fenster schlagen plötzlich zu, wenn der Schirokko aufkommt. Ein nicht festgeklemmter Fensterladen rüttelt in seinen Angeln. Als die einjährige Stefi nach einer Türklinke faßt, um sich hin und her zu schwingen, stellt sie fest, daß die Tür sich nicht bewegen läßt. Die Klinke auf der anderen Seite ist nämlich mit dem Riemen einer Handtasche an der Garderobe festgebunden, damit die Tür nicht zuschlägt, wenn die ersehnte Brise durchs Haus weht. Die Badezimmertür ist durch einen Morgenmantel an einem Kleiderhaken befestigt. Die Luft zieht durchs Haus und mit ihr das gellende Geschrei von Gigi und Giovanni und Michele, die sich von gegenüberliegenden Balkonen etwas zurufen – und dann auch noch Steffis Gebrüll, als mit ei-

nemmal eine Tür nachgibt und sie rückwärts mit dem Kopf auf die Fliesen schlägt. *»O che capitombolo!«* ertönt als Echo die Stimme ihrer Mutter. Was für ein Sturz!
Die während des Nachmittags verstreuten Spielsachen und Holzklötzchen scheppern auf den Fliesen. Wenn ein Kind in einer anderen Wohnung mit einem hölzernen Ball kegelt, dröhnt es erst wie ferner Donner, und sobald der Ball sein Ziel erreicht, folgt die Explosion. Draußen ist das grelle Dauersurren der Zikaden so kompakt wie der gewachste Putz. Und nach Einsetzen der Dämmerung das durchdringende Zirpen der Grillen … Oh, wie angenehm ist doch das sanfte Klingeln des Eismanns in einer freundlichen Londoner Vorstadt!

Ich gehe mit den Kindern in eine Bar, um ihnen Eiscreme zu spendieren. Mit ihren achtzehn Monaten ist Stefi erstaunlich geschickt im Umgang mit *pistacchio* und *stracciatella.* Michele hingegen schmiert sich seine *zabaione* immer noch übers ganze Mondgesicht. An den Tischen rundum trinken junge und alte Männer Bier und Wein und Grappa. Manchmal nippt Michele an meinem Bierglas, ein Schlückchen ab und an, einen winzigen Mundvoll. Für diese Kinder wird es keine erinnerungsträchtige Einführung in die Welt des Alkohols geben, anders als für mich und meine Freunde, als wir uns das erste Mal in ein Pub wagten und der, der am ältesten aussah, ein Bier bestellen mußte. Hier wird um das Trinken keine geheimnisvolle Aura aufgebaut. Vielleicht sind deshalb so viele der jungen Leute hier so brav und greifen vor allem zu Cola und Fanta. Sie haben Papas Bier versucht, und es hat ihnen nicht geschmeckt.
Als wir die Bar verlassen, stolpert Stefi über den Ständer eines Sonnenschirms und fällt der Länge nach auf die Nase.

Sofort laufen mindestens ein Dutzend Leute herbei, um ihr aufzuhelfen, Männer wie Frauen. Von allen hört man *O che capitombolo! Che povera povera piccina!* Das arme kleine Ding! Sie sind so sicher, daß sich das Mädchen verletzt haben muß, daß sie vor Angst zu wimmern anfängt.
In der Stadt bieten die großen Kirchen willkommenen Schutz vor der Hitze. In ihnen herrscht die gleiche Düsternis wie in einem Haus, wenn man die Fensterläden zum Schutz vor dem direkten Sonnenlicht halb schließt. In ihnen gibt es die gleichen harten Oberflächen, den Steinboden, die Steinstufen, die gleichen plötzlichen durchdringenden Geräusche, wenn der Mesner Stühle rückt oder die Absätze einer eleganten Dame über den Boden kratzen, als sie das Knie beugt. Überhaupt haben *casa* und *chiesa* eine Menge gemein. Beides sind heilige Orte. Ich habe gesehen, wie Marta das Geländer ihres Balkons mit der gleichen religiösen Inbrunst polierte, mit der hier in San Zeno die alten Frauen die Altarumfriedung zum Glänzen bringen. Und zweifellos dekantiert Stefano seinen selbst abgefüllten Wein mit mehr Hingabe, als die Meßdiener, die die Hostie tragen. Statt dem Dauerton der Zikaden hört man hier das monotone Leiern eines Priesters, der in einer Seitenkapelle irgendeine besondere Messe liest. Anscheinend für einen bereits lang Verstorbenen. Ich versuche Michele dazu zu bringen, daß er sich ordentlich und respektvoll benimmt, daß er einfach stillsitzt und die Kühle genießt, aber plötzlich zieht er sich am Taufbecken hoch, um einen Blick hineinzuwerfen, rutscht auf dem glatten Stein aus, stößt sich am Kinn, beißt sich in die Zunge und fällt hin. Eine Nonne unterbricht ihre Gebete und eilt herbei. *O povero povero bambino!* Der Junge heult noch lauter. Entsprechend steigert sich das Mitgefühl. *O povero piccolino!* Nun tönt Micheles Gebrüll durch die ganze riesige Kirche.

Dann fängt auch Stefi noch zu brüllen an, weil sie meint, daß ihrem Lele, wie sie ihn nennt, etwas Schreckliches zugestoßen sei. Sie veranstalten einen unglaublichen Lärm. Aber niemand beschwert sich. Weder die Betenden in der kleinen Seitenkapelle noch die knienden alten Frauen. Niemand versucht, sie zum Schweigen zu bringen, wie das wahrscheinlich die guten Leute in Südtirol tun würden. Nein, ich bin es, der mißbilligende Blicke erntet, als ich zu dem Jungen sage, daß er gefälligst aufstehen und sich zusammennehmen soll, als ich ihn schimpfe, weil er so dumm war, auf das Taufbecken klettern zu wollen. Erst nachdem ich schon eine lange Zeit in Italien gelebt hatte, begriff ich allmählich, daß das Weinen ausgekostet und nicht unterdrückt werden soll. Die Tränen eines Kindes sind so kostbar.

Mit nicht ganz zwei Jahren jagt Stefi im oberen Stockwerk eine Eidechse. Sie muß durch ein Oberlicht hereingekommen sein. Ihre winzigen Füßchen schlittern auf der blanken Oberfläche von Righettis Fliesen. Der Schwanz fegt hin und her. Stefi, die ganz aus dem Häuschen ist, läuft geradewegs gegen Ritas Schreibtisch. *»O che capitombolo!«* sage ich, als ich sie hochhebe. Sie schreit wie am Spieß. *»O povera, povera Stefi!«* Anscheinend bin ich bekehrt.
Auf der Hauptpiazza des Dorfes tänzelt Michele die ovale Brüstung des Brunnens entlang. Es herrscht jetzt prächtiges Winterwetter mit einem eisigen Licht: ein grelles Funkeln, wie man es in England niemals sieht. Wir sind gerade aus der *pasticceria* gekommen. Rita ist zu dem Gemüsehändler gegangen, der die besten Trauben führt. Ich sitze mit Stefi im Arm auf einer Bank unter kahlen Bäumen und rufe: »Fall nicht hinein, Michele, fall nicht hinein!« Aber ich bin auch stolz darauf, daß ich nicht zu jenen

Eltern gehöre, die ihren Kindern jegliche Abenteuerlust rauben.
Michele läuft auf der Umfassung aus billigem Marmor umher, rudert dabei mit den Armen, schreit und beugt sich nieder, um in dem Wasser zu planschen, das rundum aus den unter dem Beckenrand angebrachten Düsen spritzt. Auf seinem blauen Overall, made in Italy, steht »CALIFORNIA DAYS«.
»Fall nicht hinein!«
Da kommt Iacopo herbei. Man kann seine Uhr danach stellen, wann Iacopo die *pasticceria* betritt. Heute fährt er mit einem großen schwarzen Motorrad vor. Vielleicht weil er gerade Frau und Kind verlassen hat. Und er sagt, daß er gern einen Kaffee mit mir trinken würde, um etwas mit mir zu besprechen. Wie kann man von einem Künstler erwarten, fragt er, daß er hohe Alimente zahlt? Seine Frau stammt aus einer reichen Familie, sie …
Ich versuche gerade zu erklären, daß ich mir bereits einen Kaffee gegönnt habe, als es plötzlich platsch macht, und zwar ziemlich laut. Michele ist hineingefallen, mitten in die Algen, Lutscherstiele und den herumschwimmenden Unrat, und er friert erbärmlich. Knietief steht er benommen im Wasser und kann nicht fassen, daß manche Dinge im Leben schrecklich schiefgehen können. Dann fängt er an zu heulen. »*Che capitombolo!*« seufzt Iacopo und nimmt damit erstaunlicherweise etwas wahr, was nicht ihn selbst betrifft. Ich meinerseits bin mir vor allem bewußt, daß niemand mehr Schwierigkeiten bekommt als ein italienischer Ehemann, der so unachtsam war, daß sich sein Kind erkälten konnte. Das ist viel, viel schlimmer, als seine Familie zu verlassen oder keine Alimente zu zahlen.

Ein halbes Jahr später – Michele ist jetzt fast fünf und Stefi zweieinhalb – thront der Junge auf einem Fahrradsitz, der hinter der Lenkerstange meines Rades befestigt ist, und das Mädchen hockt auf einem ebensolchen Sitz auf Ritas Rad. So läßt sich am besten gemeinsam ein Ausflug unternehmen. Wenn wir nebeneinander fahren, versuchen sie einander mit ihren kleinen Händen zu berühren. Kinderlieder werden gesungen. »Lele«, ruft Stefi, »Stefi«, antwortet er, und sie genießen es, den Fahrtwind im Gesicht zu spüren. Die Straße ist eben, eng und liegt dunstig in der Sommersonne. Schatten von Schwalben gleiten geschwind über den Asphalt. Eine schlichte, eintönige grüne Stille liegt über der weiten Landschaft, die ruhig und geduldig abwartet, bis wieder ein langer Sommertag vorüber ist. Das Korn wiegt sich nicht, es wartet. Die Bäume stehen schweigend. Nur Eidechsen rascheln in den Blättern, und vielleicht Spatzen. Bis wir, hinter einer Kurve, Männer entdecken, die an einem Flußufer stehen – zu viele Männer, einer neben dem anderen: ein Wettangeln. Plötzlich ist der Straßenrand vollgeparkt mit ihren Autos. Wir fahren langsamer.
Und nun prescht auch etwas von hinten heran. Es wird gehupt. Wir geben rasch die enge Straße frei und fahren hintereinander. Es ist der Führungswagen eines Radrennens. Er hupt wütend, als sei er außer sich, auf der Strecke parkende Wagen und andere Radfahrer vorzufinden. Die Angler drehen sich verärgert um. Aber sofort haben sie ihren eigenen Wettkampf vergessen und feuern die Rennfahrer an. *Forza Dino!* Mach schon! *Forza Montecchio!* Wir müssen anhalten. Die Rennfahrer, junge und alte, schwitzen unter ihren Sturzhelmen aus Kunststoff und den knallbunten fluoreszierenden Hosen. Daß sie sich für Sportkleidung so begeistern können! Und dafür, den Namen ihres Teams auf dem Trikot stehen zu haben! Für die Zuschau-

er treten sie noch kräftiger in die Pedale, im Pulk flitzen sie vorbei und sind verschwunden. Die Kinder applaudieren diesem *spettacolo.* Wir machen uns wieder auf den Weg durch die stille, ebene Landschaft, als plötzlich etwas Schreckliches passiert. Unversehens schleudert es mich hoch durch die Luft. Ich schlage regelrecht einen Salto und stürze auf mein Rad, Michele unter mir. Nachdem wir drei Jahre lang ohne jedes Problem mit diesem Kindersitz radgefahren sind, hat der Junge beschlossen, doch einmal seinen Fuß zwischen die sich drehenden Speichen zu stecken. Man hätte uns ebensogut von hinten niederschießen können.
Die Unfallstation, zu der uns ein Auto bringt, hat eine eigene Kinderabteilung. Sie sind dort sehr freundlich. Sie verkneifen sich jede Kritik und jeden Kommentar. Pro Tag versorgen sie ein Dutzend solcher Unfallopfer. Sämtliche Italiener lassen ihre Kinder auf den Rädern, Mopeds und Motorrollern mitfahren. Gibt es denn eine bessere Art, die Welt kennenzulernen? Micheles Bein wird mit einigen Stichen genäht. Er schreit, trotz der örtlichen Betäubung. Niemand sagt zu ihm, er solle sich wie ein großer Mann benehmen. Allerdings schüttelt die Krankenschwester den Kopf. *»Che capitombolo«*, tröstet sie ihn nachsichtig.
Im Sommer laufen die Kinder nackt herum, außer bei Ausflügen, nachdem sie Eis gegessen haben, oder bei Radtouren. Sie verbringen viel mehr Zeit in nacktem Zustand, als das ein englisches Kind jemals könnte, und sie sind nackt, ohne zu frieren. Beeinflußt das den Charakter wirklich so sehr, wie man vermutet?
Michele und Stefi turnen nackt auf einer Decke herum, die auf den Fliesen im Wohnzimmer ausgebreitet ist. Sie sitzen nackt im Garten in einem Planschbecken, und Rita schüttet

aus sieben Metern Höhe eimerweise Wasser auf sie herab. Giovanni gesellt sich zu ihnen. Und Gigi und der kleine Martino, Giorgios Sohn, und Gianluca, Marios Sprößling. Gianlucas serbische Babysitterin, die vor dem Krieg geflüchtet ist, steht dabei und paßt auf – in einem Garten, der von einem Trümmerfeld in ein Vorzeigeobjekt verwandelt wurde, der umgekehrte Vorgang zu dem, was gerade in ihrem Land geschieht.

Die Kinder laufen auch während unseres jährlichen Urlaubs in Pescara nackt herum, wo die kleine Stefi in dem großen steinernen Becken vor dem Haus sitzt und sich unter der sengenden Sonne mit kaltem Wasser bespritzt. Sie sind nackt, wenn sie nachts unter einer dünnen Decke schlafen. Jetzt allerdings zu nackt. Denn eines der charakteristischsten Geräusche ihrer Kindheit muß das schreckliche Surren der Stechmücke sein, die es auf ihre wohlriechenden rundlichen Körper abgesehen hat. *Zanzara,* die italienische Bezeichnung für dieses Biest, ist lautmalerischer, wie es sich für eine Sprache gehört, die historisch gesehen diese Bedrohung sehr genau kennt. Die glatte nackte braungebrannte Haut der Kinder ist durch große rote Beulen von Mückenstichen verunstaltet. Und wie zornig sie das bei der unerträglichen Hitze macht! Sie rufen nach uns, damit wir die Fenster und Türen schließen. Trotz der erdrückenden Schwüle. Dann: »Papà, Papà, im Zimmer ist eine *zanzara!* Komm und mach sie tot!« Ich laufe los und erledige den Auftrag mit einem Exemplar von *Io e il mio bambino.* Auf Righettis weißgetünchten Wänden sammeln sich kleine Blutflecke. Ich frage mich, wie meine alten Freunde Stefano und Marta es schaffen, daß auf ihren Wänden überhaupt keine Fingerabdrücke und Blutflecke zu sehen sind.

Mitten in der Nacht hört man plötzlich einen schrecklichen Knall und darauf einen Schrei. Michele hat versucht, es Papa nachzumachen. Bewaffnet mit einem Spielzeugkatalog ist er nackt auf einen Stuhl geklettert und hat eine Bruchlandung in seine Duplos fabriziert. Ihre scharfen Kanten und kleinen Erhöhungen haben auf dem nackten Körper überall Abdrücke hinterlassen. Wie die Grappatrinker in der Bar, die Nonne in San Zeno und die Schwester in der Unfallstation eilt Stefi zu Hilfe und heult dabei: *»Lele, Lele, che ca-i-omolo!«*

Nonni

In meinem Kalender-Almanach aus dem katholischen Versandhandel *Il Frate Indovino* (wörtlich: *Der wahrsagende Mönch),* über dem ich ratsuchend Stunde um Stunde vertrödle, gibt es jeden Monat eine Rubrik *»DONNE«*, FRAUEN. Diese Überschrift ist groß in gräßlich billiger Kaligraphie hingeschmiert, in Gelb, Grün oder Rosa auf blauem Untergrund; und in die Fläche des *»D«* von *»DONNE«* oder den kleinen freien Raum hinter dem *»E«* ist ein winziges Baby gezeichnet, oder auch ein Teller mit Messer und Gabel, ein Bügeleisen, eine Waschmaschine. Der Cappuccino-Pfarrer, der diese Kolumne verfaßt, hat zweifellos nicht das geringste Interesse, das Geschlecht zu romantisieren, dem er mannhaft entsagt hat.

»DONNE« beginnt normalerweise mit einschmeichelnden Bemerkungen der Art: »Wenn wir uns die Arbeit tatsächlich vor Augen führen würden, die Sie, meine Damen, täglich zu Hause leisten (allein 11 Millionen von Ihnen in Italien und 120 Millionen in ganz Europa), dann würden wir verstehen, wie sehr wir auf Sie angewiesen sind. Denn ohne Sie würde das ganze politische, soziale und ökonomische System zusammenbrechen. Die Hausfrau sollte als produktive Arbeiterin betrachtet und entsprechend entlohnt werden.« Mit solcherart nebulöser Schmeichelei sicherte sich die Christdemokratische Partei über viele Jahre hinweg eine Menge Stimmen; sie waren ja seit jeher große Befürworter

des Hausfrauengehalts und des Mindestlohns für jeden – wenn eben nur genug Geld da wäre …
In der Mitte dieser Rubrik (die eingerahmt wird von anderen Kolumnen mit Titeln wie »Ratschläge für den Landmann«, »Die Sterne sagen es«, und »Wußten Sie schon?«) befindet sich ein kleineres Kästchen (ja, jeden Monat!) mit der Überschrift: »Kinder – ja oder nein?« Dieser kurze Absatz steckt voller Betrachtungen, die ganz offensichtlich den demographischen Niedergang stoppen und dem Mönch auch in Zukunft ein Lesepublikum sichern sollen. Diesen Monat wird folgende Betrachtung zum besten gegeben:
»Kinder – ja oder nein? Diese Frage quält und ängstigt jedes Paar. Aber warum? Normalerweise ist es blanker Egoismus: Wir wollen einfach keine *sacrifici* auf uns nehmen.«
Wieder die *sacrifici*. Dieses Wort wird geradezu zwanghaft gebraucht.
Doch abgesehen davon, daß ein italienisches Ehepaar ein Haus kauft und eine Lebensversicherung abschließt (was es meiner festen Überzeugung nach sowieso tun würde), wie viele *sacrifici* nimmt es denn wirklich auf sich, wenn es ein Kind aufzieht? Folgender Leserbrief wurde in einer dieser Mutter-und-Kind-Zeitschriften abgedruckt und bekam einen Preis …

BRIEF EINER GROSSMUTTER
AN IHR GERADE GEBORENES ENKELKIND

Liebste Anna,
Ich werde Dir nicht erklären, wer ich bin, weil das zu schwierig ist, aber wenn Du groß bist, wirst Du es verstehen.
Oh, ich meine nicht richtig groß, aber ein bißchen groß. Ich werde dann mit Dir spielen und Dir Fabeln und Märchen erzählen, damit Dir die Zeit nicht lang wird, genauso wie ich frü-

her mit Deiner Mutter gespielt und ihr Geschichten erzählt habe ...
Oh, wie glücklich waren Deine Mutter und Dein Vater, als sie hörten, daß Du auf die Welt kommen wirst, und weil sie wußten, daß sie Dich mir zum Aufpassen geben würden. Deine Mutter weiß noch, wieviel Zeit und Mühe ich aufgewendet habe, damit sie ein liebes und gutes Mädchen wurde. Natürlich konnte ich diese viele Zeit aufbringen, weil ich ansonsten nur die Hausarbeit zu bewältigen hatte, wohingegen Deine Mutter Dich bald bei mir abliefern muß. Sie muß außer Haus arbeiten, damit das Geld reicht (damit sie genug Essen und Kleidung kaufen und sich auch einmal, wie jeder andere Mensch, ein Vergnügen leisten kann. So ist das Leben eben heute, Anna. Deine Mutter sagt, wenn es mich nicht gäbe, hätte sie es wahrscheinlich nicht geschafft, Dich zur Welt zu bringen – da sie ja wußte, wie schwer es ansonsten für sie und Deinen Vater geworden wäre) ...

Nun, ich würde sagen, daß Rita und ich erst höchstens eine Woche in unserer Via-delle-Primule-*palazzina* wohnten, als uns das ständige Kommen und Gehen bestimmter unzweifelhaft respektabler Menschen an der Schwelle zum Greisenalter zu faszinieren begann. Mit bewundernswerter Regelmäßigkeit fuhren sie in ihren kleinen Fiats oder auf knatternden alten Vespas vor, um ein kleines Kind abzuholen und mit ihm den Tag zu verbringen oder um den Abend über bei ihm zu bleiben, während die Eltern ausgingen. Es dauerte nur ein paar Monate, bis wir all ihre Gesichter kannten und sie mehr oder weniger unseren lieben Nachbarn zuordnen konnten – genau vier pro Familie –, so daß das Grüßen für uns zu einer festen Komponente im häuslichen Tagesablauf wurde. Denn alle Eltern in unserem Haus, Mütter wie Väter, gehen zur Arbeit. Wie könnten sie sonst essen, sich kleiden oder sich auch einmal ein Vergnügen leisten (und zwei Autos fahren) »wie jeder andere Mensch« – das heißt, auf einem Niveau weit über dem ihrer Eltern leben, diesen Großmüttern und Großvätern, die hauptsächlich diejenigen zu sein scheinen, welche all die *sacrifici* auf sich nehmen …

Ein Verkehrsschild in der Nähe der Dorfschule gebietet den Autofahrern, langsam zu fahren. Es zeigt die Silhouette eines Erwachsenen, der mit einem Kind an der Hand die Straße überquert. Das Kind ist das stilisierte hüpfende kleine Mädchen mit Zöpfen, wie überall auf der Welt. Doch der Erwachsene ist vom Alter gebeugt und trägt einen Hut, wie ihn nur alte Männer tragen: unverkennbar ein Großvater …

Das Warum und Weshalb dieses reichhaltigen Fundus an Großeltern ist unschwer zu verstehen. Erstens neigen die Italiener nicht dazu umzuziehen, wenn sie nicht unbedingt müssen. Und da Verona in einer außerordentlich wohlhabenden Region mit niedriger Arbeitslosenquote liegt, sehen sich nur sehr wenige zu diesem Schritt gezwungen. Ich kann mich nicht entsinnen, daß in den dreizehn Jahren, die ich nun in diesem Ort hier lebe, jemand umgezogen ist, um auf Dauer woanders zu wohnen; allerdings sind einige zurückgekehrt, die in den fünfziger und sechziger Jahren fortgegangen waren.

Dann ist es in Italien eine Binsenweisheit, daß eine Ehe mit dem Mädchen von nebenan eher glückt als mit einem Partner von weither. Im *Corriere della Sera* gab es einmal einen interessanten Artikel zu diesem Thema; detaillierte Statistiken belegten, daß die Scheidungsrate bei Eheleuten unterschiedlicher nationaler Herkunft höher liegt als bei rein italienischen Ehepaaren und bei jenen mit Partnern aus verschiedenen Regionen wiederum höher als bei Partnern aus dem gleichen Ort. Ein entscheidender Punkt dafür sei – laut Zeitung – die Frage der Essenszubereitung. Sobald die

»romantische Phase« vorbei ist, stellt der Mann nämlich konsterniert fest, daß das Essen auf seinem Teller nicht so gekocht ist, wie seine Mutter in Rom es zubereitet hätte, sondern wie Laura in Rovigo es kocht, daß der Salat nicht angemacht ist, wie Mama in Palermo ihn anrichtet, sondern wie Monica in Parma es für richtig hält. Denn Frauen gelten nicht als gute oder schlechte Köchinnen, sondern – zumindest zählt allein das – als Vertreterinnen der Küche einer bestimmten Region: Gute Küche ist dann per Definition die Küche der Gegend, in der man geboren wurde und aufgewachsen ist. Jedenfalls, so legte der Artikel nahe, ist Scheidung die einzig mögliche Konsequenz einer solch tiefgreifenden Unzufriedenheit.

Wenn man nun also voraussetzt, daß der junge Mann sich über die entscheidende Bedeutung des Essens sowie verschiedener anderer lokaler Sitten und Gebräuche im klaren und von daher klug genug ist, das Mädchen von nebenan zu heiraten, ist es natürlich für die Eltern des Brautpaares viel leichter, sich einig zu werden und eine Wohnung zu kaufen. Aber wenn sie sich schon zu dieser noblen Geste durchringen, ist es natürlich auch ihr Recht, darauf zu bestehen (wir lassen jetzt mal die Vorstellung vom Wohnen Tür an Tür beiseite), daß die neue Wohnung in der Mitte zwischen ihren beiden Häusern liegt. Schließlich haben Eltern einen Anspruch darauf, daß sie etwas von ihren Kindern haben und eine Gegenleistung für all die Mühe bekommen, die es gekostet hat, sie großzuziehen. Was natürlich dazu führt, daß selbst in diesen modernen Zeiten die große Mehrheit der italienischen Paare nach der Pfeife aller vier Elternteile zu tanzen hat.

Die Verfügbarkeit der *nonne* – der Großmütter – wird zusätzlich von der Tatsache begünstigt, daß Frauen in Italien schon mit fünfundfünfzig in Rente gehen (im öffentlichen

Dienst bereits mit fünfzig) und es jeden erdenklichen Anreiz gibt, sogar noch früher mit dem Arbeiten aufzuhören, weshalb Millionen gesunder und erschreckend tatkräftiger Großmütter in den besten Jahren eine Menge Zeit zur Verfügung haben. Wenn man des weiteren bedenkt, daß deren Nachkommen (also meine Generation) sich durchschnittlich nur ein Kind zulegen, wobei schon sie nicht allzu viele Brüder und Schwestern haben und diese sich zudem an die gleichen Spielregeln halten, dann ist klar, daß den glücklichen jungen Eltern eine unerschöpfliche Ressource an Babysittern zur Verfügung steht. Tja, das Problem eines modernen italienischen Paares liegt nicht darin, jemanden zu finden, der das Kind hütet, sondern zu vermeiden, daß ein Großelternpaar gekränkt ist, weil es nicht genug zum Zuge kommt. Und dann natürlich, das Kind wieder in den Griff zu kriegen, nachdem es verwöhnt, verhätschelt und mit *caramelle* vollgestopft wurde, den ganzen Tag ferngesehen und teure, batteriebetriebene, protzige und überdies zerbrechliche Spielsachen geschenkt bekommen hat, die Großeltern in ihrem Bemühen zu kaufen pflegen, bei der letzten Generation, mit der sie es vermutlich zu tun haben werden, Eindruck zu schinden.
Kaum habe ich den gutaussehenden Silvio und seinen ebenso hübschen kleinen Sohn Giovanni kennengelernt, als ich den kleinen Burschen überall im Ort in Begleitung seiner Großmutter zu Gesicht bekomme; besonders auf dem Spielplatz im Primo Maggio, der Freizeitstätte der Exkommunisten, wo der Junge, obwohl schon vier, noch immer nicht die Rutsche oder das größere Klettergerüst benutzen darf, es aber immer schafft, seiner *nonna* einen Lutscher abzubetteln. »Er macht nachts noch ins Bett«, vertraut sie mir an. »Wie sein *papà,* ach, Sie würden gar nicht glauben, wie lang das ging. Er war achtzehn oder neunzehn, bevor er damit

aufhörte.« Sie lächelt liebevoll, denn es ist ihr beschieden, mütterliche Autorität gleich über die kleinen Jungen zweier Generationen auszuüben. Und ruft gleich darauf: *»Smettila, Giovà,* du machst dir die Hosen schmutzig!«

Einmal abgesehen von der gönnerhaften Art dieser Oma, wie beneide ich die Eltern des kleinen Giovanni! Nachdem sie ihren Jungen bei der *nonna* abgesetzt haben, ziehen sie los und gönnen sich ein vergnügliches Tennismatch im hiesigen Sportverein, während ich mit ansehen und hören muß, wie Michele einen Tobsuchtsanfall bekommt, weil ihm am Klettergerüst etwas nicht gelingt, und wie Stefi brüllt, weil sie sich den Kopf an der Rutsche gestoßen hat.

Ebenso habe ich auch Giorgio und Donatella gerade erst kennengelernt – sie wohnen in der Wohnung neben uns, ein gemütliches, auffallend unkompliziertes Paar –, als mir auch schon die glücklichen Großeltern mütterlicherseits vertraut sind, die täglich kommen, um den kleinen Martino abzuholen und den ganzen Tag zu beaufsichtigen, während unsere Nachbarn arbeiten gehen, wie auch die glücklichen Großeltern väterlicherseits, die abends kommen (selten ohne ein neues Spielzeug), um auf ihren Liebling Martino aufzupassen, während seine Eltern ausgehen, ja sogar, wenn diese zu Hause bleiben und fernsehen. Ich kann es nur wiederholen, wie ich auch diese beiden beneide, die anscheinend – ähnlich dem französischen Adel im achtzehnten Jahrhundert – die ideale Methode entdeckt bzw. wiederentdeckt haben, Kinder aufzuziehen: Man braucht einfach jemand anderen, der das für einen tut. Es ist genau der Traum, von dem in dem Schlaflied die Rede ist. Ja, die modernen Italiener scheinen sogar noch eine Entwicklungsstufe weiter als die alten französischen Adligen zu sein, denn sie haben sich für diese delikate Aufgabe die zuverlässigsten Sklaven der Welt ausgesucht: diejenigen, die für ihre eigene Aufzucht verantwortlich waren (mit dem nicht zu unterschätzenden Vorteil, daß man sie nicht einmal dafür bezahlen muß). Es steht lediglich zu befürchten, daß sie (meine Generation), falls sie je ihre eigenen Enkel hüten müssen, dieser Aufgabe mangels Erfahrung nicht gewachsen sein werden. Nein, wenn die heute jüngste Generation dereinst die Elternschaft antreten wird, wird sie auf sich gestellt sein und das Rad von neuem erfinden müssen.

Doch am allermeisten beneide ich Silvio und Sabrina, Giorgio und Donatella, weil sämtliche unserer Verwandten – die von Rita und meine eigenen – entweder in England, in Pescara oder tot sind. Und damit nicht zur Verfügung stehen. Folglich stand sehr häufig – und vor allem in den ersten schlaflosen Monaten von Stefis Leben – eine Babytrage neben mir auf dem Schreibtisch, während ich tippte; später krabbelte dann ein Kind auf den kalten Fliesen zwischen meinen Beinen umher. Und eines unheilvollen Tages, als ich einfach über der Tastatur eingeschlafen war, mußte ich beim Aufwachen feststellen, daß eine Flasche Tinte über ein ganz frisch getipptes Manuskript gekippt worden war. »Wo«, schrie ich, »wo stecken diese *nonni?*«

Doch ich war in Italien nicht als einziger in dieser mißlichen Lage. Als ich an einem schicksalhaften Morgen das Radio anstellte, hörte ich, wie der Moderator eine Hörersprechstunde zum Thema »Solidarität der Generationen und anomale Großelternschaft« ankündigte. Wer würde bei einem solchen Programm abschalten? Doch handelte es sich, wie sich bald herausstellte, um nichts anderes als um die Aufforderung, bei einer »Expertenrunde« anzurufen und sich über Großeltern zu beklagen, die nicht taten, was von ihnen erwartet wurde – wie etwa süßliche Briefe an ihre neugeborenen Enkelkinder zu schreiben oder in schönster Regel-

mäßigkeit mit ihren kleinen Fiats vorzufahren, damit ihre Kinder in ihren BMWs losbrausen konnten.
Gleich war eine empörte Stimme in der Leitung, irgendwo aus Ravenna oder Cesena: »Aber nachdem wir das Kind dann hatten, verstehen Sie, trotz allem, was im voraus besprochen worden war, seitdem wir das Kind nun haben, meine ich, haben sie, meine Eltern, sich nur zweimal in zwei Jahren zum Babysitten angeboten, und sie *weigern* sich entschieden, es zu beaufsichtigen, während ich zur Arbeit gehe ...« Der Moderator und seine Runde sind gebührend schockiert. Und der juristische Fachmann weist uns besonders darauf hin, daß ein kürzlich ergangenes bahnbrechendes Urteil das Recht der Großeltern bestätigt hat, ihre Enkelkinder sehen zu dürfen, auch wenn die Eltern nicht damit einverstanden sind. Was belege, für wie wichtig das enge Band zwischen Großeltern und Enkeln erachtet werde und wie anomal sich jene verhielten, die das in Frage stellten. Denn wo es ein Recht gibt, sagt der Experte, da gibt es unweigerlich auch eine Pflicht.
Eine Frau ruft an, um zu berichten, daß ihre Mutter zwar auf das Enkelkind aufpasse, sich aber hartnäckig weigere, seine Windeln zu wechseln. Weshalb sie es als grausam empfinde, den kleinen Jungen länger als ein paar Stunden bei seiner Großmutter zu lassen.
»Wir könnten auch anrufen«, schlage ich Rita vor. »Es muß ein Gesetz geben, das es Großeltern verbietet, mehr als zwanzig Kilometer entfernt von ihren Enkelkindern zu wohnen.«
Auf dem Sofa öffnet Rita apathisch ein Auge. »Du findest es doch furchtbar, wenn sie kommen«, murmelt sie.
Da hat sie recht ...

Fare festa

Stellen Sie sich einen trüben Nachmittag Ende Februar vor. Die Türklingel läßt Sie aufschrecken. Sie gehen mit der festen Absicht zur Sprechanlage, den Zeugen Jehovas zu erklären, daß Sie überhaupt nicht daran denken, über das Ende der Welt zu diskutieren, Ihrer Meinung nach sei es längst gekommen. Es könnte aber auch Righetti sein, der die Angewohnheit hat, zu den unpassendsten Zeiten aufzutauchen und die Miete für die Garage einzutreiben – zuerst schien das eine reine Formsache, aber jetzt entpuppt es sich als bitterer Ernst, vor allem, da wir das Ding endlich kaufen müßten, es uns aber nicht leisten können. Weit davon entfernt, den Preis wie versprochen stabil zu halten, hat er ihn, *naturalmente,* im Zuge des allgemeinen Booms bei Grundstückspreisen erhöht. Wir haben versäumt, unsere Abmachung schriftlich festzuhalten. Nun behauptet er, ein solches Versprechen niemals gegeben zu haben.

Die Sprechanlage knackt, aber niemand meldet sich. »*Chi è? Chi è?*« Niemand. Vielleicht ein Kinderstreich, denkt man, eher erleichtert als erbost. Gerade hängt man den Hörer wieder ein, als von weit her eine Stimme ruft: »Wir sind's!« Denn meine Schwiegereltern pflegen zuerst aus dem Auto zu steigen und zu klingeln, damit Tor und Tür sich öffnen, dann gehen sie wieder zurück zum Wagen und laden aus. Und es ist außerdem ein Hilferuf. Denn sie werden jede Menge zu schleppen haben …

Ich renne mit dem jetzt etwa fünfjährigen Michele hinunter, der eilig vor mir herwatschelt. Er ist ganz aus dem Häuschen über den unangekündigten Besuch dieser märchenhaften, wenn auch nur gelegentlich in Erscheinung tretenden Wohltäter – seiner Großeltern. Draußen verdichtet sich eine eisige Dämmerung zu Nebel. Der Garten ist ein riesiger Graben, weil eine feierliche Eigentümerversammlung nach mehreren Überschwemmungen beschlossen hat, den Abfluß der Dachrinnen in die Straßenkanalisation zu leiten. Das ist zwar aus irgendeinem, mir nicht einsichtigen Grund verboten, aber allgemeine Praxis, weshalb kein Grund zur Sorge besteht.

Nonno Adelmo, mein Schwiegervater, fährt einen alten Ford Fiesta, den er und Nonna Maria aus zweiter Hand gekauft haben, als sie vor einigen Jahren in den Ruhestand und zurück nach Italien gegangen sind. Obwohl er sich brüstet, daß dieses bemerkenswerte Vehikel mehr als dreihunderttausend Kilometer auf der Motorhaube hat, würde Nonno natürlich lieber etwas Komfortableres fahren. Doch Nonna ist noch immer in jener Nachkriegsmentalität befangen, wo Dinge, die funktionieren, am Laufen gehalten werden müssen, immer weiter, wie Essen auf dem Teller eben aufzuessen ist und nicht etwa weggekippt werden darf und wie die höchst unansehnlichen Früchte von den alten Obstbäumen auf ihrem Stück Land in Pescara bis zur letzten sauren Pflaume und schrumpeligen Weintraube gepflückt werden müssen und dann Freunden und Verwandten und selbst entfernten Bekannten aufgedrängt werden. So muß Nonno nicht nur ein uraltes Auto fahren, sondern sich jetzt auch auf dem Rücksitz zu schaffen machen, um zwei große Kisten selbstgemachter Marmelade herauszuhieven – Feige, Aprikose und Mispel – sowie Dutzende von Flaschen mit mühevoll eingekochten Tomaten für *pasta.*

Merkwürdig ist nur, daß sich bei Nonna Maria diese zwanghafte bäuerliche Knauserigkeit mit einer extravaganten Liebe zur Eleganz paart. Ihr Vater war Filmvorführer in Rimini; sie ist mit den modebegeisterten Filmen der zwanziger und dreißiger Jahre aufgewachsen. Auf alten Fotografien nimmt sie immer ausgefallene Posen ein, etwa hindrapiert auf eine Balustrade mit dem Meer im Hintergrund oder affektiert lächelnd neben einem Bauwerk in Rom, ihr feingeschnittenes Gesicht eine Maske unübertrefflicher Selbstzufriedenheit. Selbst jetzt, da sie mit fast siebzig aus dieser Rostlaube klettert, trägt sie einen breitkrempigen Hut aus grünem Filz mit großer Hutnadel und einen flotten Schal mit Silberbrosche. Die Tatsache, daß beides zerbeult respektive völlig verschlissen ist, gibt ihr in dem immer dichter werdenden Nebel einen ordinären Anstrich. Sie hebt Michele hoch – in einer Wolke von süßlichem Parfüm. Ihr Make-up ist großzügig aufgetragen; nicht selten verschwindet sie nach ihren Besuchen mit Ritas Lippenstiften und Parfümflakons im Gepäck.

Es ist wahrhaft kaum möglich, bei der Beschreibung des nun folgenden Gesäusels, der Begeisterungsschreie, des Seufzens, des Küssens und In-die-Nase-Zwickens, der Ausrufe und Tränen, des Kitzelns und Knuddelns zu übertreiben. Die Kinder müssen das Gefühl haben, sie seien die einzigen Menschen im ganzen Universum. Mit Michele auf dem Arm tänzelt Nonna immer und immer wieder im Kreis und trällert dabei: *»O che bel bambino! O che ometto splendido! O che spettacolo!«* Sie hält ihn vor ihr Habichtsgesicht, reibt ihre Nase an seiner (wobei sich etwas von ihrem Puder löst), dann wirbelt sie ihn wieder herum, setzt ihn ab und kauert sich nieder, damit ihre faltigen Wangen auf Höhe der seinen sind. Und nun kommt Stefi herbeigewackelt, sie tapst den Weg entlang, und die ganze aufwendige Prozedur geht noch einmal von vorne los: das Herumwirbeln in der Luft, das Nasereiben, das Küssen.

Dies ist es, was die Italiener begeistert *fare festa a qualcuno* nennen, wörtlich übersetzt: »ein Fest für jemanden ausrichten«. Darin kommt die Vorstellung zum Ausdruck, einen nicht nur willkommen zu heißen, sondern zugleich mit körperlicher Zuneigung zu überschütten. Der Vergleich dieser Wendung mit dem leicht abfälligen »to make a fuss of« (Getue um jemanden machen) sagt alles über den Unterschied zwischen Italienern und Engländern bei solchen Gelegenheiten.

»Michelino, schau, was wir für dich haben!« ruft Nonno und räumt noch mehr Sachen aus dem Auto. »Stefi, schau, was hier ist!«

Sofort macht sich Michele von Nonna los und rennt zu Nonno.

»Spinnst du, Adelmo?« greift Nonna ein. »Die Kinder werden noch erfrieren, wenn sie hier draußen ihre Geschenke auspacken. *Poveretti,* wo sie doch beide nur Haut und Knochen sind!«

Das ist schlichtweg nicht wahr. Michele ist ganz ohne Zweifel ein stämmiges Kerlchen. Inzwischen bitte ich ihn sogar loszulassen, wenn er mir nach einem Sprung vom Sofa um den Hals fällt, während ich lese. Und alle Anzeichen sprechen dafür, daß Stefi genauso kräftig wird. Jedenfalls haben die Kinder ihrem Großvater jetzt zwei große Pakete aus der Hand gerissen und kämpfen mit dem Geschenkpapier, in das die hiesigen Verkäuferinnen immer alles so hübsch und dekorativ einwickeln, daß einem sowohl die Mühe als auch das Vergnügen genommen wird, dies selbst zu tun. Noch immer brummend, daß die Kinder sich den Tod holen werden, packt Nonna irgendwie alle beide am Schlafittchen und zerrt sie samt Geschenken mit beträchtlicher Mühe in

Richtung Haus. Während sie auf dem Weg zum Hauseingang im Nebel verschwindet, die Kinder an den Handgelenken festhaltend, hören wir, wie sie ihnen irgend etwas zu erzählen beginnt, mit ihrem Lieblingssatz als Auftakt: *»Bambini,* wißt ihr, was *meine* Großmutter immer gesagt hat? Sie hat immer gesagt, daß kleine Kinder ...«
Nonno schüttelt den Kopf, sichtlich enttäuscht, daß ihm nun das Zuschauen bei der Geschenkauspack-Session verwehrt ist, die genau in dem Moment stattfinden wird, da die Kinder durch die Tür treten und Nonna ihre Handgelenke freigibt. Es ist leichter, einen Hund von Frischfleisch fernzuhalten als Kinder von Geschenkpapier. Dabei hatte er sich ganz offensichtlich so darauf gefreut.
»Gute Fahrt gehabt?« erkundige ich mich und ergreife eine Steige Mispelmarmelade, die ich von Herzen verabscheue. Da lebt Nonno auf und erzählt, daß sie eine Tankstelle mit einem exzellenten Lokal ausfindig gemacht haben, direkt hinter Bologna. In dieser hinterhältigen Art, mit der sich die Europäer an der sprachlichen Vorherrschaft der Engländer rächen, indem sie gräßliche englische Ausdrücke erfinden, die gar kein Englisch sind, wurde diese Tankstelle »Auto-Grill« getauft, ausgesprochen: Ohtoh griel. Nonno, der es offensichtlich nicht eilig hat, ins Warme zu kommen, nimmt Filzhut und Mantel vom Rücksitz, zieht beides an und lehnt sich dann an den Fiesta, um gemütlich eine Zigarette zu rauchen. »Frauen«, meint er nur und macht dabei eine beredte Geste, bereits auf der Suche nach dieser männlichen Kumpanei, die Schwiegerväter auf einen Schlag mit ihren Schwiegersöhnen verbündet, während der Rest der Familie noch in angespanntem Schweigen verharrt. »Übrigens«, fährt er fort und nickt zu der Steige, die ich noch immer in Händen halte, »du mußt das Zeug nicht essen. Warte einfach, bis wir wieder fort sind, bevor du es

wegwirfst.« Ich lache, doch sicherheitshalber bedanke ich mich auch bei ihm. Er schüttelt den alten, filzhutbedeckten Kopf. Anscheinend war es keine sonderlich vergnügliche Fahrt. Leichtfertig frage ich, warum sie ihren Besuch nicht angekündigt hätten. »Frauen«, wiederholt er. »Was willst du da schon erwarten?«

Unerschütterlich sucht er stets dieselbe Ausflucht.

Als wir zum Haus marschieren, flammen – entweder weil es eine Nuance dunkler geworden ist oder wegen des dichter werdenden Nebels – gleichzeitig fünf Halogenleuchten im Garten auf. Mario und Silvio haben darauf bestanden, daß der Garten beleuchtet sein muß, zum Teil aus ästhetischen Gründen, aber hauptsächlich, um Eindringlinge abzuschrecken, die sonst unbeobachtet heranschleichen könnten. Nonno lacht über diese alberne Ausgabe, wie ältere Italiener eben über ihre Sprößlinge lachen, bevor sie ihnen alles schenken, was sie wollen. Unter Plexiglaskugeln auf meterhohen Pfosten erzeugen die Halogenlampen jene Art Licht, das blendet, ohne etwas auszuleuchten. Selbst der Graben, in dem unser Abwasser zusammenfließt, ist dankenswerterweise unsichtbar. Plötzlich ist der Nebel dick wie Watte.

Oben ist Stefi mit einer sizilianischen Puppe in ihr Zimmer gerannt. Michele spielt mit einem riesigen batteriebetriebenen Jeep, der offenbar aus demselben Auto-Grill stammt, in dem Nonno und Nonna ein so exzellentes Mittagsmahl genossen haben (von dem sie jetzt noch schwärmen).

»Gefällt dir dein Geschenk?« Nonno läßt sich aufs Sofa plumpsen. Er hat zwar den Mantel ausgezogen, jedoch noch immer den Hut auf dem Kopf. Sein Körper ist kugelförmig, aber dennoch straff. So erweckt er mehr den Eindruck eines aufgeblasenen Ballons – oder einer echten Salami – als den eines schwächlichen Alten.

»Gefällt es dir?« fragt er noch einmal.
Jetzt findet Michele die Zeit, ja zu sagen, während er das Ding im Rückwärtsgang über ein Sofakissen klettern läßt.
»Das hat dein Opa für dich gekauft«, sagt Nonno. Und kratzt sich die Glatze, wo der Filzhut scheuert.
Michele spielt weiter, fasziniert von dem Hebel, mit dem man den Vorwärts- und Rückwärtsgang einlegt.
»Gefällt dir, was dein Opa dir gekauft hat?« will Nonno wissen.
Nach einer weiteren Pause, erfüllt von Micheles Gebrabbel und Gekreische – der Lärm, den das Ding macht, genügt offenbar noch nicht –, hakt Nonno erneut nach: »Du hättest es nicht bekommen, wenn Nonno es nicht gekauft hätte.«
Der Junge scheint ihn nicht gehört zu haben.
»Dein *nonno«,* setzt mein Schwiegervater erneut an ...
Ich halte es nicht mehr aus. »Michele!« brülle ich. »Sag gefälligst danke, Michele, und gib deinem *nonno* ein Bussi!«
Überrascht dreht sich der Kleine um, sein kindlicher Verstand versucht, die nötigen gedanklichen Verbindungen herzustellen. Dann läßt er sein Spielzeug stehen, rennt zu seinem Großvater, küßt ihn, sagt danke und kehrt schnurstracks zu seinem Jeep zurück.
Die Szene erinnert mich – vor allem im weiteren Verlauf dieses Februarabends – an meine Überraschung, als ich das erste Mal bei einem Familientreffen der Baldassarres zugegen war, noch lange, bevor ich Italien oder andere Italiener oder die italienische Sprache kannte. Denn diese Familie, Mutter und Vater, Söhne und Töchter, kritisiert einander unablässig; jeder hat ständig irgendeinen Grund zur oft bitteren Klage, manchmal ziehen sie sogar wirklich böse übereinander her; doch wenn sie zusammenkommen, wenn sich die Baldassarres wirklich und wahrhaftig gegenüberstehen, dann sind ihre Gesten der Zuneigung, das ausufern-

de *fare festa,* die überschäumende Dankbarkeit angesichts der ausgetauschten Geschenke an wortreicher Begeisterung nicht zu überbieten.
Stürmisch umarmt meine Frau ihre Mutter. Und ihren Vater. Michele beobachtet sie. Jeder scheint überglücklich und hocherfreut, die anderen zu sehen. Die *nonni* sind da! *Evviva!* Trotzdem weiß Michele, auch schon mit fünf, daß wir nicht selten über diese unangekündigten Besuche jammern: weil wir nie wissen, wie lange Nonna und Nonno bleiben werden, und weil es schwierig wird, wenn wir noch andere Gäste haben. Und bestimmt hat er seine Großeltern, wenn er mit ihnen allein war, auch schon über uns schimpfen hören, denn man kann ihnen bestimmt nicht nachsagen, daß sie aus ihrem Herzen eine Mördergrube machen. Wenn wir dann zusammen am Tisch sitzen, beschwert sich jeder über Ritas Brüder, Onkel Berto hier in Verona und Onkel Renato in Rom; man schüttelt den Kopf über die Vorliebe des ersteren für teure Klamotten, die er sich gar nicht leisten kann, ebenso wie über die schlechte Angewohnheit des anderen, sämtliche Reparaturrechnungen an seinen Vater zu schicken. Warum müssen diese Jungen sich ständig Geld borgen? Warum zahlen sie es nie zurück? Wie kommen sie eigentlich dazu zu glauben, daß man ihnen das alles schulde? Doch wenn später am Abend Roberto eintrifft – den orangefarbenen Benetton-Pullover leger um den Kragen eines Gianfranco-Ferrè-Hemdes geschlungen, in wunderschönen Wollhosen mit Bügelfalte und Schuhen, die er vielleicht eben noch schnell in einem teuren Laden in der Innenstadt von Verona anprobiert hat –, wenn Roberto mit seiner wilden Mähne und der stolzen Römernase auftaucht, dann springen alle eilig auf, um ihn genauso stürmisch zu umarmen, wie sie einander gerade eben umarmt haben. Alle werden albern kichern, in die Hände

klatschen, dem anderen auf den Rücken klopfen, ihm um den Hals fallen und ihn abküssen. Man wird Wein ausschenken, dann noch mehr Wein, und Nonna wird fast platzen vor Stolz auf ihren gutaussehenden Sohn, obendrein ein Doktor. Dann wird ihr auffallen, daß unsere Weinbrandflasche in der Glasvitrine nur noch einen Fingerbreit voll ist. Worauf sie diesen eklatanten Mangel an Stil beklagen wird: Ihre Großmutter habe schon immer gesagt, man dürfe in einer Flasche nie den letzten Rest aufheben, das bringe Pech, obwohl man etwas Gutes natürlich auch nicht einfach wegschütten könne ... Deshalb leert sie dann selbst die Weinbrandflasche, dazu fühlt sie sich verpflichtet, oder sie läßt sie herumgehen, ebenso wie den Grappa – falls welcher da ist –, und es herrscht eitel Sonnenschein. Die kleine Stefania wird von Arm zu Arm gereicht und auf den Kopf gestellt; man schnappt sich Michele, um ihn zu kitzeln und aufs Sofa zu werfen und so weiter, obwohl die Kinder doch eben erst gegessen haben.

Ja, die Kinder genießen das zweifellos in vollen Zügen, dieses wundervolle *spettacolo* der Zuneigung, diese Schritt für Schritt festgelegte *festa*. Und vielleicht verbinden sie es tief im Inneren auch mit der Tatsache, daß sie nicht vergessen dürfen, sich bei Nonno mit einem riesigen Dankeschön zu bedanken, weil er nicht vergessen hat, ihnen ein Geschenk mitzubringen, obwohl er mit einem überfüllten Bauch aus seinem geliebten Auto-Grill geschlingert ist. Ja, sie müssen dick auftragen mit ihrer Dankbarkeit, Nonno muß seinen gerechten Lohn erhalten, dann wird ihnen alles gegeben und vergeben, wie ja auch Zio Berto alles gegeben und vergeben wird.

Ich habe mich deshalb schon oft gefragt, ob Italiener eigentlich eine Geschichte wie *König Lear* wirklich verstehen können. Warum hat Cordelia ihrem dummen alten Vater nicht einfach etwas vorgespielt? Da hat sie sicher einen Fehler gemacht. Denn es gibt Zeiten, in denen ein bißchen Falschheit von einem erwartet wird, ja geradezu verlangt werden kann, denn auch der äußere Schein hat seinen Wert, zeigt er doch sehr genau, ob man willens ist, ihn aufrechtzuerhalten. Die ganze Welt ist nichts als Schein. Cordelia hat falsch gehandelt. Ebenso dürften diese herzzerreißenden modernen amerikanischen Kurzgeschichten, in denen Familienmitglieder sich schließlich und endlich qualvoll die traurige Wahrheit über ihre Seitensprünge und gegenseitige Abneigung gestehen, in Italien nur wenig Anklang finden; denn hier sind die Menschen von klein auf – seit einer Kindheit, wie Michele und Stefania sie gerade genießen – damit vertraut, welch unerquickliche, aber unvermeidliche Aspekte das Miteinanderauskommen nun einmal hat. Sie wissen es, sind aber klug genug, gute Miene dazu zu machen und es auszukosten.

»Schick die Kinder noch nicht ins Bett!« protestiert Nonna. »Es ist doch noch so früh! Wie kannst du ihnen das antun? Weißt du, Michele, meine Großmutter hat immer gesagt, daß es für Kinder auch wichtig ist mitzubekommen, wieviel Spaß es macht, abends aufzubleiben. Sie hat gesagt ...«

Die Kinder sind hingerissen. Michele nippt, wie Gigi bei dieser Eigentümerversammlung neulich und wie Kinder überall in Italien, an jedem Weinglas und schnappt sich *panettone*-Stücke, die noch von Weihnachten übrig sind. Die große knallrote, mit Silberdekor und Bändern geschmückte Schachtel, in der dieser luftige und ziemlich langweilige Kuchen überreicht wurde, spricht Bände. Flitterkram, ein weiteres *spettacolo.* Als ich darauf beharre, daß für sie Schlafenszeit ist und ich für heute genug von ihnen habe, murmelt Nonna etwas von bekannter englischer Gefühlskälte und gräßlicher britischer Reserviertheit. Warum dürfen die

Kinder nicht noch ein Stück Kuchen essen? Warum dürfen sie nicht aufbleiben? Hör doch nur, wie die armen Kleinen betteln! Sie wollen nicht ins Bett! Es ist doch erst neun Uhr. Aber ich habe schon längst gelernt, wie man das Ruder herumreißt. Ich beuge mich über die stark parfümierte Schulter meiner Schwiegermutter und drücke sie fest an mich. Dabei schmeichle ich ihr, wie wundervoll es sei, sie wiederzusehen, was auch der Wahrheit entspricht. Dann sage ich ihr lachend und liebevoll, daß sie sich um ihren eigenen verdammten Kram kümmern soll. Diese Sprache versteht sie. Sie lacht. Sie schätzt einen Mann, der frank und frei seine Meinung äußert, behauptet sie. Und vergißt die Kinder, trotz ihres markerschütternden Gebrülls, als sie jetzt weggeschleppt und den Schrecken eines warmen Bettes ausgeliefert werden. Statt dessen wendet sie sich Roberto zu, um ihm klarzumachen, daß ein Doktor sich anständig zu benehmen habe. Weil ein Doktor nämlich ein Doktor sei, verkündet sie plötzlich sehr streng, und etwas darstellen solle, auch ein Urologe.

Selbstgefällig lächelt Roberto sie an und tunkt *panettone* in seinen Wein. Er hat keine Ahnung, wovon sie spricht. Also muß sie deutlicher werden. Sie ist vor Scham fast in den Boden versunken, ja, sie war entsetzt, als sie letzten Sommer in Pescara den Verwandten eines Nachbarn zu ihm brachten, damit er, ja, ihr Sohn, der Arzt, sich einmal die Prostata des armen Mannes ansehe, und er, Berto, stand in *Badehosen* da. Er hat den Mann in Badehosen untersucht! Was für ein Gesichtsverlust! Ihre Großmutter, Nonna Matilda, habe immer gesagt …

Im italienischen Fernsehen gibt es einen Werbespot: Ein junger Mann steht im Supermarkt in der Schlange, er kauft Zwiebeln, Kartoffeln und verschiedenes Gemüse ein. Die Kassiererin, eine unzeitgemäß korpulente Schönheit mit

blassem Vollmondgesicht unter nachtschwarzen Locken, fragt ihn, ob er eine Minestrone kochen will. »Ja«, erwidert er schüchtern. Was für ein mitleidiges Lächeln malt sich auf dem Gesicht des netten Mädchens, als sie ihren gewaltigen Busen über die elektronische Kasse hievt, um ihm zu sagen, daß er den Lauch nicht vergessen soll. Vergessen Sie nicht den Lauch ... Ihre Großmutter habe immer gesagt, das Geheimnis einer guten Minestrone sei der Lauch. Derweil taucht über dem Gemüse eine Spruchblase auf, deren großzügige Rundung durch ihre Nähe zu dem Busen irgendwie betont wird, mit der Aussage, daß hier im Conad (ja, Conad) – so heißt die Supermarktkette – noch menschliche Wärme herrscht.
Roberto, der zum tausendsten Mal hört, was die Großmutter seiner Mutter darüber gesagt oder auch nicht gesagt hat, wie sich ein Doktor zu benehmen habe (denn es ist durchaus möglich, daß mit der Phrase »meine Großmutter hat gesagt« nur die Autorität der Vorfahren für eine ureigene und selbstsüchtige Meinung herangezogen wird), Roberto also ruft: *»Sì, Mamma, sì, Mamma,* du hast ja so recht, *Mamma«*, aber er lacht dabei. Und gerade als die beiden Kinder nochmals erscheinen und um ein letztes Glas Wasser betteln, dann die Runde machen, um jeden noch einmal zu küssen, gibt Roberto eine Parodie eben jenes Werbespots zum besten, die er in einem spätabendlichen Kabarettprogramm gesehen hat.
In dieser Parodie sagt jeder in der Schlange im Supermarkt, was seine Großmutter in die Minestrone getan hat, wodurch eine ellenlange Liste teils höchst unwahrscheinlicher Zutaten entsteht. Gegen jede Vernunft beharrt ein Kunde darauf, das wahre Geheimnis einer guten Minestrone sei ... Wassermelone. Ja, Wassermelone, ja, in der Minestrone. Ein Wortgefecht entspinnt sich, in dessen Verlauf andere Kun-

den, die endlich bedient werden und nach Hause wollen, ungeduldig zu murren beginnen, bis eine Frau laut herausschreit: »Weißt du, was meine Großmutter getan hat? Willst du wissen, was meine Großmutter in ihre Minestrone getan hat? Meine Großmutter hat hineingepißt, das hat sie getan.« Worauf ihr Kontrahent erwidert: »Und meine Großmutter hat in die Minestrone von deiner Großmutter gepißt ...« Berto haut dreimal mit der Faust auf den Tisch. Alle lachen. Auch Nonna. Während Michele und Stefi wieder zurück ins Bett gehen, singen sie vor sich hin: »Meine Großmutter hat in die Minestrone von deiner Großmutter gepißt, meine Großmutter hat in die Minestrone von deiner Großmutter gepißt« und kringeln sich vor Lachen.

Dann holt Nonna tief Luft und will nun endlich – ohne irgendwie peinlich berührt zu sein – kundtun, was Nonna Matilda immer gesagt habe, daß ein Doktor nämlich, nicht anders als ein Priester ...

Berto schlägt sich die sommersprossigen Hände vors Gesicht, wobei ein goldener Siegelring und ein goldenes Armband aufblitzen. Doch trotz seiner gespielten Verzweiflung fällt er zwei Minuten später über einen anderen her, genauso wie seine Mutter eben über ihn hergefallen ist; allerdings beruft er sich dabei auf andere Autoritäten. Denn kaum hat Nonno Adelmo sich ein Stück *panettone* abgeschnitten, als Roberto ihn deswegen rügt und ihm Ratschläge für seine Ernährung erteilt; er sagt ihm, was er neuesten Erkenntnissen nach essen und nicht essen sollte, weist ihn auf die Gefahren der Dickleibigkeit, das Risiko eines Herzinfarkts hin. Melancholisch und zugleich leicht gereizt schüttelt Nonno den Kopf, als sei jemand, der ebensowenig zu leben versteht wie seine Frau, es gar nicht erst wert, daß er sich auf eine Auseinandersetzung mit ihm einläßt. Doch nur ein paar Augenblicke später ist er dann an der Reihe, er sagt

uns, das heißt Rita und mir, wie wir in unserer Wohnung einige Dinge ändern sollten, was er für unumgänglich hält, welches Werkzeug wir uns unbedingt noch zulegen müßten, auch gibt es da ein Produkt, das die Fensterläden ausgezeichnet vor dem Verwittern schützt. Um nicht zurückzustehen, rät nun Rita wiederum ihren Eltern entschieden davon ab, die Zweitwohnung in Pescara während des Sommers an Urlauber zu vermieten. Das würde ihnen viel zuviel Arbeit machen. Sie wären weit besser beraten …
Was Berto nicht erwähnte, als er die Supermarkt-Parodie wiedergab, war die Spruchblase am Ende des Spots. Denn ich habe die Sendung auch gesehen. Und wenn ich mich recht erinnere, stand da: »Conad, der Supermarkt, wo sich keiner um seinen eigenen Kram schert.« Nun ja, in einer italienischen Familie schert sich keiner um seinen eigenen Kram, das erwartet auch niemand. Das Verhalten eines jeden ist für jeden anderen ein gefundenes Fressen. Selbst die längst verstorbenen Großeltern der Großeltern sind weiterhin präsent, werden zitiert, drehen sich im Grabe um, pochen auf die Tradition. Wenn die Conad-Werbung erfolgreich ist, dann nur, weil sie eine Situation wiedergibt, die jeder kennt. Und daß die Leute über die Parodie lachen können, liegt daran, daß die Dinge sich gerade zu ändern beginnen.
Unser Familienabend gerät daher zu einem Karussell gutgemeinter Ratschläge, jeder will der Form halber das letzte Wort haben und auf diese Weise die Belehrungen der anderen von sich abschütteln wie Enten das Wasser an ihrem Gefieder. Aber Enten schwimmen eben im Wasser. Und sie mögen es, wenn es von ihrem Gefieder abperlt. Gegen elf Uhr ziehen sich Nonna und Nonno nach ausgiebigen Umarmungen ins Gästezimmer oben zurück, wir gehen unten ins Elternschlafzimmer, und Berto verschwindet draußen

im Nebel und läßt schon von weitem summend die Türen seines extravaganten Lancia Thema aufschnappen; jedem geht nun durch den Sinn, was er an den anderen schätzt, und keiner hat auch nur eine Silbe der Ratschläge behalten, die man ihm gegeben oder die er erteilt hat.

Die Besuche der Großeltern dauern im Schnitt zwei oder drei Tage, obwohl bei ihrer Ankunft oft von zwei oder drei Wochen die Rede ist. Vielleicht gehört das zur Show. Morgens steht Nonno schon vor sieben auf und kauft frische Croissants zum Frühstück, plus zwei, drei Zeitungen, eine Geste, mit der er bei mir viele Punkte macht. Dabei hat er auch gleich Gelegenheit, eine ruhige Morgenzigarette zu paffen. Nicht, daß er in der Wohnung nicht rauchen dürfte, im Gegenteil, aber er mag nicht, daß seine Frau sieht, wie er dem Laster frönt, obwohl sie natürlich genau weiß, daß dies der eigentliche Grund für seinen Morgenspaziergang ist. Nach dem Frühstück bringt er die Kinder in die Schule oder in den Kindergarten, wo er sie abends zusammen mit Nonna wieder abholt. Dann kauft er ihnen Süßigkeiten und Eiscreme und Kuchen und Spielzeug, während Nonna ein mächtiges Getue um sie veranstaltet; dabei trällert sie mit süßlicher Stimme zärtliche Liebkosungen, und wie über dem brodelnden Krater eines Vulkans, der trotz seiner gewaltigen Aktivität niemals richtig ausbricht, steigen kleine Wölkchen der Zuneigung in eine gefühlsselige Atmosphäre auf.

Einer dieser Besuche fand, wie ich mich erinnere, höchst passend zur Karnevalszeit statt. Michele und Stefi waren als Batman und Königin Isabella von Spanien verkleidet, mit (nicht waschbaren) Kostümen von der Stange, zu deren Kauf bei Standa, dem Warenhaus, uns jugendlicher Zwang genötigt hatte. Nonno und Nonna fuhren mit ihnen in die Stadt zum Karnevalsumzug mit all den Festwagen, Clowns und hübschen Märchenfeen, die *caramelle* in die eiskalte Februarluft warfen, hinein in ein Meer von kleinen Engeln und Teufeln und japanischen Robotern und Musketieren und Tarzans, die sich alle nicht ganz schlüssig waren, wie sie sich denn kostümgemäß zu gebärden hätten. Als der Held und Ihre Königliche Majestät vollgestopft mit Süßigkeiten und Limonade zurückkehrten, kam mir in den Sinn, daß wirklich niemand besser als Nonno und Nonna geeignet ist, mit einem Kind zum Karneval zu gehen; niemand versteht mehr vom Geist einer Maskerade.

Dann, am dritten oder vierten Morgen, brechen sie plötzlich ihre Zelte ab. Die Show ist vorüber. Es war ein kurzer Aufenthalt. Sie reisen so unerwartet ab, wie sie gekommen sind: zu ihrer üblichen Aufbruchzeit, um halb sieben in der Früh. Man ist noch im Tiefschlaf, und sie wecken alle auf, um zu sagen, daß sie praktisch schon unterwegs sind. Barfuß stehen die Kinder auf eiskalten Fliesen und reiben sich die Augen. »Ach, warum mußt du denn fort, Nonno? Du hast versprochen, daß du mit uns in die Berge fährst. Aber du hast es doch versprochen! Bitte, bleib.« Auch wenn die Kinder gelegentlich vergessen, danke zu sagen, mit dieser Szene haben sie keinerlei Schwierigkeiten. Sie lieben ihre Großeltern von Herzen.

Nonna beugt sich hinunter und flüstert in dramatischem Ton: »Leider müssen wir nach Hause fahren und uns um jemanden kümmern, der sehr krank geworden ist. Das haben wir gerade erfahren.«

Diese ungeheuerliche, völlig aus der Luft gegriffene Lüge wurde soeben erfunden, weil es für Nonna unvorstellbar ist, die Kleinen mit der schlichten Wahrheit zu enttäuschen, nämlich daß die alten Leute für eine Weile genug von Kindern und Enkelkindern haben und nach Hause wollen. »Es tut uns ja so leid, daß wir uns von euch trennen müssen,

Kinder«, fügt sie hinzu, »aber Zia Bice hatte einen schweren Unfall. Sie ist die Treppe heruntergefallen und hat sich die Hüfte gebrochen. Aber wir kommen bald wieder!«
Ob diese letzte Bemerkung der Wahrheit entspricht oder nicht, werden wir ja sehen. Aber das ist in diesem Moment auch völlig egal. Was einzig zählt, ist der Eindruck, den die Großeltern jetzt erwecken, und nicht, wie die Kinder sich fühlen, wenn ihre Großeltern nicht wirklich bald wiederkommen. Meine Schwiegereltern sind meisterhafte Politiker, für sie sind Versprechen ein gängiges Zahlungsmittel (und sie unterscheiden sich darin vielleicht gar nicht so sehr von Righetti mit seinem Festpreis für die Garage). Es folgt eine interessante Debatte zwischen Rita und mir, ob wir den Kindern erzählen sollen, daß es gar keine kranke Freundin gibt, man dem Nachbarn gar nicht beim Renovieren des Hauses helfen muß, Nonno gar nicht dringend als Berater für eine Baufirma gebraucht wird – daß zwei alte Leute einfach einen guten Eindruck hinterlassen wollen, ohne sich dafür zu verausgaben. Merkwürdigerweise ist es der kaltschnäuzige alte protestantische Engländer, der den Kindern nichts davon sagen will, nicht weiß, wozu das gut sein soll. Zumindest über die Großeltern sollte man sich ein paar Illusionen bewahren können. Letztlich werden sie nicht mehr lange genug dasein, um einen zu einer gegenteiligen Einschätzung zu nötigen. Wenn es hingegen um Bauunternehmer geht, dann heißt die Parole: Käufer, sei wachsam!

Nido

Doch kehren wir zu jener drängenden und einschlägigen Frage aus meinem Lieblingswiegenlied zurück: Wem kann ich mein Kindlein anvertraun? Da gibt es, wie gesagt, die Großeltern, die in anderen Familien im allgemeinen verfügbarer, nützlicher und konservativer sind als in unserer; aber es gibt auch die staatliche Kinderkrippe, den sogenannten *nido.* Man könnte ja meinen, angesichts der Allgegenwart der Großeltern und ihrer Bereitwilligkeit, jederzeit auszuhelfen, und angesichts der verheerenden Lage der öffentlichen Finanzen wäre die italienische Regierung nur allzu froh, die Kosten für Kinderbetreuung einsparen zu können und dies weiterhin auf die alten Menschen abzuwälzen. Aber dem ist nicht so. Im Gegenteil, man staunt, wie sehr sich der Staat darum bemüht, die neue Generation italienischer Eltern von dieser bereits leichten Bürde noch weiter zu entlasten. Von allen Ländern, die ich kenne, verfügt Italien über die großzügigsten Regelungen zum Mutterschaftsurlaub und über das vernünftigste System vorschulischer Betreuung. Es wird, so scheint es, alles getan, das Aufziehen der Kinder einfach und attraktiv zu gestalten. Doch die Geburtenrate sinkt immer weiter.

Das Wort *nido* bedeutet Nest, aber seit einigen Jahren wird dieser Begriff für die erste Stufe der zweigliedrigen staatlichen Kindertagesstätten verwendet, welche für Kinder von sechs Monaten bis zu drei Jahren gedacht ist. Ich weiß noch, wie erfreut ich war, als ich zum ersten Mal von diesem *nido* erfuhr. Es erschien mir einfach wunderbar, daß es eine Einrichtung gab, wo Babys gefüttert, gewickelt und von acht Uhr morgens bis vier Uhr nachmittags versorgt wurden. Natürlich mußten dafür Gebühren entrichtet werden, aber diese hielten sich in bescheidenem Rahmen. Ich konnte kaum glauben, daß der Staat so freigebig war. Das einzige Problem bestand, wie ich dann herausfand, in der begrenzten Anzahl der Plätze.

Wir stellten einen Antrag – als Michele ungefähr ein Jahr alt war – und hofften, daß wir künftig zumindest die Vormittage Zeit zum Arbeiten haben würden. Wie so häufig in Italien gab es kein vorgedrucktes Formular, sondern Rita schrieb auf amtlichem Papier mit teuren gestempelten Gebührenmarken einen Brief, dem sie die notwendigen Dokumente (Meldebescheinigung, Stammbuchauszug, Heirats- und Geburtsurkunde usw.) sowie eine Kopie unserer letzten Steuererklärung beifügte. Bald darauf kam ein Mann zu uns und befragte mich unter anderem, wie viele Stunden ich an der Universität arbeitete, worüber ich ihm wahrheitsgetreu Auskunft gab. Er war höflich, suchte aber eindeutig nach einem Haar in der Suppe und beäugte alles um sich herum, was in der damaligen Wohnung – wo wir vor unserem Umzug in Righettis Reich lebten – in einer riesigen Anhäufung von häßlichen Möbeln aus den fünfziger Jahren bestand, einer Epoche also, mit der man wohl kaum einen ausgeprägten Sinn für Anmut oder auch nur für praktischen Nutzen verbinden dürfte. Wie groß die Wohnung sei, wollte er wissen, wie viele Zimmer sie habe, welches Auto ich fahren würde. Seine Miene war entmutigend, skeptisch. Jede Antwort, die ich gab, war eindeutig eine falsche Antwort. Ob ich mehrwertsteuerpflichtig sei? Ich bejahte. Aber dies war anscheinend ein Zeichen für Wohlstand und nicht etwa ein

Merkmal von Knechtschaft, ebenso wie die Tatsache, daß wir eine möblierte Wohnung gemietet hatten, denn die Mieten sind hoch.

Wie dem auch sei, unser Antrag wurde abgelehnt. Anscheinend verdienten wir zuviel Geld und arbeiteten zuviel zu Hause. Aber unser eigentliches Vergehen – so Stefano mit seiner Erfahrung als Steuerberater – bestehe darin, daß wir als Selbständige arbeiten. Wir hätten lieber eine Firma gründen und uns dann in dieser selbst anstellen sollen. Er tippte sich an die Nase. *»Sai com'è?«* sagte er. »Eher geht ein Kamel durch ein Nadelöhr, als daß ein Selbständiger für sein Kind einen Platz in einer staatlichen Kinderkrippe bekommt.« Er lachte. Der kleine Beppe wurde in den Vorschuljahren von seiner Großmutter betreut.

Ist es der Mühe wert, dieses Bewilligungsverfahren ein wenig näher zu beleuchten? Ich glaube schon, wenn auch nur, um zu zeigen, daß die italienischen Behörden dazu neigen, jedermann etwas zu versprechen (um sich beim Wahlvolk beliebt zu machen), einen aber dann – weil das nötige Geld fehlt, um allen etwas zu geben – in den Irrgarten oder zu einem Hindernislauf schicken, um sicherzustellen, daß nur diejenigen, die wirklich darum feilschen (und nicht die Bedürftigen), es auch bekommen. Das ist eine Mentalität, mit der umzugehen jedes italienische Kind eines Tages lernen muß – eine Bewährungsprobe, die bei so manchem die Persönlichkeit prägen wird, insbesondere in dem kritischen Augenblick, da die jungen Leute die Schule hinter sich haben und für sich selbst sorgen müssen. Die Frage lautet dann: Bist du gewillt, um einen Platz am Futtertrog zu kämpfen, oder nicht?

Zurück zum *nido.* Selbstverständlich gibt es hierbei ein Punktesystem, anhand dessen eine *graduatoria* erstellt wird, das heißt eine Rangfolge des Anspruchs, eine Warteliste oder vielleicht viel einfacher gesagt: eine Hackordnung. Und ebenso selbstverständlich bleiben die Kriterien, nach denen die Punkte vergeben werden, im dunkeln. Über die verschiedenen *graduatorie* in der italienischen Gesellschaft ließen sich ganze Bände füllen – darüber, wie man einen Platz im Studentenwohnheim ergattert, eine niedrig verzinste Hypothek, eine Sozialwohnung oder eine Arbeitsstelle. Erst heute habe ich einen Artikel über eine *graduatoria* in einem kleinen Dorf im Süden gelesen, anhand deren festgelegt wird, in welcher Reihenfolge Menschen, denen die Schande einer Erdbestattung widerfahren ist (die als proletenhaft gilt), damit rechnen können, in *loculi* – Grabnischen in der Wand – umgebettet zu werden, sobald auf dem Gemeindefriedhof wieder Plätze frei werden. Es war sofort Streit darüber entbrannt, weil viele unter den Angehörigen der teuren, aber schlechtbehandelten Verblichenen die Sorge hegten, daß das Punktesystem dazu mißbraucht werde, um gewisse Leute – Dahingeschiedene oder ihre lebenden Verwandten? – wegen ihrer politischen Verbindungen zu den örtlichen Behörden zu bevorzugen.

Was das *nido*-Punktesystem angeht, so habe ich noch keinen getroffen, der genau verstanden hätte, welche Kriterien dabei zählen. Man wird zum Beispiel gefragt, ob die Großeltern des Kindes vielleicht Flüchtlinge aus Fiume (das Gebiet, das Italien 1947 an Jugoslawien abtreten mußte) oder Kriegswaisen sind – und sicher ist es äußerst vorteilhaft, wenn man dies bejahen kann. Doch abgesehen von solch absonderlichen Anachronismen ist es kein Geheimnis, daß es Punkte gibt, wenn man ein *dipendente,* ein Angestellter, oder besser noch ein *statale,* ein Angestellter im öffentlichen Dienst, ist. Es ist nur logisch, daß sich der Staat um die Kinder seiner Bediensteten kümmert, er will schließlich darauf zählen können, daß die Eltern an ihrem Arbeitsplatz anzutreffen sind. Nicht umsonst wird hierzulande der Staat häufig als *mamma stato* bezeichnet …

Als Michele ungefähr eineinhalb Jahre alt war und Rita hoffnungslos hinter ihren Abgabeterminen zurücklag, schrieb sie einen langen Brief an das Auswahlkomitee der hiesigen Kindertagesstätten. Sie erlaubte sich darzulegen, daß es unmöglich sei, als Übersetzerin zu arbeiten, wenn einem dabei ein Kind über die Schreibmaschine krabbelt. Sie wies darauf hin, daß Arbeit Arbeit sei, ganz egal, ob diese nun zu Hause oder anderswo ausgeführt werde. Sie lenkte das Augenmerk auf die Tatsache, daß keiner unserer Verwandten in der unmittelbaren Nachbarschaft wohne; außerdem ginge aus der von uns vorgelegten Einkommensteuererklärung nicht hervor, daß wir in übermäßigem Wohlstand lebten. Eine andere Lösung stehe uns somit nicht zur Verfügung.

Schließlich erhielten wir eine Antwort, die uns ziemlich überraschte, denn es hieß, unser Antrag sei noch einmal geprüft worden und man habe uns nun in die *graduatoria* für die vier *nidos* unseres Bezirks aufgenommen, allerdings erst auf Platz zwanzig-nochwas der Nachrückerliste. Für Sonderfälle gibt es in Italien immer irgendwelche Möglichkeiten. Es hat immer Sinn, zu schreien und Krach zu schlagen, was ja auch die meisten Kinder sehr gut wissen. Dennoch gingen wir davon aus, daß Platz zwanzig-nochwas soviel bedeutete wie niemals dranzukommen.

Wir irrten uns. Keinen Monat später bot man uns einen Platz an, zwar nicht im örtlichen *nido,* aber in der benachbarten größeren Vorstadt San Michele, einem häßlichen Siedlungsgebiet entlang der Straße und der Eisenbahnstrecke, die östlich von Verona nach Vicenza führt. Daß zwanzig Antragsteller vor uns so schnell von der Warteliste verschwunden waren, hätte uns eine Warnung sein müssen. Denn das bedeutete, daß zwanzig Kinder aus der Krippe herausgenommen worden waren. Wir jedoch willigten nur allzu dankbar ein und wähnten sogar, einen kleinen Sieg errungen zu haben.

Die Strecke von Montecchio nach San Michele beträgt ungefähr sieben Kilometer. Man verläßt das einigermaßen malerische, vor steilen Hügeln gelegene Dorf; bei klarem Wetter kann man sogar die Berge sehen. Rechterhand erblickt man das pittoreske *castello* am Hang und ein oder zwei reizvolle Villen mit schmiedeeisernen Pforten und Efeu und Glyzinen. Wenn man aber nach links abbiegt, die Hügel hinter sich läßt und in Richtung Süden fährt, verändert sich die Szenerie. Rechts sieht man nun die lange, hohe Mauer einer Kaserne, links den grauen Klotz eines Hochsicherheitsgefängnisses. Schließlich werden die letzten Reste ländlicher Atmosphäre von der gesichtslosesten aller vorstädtischen Landschaften verdrängt: unendliche Aneinanderreihungen von Apartmentblocks, alle genau mit der gleichen Ausstattung, denselben, aus Massenproduktion stammenden Reminiszenzen an edlen Marmor und wertvolle Hölzer, während draußen auf der Straße – genau wie vor Stefanos Haus – noch die Gehsteige fehlen und das Unkraut wuchert.

Die Krippe ist ein niedriges Fertighaus gegenüber einem Bauplatz. Man kann seine Kinder morgens ab sieben Uhr dreißig hier abliefern, aber die meisten Eltern kommen, verschlafenen Blicks, erst gegen acht. Man wird von einem Mädchen begrüßt, das »das Baby willkommen heißt«. Die junge Frau gehört nicht zur Stammbelegschaft, die erst gegen neun Uhr eintrifft; sie ist einer der seltenen Neuzugänge. Das Mädchen nimmt ein Baby, das herumstrampelt, und lächelt, um so der Mutter zu verdeutlichen, daß sie jetzt gehen könne, ja, sie fleht die Mutter geradezu an, doch zu gehen. Die Babys hören auf zu weinen, sobald die

Mütter weg sind, versichert sie. Aber diese Mutter, sorgfältig zurechtgemacht, in Pelzmantel und Stöckelschuhen (sind dem Vermögensinspektor diese Dinge entgangen?), kann sich nicht dazu durchringen, ihr Kind weinend zurückzulassen. Doch jetzt wird ein weiteres Baby gebracht. Von dem Mädchen wird erwartet, daß es auch dieses Kind willkommen heißt. Und dann kommt auch noch ein Mann in einer Lederjacke mit einem Zweijährigen an der Hand herein, und beide niesen heftig. Von dem Mädchen wird erwartet, daß es mit dem Mann spricht und ihm klarmacht, daß es nicht sehr klug ist, sein niesendes und zweifellos ansteckendes Kind in einer Krippe mit lauter winzigen Säuglingen zu lassen. Aber das Mädchen ist überfordert, es weiß nicht, was es zuerst machen soll.

Angesichts dieses sich jeden Morgen wiederholenden qualvollen Schauspiels bestand die einzige vernünftige Methode darin, selbst mit in die Tagesstätte zu gehen, Michele auf einer Spielmatratze mit einem Haufen Spielsachen und möglichst noch ein paar Freunden abzuladen, abzuwarten, bis er ruhig war, und dann zu verschwinden. Zuerst wurden wir deswegen getadelt, da es den Eltern aus Hygienegründen untersagt ist, den Spielbereich mit Straßenschuhen zu betreten. Deshalb steht ja am Eingang ein Mädchen zum Empfang bereit. Aber es stellte sich heraus, daß dies eine jener vernünftigen Regeln war, die der Bequemlichkeit zuliebe von Zeit zu Zeit (täglich) ignoriert werden müssen. Der Tadel war nicht ernst gemeint. Rosanna – so hieß das Mädchen – war dankbar, daß zumindest eines der Babys nicht plärrte.

Soviel zur Ablieferung des *bambino.* Was die älteren und erfahreneren Betreuerinnen danach während des Tages mit den Kindern anstellten, blieb mir ein Rätsel, und irgendwie hatte ich das Gefühl, daß es auch klüger sei, dieser Sache nicht allzu genau nachzugehen. Was macht man den lieben langen Tag mit Kleinkindern? Ich brachte Michele weiterhin jeden Morgen in den Hort und holte ihn abends dort wieder ab, und er machte nicht den Eindruck, als ob ihm das irgendwie schadete. Ganz im Gegenteil. Und ich war überzeugt – ohne eigens nachzufragen –, daß keine geschlechtsspezifische Erziehung stattfand; ich war überzeugt, daß mit den Kindern in Italienisch und nicht in irgendeinem Dialekt gesprochen wurde, obgleich ich gerade in diesem Punkt eine gewisse Skepsis hegte. Ich weiß noch, wie ich eines Nachmittags zum Abholen kam und die *maestra* gerade ein Liedchen mit dem Titel »Die Glocken von Bovolon« trällerte, ein Loblied auf ein kleines Dorf in der nebelverhangenen Ebene. Das Lied wurde im Dialekt gesungen und war somit für jemanden, der nur Italienisch konnte, gänzlich unverständlich, doch Michele verstand es problemlos, wedelte dabei mit den Armen und kreischte vor Freude. Ich muß zugeben, daß ich entzückt war. Es verschafft einem großes Vergnügen, wenn man sieht, daß die eigenen Kinder Fertigkeiten erlernen, die man selbst nicht besitzt, und somit dankenswerterweise anders werden als man selbst.

Aber das bei weitem Wichtigste für die Eltern, die ihre Kinder abholten, war die Anschlagtafel, auf der der Speiseplan und die *scariche* ausgehängt waren.

Wie zu erwarten, war aus dem Speiseplan ersichtlich, was die Kinder zu sich nahmen, was in der Kindertagesstätte mittels der frischesten Zutaten – wie man uns glaubhaft versicherte – gekocht wurde. Minestrone, Pasta und Risotto, möglicherweise nach Nonnas Geheimrezept zubereitet, waren die reguläre Kost für diejenigen, die alt genug waren, diese Speisen zu essen (die *graduatoria* zur Anstellung als Koch in einer dieser Einrichtungen ist, wie ich hörte, nahezu endlos lang). *Scariche* hingegen bedeutet »Ausscheidung« und bezeichnete das, was am anderen Ende aus den Kindern wieder herauskam, und die Form desselbigen. An einem gewöhnlichen Tag war auf der Anschlagtafel etwa folgendes zu lesen (hingekritzelt mit Filzstift auf Plastikfolie):

MENU
purè, minestrone
yogurt, frutta

und entsprechend darunter:

SCARICHE

Marco:	*uno bene*
Stefania:	*due bene*
Simonetta:	*due (liquido)*
Thomas:	–
Gigi:	*uno (abbondante)*
Marzia:	*uno (duro)*
Paola:	*diarrea*
Francesca:	*uno (scarso)*

Allein dafür, für die Begutachtung und Entsorgung des Stuhlgangs, hätte ich den Betreuerinnen alles nachgesehen. Sie hätten den ganzen Tag über mit meinem Kind im Dialekt reden und es so geschlechtsspezifisch wie nur möglich erziehen dürfen, es hätte mir nicht das mindeste ausgemacht. Im Eingang standen dann immer die Mütter zusammen und betrachteten lange die täglichen Ergebnisse, so wie sie zu anderen Zeiten in die Augen ihrer Liebhaber geblickt haben mochten. Dann eilten sie in den Aufenthaltsraum und besprachen mit der armen *maestra* die genauere Bedeutung von *due bene* oder *uno abbondante.* Ich hoffte stets darauf, das wundersame *due bene* vorzufinden, wobei ich wußte, wie unwahrscheinlich es war, daß Michele am selben Tag zweimal sein Geschäft erledigen würde.

Eines Nachmittags jedoch hing ein weiteres Anschlagbrett im Eingangsbereich der kleinen Krippe, eine Tafel, die zu einem Stein des Anstoßes werden sollte. Die zuständige Behörde hatte beschlossen, die Hortgebühren zu erhöhen und sie von der Höhe des Einkommens abhängig zu machen (natürlich des Einkommens laut Steuererklärung, was sonst?). Vielleicht wollte man uns auf diesem Wege lediglich über die neuen Gebühren informieren. Vielleicht steckte aber auch eine provokative Absicht dahinter. Man weiß ja nie. Jedenfalls konnte man auf einen Schlag erfahren, wieviel die anderen Eltern zahlten.

Auf diese Weise entdeckte ich – mit Michele auf dem Arm –, daß unsere Gebühr um mehr als das Doppelte auf vierhunderttausend Lire im Monat erhöht werden sollte, auf den Höchstbetrag, damals eine Summe von etwa zweihundert Pfund. Nur ein einziges anderes Elternpaar zahlte ebenso viel. Ein weiteres dreihunderttausend, zwei oder drei der übrigen zweihunderttausend. Die allermeisten zahlten etwa einhunderttausend und manche nur fünfzigtausend.

Voller Ärger überschlug ich im Kopf rasch einige Summen, ging mit Michele hinaus und stellte ihn auf ein niedriges Mäuerchen, wo er zu den Baggern auf dem gegenüberliegenden Bauplatz hinüberbrummen und ich das Kommen und Gehen der Eltern beobachten konnte. Zugegeben, einige kamen tatsächlich in einem kleinen Fiat 126. Manchmal kamen auch gar nicht die Eltern, sondern die Großeltern, unsicher schwankend auf Fahrrädern oder altersschwachen Mopeds: Eine alte Frau setzte ihren Enkel direkt auf die Lenkstange, ein alter Mann mit einem *borsalino* plazierte einen Zweijährigen auf das Trittbrett seiner Vespa.

Bei diesen Leuten war es recht und billig. Aber was sollte man von den ungefähr zwanzig Volvos, BMWs und Mercedes-Limousinen halten, die innerhalb von knapp zehn Minuten eintrafen?

Eine für Italien sehr typische Empfindung ist, wie mir scheint, jene Mischung aus Neid, Bestürzung und Erstaunen, die sich einstellt, wenn man plötzlich merkt, daß andere das System viel effektiver für sich zu nutzen wissen – *sai com'è?* –, und zugleich weiß, daß sie das völlig straffrei tun und auch weiterhin tun werden. Bis einem dämmert, daß das System so eingerichtet wurde, damit man auf eben diese Weise mit ihm umgeht ... Ein schwarzer Saab rollte heran. Ein Mann mit goldener Armbanduhr und Handy stieg aus. Natürlich – ich hatte das eine oder andere Formular falsch ausgefüllt.

Ein paar Monate später, nach unserer nächsten Steuererklärung und nachdem die monatlich vierhunderttausend Lire begonnen hatten, uns weh zu tun, entdeckte ich ein winziges Büro im Gesundheitsamt der Stadt, wo eine kleine Frau sich meine Akte ansah, seufzte und mir schließlich die Sache erklärte. Für einen *autonomo* – einen Selbständigen also – belief sich die Hortgebühr auf volle zehn Prozent seines Einkommens beziehungsweise maximal vierhunderttausend Lire. Wäre ich jedoch ein *dipendente,* hätte ich zehn Prozent von siebzig Prozent meines Einkommens zu zahlen, und als *statale* zehn Prozent von fünfzig Prozent meines Einkommens.

Als ich daraufhin schallend lachte, fragte sie mich, was mich so amüsiere, und so gerieten wir in eine ermüdende Diskussion darüber, ob eine so ungleiche Behandlung den *autonomi* nicht geradezu das Recht gebe, falsche Steuerangaben zu machen. Als ich mich kürzlich mit einem Bahnpolizisten unterhalten hatte – so erzählte ich ihr –, erfuhr ich, daß sogar bei ihnen die Überstunden unter dem Tisch ausgezahlt wurden, steuerfrei, selbst bei der Polizei, und es sei ja weithin bekannt, daß *statali* in ihrer reichlich bemessenen Freizeit noch an anderen Arbeitsstellen tätig seien. Dieses Büro, sagte ich, sei ja auch nur jeden zweiten Tag für jeweils zwei Stunden geöffnet.

Während ich all diese provokanten Äußerungen von mir gab, wurde mir bewußt, daß ich plötzlich ein wenig mehr zu einem Italiener geworden war, ein Vertreter dieser Gesellschaft und ihrer Sprache, daß ich, wie mein Sohn, allmählich zu einem Italiener wurde, wenn auch nicht heranwuchs. Es lag etwas Theatralisches in meinem Auftreten. Es war genau die Show, die von einem *autonomo,* dem man an den Geldbeutel will, erwartet wird.

Weit davon entfernt, wegen meines Angriffs auf die *statali* gekränkt zu sein, zeigte die höfliche, nicht mehr ganz junge, aber vor allem gelangweilte Beamtin Verständnis. Sie meinte – ob zur Bestätigung oder als Widerspruch, war mir nicht klar –, daß sie bei den diesjährigen Steuererklärungen etwas Interessantes festgestellt habe: Sie waren niedriger als diejenigen des Vorjahres, also niedriger als jene, die vor der Einführung des neuen Systems der einkommensabhängigen Gebühren vorgelegt worden waren.

Ich war verblüfft. Wieso niedriger? Dann aber kapierte ich. Es sei aber doch höchst unwahrscheinlich, erwiderte ich, daß die Leute ihre gesamte Einkommensteuererklärung nur deshalb ändern würden, um die Gebühren für die Krippe niedrig zu halten.

Die Steuererklärung, die zur Berechnung der Gebühren vorgelegt werde, sagte sie, sei nur eine Fotokopie, nicht das Original. Sie strahlte. Vor sich auf dem Schreibtisch hatte sie das übliche eindrucksvolle Sortiment an Stempeln aufgereiht, etwa fünfzehn bis zwanzig Stück in zwei

drehbaren Haltern. Sie setzte beide mit einem Stups in Bewegung.
»Aber man könnte sie doch mit dem Original vergleichen.«
Sie zuckte mit den Achseln. »Wozu sollte man?«
Was sie andeuten wollte, war, daß die Leute eine andere, niedrigere Steuererklärung für die Festsetzung der *nido*-Gebühren vorlegten. Und ihrem Tonfall konnte ich nicht entnehmen, ob sie mir damit womöglich nahelegen wollte, dies in Zukunft ebenfalls zu tun. Vielleicht wollte sie auch nur etwas andeuten, was sie offiziell gar nicht erwähnen durfte. Einfach um zu zeigen, daß sie nicht auf den Kopf gefallen war.
Ich ging zur Elternversammlung und brachte dort diesen Punkt zur Sprache. Diese Zusammenkunft war eine jener zweifelhaften Angelegenheiten, wo alle in ihre Mäntel gehüllt auf winzigen Kinderstühlchen hocken, weil die Heizung per Zeitschaltuhr bereits abgestellt ist. Ich erklärte, die neue Art der Gebührenberechnung bestrafe die *autonomi,* als seien wir alle ausnahmslos Steuerbetrüger. »Das sind Sie ja auch!« rief sofort jemand. Als ich erzählte, was die Frau in dem Gebührenbüro über die niedrigeren Steuererklärungen gesagt hatte, wurde ich sofort vom Vorsitzenden, einem provozierend unrasierten Kerl, unterbrochen, gar nicht zu reden von den wütenden Zwischenrufen der übrigen Anwesenden. Es war kein Erlebnis, auf dessen Wiederholung ich Wert lege, schon allein deswegen nicht, weil ich mir danach so naiv und dumm vorkam. Angenommen, ich war der einzige unter den Anwesenden, der als *autonomo* arbeitete, welche Solidarität konnte ich dann schon von den anderen erwarten? Das Wichtigste war doch jetzt ein niedriger Steuerbetrag, dann würde die Sache von selbst ins Lot kommen …
Doch das Thema Krippengebühren sollte mich nicht mehr

lange beschäftigen. Etwa zur gleichen Zeit geschah etwas, das uns zu dem Entschluß brachte, Michele aus dem *nido* herauszunehmen und Stefi niemals in einen solchen zu geben.

Es war Winter. Michele war einige Wochen lang ständig krank gewesen. Als es ihm schließlich wieder besserging, fuhr ich ihn wie gewohnt zur Krippe. Es war eisig kalt, und während der Fahrt nach San Michele zog langsam der unvermeidliche Nebel auf. Auf einem kleinen von Gestrüpp überwucherten Feld bei der Kaserne stand ein Pferd, und immer wenn Michele das Tier sah, drehte er sich in seinem Sitz nach ihm um und rief *»Cavallo!«*. Es gefiel ihm, besonders wenn das Pferd eine Art Mantel trug, eine alte rote Decke, die man ihm auf den Rücken gebunden hatte. Dann rief er immer: *»Cavallo con pullover!«* – »Pullover« gehört zu den wenigen Wörtern, die die Italiener aus dem Englischen entliehen haben, wobei sie bei diesem Wort rätselhafterweise nicht das »u«, sondern das »o« betonen. *»Cavallo con pullòver!«* rief Michele also meist. Das versetzte ihn in Hochstimmung. Aber an diesem Morgen blieb das Pferd hinter einem grauen Schleier verschwunden. Michele war niedergeschlagen.

Auf dem kleinen Parkplatz hielt ich neben dem schwarzen Saab, aus dem gerade der Mann und sein Kind stiegen; geschüttelt von Hustenanfällen stapften beide durch den Nebel. Unmittelbar nach ihnen trat ich in die Vorhalle. Der kleine Junge hatte Fieber, seine Augen tränten. Das zum »Willkommen« bereitstehende Mädchen war ganz neu hier, und ich kannte ihren Namen noch nicht. Sehr schüchtern fragte sie, ob das Kind vielleicht krank sei.

Grimmig antwortete der Mann mit Nein.

»Aber ...«

Der Junge habe ein wenig erhöhte Temperatur, es sei aber

nichts Ernstes, meinte er mit Nachdruck. Er selbst ginge ja auch zur Arbeit, obwohl er sich ebenfalls nicht ganz wohl fühle. Er und seine Frau könnten sich nicht einfach freinehmen, schließlich hätten sie eine Firma zu leiten …

Das Mädchen wollte Einspruch erheben, tat es aber dann doch nicht, und so blieb der kleine Junge bei ihr zurück; sie hielt ihn an der Hand. »Na, dann komm, Thomas«, hörte ich sie zu dem vom Fieber ganz benommenen Kleinen sagen.

Ich hatte Michele bereits Mantel und Mütze ausgezogen, aber anstatt ihn hineinzuführen, ging ich hinüber zur Anschlagtafel, auf der die Krippengebühren aufgelistet waren. Obwohl englische Vornamen hierzulande sehr in Mode sind, vermutete ich, daß es wahrscheinlich nur einen einzigen Thomas in der Krippe gab. Ich hatte recht, und so fand ich heraus, daß Thomas' vielbeschäftigter *papà* für die Dienste der Krippe, die er nicht nur zur Betreuung, sondern auch zur Krankenpflege beanspruchte, lediglich hundertzehntausend Lire zahlte.

Er fuhr einen Saab und gab als Einkommen eine Summe an, die weniger als die Hälfte dessen war, was ich verdiente, und damals war mein Einkommen kaum üppig zu nennen. In einem Anflug von Selbstgerechtigkeit beschloß ich verärgert, Michele wieder mit nach Hause zu nehmen.

Santa patata!

Ich bin jetzt an einem Punkt dieses Buches angelangt, wo Sie als Leser vielleicht innehalten und sich fragen, welcher Eindruck Ihnen eigentlich vermittelt wird. Spricht bloße Herablassung aus den bisherigen Kapiteln, darüber, wie Italiener ihre Kinder aufziehen, wie sie ihre Kinderkrippen führen? Glaube ich wirklich, daß die kleinen romanischen Schlingel ebenso verwöhnt wie frustriert sind und wahrscheinlich, sollten sie dem Beispiel ihrer Eltern und Großeltern folgen, zu erbärmlich oberflächlichen Menschen werden, zu gefühlsseligen Machiavellisten? Nichts könnte wei- ter von der Wahrheit entfernt sein. Ein Kapitel über Zia und alles, wofür sie steht, wird das Gesagte ins rechte Licht rücken.

Bei dieser Gelegenheit soll auch nicht unerwähnt bleiben, daß die italienische Presse größtenteils mit dieser negativen Sicht der Dinge übereinstimmt (solange sie nicht von einem Ausländer formuliert wird). Die Blätter hier sind voller Horrorgeschichten über die moderne Jugend, ihren Mangel an geistigen Interessen, an Respekt und (o Wunder, o Wunder) an Wertvorstellungen. Merkwürdigerweise lamentieren die Leute, die die Säulen der Gesellschaft sind – zumindest ihr solides Fundament bilden – und die Weltsicht von Papst und *Frate Indovino* verkörpern, meist am lautstärksten darüber, in was für schlimmen Zeiten wir doch leben. Daher kann Zia, wann immer ich sie mit der kleinen Stefi oder dem stämmigen Michele besuche, mit einer neuen Schreckensgeschichte aufwarten.

Zia heißt nicht mehr und nicht weniger als Tante oder Tantchen; man nennt so – in Italien wie überall sonst auf der Welt – Menschen, die man gerne zur Familie zählen würde, die aber qua Geburt leider nicht mit einem verwandt sind. Zia Natalina ist die Person, die uns den *nido* ersetzte. Viel mehr als dieser besaß sie alle Eigenschaften, die man von einer Institution erwartet.

Fest entschlossen, Stefi nicht in die Kinderkrippe zu schikken, um nicht den Unterschied zwischen *due bene* und *uno abbondante* entschlüsseln zu müssen und neiderfüllt mit anzusehen, wie wenig die anderen zahlen, suchte Rita nach einem Babysitter. So wie man das hierzulande eben angeht: Man fragt die Leute in den Geschäften, die jeden kennen und alles wissen, bis schließlich eines Morgens ein großes, verläßliches und vernünftiges Mädchen auftauchte, das mit Stefi in ihrem blauen *carrozzino* zu einem herrlichen Frühlingsspaziergang aufbrach. Das war, soweit ich mich erinnere, zu der Zeit, als der Garten mehr und mehr einem Krematorium zu gleichen begann, und vielleicht sogar am gleichen Tag, an dem ein kleiner Lieferwagen mit allem möglichen komplizierten elektronischen und hydraulischen Zubehör für ein automatisches Tor vorfuhr.

Das Mädchen hieß Milena und machte eine Ausbildung als Betreuerin für behinderte Kinder. Sie half in der kirchlichen Sommerschule aus. An den Nachmittagen beaufsichtigte sie ein sehr hübsches, leider geistig zurückgebliebenes Mädchen. Samstag abends ging sie in die Disco, wie das offenbar die gesamte italienische Jugend tut, aber am Sonntag stand sie immer früh genug auf, um die Messe zu besuchen. Als der Papst nach Verona kam, war sie unter den Tausenden in der Arena, dem römischen Amphitheater, und lauschte dort, wo einst Löwen Christen zerfleischten, der päpstlichen Moralpredigt: daß man keinen Sex haben solle; wenn man aber dennoch Sex hatte, dann besser ohne Verhütungsmittel. Woher weiß er das nur? Jedenfalls hatte sie keinen Freund. Konnte man sich eine bessere Babysitterin wünschen?

Ein paar Stunden, nachdem Milena Stefi abgeholt hatte, erhielten wir einen Telefonanruf. Unsere liebe Kleine hatte einen ihrer total hysterischen Schreianfälle, von der Art, die uns um ein und um zwei und um drei Uhr nachts schon zur Gewohnheit geworden waren. Doch das schilderte uns nicht etwa Milena, sondern ihre Mutter Natalina. Ja, Stefi spiele bereits seit einer Stunde verrückt. Ob es in Ordnung sei, wenn sie sich selbst, und im Haus, um das Kind kümmere anstelle von Milena, die mit Stefi an die frische Luft wollte? Irgendwie wußte man beim Klang dieser frischen, warmherzigen und vernünftigen Stimme auf Anhieb, daß dies die Person war, der man sein Kind anvertrauen konnte – weit besser als irgendwelche Schutzengel oder *befane.*

Binnen kürzester Zeit war Zia Natalina ein Fixpunkt in unserem Leben geworden, ein Monument der Mütterlichkeit für unsere beiden Kinder, irgendwo zwischen Mutter und Großmutter angesiedelt, überwältigend natürlich und nicht im geringsten bigott. Von allen Italienerinnen, die ich kenne, ist sie die einzige, die der altehrwürdigen italienischen Tradition huldigt, Kinder maßlos zu verwöhnen, und es dennoch schafft, sich ihnen gegenüber durchzusetzen. Diese Fähigkeit kann man nicht erwerben, sie beruht auf unwägbaren Komponenten wie Ausstrahlung, Gutwilligkeit und völligem Freisein von Neurosen oder dem Bedürfnis, anderen etwas vorzumachen – man muß völlig in sich selbst ruhen. Man muß eben Zia sein.

Und so steige ich aus dem Wagen, vielleicht mit beiden Kindern, die immer ganz aufgeregt sind, wenn es zu Zia geht. Ihr Haus steht in dem Teil des Ortes, der in den fünfziger Jahren erbaut wurde – ein großes, freistehendes Eigenheim, das wenig elegant den damaligen Begriff von Luxus widerspiegelt. Das extravagante kalifornische Dach ruht auf Betonbalken und ragt über eine riesige Loggia, auf die nie auch nur der kleinste Sonnenstrahl fällt.
Ich stehe vor dem schwarzen Zaun und drücke auf die Klingel der oberen Wohnung, da auch dieses Haus, wie so viele in Italien, aufgeteilt ist: Unten wohnt der Großvater, oben die Familie. In der Mitte des kleinen Vorgartens steht eine hohe Zeder, die ihrem ursprünglichen dekorativen Zweck längst entwachsen ist und jetzt sämtlichen Fenstern das Licht zu rauben droht.
Wie immer tritt Zia auf den Balkon. Sie strahlt. Michele winkt und ruft: »Zia! Zia! Zia!« Stefi fällt ein: »Tia!« Zia, in einem weiten Kleid, stemmt die geballten Fäuste auf ihre ausladenden Hüften: »Nanu? *Santa patata!* Schau an, wer da kommt!«
Zia ist, soweit ich mich entsinne, der einzige Mensch, von dem ich den Ausspruch *santa patata* jemals wirklich gehört habe. Heilige Kartoffel! So fest entschlossen ist sie, nicht zu sündigen. Gleichzeitig kann ich mir beim besten Willen nicht vorstellen, daß sie zu den Leuten zählt, die Laternenmasten und Busse mit Du-sollst-Gott-nicht-lästern-Aufklebern pflastern.
Über verwitterte, holprige Pflastersteine gelangt man zu einer abweisenden Tür auf der Schmalseite des Hauses. Neben ihr hängt an der Wand eine riesige schmiedeeiserne Fliege, mehr als einen halben Meter groß; in der Eingangshalle krabbelt eine noch größere Spinne von einem guten Meter Durchmesser metallisch glänzend den Putz hinauf.

Die Kinder bestaunen diese Dinge zugleich beeindruckt und angeekelt. Zias Gatte hat sie selbst gemacht.
Hinter der Spinne steigt man die Treppe hinauf. Sie ist außergewöhnlich breit und anmutig geschwungen, wirkt aber – da aus poliertem Kalkstein auf Zement – gleichzeitig auch dunkel und kalt. Betritt man die Wohnung, erweisen sich die Zimmer als überraschend klein und unschön. Vor allem die Küche, wo sich doch alles abspielt, ist so winzig, daß man sich fragt, wohin all der Raum, den man von außen vermutet hat, wohl verschwunden sein könnte – wie in einem jener Science-fiction-Filme, in denen die Dinge innen eine andere Größe haben als draußen. Die Einrichtung besteht im wesentlichen aus einem langen Holztisch, Stühlen mit geraden Lehnen, Schränken mit Steingutgeschirr, einem Fernsehapparat und einer zusammenklappbaren spanischen Wand aus Plastik, hinter der sich – als ob das eine Schande wäre – eine enge Nische mit Herd und Spüle verbirgt. Noch Ende der fünfziger Jahre hatte niemand erkannt, welche Vorteile es barg, wenn man den Frauen ein bequemes Umfeld verkaufte. Und Zia hatte sich nicht die Umstände gemacht, etwas zu ändern. Sie gehört nicht zur Generation der Via-delle-Primule-Bewohner.
Während sie die Kinder mit dem abfüttert, was sie gerade gebacken hat, meist mit dem Faschingsgebäck *galani* – luftige Eierküchlein, mit Zuckerglasur überzogen –, läßt Natalina eine ihrer Horrorgeschichten über den Niedergang der Gesellschaft vom Stapel. Tja, der Mann von gegenüber, Sie wissen schon, der mit dem Eisenwarenladen, hat seine Frau sitzengelassen, *poveretta*, mit zwei kleinen Kindern, *poverini*, um mit einer anderen Frau durchzubrennen, irgend so einer dummen Gans. Und: »Ich weiß nicht, Signor Ti-iim«, schüttelt Zia den Kopf, »ich weiß nicht, wie jemand das übers

Herz bringt. *I bambini! Signor Ti-iim! I bambini!* Wie kann ein Mann nur die eigenen Kinder verlassen?«

Die Schlußfolgerung lautet, wie stets, daß die Menschen erschreckend egoistisch werden. *»Non c'è più religione«*, seufzt sie und bietet den Kindern weitere *galani* an. Nein, es gibt keine Religion mehr.

In anderer Gesellschaft würde ich jetzt vielleicht bemerken, daß ich, obwohl ebenfalls nicht fromm, dennoch nicht mit einer meiner Studentinnen durchgebrannt bin. Aber das letzte, was ich möchte, ist eine ernsthafte Diskussion oder daß meine wertvolle Informationsquelle etwa plötzlich versiegt. Schließlich habe ich zuerst von Zia die wunderbare Neuigkeit erfahren, daß Righetti tatsächlich Vater eines kleinen Mädchens geworden ist, und kurz darauf, daß seine Frau bereits wieder schwanger sei, sicher in der Hoffnung auf einen kleinen Buben.

Also nicke ich nur zustimmend. Und erzähle ihr dann, um ihrem Abscheu neue Nahrung zu geben, von einem Zeitungsartikel über Radarfallen der Polizei. Die italienische Polizei benutzt die Foto-Methode. Wenn der *autovelox*, wie es hier heißt, jemanden fotografiert, der zu schnell gefahren ist, wird dem Fahrzeughalter ein Abzug des Fotos mit Angabe von Datum und Ort nach Hause zugeschickt, selbstverständlich zusammen mit einem Briefchen und einem Überweisungsformular. Das führte nun allerdings dazu, daß eine erkleckliche Zahl von Ehefrauen entdecken mußte, daß ihre Männer nicht dort gewesen waren, wo sie sie vermuteten – und dies auch noch in Begleitung. Mehr als eine Scheidung war die Folge. Weshalb die Polizei künftig, wie mir die Zeitung von heute mitteilt, nicht mehr Foto und Zahlungsaufforderung verschicken will, sondern lediglich einen Brief, mit dem der Fahrzeughalter aufgefordert wird, wegen eines nicht näher benann-

ten Verkehrsdelikts die nächste Polizeiinspektion aufzusuchen.
»Santa patata, Signor Ti-iim«, sagt Zia und schüttelt den Kopf. »Ich weiß nicht. Ich weiß einfach nicht, wo das noch alles hinführen soll ...«
Ich wiederum kann nicht umhin, diese romanische Geste der Männersolidarität zu bewundern. Im Grunde geht es ihnen ja nur um den Schutz der Familie, sage ich zu ihr und stelle mir dabei vor, wie mein Schwiegervater lacht und mir auf den Rücken klopft oder Nascimbeni zweideutige *corna* macht.
Dann bittet sie mich, Rita mitzuteilen, daß ein gewisser Marco, der Mann einer von Ritas Freundinnen, gestorben sei. Ironie des Schicksals! Vor drei Jahren hat er seine Frau verlassen, sich mit einer anderen zusammengetan, und jetzt hat ihn der Schlag getroffen. Das Ganze war also für die Katz. Ja, wahrscheinlich hat sogar der Streß zu seinem Tod geführt. Und die arme Ehefrau hat ja so viel durchgemacht und mußte immer wieder in die Nervenklinik ...
Bei jemand anderem als Diskussionspartner würde ich vielleicht erwähnen, was für eine schwierige Sache so eine Ehe doch sei, daß sich Menschen verändern und auseinanderleben können. Und wie bemerkenswert ich es eigentlich finde, daß sechzig oder siebzig Prozent aller Ehen überdauern. Aber Zia mit ihren geradlinigen Moralvorstellungen wirkt so überzeugend, daß ich ihr im Grunde meines Herzens zustimmen muß. Wie immer liegt eine Ausgabe der *Famiglia cristiana* auf dem Tisch, für bizarrere religiöse Publikationen hat Zia allerdings nichts übrig.
Dann kommt ihr Mann, Zio Mauro, ein freundlicher Hüne mit riesigen roten Pranken – hier sagt man dazu *rubate all'agricoltura,* also vom Feld gestohlen. Er ist Mechaniker und Teilhaber einer kleinen Autowerkstatt, wo er wohl in

seiner freien Zeit diese schmiedeeisernen Kreationen fertigt (oben hängt ein Hirschkopf mit beeindruckendem Geweih). Manchmal sehe ich ihn im Centro Primo Maggio, wo er im Sonntagsanzug Boccia spielt. Mir gegenüber ist er ein wenig scheu, und wenn er etwas sagt, dann in so starkem Dialekt, daß ich völlig aufgeschmissen bin. Gewiß ist er kaum der Typ, der seine Frau sitzenlassen würde, also ist nicht er das Problem. Jedenfalls sieht man, daß er Kinder mag, er verwuschelt immer Micheles Haare und plaudert mit ihm, sogar nach einen anstrengenden Vormittag.
Hegt Zia vielleicht Befürchtungen, daß Milena die blöde Gans sein könnte, die einer anderen Frau den Mann ausspannt? Wenn die Tochter in ihrem Pyjama durch die Wohnung geht, zeichnet sich darunter ein üppiger, straffer, wunderschöner Körper ab. Doch sie redet immer nur davon, wie schwierig es ist, in einer staatlichen Institution eine Stelle zu bekommen. Zwar hat sie ein Staatsexamen abgelegt, doch jedermann weiß, daß die Stellenbesetzung ein abgekartetes Spiel ist, und so steht sie auf der *graduatoria* erst an Stelle dreißig-nochwas, obwohl sie von einem Insider erfahren hat, daß ihre Noten weit besser sein sollen als die von anderen, die weiter vorne plaziert sind ...
Zia schüttelt den Kopf und schürzt die Lippen, aber staatliche Stellen willkürlich zu besetzen ist sichtlich nicht so verwerflich, wie seine Familie im Stich zu lassen.
Michele reißt sich von den *galani* los, sucht die Fernbedienung für den Fernsehapparat und schaltet ihn an.
»*Santa patata*«, ruft Zia angesichts diesem frühreifen Benehmen. »Ich versohl dir gleich den Hintern!« Aber man merkt ihr deutlich an, daß sie es nicht wirklich für ein Vergehen hält.
Es laufen gerade japanische Zeichentrickfilme, synchronisiert mit römischem Akzent. Unsere moderne Ökumene.

Zwar stellen die Italiener selbst scheinbar überhaupt keine Programme für kleinere Kinder her, nutzen jedoch ausgiebig die Gelegenheit, in den Werbepausen ihr gesamtes Warensortiment anzupreisen. Offensichtlich haben Studien ergeben, daß mehr und mehr die Kinder für die Kaufentscheidungen in italienischen Haushalten verantwortlich sind, selbst bei Dingen wie Videorecordern oder Autos. Daheim in der Via delle Primule herrscht jedenfalls große Rivalität unter den Jungen wegen der Automarke des Papas.
»*Vacca!*« schreit der kleine Michele, als ein japanischer Riese mit einer Strahlenpistole einem Roboter die Kniescheiben wegschießt. »*Bravissimo!*« ruft die zarte Stimme eines geretteten Mädchens mit europäischen Gesichtszügen.
»*Vacca!*« wiederholt Michele. Das ist sehr peinlich. Denn *Vacca* heißt nichts anderes als »Kuh«, ist jedoch die Kurzform für *porca vacca,* Schweinekuh oder eben dreckige Kuh, mit allen unerfreulichen Nebenbedeutungen, die auf den zweifelhaften Ruf einer Frau anspielen.
»Michele!«
»*Santa patata*«, sagt Zia. »Solche Wörter will ich hier nicht mehr hören, Michele.«
Sie dreht sich um und zwinkert mir zu.
»Sag das nie wieder«, beharrt sie ernst trotz ihres Lächelns. Irgendwie scheint das die richtige Mischung. »*Scusami, Zia*«, murmelt er.
Dann reden wir über behinderte Kinder, Milenas Spezialgebiet, vor allem die Taubstummen, was Zia unweigerlich auf den Mann unserer gemeinsamen Ärztin bringt, der seine Frau mit einem behinderten Kind sitzenließ und mit einer blöden Gans, die er in einer Laienschauspielgruppe kennengelernt hat, durchgebrannt ist.
Während ich den starken Espresso austrinke, der mir immer angeboten wird, bemerke ich, gemäß den allgemeinen

Richtlinien unserer Konversation, daß die heutigen Zeiten für Kinder in der Tat schwierig seien. Ich hätte sogar gehört, ergänze ich, daß dies für manche Leute ein Argument sei, überhaupt keine Kinder haben zu wollen.
Doch das läßt Zia nicht gelten. Das ist für sie bloße Verschleierung des dahintersteckenden Egoismus. *»Ogni bambino ha il suo cestino«*, verkündet sie, flüssig wie der *Frate Indovino.* Wörtlich übersetzt heißt dieses Sprichwort: »Jedes Baby hat sein eigenes Körbchen.« Ich bitte um eine Erklärung.
»Jedes Baby«, setzt sie an und schnappt sich die sehr kräftige Stefi, »wird mit dem geboren, was es zum Überleben braucht.«
Nach dieser sehr optimistischen Auslegung von göttlicher Vorsehung gelingt es mir, mich zu verabschieden. Auf der Treppe treffe ich Nonno Ernesto, der nach oben zum Mittagessen geht. Er ißt immer oben, wird bekocht und bedient, und dann geht er wieder nach unten in seine eigene Wohnung. So kümmert man sich um ihn, ohne daß er zur Last wird. Ich frage mich, warum solche glücklichen Lösungen in meiner Heimat so selten sind.
Als ich ins Auto steige, treten die Kinder auf die riesige Loggia hinaus, um mir zum Abschied zuzuwinken und mir zuzurufen, ich solle sie nicht zu schnell wieder abholen. Später werden sie dann in den Garten gehen, wo Checca, der Rabe, in einem Käfig von der Größe einer Villa lebt. Er kann *»ciao«* zu einem sagen, während er von dreckiger Stange zu dreckiger Stange hüpft, und so werden sie gute zehn Minuten davorstehen und einander *»ciao«* zurufen, während Checca sich einen Spaß daraus macht, diese langweiligen, eintönigen Menschenkinder da draußen auf eine Antwort warten zu lassen. Dann werden sie Nonno Ernestos riesiges Gemüse gießen dürfen, das militärisch ausgerichtet

zwischen ordentlich gepflasterten Wegen wächst. Unter einer mörderischen Sonne werden sie sich um eine Gießkanne streiten wie die, in die einst Peter Rabbit fiel, während imposante Tomaten, stattliche Auberginen und fette junge Paprikaschoten Aufmerksamkeit heischend vor ihnen stehen. Wenn gerade keiner hinschaut, wird Michele ein bißchen Wasser über die großen Schildkröten kippen, um zu sehen, wie sie ihre geschuppten Köpfe einziehen und erst mal nicht weiter am Salat zupfen, den man ihnen hingeworfen hat.

Andere Vergnügungen, die Zias Haushalt zu bieten hat – vor allem, wenn die Sonne zu heiß herniederbrennt und im Radio empfohlen wird, Kinder im Haus zu behalten –, sind eine riesige Modelleisenbahn auf dem Dachboden und der Go-Kart, mit dem man tüchtig tretend in der Werkstatt und im Erdgeschoß herumfahren kann. Beide Spielzeuge sind zwanzig Jahre alt, aber dank regelmäßiger Wartung gut in Schuß – wie schon sein ehrwürdiger 128er Fiat beweist, gehört Zio Mauro (wie meine Schwiegermutter) zu jenen Menschen, deren Berufung es ist, seelenlose Dinge vor dem Dahinscheiden zu bewahren. Während Stefi in der Küche Herzen aus dem Teig sticht, geht Michele hinunter, um Zias Mann zuzusehen, wie er in der dunklen Werkstatt im Erdgeschoß an Eisenbahngleisen feilt, Kugelgelenke ersetzt oder vielleicht an einem riesengroßen schmiedeeisernen Frosch oder ähnlichem arbeitet. Rückt Weihnachten näher, muß vielleicht die große Krippe neu verkabelt werden, die Heilige Familie wird in das leere Gehäuse eines alten Fernsehers gestellt, in eine Landschaft aus Pappmaché, und mittels Drehstrom beleuchtet. Mein Sohn und der Mechaniker unterhalten sich im Dialekt miteinander, um sie herum stehen Kisten voller unetikettierter Weinflaschen, und der kleine Junge staunt ob der Geschicklichkeit des Mannes und merkt gar nicht, wie bestimmt ihm sein Platz bei diesem älteren Schlag von Italienern zugewiesen wird, mit dem Zias Sohn Nino – der manchmal in einem glänzenden weißen Lancia Dedra vorbeibraust – schon nichts mehr zu tun hat. Gegen fünf Uhr spaziere ich hinüber, um sie abzuholen. Sie spielen, ein Glas Fanta in Reichweite, mit Zia Scopa – ein Kartenspiel, das man normalerweise alte Männer unter staubigen Pergolen spielen sieht, wobei sie Weinflaschen von der Sorte leeren, wie sie Zio Mauro unten im Keller hortet. Klugerweise verliert Zia.

Während wir nach Hause schlendern, eröffnet mir Michele, daß er mich umbringen wird, wenn ich Mama verlasse.

Wie bitte?

»Wenn du Mamma verläßt, bringe ich dich um!« Und er fügt hinzu: »Francesca Tuppinis *papà* hat ihre *mamma* verlassen.«

»Aber, *santa patata*, Michele«, rufe ich aus, »was hat Zia dir nur erzählt?«

Doch nicht nur über die Möglichkeit elterlicher Trennung hatte Natalina meinen Jungen aufgeklärt, sondern auch über andere Härten des Lebens. Nachdem meine Kinder schon etwa ein Jahr lang zu Zia gingen, wollte ich eines Tages mit Michele die Straße überqueren. Ich erinnere mich, daß er mich ermahnte, dabei vorsichtig zu sein, damit wir nicht wie dieser kleine Junge auf dem Friedhof endeten. Vorsichtige Nachfragen ergaben, daß Zia ihn regelmäßig auf die Lenkerstange ihres Fahrrades setzte, wenn sie zum Friedhof fuhr, um Blumen auf das Grab ihrer Mutter zu stellen (mindestens einmal in der Woche). Und es war ihr ein Anliegen, ihm dort zu erläutern, daß all die Menschen, deren Fotografien er auf den Grabsteinen und vor den Grabnischen sehen konnte, tote Menschen waren, Menschen, die einst gelebt und meistens hier in Montecchio gewohnt hatten (oft konnte sie ihm auch genau sagen, in welcher Straße und in welchem Haus), die aber jetzt eben tot und in ihre Särge eingesperrt waren, bis sie nach etwa zwanzig Jahren herausgehievt wurden, damit jemand Neues dort liegen konnte. Die kleinen roten Lichter neben den Fotografien, die *lumini*, hatte sie ihm gesagt, sollten die Gegenwart Gottes anzeigen. Und dann hatte sie ihn noch besonders auf das Grab und die Fotografie eines kleinen Jungen seines Alters hingewiesen, der vor ein paar Jahren bei einem Verkehrsunfall auf der Piazza Buccari getötet worden war. Diese Fotografie hatte ihren Eindruck auf Michele nicht verfehlt, wohingegen ihm die kleinen Lichter verständlicherweise nur geringen seelischen Trost boten, wenn er sich das düstere, kalte Grabesinnere ausmalte und bei dem Gedanken an die einst lebenden und jetzt toten Menschen darin erschauderte.

»Du mußt zuerst schauen, bevor du über die Straße gehst«, teilte er mir ernst mit. »Wenn du nicht willst, daß dein Foto auf dem Friedhof steht.«

Wohin Zia Michele ebenfalls regelmäßig brachte – und Stefi, als diese älter wurde, noch häufiger, denn Stefi ging über zwei Jahre jeden Werktag zu ihr –, war die Kirche. Von außen ein großes, mißgestaltetes Gebäude aus roten Ziegeln, ist sie innen weiträumig und lichtdurchflutet. Zia nahm die Kinder mit, wenn sie nur kurz beten und eine Kerze anzünden wollte, aber auch, wenn sie zu einer Beerdigung ging. Und Zia geht auf viele Beerdigungen. Ja, mir fällt beim besten Willen niemand ein, der auf noch mehr Beerdigungen geht als Zia. Oder das Unglück häufte sich zufällig in diesen Jahren. Jedenfalls gewöhnten sich Michele und Stefi an die Zeremonie und lernten, darauf zu bestehen, daß Kerzen angezündet wurden. Als Stefi größer wurde, war sie zudem ungeheuer beeindruckt davon, wie gut sich die Kirchgänger kleideten, was sie sehr schnell als guten und wichtigen Grund für einen Kirchbesuch durchschaute. Wenn wir bei unseren Spaziergängen an einer Kirche vorbeigingen, erhob sie lautstark Protest, bis wir hineingingen und eine Kerze anzündeten. Und als sie ungefähr im vierten Lebensjahr mit uns Urlaub in England machte, war sie zutiefst betrübt, daß es dort keine Kerzen anzuzünden gab. Im gleichen Urlaub versuchte meine Mutter feinfühlig zu umschreiben, warum sie ihren geliebten Hund nicht mehr hatten. Sie gebrauchte blumige Sätze wie: »Laddie weilt nicht mehr unter uns«, und: »Laddie lebt jetzt an einem schöneren Ort«, bis Michele geradeheraus zu Stefi sagte: »Sie meint, der Hund ist tot. Er wollte wohl über die Straße gehen.«

Biancaneve

Zuerst kam der *nido,* danach Zia – die jedoch nie völlig aus dem Spiel sein wird – und schließlich die *scuola materna,* eine Art Fortgeschrittenen-Krippe für Drei- bis Sechsjährige, deren Besuch noch freiwillig ist, die aber viel mehr genutzt wird als der *nido,* da man dort nur die Verpflegung bezahlt. Hier sollen die Kinder ihren ersten Unterricht erhalten, auch in Religion (katholischer natürlich). Die Teilnahme daran ist zwar nicht obligatorisch; aber wenn man sein Kind freistellen läßt, wird es sich sehr einsam fühlen, es sei denn, daß es vielleicht einen *extracomunitario* gibt, womit man hier einen kleinen schwarzen Moslemjungen meint. Anders gesagt, wenn man darauf verzichtet – die Kinder nicht daran teilnehmen läßt –, ist man selbst ein Moslem, ein Ausdruck, mit dem man hier jeden bezeichnen kann, der sich außerhalb der Konvention bewegt. Nicht daß die Mehrheit im Ort aus »eingefleischten« Katholiken bestünde oder gar bigott wäre, die meisten lassen nicht einmal entferntes Interesse für religiöse Angelegenheiten erkennen, aber niemand würde auch nur im Traum daran denken, sein Kind vom Unterricht im Katechismus befreien zu lassen, genausowenig wie daran, seine Eltern nicht auf die angemessene, überlieferte Art mit einer Umarmung zu begrüßen. Katholizismus ist immer noch die Grundeinstellung all derer, die sich nicht gerade entschlossen haben, ein Italien der Zügellosigkeit zu propagieren.

Ich fragte die Frau, die Micheles und später auch Stefis Lehrerin an der *scuola materna* war, was eigentlich während dieser sogenannten *ora di religione,* der Religionsstunde (die sich, fragt man genauer nach, als zweistündig erweist), stattfinden würde. Sofort fing sie an, sich zu entschuldigen; sie sagte zunächst, sie hätten noch keinen speziellen Religionslehrer bekommen, deshalb sei es nicht einfach, den ganzen Lehrplan abzudecken, der offenbar in Absprache mit der Kirche ausgearbeitet war und alle wichtigen Glaubensfragen einschloß. Es sei also schwierig, sagte sie, den Kindern all das beizubringen, was vorgesehen sei. Ich schmunzelte bei dem Gedanken, daß diese schmale, hagere Frau, die bevorzugt eine unterwürfige, dienstbeflissene und bekümmerte Haltung zur Schau trägt, offenbar annahm, ausgerechnet ich, Protestant von Geburt und Temperament sowie Atheist aus Überzeugung, gehörte zu denen, die sich sorgten, ihre Kinder bekämen nicht genügend Religion ab. Bei den Elternabenden regen sich immer ein oder zwei Mütter auf, weil ihre lieben Kleinen den Katechismus noch nicht richtig beherrschen. Ein kleiner Junge soll angeblich noch nicht einmal begriffen haben, daß Jesus der Sohn Gottes war! Aber am meisten beklagen sich die Mütter über das hervorragende Essen. An einem der Abende, an dem auch ich teilnahm, wollte eine Frau wissen, ob die Kinder nicht auch gelegentlich mal Lachs bekommen könnten. Keiner der Anwesenden lachte darüber. Auch wies keiner darauf hin, daß wir nur fünfzigtausend Lire im Monat für zwanzig Hauptgerichte und Zwischenmahlzeiten bezahlten.

Jeden Morgen, wenn wir bei der Vorschule ankamen, bestand Michele und später auch Stefi darauf, als erstes bei den um eine kleine Tafel versammelten Müttern stehenzubleiben, damit ich ihnen das mit schwarzem Filzstift angeschriebene Tagesmenü vorlas. Später entzifferten sie es selbst, mit zusammengekniffenen Augenbrauen. Nudeln mit Tomatensoße, gekochtes Rindfleisch mit Polenta. Obst. Kein Reis, *grazie a Dio!* Obwohl sie erst vier Jahre alt ist, scheint Stefi die Köchin gut zu kennen, winkt ihr zu und ruft sie beim Namen. Immer verlangt sie eine zweite Portion, und immer beschwert sie sich, daß man ihr zuviel gibt. Michele dagegen kann sich nie daran erinnern, was er gegessen hat, und manchmal fragt er nur zehn Minuten nachdem er vom Tisch aufgestanden ist, ob das Mittagessen schon fertig sei. Oder er wacht auf und will wissen: »Habe ich schon gefrühstückt?«

Außer dem Menü gibt es noch andere Bekanntmachungen. Heute ist es etwas Getipptes, das offiziell aussieht. Laut Briefkopf stammt es von der Commissione per la pubblica istruzione delle VII Circoscrizione, also der Behörde für Bildungsangelegenheiten. Ich fordere Stefi auf, es uns vorzulesen: Sie ist in diesem wundervollen Stadium, in dem die Kinder erst jeden einzelnen Buchstaben, dann jede Silbe aussprechen, bevor sie das Wort zusammensetzen. Glücklicherweise sind Schreibweise und Phonetik des Italienischen derart, daß das möglich ist. Man hat nicht mit solch fürchterlich chaotischen Wörtern zu kämpfen wie im Englischen, etwa »thoroughly« oder »mightn't«. Der Anschlag besagt:

Protokoll Nummer: a/2473
Betrifft: Danksagung
Anläßlich ihrer öffentlichen Sitzung vom 5. April 1991 hat die Behörde für Bildungsangelegenheiten Kenntnis erhalten über die Schenkung von 1 Schaukel an die Monte d'Oro-Vorschule. Hierfür spricht sie dem Elternbeirat besagter Schule für sein Engagement und seine Großzügigkeit ihren herzlichsten Dank aus.

Darunter die Art von Unterschrift, die man von einer Behörde erwartet: eine holprige Linie, die in verschiedene Richtungen zerfließt. Dennoch kann ich nicht leugnen, daß ich mich geschmeichelt fühle, als ich diese Bekanntmachung lese, denn ich war bei dem Elternabend dabei, als zum ersten Mal von einer Schenkung die Rede war. Wann kann man schließlich einmal »Betrifft: Danksagung« über einer amtlichen Verlautbarung lesen? Stefi hat nichts verstanden, nachdem sie den Text vorbuchstabiert hat. Es scheint sie auch nicht besonders zu interessieren. Ein bedeutender Schritt.

Die Elternabende der *scuola materna* sind weniger förmlich als im *nido* und werden klassenweise abgehalten, so daß man Gelegenheit hat, die anderen Eltern kennenzulernen, was ich sehr gut finde. Vielleicht sollte ich besser sagen, man kann die anderen Mütter kennenlernen, denn ich bin der einzige Vater, der gelegentlich hingeht, nicht aus Pflichtgefühl, sondern aus reiner Neugier.

Zuerst erläutert die Lehrerin das Grundthema des Schuljahres, mit dem alles, was unterrichtet wird, in Beziehung steht. Dieses Jahr sind die Unterschiede dran: die Unterschiede zwischen Farben, Geschmäckern, Gerüchen, Größenangaben, die Unterschiede zwischen verschiedenen Sprachen und zwischen Gegensätzen wie groß – klein, krank – gesund, schwarz – weiß (ob es da um den kleinen Moslemjungen gehen wird?), Mädchen – Junge, Kind –Erwachsener. Ich kann den Ausführungen der hageren Lehrerin nicht entnehmen, ob die dahinterstehende Absicht auf politische Korrektheit hinausläuft (Bewußtmachung der Verschiedenheiten der Menschen), in gefährlicher Weise ehrlich ist (die Menschen sind nicht alle »gleich«) oder einfach nur informieren will.

Jedenfalls ist die Geschichte, die man als Dreh- und Angelpunkt für das Thema gewählt hat, *Biancaneve e i sette nanni* – Schneewittchen und die sieben Zwerge – eine vorzügliche Wahl, weil die ganze Bandbreite menschlicher Gefühle und Ungleichheiten schon in diesen sieben Namen liegt: Brummbär, Schlafmütz, Happy ..., die man, in welcher Sprache auch immer (Brontolo, Pisolo, Gongolo), niemals alle behalten kann. Das scheint uns daran erinnern zu wollen, daß die möglichen Unterschiede zahllos sind und unser Vorstellungsvermögen übersteigen.

Irma, die hagere Lehrerin mit den spindeldürren Armen und den spitzigen Ellbogen, redet sich selbst in Begeisterung für ihre Idee hinein, als sie uns erklärt, wie aus der »Spieglein, Spieglein an der Wand«-Szene Beispiele für die Steigerung und Abstufung von Unterscheidungen entwickelt werden können (wer ist die Schönste im ganzen Land?). Sie lenkt unsere Aufmerksamkeit auf die Kinderzeichnungen an den Wänden (wir sitzen wieder einmal auf unbequem kleinen Stühlchen, was denjenigen, die in Kleid oder Rock gekommen sind, alle möglichen Schwierigkeiten bereitet), die Szenen aus *Biancaneve* darstellen, darunter auch jene, in der der Jäger anstelle des Herzens von Schneewittchen das eines Rehs zurückbringt. Auf diese Bilder hat die Lehrerin so bezeichnende Begriffe geschrieben wie groß – klein, schön – häßlich, böse – lieb, reich – arm, dick – dünn, Tier – Mensch ... Es ist interessant, darüber nachzudenken, wie diese einfachen Gegensätze das Vorstellungsvermögen der Kinder ausfüllen müssen und alle Arten von moralischen oder ästhetischen Prägungen festlegen, nach denen sie sich nun richten können oder gegen die sie ankämpfen (sicherlich verlangt Stefi immer eine zweite Portion, weil sie gerne ißt, sagt dann aber, daß man ihr zuviel gibt, weil sie gemerkt hat, daß es als Fehler gilt, dick zu sein).

Die Eltern hingegen, besser gesagt die Mütter, scheinen

neben ihrer Hauptsorge, die Knie eng geschlossen zu halten, sehr wenig Interesse für all das zu haben, so als ob es ein hoffnungsloses Unterfangen wäre, Vier- oder Fünfjährigen etwas beizubringen, noch dazu wenn zu diesem Zweck altmodische Disneyfilme wie *Biancaneve* hervorgekramt werden. Als die Anwesenden anfangen, sich laut zu unterhalten oder aus dem Fenster nach unserer 1 neuen Schaukel zu schauen, fühle ich mich versucht, die arme Irma mit irgendeiner anerkennenden Bemerkung aufzumuntern. Unterschiede und deren Erkennung, könnte ich von meinem winzigen Stuhl aus dozieren, sind die Grundlage allen menschlichen Lernens und müssen immer von Diskriminierung unterschieden werden. Das ist der Gegenstand von Reisebüchern. Ich halte jedoch lieber meinen Mund.

Aber nun sind wir mit *Biancaneve* und dem Lehrplan für dieses Jahr durch. Jetzt kommen die Beschwerden dran. Eine Mutter sorgt sich, weil das Klettergerüst nicht genügend beaufsichtigt werde (der Boden darunter ist mit weichen Matten ausgelegt). Dann meint Monica, Righettis Frau, sie habe das Gefühl, der morgendliche Wechsel von der Geborgenheit der Familie zu der kreischenden Masse von Kindern, die auf dem Spielplatz herumtoben, bevor sie sich auf die Klassen verteilen, sei traumatisch für ihre kleine Lauretta. Andere Mütter nicken in weiser Zustimmung. Als sie einmal morgens diesen Lärm gehört habe, erzählt Monica, und ihr bewußt geworden sei, wie *laut* alle dort auf dem Spielplatz schrien, sei sie umgedreht und habe ihre Tochter zu den Großeltern gebracht. Vorsichtig erwidert Irma, sie werde tun, was in ihrer Macht stehe, obwohl ihr eigentlich nie aufgefallen sei, daß Lauretta verstört ausgesehen habe. Nun aber, sagt sie, müßten wir uns mit unserer Tagesordnung beeilen. Denn der wichtigste, wirklich schicksalsschwere Punkt auf diesem ersten Elternabend im neuen Schuljahr ist die in geheimer Abstimmung durchgeführte Wahl unseres Elternsprechers, dieser höchst wichtigen Person, die mit der Lehrerin im Auftrag der Eltern verhandeln muß, falls es irgendwelche Probleme geben sollte.

Das ist ein echtes Erlebnis: die Wahl des Elternsprechers des zweiten Jahrgangs der Monte-d'Oro-Vorschule. Eine geheime Abstimmung, das spricht natürlich für das Bedürfnis nach einem wirklich demokratischen Wettbewerb, bedeutet auch, daß es ohne Geheimhaltung Versuche geben würde, die Entscheidung der Wähler zu beeinflussen, daß es vielleicht schwierig wäre, seine wirkliche Meinung auszudrücken, oder gar zu Bestechung kommen könnte. Eine geheime Abstimmung ist eine wichtige Vorsichtsmaßregel, wenn viel auf dem Spiel steht. Sie garantiert, daß die Angelegenheit ernst genommen wird. So sind die Regeln, nach denen die Elternsprecher in Schulen und auch in Vorschulen gewählt werden, ein Teil jenes komplizierten Mechanismus, den die Italiener gewissenhaft aufgebaut haben (die endlosen *graduatorie)*, und zwar weil die Erfahrung sie lehrt, daß die Dinge normalerweise durch persönlichen Einfluß und Bestechung *(ricatti)* entschieden werden, obwohl andererseits im Grunde jeder weiß, daß ein solcher Mechanismus häufig wenig mehr als ein Deckmäntelchen für das ist, was er eigentlich verhindern soll. *Pilotato* ist ein Lieblingswort der italienischen Presse. Es bezieht sich auf die Art und Weise, in der ein Entscheidungsprozeß insgeheim von Leuten mit persönlichen Interessen manipuliert – pilotiert, gesteuert – werden kann. Der Ausdruck ist eine raffinierte, sachlich klingende Beschönigung für das viel plumpere Wort »Bestechung«.

Wie stand es mit der Wahl unseres Elternsprechers in der Monte-d'Oro-Vorschule? Wurde diese Wahl durch versteckte Beweggründe manipuliert? Nicht direkt, und doch …

Zuerst einmal muß man festhalten, daß zu einer geheimen Abstimmung mindestens zwei Kandidaten gehören, also ein gewisser Wettbewerb herrschen muß. Wozu braucht man Geheimhaltung, wenn es keinen Wettbewerb gibt? Und dies war der Punkt, an dem sich die Wahl des Elternvertreters von einer gewöhnlichen politischen Wahl unterschied (vielleicht etwas, was man den Kindern beibringen könnte?) – und zwar grundlegend (ob das ein geeignetes Beispiel für Abstufungen von Unterschieden wäre?).

Es war vorhersehbar, ja geradezu beruhigend, daß keiner der Anwesenden bei dem Elternabend darauf erpicht war, diese undankbare Rolle zu übernehmen, die hauptsächlich darin besteht, Geld für das *spettacolo* der Kinder am Ende des Schuljahres zu sammeln und außerdem, was noch unangenehmer ist, jedermanns Zustimmung bei der Wahl des Neujahrsgeschenks für den Lehrer einzuholen und auch dafür dann das Geld zu sammeln. So etwas kann in dieser Gegend leicht hundert Pfund kosten, eine so wichtige Figur ist der Lehrer, und solch großen Einfluß auf das Leben des Kindes übt er nach allgemeiner Auffassung aus.

Irma, deren lange, vernünftigerweise in Hosen verpackte Beine sich meterlang von ihrem kleinen Stühlchen zu erstrecken scheinen, kündigt nun mit großer Förmlichkeit an, daß sie den Raum verlassen werde, während wir unsere Kandidaten auswählen. Es sei wichtig, ermahnt sie uns, daß sie als Lehrerin nicht in Verdacht komme, die Wahl der Person zu beeinflussen, mit der sie zusammenarbeiten müsse (fürchtet sie etwa, wir könnten ihr sonst unterstellen, daß sie versuche, den Wert ihres Abschlußgeschenkes hochzutreiben?). Also geht Irma hinaus und schließt die Tür des nun totenstill gewordenen Raums. Wir sitzen alle auf unseren Kinderstühlchen, um uns herum die Bilder von der häßlichen alten Hexe, die den vergifteten Apfel feilbietet.

Und niemand will hineinbeißen. Niemand will Elternsprecher werden. Alle haben sie zu Hause ein paar Zwerge, die ihnen schon genug Arbeit machen. Obwohl niemand, das ist sicher, sieben davon hat.
»Nun, jemand muß sich freiwillig melden«, sagt eine kleine Frau, aber in einem Tonfall, der keinen Zweifel daran läßt, daß dieser Jemand nicht sie sein wird. Indem sie diese harte Wahrheit ausspricht, schafft sie es tatsächlich, sich selbst herauszuhalten. Der Druck wird größer. Die Situation ähnelt den Spielen, bei denen einer den anderen anstarrt und es darum geht, wer es als erster nicht mehr aushält und zu lachen anfängt. Oder, schlimmer noch, diesen öffentlichen Gebetsstunden, zu denen ich als Kind ging und wo jeder darauf wartete, daß ein anderer was sagte. Schließlich verliert eine hellblonde, zierliche Frau als erste die Nerven und bekennt, daß sie bereit ist, die Aufgabe zu übernehmen, aber nur – und hier wird sie unvermittelt ganz entschieden (so als ob sie darauf ein Recht hätte) – nur, wenn jemand anders ihren Stellvertreter macht, jemand, der ihr helfen oder zur Not die Sache übernehmen kann, wenn es zuviel wird. Worauf eine andere Mutter, die vielleicht schon bedauert, daß sie sich nicht als erste freiwillig gemeldet hat (die blonde Frau wird mit einem freundlichen Lächeln bedacht), verkündet, sie sei bereit, Stellvertreterin zu werden.
Ecco! Geschafft. Ein tiefer und verständlicher Seufzer der Erleichterung ist zu vernehmen. Da fällt mir auf, daß eine von Irmas Methoden zur Verdeutlichung des Begriffs »Unterschied« darin besteht, die Kinder einen Kreis zeichnen zu lassen, wahrscheinlich um den Boden einer Dose herum, und dazu eine kleine Figur, die entweder in dem Kreis steht oder sich außerhalb befindet. Auf diese Zeichnungen hat sie geschrieben: ICH IM KREIS und ICH AUSSERHALB

DES KREISES. Klingt sehr bedrohlich. Obwohl ich mit Vergnügen daran denke, daß Elternvertretung einer von den kleinen Kreisen ist, bei denen ich es immer geschafft habe, außerhalb zu bleiben.

Da nun alle glücklich, entspannt und zum Plaudern aufgelegt sind (denn wir haben eine Kandidatin, für die wir nun, selbstverständlich geheim, alle stimmen können!), bitten wir Irma wieder herein. Die blonde Frau, die sich die Autorität einer Sprecherin erworben hat, gibt unsere Entscheidung bekannt. Aber Irma runzelt die Stirn. Es ist ihr »Ich nehme die Dinge sehr genau«-Stirnrunzeln, das sie auch gezeigt hat, als ich sie wegen der *ora di religione* gelöchert habe. Dann klärt sie uns darüber auf, daß Elternsprecher ein offizielles, gesetzlich anerkanntes Amt ist und ein Vertreter in den Statuten der Schule nicht vorgesehen sei. Das gehe also nicht.

Es hat etwas Wunderbares, Leute dabei zuzusehen, wie sie mit Vorschriften hantieren, die völlig ungeeignet sind, ihre aktuelle Situation zu lösen: so zum Beispiel, wenn man ein Grüppchen Deutscher beobachtet, die bei strömendem Regen an einer Fußgängerampel auf das grüne Signal warten, das es ihnen erlauben würde, eine Straße zu überqueren, auf der nicht das geringste Anzeichen von Verkehr zu erkennen ist. Man sieht ihnen an, wie sie zögern, während von ihren Schirmen der Regen auf ihre Schultern tropft oder vom Pflaster auf ihre Gesundheitsschuhe spritzt. Mit wachsender Anspannung überlegen sie, ob sie einmal in ihrem Leben eine Straße (noch dazu eine so breite Straße!) bei Rot überqueren sollen. Wo es doch verboten ist! Bis dann die Ampel sowieso umschaltet und sie aus diesem entsetzlichen Dilemma erlöst sind, zugleich aber vielleicht auch verstimmt, weil sie sich nicht früher entschlossen haben, diese so furchtbar mutige Tat nicht auf sich genommen haben …

Als es dagegen im italienischen Montecchio um die Elternvertretung des zweiten Jahrgangs der Monte-d'Oro-Vorschule ging, wurde nicht lange gefackelt. Die Menschen sind hier nicht so autoritätsgläubig. Allerdings ist es doch bemerkenswert, zu welchen Tricks manche greifen, wenn sie eine Regel umgehen wollen, ohne sie wirklich zu brechen. List besteht ja nicht darin, eine Regel zu mißachten oder Grenzen zu überschreiten, sondern so zu tun, als ob die Regel sich auf etwas völlig anderes beziehe, so daß sie ihre Bedeutung verliert. Ich wünschte, Stefano wäre dabeigewesen.
Was ist, bemerkte jemand, wenn die Abstimmung über den Elternsprecher ein Patt ergibt? Was macht man in einem solchen Fall? Dann müßten sich ja doch wohl die beiden Kandidaten das Amt teilen, entweder, indem sie sich abwechseln, oder indem der eine als Vertreter des anderen fungiert?
Irma war sich da nicht sicher. Möglich, daß in so einem Fall ...
Ein Patt ist ausgeschlossen, hielt ich dagegen. Wir seien doch elf und ...
Eine Stimme bekommt ein dritter Kandidat, und schon ist man sie los, wurde ich hastig belehrt. Am besten meine eigene. Wie ich überhaupt auf die Idee verfallen könne, daß das ein Problem wäre?
Da also niemand weiß, was für den Fall eines Patts vorgesehen ist, verfahren wir folgendermaßen: Eine Hälfte von uns, das heißt Miriam, Cristina, Anna, Silvia und Orietta, sollen für die erste Kandidatin, die Blondine, stimmen (sie ist blondgefärbt, wie mir nun auffällt), und die andere Hälfte, also Monica, Mariuccia, Paola, Mariella und Daniela, für die zweite Kandidatin, die zierliche und nervöse Paola; wohingegen ich, und nur ich allein, meine Stimme für eine Kandidatin eigener Wahl abgeben kann. Für wen? Warum nicht

für Daniela, eine ziemlich dunkelhaarige junge Mutter, die ich recht attraktiv finde? Aber um abstimmen zu können, müssen wir die entsprechenden Nachnamen kennen, und die Kandidatinnen selbst haben eines dieser unvermeidlichen Formblätter auszufüllen. Was mich an Stefis Geburt erinnert. Es gibt noch viel zu tun …

Nun ist Eile geboten, denn offenbar wollen die Lehrer, die die verschiedenen Elterntreffen leiten, gehen. Das Abendessen ruft. Es wird viel gelacht und gescherzt, aber auch ernsthaft nach Stiften gekramt, Namen und Nachnamen werden auf Papierschnipsel gekritzelt. »Für wen stimme ich? Cristina?« – »Nein, für Paola.« – »Aber ich dachte …« – »Preti ist der Nachname von Paola, nicht der von Cristina. Cristina heißt Chieppe.« Schließlich ist alles organisiert, alle wissen, für wen sie und die anderen zu stimmen haben, und unsere Lehrerin scheucht uns nun auf das große offene Gelände hinaus, das zwischen den Klassenzimmern liegt und wo unsere Kinder während des Treffens gespielt haben, wo sie auf großen zylinderförmigen Spielkissen umhergerollt sind oder sich vom Klettergerüst in die darunterliegenden Matten gestürzt haben. Wir gehen dann hinüber zum Küchenbereich, wo man drei ehrfurchtgebietende Wahlurnen auf einem großen, von Hackmessern gezeichneten Holztisch aufgestellt hat. Die dicke Köchin überreicht uns unsere Wahlzettel, und mit viel geheimnisvollem Getue kritzelt jeder seine – oder besser, jede ihre – Entscheidung hin, wobei alle genau diese gesetzte, zögerliche Beflissenheit an den Tag legen, die man bei Leuten auf dem Weg zur Wahlkabine beobachten kann. Die Zettel werden zum Schutz gegen mögliche unerwünschte Einsichtnahme zusammengefaltet und in den schwarzen Kasten gesteckt.

Was wäre wohl, frage ich mich, während ich Danielas Nachnamen Nerozzi hinkritzele, was wäre wohl, wenn ich *mein*

gesetzlich verbrieftes Recht wahrnehmen und einen anderen Namen als den vereinbarten hinschreiben würde, also etwa Cristina Chieppe, und so der armen Frau die alleinige schwere Verantwortung aufbürdete, unsere *rappresentante di classe* zu sein? Das Problem besteht darin, daß die anderen wissen würden, wer es war, wenn ich diesen Vertrauensbruch beginge (denn niemand hätte dann für Daniela gestimmt). Wenn hingegen eine von den anderen sich entschließen würde, unser Arrangement zu Fall zu bringen, bliebe es ein Geheimnis. Wie sollte man herausbekommen, wer für Chieppe anstelle von Preti gestimmt hat? Oder umgekehrt? Andererseits bin ich der einzige, der in der Lage ist, eine der Kandidatinnen zu »küren«. Genaugenommen ist das die interessanteste Wahl, an der ich je teilgenommen habe. Und die unschuldigste.
Unterdessen haben sich die Kinder um uns versammelt, sehr beeindruckt von diesem Ritual, bei dem wir ein Zeichen *(unterschiedliche* Zeichen, liebe Kinder) auf ein Stück Papier malen, es dann verdecken und in eine Schachtel stecken. In welchem Alter, fragt man sich, wird ihnen wohl klarwerden, was für eine Farce das ist? Für jetzt genügt es, wenn die Lehrer ihnen den Unterschied zwischen Pimpel und Schlafmütz, zwischen den verschiedenen vergifteten Äpfeln und der Wiederauferstehung von Schneewittchen und der unseres Herrn zu erklären – falls die Zeit in diesem Schuljahr reicht, um bis zu diesem Punkt des Lehrplans zu kommen.

Com'è il tempo?

»Com'è il tempo?« fragt die Stimme am Telefon. Wie ist das Wetter?

Was könnte ich darauf antworten? Am tiefblauen Himmel schweben nur hie und da ein paar sahneweiße Wolkenflöckchen. Gut, würden Sie sagen, das Wetter ist also gut. Aber nein. Selbst meine Kinder wissen inzwischen schon, daß dem nicht so ist. Das Wetter ist zweifellos nicht gut. Denn die Luft ist sehr feucht. Es ist schwül. Dabei hat es nicht mehr als sechzehn oder siebzehn Grad. Außerdem wurde für den Nachmittag leichte Bewölkung vorhergesagt. Doch das Schlimmste ist, es hat während der Nacht geregnet, was bedeutet, daß der Boden feucht ist. Michele und Stefi sind schrecklich enttäuscht. Denn heute sollte Micheles Schulausflug stattfinden. Er geht inzwischen in die *scuola elementare,* die Grundschule.

»Com'è il tempo?« fragt die Stimme erneut. Es ist Stefano. Ich antworte vorsichtig: »Tja, vermutlich recht ähnlich wie bei euch.« Stefano und Marta und Beppe, der nun Micheles bester Freund ist, wohnen nicht mal einen Kilometer von uns entfernt.

»Wir haben die Fensterläden noch zu«, meint Stefano.

»Ach so. Dann mach sie doch auf.«

Alles zu seiner Zeit. Er möchte nur wissen, sagt er, ob wir Michele an der Wanderung teilnehmen lassen. Weil sie überlegen, ob sie Beppe gehen lassen können. Er

habe nämlich vor ein paar Wochen eine Erkältung gehabt.
Wie eine italienische Wohnung erst durch und durch sauber sein muß, bevor man sich in ihr wohl fühlen kann, so muß der Himmel makellos blau, muß jedes verunstaltende Wölkchen wegpoliert sein, bevor man sich sicher fühlen kann und weiß, daß das Universum sich ordnungsgemäß verhält, daß alles im rechten Lot ist, daß die himmlische *graduatoria* nicht manipuliert wurde.
»Das schlechte Wetter hält an«, entschuldigt sich der Mann in Luftwaffenuniform, der im Fernsehen den Wetterbericht vorträgt. Und man überlegt: »Welches schlechte Wetter denn?« Dann aber fällt einem wieder ein, daß es vor dem Mittagessen einen kurzen Schauer gegeben hat. Einmal verbrachten wir zusammen mit Stefano und Marta den Urlaub auf der winzigen Mittelmeerinsel Capraia und teilten uns dort ein Ferienhäuschen. Nach nur einer Woche bestanden die beiden auf sofortiger Rückreise, weil sie meinten, das Wetter habe uns im Stich gelassen. Es hatte zweimal geregnet, und manchmal wehte ein frischer Wind. Als wir abreisten, herrschten um die fünfunddreißig Grad Hitze, und das Wasser glitzerte in der Sonne. Aber laut Wettervorhersage sollte gegen Abend die Bewölkung zunehmen, klärte Marta uns auf.
Stefano meint, Marta sei vor allem besorgt, daß Beppe nasse Füße kriegen könnte.
»Wie entscheidet ihr euch?« fragt er mich erneut. Es gehört zu den hiesigen Eigentümlichkeiten des Gruppenlebens, daß jeder, bevor er sich selbst entscheidet, erst einmal wissen will, was alle anderen tun. So kann es geschehen, daß sich zehn oder fünfzehn Familien erst einmal gegenseitig anrufen, bevor sie beschließen, doch kein Picknick zu veranstalten.

Unsere Sprößlinge auf dem Sofa winden sich flehend. *»Per favore, Papà!«* betteln sie. *»Per favore,* wir möchten mitgehen.«
Michele ist nun schon ein großer Junge, fast sieben Jahre alt, ein strammer Bursche, blond, unbeholfen, wild. Stefi mit ihren gut vier Jahren verliert gerade ihren Babyspeck. *»Per favore, Papà!«* flehen sie, und dabei bekreuzigen sie sich, wie sie es im Fernsehen bei Gianluca Vialli gesehen haben, bevor er einen Elfmeter schießt.
»Ja, wir schicken die Kleinen mit«, sage ich zu Stefano. »Sie können ja Regenjacken und Stiefel anziehen.«
Am anderen Ende der Leitung herrscht zunächst kurzes Schweigen. Der Vorschlag, einen Ausflug zu unternehmen, bei dem es einer Schutzkleidung bedarf, erledigt sich praktisch von selbst und ist nicht einmal als zweitbeste Lösung zu erwägen. Aber bei dieser Entscheidung jubeln die Kinder und hüpfen herum – manchmal ist es doch etwas wert, einen englischen Papa zu haben, auch wenn er einen immer früh zu Bett schickt. Inmitten des Freudentaumels fällt Stefi ein, daß sie sich noch bekreuzigen muß, wie das Vialli auch immer tut, wenn er ein Tor geschossen hat. Manchmal regt sich in mir die Befürchtung, sie könnte eines Tages Nonne werden wollen, einfach dieser theatralischen Gesten wegen.
»Aber was, wenn keines der anderen Kinder kommt?« bohrt Stefano weiter und meint dann noch: »Ich könnte ja vielleicht Morazzoni und Castelli anrufen.«
»Die Lehrer müssen auf alle Fälle kommen«, erwidere ich, »sie haben ja alles vorbereitet. Und dann sind wir ja auch noch da. Selbst schlimmstenfalls werden immer noch sechs oder sieben von uns dasein.«
Daraufhin Stefano: »Hör zu, ich glaube, Marta sollte mal mit Rita darüber sprechen.« Natürlich, das ist eine Sache, die die Mütter zu entscheiden haben.

Jedenfalls braucht Rita nur etwa eine Viertelstunde, bis sie Marta davon überzeugt hat, daß diese Wanderung ungefährlich ist, daß es genügend Möglichkeiten zum Unterstellen gibt, falls es regnen sollte, daß am vorgesehenen Picknickplatz Bänke vorhanden sind und wir also nicht auf dem nassen Boden sitzen müssen. Meine Frau verfügt über beträchtliche Überzeugungskraft.
Etwa zwanzig Minuten nach der festgelegten Zeit, zu der man sich treffen wollte, haben sich fast die Hälfte der Kinder und eine erkleckliche Anzahl von Eltern vor der Schule eingefunden. Gemäß allgemeiner telefonischer Absprache haben alle Schirme und Jacken mit Kapuzen mitgebracht, denn am Himmel sind immer noch zwei oder drei Wolken zu sehen. Wie stets in Italien trägt jeder einen kleinen neonfarbenen Rucksack, vollgepackt mit allen erdenklichen Notfallausrüstungen.
Es ist Samstag morgen, und Micheles Klasse, die an fünf Tagen der Woche von acht bis vier Uhr Schule hat, jubelt der anderen Klasse zu, die man undeutlich hinter hohen Fenstern jenseits eines Zauns erkennen kann; diese Klasse ist an sechs Tagen der Woche von acht bis eins in der Schule. Viele Eltern sind überzeugt, daß ihre Kinder Schaden litten, wenn sie nicht zu Hause essen würden, und daß sie es sowieso nicht ertragen würden, länger als fünf Stunden am Stück von ihren Müttern getrennt zu sein – deshalb haben sie die Sechs-Tage-Woche gewählt. Und so bieten die Schulen zwei völlig unterschiedliche Stundenpläne an, wodurch sich zweifellos alle nur denkbaren komplizierten logistischen Probleme ergeben – was andererseits den Vorteil hat, daß mehr Lehrer eingestellt werden, als ohne diese Regelung notwendig wären.
Michele und Beppe schwenken Stöcke – die in Wirklichkeit Schwerter sind – in Richtung des Fensters, hinter dem

ihre Kameraden arbeiten müssen. Michele ist zu d'Artagnan geworden, während Beppe die drei übrigen Musketiere verkörpert. Zu Beppes Rolle paßt, daß er im Nacken eine lange punkige Haarsträhne hat. Stefano gefällt das gar nicht, aber da Beppe mit seinen sieben Jahren meint, daß er sich ohne die Strähne unwohl fühlen würde, weigert sich seine Mutter, seine Wünsche nicht zu respektieren. Wir dürfen nicht versuchen, über die Körper unserer Kinder Herrschaft auszuüben ...
Die Jungs schwenken ihre Stöcke. Sie rufen sich harmlose Beschimpfungen zu. Aber als Michele die große Schleuder hervorholt, die Nonno ihm gebastelt hat – eines der wenigen gehaltenen Versprechen, an die ich mich erinnern kann –, muß ich einschreiten. Nein, nicht einmal einen kleinen Stein.
Bei sämtlichen Ausflügen aufs Land hat Michele seine Schleuder, sein Taschenmesser, ein Kartenspiel, auf dem schnelle Sportautos abgebildet sind, und einen langen angespitzten Stock bei sich. Er ist von der Angst vor *vipere,* Nattern, besessen; die Hügel seien voller *vipere,* deren Giftzähne ihn auf der Stelle töten würden, sofern sie je in seine Reichweite gelangten. Jeder wisse das, sagt er, und mir scheint, daß er von den Radionachrichten fast nichts anderes aufschnappt als die seltenen Fälle, wenn Touristen mit Schlangenbissen ins Krankenhaus eingeliefert werden. Nach dreizehn Jahren in Italien habe ich noch keine einzige *vipera* zu Gesicht bekommen. Aber ich habe schon jede Menge schnelle Sportwagen gesehen.
Stefi trägt ihre Topo-Gigio-Schultertasche und ihr Polly Pocket. »Polly Pocket – *la tua amica piccina*«, heißt es in der Werbung. Überall auf der Welt ist das Englische ständig im Leben eines Kindes präsent. Unnatürlich daran ist, es zu verstehen.

Wir spazieren aus dem Dorf hinaus auf das *castello* zu. Die Szenerie ist übertrieben pittoresk, fast wie auf einer Kitschpostkarte: Vor uns stehen, an einem steilen Hang, mit Türmchen versehene Villen in zarten Farben, die Mauern efeubewachsen, die eisernen Tore glyzinenbehangen. Ein Zickzack von hohen Zypressen weist uns den Weg. Zu unserer Rechten, nach Norden hin, liegt das langgestreckte Val Squaranto, das sich im steilen Waldland zusehends verengt. Darüber und dahinter erheben sich die leuchtend weißen Gipfel der Alpen, scharfgestochen und sauber glänzend wie gutes Geschirr auf dem obersten Küchenregal. »Es soll bald eisiger Wind aufkommen«, meint Marta besorgt und fügt hinzu, daß der Regen letzte Nacht auf dem Monte Tomba als Schnee niedergegangen sei.
Diese Burg oben auf dem Hügel, dieses lange dunkle Tal, diese Berge ... das, wodurch wir jetzt wandern, ist die romantische Landschaft, die Stefi immer und immer wieder mit ihren dicken Filzstiften malt. Nur die Figuren im Vordergrund werden zum Zwecke der Unterscheidung leicht verändert: Schneewittchen und die sieben Zwerge im zweiten Jahr der *scuola materna;* der Engel und die Jungfrau, als trotz Personalmangels in der *ora di religione* dieses Thema behandelt wurde; Nonno und Nonna nach einem ihrer seltenen Besuche (erkennbar an Nonnos Wanst und Filzhut); Zia Natalina, wie sie Checca füttert. Und auf einem Bild, das, wie ich mich erinnere, nach der gemeinsamen Lektüre einer stark gekürzten Klassikerausgabe entstanden ist, sieht man, wie Iphigenie der Artemis geopfert wird (die oben auf dem *castello* sitzt). Ohne diesen landschaftlichen Hintergrund tauchen in Stefis Zeichnungen nur folgende Figuren auf: Mama und Papa und der Prinz und die Prinzessin, zwei Paare, die häufig und schmeichelhafterweise miteinander verwechselt werden.

Michele hingegen sieht weder die Burg noch das Tal oder die Berge. Seine Phantasie wird beflügelt durch die Schnellstraße am Ausgang des Dorfes, die wir eben überquert haben. Man braucht ihm nur Farbstifte und ein Stück Papier zu geben, und er entwirft überschallschnelle monströse Rennmaschinen aus poliertem Stahl mit ausfahrbaren Flügeln. Und jeder Sportwagen, der vorbeiflitzt, ist ein roter Ferrari ...

Wir folgen einem Pfad, der beim Anstieg zur Burg plötzlich steil wird, und die Kinder fangen an zu quengeln, sie seien müde. Marta überlegt, ob Stefano nicht Beppe tragen sollte; doch Stefano weigert sich.

Marta ist eine merkwürdige Person. Zierlich, ohne zerbrechlich zu wirken, gehört sie zu der Kategorie von Menschen, die trotz ihres Reinlichkeitswahns und ihres übertriebenen Sicherheitsbedürfnisses auf alle Fälle ein zweites Kind haben möchten. Eine ungewöhnliche Kombination. Aber aus irgendeinem Grund klappt es nicht bei ihr – oder bei ihm. Deshalb wollen sie eins adoptieren. Nur dauert eine Adoption in Italien recht lange. Es müssen unzählige Bestimmungen erfüllt werden. Für das Kind sind so viele Schutzmaßnahmen vorgesehen, daß es am Ende gar keine Adoptiveltern mehr findet. Schon zweimal wurde ihnen ein Kind versprochen und in letzter Minute dann wieder verwehrt; das zweite Mal, als die Regierung plötzlich die Vorschrift erließ, daß keiner der beiden Elternteile mehr als vierzig Jahre älter sein dürfe als das Kind. Da Stefano jetzt zweiundvierzig ist (sein Schnurrbart ist schon graumeliert), gibt es keine Chance mehr.

So traurig das ist, es amüsiert mich dennoch, wenn ich Marta darüber klagen höre – denn ihre übertriebene Fürsorge, die Beppe oft daran hindert, das Haus zu verlassen (er darf bei uns auch nicht über Nacht bleiben, weil »er noch nie woan-

ders als bei seiner Mutter geschlafen hat«), entspricht genau jener Mentalität, aus der heraus die genannte Vorschrift entstanden ist.
Zusammen mit einem weiteren Elternpaar und Maestra Elena, Micheles Lehrerin, unterhalten wir uns über den grotesken Fall eines Paares in Trento, dem das Recht zur Adoption abgesprochen wurde. Die örtlichen Sozialbehörden wandten nämlich ein, daß der Mann, ein erfolgreicher Innenarchitekt, einen Ohrring trage und offen bekenne, daß er nicht an Gott glaube, und seine Frau neuerdings Anwandlungen von launenhafter Labilität zeige: Sie hatte nämlich ihre Stelle in der Stadtverwaltung gekündigt.
So gefährlich kann es sein, wenn man sich in Italien dem Gruppenkonsens verweigert. Zu erklären, daß es keinen Gott gibt, auszusteigen aus der gemütlichen Tretmühle des Beamtendaseins! (Sehe nur ich das so, oder besteht zwischen diesen Verbrechen eine gewisse Gemeinsamkeit?) Martas Kommentar dazu beschränkt sich darauf zu betonen, daß ihr Ehemann keinen Ohrring trage, daß sie beide sehr wohl in die Kirche gingen und daß sie niemals ihre Stelle und die Sicherheit aufgeben würde, die ihr diese gibt. Und dann teilt sie uns allen mit – obgleich es Stefano sichtlich ein wenig unangenehm ist –, daß sie daran dächten, sich in Afrika oder Südamerika nach einem Adoptivkind umzusehen. Das ist ein großer und sehr mutiger Schritt. Während die Zuhörer nach einer passenden Entgegnung suchen, herrscht einen Augenblick lang Schweigen. Und genau in diesem Augenblick marschieren wir um eine Kurve, vorbei an Steinen und Brombeersträuchern, und gelangen zur äußeren Burgwehr, auf die jemand den vieldeutigen Spruch gepinselt hat: PORTARE I NEGRI NEL VENETO È SCHIAVITÙ – Schwarze ins Veneto zu bringen ist Sklaverei. Über

und unter dieser Zeile sind die eindeutigeren und bekannteren Parolen »Ausländer raus aus dem Veneto« und *»Eviva la Repubblica Veneta«* zu lesen, daneben ist, über einer eingefallenen Pforte, mit primitiven Strichen ein Löwe gekritzelt, das Symbol der einstigen Republik Venedig. Jemand hat sogar gedichtet:

Ruggisce il leone
Trema il terrone

Der Löwe des Nordens brüllt
Der Bauer im Süden zittert

Ich wünsche Stefano und Marta alles Glück, das sie brauchen werden ...
Maestra Elena, die jetzt die Kinder innerhalb der Burgmauern um sich sammelt, um ihnen Erläuterungen dazu zu geben, verliert kein Wort über die beunruhigenden Parolen an der Wand. Statt dessen erläutert sie uns, daß die heute dreitürmige Burg früher neun Türme hatte und die wundervollen Zypressen, von denen sie umgeben ist, in Italien noch nicht bekannt waren, als dieser Hügel zum ersten Mal besiedelt wurde.
Italien ohne seine Zypressen. Für mich bislang völlig unvorstellbar.
Ein Stück weiter legen wir auf einem Hügelkamm eine Picknickpause ein. Dort wurde im Zuge der allgemeinen Tendenz zum Yuppietum ein alter Bauernhof in eine Reitschule umgewandelt. Man hat uns gestattet, daß wir uns auf ihren Bänken niederlassen, und das ist sehr nett von ihnen, auch wenn das Gras inzwischen wieder völlig trocken ist. Das Wetter, das die ganze Runde als miserabel bezeichnet, beschert uns eine sanfte Brise, die am Himmel bauschige

Wölkchen hin und her schiebt, während dichter Dunst die Berge im Norden verhüllt.
Jetzt kommen Tupperware, Messer und Gabeln zum Einsatz. Manche der Picknicks sind ein wahrer Gaumenschmaus. Eingelegte Auberginen, Zucchini, Salate. Viele der Mütter haben klugerweise die Väter angewiesen, mit dem Auto auf den Hügel zu fahren, so daß es ein leichtes ist, mit großen Weinflaschen, Geschirr und Kuchen aufzuwarten. Jemand hat eine Gitarre dabei. Nach dem Essen singen die Kinder:

Io son contadinella
Alla campagna bella.
Se fossi una regina
Sarei incoronata.

Ich bin ein kleines Bauernmädchen
In einem bezaubernd schönen Land.
Doch wäre ich eine Königin
Würde man mich jetzt krönen.

Stefi liebt dieses Lied. Wie aus ihren Zeichnungen herauszulesen ist, wird sie ganz aufgeregt bei der Vorstellung einer Verwandlung – der Verwandlung eines Landmädchens in eine Königin, von Mami und Vati in Prinzessin und Prinz. Großwerden bedeutet vielleicht auf die Metamorphose zu warten. Das Lied geht dann – unerklärlicherweise – mit einem kleinen Rätsel weiter:

E cinquecento cavalieri
Con la testa insanguinata
Con la spada rovinata
Indovina che cos'è!

Fünfhundert Rittersleut'
Mit blutigen Köpfen,
Mit zerbrochenen Schwertern,
Rate, was das ist!

Und dann kommt die Auflösung:

Sono solo le ciliegie
Sono solo le ciliegie
Sono solo le ciliegie
Che maturano al sol.

Das sind nur Kirschen,
Das sind nur Kirschen,
Das sind nur Kirschen,
Die in der Sonne reifen.

Sind das vielleicht die Kirschen, die das Bauernmädchen gerade pflückte? Wollte sie sich selbst eine Krone flechten, indem sie die Stengel zusammenband, wie das die kleinen Mädchen in diesem Land der Kirschbäume manchmal tun? Es ist ein wunderschönes Lied. Die Kinder singen aus Leibeskräften zum Klang der leicht verstimmten Gitarre (auch Marta singt sehr laut und mit Freude), während sich einige der Männer zusammengesetzt haben, um beim Wein über Fußball zu debattieren, und ein oder zwei Jungen mit ihren Stöcken und Schleudern in den Büschen herumschleichen. Dann – zwischen den Liedern, die die Erwachsenen anstimmen – fangen die Kinder an, Witze zu erzählen, die meist unfaßbar albern sind und fast immer von *carabinieri* handeln. Vor Lampenfieber sind die Witzeerzähler oft ganz atemlos. Schließlich ist Stefi an der Reihe. Sie steht auf einem Steinbrocken inmitten der Runde. Sie ist jünger als die anderen, gehört nicht zu der Klasse und ist nur deshalb mit von der Partie, weil sie die kleine Schwester eines Klassenkameraden ist. Sie hat ein kurzes Kleidchen, rundliche Knie und große rote Stiefel. Wie die meisten italienischen Mädchen ihres Alters trägt sie bereits Ohrringe unter ihren dicken Zöpfen.

»Ein Franzose, ein Engländer und ein Italiener«, beginnt sie aufgeregt, »sitzen in einem Zugabteil. Und ein *terrone* ...«

Meine erste Reaktion ist Entsetzen. *Terrone* – Bauer aus dem Süden – ist hier, wo auf die Mauern Schmähparolen gepinselt sind, einfach eine zu abfällige Bezeichnung. Es wird ein rassistischer Witz herauskommen. Aber niemand scheint sich darüber aufzuregen.

»Sie sitzen in dem Zugabteil, und der *Americano* zieht ...«

»Wer?« Alle lachen.

»Der *Americano* ...«

»Aber da war doch gar kein ...«

»Der *Americano*«, beharrt Stefi, »holt eine Zigarre heraus und pafft ein paar Züge« – dabei ahmt sie es wunderbar nach und zieht mit den Lippen eine Riesenschnute – »und dann macht er das Fenster auf und wirft sie hinaus, und der Italiener sagt: ›Warum machen Sie das, Sie haben sie ja kaum angeraucht‹, und der *Americano* antwortet: ›Oh, wir haben ja so viele Zigarren in Amerika!‹«

Einen Augenblick lang scheint es, als habe sie vergessen, was als nächstes kommt. Sie kratzt sich am Kopf und zieht an ihrem Zopf. »Da holt der Schotte ...«

»Wer?«

»Der Schotte holt ...«

Wieder gibt es fröhliche Proteste, obgleich alle sehr genau wissen, daß die einzigen beiden, auf die es in diesem Witz ankommt, der Italiener – mit dem, wie jedermann weiß, ein Norditaliener gemeint ist – und der *terrone* sind. Die übrigen

dienen nur dazu, jene Erste Welt zu repräsentieren, die seit jeher als reicher angesehen wird als das eigene Land, in der schon immer alles im Überfluß vorhanden war.
»Der Schotte holt eine Flasche Whisky heraus und nimmt ein paar Schlucke« – wieder spielt sie es vor – »und dann macht er das Fenster auf und wirft die Flasche hinaus. Und der Italiener sagt: ›Warum haben Sie das getan, die Flasche war doch noch fast voll?‹ Und er erwidert: ›Oh, wir haben ja so viel Whisky in Frankreich.‹«
»Schottland!« ruft die ganze Runde.
Stefi wird ärgerlich. Sie stemmt die Hände in die Hüften – eine Geste, die sie Zia abgeguckt hat – und schreit: »*Santa patata,* laßt mich doch zu Ende erzählen! Und dann« – sie hält inne und lächelt gewinnend, vielleicht weil ihr gerade einfällt, daß sie lieber die Prinzessin als das Bauernmädchen sein will. Was mich angeht, so weiß ich bereits, was jetzt kommt. Ich bin amüsiert und zugleich entsetzt.
»Dann der Italiener: Der Italiener packt plötzlich den *terrone* und schmeißt ihn aus dem Fenster. Und der Deutsche sagt: ›Warum haben Sie das gemacht, er hat doch gar nichts getan?‹ Und der Italiener erwidert« – an dieser Stelle streckt Stefi die Handflächen nach oben, von sich weg, in dieser uralten romanischen Geste, die zugleich Rechtfertigung, Versöhnungswillen und Bedauern ausdrückt – »er sagt: ›Oh, wir haben so viele, so viele *terroni* in Italien.‹«
Die Leute lachen, wenn auch ein wenig gequält, woraus man schließen kann, daß solche Späße hier gewagter sind als, sagen wir einmal, Witze über Iren in London. Und was soll ich jetzt machen? Soll ich sie auf dem Rückweg darüber belehren, daß Süditaliener genauso menschliche Wesen sind wie alle anderen auch? Oder soll ich ihr sagen, daß sie solche Witze zwar zum Spaß erzählen kann, aber nicht in aller Öffentlichkeit, weil die Leute sie falsch verstehen könn-

ten? Schließlich sind die Eltern des kleinen Pasquale Süditaliener …
»Hör mir mal zu, Stefi«, sage ich zu ihr, als wir auf dem Rückweg kurz einmal außer Hörweite sind – jetzt wandern nicht mehr so viele Leute mit, denn etliche der Mütter befürchteten, daß die Kinder, die sie eine Stunde lang hatten spielen lassen, sich zu müde für den Rückweg fühlen könnten; also haben sie sie zusammen mit den Vätern, der Tupperware und den Weinflaschen in den Autos verstaut – »Hör mal, weißt du denn, was *terrone* eigentlich bedeutet?«
»Na klar«, antwortet sie, »jemand, der aus dem Süden kommt.«
»Und …«
Aber sie fällt mir ins Wort: »Papa, ist Nonno ein *terrone?* Francesca Piva sagt, mein *nonno* ist ein *terrone,* wenn er aus Pescara kommt. Ich bin böse auf ihn, wenn er ein *terrone* ist.«
Blöderweise lege ich ihr nicht dar, wie lächerlich es ist, daß sie ihre Meinung über ihren *caro nonno* von seiner Herkunft abhängig macht, sondern lasse mich statt dessen auf eine Erörterung darüber ein, ab welcher geographischen Linie man die Einheimischen als *terroni* bezeichnet. Sie liege viel weiter südlich als Pescara, erkläre ich. Pescara werde nicht zum Süden gerechnet, bestimmt nicht. Als mir klar wird, daß diese Art Vorurteil sich allein auf die Geographie stützt, sage ich: »Aber ganz egal – auch wenn Nonno ein *terrone* wäre, so zeigt das doch, daß diese Leute genauso nett sind wie alle anderen und es keinen Grund gibt, sie nicht zu mögen oder aus dem Zugfenster zu werfen.«
»Er hält nie, was er verspricht«, meint sie grimmig. »Er wollte doch an Ostern kommen, aber er ist nicht gekommen. Das kannst du nicht abstreiten.«
Genausowenig wie man abstreiten kann, daß die Leute tatsächlich über ihren Witz gelacht haben.

Wir haben für den Rückweg einen anderen Pfad eingeschlagen und laufen in steilen Serpentinen den Hügel Richtung Mizzole hinunter. Kilometerweit erstrecken sich hier junge Weinberge; die Wurzeln der Rebstöcke sind mit schwarzen Plastikbahnen abgedeckt, damit die Erde feucht bleibt. Stefano, der sich mit solchen Dingen auskennt, erzählt mir, daß auf diesem Hügel noch nie zuvor Wein angepflanzt wurde. Der hier angebaute Wein wird scheußlich schmecken. Es geschieht nur zu Abschreibungszwecken und weil die EU Subventionen dafür zahlt. *Sai com'è?* Genau das gleiche sei es mit den Sonnenblumen, die am Fuß des Hügels gepflanzt wurden. Wann habe es im Val Squaranto jemals Sonnenblumen gegeben?

Weiter unten im Tal stehen die Kirschbäume kurz vor der Blüte. All die kleinen Rittersleut', sagt Maestra Elena zu den Kindern, warten schon darauf, herauszukommen und die Schwerter zu schwingen. Aus dem Tal hört man das regelmäßige Knallen der Flinten beim Tontauben-Schießen, ein mir unverständlicher Sport, aber immer noch besser als die Jagd auf Sperlinge und Amseln. Eines der kleinen Mädchen hat eine kleine Tasche voll Patronenhülsen in sechs verschiedenen Farben gesammelt. Anscheinend will sie sie zu Hause für dekorative Zwecke verwenden. Marta befürchtet, das Mädchen werde sich eine Bleivergiftung holen.

D'Artagnan und die Drei Musketiere entdecken eine junge Eidechse, der ein Bein fehlt, und es entspinnt sich die übliche Erörterung darüber, ob man das arme Ding von seinen Qualen erlösen soll oder nicht. Falls jedoch d'Artagnan jemals auf eine *vipera* stoßen sollte, würde er sie natürlich mit spitzem Stock und scharfem Messer gnadenlos in Stücke hacken. Gelegentlich stochert unser Held in den Blättern längs des Pfades, entdeckt darin aber nichts ande-

res als Primeln und Immergrün und vor langer Zeit weggeworfene Coladosen.
In Mizzole rasten wir am Marktplatz und genehmigen uns ein Eis. Der Platz mißt zwar nur dreißig Quadratmeter und ist mit billigen Steinen gepflastert, aber auf der gegenüberliegenden Straßenseite gibt es eine Bar, deren Tische unter großen weißen Sonnenschirmen auf der Piazza stehen. Der Besitzer blickt jedesmal sorgfältig nach links und rechts, bevor er mit einem Tablett voller Getränke die staubige Straße überquert.
Die Kinder essen ihr Eis. Zum Spielen gibt es eine alte, in Zement gegossene Kanone, die neben einem armselig aussehenden Kriegerdenkmal aus grauem Beton mit schwarzer Umfriedung und künstlichen Nelken steht. Einer der Väter zeigt den Kindern, wie man das Rohr der Kanone hochkurbelt und zielt. Stefano erzählt mir, daß es ihm gelungen ist, dem Militärdienst zu entgehen, und zwar dank der Regelung, daß der einzige Sohn einer Witwe freigestellt werden kann. Marta meint dazu, sie hoffe, die Wehrpflicht werde abgeschafft sein, bevor Beppe ins entsprechende Alter kommt. Daraufhin sagt Rita, Michele würde der Militärdienst bestimmt Spaß machen und Stefi höchstwahrscheinlich sogar noch mehr, wenn sie ihn ableisten könnte. Im Moment macht Stefi gerade einen Aufstand, weil sie auch einmal auf dem Kanonenrohr reiten will. Maestra Elena versucht, die Kinder von der Kanone wegzulocken, um ihnen etwas über die Bedeutung des Kriegerdenkmals zu erzählen. Aber inzwischen sind nur noch sieben Kinder übrig, und alle sieben sind auf einmal müde und quengelig, und das Denkmal geizt mit Informationen: MIZZOLE, AI SUOI CADUTI, steht darauf – seinen Gefallenen. Die Namensliste darunter enthält keinerlei Hinweis, in welchem Krieg sie umgekommen sind. D'Artagnan schießt mit seiner

Schleuder und trifft die Spitze des Denkmals, worauf ich sein Gerät konfiszieren muß.
Als sich die Erwachsenen zu einer Kaffeerunde zusammensetzen, zieht Elena ein Päckchen Zigaretten heraus. Sie ist eine patent aussehende Frau Anfang Vierzig, hat selbst einige Kinder und strahlt die richtige Mischung aus Freundlichkeit und Disziplin, Ernsthaftigkeit und Humor aus. Sie pafft. Und sofort fangen zwei der Kinder mit einem dieser indoktrinierenden Liedchen an, von denen die Lehrpläne heutzutage strotzen:

Papà non fumare,
Papà non fumare,
Perchè il fumo ti fa tanto male.

Papa rauche nicht.
Papa rauche nicht.
Weil Rauchen doch so schädlich ist.

Das Lied geht noch lange so weiter, wobei »Pfeife« und »Zigarre« sich fröhlich auf Qualen durch Krebs und Herzinfarkt reimen. Aber Maestra Elena, die in gewisser Weise dafür verantwortlich ist, daß ihnen solches Zeug beigebracht wird, lächelt nur. »Es schadet ihnen nicht«, sagt sie, »wenn sie sehen, daß ihre Lehrerin das eine oder andere Laster hat.« Was für ein Unterschied zu Südtirol!
Die letzte Rast findet an dem berühmten Bildstock von Mizzole statt, aus dem ein Baum wächst. Am Ende des Dorfes steht eine hohe, nackte Steinmauer, in die eine winzige, nur vier Quadratmeter große Kapelle eingelassen ist. Ihre Spitze ziert eine Miniatur-Kuppel, und auf der Vorderseite ist sie offen, geschützt nur durch ein niedriges Mäuerchen und ein schwarzes Gitter. Aus diesem Mäuerchen sprießt eine

knorrige, verkrüppelte Esche, die den Altar und die Statue dahinter verdeckt. Durch die Zweige hindurch kann man gerade noch lesen: SANT'EUROSIA – VERGINE E.M.
Michele fragt mich, was »E.M.« bedeutet. Ich weiß es nicht. Um nicht als ungebildet dazustehen, frage ich Rita leise danach. Sie erklärt es mir: *»e martire«* – und Märtyrerin. Warum haben sie es dann nicht ausgeschrieben, will Michele wissen. Weil der Platz dafür nicht ausgereicht hat. *Vergine,* so Rita, werde deshalb ausgeschrieben, weil das wichtiger sei, als Märtyrerin zu sein. Schließlich versteht es sich ja von selbst, daß eine Heilige eine Märtyrerin ist, auch wenn keiner der Anwesenden genau weiß, was Sant'Eurosia getan hat, um gemartert zu werden ...
Das Tor neben dem Baum hat einen Schnappriegel, aber kein Schloß, so daß die Kinder sofort in die winzige Kapelle drängen. Auf dem Altar steht eine lebensgroße weiße Statue, deren Kopf bis in die Kuppel ragt. Eines der Mädchen liest die Erläuterungen auf dem maschinengeschriebenen Zettel vor, der, geschützt durch eine rissige Klarsichthülle, auf dem Altar liegt. Sie hat die für Kinder typische monotone Lesestimme; die anderen unterbrechen sie, Maestra Elena greift korrigierend ein. Aber wir erfahren immer noch nichts über Sant'Eurosia, außer daß spanische Soldaten im siebzehnten Jahrhundert ein Bildnis von ihr hierher brachten; daß die Dorfbewohner ihr zu Ehren diese Statue aufstellten und 1630 die Esche pflanzten in dem Glauben, dies würde sie vor der Pest schützen; und daß dann »dieses Wunder wahr wurde, denn niemand in Mizzole starb an der Pest«. Später, liest das Mädchen weiter, »zu einem nicht bekannten Zeitpunkt«, ging die Esche ein. Die Dorfbewohner beschlossen, sie umzuhacken. Doch als sie am darauffolgenden Morgen mit ihren Äxten kamen, hatte sie wundersamerweise wieder ausgetrieben.

Das jetzige Kapellchen stammt aus dem Jahr 1947. »Als die Bewohner Veronas wegen der Bombenangriffe hierher evakuiert wurden, gelobten sie, der Heiligen beim alten *capitello* eine schöne Kapelle zu errichten, falls sie alle gerettet würden. Erneut trat das Wunder ein.«

Ich muß zugeben, daß ich schon immer eine gewisse Bewunderung für Menschen hegte, die ihre Abmachungen mit Gott mit »falls« einleiten und damit so tun, als verhandelten sie aus einer Position der Stärke heraus. Der kleine Beppe meint: »Aber die Namen auf dem Dorfplatz sind gestorben. Die auf dem Denkmal.« Eine ziemlich attraktive junge Mutter erklärt geduldig und ernsthaft, dies sei genau deshalb geschehen, weil sie nicht hier in Mizzole, unter dem Schutz von Sant'Eurosia, geweilt hätten.

Wo waren sie denn?

In Rußland wahrscheinlich. Schutzlos, ohne Winterkleidung ...

In der Kapelle drängen sich noch immer die Kinder. Stefi sagt, sie würde gerne eine Kerze anzünden. Auf dem Altar brennen bereits zwei dicke Kerzen, aber diese stecken in einem roten Plastikmantel, so daß das Wachs nicht abfließen kann und sie vermutlich an die hundert Stunden halten werden, auch wenn die Welt um sie herum untergehen sollte. Sie sind für Friedhöfe gedacht, diese Monsterkerzen. Einem Etikett auf der Plastikhülle ist zu entnehmen, daß der Markenname Santa Chiara lautet – das Geschäft mit religiösen Gütern ist nicht ohne einen gewissen Humor. Wer auch immer diese Kerzen hier aufgestellt haben mag, er hat sich nicht die Mühe gemacht, das Etikett mit dem Strichcode des Supermarkts zu entfernen.

Für Besucher jedoch gibt es keine Kerzen zum Anzünden. Das heißt, keine Kerze für Stefi, die protestiert. D'Artagnan meint: »Blasen wir doch einfach diese Kerzen aus und zünden sie dann wieder mit dem Feuerzeug von Maestra Elena an.« Doch diesen Vorschlag lehnen die Eltern ab, und überhaupt meinen die Drei Musketiere freimütig zu ihrem Gefährten: »Es ist nicht gut, wenn gerade du eine Kerze anzündest. Du kommst sowieso in die Hölle, weil du nicht an Gott glaubst.«

Micheles Freunde prophezeien ihm, daß er in der Hölle schmoren wird, seit er als einer von zwei Schülern seiner Klasse nicht mehr an der *ora di religione* teilnimmt. »Wenigstens muß ich dafür nicht in den Katechismusunterricht«, erwidert er standhaft. Offenbar hält er das für einen fairen Handel. Niemand von den anderen Eltern äußert sich dazu. Von Mizzole aus geht es entlang des Hochwassergrabens und der vielbefahrenen Straße nach Montecchio zurück: nichts Sehenswertes mehr, und die Eltern ermahnen die Kinder lautstark, nicht nebeneinander zu laufen und Abstand zu den Autos zu halten. »Ein schreckliches Wetter«, meint Marta, »so stickig, so heiß. Der arme Beppe schwitzt wie ein Schwein.« Unter seinem Pullover und der wasserdichten Jacke …

Jemand, der jedoch nicht schwitzte, war – wie wir bald darauf erfuhren – unser neuer und, wie hinzugefügt werden muß, unerwünschter Mitbewohner in der Via delle Primule 6. Nach unserer Wanderung bat ich Michele, seine und meine Stiefel in den Keller hinunterzubringen. Jede Wohnung hat ein kleines Kellerabteil auf Souterrain-Ebene, wo man Dinge wie Gartenwerkzeug, Skier, Abfüllgeräte, Grillausrüstungen und ähnliches verstauen kann. Es dauerte nur kurz, da kam der Junge atemlos wieder heraufgerannt und berichtete, im Keller sei ein Mann, ein Mann, den er noch nie gesehen habe. Er wohne dort unten, habe er gesagt …

Ich ging selbst hinunter. Neben den sechs Kellerabteilen für die sechs Wohnungen liegen noch zwei kleine *taverne,* Souterrainräume mit Kaminen für Grillfeste im Winter. Silvio hatte einen dieser Räume für seine Krafttrainingsgeräte gemietet, aber die andere, größere *taverna* war, soweit ich wußte, noch frei. Doch als ich nun zu dem engen Gang unter der *palazzina* kam, sah ich, daß die Tür zu dieser *taverna* offenstand und ein junger Mann sich darin aufhielt. Auf dem Boden hatte er ein Feldbett mit Schlafsack und einen verbeulten Koffer stehen; er trug Bluejeans und ein zerrissenes Hemd. Silvio war bereits da und versuchte, mit ihm zu reden. Aber der Mann sprach fast kein Italienisch. *»Mio nome, Hristo«,* sagte er. Er lächelte. Dann versuchte er es auf Englisch: »Name. Hristo.« Seinem Aussehen nach war er Slawe. Er schien harmlos, nett und völlig mittellos zu sein. Zweifellos fror er.

Wir riefen Righetti an. Righetti behauptete, er wisse überhaupt nichts von Hristo. Er habe die *taverna* einem örtlichen *imbianchino,* einem Anstreicher, vermietet, der seine Materialien dort verstauen wollte. Dies sei völlig legal, meinte er. Wenn keiner von uns den Raum mieten oder kaufen wolle, könne er ihn jedem, der ihm passe, überlassen. Wir riefen den Anstreicher an, der im breitesten Dialekt erklärte, Hristo arbeite für ihn und dies sei nur eine kurzfristige Übergangslösung, bis der Junge irgendwo anders eine Bleibe gefunden habe.

»Aber wo macht er denn Pipi, Papa? Wo geht er denn aufs Klo?« wollte Michele wissen. Gute Frage! Die Kinder waren fasziniert. Dieses Jugoslawien, das sie vage aus dem Fernsehen kannten, war in unseren Keller gekommen; und genauso wie im Fall der Farbigen, die gegen ein Entgelt an den Straßenkreuzungen unsere Windschutzscheiben putzen, war es schwierig zu erklären, daß sich unser Zorn nicht gegen sie, die wirklich unsere Unterstützung verdienten, richtete, sondern gegen diejenigen, die sie uns vor die Tür, in diesem Fall sogar in unseren Keller, werfen. Bei einer Eigentümerversammlung faßten wir einstimmig den Beschluß, daß wir uns um Hristo kümmern würden, und erklärten zugleich Righetti und dem *imbianchino* den Krieg.

O la Madonna!

Spaziergänge. Ich habe bisher nur einen beschrieben, aber da in der Erinnerung meiner Kinder – wie bei mir, wenn ich an meine Kindheit zurückdenke – wohl alle Spaziergänge zu dem einen langen Weg des Erwachsenwerdens verschmelzen, ist es jetzt vielleicht an der Zeit, einige andere zu erwähnen. Beginnen wir mit dem, den wir am häufigsten unternehmen: den Pfad mit dem Bach zur einen und dem Bewässerungsgraben auf der anderen Seite entlang, der von Montecchio nach Ferrazze führt. Man geht durch hohes nasses Gras, in dem Frösche quaken, links und rechts sind Schleusen, manchmal geöffnet, manchmal geschlossen, kleine Kanäle führen fächerförmig in die Felder; und wenn man auf einer der Betonplatten sitzt, die hie und da den Graben überbrücken, kann man die Füße über dem Wasser baumeln lassen und gegen Abend die Schwalben beobachten, die knapp über der Wasseroberfläche beinahe die Lilien streifen, während sie direkt auf einen zuschießen. Da kommen sie, schau, wie schnell und niedrig, und wie wild sie mit den Flügeln schlagen! Bis sie im letztmöglichen Augenblick nach oben und knapp über unsere Köpfe hin-

* In *Die Dambusters* (GB 1954), einem halbdokumentarischen Film, wird gezeigt, wie britische Torpedoflieger im 2. Weltkrieg Talsperren im Deutschen Reich zerstören. Dieser Film sowie deutsche Wochenschauaufnahmen von Stuka-Einsätzen dienten mit als Vorlage für die Kampfszenen in *Krieg der Sterne.* [A. d. Ü.]

wegfliegen. Ich denke dabei an *Die Dambusters.* Michele an *Krieg der Sterne**. Mit den entsprechenden Geräuschen deutet er an, wie er sie mit einer Laserpistole vom Himmel holt. In einiger Entfernung ortet Stefi über einem verlassenen Kinderroller das mit Draht am Ende eines Zweigs befestigte kleine Farbbild des San Bernadino von Siena. Er beugt sich, eine Laterne in der Hand, zu einer verschlossenen Tür hinunter. Die Kinder fragen, was der Heilige da tut und warum das Bildchen an einem Baum hängt. Ich weiß es nicht, genausowenig wie ich weiß, wer Sant'Eurosia war. Aber ich kann ihnen erklären, warum ein frischer Blumenstrauß am Bordstein liegt, wo der Weg wieder auf die Straße nach Ferrazza trifft. Damit wird die Stelle angezeigt, wo ein junger Mann vor ein paar Jahren mit seinem Moped tödlich verunglückt ist. Über den Blumen hat jemand mit zittriger Hand, wenn auch zu spät, auf ein ausgeblichenes Brett geschrieben: *Maria proteggici!* Maria, behüte uns!

Oder wir bahnen uns hinter San Martino Buon Albergo einen Weg quer durch die bewaldete Schlucht, denn hier gibt es keine Pfade, und man ist ungestört. Im Winter scheint es hier nie zu tauen, das tiefe Unterholz knackt unter den Füßen, so daß man stehenbleibt und der Stille lauscht – denn das Betreten ist verboten. Ich schärfe den Kindern ein, keinen Laut von sich zu geben – wie lieben sie das! – »Geh ganz vorsichtig, Stefi, *piano!*« –, bis wir oben an der hohen alten, nackten Steinmauer angelangt sind, die einen ehemaligen herrschaftlichen Landsitz umschließt. Hier haben Jäger in regelmäßigen Abständen Fallen ausgelegt, lose Drahtschlingen um die Löcher herum, in denen einst ein Holzgerüst verankert war. Der Draht ist an einem Ziegelstein – oder einem schweren Rohrstück – befestigt, der lose auf einem zwischen Steine gelegten Holzstück liegt. Es handelt sich um Hasenfallen. Innerhalb der alten Steinmauer befindet sich ein Naturreservat unter der Schirmherrschaft des britischen Pharmakonzerns Glaxo. Michele entschärft mit Begeisterung die Fallen, mit ernstem Gesichtsausdruck reißt er Drähte ab und wirft Ziegelsteine in den Wald, als wäre er Jesus, der im Tempel die Tische der Händler umwirft, oder einer der antiken Sagenhelden, der, wie wir zusammen gelesen haben, mit einem schuppenbewehrten Ungeheuer kämpft.

»Wie viele Hasen haben wir gerettet, was meinst du?« fragt er atemlos, während er schon wieder Ausschau nach der nächsten Falle hält. Wie alle kleinen Jungen ist er besessen von Maßen und Zahlen. Wie viele Kilometer sind wir gegangen? Wie weit ist die Sonne weg? Wie viele Meter sind wir hochgeklettert? Was wiegt der Berg? Wie lange sind wir schon unterwegs? Wie viele *vipere* leben auf einem Quadratkilometer? Wie viele belegte Brote haben wir dabei? Als ob die Antwort auf all diese Fragen irgend etwas erklären könnte.

Stefi hingegen pflückt Blumen, allerdings nicht die wilden Alpenveilchen, denn Mama hat ihr erklärt, daß die sehr selten sind. Sie fragt nie, wie viele Blumen im Wald wachsen. Hinter dem Naturschutzgebiet – manchmal sind wir so mutig, über die Mauer zu klettern und es zu durchqueren (man muß den Baum direkt vor einem erklimmen, auf die Mauer steigen, sich gute drei Meter tief ins Gras fallen lassen und dann leise, leise durchs Gebüsch schleichen) –, hinter dem Naturschutzgebiet steht an einer Stelle, wo sich drei Pfade kreuzen, ein kleiner Bildstock, ein *capitello* mit einer Madonna und ihrem Kind, das, nur mit Windeln bekleidet, tapfer dem Winterwetter trotzt. PREGA PER NOI, hat der Steinmetz eingemeißelt, und darunter ANNO MARIANO 1979. Das ist also heute noch üblich, stellt man fest. Es handelt sich nicht um eine längst untergegangene Tradition.

Ein Stückchen weiter, wenn man den Weg hügelan in Richtung Norden einschlägt, steht ein Bildstock des Sant'Antonio, eines Lokalheiligen – wie man ja auch Lokalzeitungen und Lokalnachrichten hat –, und wenn man noch weitergeht ... Landschaft in Italien ist nie nur Landschaft oder Naturlehrpfad, den man entlangschlendert, man trifft am Wegrand ständig auf Gottheiten, Mahnungen, kleine Götzen, so daß man mit seinen Kindern kaum das Haus verlassen kann, ohne über religiöse Fragen, Leben und Tod und vor allem Wunder zu debattieren.

»Wie viele Wunder hat San Rocco bewirkt?« will Michele wissen. Warum Sant'Antonio, Papà? Warum San Giuseppe? In dieser Felsnische? Warum San Bernadino? Warum San Francesco? Zeit, ihn zu fragen, warum die Banane krumm ist.

An dem abschüssigen anderen Weg, der von dem hohen Berg über Pigozzo hinunter nach Santa Maria in Stelle führt, steht eine lebensgroße Jesus-Statue, den Rücken dem bröckeligen Felsen zugewandt. Er hält seine segnende steinerne Hand über einen nur wenige Quadratmeter großen Teich, wo *contadini* ihre abgeschnittenen Zweige mit Wasser tränken, damit sie geschmeidig werden und sie damit die Rebstöcke festbinden können. Da es ein Frühlingsspaziergang ist, quaken selbstverständlich die Frösche, zirpen die Grillen, flitzen die Schwalben immer wieder über den kalkweißen Pfad. »Wie häßlich er ist«, bemerkt Stefi über den ausgemergelten Christus.

Wenn die Sommerhitze unerträglich wird, kann man eigentlich nur eins tun: Man fährt vierzig Minuten bergauf in die frische Luft der ersten Berge hinter Velo. Hier kauern Jesus und Maria unter Nistkästen aus Holz oder bröckelndem Stein und teilen uns mit, wo jemand in einem Schneesturm umkam oder, an einer Stelle weit jenseits der Baumgrenze,

vom Blitz erschlagen wurde. GESÙ PROTEGGICI! hat der Steinmetz gemeißelt. Ich liebe das Ausrufungszeichen.
»Hundert Tage Ablaß«, verkündet ein kleiner Bildstock hinter Tecchie, »für ein Gebet an Maria.« Man vermutet, daß diese genaue nachirdische Buchführung aus dem tiefsten Mittelalter stammt, doch nein, das Datum darunter lautet 1894. Im dichten Gehölz, fünfzehnhundert anstrengende Meter hoch, fordert ein überwuchertes Steinkreuz: »Setz deinen rechten Fuß einen Schritt zurück, zu Ehren von Jesus, der hier regiert.«
Egal, wo wir spazierengehen, wir stolpern auf Schritt und Tritt über diese Dinge. Und die Kinder bleiben stets stehen und schauen. Sie wollen immer lesen, welche Katastrophe oder welches Wunder hier geschah (eins bedingt das andere). Oder von der Hoffnung auf Ablaß hören. Sie wandern über Bergwiesen und verlassen an gefährlichen Stellen den Weg, um die eingemeißelte Schrift zu entziffern und über falsch geschriebene Worte ohne Zwischenräume zu brüten: PERSUADIVOZIONE, heißt es da auf einem Kreuz, »aus seiner tiefen Frömmigkeit heraus.«
Warum nicht die Bildstöcke zählen? Kein schlechtes Spiel. Siebenundzwanzig an einem Tag bei einem Spaziergang auf den Berg hinter Giazza, von der großen San-Francesco-Kapelle am Fuß bis zu der winzigen Madonna hinter einem rostigen Gitter hoch oben in der Felswand (ein Rosenkreuz – nicht elektronisch – ist um einen der Eisenstäbe gewunden). Wenn man sich dann verläuft und erst spät zurückkehrt, kann man die großen Neonkreuze mit ihrem harten weißen Licht auf den umliegenden hohen Gipfeln zählen.
Die Kinder fragen mich nach unbekannten Heiligen. Sie veranschlagen Tausende Jahre Ablaß. Und selbstverständlich ist es egal, ob sie Christen sind, ob sie der *ora di religione*

beiwohnen oder nicht. So oder so, man kann sehen, daß die Landschaft voller Geister ist. Es ist offenkundig. Und irgendwie wird ihnen diese italienische Sichtweise in Fleisch und Blut übergehen. Sie werden an sehr viel mehr Götter glauben als ich früher. Und ihre Götter werden die unterschiedlichsten Formen annehmen. Denn die Kinder wissen, daß es einen Heiligen für jeden Zustand und an jeder Ecke gibt, einen richtigen Augenblick, um diesen Weg einzuschlagen, einen richtigen Augenblick für einen anderen. Und daß nichts absolut gilt. Als Plutarch seine *Quaestiones Graecae* schrieb, entdeckte er, daß die Griechen am gläubigsten jene religiösen Traditionen weiterführten, deren Ursprünge sie nicht mehr kannten. Welche Gruppenmentalität könnte beständiger oder zweckmäßiger sein?

Nördlich von Velo, wo die steinige Landschaft in Wald übergeht, stehen mehr Kruzifixe, erste teutonische Anklänge in den gequälten Verrenkungen des Körpers, und weniger Madonnen. Dort gibt es auch mehr Leute, die ein Picknick machen, fast immer große Gruppen, entweder eine weitläufige Familie oder langjährige Freunde oder auch Hausgemeinschaften. Die Kofferräume ihrer Wagen stehen offen, damit man das ganze Grillzubehör herausräumen kann; ihre Klappstühle haben sie in das steinige Bett ausgetrockneter Flüßchen gestellt. Wie wir sind sie für einen Tag in den Norden gefahren, um der Hitze zu entfliehen. Wieviel kühler ist es hier oben, Papa? Und warum ist es kühler, wenn man näher zur Sonne kommt? Warum wird es dann nicht heißer? Ist nicht deshalb Ikarus runtergefallen? Und warum bekommt man bei dem einen Bildstock mehr Ablaß als bei einem anderen, wenn man davor betet? Diese Spaziergänge sind eine erstaunliche Mischung aus wissenschaftlichen und mystischen Überlegungen. Fast als seien sie mit Bedacht so angelegt, um die zwei möglichen Wege zur Erkenntnis zu illustrieren. Direkt hinter einem großen betriebsamen Bauernhof kommen wir an zwei im Gras liegenden Pärchen vorbei, die sich küssen – keine zehn Meter von einem stinkenden Dunghaufen entfernt. Es ist wirklich kaum zu fassen. Und einer der Jungen hat das Radio angestellt, aus dem Fußballberichte dröhnen, denn es ist Sonntag. Während rundum nichts in der Landschaft steht, außer den Kapellchen, den Bildstöcken und den Kühen, die mit ihren Glocken bimmeln.

»Igittigitt!« sagt Michele.

»Ja, es stinkt ganz schön.«

»Nein, ich meine das Küssen.«

Was aber durch ein *Tor!* unterbrochen wird. Die Jungen springen auf und johlen. Die Mädchen lächeln. Es ist vielleicht ein gefühlsseliges Volk, aber kaum ein romantisches.

»Mami hat gesagt, wir müssen bis um sieben zurück sein, damit du noch Hausaufgaben machen kannst«, sage ich bei einem anderen denkwürdigen Spaziergang zu Michele.

»Aber ich hab doch gar nichts auf«, behauptet er.

»Wieso nicht? Ihr bekommt doch immer etwas auf.«

Das stimmt. Es ist unglaublich, wie früh sie hier in Italien damit anfangen, die Kinder stundenlang mit Hausaufgaben zu beschäftigen, wie ernsthaft und altbacken man hier Grammatik und Mathematik lehrt. Es wärmt Eltern das Herz.

»Ich habe nichts auf«, erklärt Michele, »weil die anderen heute abend für ihre Erstkommunion üben müssen. Sie müssen ihre erste Beichte ablegen.«

Aha, denke ich, die Lehrerin hat ihnen keine Hausaufgaben aufgegeben, weil der Pfarrer ihr gesagt hat, daß die Kinder keine Zeit haben. Das ist nur gerecht. Und ich frage: »Was würdest du denn beichten, Michele, wenn du müßtest?«

»Können wir dann noch draußen bleiben?« fragt er.

»Bitte!« bettelt Stefi.
Sie wollen zu einem Platz gehen, wo wir vor einiger Zeit einen Schafschädel gefunden haben. Sie wollen nachsehen, ob er immer noch unter dem Laub begraben liegt.
»Ja gut, aber erzähl mir, was würdest du beichten?«
Michele denkt nach. Todernst. »Oh, daß ich böse war. Daß ich Stefi gehauen habe. Und gelogen. Und Gigi habe ich seine Spielsachen weggenommen. Ich habe geflucht. Und ich war gemein zu Mamma, als sie müde war.«
Eine beeindruckende Aufstellung.
»Und wie hilft so eine Beichte?«
»Du sagst ein paar Ave Maria und Vaterunser auf und daß es dir leid tut, dann verzeiht Gott dir.«
»Und du tust es nie wieder?«
»Du versuchst es«, Michele wägt seine Worte sorgfältig ab, »aber letztlich kannst du nicht anders.«
»Und dann beichtest du die gleichen Sachen wieder?«
»Jedesmal, bevor du zur Kommunion gehst.«
Was täglich sein kann. Wie es beispielsweise unser geschätzter Ex-Ministerpräsident Andreotti zu tun pflegte, der jetzt mehrerer Mafia-Verbrechen angeklagt ist. Verständlich, daß mein Sohn sich nur sehr wenig für den Katechismus interessiert. Wirkliche Neuigkeiten pfeifen die Spatzen von den Dächern. Wir ziehen los, um unser *memento mori* auszugraben.
Und es muß um diese Zeit herum gewesen sein, wenn auch bei einem anderen Spaziergang, daß Don Guido, der Dorfpfarrer, eines Nachmittags in seinem Wagen neben uns hielt, um mit uns zu reden. Wir – Michele, Stefi und ich – standen über einen der unzähligen Wasserläufe des Dorfes gebeugt und versuchten einen kleinen Ferrari von Michele herauszufischen, den Stefi versehentlich hatte ins Wasser fallen lassen (womit sie Michele veranlaßte, eine dieser

unvermeidlichen Sünden zu begehen). Leuchtend rot lag der Ferrari auf dem steinigen Grund des träg fließenden klaren Gewässers, aber unsere Arme waren einfach nicht lang genug. Wir mußten entweder hineinsteigen oder nach Hause gehen und ein Netz holen.
Ich stand auf, und im gleichen Augenblick hielt ein Wagen neben mir und versperrte die Straße. Der Pfarrer kurbelte sein Seitenfenster herunter. Er hat ein kleines, rundes, schwammiges Gesicht und trägt eine randlose Brille. Obwohl wir noch nie miteinander gesprochen hatten, verlangte er unvermittelt zu wissen: »Ist es nicht an der Zeit, daß Ihr Sohn zur Erstkommunion geht?« Wahrscheinlich kannte er Michele noch von all den Beerdigungen, zu denen ihn Zia mitgenommen hatte. Und Michele kannte ihn nun bestimmt, weil Don Guido ab und zu in seine Klasse kam und mit den Kindern redete.
»Erstkommunion?« Ich war verblüfft. »Mein Sohn ist nicht einmal getauft.«
Doch der Priester reagierte nicht etwa schockiert, sondern sehr pragmatisch: »Nun, dann taufen wir ihn eben.« Die Kinder hatten das versenkte Auto vergessen und waren jetzt ganz Ohr. Sie wissen ganz genau, daß eine Auseinandersetzung bevorsteht, wenn es um ihre Eltern und Religion geht, etwas, was sie von den anderen Kindern trennt. Ich jedenfalls reagierte ärgerlich auf die Anmaßung des Mannes und sagte: »Soweit ich mich erinnere, muß ich, wenn mein Sohn vor seiner Volljährigkeit getauft wird, versprechen, daß ich ihn im christlichen Glauben erziehe, ein Versprechen, das ich weder geben will noch kann.«
Das wiederum schien den Pfarrer zu überraschen. Ja, er war so verblüfft, daß er mich erst einmal eine Weile verwundert anstarrte, dann sein Fenster wieder hochkurbelte und ohne auch nur *buona sera* zu sagen wieder verschwunden

war. Hatte ich nicht verstanden, muß er sich wohl gefragt haben, daß der äußere Schein zählte und nicht der Inhalt? Daß das Bild von Sant'Eurosia und unsere Verehrung ihrer Person wichtig sind und nicht, was auch immer sie getan haben mag? Das Gefühl kommt mit der Form, mit der Geste – wie bei meinen Schwiegereltern, wenn sie jeden so voller Wärme umarmen, bevor sie wieder verschwinden, monatelang nichts von sich hören lassen und ihre Versprechen vergessen. Es war offensichtlich recht grob von mir, in dieser dogmatischen Weise über die Taufzeremonie zu sprechen und damit meine Kinder aus der Gemeinschaft auszuschließen, nur um eines lächerlichen Stolzes willen, gepaart mit dubiosen Vorstellungen von Aufrichtigkeit und Konsequenz. Doch ich mußte noch eine ganze Weile in Italien leben, bis ich das erkannte. Oder vielleicht kann ich es überhaupt nur so sehen, weil ich jetzt darüber schreibe. Über den Daumen gepeilt gilt nämlich folgendes: Je mehr man schreibt, desto weniger ist man sich sicher, daß man recht hat. Man hofft nur noch, daß der eigene Standpunkt einer kritischen Prüfung standhält.

Doch um nicht zu weit abzuschweifen, zum Schluß noch ein Spaziergang, der uns hoch hinauf in die Berge hinter Novaglie führte. Hier entdeckten wir an einem sengend heißen Augusttag ein Plätzchen, wo der Strahl der riesigen Beregnungsanlage eines Bauern immer wieder die Straße benetzt. Man kann am Gatter stehen und bekommt alle zwei, drei Minuten die zarteste aller zarten Duschen. Lachend standen wir da. Hell und weiß funkelte das Sprühwasser im Licht einer tiefstehenden Sonne, vor staubigem bläulichem Gras und den Büschen auf den Bergen dahinter. Bis zwischen den einzelnen Schauern ein Pfeifen ertönte, unvermittelt und grell. Ich pfiff zurück. Das Antwortpfeifen klang ein kleines bißchen anders. Auf der gegenüberliegenden Straßenseite entdeckten die Kinder, gerade noch durch einen winzigen Spalt in der Zypressenhecke sichtbar, einen Hirtenstar in einem Käfig von der Größe der Sant'Eurosia-Kapelle.

»Wie Checca!« rief Stefi. Doch dieser Vogel war viel schlauer.

»Versucht es mit ein paar Wörtern«, forderte ich die Kinder auf.

»Ciao!« riefen sie.

»Ciao!« antwortete der Vogel, schien sich jedoch nicht weiter dafür zu interessieren und pfiff eine höchst komplizierte Melodie.

»Pronto«, fuhr Michele fort.

»Pronto ciao«, erwiderte der Vogel. *»Pronto ciao.«* Wie am Telefon, wenn einer den Hörer abnimmt.

»Versucht es mit anderen Wörtern«, ermunterte ich sie wieder. Und so gingen sie folgende Liste durch:

Hello	– keine Antwort
Santa patata!	– keine Antwort
Buon giorno	– *»Buon giorno«*, sagte der Vogel.
O la misera!	– keine Antwort
Porca vacca!	– keine Antwort
Pizza	– keine Antwort
Merda	– keine Antwort

Ganz offensichtlich handelt es sich um einen konservativen, gut gefütterten, wohlerzogenen Vogel, dachte ich. Da zwitscherte Stefi, die die Stimme von Zia Natalina täuschend echt nachahmen kann: *»O la Madonna!«*

»O la Madonna!« zwitscherte der Vogel zurück. Als wollte er sagen: »Dafür habt ihr aber lange gebraucht!«

Mamma

»Haben Sie schon einmal darüber nachgedacht, daß das erste Wort, das Jesus, der Menschensohn sprach, *Mamma* war?«

Eines der zahlreichen Werke, die der *Frate Indovino* in seinem Kalenderalmanach anpreist, ist *Cara Mamma*, »ein prachtvoll illustrierter Band, der zum Herzen gehend von *la mamma* erzählt, die von der ganzen Welt so geschätzt wird. In Liebe kommen zu ihr die Kindlein, sie wird in der Bibel gepriesen und von den Heiligen verehrt, die Priester zollen ihr Achtung, und auch die Mönche gedenken ihrer, die Nonnen eifern ihr nach, die Leidenden rufen sie an, die Dichter besingen sie, und von den Schriftstellern wird sie gerühmt ...«

Stellen nicht all die Bildnisse, die den Kindern bei ihren Spaziergängen begegnen, ebenfalls die Mutter und ihren Sohn Christus dar? Und das erste Wort, so klärt uns *Cara Mamma* auf, das allererste Wort, das jener jemals sprach, war ihr Name, war *Mamma!*

Auf italienisch wohlgemerkt, und das überrascht mich eigentlich nicht.

Cara Mamma erzählt uns außerdem Dinge wie diese: »Als Gott merkte, wie schwer seine Aufgabe war, schuf er *la Mamma* ...« Oder auch: »Nur wenige Kinder sind wert, was ihre *mamma* um sie leidet.« Farbige Abbildungen zeigen schmachtende, großherzige Gesichter – neuere Fotografien und Renaissance-Madonnen (oft kaum zu unterscheiden) – die neben peinlichen Gedichten ehrwürdiger Poeten wie Pascoli, Ungaretti und D'Annunzio plaziert sind: »Weine nicht mehr«, schreibt letzterer. »Dein geliebter Sohn kehrt zurück …!«

Es gehört zu den Besonderheiten Italiens, daß der *mamma*-Mythos hier nie seine Anziehungskraft und Bedeutung verloren hat, nicht einmal in der Blütezeit des Feminismus, selbst heute nicht, wo die Mutter ihr einziges Kind bei den Großeltern abgibt, während sie zur Arbeit geht.

In der *scuola materna* sind die Kinder ständig mit den sogenannten *lavoretti* beschäftigt, kleinen handwerklichen Arbeiten, etwa damit, ein Blumenkörbchen aus Papier und Klebstoff zu basteln oder eine Lumpenpuppe oder eine Figur aus Salzteig in Form eines Engels mit Augen aus Glanzpapier. Am Muttertag, der in Italien auf den 12. Mai fällt, besteht Stefis *lavoretto* aus einem Blatt Papier, das über und über mit ihrem Handabdruck in verschiedenen Farben bedeckt ist. Aber die Farbe ist nur so dick aufgetragen, daß man das Gedicht noch gut lesen kann, das die stets gewissenhafte Irma mit dem Computer für jedes Kind auf das Blatt gedruckt hat:

Cara Mamma,
quante volte ti arrabi
vedendo dappertutto
le impronte
delle mie manine!
Scusa,
se anche oggi per la tua festa
te li regalo.
Conservale,
e un giorno ben lontano,

rivedendole,
ti ricorderai
quanto erano piccole le mie manine
quando cercavano le tue.

Liebste Mami,
oft bist Du böse,
wenn Du überall
die Spuren meiner kleinen Hände findest.
Verzeih mir,
wenn ich sogar heute,
am Muttertag,
sie Dir zum Geschenk mache.
Heb sie auf,
und irgendwann, eines fernen Tages,
wenn Du sie wieder anschaust,
Wirst Du Dich erinnern,
wie klein die Händchen waren,
die sich Dir entgegenstreckten.

Sobald das Thema *mamma* zur Sprache kommt, wird merklich alle Zurückhaltung aufgegeben, genauso wie bei den Begrüßungsszenen anläßlich von Familientreffen. Die Vorstellung, man könnte jemandem so etwas wie ein »verdientes Gefühl« entgegenbringen, scheint den Italienern fremd zu sein. Jeder Gefühlsüberschwang ist hier erlaubt. Das gilt in gleichem Maße für die großen Dichter wie für die weniger bedeutenden. Die folgende Strophe eines Gedichtes von D'Annunzio ist dessen Mutter gewidmet, nicht etwa einer seiner zahlreichen Geliebten:

Ti scrivo qui, seduto al balconcino
della mia cameretta, in faccia al mare,

e bacio ogni momento il mazzolino
che ieri mi mandasti a regalare.

Mein Blick schweift über das Meer hinaus,
Hier vom Balkon, von wo diesen Brief ich Dir sende,
Ich küsse immer wieder den kleinen Blumenstrauß,
Den ich gestern erhielt, das Geschenk Deiner Hände.

Ritas etwas weniger sprachgewandter Vater verschickt nach einem Familienstreit, der sich daran entzündete, daß Rita und ihre Brüder vergessen hatten, Nonna ein Geschenk zum Muttertag zu überreichen, einen seiner üblichen Rundbriefe an seine Kinder, der mit der ziemlich abgedroschenen Bemerkung beginnt: »Kinder, man hat nur eine Mutter auf der Welt, ich verstehe also nicht, warum ihr nicht ...«
Nie dagegen hört man, was man doch für die natürliche Entsprechung halten könnte: »Man hat nur einen Vater auf der Welt«, weil das vielleicht gar nicht stimmt, nicht einmal für das Baby in den Kapellchen am Wegesrand. Man hat überhaupt keinen Vater. Joseph ist lediglich ein Lückenbüßer. Gott ist der Vater, und der charakteristischste Zug von diesem Kerl ist immer schon seine Abwesenheit gewesen.
Am Sonntag steht Silvio um vier Uhr früh auf, um zum Angeln aufzubrechen. Er fährt gerne mit seinen Freunden dreißig oder fünfzig Kilometer weit raus, um an irgendeinem abgelegenen Fluß Fische zu fangen. Sein kleiner Giovanni, der jetzt sechs Jahre alt ist, bettelt darum, mitkommen zu dürfen, aber es wird ihm nicht erlaubt. Geschweige denn, daß sein Vater ihn von sich aus mitnimmt.
Auch mein Freund Stefano angelt gerne, wenngleich er die meisten Sonntage mit Radfahren verbringt. Er und sein Bruder laden die Räder aufs Auto, fahren weit raus bis

Boscochiesanuova, von wo aus sie zu schweißtreibenden Touren in die Berge starten und in ihren neonfarbenen Radlertrikots bis auf fünfzehnhundert Meter hochkeuchen. Das behauptet jedenfalls Stefano. Marta, die unterdessen Beppino davon abhält, die Wände mit seinen Fingerabdrücken zu verzieren oder seinen Rotz auf die neue Glastischplatte zu schmieren, meint dagegen, daß es keinen merklichen Einfluß auf Stefanos Bauch habe.
Giorgio, mein direkter Nachbar, dessen zweites Kind gerade in das Alter kommt, in dem die Schwierigkeiten anfangen, erzählt mir, daß er davon träume, seinen sicheren Job bei der Eisenbahn aufzugeben, um die seltenen Fossilien und Mineralien zu sammeln und zu verkaufen, die man hier in den Bergen findet. Nach diesem oder jenem Kristall würde er in den alten Steinbrüchen von Lessinia suchen, nach Silber im Carso ... Oberhalb von Turin, erzählt er mir, gebe es sogar ein wenig Gold. Man sei tagelang unterwegs, erklärt er, mit Zelt und Kocher, und wenn man keine Mineralien finde, so könne man Pilze suchen, Trüffel ausgraben oder im November und Dezember auch Kastanien auflesen. Alles weit, weit weg von zu Hause. Giorgios Blick wird schwärmerisch. Er weiß, daß er niemals tatsächlich seinen sicheren Arbeitsplatz mit all seinen Vorteilen aufgeben wird, obwohl es ihm wahrscheinlich gefiele, wenn man ihn rausschmeißen würde. Zur Zeit entkommt er seinen Kindern durch intensive Gartenarbeit. Noch exotischere Bäume mußten her, um jene zu ersetzen, die im letztjährigen Frost eingegangen sind. Ein kunstvoller Plan wurde ausgetüftelt, um die Rasensprenganlage unter dem Hauptfahrweg hindurchzuführen und auch den schmalen Streifen Gras zwischen den Garagen beregnen zu können.
Auch Mario beschäftigt sich mit Gartenarbeit: nicht wie Giorgio in dem großen, zur Wohnanlage gehörigen Garten,

sondern auf seinem eigenen Fleckchen hinter dem Haus, das er in eine beeindruckende Gartenschau verwandelt hat, mit Sträuchern, Blumenbeeten, einem Rasen inklusive Pergola und Barbecue, nicht zu vergessen den elektrischen Anschluß für den Fernseher in den warmen Sommernächten. Seine Wohnung befindet sich auf der Vorderseite des Hauses, während sein privater Kleingarten der am weitesten entfernte von allen auf der Rückseite ist. Wenn er also das Haus verläßt, um im Garten zu arbeiten, ist er für seine Frau und seine Kinder völlig außer Hör- und Sichtweite. Er könnte genausogut beim Angeln in der wasserreichen Bassa sein, in den rauhen Bergen radfahren oder im Piemont nach Gold schürfen. Nie habe ich gehört, daß er sich über die Abgelegenheit seines Gartens beklagt hätte.

In England sind es natürlich oft die Frauen, die die Gartenarbeit machen. Das ist hier anders. Hier ist es eine Freizeitbeschäftigung für Männer. Die Mönche sind berühmt für ihre Liebe zur Gartenarbeit. An Sonntagnachmittagen liegt über den Gärten der Via della Primule das Summen der Fußballberichterstattung aus den Radios; ebenso auf den Kiesbahnen der Bocciaspieler im Centro Primo Maggio, wo der Mann von Zia Natalina seine Freizeit verbringt. Einen Mann mit einem Kind wird man dort jedoch selten antreffen …

Am frühen und sogar am späteren Abend, wenn man Righetti zu Hause bei seiner Frau und seinen Töchtern vermuten könnte (auch das zweite Baby ist eine *bella bambina* geworden, und nun ist ein drittes unterwegs), kann man ihn bei seinen zahlreichen Baustellen herumstreichen sehen, wo er kauflustigen jungen Paaren Wohnungen zeigt oder Mieten für Garagen und *taverne,* Kellerräume, eintreibt. Aber seit der Geschichte mit Hristo hat er uns nicht mehr belästigt. Hristo, so stellte sich heraus, hat eine Frau und zwei Kinder in Bosnien, für deren Lebensunterhalt er sorgt. Alle zeigen dafür großes Verständnis. Auf unsere Drohung, vor Gericht zu gehen, hat man uns zu verstehen gegeben, daß der arme Mann auf die Straße gesetzt werde, wenn wir die Sache verfolgten, und das wäre sehr unchristlich von uns, wo er doch so viele Mäuler zu stopfen habe.

In der *pasticceria* bemitleide ich Iacopo, dessen Privatleben sich in ein Chaos verwandelt hat. Er fährt nun ein ziemlich großes Motorrad und hat sich in eine Lederkluft geworfen. Er wirkt völlig am Boden zerstört. Aber nein, meint er, nein, er kann jederzeit seinen kleinen Jungen sehen. Er klopft mit seiner Sonnenbrille Marke Ray-Ban auf das Tischtuch, um anzuzeigen, daß die Zeit, die er mit dem kleinen Sandro verbringen darf, ihm keinen Trost bringt. *La visione del bambino* ist ihm kein Herzensbedürfnis. Wir sind nicht in Amerika, und Iacopo ist keine Mrs. Doubtfire. Nein, sein Problem ist, daß er Alimente zahlen muß. Da er es mit seiner Kunstmalerei nicht von einem Monatsende zum anderen schafft, hat er angefangen, Auftragsarbeiten anzunehmen, die ihm zuwider sind. Es sind hauptsächlich Porträts, von Hochzeitspaaren, Müttern mit Babys ... Von seiner neuen Freundin, die erschreckend dünn und ausgemergelt aussieht und wie er ganz in Leder gekleidet ist, könnte man dem Alter nach meinen, sie sei seine ...

»Mamma!« kreischt es aus der Wohnung unter uns. Stimmen werden laut. Es geht auf Mitternacht zu in dieser heißen Julinacht. Zeit für Francesco, den Rückzug anzutreten und das Doppelbett dem kleinen Gigi zu überlassen ...

Ich gehe mit den Kindern in ein *cinema parrochiale* in Borgo Venezia, wo wir uns *Hook* mit Robin Williams ansehen. Es erscheint höchst faszinierend, daß der Auslöser dieser Geschichte die Schuld eines Vaters ist, der nicht genügend Zeit mit seinen Kindern verbracht hat. In Italien muß einem das ein bißchen lächerlich vorkommen, da man sich hier einfach wegen solcher Dinge nicht schuldig zu fühlen braucht. Die Kinder haben schließlich immer ihre …

»Mamma!« ruft Stefi mitten in der Nacht. »Mamma!« Da ich schon einmal wach bin, stehe ich auf und gehe über den Flur, um nachzusehen, was los ist. Die Kleine liegt in der unteren Etage des Stockbetts. *»Cara«,* rede ich ihr zu. »Mamma!« schreit sie. »Ich habe gesagt, Mamma soll kommen.« Die Situation ist ziemlich dieselbe wie damals, als Rita von der Küche aus *»Amore«* rief und ich dumm genug war, mit *»Sì«* zu antworten – obwohl doch jeder weiß, daß eine Mutter, die »Amore« ohne genauere Bestimmung ruft, nach ihrem Sohn verlangt. In dieser Nacht nun stellt sich heraus, daß Stefi sich lediglich fürchtet, weil eine Motte im Zimmer umherflattert. Als Rita schließlich aufgewacht ist und ihr das entlockt hat, wird der Papa vorgeschickt, um das Biest zu töten. Denn die Mama weigert sich strikt.

»Chi chiama mamma«, orakelt der *Frate Indovino, »non s'inganna.«* Übersetzt heißt das in etwa: Man liegt nie schief, wenn man nach seiner Mama ruft.

Michele nimmt diesen Spruch sehr wörtlich. Wenn er Hausaufgaben macht, ruft er aus seinem Zimmer: »Mamma, wieviel ist drei mal sieben?« Wenn ich in der Nähe bin, antworte ich: »Einundzwanzig.« – »Nein, ich wollte es von Mamma wissen«, beharrt er. »Aber ich kann genauso gut rechnen wie deine Mutter!« »Ich will es aber von Mamma wissen. MAMMA! Wieviel ist drei mal sieben?« Vom weit entfernten Balkon aus ruft Rita: »Einundzwanzig!« Und er ist zufrieden.

Aber womit genau erzeugt eigentlich die italienische Mutter diese außerordentliche Bindung, dieses wunderbare und herrlich krankhafte Phänomen, das die Italiener *mammismo* nennen? Wenn sie darüber reden, tun sie das mit der gleichen Mischung aus Selbstgefälligkeit und Bekümmerung wie beim Thema Staatsverschuldung und bei der um sich greifenden Korruption. Der *mammismo* gehört zu den festen Bestandteilen des italienischen Lebens, an die man sich gewöhnen muß. Es hat keinen Sinn zu fragen, ob das gut oder schlecht ist. In dieser Hinsicht verhält es sich damit genauso wie mit dem britischen Wetter oder dem britischen Essen ...

Nun, ich vermute, das Wichtigste an der Mama ist, daß sie einfach da ist. Sabrina ist da, wenn Silvio angeln geht, Marta ist da, wenn Stefano radfährt, Donatella ist da, wenn Giorgio gärtnert. Mütter sind vielleicht die Woche über abwesend, wenn sie arbeiten, aber sie sind an den Wochenenden zu Hause, wenn die Väter sich nicht blicken lassen. Natürlich denken Sie jetzt, warum packt diese Frauen nicht die Wut, wenn ihre Männer nie etwas mit den Kindern unternehmen? Die Antwort lautet, daß die Mütter das nicht wollen. Sie wollen nicht, daß sich das Kind draußen der heißen Sonne oder der kalten Luft aussetzt, sie haben Angst, daß das Kind zu müde wird, von einem Berg stürzt, in einen Fluß fällt oder, schlimmer noch, kein ordentliches Essen bekommt. Wenn ein Vater tatsächlich mal die Kinder mit außer Haus nimmt, wird er bei seiner Rückkehr zu hören bekommen: »O je, er ist ja total erschöpft, er wird krank werden; da, schau dir an, was er für einen Kratzer am Ellbogen hat; da, schau dir den blauen Fleck an seinem Knie an; ach, er hat ja gar kein Obst gegessen. Hat er sich ordentlich gewaschen, nachdem er ...?« Ein Vater, der sein Kind auf einen Spaziergang oder einen Ausflug mitnimmt, ist ein Delinquent auf Bewährung. Die Gedanken seiner Frau folgen ihm auf Schritt und Tritt.

Eine Mutter mag zwar auch nicht immer dasein, aber sie ist stets als Beschützerin gegenwärtig. Die Bildnisse an den

Straßen stellen die Frau entweder zusammen mit einem kleinen Jungen oder einem sterbenden Mann dar. In beiden Fällen ist ihre Haltung die gleiche: Ihre Arme halten ihn umfaßt.

»Renn nicht so!« schreit Francesca, als Gigi aus dem Haus stürzt. »Du sollst nicht rennen, wenn es so heiß ist. Du wirst schwitzen!« Wie jedermann weiß, ist Schwitzen äußerst gefährlich. Besonders bei Zugluft. In brütender Julihitze dichten besorgte Mütter die letzte Ritze im Fenster eines Eisenbahnabteils ab, damit ihr Kind ja keinen *colpo d'aria*, keine Zugluft, abbekommt. Alle Mitreisenden zeigen Verständnis und sitzen geduldig da, dem Erstickungstod nahe, während die Sonne durch die Scheibe brennt. Im Winter lehnen sich die Mütter aus dem Fenster und winken mit Wollpullovern, Schals und Mützen. »Du wirst frieren, du holst dir noch den Tod ...« In einem Land, das noch nie etwas von Windchill-Temperaturen gehört hat, hüllen sich große Jungs in Pelzmantel, Fäustlinge und Muff, wenn sie die zwanzig Meter um das Haus herum zu Papas Auto gehen, um dann zur vierhundert Meter entfernten Schule gefahren zu werden. Wenn Gigi mal keine Lust hat, irgendwo hinzugehen, klagt er über Schmerzen im Knie. Seine Eltern bringen ihn dann sofort ins Krankenhaus, um ihn untersuchen zu lassen ...

Kann man den Begriff »Hypochondrie« so weit ausdehnen, daß er sich nicht nur auf die krankhafte Sorge um die eigene Gesundheit, sondern auch auf die finanzielle Lage bezieht? Ob man sich für krank oder für bedürftig hält, diese beiden Zustände sind doch irgendwie verwandt, und beide sind eng verbunden mit der Beziehung zur ...

»Mamma!« ruft Zio Berto und umarmt Nonna auf einem dieser Familientreffen. Sie halten sich fest umklammert. Dann tritt sie einen Schritt zurück. »Oh, du bist aber dünn geworden«, tadelt sie ihn. »Bestimmt ißt du nicht richtig.«

Ihr Sohn ist mittlerweile vierunddreißig Jahre alt, und neben ihm steht seine Frau. Als er nach dem Essen geht, steckt sie ihm einen Umschlag mit einer Million Lire zu, obwohl Nonno Stein und Bein geschworen hat, daß er den Kindern kein Geld mehr geben will. Warum sollte sein Junge noch Geld brauchen, wo er doch inzwischen Arzt ist? Aber die alte Frau erklärt nachsichtig: »Meine Großmutter hat schon immer gesagt: ›*All'amore dei figli, non c'è amore che somigli.*‹« Mit der Liebe zu den Kindern kann sich keine andere Liebe messen.

Jedenfalls nicht die zwischen Ehemann und Ehefrau. In der angelsächsischen Welt, mögen Sie denken, gehört das Gefühl, eine verschworene Gemeinschaft zu bilden, wenigstens der Theorie nach, zu den traditionellen Bestandteilen der Beziehung zwischen den Eltern. In Italien ist dieses Einverständnis entscheidend zugunsten der Beziehung zwischen Mutter und Kind verschoben. »Erzähl deinem Vater nicht, daß ich deine Hausaufgaben gemacht habe«, sagt Marta zu Beppino und zieht ihn an seinem kleinen Pferdeschwanz. »Sonst ist er böse mit mir ...«

Aber außer Bekochen, Umsorgen, Hätscheln und Geldzustecken hat die Mama noch etwas anderes zu bieten: eine unterschwellige Erotik. All diese wunderschönen Madonnen, diese ständigen Umarmungen, all diese Spiele in der Sommerhitze bei fast völliger Nacktheit, die Siesta der Familie auf dem großen Bett, bei der die Fensterläden wegen der sengenden Hitze geschlossen sind, die gemeinsam verbrachten Nächte, in deren Verlauf Papa ins Kinderzimmer verwiesen wird. Wenn Nonna Zio Berto umarmt, dann preßt sie ihn fest an sich, und vielleicht erzeugt das auch einen bestimmten Kitzel bei ihm. Man kennt hier keine verhüllend-beschönigenden Ausdrücke für jene gefährlichen Teile des Körpers, die man als englisches Kind niemals gegenüber seinen Eltern erwähnen zu dürfen glaubte, weil diese nie direkt mit einem darüber sprachen. Hier wird alles richtig liebkost, deutlich benannt und lustvoll berührt. »Meine Seele sehnt sich nach Liebe«, schreibt D'Annunzio, »ich denke an deinen Kuß, dein schmachtendes Seufzen, deinen Blick, dein stilles Lachen.« Auch bei einem ausgesprochen gefühlvollen Engländer kann man sich kaum vorstellen, daß er derartige Zeilen an seine Mutter richtet. Die Kehrseite der Medaille ist, daß Italien nicht umsonst einige der führenden Theoretiker der Familientherapie hervorgebracht hat, und es überrascht auch nicht, wenn manche jungen Männer ein außerordentlich übersteigertes, mutterfixiertes Bild von sich und dem, was ihnen zusteht, haben. Gerade heute wurde im Radio vom Fall eines jungen Mannes berichtet, der seinen Vater mehrmals mit einem Hammer auf den Kopf schlug, weil dieser ihm die Schlüssel für das schnellere der beiden Familienautos verweigerte. Die Mutter hatte ihm immer alles gegeben, was er wollte ...

Doch normalerweise verläuft alles glatt, außer in Grenzsituationen. Stefano und Marta lernte ich noch vor ihrer Heirat kennen, als ich ihnen gemeinsam Englischunterricht gab. Beide waren der Ansicht, das würde ihnen bei ihrer Arbeit nützen: ihm bei der Lektüre des *Economist* und ihr beim Umgang mit den ausländischen Kunden in ihrem Laden. Einmal bin ich mit ihnen die gewöhnliche Wohnungseinrichtung durchgegangen. Was befindet sich alles in deinem Schlafzimmer, Stefano? Schreibtisch, Sessel, Nachttischchen ... Was steht auf dem Nachttischchen? Kurzes Zögern. Der Wecker. Aha, den benutzt du wohl, um aufzuwachen? Pause. Gelinde Verwirrung. Zu dieser Zeit war Stefano schon Anfang Dreißig und führte seine eigene Steuerkanzlei. Es war nur noch eine Frage der Zeit, bis er das Mädchen, das er schon seit fünfzehn Jahren kannte, heiraten würde. »Zum Aufwachen? Nein«, lächelte er. »Nein, weißt du, ich schlafe eigentlich nicht in meinem Schlafzimmer. Ich schlafe bei meiner Mutter.« Nicht um sich zu rechtfertigen, sondern um es mir zu erklären, fügte er hinzu: »Immer. Schon als kleiner Junge, seitdem mein Vater gestorben ist.« Marta schien diese Enthüllung überhaupt nicht peinlich zu sein. Als wir etwa acht Jahre später die beiden einmal an einem Sonntagnachmittag besuchen wollen und er nicht da ist, frage ich: »Er radelt wohl gerade über die Alpenpässe?« Und sie antwortet: »Nein, er besucht seine Mamma.«

»Oh, ist sie denn krank?« Ich konnte nicht verstehen, warum er nicht seine Familie mitgenommen oder seine Mutter zu ihnen eingeladen hatte.

»Nein, er wollte nur für den Nachmittag zu seiner ...«

»Mamma«, schreit Stefi. »Ja?« Ich gehe rüber ins Badezimmer. »Nein, Dado« – meine Tochter nennt mich Dado – »ich will, daß Mamma mich saubermacht.«

Manchmal hat es auch Vorteile.

Non essere fiscale

Kann ein Kind oder sonst ein Mensch tatsächlich zwei Nationalitäten haben, das heißt die Besonderheiten von zwei verschiedenen Nationalcharakteren in sich vereinigen? Oder schließt die eine Nationalität nicht zwangsläufig die andere aus? Oder, noch schlimmer, vielleicht heben sie sich gegenseitig auf, so daß meine Kinder, anstatt Engländer oder Italiener zu sein, mit ihrem Mischmasch aus zwei Sprachen und Verhaltensweisen weder das eine noch das andere sind. Das sind Unwägbarkeiten. Doch es gibt Augenblicke, in denen sich sogar Unwägbarkeiten auf wundervolle Weise verkörpern. Dieses kurze Kapitel handelt von zwei solchen Momenten ...

Es ist acht Uhr abends. Ich bin gerade ins Zimmer gekommen, um die Kinder zu Bett zu schicken. Stefi sitzt auf dem Boden, spielt mit ihren Puppen und trällert dabei das Liedchen »Mary Had a Little Lamb«. Sie singt es mit dem gleichen Akzent wie die kleinen Kinder auf der englischen Kassette, die sie besitzt, dem Akzent der wohlhabenden oberen Mittelschicht. Normalerweise ist ihre Stimme rauh, aber nun klingt sie ein wenig zittrig und geziert, wie es sich bei Liedern über kleine Mädchen und ihre wuscheligen kleinen Freunde aus dem Tierreich gehört. Stefi singt sehr gern beim Spielen:

She took the lamb to school one day,
School one day, school one day.
She took the lamb to school one day.
It was against the rules!

Eines Tages nahm sie das Lämmchen in die Schule mit ...
Doch das verstieß gegen die Vorschriften!

Als Stefi aber zu dieser Zeile kommt – »It was against the rules« – macht sie plötzlich eine ungestüme Geste. Ihre pummelige rechte Hand ballt sich zur Faust und schnellt nach oben, während gleichzeitig die Linke auf den rechten Unterarm schlägt, um dessen Aufwärtsbewegung zu stoppen, wodurch diese Geste eine kraftvolle Spannung erhält. Wie das Kreuzzeichen gehört auch das zu den tradierten Verhaltensmustern, sie hat es vielleicht beobachtet, als sie mit ihrem Papa im Fernsehen Fußball schaute. Wenn einem Italiener diese Geste als zu grob erscheint, kann er statt dessen sagen: »Du weißt doch, wo mein Großvater seinen Regenschirm stehen hatte, oder ...« (Schon wieder diese Großeltern!)
Aber das Komische daran ist, Stefi weiß, daß sie diese rebellische, respektlose Geste genau in dem Moment machen muß, als die liebe kleine Mary gegen die Vorschriften verstößt und ihr Lämmchen mit in die Schule bringt, komme was da wolle. »Da seht her«, sagen ihr abgewinkelter Ellbogen und die geballte Faust, »was mich eure blöden Vorschriften kümmern.« Wenn ich die Kassette höre, habe ich einen solchen Eindruck aber nicht.
Da kommt Michele herein und sagt zu mir, auf Englisch: »Oh, don't be so fiscal, Daddy. Don't be so fiscal.«
Er beschwert sich darüber, daß ich ihn und seine Schwester zur vorgesehenen Zeit zu Bett schicke, und was er meint, ist

fiscale. Non essere fiscale, Papà. Wer nun das Wörterbuch aufschlägt, wird feststellen, daß dieser Begriff vom lateinischen *fiscus,* Korb, abstammt, dann im Italienischen zu *fisco,* das heißt staatliche Schatzkammer, wurde und schließlich, mittels unfreundlicher Assoziation, als Bezeichnung für die Leute verwendet wird, die für das Füllen dieser Schatzkammer zuständig sind. Kurz gesagt, die Steuereintreiber. So daß *fiscale* das gleiche meint wie »fiscal« im Englischen: etwas, das mit Steuern zu tun hat. Doch bei der italienischen Einstellung zu Vorschriften im allgemeinen und Steuern im besonderen kann die Etymologie hier kaum schon enden. Was also ursprünglich, zu Cäsars Zeiten, ein Korb gewesen ist, veränderte bis zur Ära Mussolini seine Bedeutung zu »streng« und »penibel« und dann, durch unvermeidliche Verschleifung, zu »übertrieben streng« oder sogar »krankhaft penibel«.

»Don't be fiscal«, sagt Michele, weil er weiß, daß ich es gern habe, wenn er Englisch spricht. »We'll be good if you let us stay up.« – Wir werden ganz brav sein, wenn wir noch aufbleiben dürfen. Damit meint er, daß diese Regeln (die, was er nicht weiß, typisch englisch sind) nicht buchstabengetreu befolgt werden müssen (eine Flexibilität, die typisch italienisch ist). Und dann spricht er noch eine weitere englische Gepflogenheit an – die Tatsache, daß ich ihnen meistens, bevor sie zu Bett gehen, noch etwas vorlese, wozu italienische Eltern kaum jemals Gelegenheit bekommen, weil sie ihre Kinder ja nicht ins Bett schicken, sondern sich erweichen lassen, sie bei sich schlafen zu lassen. Michele bringt also einen verlockenden *ricatto* ins Spiel: »Wenn du uns noch eine halbe Stunde aufbleiben läßt, gehen wir ins Bett, ohne daß du uns vorlesen mußt.« Und schließlich fügt er mit untrüglichem Gespür für meine protestantische Arbeitsethik, die ihm immer fremd bleiben wird, hinzu: »Dann

kannst du noch ein bißchen länger übersetzen …« Damit schlägt er nun einen Handel vor, bei dem ich tatsächlich mehr arbeite, wenn ich sie nicht zu Bett schicke …
Inzwischen ist Stefi beim Schlußvers angekommen. Aber sie singt noch weiter. Sie hat die englische Fassung abgeschwächt:

So Mary found another lamb,
'Nother lamb, 'nother lamb.
Mary found another lamb,
Better than the first.

Schließlich fand Mary ein anderes Lämmchen …
Und das war noch besser als das erste.

Sie ist sehr stolz auf ihren Nachtrag. Die englische Version hat ja ein so jammervoll trauriges Ende. Ihres ist viel fröhlicher.
Ich lasse sie aufbleiben. Die Geschichte meiner Vaterschaft ist die Geschichte eines langen strategischen Rückzugs von dem Wertesystem gewesen, dessen Eckpfeiler ich einzupflanzen gehofft hatte. (*Tristram Shandy* ist auch so ein Buch, dessen Gehalt dem italienischen Verständnis vermutlich größtenteils verschlossen bleibt.) Aber auch meine Haltung dem *fisco* gegenüber ist nicht unverrückbar geblieben. Dadurch, daß meine Kinder in Italien eine italienische Erziehung bekommen, erhalte ich zwangsläufig auch eine. Zumindest bis zu einem gewissen Punkt. Und wenn ich einwende, daß es keinen Sinn hat, Regeln aufzustellen, sie dann aber nicht durchzusetzen – eine Schlafenszeit festzulegen, ohne für ihre Einhaltung zu sorgen –, meint Rita versöhnlich: »Warum setzen wir uns nicht ein wenig auf den Balkon und trinken etwas?« Also sitze ich in der Abenddäm-

merung auf dem Balkon, eine dünne Wolkenschicht verschleiert den Mond, die Kirschblüte wiegt sich in einer leichten Brise, und ein immer lauter werdender Chor von Fröschen quakt von den Tümpeln am Ende des Tales herüber. Und meine Frau sagt: »Mieses Wetter, *non è vero?*«

Centenario

»Dann wird die Direktorin einen Schritt zurücktreten«, erklärt Michele eifrig, »und der Präsident macht einen Schritt nach vorne und hebt zur Rede an.«
»Er macht was?«
»Hebt zur Rede an.«
»Fängt an zu sprechen.«
»Die Lehrerin hat gesagt, er hebt zur Rede an.«
Für meine Ohren klingt der Ausdruck »er hebt zur Rede an« aus dem Munde eines Achtjährigen einfach lächerlich. »Er fängt an zu sprechen«, beharre ich. »Das ist jedenfalls gemeint.«
Michele schüttelt den Kopf. »Du bist halt kein Italiener«, meint er betrübt.
Wir stehen auf dem Hof hinter der Schule, wo er mir ein etwa zwei Meter breites und dreißig Meter langes frisch angelegtes Rasenstück zeigt, das drei frisch gepflanzte Bäumchen mit einem schmalen, erbsengrünen, allseitig von Waschbeton begrenzten Teppich umschließt.
»Das Gras wurde erst gestern ausgelegt«, erzählt er mir aufgeregt. Tatsächlich ist das Schachbrettmuster noch deutlich zu erkennen und damit der Versuch, noch in letzter Minute ein Schönheitspflästerchen aufzulegen, nur zu offensichtlich. Denn heute ist der hundertste Geburtstag der Grundschule von Montecchio. Es ist acht Uhr dreißig am Vormittag, und wir haben gerade eine große Kiste Limona-

de und Kekse für die heute stattfindende Feier vorbeigebracht.
»Egal, dann hebt der Präsident zur Rede an und …«
»Was denn für ein Präsident?«
Michele überlegt. »Der Staatspräsident.«
»Wer?!«
»Der Staatspräsident!«
Im ersten Moment nehme ich es ihm beinahe ab. Ich denke an diese unsäglichen Wahlkampfreisen, bei denen die Politiker so gerne zeigen, wie sie sich beim Volk einschleimen können, und mit Vorliebe kleine Kinder abküssen: Der Staatspräsident, Oscar Luigi Scalfaro (die Nachrichtensprecher sind offenbar angewiesen, niemals das »Oscar Luigi« wegzulassen) erscheint, begleitet von dreitausend Leibwächtern und Journalisten, in dem Dörfchen Montecchio, um den *centenario* der dortigen Grundschule zu feiern, allen die Hand zu schütteln und so zu tun, als seien überhaupt keine Kameras dabei. Dann wird mir aber klar, wie absurd diese Vorstellung ist.
»Nein, Michele. Wenn der Staatspräsident kommen würde, stünde der Ort schon seit Wochen unter Belagerung.«
»Oh.« Er schaut verwirrt, wahrscheinlich versteht er den Ausdruck »unter Belagerung« nicht. Dann fällt es ihm wieder ein. »Der Präsident der *circonscrizione*«, also eines der acht Stadtbezirke, die zusammen die Kommune Verona bilden. Das hört sich schon wahrscheinlicher an.
»Und Poggiolini«, fügt er nachdenklich hinzu.
»Poggiolini?«
»Ja, er wird eine Rede halten.«
Aber der einzige Poggiolini, den ich kenne, ist ein landesweit bekannter Politiker, der wegen seiner Verwicklung in einen Skandal verhaftet wurde, bei dem es um minderwertige Arzneimittel geht, die gegen Schmiergeldzahlung auf

die Liste der staatlich subventionierten Medikamente gesetzt wurden. Vermutlich hat Michele die Nachrichten und das, was die Lehrerin ihm erzählt hat, durcheinandergebracht.
Wir sind nun wieder am Eingang des Gebäudes, und mein Sohn zeigt mir die Gedenktafel, die in Anwesenheit der zahlreichen Honoratioren enthüllt werden soll.
Aber nicht von Poggiolini. Ich erkläre ihm, daß Poggiolini im Gefängnis sitzt.
»Aber er ist doch ein wichtiger Mann.« Michele ist überzeugt, daß er kommen wird.
»Er ist im Gefängnis. Viele wichtige Männer sind im Gefängnis.«
»Aber warum?«
»Wegen Diebstahls.«
»Warum haben sie denn gestohlen?«
»Vielleicht, weil sie dazu reichlich Gelegenheit hatten.«
»Warum?«
»Weil wichtige Leute all das Geld, das die Leute mit ihren Steuern bezahlen, ausgeben müssen, und manchmal geben sie es für sich selbst aus.«
Das haben wir nun schon etliche Male durchgekaut, seitdem örtliche und landesweite Korruptionsskandale neunzig Prozent der Nachrichtenprogramme füllen. Länger als ein Jahr geht das schon so, und ich bin mir immer noch nicht sicher, ob Michele dabei wirklich durchblickt. Allerdings weiß ich das bei mir auch nicht so genau. Ganz zu schweigen von den Juristen.
Nach kurzer Überlegung versichert mir Michele, er werde nicht stehlen, wenn er eines Tages ein wichtiger Politiker sein wird. *»Benissimo«*, erwidere ich.
Maestra Elena trifft ein, um neun Uhr bereits im dunkel-

blauen Kostüm mit fleischfarbener Rüschenbluse, die Haare frisch zurechtgemacht und mit Spray zu einem Helm aufgetürmt – die gleiche Art, das große Ereignis zu würdigen, wie sie auch in dem peinlich exakt verlegten Rasengeviert zu erkennen ist.
Ununterbrochen gehen Eltern aus und ein, es sind zumeist Mütter, die Wein, Chips und Nüsse oder Schalen für das Essen bringen. Aufgekratzt bedankt sich Elena für die Kiste mit den Lebensmitteln, die wir gebracht haben, aber aus ihrem Blick spricht auch eine gewisse Mißbilligung meines etwas übernächtigten, unrasierten Erscheinungsbildes und meiner nachlässigen Kleidung. Es herrscht eine geschäftige, erwartungsvolle Atmosphäre, eine Mischung aus Hochstimmung und Herzklopfen. Elena sähe es gerne, wenn alles und alle sich dem anpassen würden. Ich bin drauf und dran, ihr zu versichern, daß wir ja vor dem Beginn der Feierlichkeiten noch eine Stunde Zeit hätten, um uns zu Hause zurechtzumachen.
Als wir schließlich *en famille* und nun auch in vorzeigbarerem Zustand um zehn Uhr wieder zu der Schule zurückkehren, haben sich erst wenige Leute vor dem Tor versammelt. Wir warten. Die Schule ist ein massives zweistöckiges Gebäude mit kränklich-gelbem, verblassendem Putz und abbröckelnden Verzierungen an Fenstern und Türen. Ursprünglich scheint der mittlere Trakt als Rathaus gedient zu haben, und nur einige Räume in den Seitenflügeln fungierten als Klassenzimmer. Nun schimmern die eisernen Fensterrahmen aus dem Mauerwerk heraus wie glänzende Plomben zwischen gelblichen Zähnen. Die Fensterläden, die abends immer geschlossen werden, um möglichem Vandalismus vorzubeugen, sind dunkelgrün.
Die meisten Eltern kommen anstandshalber zehn Minuten zu spät. Aber die Eröffnung der Feier läßt auf sich warten.

Wie sich herausstellt, gibt es ein organisatorisches Problem mit der Aufstellung der Anwesenden. Das Schulgebäude ist ein wenig von der Straße zurückgesetzt und durch eine niedrige Mauer, auf der ein grünes, mit einem alten Maschendraht verstärktes Gitter entlangläuft, gut geschützt. Direkt hinter dem Tor führt ein doppelter Treppenaufgang von rechts und links zum Hauptportal, wo sich die vorläufig noch verhüllte Gedenkplakette befindet. Da zwischen der Umzäunung und dem Gebäude nur sehr wenig Platz ist, werden die Leute gebeten, während des ersten Teils der Zeremonie vor dem Schultor zu bleiben. Unterdessen sind die Kinder, die hier Schüler sind, nach drinnen gegangen, um ein letztes Mal ihre Lieder und Gedichte zu üben, und nur einige wenige ausgewählte Exemplare dieser Gattung, ausschließlich Mädchen, schauen vom Balkon über dem Eingang herab, wo im entscheidenden Moment die italienische Trikolore gehißt werden soll. Die Eltern bleiben draußen, wie an einem gewöhnlichen Nachmittag, wenn sie auf ihre Kinder warten. Ich sehe Francesco und Francesca, die unter uns wohnen, sowie Silvio und Sabrina. Sie haben entdeckt, erzählen sie mir, daß Hristo im Untergeschoß einen Campinggaskocher benutzt. Bedenklich daran ist, daß er nun inmitten von Farbeimern haust, denn anscheinend hatte der *imbianchino* in seiner Garage nicht mehr genug Platz für all sein Material. »Ist die Farbe entzündlich?« fragt Francesco. Ob am Ende noch das ganze Haus in die Luft fliegt, wenn Hristo sich seine Bohnen kocht? Silvio macht das *corna*-Zeichen, aber er lächelt grimmig dabei. Wir werden wohl noch eine Hausversammlung abhalten müssen …

Iacopo der Maler spricht mich an. Er ist wieder ganz in Leder gehüllt, aber er hat seine neue Freundin nicht mitgebracht – klugerweise, denn ich habe irgendwo auch seine

Frau gesehen. Mir fällt auf, daß er nun einen lächerlich dünnen Bart trägt, der fast direkt an seiner Unterlippe entspringt und sich von dort in Form eines auf der Spitze stehenden gleichseitigen Dreiecks ausbreitet. Der übrige Teil seines Gesichts ist ausnahmsweise einmal glattrasiert. Er streicht sich eine dandyhafte Locke aus der Stirn und beklagt sich darüber, daß man ihn gebeten hat, das Ereignis in einem Gemälde festzuhalten. »Kannst du dir das vorstellen?« brummelt er. Deshalb mußte er auch diese riesige Kamera anschleppen. Aber er hätte sich diese Erklärung sparen können. Jeder Familienvater, der etwas auf sich hält, hat für mindestens eine halbe Million Lire japanische Technik um den Hals hängen.
Die Kapelle trifft ein. Sie stellt sich ziemlich gedrängt an der Treppe zwischen der Schule und der Umzäunung auf. Wir haben nun etwa dreißig Minuten Verspätung. Ein Mann in einem Tweedjacket und einem roten Pullover, der erste Elternsprecher der Schule (ob es eine geheime Wahl für diese Funktion gibt?), steht oben an der Treppe nahe beim Eingang, fummelt an einem Mikrophon herum und verkündet, daß die Kapelle uns jetzt die Zeit, bis all die Prominenten und Würdenträger eingetroffen seien, mit etwas Musik verkürzen werde. Während er spricht, unterhalten sich die Eltern, weitgehend gleichgültig gegenüber dem weiteren Verlauf der Ereignisse. Da der Samstagmorgen nun schon mal flötengegangen ist, können wir die Zeit wenigstens für ein Schwätzchen nutzen. In diese heiter-resignierte Stimmung platzt die Kapelle mit einer überraschend schleppenden Melodie aus den fünfziger Jahren.
Das ist schon eine seltsame Truppe, diese Kapelle. Stefi, die noch zu jung für die Schule ist, aber schon auf die *scuola materna* geht, will unbedingt so nahe ran wie nur möglich. Sie möchte auf der Mauer stehen und sich am Zaun festhal-

ten, wie das auch einige andere kleine Kinder tun. Ich bringe sie nach vorne und hebe sie hoch, aber an der einzigen Stelle, wo in der Reihe der anderen Kinder eine Lücke geblieben ist, steht eine Untertasse mit Milch und eine zerbrochene Schale mit vergammeltem Katzenfutter. Die Sitte, streunende Katzen zu füttern, ist alt und weitverbreitet in Italien, aber es ist doch merkwürdig, an einem Feiertag wie diesem solche Gaben auf der Schulmauer zu finden. Es gelingt mir, einen kleinen Jungen zu überreden, ein oder zwei Schritte zur Seite zu rücken.

Die Kapelle besteht aus ungefähr einem Dutzend Musikern, und zu meiner großen Erheiterung sind sie unter dem Namen »Il Piccolo Manchester« bekannt. Ich bin in Manchester und Blackpool aufgewachsen und kann mich an Pfingstsonntagsumzüge erinnern, die von wesentlich größeren Kapellen mit bedeutend größeren Fahnen angeführt wurden. Die Bezeichnung *piccolo* scheint mir daher sehr angebracht.

Sie tragen alle eine dunkelblaue Uniform, die allerdings, wie das bei Uniformen üblich ist, nur noch mehr herausstreicht, um was für eine zusammengewürfelte Truppe es sich handelt. In der ersten Reihe stehen zwei sehr hübsche, flötespielende Mädchen, das eine blond, das andere brünett, und kämpfen mit den Notenhaltern auf ihrem linken Arm. Das blondhaarige Mädchen verliert seinen und muß das Spiel unterbrechen, um ihn wieder festzumachen. Aber die Flöten werden sowieso von den Blechbläsern übertönt. Als nächstes sind da zwei oder drei junge Männer: ein Posaunist, der sein Haar hinten zu einem Pferdeschwanz zusammengebunden hat, mit dem Effekt, daß seine Mütze nach vorne gedrückt wird und ihr Schirm über seinen Augen liegt; ein ganovenhaft aussehender und kränklich wirkender Bursche, der mit entschlossener Gleichgültigkeit eine Militärtrommel schlägt; und ein Klarinettist, der sehr ernsthaft bei der Sache ist. Der Rest besteht aus älteren Herrschaften, Männern, die ihr Instrument vermutlich beim Militär erlernt haben, Großväter mit ehrfurchteinflößenden weißen Schnurrbärten und ansehnlichen Bäuchen, die mit aufgeblasenen Backen in Trompeten und Hörner blasen. Ein ziemlich dürr und vertrocknet aussehendes altes Männchen mit einer altmodischen Hornbrille hält in seinen weißbehandschuhten Händen zwei Becken und stellt einen dieser riesigen Schnurrbärte zur Schau, die direkt aus der Nase zu sprießen scheinen und weiter unten den ganzen Mund bedecken, was den merkwürdigen und an eine Karikatur erinnernden Eindruck erweckt, als hätte er überhaupt keine Lippen. Immer, wenn er seine Becken zusammenschlägt, tut er das mit komisch übertriebenem Eifer, wobei er seine Arme mit einer ausgesprochen theatralischen Geste nach oben reißt. Neben ihm flattert ein blaues Banner, das in silberner Schrift 1876 als Gründungsjahr der Kapelle ausweist. Als es einmal kurz zur Seite weht, erhasche ich einen Blick auf den Mann, der es hochhält: So alt und gebrechlich, wie er ist, könnte er auch gut an dem Tag dabeigewesen sein, als Il Piccolo Manchester zum ersten Mal seine blecherne Musik im damals gerade vereinigten Italien ertönen ließ.

Erst als es schon zu spät ist, merke ich, daß der Zaun dreckig ist. Und rostig. Stefi macht sich schmutzig. Die Verschönerungsbemühungen für die Hundertjahrfeier haben sich auf ein oder zwei frische Grasstreifen beschränkt. »Und es ist ja wohl klar, was daraus im Sommer wird!« Stefano ist gekommen und hat sich zu mir gesellt, gut genährt und gut gelaunt, erleichtert, daß er sich nicht um Beppe zu kümmern braucht. »Niemand wird den Rasen sprengen, wenn der große Tag erst einmal vorbei ist.«

Diesmal schaffe ich es, ihm mit einem *Sai com'è* zuvorzukommen, und hebe Stefi herunter.
»Alles nur für den einen großen Tag«, fährt er in seinen Überlegungen fort. »Wen kümmert es schon, was im Sommer aus dem Gras wird?«
Die Kapelle beendet ihr Einleitungs-Potpourri. Die Prominenz ist jedoch immer noch nicht eingetroffen. Die Musiker beginnen wieder zu spielen. Stefano erzählt mir, daß der Bursche mit dem theatralischen Gehabe, der mit den Becken und dem Schnurrbart, »Il Pesce«, »der Fisch«, genannt wird, offenbar wegen einer Hasenscharte, die sein Schnurrbart verdeckt. Alle haben hier einen Spitznamen. Michele hat mir neulich erzählt, daß die anderen ihn »Fax« nennen. Zum einen deshalb, weil die Italiener »Parks« wie »Pax« aussprechen, aber auch, weil Michele einmal seinen Freunden erklären wollte, sein Vater habe eine Maschine gekauft, die Papier über das Telefon verschicken könne.
Stefi wendet sich mir zu, um mir ihren Liebling in der Kapelle zu zeigen, einen ziemlich dicken Kerl mit großen, roten Backen, die wie Tomaten aussehen. Ich versuche, sie für den hübschen, ernsten Jungklarinettisten einzunehmen, aber sie läßt sich nicht beeinflussen.
Endlich ist die Prominenz auf dem oberen Treppenabsatz versammelt: der Vorstand der Elternsprecher, der Bezirkspräsident, die Direktorin, der Pfarrer, zwei Lehrer und ein Kommunalpolitiker, der Verkehrsstadtrat in Verona ist.
Der Elternsprecher macht den Anfang. Er ergreift ein rotes Mikrophon und spricht ohne nennenswerte Einleitung davon, wie ungeheuer wichtig es sei, daß wir Bürger uns zusammentun und »eine der wenigen öffentlichen Einrichtungen, die noch ihre Arbeit verrichten« unterstützen. Die Anspielung auf die politischen Skandale, die vor kurzem die

Stadtregierung von Verona zum Rücktritt zwangen, ist nur allzu offensichtlich und müßte für den darin verwickelten Stadtrat eigentlich äußerst unangenehm sein, sofern nur irgend jemand zuhören würde. Aber das ist nicht der Fall. Ich sehe, wie Silvio und Francesco die Köpfe zusammenstecken, wobei es bestimmt um unseren anhaltenden »Balkankonflikt« geht. Und Iacopo hat etwas aus seiner Tasche gezogen, das er einer attraktiven jungen Mutter zeigt. Italiener gehen zu offiziellen Anlässen, weil es die Höflichkeit gebietet und um Teil des *spettacolo* zu sein, aber nicht, um zuzuhören. Die Erklärung dafür liefert die Rede der Direktorin.

Sie trägt ein dunkles Kostüm ähnlich dem von Maestra Elena, dazu eine helle, weiche Krawatte und eine Frisur, die an die frühe Thatcher erinnert: leichte Dauerwelle, bretthart mit Haarspray verfestigt. Als sie jedoch zu sprechen anfängt, verfliegt jede Spur ihrer scheinbaren Ähnlichkeit mit der »Eisernen Lady«. Sie ergreift das Mikrophon, lächelt nervös, stolpert beinahe über das Kabel, um sich schließlich hoffnungslos darin zu verfangen. Der Elternsprecher muß sich herabbeugen, um ihre mit weißen Strumpfhosen bekleideten Beine aus dem Kabel zu befreien. Nachdem sie uns sichtlich nervös mit knappen Worten begrüßt hat, hält sie das Ding zu weit von ihrem Mund entfernt, was den seltsamen Effekt einer unterbrochenen Illusion hat, so wie wenn im Kino jemand die Tür öffnet und Licht hereinfällt. Ihre Stimme klingt plötzlich natürlich, wie aus weiter Ferne und rührend unverständlich. Wieder springt ihr der Elternvertreter bei, der sich bei diesem Ereignis als unentbehrlicher Helfer herausstellt.

»Ich bin so *emozionata«,* entschuldigt sie sich, womit sie andeuten will, sie sei zugleich aufgeregt, nervös und innerlich bewegt. Es ist ein typisch italienischer Ausdruck.

»Schließlich feiert man ja nicht alle Tage den hundertsten Jahrestag einer Schule, nicht wahr?«
Niemand lacht über diese offensichtliche Binsenweisheit, denn wieder einmal hört kein Mensch zu.
Die Direktorin öffnet ihre Handtasche und zieht ein Redemanuskript hervor. Es sind mehrere maschinegeschriebene Seiten. Und wie alle Redner in Italien fängt sie an, vom Blatt zu lesen, denn die Fähigkeit, frei zu sprechen, steht hier nicht hoch im Kurs. Im Gegenteil scheint die Mühsal, eine Rede Wort für Wort niederzuschreiben, mehr als ein Zeichen von Gewichtigkeit als von Unfähigkeit zu gelten. Ich finde es immer wieder bemerkenswert, wie unbeholfen sich die Italiener bei öffentlichen Anlässen verhalten, wo sie doch im Privatleben so glänzende Schauspieler sind.
Die Direktorin liest vor. Der leichte Frühlingswind macht es ihr schwer, das Manuskript in der einen und das Mikrophon in der anderen Hand zu halten. Sie läßt die Blätter fallen. Der Abstand zwischen dem Mikrophon und ihrem Mund wechselt ständig. Der Elternsprecher tut, was er kann.
Sie verliest die Geschichte der Schulausbildung in Italien und an dieser Schule im besonderen. Im Jahre 1894 lag das Alter der Schulabgänger bei zehn Jahren ... Die Schulpflicht für Mädchen wurde um die Jahrhundertwende eingeführt ... Erst 1959 wurde die Schulausbildung landesweit unter staatliche Aufsicht gestellt ...
Die Direktorin liest schnell und erwähnt Einzelheiten, die im Rahmen einer Universitätsveranstaltung durchaus interessant sein könnten, macht aber nicht den Versuch, sie dem anwesenden Publikum lebendig zu vermitteln. Nachdem sie unter einigen vom Wind verursachten Schwierigkeiten umgeblättert hat, beginnt sie mehr allgemein über die Zielsetzung der Schulerziehung in heutiger Zeit zu sprechen. Wir müssen uns unserer *indirizzi culturali* – unserer kulturellen

Orientierung – innerhalb des Rahmens einer *civilita umanistica* – eines humanistisch geprägten Gemeinwesens – versichern. Es sind genau die Phrasen des herrschenden Zeitgeistes, die im Westen in aller Munde sind. Ich fühle mich an das Elterntreffen vor der Einschulung erinnert, als ich fragte, was als Alternative angeboten würde, wenn ich meinen Sohn vom Religionsunterricht freistellen ließe. »Etwas Ähnliches«, antwortete die Direktorin geheimnisvoll. Dann erklärte sie mir, daß alle Kinder, die nicht am Religionsunterricht teilnehmen, etwa sieben oder acht von zweihundert, unabhängig von ihrem Alter zu einer Klasse zusammengefaßt würden. »Aber was machen sie da genau?« fragte ich. »Friedenserziehung, zum Beispiel«, gab sie zur Antwort, so als ob es sich bei diesem Fach um eine schon seit langem anerkannte universitäre Fachrichtung handele. Zu meiner Schande muß ich gestehen, daß ich ein Lächeln, ja beinahe ein Lachen, nicht unterdrücken konnte. Die Direktorin war ziemlich pikiert. Was ich denn so komisch an der Friedenserziehung fände, fragte sie mich, als ob ich ein aufsässiges Kind sei. Aber es schien mir sinnlos, vor den zwanzig anwesenden Eltern, die wie immer hauptsächlich die Qualität des Essens im Sinn hatten, meine Auffassung über die Hohlheit dieses Begriffs zu erläutern. Ich machte eine entschuldigende Geste und bat sie fortzufahren.

Jetzt erklärt sie, wie die Erziehung der Kinder in einer modernen Grundschule aufgebaut ist. Denn, sagt sie (genauer: sie liest es ab), ein *percorso educativo* – womit anscheinend der Lehrplan gemeint ist – sei unmöglich ohne *progettualità* durchzuführen. *Progettualità!* Ein Wort, das ich noch nie zuvor gehört habe! Ich frage Stefano, was damit gemeint ist. Vorausschauende Planung, erklärt er. Und wirklich, als die Schule eröffnet wurde, sagt die Direktorin, waren Religion, Italienisch und Mathematik die einzigen Unterrichts-

fächer, wohingegen sie jetzt einen Stundenplan für eine ganze Reihe von Fächern ausarbeiten müßten, einschließlich, von diesem Jahr an, – und zum ersten Mal liest sie mit etwas mehr Emphase – Informatikunterricht!
Ah!
Die Kinder neben der Fahne auf dem Balkon schneiden Gesichter in Richtung ihrer Mütter und Väter unter ihnen. Zwei Mitglieder der Kapelle haben sich um die Ecke verdrückt, um außer Sichtweite der Honoratioren eine Zigarette zu rauchen. Noch dazu Blechbläser ... Die Direktorin ist gerade bei den Worten »jüngste Fortschritte in den Lehrmethoden« angelangt, als ein Bus vorbeifährt und die unzureichende Lautsprecheranlage völlig überdröhnt. Mir geht durch den Sinn, daß das Wichtigste, was Kinder von solchen Ereignissen nach Hause mitnehmen können, diese unerschütterliche Gleichgültigkeit gegenüber dem Inhalt öffentlicher Reden ist. Natürlich ist es für die Direktorin wichtig, eine Rede zu halten. Aber wer schert sich schon darum, was sie sagt.
»Ich hoffe, das ist die letzte Seite«, murmelt Stefano, als die Sprecherin, das Haar majestätisch unbewegt, wieder einmal mit ihrem im Wind flatternden Manuskript kämpft. Das Papier läßt sich nicht bändigen, und sie fuchtelt mit dem Mikrophon herum. Aber kaum hat Stefano diese Bemerkung gemacht, da ist sie schon fertig, ohne jede Vorwarnung, ohne eine Schlußbemerkung. Und dann kommt das, was Michele angekündigt hat. Die Direktorin tritt einen Schritt zurück, und der Bezirkspräsident tritt vor und hebt zur Rede an ...
Der Bezirkspräsident ist ein Postangestellter aus einem Nachbardorf. Seine lange Rede besteht aus einer detailreichen Beschreibung des Entscheidungsprozesses, der den Bezirk veranlaßte, die Feier zu unterstützen und die wun-

dervolle Ausstellung »Einhundert Jahre Grundschulerziehung«, die uns in der Aula erwartet, finanziell zu fördern. Aber das meiste davon bekomme ich nicht mit, weil ich mich zu Stefi hinabbeuge und ihr verspreche, daß sie später Chips und eine Fanta bekommt, wenn sie noch ein Weilchen durchhält. Großes Ehrenwort.
Plötzlich, als ich am wenigsten darauf gefaßt bin – BUMM BUMM B-BUMM!!! BUMM BUMM B-BUMM!!! – legt die Kapelle mit der Nationalhymne los, was um so unerträglicher ist, als wir gerade zwanzig Minuten Langeweile durchgestanden haben – BUUM BUUM B-BUUM, BUMM B-BUUM BUMM B-BAMMM!
Der Elternsprecher verkündet, der große Augenblick sei nun gekommen, das jüngste Kind der Schule werde die Gedenktafel enthüllen. Unglücklicherweise könnten wir das nicht sehen, weil es im Innern des Eingangs stattfinde, aber er werde uns das Ereignis beschreiben. »Also, ja, nun hat der kleine Junge die Schnur in der Hand. Ja. Er zieht daran. Jetzt! Jetzt! Nein, noch nicht, das Tuch scheint stärker befestigt als vermutet. Aber jetzt, jetzt, ja! Hier ist sie! Ein schöner weißer Stein, der an die hundertjährige Geschichte der Cesare-Bettelone-Grundschule erinnern soll! Und nun wird die Flagge gehißt!«
Die Mädchen auf dem Balkon erfüllen eifrig ihre Pflicht. Die italienische Trikolore wird an einem Flaggenmast aufgezogen, der von der Balkonbrüstung wie vom Bug eines gestrandeten Schiffes nach vorne ragt. Sie flattert munter im leichten Wind. Wieder erklingt die Nationalhymne. Die Kapelle spielt mit frischen Kräften auf. »Il Pesce« schlägt seine Becken mit großem Pomp zusammen. Da taucht unerwartet eine zweite Fahne auf, aber nicht am Mast, sie wird über die Brüstung drapiert, wie man das am Tag der Befreiung tut: die gelben Sterne auf blauem Grund, die Flagge der Euro-

päischen Union! Was ist Europa doch für eine wundervolle Sache! Erst gestern habe ich gehört, daß es vier neue Mitglieder geben soll, was vier neue Sterne im großen Sternbild der politischen Korrektheit bedeutet. Anstelle der Friedenserziehung hat man sich letztlich entschlossen, den Unterricht für diejenigen, die nicht am Fach Religion teilnehmen, *»Osservazione all'Europa«* zu nennen – »Wir schauen nach Europa«.

Die Nationalhymne endet unvermittelt. Worauf der Priester Don Guido vortritt, angetan mit einer eleganten, schwarzen Soutane und einer violett gemusterten Stola. Er verliest ein langes Gebet und beschämt anschließend die Direktorin durch das beneidenswerte Geschick, mit dem er gleichzeitig Gebetbuch und Mikrophon handhabt, während er ein Fläschchen mit Weihwasser aus seiner Tasche zieht, es öffnet und zusammen mit dem Mikrophon in einer Hand hält, sich zum Eingang wendet und das Portal besprengt. Da er dabei seinen Arm unvermittelt in Richtung des Verstärkers ausstrecken muß, der sich direkt hinter der Eingangstür befindet, wird jeder Spritzer des Weihwassers von einem schrillen Rückkopplungsgeräusch begleitet. Falls das nicht irgendwelche umherflatternden Dämonen sind. Obwohl ich offen gesagt der Meinung bin, die hätten sich vor Langeweile schon längst aus dem Staub gemacht.

Du bi du dan

Als die hiesige Zeitung im Jahre 1894 die Einweihung des Rathauses mit integrierter Schule verkündete, lobte sie den Architekten in den höchsten Tönen: »Ein großartiges, elegantes und modernes Bauwerk, insbesondere die Schulen sind gut ausgestattet und besitzen alle erforderlichen Annehmlichkeiten und Hygieneeinrichtungen.«
Es war von »Schulen« die Rede, in der Mehrzahl, denn während der Haupttrakt des Gebäudes »in einfachem Stil mit einer Fassade aus Hausteinen« das Rathaus beherbergte, war von den beiden niedrigeren, in U-Form um den Hof errichteten Gebäuden eines für die Mädchen und eines für die Jungen bestimmt. In jenen Tagen trennte man die Geschlechter sogar vor der Pubertät. Das führt mir die Paradoxie meiner eigenen Erziehung vor Augen: Während der Jahre vor der Pubertät in der Grundschule durften wir zusammensein, obwohl wir das eigentlich gar nicht wollten, aber später auf dem Gymnasium nicht mehr, als wir daran durchaus Interesse gehabt hätten. Und natürlich hegt man manchmal die Befürchtung, das ganze Leben könnte von solch vertrackten Umständen geprägt worden sein …
Nachdem der erste Teil der Zeremonie nun beendet ist, marschieren wir um das »großartige moderne Bauwerk« herum auf den geräumigen Hof, wo die Kinder bereits warten …

Die Kinder. Wie leicht geraten sie doch bei derartigen Anlässen in Vergessenheit! Bis jetzt haben wir noch keine gesehen, außer den hübsch gekleideten Mädchen mit den Schmollmündern auf dem Balkon. Doch niemand schien sie vermißt zu haben. Als wir jetzt um die Ecke biegen, stehen sie alle in der Mitte des Hofes aufgereiht, bereit, ihre Pflicht zu erfüllen. Mit überraschender Behendigkeit hat die Kapelle bereits auf den Stühlen an ihrer Seite Platz genommen, vermutlich ist sie geistergleich durch das Hauptgebäude gehuscht, während wir außen herum gegangen sind. Auch der Verstärker ist schon herbeigeschafft worden, so daß es gleich wieder losgeht mit den Ansprachen. Die Direktorin. Schon wieder. Der Präsident des Verwaltungsbezirks. Schon wieder. Der Stadtrat mit dem anhängigen Untersuchungsverfahren (er faßt sich erfreulich kurz). Ehemalige Lehrer der Schule.
Die Kinder schwatzen und hören überhaupt nicht zu, genau wie ihre Eltern. Ohne auch nur im geringsten die Stimme zu senken, erzählt mir Stefano von den fünfziger Jahren, als er ein Kind war. Damals wurde der Gründungstag der Schule alljährlich begangen. Ebenso alle anderen nur möglichen Geburtstage: der des Präsidenten, der der Republik. Es gab Unmengen solcher Gelegenheiten. Immer standen sie auf Höfen herum und warteten darauf, ihre Gedichte aufzusagen. Stefano scheint sich darüber im nachhinein mehr zu amüsieren, als daß es ihn ärgert. Aber nein, er kann sich an kein einziges der Gedichte erinnern …
Der Klang einer Glocke reißt uns aus unserem Gespräch. Es ist der Hausmeister, das älteste Mitglied des Schulkollegiums, der mit einer Handglocke herumfuchtelt, um uns zu demonstrieren, wie er vor etwa zwanzig Jahren das Ende der Schulstunden angezeigt hat. Dann werden einige betagte Schüler aus längst vergangenen Zeiten nach vorne gerufen,

wo man ihnen ein »diploma« überreicht, wozu die Band mit beachtlicher Lautstärke »Oh, When the Saints« spielt.
Wie sehr lieben die Italiener doch Urkunden und Erinnerungsdokumente jeder Art! Eine Urkunde für den Besuch eines Rollschuhkurses, für die Teilnahme an einem Volleyballturnier, für die Anwesenheit bei der Eröffnungsfeier dieser oder jener Einrichtung. Es kommt nicht oft vor, daß man in Italien etwas mit anderen zusammen unternimmt und am Ende ohne Urkunde dasteht. Vielleicht sind diese Phantasiepapiere so beliebt, weil sie jene Dokumente parodieren, die im Leben der Italiener eine herausragend große Rolle spielen und die man doch nur schwer erringt: das Schulabschlußzeugnis, ein Universitätsdiplom ...
Nach den ehemaligen Schülern wird der Hausmeister noch einmal nach vorne gebeten und bekommt nun auch seine Urkunde verliehen. Eine Hausmeisterurkunde! Sie besteht aus einer rot-orangefarbenen Rolle, um die ein weißes Band gewunden ist. Ausgesprochen geschmackvoll. Er grinst, lacht, wackelt mit dem Kopf, lehnt es aber dankend ab, »zu einer Rede anzuheben«. Statt dessen schwenkt er seine Urkunde in der Luft und kehrt unter komischen Verrenkungen und dem lauten Beifallsgeschrei der Kinder an seinen Platz zurück.
Nun endlich werden wir das Gedicht zu hören bekommen, das Michele in der vergangenen Woche so entnervend oft heruntergeleiert hat (ohne daß ich ihm je richtig zugehört habe). Das Gedicht zur Hundertjahrfeier. Aber wie sich herausstellt, haben nicht alle Kinder das Glück, es aufsagen zu dürfen. Nur sechs sind ausgewählt worden, von denen jedes ein paar Zeilen in das mittlerweile berüchtigte Mikrophon rezitieren wird.
Das Gedicht ist im hiesigen Dialekt verfaßt. Eigentlich ist Dialekt in öffentlichen Ansprachen verpönt, da er als unge-

bildet, zu familiär und direkt gilt (zum Beispiel würde die Direktorin nie im Dialekt zu uns sprechen, und der Briefträgerpräsident hat sein Bestes versucht, es zu vermeiden), anscheinend aber erachtet man ihn dennoch als angemessen für Werke der Dichtkunst, die in altmodischen, unverfänglichen Worten stolze Verbundenheit mit dem kulturellen Erbe zum Ausdruck bringen.

Interessanterweise hat Mussolini, bei all seiner Begeisterung für die Römer und die von ihnen eingeführte Einheitssprache, den Gebrauch von Dialekten unterstützt. Vielleicht spürte er, wie sie das Herz des Volkes wärmen und eine Beziehung zur jüngeren Vergangenheit sowie ein Gemeinschaftsgefühl schaffen. Das Schöne an den Dialekten ist ja gerade, daß sie unberührt geblieben sind von »Neusprech«-Ausdrücken wie *progettualità* und *percorsi didattici* oder auch *attività psicomotoria* (Turnen). Nein, der hiesige Dialekt ist genauso bodenständig wie der breiteste Yorkshire-Dialekt und hört sich fürchterlich nasal an. Aus dem Mund eines Kindes klingt er immer ziemlich komisch, als ob ein Knirps mit einer Brechstange hantiert. Jedenfalls ist es das Heimatgedicht, das uns an diesem Tag den ersten Anflug von guter Laune beschert, die erste Erholung von der aufgesetzten staatsbürgerlichen Feierlichkeit bietet.

»Unser Schul is hunnert Jahr alt«, fängt ein kleines Kerlchen an, »un sie hält sich gut trotz Regen un Wind ...«

Ein Mädchen mit zitternden runden Knien fährt fort und schlägt eine kleine Schönheitskur vor, die der rissigen, vergilbten und gealterten Haut der betagten Dame sicher gut tun würde. Aber da man sie nicht einfach zu einer Schönheitsfarm bringen kann, wispert ein bebrillter kleiner Junge, wollten die Schüler ihr Bestes versuchen, um zumindest ihr Herz jung zu erhalten. Dann erklärt ein sehr selbstbewußtes junges Mädel, die Kinder würden die Schule durch Lärmen und Spielen aufmuntern, wann immer sie sich einsam fühle. Aber jedes Jahr im Sommer, unterbricht sie ein anderes Kind, wollen sie ihr eine schöne lange Pause gönnen. (Offensichtlich hat die Dichterin die Schule mit *i nonni* gleichgesetzt.) Am Ende von fünfzig oder mehr ähnlich putzigen Versen darf der größte Junge aus der obersten Klasse erklären: »Ach, wie ist das langweilig, immer nur zu lernen!«, eine Verszeile, die er mit großer Inbrunst rezitiert, was bei den anderen Schülern einen Begeisterungsschrei auslöst und von den Eltern, die zum ersten Mal an diesem Morgen wirklich zugehört haben, mit donnerndem Applaus bedacht wird.

Es geht bereits auf zwölf Uhr zu, und unsere gut aufeinander abgestimmten Mägen beginnen zu knurren. Aber gerade als wir gehen wollen, bekommen wir noch etwas zu hören, das ich nur als das andere Extrem der italienischen Sprache bezeichnen kann … Nach dem hübschen, schlichten Dialektgedicht soll nun auch die Hauptgruppe der Kinder ihre Chance bekommen, etwas vorzutragen. Sie wollen ein Lied singen, das von einem Lehrer mit dem hochtrabenden Namen Gino D'Arezzo stammt. Es heißt »Imparare in Liberta« – »Lernen in Freiheit«.

Ich sagte singen, aber ich hätte wohl besser von Sprechgesang reden sollen. Gino tritt vor, um zu dirigieren. Einen Augenblick lang ist alles still, dann rattert eine Musikkonserve los, was nach der Kapelle ziemlich blechern klingt. Aber das soll den Kindern nur den Rhythmus vorgeben. Als sie mit ihren Versen loslegen, hat das Tonband keine Chance mehr. Gino d'Arezzo fuchtelt wichtigtuerisch mit den Armen herum. Die erste Strophe geht so:

Nella scuola il mio domani c'è
leggo, scrivo, studio: serve a me

dal sapere nascerà uno nuova società
società-à-à-à-à-à-à-à!

Was sich leider nur folgendermaßen übersetzen läßt:

Schule, das ist meine Zukunft,
Lesen, Schreiben, Lernen stärket die Vernunft,
Aus dem Wissen kommt die Kraft
Für die neue Ge-he-se-hell-schaft!

Gino scheint zu den Leuten zu gehören, die ohne Zögern »Herz« auf »Schmerz« reimen. Die zweite Strophe lautet:

Nella mente tante cose già
ideali ricchi di bontà
la cultura non sarà fonte di rivalità
civiltà-à-à-à-à questa è civiltà!

Dies könnte man, in einer Rohübersetzung, folgendermaßen wiedergeben:

Und so hab ich, das ist wichtig
Ideale gut und richtig
Streit und Kampf sind ohne Lohn
In der Zivilisation, in der Zi-hi-vi-hi-lisation!

Ich muß gestehen, auf so etwas war ich nicht gefaßt. Ich bin völlig geplättet. Statt daß mein Kopf sich mit guten und richtigen Idealen anfüllt, wird er Schauplatz eines Dreikampfes zwischen Lachlust, Peinlichkeit und Verzweiflung. Das Gedicht ist miserabel, unendlich viel schlechter als die Kirchenlieder, die ich als Kind gesungen habe – »Rot und gelb, schwarz und weiß, Gott liebt den ganzen Erdenkreis« usw. Das Schlimme ist vermutlich, daß Ginos Frömmigkeit noch nicht einmal in ein religiöses Ritual eingebettet ist. All das, was Religionen an mystischer Begrifflichkeit enthalten und worin sich unsere Unfähigkeit, die Welt richtig zu verstehen, widerspiegelt, entfällt hier: Sant'Eurosias Wunder, die Madonnenerscheinungen und ähnliches. Nein, Gino, so läßt sein Gedicht vermuten, hat die endgültige Lösung gefunden: Man braucht einfach nur gut zu sein und den Kindern zu sagen, daß sie gut sein sollen (und dabei die europäische Integration nicht aus den Augen verlieren). Aber die kleinen Jungen und Mädchen schmettern den Text mit solcher Inbrunst, daß Gino sich einbilden muß, sein *percorso didattico* zeige Wirkung.

Civiltà-à-à-à, questa è civiltà! Die Kinder kreischen und klatschen dazu in die Hände. Mir kommen jene straff durchorganisierten chinesischen Kindergruppen in den Sinn, die man früher öfter sah und die eingetrichterten Schwachsinn (das mußte man jedenfalls annehmen) über die Errungenschaften des Kommunismus von sich gaben. Und der Text kommt dem Zeug ziemlich nahe, das ich gelegentlich in der guten alten Zeit, als das nahe liegende Albanien noch ein Museum des Stalinismus war, über Radio Tirana hereinbekam. Tatsächlich handelt die nächste Strophe von der Erschaffung des »Neuen Menschen«, was immer eines der Lieblingsthemen von Radio Tirana gewesen ist, wenn sie nicht gerade Berichte aus dem *Schwarzbuch des westlichen Imperialismus* verlasen.

Aber zuvor wird das Lied noch von einer Art Chorgesang unterbrochen. Denn das Lied beziehungsweise der Sprechgesang gibt sich mit seinem Rap-Rhythmus sehr modern, und nun setzen die Kinder mittendrin alle aus (so daß man

das blecherne Wimmern des Tonbandes wieder hören kann). Mit beinahe perfektem Timing rufen sie dann: »O! O! O! DAN, DAN, DAN, DUBI, DAN, DAN!«
Das wiederholen sie mehrmals, wobei das »dubi«, das ich hier so schreibe, wie es in dem italienischen Text des Liedes stand, den ich später in die Hände bekam, wahrscheinlich von Sinatras »do be do be do ...« abgekupfert ist.
»O! O! O!« kreischen sie. »DAN, DAN, DAN, DUBI DAN DAN!«
Nach all dem todernsten Geschwafel ist dieser geplärrte Knüttelvers dennoch eine Art Erholung, wenn auch nur, weil die Kinder dabei so schön aus sich herausgehen. Ein niedliches Mädchen, ein stämmiges kleines Ding mit zwei hübschen blonden Zöpfchen und einem verknitterten Röckchen, flippt in der vordersten Reihe beinahe aus, springt nach Art der Muppets närrisch auf und ab und schmettert den Refrain. »DAN DAN DUBI DUBI DAN DAN!!!«
Die dritte Strophe ist ein bißchen schwerer zu verstehen, denn die Hälfte der Kinder singt weiter »dubi dan dan«, während die anderen den Text wiedergeben. Aber ich stelle später fest, daß man vorsorglich Kopien des Gedichtes bereitgelegt hat:

Ogni bimbo studièra
O! – in completa libertà
O! – solo questo basterà
ed un uomo nuovo si farà-à-à-à-à

Einigermaßen nahe käme folgende Übersetzung:

Wir Kinder wollen fleißig sein
Oh! – wie woll'n wir uns der Freiheit freun

Oh! – und ohne daß wir's uns versehen
Sind wir die neuen Mee-hen-schen.

Als Entschuldigung für den ziemlich klapprigen Halbvers – versehen/Menschen – kann ich den Leser nur auffordern, doch einmal darauf zu achten, wie leicht es ist, im Italienischen zu reimen (in diesem Falle, indem man lediglich immer dieselbe Personalendung wählt), und wie entsetzlich schwierig das in anderen Sprachen ist. Der dahinterstehende Gedanke, wenn es denn einen gibt, dürfte jedoch nur allzu deutlich sein. Als die Kinder die Strophe nach einer weiteren Runde »dubi dan dan« noch einmal vortragen (ich vergaß zu erwähnen, daß alle Strophen wiederholt werden), findet sich mehr als ein kleiner Junge, der die Worte *uomo nuovo* (neuer Mensch) durch den weniger nebulösen Begriff *uovo sodo* (hartgekochtes Ei) ersetzt. Ich finde das ermutigend und hoffe, mein Michele ist auch unter ihnen.

Oh! – und ohne daß wir's uns versehen
Sind wir wie hartgekochte Ei-hei-er.

Mein Schwiegervater hat mir einmal geschildert, wie er und seine Schulkameraden als Halbwüchsige an Samstagvormittagen auf den von Mussolini eingeführten Turnveranstaltungen immerzu faschistische Lieder singen mußten. Sie machten sich einen Spaß daraus, bestimmte Wörter auszutauschen, wobei sogar die eifrigen Anhänger des Faschismus mitmachten. Anscheinend laden derartige Lieder zwangsläufig zur Parodie ein.
Aber das ist reine Spekulation. Eins ist sicher, unser rauschendes Fest ist nun, wie die Direktorin verkündet, zu Ende. Die Kapelle beschließt das Ereignis mit einem

schmissigen Tango, von dem man annehmen muß, daß sie ihn gewöhnlich bei ganz anderen Gelegenheiten spielt. »Gott sei Dank, daß wir die Kapelle hatten«, meint Stefano, als wir zum Schulgelände hinübergehen, wo unser wohlverdienter Imbiß wartet. »Wenn die nicht gewesen wäre ...«

Anno fascista

Das Schöne an diesen Schulfeiern in Italien ist, daß Wein ausgeschenkt wird. Die Eltern begeben sich in das jeweilige Klassenzimmer ihres Kindes, und dann wird geschlemmt: Kuchen und Kekse, Cola und Fanta. Und Soave und Custoza und Lugano. Stefano und ich füllen in Windeseile große Plastikbecher. An den Wänden des Klassenzimmers hängen riesige Schautafeln mit Mathematikregeln und Erläuterungen, wo im Italienischen der Apostroph gesetzt wird, eine Sache, die ich selbst ein wenig sorgfältiger beachten sollte. Eine große Tafel zeigt, wie schnell die Kinder in den verschiedenen Fächern vorankommen: Auf der vertikalen Achse stehen die Namen der Schüler, auf der horizontalen die verschiedenen Unterrichtsfächer, und die Kästchen an den Schnittpunkten von Namen und Fach sind mit unterschiedlichen Farben ausgemalt, rot für ausgezeichnet, blau für gut, grün für ausreichend, gelb für unbefriedigend. Es ist ein erstaunlich offenes Bewertungssystem, das für diejenigen, die schlechte Leistungen abliefern, grausam sein muß. Ich entdecke, daß Iacopos Kind Probleme mit dem Aufsatz hat, während Stefanos Beppe der Beste im Rechnen ist. Michele, denke ich mit der elterlichen Eifersucht, die man immer verabscheut hat, hält mit wie ein guter Langstreckenläufer, im Pulk hinter den Führenden. Alle seine Kästchen sind blau. Soviel zu Gino d'Arezzos »Streit und Kampf sind ohne Lohn«.

Nachdem ich dafür gesorgt habe, daß Stefi die eine Hand um ein Glas Fanta und die andere in einer Schale Chips hat (mein Teil des *ricatto),* lasse ich meine Kinder allein und ziehe los, um mir die Ausstellung zur Hundertjahrfeier anzuschauen, die in einem der Gänge und einem Klassenzimmer sehr sorgfältig und professionell aufgebaut ist.

Jede historische Ausstellung in Montecchio beginnt mit denselben fünf oder sechs alten Fotografien, die das Dorf zu Beginn unseres Jahrhunderts zeigen. Auch diese Ausstellung macht keine Ausnahme. Passenderweise ist auf einem dieser Fotos die Schule, die früher einmal das Rathaus war, zu sehen. In der damaligen Zeit, ohne die Zäune und Parkplätze, war das Gebäude zweifellos eindrucksvoller. Irgendwie paßten Größe und Proportionen besser zueinander. Es ist, als würde man einen lange vergessenen Tempel erblicken, den man im wuchernden Dschungel wieder freigelegt hat. Dann folgen die Bilder, die ich wohl schon hundertmal gesehen habe: von jenem Tag im Jahre 1928, als die erste Straßenbahn in Montecchio einfuhr. Die Piazza war damals bloß ein großes offenes Geviert, ohne das heutige Pflaster und die Kriegerdenkmäler, die armseligen umzäunten Grünflächen und den mit Unrat gefüllten Brunnen. Es gab damals noch nicht einmal Asphalt, nur eine staubige Fläche zwischen Schule und verputzten Häusern, wo unter den an Schnüren aufgehängten Wimpeln die Straßenbahn hindurchratterte. Wieviel schöner waren doch solche Plätze, bevor das Auto die Herrschaft übernahm und alles in die Zwangsgeometrie von Rinnstein und Fahrbahn preßte! Die Tram war die Vorhut. Man schrieb das Jahr 1928. Im Ort brachen neue Zeiten an. Die Leute schwenkten ihre Hüte und jubelten. Zweifellos hatten sie recht damit.

Auf einem anderen denkwürdigen Foto aus den dreißiger Jahren sieht man sechs Kinder, die auf und neben einer

Vespa spielen. Mir fällt dabei eine witzige Schlagzeile ein, über die man früher viel gelacht hat: »Fiat 500 stößt mit Motorroller zusammen: 15 Tote«. Heutzutage holen die meisten Mütter ihr – zumeist einziges – Kind mit dem Zweitwagen der Familie ab.

Zwei alte, festlich gekleidete Frauen stehen vor dem ersten Schaukasten und kichern. Gezeigt wird eine Reihe von Schulzeugnissen. Das erste stammt aus dem Jahr 1895 und bietet eine eindrucksvolle Mischung aus Schnörkeln, Säulen, Engeln, Stempeln und edler Kalligraphie zum Zwecke der Beurkundung, daß Adelina Chiavegato die Schulausbildung beendet hat. Interessanterweise werden keine Begriffe wie »Reifeprüfung« oder »Abschlußzeugnis« benutzt, wie es später üblich geworden ist; das Zeugnis bestätigt Adelina IL PROSCIOGLIMENTO DELL'OBBLIGO, das heißt die »Befreiung von der Pflicht«, was ganz einfach bedeutet, daß sie genug gelernt hat, um nicht mehr die Schule besuchen zu müssen. Sie hat ihre Abschlußprüfungen bestanden. Im Alter von zehn Jahren. Jetzt kann sie sich eine Arbeit suchen, auf dem Feld oder in einer Fabrik, oder zu Hause darauf warten, daß jemand sie heiratet.

Ich frage die beiden Damen, worüber sie lachen. Trotz des Frühlingswetters tragen sie dicke Jacken. Sie haben weißes Haar und – wie so häufig in diesem Teil der Welt – graue Zähne: vermutlich Großmütter, die genau wie die Schule eine gründliche Renovierung nötig hätten. Sie deuten auf ein Zeugnis aus dem Jahr 1931/32, auf dem noch eine weitere Jahreszahl steht: *Anno IX Era Fascista* – im Jahre neun der Faschistischen Ära ... Wie aufregend muß es gewesen sein, »Im Jahre neun« zu schreiben! Und wie gerissen von Mussolini, daß er nicht versucht hat, den christlichen Kalender abzuschaffen, sondern auf jedes gedruckte Dokument beide Zeitrechnungen nebeneinandersetzen ließ, 1931 und

»Anno IX«, nicht unähnlich dem Katechismusunterricht und der *»Osservazione all'Europa«*.
In spinnenartiger Handschrift steht oben auf dem Zeugnis der Name Elvira Avanzi. »Das bin ich«, meint eine der beiden Frauen und hantiert dabei mit ihrer Lesebrille herum.
Es ist ein Zeugnis, auf das man stolz sein kann, und das um so mehr, weil die Faschisten das System der zehn Notenstufen durch das stärker moralisch befrachtete System der *giudizi* – Bewertungen – ersetzt hatten. Dabei wurde unterschieden zwischen *lodevole* (lobenswert), *buono* (gut), *sufficiente* (knapp bestanden) und *insufficiente* (ungenügend).
Das Zeugnis bescheinigt folgende Leistungen:

Lavori manuali, lavori donneschi (Handarbeit, Frauenarbeit)	– *lodevole*
Igiene e pulizia persona (Hygiene und körperliche Reinlichkeit)	– *lodevole*
Nozioni di matematica	– *buono*
Nozioni di geografia	– *buono*
Religione	– lodevole
Calligrafia	– *lodevole*
Comportamento morale e civile (Moralisches und staatsbürgerliches Betragen)	– *lodevole*

Doch sie lachen, erklärt mir Elvira, »weil jeder in Hygiene *lodevole* bekam. Man brauchte überhaupt nichts zu tun, um *lodevole* in Hygiene zu bekommen. Das geschah ganz automatisch. Selbst wenn man gerade vorher den Hühnerstall ausgemistet hatte. Jeder bekam es.« Genauso wie das Hausmeister-Diplom ...

Der Schaukasten mit den Zeugnissen hat jedoch auch seine Schattenseite. Rechts neben Elviras Zeugnis sieht man einen futuristischen Entwurf: Auf einem grauen Blatt Papier ragen drei Schachteln hervor und umrahmen die Buchstaben ONB – Opera Nazionale Balilla, die faschistische Bewegung zur Organisation der Kinder in der Grundschule. Balilla war der Spitzname von Giovanni Battista Perasso, einem Jungen, der 1746 in Genua österreichische Soldaten mit Steinen bewarf und damit (angeblich) einen Aufstand entfachte, durch den die Österreicher aus Ligurien vertrieben wurden. Das war für die Schuljungen zweihundert Jahre später natürlich ein glänzendes Vorbild, dem sie nacheifern konnten, auch wenn anfangs unklar gewesen sein dürfte, wen sie mit ihren Steinen bewerfen sollten. Man muß nur einmal Michele mit seiner Schleuder allein lassen, und Gott allein weiß, welchen Aufruhr er entfesseln wird.

Die Teilnahme an den Versammlungen der Opera Nazionale Balilla war Pflicht, so daß die Kinder nicht nur mit zwei verschiedenen Zeitrechnungen aufwuchsen, sondern auch zwei Schulzeugnisse bekamen. Unterhalb von Elviras *lodevoles* sind vier oder fünf ONB-Bescheinigungen ausgestellt. Deren verstiegene graphische Gestaltung erinnert an Orwells *1984:* Die Worte »Ministero Educazione Nazionale« und »Partito Nazionale Fascista« prangen bedrohlich an einem sturmumtosten Firmament. Darunter schreitet ein Engel mit gezücktem Schwert durch eine mit Flugzeugen, Panzern und rauchenden Kraftwerken bestückte Landschaft. In der Mitte dieses Stück Papiers, das vor nur fünfzig Jahren kleinen Kindern ausgehändigt wurde und auf seiner Rückseite eine Bemerkung über ihre »Leistung« trägt, steht als einziges Wort (in übergroßen Buchstaben) VINCERE, was man vermutlich mit AUF ZUM SIEG! übersetzen muß. Ich kann mir vorstellen, wie stolz mein Michele wäre, wenn er ein solches Zeugnis erhielte. Er hatte erst kürzlich eine Phase, in der er die raffiniertesten Kriegswaffen zeichnete, und häufig waren sie aufs Heck eines Sportwagens montiert. Gegenüber den alten Zeugnissen hängt ein riesiges Stück Papier, auf dem ein Lehrer in gleichmäßiger großer Handschrift die Ergebnisse eines Forschungsprojekts, das angeblich von der fünften Klasse durchgeführt wurde, zusammenfaßt. Folgendes ist da zu lesen:

»Mens sana in corpore sano«, *sagt Mussolini, und jeden Samstagmorgen mußten die Kinder der Cesare-Betteloni-Schule auf dem Sportplatz trainieren und militärisches Exerzieren üben. Oft bereiteten sie Vorführungen vor und nahmen an Wettkämpfen teil.*

Auf einer daneben angebrachten Schwarzweißfotografie sieht man den Schulhof und die Kinder, wie sie in ihren weißen Kitteln turnen. Eine recht attraktive junge Lehrerin beugt sich – die Beine gestreckt – vor, bis sie mit den Händen die Zehen berührt, dabei fällt ihr langes dunkles Haar nach vorne. Der Forschungsbericht fährt fort:

Bevor Maestro Ferdinando Ruffo hier als Lehrer wirkte, war er selbst Schüler dieser Schule, bekam aber nie eine bessere Zensur als sufficiente. *Die Fußböden waren damals aus Holz, und in jedem Klassenzimmer stand ein rauchender Ofen. Die Tische waren aus schwerem Holz gefertigt, hatten Sitze zum Herunterklappen und Aussparungen für die Tintenfässer. Manchmal mußten sich vier Kinder einen Tisch teilen. Es gab bis zu fünfundvierzig Schüler in einer Klasse, nicht zwanzig wie heute. 1943 wurde die Schule von den auf der Flucht befindlichen Deutschen besetzt. Der Unterricht wurde eingestellt. Einige Kinder hatten das Glück, in dem nahe gelegenen Dorf Olivè von den Nonnen unterrichtet zu werden. Maestro Ruffo jedoch konnte seine Ausbildung dank eines großzügigen Freundes der Familie zu Ende führen, der ihn kostenlos unterrichtete. 1945, als die Schule wiedereröffnet wurde, machte er seinen Grundschulabschluß.*

Es erstaunt mich, daß die Schule von den Deutschen besetzt war; das wußte ich nicht. Ich frage Stefano danach, aber auch er hat noch nie davon gehört. Seine Familie stammt nicht aus diesem Ort. Ist es vermessen von mir, wenn ich mich frage, ob die Schulleiterin nicht vielleicht wenigstens beiläufig hätte erwähnen sollen, daß der Schulhof, auf dem wir heute morgen standen, einst als Schauplatz von Mussolinis samstagmorgendlichen Leibesübungen diente und daß die Schule in den hundert Jahren ihres Bestehens zwei Jahre lang geschlossen war, als die Deutschen ihren langen und blutigen Rückzug über die Apenninenhalbinsel antraten? (Wie taktvoll umschrieben mit »auf der Flucht befindlichen«!) Oder war das einfach so allgemein bekannt, daß es nicht eigens erwähnt zu werden brauchte? Vielleicht gab es ja einen beiläufigen Hinweis darauf, und ich habe ihn im allgemeinen Geplauder bloß überhört. Aber das glaube ich nicht. Das hätte an diesem Morgen überhaupt nicht zum herrschenden Tonfall gepaßt. Was mich dabei ein wenig beunruhigt – wenn man sich von so etwas überhaupt beunruhigen lassen will –, ist, wie gesinnungsmäßig nah verwandt das Absingen des Gedichts von Gino d'Arezzo mit vielem ist, was in jener Zeit stattfand. Zweifellos hat das zahlreichen Kindern sehr gefallen.
Um die Schaukästen hat sich eine Traube von Eltern und Kindern gebildet. Es wird Wein verschüttet und Cola, man wundert sich, wie das Dorf früher einmal ausgesehen hat, weist einander auf Gebäude hin, die sich verändert haben,

bestaunt die alten Autos, die man am Bildrand gerade noch entdecken kann, schwärmt von der hübschen Kitteluniform der Kinder, die alle wie Chorknaben aussehen ließ, sucht unter den jüngeren Ausstellungsstücken aus der Nachkriegszeit nach Zeugnissen von Freunden. Damals wurde, wie mir auffällt, das Benotungssystem von *lodevole, buono* usw. wieder auf Zahlen umgestellt: *Uno, due, tre, quattro, chinque, sex …*

»Was bedeutet dieses *sex?*« frage ich Stefano.

»Sechs«, erwidert er. »Die Notenstufen waren eins bis zehn.«

»Ja, aber warum heißt es *sex* und nicht *sei?*«

Stefano streicht sich übers Kinn. Er hat ein hübsches rundliches Kinn und den Schnauzbart eines rundlichen Mannes. Aber das ist eine Frage, die er nicht beantworten kann. Nachdenklich runzelt er die Stirn. Nein, er weiß es nicht, er kann sich nur erinnern, daß man es immer auf diese Weise geschrieben hat.

Wir fragen noch ein, zwei andere Leute. Sie wissen es auch nicht. Ebensowenig Iacopo. Und Marta weiß es gleichfalls nicht. Ich bekomme keine Antwort – bis ich später Rita frage. Rita weiß offenbar alles, was irgendwie beunruhigend ist. Man habe *sex* anstatt *sei* geschrieben, erklärt sie mir, weil sonst die Kinder ganz leicht aus dem »i« ein »t« hätten machen und *sei* in *sette* (sieben) fälschen können, bevor sie das Zeugnis ihren Eltern vorlegten, aber bei einem »x« war das ausgeschlossen. Italiener gehen anscheinend immer davon aus, daß alle zu betrügen versuchen …

Elvira, Adelina, Ida, noch einmal Elvira, Maggia, Libera … Es sind vor allem die Frauen, die ihre Schulzeugnisse aufgehoben und zur Verfügung gestellt haben. Und was für schöne alte Namen. Arselide, Egidia, Amalia. Auf einer anderen Ausstellungstafel, auf der die jetzigen Schüler der verschiedenen Klassen aufgelistet sind, entdecke ich zweimal den Namen Thomas, einen Michael, eine Jessica und eine – für Italiener unaussprechliche – Hilary. Und alle mit Nachnamen aus der Gegend. Daneben zeigt eine kurze Aufstellung, mit welchem Alter die Absolventen von der Schule abgegangen sind und welche weitere Ausbildung sie genossen haben; daraus geht hervor, daß nur zwei der vierundvierzig Väter und Mütter der jetzigen fünften Klasse (die Zehnjährigen) eine Universität besucht haben, während zwölf der einundzwanzig Kinder später einmal studieren wollen. Zur Zeit verläßt man die Schule mit vierzehn Jahren.

Michele kommt herbei, in der einen Hand einen Kuchen, in der anderen einen Haufen Käsegebäck. Mit vollem Mund redet er eifrig auf mich ein, weil er mir die Puppen zeigen will, die seine Klasse gebastelt hat, und führt mich in ein Klassenzimmer, in dem die Ausstellung weitergeht. In der Mitte des Raums sind fünf altertümliche, in einem schmutzigen Blaugrün gestrichene Pulte aufgebaut, die mehr oder weniger den Schultischen aus dem Bericht über Ferdinando Ruffos harte Kindheit entsprechen. Auf diesen Pulten liegt eine Sammlung von alten Lehrbüchern und Schreibheften ausgebreitet. Michele zerrt mich aber zu einer Wand, wo unter dem ziemlich kläglichen Titel KREATIVITÄT UND HANDARBEIT HEUTE seine Puppen hängen.

Doch just in diesem Moment, kurz vor ein Uhr und eingedenk der italienischen Anstandsregel, daß auf einen *aperitivo* sofort das Essen zu folgen hat, rüstet alles zum Aufbruch. Ich habe gerade angefangen, eine Reihe von dunkelblauen Hexen zu begutachten, deren klumpige Pappmaché-Gesichter zu verzerrt grinsenden Grimassen geformt sind, als Maestra Elena hereinkommt und uns mitteilt, daß jetzt geschlossen werde. Michele ist vor Wut den Tränen nahe. Deshalb verspreche ich ihm – und auch mir selbst –, daß ich mir in den nächsten Tagen die Ausstellung noch einmal ansehen werde. Das habe ich auch getan, und deshalb handelt das folgende Kapitel von Teilen dieser, wie sich herausstellen sollte, hervorragenden Ausstellung – eine Art Zwiegespräch zwischen dem gedruckten Buch, das vor den Kindern lag, und dem, was sie in ihre Hefte schrieben. Vielleicht sollte ich hinzufügen, daß mir, als ich mit Notizblock und Diktiergerät in der Hand die Ausstellungsstücke studierte, zum ersten Mal die Geschichte dieses Landes im allgemeinen wie im besonderen richtig bewußt wurde – und daß meine Kinder wie alle Italiener die Verhaltens- und Denkweisen, die ihnen diese Gesellschaft vorgibt, zwangsläufig aufnehmen werden. Wie so häufig, wenn ich etwas betrachte, was mit der Vergangenheit zu tun hat, war ich überrascht, wie sehr und zugleich wie wenig sich alles verändert hat. Welches Jahr schreiben wir jetzt? 1994? Oder *Anno Fascista LXXII* …

Prima composizione

Aufsatz, erste Übung, 1915:

Papa arbeitet ist ein einfacher Hauptsatz, an den sich andere Wörter oder *Satzerweiterungen* anschließen können, um die Aussage zu vervollständigen. Zum Beispiel:

Papa arbeitet eifrig
(mit *eifrig* als Satzergänzung), oder
Papa arbeitet eifrig vom frühen Morgen bis zum späten Abend (mit der zusätzlichen Satzergänzung *vom frühen Morgen bis zum späten Abend)* oder
Papa arbeitet aus Liebe zu seiner Familie eifrig vom frühen Morgen bis zum späten Abend in seiner Werkstatt (mit zwei weiteren Satzergänzungen: *aus Liebe zu seiner Familie* und *in seiner Werkstatt).*

Papa arbeitet aus Liebe zu seiner Familie eifrig vom frühen Morgen bis zum späten Abend in seiner Werkstatt … Die gesamte Ideologie der italienischen Bürgerlichkeit ist hier kurz und bündig in der allerersten *lezione di composizione* enthalten: der kleine Handwerker, der sich für Frau und Kinder abrackert (aber auf kreative Weise, in seiner eigenen Werkstatt). Nach dem Vorbild des guten alten heiligen Joseph, des Schutzpatrons der Zimmerleute. Das Wort *sacrifici* braucht gar nicht ausdrücklich erwähnt zu werden.

Das Kind fühlt sich unweigerlich zur Dankbarkeit verpflichtet und begreift, welchem Ideal es nacheifern soll. Aber das Wichtigste ist, daß der Vater außer Haus ist, einfach nicht da (wir nehmen an, und der Einfachheit halber wird dem jeder zustimmen, daß er in seiner Werkstatt ist).

Einer der ersten Aufsätze, die Michele schreiben mußte, hatte, wie ich mich erinnere, die verschiedenen Berufe zum Thema. Er schrieb: »Der Bäcker backt Brot, verkauft es und verdient Geld. Der Zimmermann macht Regale, verkauft sie und verdient Geld. Der Bauer macht Lebensmittel, verkauft sie und verdient Geld.« Manchmal gibt es eben Momente, wo selbst in der finstersten Ideologie ein Lichtschein aufblitzt.

Die zweite Aufsatzübung von 1915 behandelt einen anderen Eckpfeiler der geistigen Struktur Italiens:

Gesegnet ist die Familie, in der alte Menschen leben, sagt ein kluges Sprichwort, und glücklich sind die Kinder, die dem Rat der Alten lauschen, denn damit schöpfen sie aus der Weisheit eines langen Lebens. Liebt eure Großeltern, Kinder, denn sie lieben euch als die Söhne und Töchter ihrer Söhne und Töchter und also mit doppelter Liebe. Laßt sie nicht allein, wenn sie sich nach euch sehnen, und vergeßt niemals, ihnen an ihrem Geburtstag noch viele weitere schöne Jahre zu wünschen: »Ihr sollt noch hundert Jahre leben, Oma und Opa!«

Vergeßt das nicht, Michele und Stefi!

Heutzutage, in den neunziger Jahren, kommt in jeder Schultheateraufführung vor den Ferien, sei es nun an Weihnachten oder im Sommer, immer auch eine Gestalt mit Strohhut und Pfeife vor, die beklagt, daß sich niemand mehr um die Alten kümmert. Stefi wendet ein: »O doch, ich kümmere mich um sie, wenn sie uns nur mal besuchen kämen ...«

Im Jahre 1906 hat ein Kind die folgenden PATRIOTISCHEN UND KIRCHLICHEN JAHRES- UND FESTTAGE für den Monat März in seinem Heft notiert:

1. *1. März 1896, Die Schlacht von Adua, Afrika*
2. *4. März 1848, Carlo Alberto setzt die Verfassung ein*
3. *7. März 1785, Geburt von Manzoni*
4. *10. März 1872, Tod von Mazzini*
5. *11. März 1544, Geburt von Tasso*
6. *17. März 1861, Proklamation des Vereinigten Königreichs von Italien in Turin*
7. *18. März 1848, Mailand erhebt sich gegen die Österreicher, der glorreiche Beginn der »Fünf Tage«*
8. *19. März, Sankt Josephstag*
9. *22. März 1848, die Österreicher werden aus Mailand und Venedig vertrieben*
10. *23. März 1849, Beginn der glorreichen »Zehn Tage« von Brescia im Kampf gegen die Österreicher*
11. *25. März, Annunciazione di N.S.G.C. [Nostro Signore Gesù Cristo]*
12. *28. März 1483, in Urbino wird der Maler Raffael geboren, bekannt als »der Göttliche«. Sein letztes und erhabenstes Werk heißt Die Verklärung.*

Man beachte: 3 Schlachten gegen den österreichischen Imperialismus, 1 für den italienischen Imperialismus (eine Niederlage gegen die Äthiopier bei Adua); 3 Dichtergeburtstage, 2 kirchliche Feiertage, 1 Malergeburtstag, 1 Jahrestag der Verfassung; 2mal wird das Wort »glorreich« verwendet (für den italienischen Widerstand gegen Österreich, aber nicht für den der Äthiopier gegen Italien), 1mal wird das Wort »erhaben« gebraucht, noch dazu in Form des großspurigen Superlativs »erhabenst« (gibt es eigentlich auch »mindererhaben«?); und schließlich 0 Erwähnungen von Frauen, höchstens indirekt als Anspielung bei Mariä Verkündigung ...

Bei diesem völligen Fehlen von weiblichen Vorbildern mußte ein Buch wie *Operaia e massaia* – Die Frau in Beruf und Haushalt (1915) – sich schon Mühe geben zu rechtfertigen, warum denn Frauen überhaupt eine Ausbildung anstreben sollten:

Vor noch nicht allzu langer Zeit glaubte man, so unwahrscheinlich das auch klingt, daß Frauen überhaupt keine Ausbildung benötigten. Es gab sogar Leute, die behaupteten, so etwas sei gefährlich. Dieses Vorurteil ist immer noch nicht ganz überwunden. Wenn ich sage, daß es unwahrscheinlich klingt, so meine ich damit: Wenn der Mann eine Ausbildung braucht, dann um so mehr die Frau, ist sie doch die erste Erzieherin des Knaben. Eine ungebildete Frau wird nie frei von Vorurteilen sein, und diese wird sie auf ihre Kinder übertragen. Eine Analphabetin wird nicht in der Lage sein, ihren kleinen Jungen liebevoll bei den ersten Schritten auf dem Wege der Bildung zu begleiten oder zu unterstützen. Und was ist schöner und anrührender als eine Mutter, die die Hand ihres kleinen Sohnes führt, der seine ersten Schreibübungen macht, oder ihn den Stoff seiner ersten Schulstunden abhört. Verliert nicht eine junge Mutter viel von ihrer Anmut und Grazie, wenn sie nicht die Bücher lesen kann, die die Seele zu Gott erheben, oder die Zeitschriften, die so viel Wissenswertes über das häusliche Leben und die Aufgaben der Hausfrau berichten? Und falls sie noch nicht verheiratet ist und ihr Liebster in der Ferne weilt, so muß sie sich an eine dritte Person wenden und dieser ihre tiefsten Geheimnisse preisgeben, wenn sie ihm schreiben will. Was für eine Erniedrigung! Welch eine Demütigung!

Demnach erhielten Frauen aus folgenden Gründen eine Schulbildung: 1. um die männlichen Kinder zu unterrichten; 2. um ihren Geist für Gottes Wort empfänglich zu machen; 3. um von Neuerungen zu erfahren; 4. für die Haushaltsführung und schließlich … um ihrem Freund einen Brief schreiben zu können. Wenn meine Tochter Stefi beim Mittagessen verkündet, daß sie Pilotin werden will, erklärt ihr großer Bruder Michele, daß das nicht geht. Weil sie eine Frau ist. Ich wende ein, Stefi könne ganz im Gegenteil alles tun, wozu sie Lust habe. Aber Michele wird wütend, denn in der Schule, so behauptet er, hat man ihm erzählt, daß Frauen nicht Pilot werden können. Auch nicht Rennfahrer. Und was in der Schule gesagt wird, das stimmt. Nein, beharre ich, Frauen können alles werden, Stefi kann alles werden, was sie will. Mein Sohn sitzt da und funkelt mich wütend an. Frauen können nicht Pfarrer werden, sagt er. Da hat er recht.

Aber sie können Lehrerin werden. Was *Operaia e massaia* betrifft, so hat die Ironie der Geschichte sehr bald gezeigt, daß im Klassenzimmer gerade die Mädchen die stärkste und unmittelbarste Vorbildfunktion übernehmen sollten, und zwar in der Person der *maestra.* Die Schule, vor allem im Elementarbereich, ist mittlerweile eine uneingeschränkt weibliche Domäne. Da mein Sohn in der *scuola elementare* um Gino d'Arezzo herumgekommen ist, wird er vermutlich die Pubertät erreichen, ohne jemals einen männlichen Lehrer im Klassenzimmer gesehen zu haben.

Aber was für eine Art von Vorbild geben diese Frauen, die Lehrerin geworden sind, nun ab? Das Schulheft eines kleinen Mädchens aus dem Jahre 1970 ist bei folgendem Aufsatz aufgeschlagen:

MEINE SIGNORINA IST GEGANGEN!

Heute, am 25. März 1970, war der letzte Tag, an dem unsere maestra, *Signora Argentina Zanoll, uns unterrichtet hat. Einige Kinder haben bei Unterrichtsbeginn mit Reiskörnern geworfen, um sie so zu ihrer Beförderung zu beglückwünschen. Für uns war es ein sehr trauriger Vormittag, denn wir wußten, daß die* maestra *uns nach drei Jahren Unterricht verlassen wird. Der traurigste Augenblick war, als die Schulglocke uns nach Hause schickte. Die Signorina hat jedem von uns einen Kuß gegeben, fast alle Mädchen haben geweint, und die Signorina hat mit Tränen in den Augen versucht, sie zu trösten. Sie hat gesagt, sie will immer an jede von uns denken und oft hereinschauen, um guten Tag zu sagen, und daß die neue* maestra *uns genauso lieb haben wird wie sie.*
Nachdem wir das Klassenzimmer verlassen hatten, sind wir mit schönen Erinnerungen an unsere gute maestra *nach Hause gegangen, denn sie war die ganze Zeit wie eine* mamma *zu uns.*

Wie eine *mamma* … Warum ist es für Italiener, männliche und weibliche gleichermaßen, so schwer, an eine Frau zu denken, ohne daß ihnen dieses Wort in den Sinn kommt? Selbst wenn die Autoren von *Operaia e massaia* für das Recht der Frau auf Bildung eintreten, sehen sie sie lediglich als Unterstützerin der Hauptdarsteller, nicht als die Hauptdarstellerin selbst.

Italiens Mütter der Zukunft, zukünftige Erzieherinnen einer neuen Generation, fördert mit Ruhe und freundlichen Worten das Streben der Völker nach Frieden, erzeugt in allen Seelen, die euch nahestehen, Abscheu vor dem Krieg, der die Männer grausamer als Bestien werden läßt. Sollten jedoch eines Tages eure Brüder, Väter und Ehemänner zu den heiligen Grenzen unseres Landes eilen müssen, um sie zu verteidigen, so küßt sie mit einem Lächeln der Liebe und der Hoffnung. Es ist eure edle und heilige Aufgabe, o ihr Frauen, den Frieden in der Familie, den Frieden im Lande, den Frieden zwischen den Völkern zu predigen. Aber genauso ist es eure Pflicht, und eine nicht minder heilige Pflicht, den Männern Mut zuzusprechen, wenn sie im Namen der Unabhängigkeit und Freiheit in den Kampf ziehen müssen, und die Tapferkeit zu preisen, wenn die Tapferkeit für die gerechte Sache streitet.

Klingt das nicht nach einer Anweisung, wie man den Kuchen aufißt und ihn trotzdem behält? Die Italiener haben einen hübschen Ausdruck für solche Gelegenheiten, in denen man nichts versäumen will, sie sprechen davon, »daß die Frau betrunken und das Faß noch voll ist«, das heißt, sie ist ruhiggestellt *und* man kann sich nun nach Herzenslust betrinken. Oder auch, man hat es geschafft, seiner Frau eine Freude zu machen, ohne daß es etwas gekostet hat ... Merkwürdigerweise bedienen sich auch Frauen dieser hoffnungslos sexistischen Ausdrucksweise.

Das Schulheft einer Sechsjährigen, das aufgeschlagen auf einem der alten Pulte liegt, spiegelt die (beabsichtigte) Reaktion des Kindes auf diese zu Kopf steigende Mischung aus Patriotismus und weiblicher Sanftheit wider. Wir sind nun im Jahre 1926 angelangt:

Seite eins: *ein ausgeschnittenes Foto des Königs.*
Seite zwei: (in großer Schreibschrift) *»Mamma, ich liebe Dich über alles, ich verspreche Dir, brav zu sein.«*
Seite drei: *Ein ausgeschnittenes Foto des Duce.*
Seite vier: *»8. Dezember, ich liebe und verehre Maria.«*

Seite fünf: »*13. Dezember, Santa Lucia hat mir einen Kinderwagen mit einer schönen Puppe gebracht.*« (Santa Lucia ist in Verona das, was bei uns der Weihnachtsmann ist, mehr davon später.)
Seite sechs: »*Liebes Jesuskind, hilf mir, artig zu sein.*«
Seite sieben: »*6. Januar, die Heiligen Drei Könige haben Jesus Gold, Weihrauch und Myrrhe gebracht.*«
Seite acht: »*Lang lebe die Königin und Kaiserin Helena von Savoyen.*«

Daneben listet ein anderes Heft eines älteren Kindes die wichtigsten Ereignisse selbigen Jahres auf:

26. Januar: Abkommen zwischen Italien und Großbritannien über die Rückzahlung der Staatsschulden.
18. August: Zweiter Attentatsversuch auf den Präsidenten Benito Mussolini, ausgeführt durch die britische Staatsbürgerin Violet Albina Gibson. Der Präsident wird leicht an der Nase verwundet.
11. September: Das Abkommen von Pesaro, bedeutsam für die Stabilisierung der Lira.
[ohne Datum]: In Rom dritter Attentatsversuch auf den Präsidenten Benito Mussolini, ausgeführt durch den staatenlosen Anarchisten Gino Luccetti; seine Bombe trifft den Wagen des Präsidenten, explodiert aber erst, nachdem sie zu Boden gefallen ist.
31. Oktober: In Bologna vierter Attentatsversuch auf Präsident Benito Mussolini, ausgeführt von Anteo Zamboni, der daraufhin sofort von der aufgebrachten Menge gelyncht wird. Der Führer der Schwarzhemden wird von einer Kugel gestreift, bleibt aber unverletzt.

Das war wohl kein gutes Jahr für Benito. Und was schlußfolgerten die Kinder wohl aus dem bizarren Benehmen britischer Frauen und ihrem Hang zu italienischen Männernasen? Falls das zu irgendwelcher Verwirrung über die Art des weiblichen und männlichen Rollenverhaltens geführt haben sollte, ist sie sicher bald ausgeräumt worden. Jedenfalls spielt die Friedensmission der »zukünftigen Mütter Italiens« in folgendem Lesestück des vierten Grundschuljahres aus dem Jahre 1938 keine große Rolle mehr; aber es ist amüsant, wie Italien stets als weiblich angesehen wird, obwohl im Zentrum der Aktion die Männer stehen:

Vom 3. Oktober 1935 bis zum 5. Mai 1936 eroberte die faschistische italienische Nation das Kaiserreich Äthiopien. In nur sieben Monaten besiegten die italienischen Legionäre die gewaltige äthiopische Armee und besetzten ein Land, das viermal so groß ist wie das Gebiet der italienischen Nation. Zweiundfünfzig Länder stellten sich diesem Feldzug entgegen, aber die faschistische italienische Nation behauptete sich ganz allein und errang den Sieg über alle ihre Feinde.
Wie konnte sie das vollbringen? Zuerst und vor allem durch den Glauben, den Glauben an ihre gerechte Sache, den Glauben an den König, den Glauben an den Duce. Zweitens durch die Kraft und Tapferkeit ihrer Rasse; die Kraft und Tapferkeit ihrer Legionäre, die mit ausdauerndem Heldenmut die schwersten Herausforderungen bewältigten; die Kraft und Tapferkeit aller italienischen Männer und Frauen, die jedes erdenkliche Opfer brachten und sogar ihre Eheringe für die Sache ihres italienischen Mutterlandes opferten. Sie siegten durch ihre Tapferkeit und ihren Erfindungsgeist, wobei starke Kriegswaffen, die in diesem äthiopischen Feldzug zum ersten Mal in großem Maßstab eingesetzt wurden, den Legionären ihre Aufgabe erleichterten: das Flugzeug, der Panzer und das Funkgerät. Diese wirkungsvollen und modernen Kriegsgeräte, nützlich im Frieden und fürchterlich im Kampf, sind Früchte des Erfindungsgeistes der italienischen Nation. Das Flugzeug wurde von dem Italiener Leonardo da Vinci konzipiert; dieser große Erfinder untersuchte auch das Prinzip des Propellerantriebs, aber die Nutzbarmachung

des Propellers bei Flugmaschinen wurde erst durch die Erfindung der Verbrennungsmaschine ermöglicht, die als erster der Italiener Eugenio Barsanti konstruierte. Leonardo da Vinci erfand und entwarf auch den Panzer. Ein Panzer ist im Grunde nichts anderes als ein mit Stahl gepanzertes kleines Auto, das sich mit Hilfe des von Barsanti erfundenen Verbrennungsmotors fortbewegt. Dann kam das Funkgerät, mit dem sich Nachrichten schnell wie der Blitz durch die Luft verbreiten lassen. Auch das Funkgerät ist eine ausschließlich italienische Erfindung, erdacht von Guglielmo Marconi. Auf diese Weise hat es die italienische Nation ganz allein geschafft; sie hat ihr Reich nicht nur durch Heldenmut, sondern auch durch ihren Erfindungsgeist erobert. Begründet auf den herausragenden Fähigkeiten der italienischen Rasse ist es das Reich der Gerechtigkeit, des Erfindungsgeistes und der Arbeit, das Reich der Kultur …

Sicherlich keine leichte Lektüre in den im Winter verrauchten Klassenzimmern der Cesare-Betteloni-Schule in Montecchio. Aber die daran anschließenden Aufsätze waren kaum vergnüglicher. »Schaut euch das Porträt des Duce an«, schlägt ein Lesebuch der damaligen Zeit vor. »Beschreibt eure Gefühle (des Stolzes und der Bewunderung).« Eine solche in Klammern hinzugefügte Hilfestellung ist weniger veraltet, als man denkt. Vielleicht liegt es an der rhetorischen Qualität dieser Sprache, ich weiß es nicht, aber Tatsache ist, daß der Schulunterricht in Italien in nicht geringem Maße den Kindern allgemein akzeptierte Ideale einzupflanzen versucht, die sie dann in bombastischem Stil wiedergeben sollen. Letztlich ist es doch bemerkenswert, wie ähnlich die emotionale Grundhaltung in dem Frauenlesebuch von 1915, in dem Lobgesang auf den Faschismus von 1938 und in Gino d'Arezzos Gedicht aus dem Jahre 1994 über die Erschaffung des neuen Menschen ist. Hier kommen ein Selbstbewußtsein, ein erzieherischer Stolz und eine radikale Frömmigkeit zum Ausdruck, die keinen Widerspruch, ja nicht einmal Gleichgültigkeit dulden. Ein Schulbuch, das den Titel *Pagine gaie* (Lustige Blätter) trägt und nicht im Jahre 1930, sondern 1960 erschienen ist, enthält ein Lesestück, das wie folgt beginnt:

Italien, mein Heimatland

Italien, das Volk der Künstler, Märtyrer und Heiligen, der Krieger, Helden und Seeleute, wo die Menschen in eifriger Pflichterfüllung ihrer täglichen Arbeit nachgehen und unablässig mit Stirn und Faust am Aufbau einer neuen Kultur auf dieser Erde arbeiten.

Aber nicht nur Schulbücher und Lehrer erzählen den Kindern, wie sie über die Welt denken sollen. Maestra Elena, mit der ich im Ausstellungsraum kurz plaudere, beklagt sich, daß nahezu alle Aufsätze der Kinder Anzeichen von elterlicher, sprich mütterlicher Beeinflussung zeigen. Sofort kommt mir Micheles Ruf in den Sinn: »Mamma, was soll ich denn über die Sommerferien schreiben? Mamma, was kann ich über den Karneval schreiben? Mamma, mir fällt nichts zu Bosnien ein!« – »Michele«, sage ich zu ihm, »schreib doch einfach, was du denkst.« – »Ich habe Mamma gerufen, nicht Papà! MAMMA ...«
Ich frage Maestra Elena, woran sie denn sieht, daß die Kinder beeinflußt worden sind. Vielleicht, weil die Grammatik zu korrekt ist und sie keine Rechtschreibfehler machen? Nein, sagt sie, das nun ganz und gar nicht. Nein, weil sie immer *das Richtige* schreiben. Interessanterweise zweifelt die Lehrerin meines Sohnes genausowenig daran, was das Richtige ist, wie sie die Konjugation eines Verbs in Frage

stellen würde. Sie möchte nur, daß die Kinder von allein darauf kommen. Wenn ich mit meinem Schwiegervater darüber rede, lacht er und erzählt, wie er und seine Freunde alle ihre Aufsätze mit einem Zitat des Duce enden ließen. Auf diese Weise konnten sie sicher sein, daß ihr Aufsatz als *lodevole* bewertet wurde ... Heutzutage liegen die Dinge ein klein wenig, aber wirklich nur ein klein wenig komplizierter, wenn wir den folgenden Aufsatz als typisch gelten lassen wollen. Sorgfältig mit dem Datum 27. Februar 1970 versehen, trägt er den Titel: »Wenn ich richtig viel Geld hätte ...«

Wenn ich richtig viel Geld hätte, würde ich es so ausgeben: Die Hälfte würde ich den Missionaren spenden, damit sie Krankenhäuser, Häuser, Schulen und Kirchen für arme Leute bauen. Ich würde es ihnen auch schicken, damit sie fließendes Wasser und Gas haben können. Ich würde es ihnen gerne geben, weil ich in der Zeitung und im Fernsehen die armen schwarzen Kinder gesehen habe, die vor Hunger so aufgedunsene Bäuche und so große Köpfe haben. Sie sind so hungrig, daß sie sogar Eidechsen und Ameisen essen.
Die andere Hälfte des Geldes würde ich für meine Zukunft sparen.

Vielleicht hat das Kind, das diesen Aufsatz geschrieben hat, seine im Haus lebenden *nonni* um Rat gefragt. Tatsächlich klingt das, als hätte das Kind den Rat des Schulbuches von 1915 beherzigt und ›aus der Weisheit eines langen Lebens geschöpft‹. Es weiß, was gut ankommt. Was hingegen meine eigenen Kinder und die all meiner Bekannten betrifft, so ist die Wahrheit, daß sie ununterbrochen (und verständlicherweise) lautstark nach neuem Spielzeug verlangen. Ich kann mir nicht vorstellen, daß richtig viel Geld lange in ihren Händen bleiben würde.

Ein dickes, ernstes und abschreckendes Buch aus den frühen Zwanzigern weist bereits deutlich auf die Gefahren dieses Widerspruchs zwischen der Rhetorik und der Wirklichkeit hin. Vielleicht gehört es zu den schizophrenen Zügen jeder Nation, die eigenen schlechten Eigenschaften bewußt wahrzunehmen, um dann um so hartnäckiger an ihnen festzuhalten. Mit nur wenigen Änderungen und leicht modernisiert, könnte die folgende Passage auch einer Zeitung von heute entnommen sein:

Der italienische Sinn für Kunstfertigkeit und List hat dazu geführt, daß der Gebrauch der Rhetorik überhandgenommen hat. Bedauerlicherweise besitzen beim Volk die Männer, die sich an Vernunft und harten Fakten orientieren, bedeutend weniger Einfluß als jene, die große Reden schwingen. Von kleinen Versammlungen bis hinauf zum Parlament ist das Übergewicht der Männer, die lediglich die Gabe der Beredsamkeit besitzen, nicht zu übersehen. Zu viele Rechtsanwälte, zu viele Sonntagsredner halten Machtpositionen besetzt …

Was für eine Erleichterung ist es, nach all dieser Ernsthaftigkeit zu den Kindergedichten zu kommen. Zwar ist die italienische Sprache traditionell sehr stark in kunstvoller Rhetorik, aber ihre eigentliche Trumpfkarte ist vielleicht doch diese leichte und unschuldige Spielart der Dichtkunst. Ein Buch aus den Zwanzigern ist bei folgendem kleinen Schmuckstück aufgeschlagen:

Cavallino trotta trotta
Che ti salto sulla groppa
Trotta trotta in Gran Bretagna
A pigliare il pan di Spagna

Trotta trotta in Delfinato
A pigliare il pan peppato
Trotta trotta e torna qui
Che c'è il pan di tutti i dì.

Ich kann mich wieder einmal nur für meine begrenzten Fähigkeiten als Lyrikübersetzer entschuldigen. Hier eine ungefähre Wiedergabe:

Pferdchen, Pferdchen, lauf Galopp
Auf deinem Rücken hoppehopp
Nach England will ich reisen
Dort gibt es süße Speisen

Auf im Galopp zur Picardei
Da macht man Brot mit Spezerei
Dann trotten wir ganz brav nach Haus
Zurück zu uns'rem Alltagsschmaus.

Der Lehrer, der die Ausstellungsstücke mit Bedacht plazierte, hat neben dieses Gedicht ein Lesestück gelegt, das viel direkter die gleiche Moral enthält. Ein kleiner Junge weigert sich, sein Frühstücksbrot zu essen, weil er lieber ein Stück Kuchen möchte. Woraufhin das Frühstücksbrot patzig wird und dem Jungen eine gründliche Lektion über die Vorzüge des täglichen Einerlei und der einfachen Freuden erteilt (vom frühen Morgen bis zum späten Abend – eifrig – in seiner Werkstatt …)

Wo immer man auch aufwächst in der Welt, vermutlich muß man überall lernen, daß man nicht alles kriegen kann, was man will. Aber in Italien bekommen die Kinder eine ganze Menge, wie durch folgendes höchst entzückendes

Gedicht belegt wird, das vielleicht nicht zufällig geschrieben wurde, als der aberwitzige Redeschwulst des Faschismus seinen Höhepunkt erreichte. Nicht zufällig deshalb, weil ich manchmal denke, daß die beiden Extreme der italienischen Ausdrucksweise einander bedingen. Die nun folgenden Zeilen entstammen nicht einem Buch, sondern wurden mit der Schreibmaschine getippt und vervielfältigt; sie verdanken ihre Entstehung der Abschlußfeier des Jahres 1930 an der Cesare-Betteloni-Schule. Sehr wahrscheinlich werden sie hiermit zum ersten Mal veröffentlicht:

Ciliegie rosse e belle
lucenti e tenerelle
volete voi gustar
volete voi comprar
ciliege eccole qua
tra la là la lalà lalà tralalà

Di queste perle rare
mi voglio incoronare
regina mi farò
gran ballo vi darò
guardate tutti qua
lalà lalà lalà lalà

Orecchini pendenti
bei visetti ridenti
mazzi giocondi e vivi
per abiti festivi
come stan bene qua
come stan bene là
lalà lalà lalà lalà

Wie schön diese klingenden Verslein, diese ebenmäßigen Silben und gedehnten Vokale doch die kindliche Freude zum Ausdruck bringen können! Ich fürchte, die Stärken meiner Muttersprache liegen auf anderen Gebieten …

Die Kirschen rot und fein
Schaun sehr verlockend drein
Laßt sie nicht verderben
Tut sie doch erwerben
Kirschen! Süß wie nie!
Tra la li, tra la li

Aus diesen Perlen wunderbar
Wird eine Krone für mein Haar
Ich bin die Kirschenkönigin
Und wirbele im Tanz dahin
Schaut her, ihr Leute, fern und nah
Tra la la, tra la la

Als Ohrring wunderschön
Sehr lustig anzusehn
Auch als Zierat
An unserm Sonntagsstaat
Wie herrlich sind sie da
So glänzend, hübsch und klar
Tra la la, tra la la

Einer der schönsten Schnappschüsse, die wir von unseren Kindern haben, zeigt die beiden Wange an Wange, im Obstgarten hinter dem Haus, mit frischgepflückten Kirschen, die an ihren Ohren baumeln …

An dieser Stelle wurde mein ausgiebiger Streifzug durch die Ausstellung von dem Lehrer unterbrochen, der für ihre Organisation verantwortlich zeichnete. Es war kein Geringerer als Gino d'Arezzo höchstpersönlich. Aufgeregt und mit gerötetem Gesicht hat er einen Fotografen angeschleppt, der mit Detailaufnahmen sein Werk für die Ewigkeit konservieren soll. Denn nie wieder, das ist ihm klar, nie wieder wird es möglich sein, eine so große Sammlung alter Bücher und Hefte zusammenzutragen. Die beiden sind mit einer Klappleiter ausgerüstet, mit deren Hilfe sie die Ausstellungstische von oben fotografieren wollen. »Lassen Sie sich nicht stören, machen Sie ruhig weiter«, sagt er ziemlich geziert zu mir, anscheinend ebenso verwirrt wie geschmeichelt, daß jemand sich ernsthaft mit seinen Ausstellungsstücken auseinandersetzt. Ich mache ihm ein ehrliches Kompliment über die hervorragende Darstellung, worauf er, die Leiter für den Fotografen hin- und herschiebend und das Licht an- und ausknipsend, um die Wirkung unterschiedlicher Beleuchtung auf die einzelnen Exponate zu testen, mir erklärt, für wie wichtig er seine Ausstellung hält, weil den Leuten nicht klar ist, wie sehr sich die Schule verändert hat. Sie laufen Gefahr, den Kontakt mit ihren Kindern zu verlieren. Sie wissen nicht, wie sehr der moderne Schulunterricht vom technischen Fortschritt geprägt ist, so daß ihn Lichtjahre von ihrer eigenen Schulzeit trennen. Ich frage mich, ob die Lehrer um 1930 nicht vielleicht dasselbe gesagt hätten. »Ab dem nächsten Schuljahr wird es in der vierten und fünften Klasse Informatikunterricht geben«, ruft er mir ins Gedächtnis.

Als ich sechzehn war, hat man an meinem Gymnasium viel Tamtam um die Einführung des Programmierunterrichts gemacht, fällt mir dabei ein. Alles, was wir damals gelernt haben, ist heute hoffnungslos überholt.

Der Fotograf versucht, irgendwie ein kleines Stativ an der Klappleiter festzuschrauben. All dieser Technikkram …
»Und dann ist heutzutage das analytische Denken so ungeheuer wichtig«, fährt Gino unbeirrt fort, als wollte er mich irgendwie bekehren, vielleicht dazu, ein »Neuer Mensch« zu werden. Er lenkt meine Aufmerksamkeit auf ein gerade fertiggestelltes Projekt der Kinder über das Dorf Montecchio. »Forschungsmethodik«, nennt sich das. »Um die Orientierungsfähigkeit im eigenen Lebensraum anzuregen …«
Zu diesem Zweck haben die Kinder ihren Weg von und zur Schule durch die Dorfstraßen beschrieben. In der Regel legen sie ihn im Auto zurück …
Der Fotograf stellt fest, daß zuviel grelles Licht durch die Fenster einfällt und er besser Kunstlicht benutzt. Warum, fragt man sich, machen sie nicht einfach Fotokopien von all den Büchern, da doch die meisten Exponate Bücher sind? Wie dem auch sei, nachdem ich Gino d'Arezzo noch einmal zu der gelungenen Ausstellung beglückwünscht habe, denke ich, daß es an der Zeit ist, meine Fähigkeit zur Orientierung im eigenen Lebensraum unter Beweis zu stellen und den Heimweg anzutreten. Im Eingang halte ich noch einmal inne, um mir die Inschrift des neuen Gedenksteines, der am Vortag enthüllt wurde, zu notieren. Sie lautet:

ZUR FEIERLICHEN ERINNERUNG
AN DEN HUNDERTSTEN JAHRESTAG
DER EINWEIHUNG DER
CESARE-BETTELONI-SCHULE
DIE SCHÜLER UND DAS KOLLEGIUM,
DIE BÜRGERSCHAFT UND
DIE GEMEINDEVERWALTUNG
14. MÄRZ 1994

Gegenüber der Stein, der hundert Jahre zuvor enthüllt worden war:

AM 50. GEBURTSTAG SEINER MAJESTÄT
DES KÖNIGS VON ITALIEN
UMBERTO I.
HAT DER GEMEINDEVERTRETER VON
MONTECCHIO BEI VERONA,
DER BÜRGERMEISTER
DR. GRAF GIUSEPPE RIZZARDI,
IN ANWESENHEIT DES SENATORS
GRAF LUIGI SORMANI-MORETTI,
PRÄFEKT VON VERONA,
DIESES GEBÄUDE EINGEWEIHT,
DAS NACH DEN PLÄNEN DES INGENIEURS
GIOVANNI MOSCONI
UND MIT UNTERSTÜTZUNG DER REGIERUNG
ERRICHTET WURDE,
UM ALS HEIMSTATT
FÜR DAS RATHAUS UND
DIE SCHULEN ZU DIENEN
14. MÄRZ 1894

Auch wenn Könige und Grafen, Titelanhäufungen und Doppelnamen mittlerweile ziemlich aus der Mode gekommen sind, kann man sich doch des Gefühls nicht erwehren, als wäre in gewissem Sinne alles beim alten geblieben. Draußen hat ein milder Märzregen eingesetzt, und irgend jemand fährt auf einem Fahrrad vorbei, einen Regenschirm in der Hand. Auf dem Nachhauseweg erhasche ich einen Blick in die dunkle Werkstatt eines Automechanikers und stelle fest, daß er tatsächlich vom frühen Morgen bis zum späten Abend für seine Familie arbeitet. Aber er hat zwei

Teenager als Lehrlinge. Jungs, selbstverständlich. Keine Ex-Jugoslawen, wie es scheint. Zu Hause angekommen, erzählt mir Mario, daß er, Silvio und Francesco entschlossen sind, gerichtlich gegen Righetti vorzugehen. Wir können es auf Dauer nicht dulden, daß jemand in unserem Kellergeschoß lebt. »Allerdings kann sich das Jahre hinziehen«, sorgt er sich, in Anbetracht der Arbeitsweise des Justizapparats. Nicht hundert, hoffe ich.

Come si deve

Als ich zur Grundschule ging, trug ich keine Schultasche, denn die Bücher blieben immer in meinem Pult verstaut. Wenn ich doch mal etwas bei mir trug, so höchstens einen Turnbeutel für den Sportunterricht. Später, als wir auch Hausaufgaben zu machen hatten, bekamen wir eine kleine Aktenmappe, die uns gut zu Schlips und Kragen stand – wir sahen aus wie kleine Geschäftsleute, kleine Buchhalter oder leitende Angestellte, wenn wir mit Bus oder U-Bahn zur Schule fuhren –, und das Innere dieser Tasche roch nach Butterbroten, denn auf das miserable Schulessen verzichtete man in der Regel.

In italienischen Schulen werden nur die Basistexte ausgegeben, und auch das nur bis zu einem gewissen Alter. Der Rest wird von den Eltern gekauft. Und Bücher sind ganz schön teuer. Wenn sie in der Schule blieben, hätten die Leute folglich Angst, sie könnten gestohlen werden, sie würden befürchten, die Bücher noch einmal kaufen zu müssen, und außerdem wären all die unterstrichenen Stellen und die Randbemerkungen für immer verloren. Schließfächer gibt es hier nicht.

Also tragen die Kinder von sechs Jahren aufwärts bis zum Alter von achtzehn Jahren alle ihre Bücher jeden Tag zur Schule. Nicht in Aktenmappen, die wahrscheinlich nicht groß genug wären und vor allem auch nicht zu ihrer legeren Kleidung passen würden. Sie tragen statt dessen Ranzen in

Neongelb oder Neonpink mit glänzenden Plastikschnallen, auf denen »Invicta« geschrieben steht. Es sind dieselben, die sie Jahre später in den Straßen von Rom, Paris oder London tragen werden, wenn ihre Mütter sich endlich in der Lage fühlen, sie für ein paar Tage zu einem Schulausflug wegzulassen. Eines Morgens habe ich Micheles Schulranzen gewogen. Fünf Kilo Bücher ...

Aber wie schwer auch immer sie sein mögen, diese Ranzen werden nie nach Butterbroten riechen, denn das Schulessen ist so gut, daß niemand auch nur im Traum daran dächte, nicht daran teilzunehmen. Anders ausgedrückt, die Mütter würden es den Behörden niemals erlauben, so schlechtes Essen anzubieten, daß irgend jemand es nicht haben möchte.

Diese Ranzen verströmen auch niemals den Geruch von Fußballschuhen. Denn die Schule bietet keinen Freizeitsport an, überhaupt keine Aktivitäten außerhalb des Lehrplans. Es gibt keine Musikstunden, keine Gesangsstunden, keinen Schulchor, keinen Werkunterricht für die Jungen oder Kochen für die Mädchen, kein Hockey, kein Kricket, kein Korbballspiel, kein Basketball, kein Fußball, keinen Schwimmunterricht, keine Leichtathletik, kein Sportfest, keine Schulmannschaften. Anders als in England versucht die Schule nicht, eine Art Gemeinschaft anzubieten, die ja in irgendeiner Weise die Familie verdrängen oder gar mit der Mama in Konkurrenz treten könnte. Das ist ein wichtiger Punkt. Genausowenig wie später die Universität will sie dem Kind das Gefühl vermitteln, zu einer größeren sozialen Einheit mit einer eigenen Identität zu gehören. Es gibt keinen Morgenappell, keine Hymne wird gesungen, es werden keine Gebete gesprochen, und es gibt keine Prämierung der Klassenbesten am Ende des Schuljahres. Außer der Hundertjahrfeier, die allerdings nicht alle Jahre stattfinden

kann, wie die Direktorin ausgeführt hat, besteht die Schule für die sechsjährige Stefi und für den achtjährigen Michele aus nicht mehr und nicht weniger als Lesen, Schreiben, Rechnen, Erdkunde und Naturwissenschaften, oh, und Englisch nicht zu vergessen (gerade neu eingeführt). Natürlich gehört auch *l'ora di religione* dazu, oder, im Falle meiner Kinder, *Osservazione all'Europa*, wo sie neulich gelernt haben, daß zu den Dingen, die die europäischen Völker einen, nicht etwa das Schulsystem oder das Staatswesen gehört, sondern ... die Religion.
Die Reformation wird erst später durchgenommen.
Nein, wenn die Kinder etwas außerhalb des Lehrplans unternehmen wollen, müssen sie das nach der Schule tun; und die Eltern müssen sich darum kümmern, sie hinfahren ... und dafür bezahlen. Der späte Nachmittag hält viele *sacrifici,* zeitliche und finanzielle, bereit.
Gigi La Magna, Micheles Friseur, spielt im hiesigen Fußballverein, dem A.C. Montecchio. Er unterhält sich mit Freunden, die im Salon herumlungern, während er Haare schneidet. Vor allem bekrittelt er die Entscheidungen des Trainers. Einmal habe er mit Roberto Baggio zusammen gespielt, erzählt er Michele. Es war ein Freundschaftsspiel in dem Dorf Illasi. Er hat an diesem Tag ein Tor geschossen, Baggio dagegen nicht.
Soll man's glauben?
Gigis Vater, Giobatta, behauptet, sein Sohn verfüge über Heilkräfte, die er – manchmal auch nur beim Haareschneiden – mittels seiner Fingerspitzen übertragen könne. Ja, einmal soll er sogar jemanden geheilt haben, der todkrank gewesen sei, ohne es überhaupt zu wissen – allein dadurch, daß er ihm die Haare geschnitten habe.
Soll man's glauben?
Immerhin beruhigt es mich, daß Micheles Besuche beim

Friseur nur sein Interesse fürs Fußballspielen wecken und ihn nicht dazu inspirieren, ein Wunderheiler zu werden. Die Pokale in den Regalen jedenfalls, die ihn so beeindrucken, stammen von Fußballturnieren ...

Als ich ein Kind war, gingen wir nach der Schule in den nächsten öffentlichen Park oder zu einem brachliegenden Grundstück in der Nähe, wenn wir Fußball spielen wollten, und kickten uns gegenseitig einen Ball zu. Wir spielten auch mit einem Tennisball auf dem Spielplatz. Manchmal fanden zwei oder drei Spiele von Mannschaften verschiedenen Alters gleichzeitig statt, die auf dem holprigen Asphaltbelag kreuz und quer durcheinanderliefen. An den freien Nachmittagen haben der Mathematiklehrer oder der Religionslehrer uns in zwei Gruppen von elf gegen elf (oder wie viele sich gerade ergaben) aufgeteilt und uns auf der Spielwiese aufeinander losgelassen. Hier lernten wir das Spiel, indem wir es spielten, und soweit ich mich erinnern kann, hatten wir viel Spaß dabei. Aber anscheinend war das falsch. Das jedenfalls will mir der junge Bursche erzählen, der für die Aufnahme beim A.C. Montecchio zuständig ist. Das war offenbar furchtbar naiv von uns und erklärt, warum es um den englischen Fußball heutzutage so schlecht bestellt ist. Nein, nein, nein, hier in Italien nehmen sie den Sport viel ernster, versichert er mir. Vielleicht haben sich aber auch nur die Zeiten geändert.

Auf jeden Fall hat die Grundschule keine Sportplätze, und auch die *scuola media,* die nächste Schulstufe, nicht, und nirgendwo gibt es ein öffentliches Gelände, wo die Kinder einfach nur spielen könnten. Will ein Kind Fußball auf einer Wiese spielen, muß es Mitglied im A.C. Montecchio werden ...

Also geht man mit seinem Sohn zum einzigen Fußballplatz des Ortes, der von einer Zypressenhecke und hohen Zäunen umgeben ist und außerdem ein Tor besitzt, das man abschließen kann, wenn er nicht offiziell benutzt wird. Das wird sehr wichtig genommen. Man bezahlt im voraus. Allerdings ist es nicht teuer. Der Junge bekommt eine Sporttasche in den Mannschaftsfarben, auf der auch der Name der Mannschaft steht, und ein Mannschaftstrikot. Der A.C. Montecchio hat dieses Jahr einen neuen Trainer bekommen, der früher, man höre und staune, für die ungarische Nationalmannschaft gespielt hat – so jedenfalls verkünden es große Plakate, die überall im Dorf geklebt worden sind. Aber diese Berühmtheit trainiert nur die Großen. Anschließend wird seine Weisheit von Mannschaftsmitgliedern nach unten an die Jugendmannschaften weitergereicht. Ihr Hauptbestandteil ist Drill. Denn angeblich lohnt es sich nicht, mit dem Fußballspielen anzufangen, wenn man nicht vorher ewig trainiert hat, Stunden um Stunden; genau wie es keinen Sinn machen soll, Klavier zu spielen, bevor man nicht die Dur- und Moll-Tonleitern rauf und runter geübt hat.

Es ist ein Oktoberabend, halb sechs, und ich will Michele abholen. Trotz der Dämmerung rennen die Kinder immer noch umher, berühren ihre Zehenspitzen und springen in die Luft, anschließend werden Strafstöße und Kopfbälle geübt. Am Ende ist gerade mal Zeit für ein zehnminütiges Spiel, das von einem der vier Flutlichtscheinwerfer notdürftig beleuchtet wird. Im Dezember friert sich der Torwart halb zu Tode, trotz der offiziellen Mannschaftshandschuhe. Der Trainer schreit und brüllt die Jungs an, den Ball abzugeben. »Paß, *per l'amore di Dio!* So wie ich es euch im Training gezeigt habe!« Er trillert viel mit seiner Pfeife herum, aber nur selten wegen eines Fouls. Einen Jungen verweist er vom Platz, weil er den Ball zu lange behalten hat. Dann schickt er einen anderen vom Spielfeld,

weil er *porca vacca* gesagt hat. Zum Glück war es nicht Michele.
Das Training soll bis um sechs Uhr dauern, aber es zieht sich in die Länge. Sie wollen uns zeigen, daß sie ihre Aufgabe sehr, sehr ernst nehmen und das Talent unserer Kinder fördern. Dieses Dogma liegt in der Luft, die ansonsten eisig ist. Offen gesagt, ich fröstele. Ich erwärme mich an dem Wort *sacrifici,* lasse es wieder und wieder auf der Zunge zergehen, während andere wartende Eltern vom Spielfeldrand aus komplizierte Anweisungen in die Dämmerung rufen. *»Devi gestire lo spazio in modo dinamico!«* Du mußt den Raum dynamisch besetzt halten! Der kleine Mirko, der im Abseits herumsteht, schaut noch nicht einmal auf. Die Eltern rudern mit den Armen. Im allgemeinen sind sowohl die Mütter als auch die Väter von den Leistungen ihrer Sprößlinge enttäuscht. Sie rufen ihnen weit Schlimmeres als *porca vacca* zu. Warum können es die Kinder nicht so machen wie im Fernsehen? Sie sehen doch weiß Gott genug Fußballspiele! Da bekommt Michele den Ball voll und hart ins Gesicht und fällt mit dem Rücken auf den gefrorenen Rasen.
Das Eingangstor zum Fußballplatz befindet sich am Ende der Straße, in der Zia Natalina wohnt, und auf dem Rückweg holen wir Stefi ab, die drinnen im Warmen sitzt und übt, wie man gefaltetes Papier so zuschneidet, daß händchenhaltende Engel dabei herauskommen. »*Santa patata,* Michele«, sagt Zia, »du siehst ja wie ein Yeti aus.« Wirklich, sein Gesicht ist glühend rot. Kurz darauf beschließt er, daß er doch nicht mehr Fußball spielen möchte. Das gesteht er mir über einer kräftigenden Tasse heißer Schokolade in der *pasticceria.* Er weiß auch nicht, warum, aber er mag das Spiel eben nicht. Ernsthaft schüttelt Michele den Kopf. Selbst wenn Gigi La Magna früher mal mit Roberto Baggio gespielt hat. »Du

kannst tun und lassen, was du willst«, sage ich großzügig zu ihm, während ich mir die eiskalten Hände an meiner Tasse wärme. »Es drängt dich niemand.« Auf einem Nebentisch liegt aufgeschlagen die rosafarbene *Gazetta dello Sport,* mit einer riesigen Schlagzeile, die einen Transfer von fünfzig Milliarden Lire verkündet. Aber ich habe das Gefühl, ich kann diese Chance in den Wind schreiben.

Mein Freund Iacopo hat es da nicht so gut. Sein kleiner Renzo entwickelt sich zum Kinderstar. Zum großen Neid aller Freunde Renzos holt Iacopo den Jungen mit seiner Moto Guzzi vom Fußballplatz ab, bevor er zu seiner neuen Freundin braust, wieder eine *mamma,* aber dieses Mal mit einem angenehmen, blühenden Äußeren. Er arbeite gerade an einem kleinen Bild von dem Jungen, wie er ein Tor schießt, vertraut mir Iacopo in der Bar an; allerdings scheint ihm das irgendwie peinlich zu sein. Es soll sein Geburtstagsgeschenk werden. Der Bilderrahmen ist das Tor, von hinten gesehen, und das Kind hechtet durch das Bild nach dem Ball, um ihn einzuköpfen. Im stillen halte ich das für albern, aber als ich einmal Michele bei Renzo zum Spielen absetze und es mir anschaue, finde ich es sehr gelungen: die ländliche Dämmerung, die Jungs, die vor dem Tor viel zu klein erscheinen, alles ist da, auch diese Mischung aus Komik und Ernsthaftigkeit, ein Gefühl, das sich oft einschleicht, wenn man kleine Kinder bei der Ausübung eines Erwachsenensports beobachtet. Iacopo hat zweifellos Talent, trotzdem hat die Schule aus irgendeinem Grund sein Bild von der Hundertjahrfeier nie aufgehängt.

Nachdem Michele (schon in so zartem Alter!) den Nationalsport an den Nagel gehängt hat, versucht er es eine Weile mit Baseball (wie Stefanos Sohn Beppe), danach mit American Football (wie Francescos Gigi), anschließend mit Tennis (wie Silvios Giovanni). Nur die Privatwirtschaft kann eine solche Bandbreite von Möglichkeiten bieten. All diese Einzelkinder müssen Erfolg haben, Selbstvertrauen entwickeln, siegen lernen. Eine Saison lang gehen Stefi und Michele zum Schwimmkurs. Am Anmeldetag drängeln während des ganzen Morgens die Mütter, wild entschlossen, einen der raren Plätze zu ergattern – aber dann lassen sie ihre Kinder nicht einmal die Hälfte der Stunden besuchen, weil sie eine verstopfte Nase oder Husten haben. Gut fünfzehn von den insgesamt vierzig Minuten gehen für Aufwärmgymnastik drauf. Und: »Im Wasser wird nicht gespielt!«

Am Ende begeistern sich beide Kinder fürs Rollschuhlaufen, vielleicht auch für Ilaria, ein großes, entzückendes Mädchen, das auf dem zur Kirche gehörigen Basketballfeld Unterricht gibt. Wieder eine Gelegenheit, teure Ausrüstung zu kaufen: Inline-Skates, Knieschoner, Ellbogenschoner. Bleibt allerdings für Michele das kleine Problem, daß er der einzige Junge im Kurs ist. So stark wirkt die Geschlechterprägung in diesem Land, wo in den Städten keine hochgewachsenen Schwarzen elegant durch die Parks oder über die Bürgersteige flitzen, daß jedermann denkt, Rollschuhlaufen sei nur etwas für Mädchen. Nun riskiert Michele also nicht nur, in der Hölle zu schmoren, weil er nicht an der *ora di religione* teilnimmt, sondern gilt auch noch als verweichlicht, weil er gerne Rollschuh läuft. Dabei ist das völliger Unsinn, denn es hat überhaupt nichts von weiblicher Anmut, wie Michele Rollschuh läuft, wie er herumjagt, die Mädchen an den Zöpfen zieht oder sie in den Rücken stupst. Die Hälfte der Stunde ist die Lehrerin damit beschäftigt, hinter ihm herzubrüllen. Immerhin, sagt er zu Beppe, habe er keinen Pferdeschwanz. Und er geht nicht zum Ballett. Er mag vielleicht Rollschuh laufen, aber tanzen würde er nie. *Che schifo!* Was für ein Käse! lacht er über Stefi, die so gerne tanzt. Sie liebt ihre kleinen rosa Schuhe und ihr kleines rosa

Tüllkleid, in dem sie so engelgleich pausbäckig aussieht, wenn sie mit den anderen Kindern ihres Ballettkurses herumwirbelt. Hier gibt es natürlich überhaupt keine Jungs. Mir gefällt die Tanzlehrerin sehr; sie ist in den Vierzigern, lebt von ihrem Mann getrennt, sieht ziemlich verlebt aus und drückt immer gerade eine Zigarette aus, wenn sie kommt. Sie strahlt nicht diese Selbstgerechtigkeit aus, die die meisten der Freizeitaktivitäten unserer Kinder hier zu infizieren scheint und ohne Zweifel auf das Konto der Kirche geht. Sie tut nicht so, als würde sie ihr Äußerstes geben.

Anders Ilaria, die wie der Fußballtrainer ihre Unterrichtsstunde, in der die Kinder Pirouetten und verschiedene Balanceakte üben, tief in die Winterabende hinein ausdehnt. Aber wenigstens ist es um vieles angenehmer, fünfzehn kleinen Mädchen beim Rollschuhlaufen zuzuschauen, als mitanzusehen, wie eine Horde Jungs sich gegenseitig einen nassen Ball zubolzen. Es ist das reine Vergnügen, zu beobachten, wie ihre Gesichter in der einsetzenden Dämmerung leuchten, wenn die Straßenlaternen aufflackern und sich plötzlich die Hügel rings um das Dorf im Dunkeln abzeichnen. Manchmal kommt auch Don Guido aus seiner *canonica,* um sie sich anzuschauen. Schließlich befinden sie sich auf seinem Grund und Boden. Punkt sechs Uhr fangen dann hinter ihm die falschen Glocken der roten Backsteinkirche zu läuten an. Ich vermute, daß sie an eine Zeitschaltuhr angeschlossen sind. Sie bringen das Kunststück fertig, ihre Melodie zugleich ohrenbetäubend laut und süßlich herunterzuleiern:

E' l'ora che pia la squilla fedel,
le note ci invia dell'ave del ciel …

Pünktlich das treue Glockengeläut
Ruft zum Ave Maria uns fromme Leut' …

Ob irgend jemand wirklich sein Angelus-Gebet aufsagt, wenn diese schleppende Melodie erklingt? Wie hält es Don Guido damit? Er steht gedankenverloren zwischen den parkenden Autos und schaut den Rollschuhläuferinnen zu. Wenn er mich nun grüßt, hat es den Anschein, als habe er sich mit dem Nonkonformismus meiner Familie abgefunden, der durch Micheles unübersehbare Teilnahme am Rollschuhkurs der Mädchen vielleicht noch auffälliger geworden ist. Jedenfalls nickt er freundlich und macht keine Bemerkungen mehr über den Katechismusunterricht, und später ist er es zufrieden, wenn einige der Kinder mit ihm gehen und seine Hasen- und Meerschweinchenställe hinter der roten Ziegelwand der Kirche sehen wollen. Stefi ist mit Begeisterung dabei. Sie liebt alles, was weich und pelzig ist. Und sie mag es auch, wenn er ihr eine *caramella* gibt. Aber sie mag es nicht, wenn man sie kneift. Wie kommt der Priester eigentlich dazu, kleine Kinder zu kneifen …?
Manchmal frage ich mich, ob meine Kinder in ihrem Leben jemals noch an etwas anderes denken können als an Rollschuhlaufen in der Winterdämmerung, *per carità,* wenn sie irgendwo in Italien um sechs Uhr abends das Angelusläuten hören.
Micheles Klavierlehrerin heißt ebenfalls Ilaria. Wir haben ein Klavier gekauft, weil wir hofften, die Kinder würden darauf spielen lernen. Statt dessen lernten wir dann selbst Klavier spielen. Das war sehr unitalienisch von uns, denn kaum jemand in Italien besitzt ein Klavier. Der Mann, der uns das Klavier verkaufte, verwies zur Erklärung des horrenden Preises darauf, daß die Engländer zehnmal so viele Klaviere (oder andere Musikinstrumente) wie die Italiener

kauften. Ich vermute, der Grund dafür ist die hierzulande weitverbreitete fixe Idee – sicherlich auch ein Kennzeichen unserer Zeit – daß es sich schlichtweg nicht lohne, etwas anzufangen, wenn man es darin nicht zur Meisterschaft bringen kann. Entweder man spielt ernsthaft, von frühester Kindheit an, Fußball, oder man läßt es ganz bleiben. Die Kinder eifern Roberto Baggio oder einem anderen Helden des Tages nach – Gianluca Vialli, Beppe Signori –, während die Eltern vom Spielfeldrand herüberrufen und Flaschen mit teuren Energiedrinks schwenken, die ihre Leistungsfähigkeit erhöhen und ihre Gesundheit erhalten sollen. Oder die Kleinen gehen schwimmen, mit dem Ziel, Mitglied der Schwimmstaffel zu werden. Sie absolvieren das erforderliche Training. Für den Fall, daß sie einfach nur herumplanschen wollen, sind die Becken streng in Bahnen unterteilt. Und wenn ein Kind an einem BMX-Kurs teilnimmt, wie Michele das ein Jahr lang gemacht hat, um die ehrgeizige Cross-Strecke im Centro Primo Maggio benutzen zu dürfen, dann muß es auch, ausgestattet mit einem Sturzhelm, modisch enganliegenden Radlerhosen und Knieschützern, bei den Rennen mitfahren, bevor es dann schließlich, als Jugendlicher, eines dieser Rennräder fahren darf, die beinahe jeden Sonntag im Sommer durch das Städtchen brausen, unterwegs zu kräftezehrenden Gebirgstouren. Wenn die Rennradler an der behelfsmäßigen Zuschauertribüne auf der *piazza* vorbeikommen, müssen sie das anfeuernde Gebrüll aus den Megaphonen über sich ergehen lassen, eingerahmt von fetten Exchampions auf Motorrädern, die die Bahn freihalten. Sie sind verpflichtet, Pokale und Medaillen zu gewinnen und sich auf teuer gerahmten Mannschaftsfotos verewigen zu lassen (der Friseursalon und sämtliche Bars hängen voll davon). Sport, welcher es auch sein mag, muß stets so betrieben werden, wie es im Fernsehen gezeigt wird.

Sonst ist es den Aufwand nicht wert. Zu viele *sacrifici* für nichts und wieder nichts. Fang gar nicht erst damit an. Daher rührt die Frustration so vieler Eltern am Spielfeldrand – nicht so, mach es so! –, und am Ende ziehen sich die Kinder zu den Videospielen in der Bar Centrale zurück, wo es nicht ganz so schwierig ist, Erfolg zu haben. Dort lungert immer eine Bande ausgepowerter Teenager vor den Bildschirmen herum. Michele, der sich für Computerspiele begeistert, erzählt mir aufgeregt, daß sich in dem derzeit angesagten Spiel eine Frau völlig auszieht, wenn man alles richtig macht. Big Gigi, der Junge, der eine Treppe tiefer wohnt, äußert seine Verachtung gegenüber Michele: Wenn du nackte Weiber sehen willst, brauchst du nur nachts den Fernseher einzuschalten. Auf Channel Seven ...
Als ich in ihrem Alter war, bezog ich meine Vorstellung von nackten Frauen ausschließlich aus den Abbildungen von Stammestänzen und Pygmäen am Amazonas, die ich im *National Geographic* fand.
Es ist so schwierig, ein guter Klavierspieler zu werden, denn die Verantwortlichen zeigen kaum jemals Klaviere im Fernsehen und schon gar nicht in Computerspielen (das Mädchen macht ihren Striptease nicht auf einem Klavier oder zu Klaviermusik). Überhaupt will niemand mehr diese Art von Musik hören, und deshalb ist es nicht überraschend, wenn in Italien niemand ein Klavier kaufen will und es überdies ungeheuer mühsam ist, einen Klavierlehrer zu finden. Wer wollte sich schon damit herumschlagen, Klavier spielen zu lernen, nur um es dann anderen beizubringen, noch dazu, wenn die Schüler kaum Anzeichen zeigen, sich zu Stars zu entwickeln? Vor allem aber gibt es keine staatlichen Stellen zu ergattern, etwa an Schulen, wo man Klavierunterricht erteilen könnte.
Unsere erste Entdeckung, Marzia, war eine glänzende Pia-

nistin, aber sie hatte eine allzu herablassende Art. Bei allem, was man gelernt hatte, vermittelte sie einem das Gefühl, man wäre einen Schritt zurückgefallen, zeigte sie einem lediglich, wie viel es noch zu lernen gab. *»Non è come si deve«*, pflegte sie kopfschüttelnd zu sagen, wenn man ein neues, gerade gelerntes Stück spielte. Es ist nicht so, wie es sein soll. Ganz ähnlich drückt sich der Kommentator aus, wenn Baggio und Co. uns mit einer besonders miserablen Vorstellung zu Bett schicken: *»Questo non è calcio come si deve.«* Fußball, wie er nicht sein soll.

Gaetano, unserem zweiten Lehrer, war einfach alles egal. Er nickte unbestimmt mit dem Kopf. Manchmal sagte er in einem ausdruckslosen Ton, den man für ironisch halten konnte, *bravo,* bis einem schließlich klar wurde, daß er mit seinen Gedanken ganz woanders war. Außerdem hatte er die irritierende Angewohnheit zu fragen: »Und was jetzt?«, wobei er das Buch etwa fünfzig Seiten weiter hinten aufschlug und ein furchtbar schwieriges Stück richtig und völlig *come si deve* spielte. Nichts konnte einen mehr erniedrigen.

Hier tritt nun die zierliche Ilaria auf den Plan, die eine rauhe Jungenstimme besitzt und Dialekt spricht. Von Ilaria kann man sagen, daß sie, was die Einstellung zum Erfolg anbetrifft, die Schattenseiten zweier Generationen, der alten und der neuen, mitbekommen hat. Das hat sie schließlich dazu gebracht, selbst Unterricht zu geben, und sie macht ihre Sache sehr gut. Als eines von fünf Kindern einer Familie, die einen Steinbruch in den Bergen betrieb, zeigte sie bereits als kleines Mädchen ein unerklärliches Interesse für das Klavier und erhielt Unterricht vom Dorfpriester. Er erkannte ihr Talent und ermutigte sie. Das war eine der positiveren Rollen, die die Kirche einst spielte. Als Teenager erteilte sie jüngeren Kindern Nachhilfe in Mathematik, um sich das Geld für Stunden bei einem richtigen Klavierlehrer zu ver-

dienen. Vier Mathematikstunden für eine Klavierstunde. Ihre Eltern gaben ihr nichts für diesen Unterricht dazu; nicht, weil ihnen das Geld dazu fehlte, aber sie hätten dann den anderen Kindern etwas Gleichwertiges bieten müssen. Dahinter steckte die uralte fixe Idee, daß Gleiches mit Gleichem vergolten werden muß. Wie auch immer, das war, bevor die Sorge um das Weiterkommen der Kinder so in Mode kam und das Einzelkind zum Regelfall wurde.
Schließlich schaffte sie es aufs Konservatorium, aber sie hatte nicht genügend finanzielle Unterstützung, um zügig abzuschließen. Sie hielt sich mit Jobs über Wasser, wurde spät fertig und verpaßte damit alle Chancen, Berufsmusikerin zu werden. Folglich hat sie nun, entsprechend der modernen Einstellung, die für jede Tätigkeit Perfektion verlangt, eine sehr schlechte Meinung von sich selbst. Sie spielt hervorragend, beharrt aber darauf, sie sei nicht besonders gut. Sie glaubt, man wolle die schwierigsten Stücke in der kürzestmöglichen Zeit beherrschen. Es brauchte eine Weile, bis wir ihr klarmachen konnten, daß wir auch mit kleinen, unbedeutenden Fortschritten vollauf zufrieden waren, solange die Kinder ihre Freude dabei hatten und ein wenig lernten, Musik zu genießen. Nach einem Jahr nun spielt Stefi ganz annehmbar »Mary had a Little Lamb«, während Michele herausgefunden hat, daß noch eine andere »weibische« Beschäftigung Spaß machen kann. Er sehnt sich kein bißchen nach dem inzwischen flutlichterleuchteten Platz zurück, wo Iacopo fröstelnd an der Seitenlinie stehen muß, während er darauf wartet, daß Renzo seine Tore schießt.
Seltsam, ich selbst habe als Kind meine Klavierstunden aufgegeben, um Fußball zu spielen. Und das würde ich auch jetzt wieder tun, wenn es nur jemanden gäbe, der mitspielte, ohne gleich fanatisch zu werden …
Es ist Viertel nach vier. Die Eltern warten vor dem Schultor.

Überall sind Autos in zweiter Reihe geparkt. Das ist nicht ungefährlich, denn genau hier ist die Straße sehr eng, und die Leute haben immer größere Autos. Da ertönt die Schulglocke, und die Kinder mit ihren klobigen Schulranzen strömen ins Freie. Fünf Minuten später bahnt sich ein chaotischer Verkehr seinen Weg zu den unterschiedlichsten Zielen: zum Schwimmbad, zu den Tennisplätzen, zu der Turnhalle in der anderen Schule, wo Stefi tanzt, zu dem Basketballfeld, wo der Rollschuhlauf stattfindet. Ein Kind spielt Baseball, das nächste muß zum BMX-Training. Das eine lernt Bogenschießen, das andere macht Skigymnastik. Die Wagen schlängeln sich hektisch kreuz und quer über die Piazza. Meistens sitzt eine Mutter am Steuer. Oder eine Großmutter. Sie sorgen sich, ob der Tennisschläger, den sie gekauft haben, teuer genug war, ob Giovanni aufgestellt wird oder ob Chiara die richtige Figur hat. Mit Zuckerbrot und Peitsche zwingen sie dieser neuen Generation von Italienern auf, was ihrer altmodischen Ansicht nach das gute Leben ist.

Die falschen Kirchenglocken beginnen zu läuten. Ihr süßlicher Klang ergießt sich über den Ort wie klebriger Zuckerrübensirup. *È l'ora che pia …* übertönt es Ilaria, die den Kindern zeigt, wie man bei der Pirouette einen Rollschuh hebt, unterbricht es den Fußballtrainer bei der Erklärung der ungarischen Methode, eine Abseitsfalle zu stellen, bringt es den BMX-Lehrer aus dem Konzept, der den Kindern beibringen will, wie man aus der Startposition loskommt. Die Mütter warten in ihren Autos. Wieviel Zeit haben die Kinder danach noch fürs Abendessen und um sich *come si deve* für den Katechismusunterricht umzuziehen?

An einem Mittwochabend mitten im Winter kommen wir den rückwärtigen Weg vom Einfahrtstor herauf. Ich trage Stefis Beutel mit den Sachen für die Ballettstunde, ein Paar

Inline-Skates und den Plastikkoffer mit den Musiknoten. Am Mittwoch ist volles Programm. Zwei Stunden lang habe ich die beiden herumkutschiert. Wie ich den Weg entlangkomme, sitzt da neben einer der lächerlichen Gartenlampen, eingewickelt in seinen Mantel, Hristo, unser Flüchtling. Er ist an die frische Luft gegangen, um eine Zigarette zu rauchen, da jemand sich beschwert hat, der Tabakrauch dringe vom Keller ins Treppenhaus. Die Kinder bleiben stehen, um mit ihm zu plaudern. Sein Italienisch ist inzwischen viel besser geworden. Fröstelnd grinst er uns an. Manchmal kickt er ein bißchen mit den Kindern auf dem betonierten Platz hinter der Garage. Michele spielt hier gerne Fußball mit Hristo und den anderen Jungs aus dem Haus. Auch Silvio macht mit. Und ich. Hristo behält seine Zigarette im Mund, was wirklich nicht *come si deve* ist, obwohl er ansonsten recht ordentlich Fußball spielt.
»Wie oft kannst du den Ball in die Luft kicken, ohne daß er den Boden berührt?« fragt Michele. Hristo macht es vor, er hüpft eifrig auf Righettis unebenem Betonplatz umher, obwohl er den ganzen Tag Wände geweißelt hat. Asche fällt von seiner Zigarette. Fünfundzwanzigmal! Silvio ist sogar noch besser. Ich schaffe es nur siebzehnmal. Man braucht also doch nicht immer einen Lehrer, um ein bißchen in Bewegung zu bleiben …
Als wir die Treppe hinaufsteigen, will Silvio allerdings wissen, wie Hristo dort unten im Keller eigentlich heizt, wo doch so viel leicht entzündliche Farbe herumsteht? Und können wir ihn überhaupt auf die Straße setzen, selbst wenn wir vor Gericht gehen (die Anwälte haben bereits erste Briefe ausgetauscht)? Abends lädt er den Kriegsflüchtling großzügig nach oben ein, um die Nachrichten im Fernsehen anzuschauen, die selbstverständlich ungeheuer viel Zeit auf die Berichte über die Erfolge der Fußballnationalmann-

schaft, der Basketballspieler, der Volleyballspieler (Weltmeister), der Wasserballer (Weltmeister) und anderer Sportler wie der Tennisspieler verwenden; seit neuestem gehört sogar das Rugbyteam dazu. »*Miracolo!*« ruft der Kommentator und entlehnt damit ein Wort aus einer anderen starken italienischen Traditionslinie. *Miracolo di Pescosolido* – der Tennisspieler hat Edberg geschlagen. *Miracolo della Ferrari* – sie haben ihr erstes Rennen seit Jahren gewonnen. *Miracolo di Benvenuti* – er hat den Achthundertmeterlauf bei den europäischen Leichtathletikmeisterschaften gewonnen. *Che spettacolo!* Und dabei weiß man genau, daß das überhaupt kein Wunder ist. Es ist das Ergebnis all der *sacrifici,* die die Eltern gebracht haben, indem sie die Kinder unermüdlich von einer Freizeitaktivität zur nächsten kutschierten, wo diese lernten, wie man etwas *come si deve* macht.

Tengo famiglia

Neben seinem Taschenmesser, der Schleuder und einem spitzen Stock, dem Schrecken aller Nattern, hat Michele auf seinen Streifzügen neuerdings auch eine Geldbörse dabei. Weil die Kinder jetzt Taschengeld bekommen. Fünftausend Lire in der Woche. Stefi trägt ihr Taschengeld allerdings nicht mit sich herum, weil sie es unweigerlich sofort ausgibt. Oder es Michele anvertraut, damit er es »für sie spart«. Ein sehr zweifelhaftes Verfahren. Doch auch wenn er es unbeirrbar überallhin mitnimmt, ist das Geld bei Michele sicher verwahrt. Er wird es nie irgendwo liegenlassen, weil er ständig an dieses Geld denkt. Er betrachtet es immer wieder verzückt. Und zählt es, abermals und abermals, mit leuchtenden Augen und voller Eifer. Seine ständigen Fragen umkreisen ein neues Thema.

»Wie viele Lire sind ein *miliardo,* Papà?«

»*Un miliardo* natürlich.«

»Wieviel ist das?«

»Eintausend Millionen.«

Stefi, die noch etwas einfältiger ist, fragt: »Und wieviel ist eine Million?«

»Eintausend mal tausend.«

»Also brauche ich eintausend davon«, meint Michele und hält einen arg abgegriffenen Schein hoch, »um eine Million zu haben.«

»Richtig.«

»*Cavolo!*« ruft Stefi. Kohlkopf! Was soviel wie »Uui!« bedeuten soll.

»Aber wie viele Nullen hat *un miliardo?*« Jetzt macht sich Michele daran, die Nullen auf seinem Zehntausend-Lire-Schein zu zählen.

»Neun.« Es ist wichtig, daß sich die Kinder an diese großen Zahlen gewöhnen. Es ist wichtig, daß man sich selbst an sie gewöhnt.

»Und ein *miliardo di miliardi?*« will er wissen.

Ich lache: »Das entspricht so ungefähr der Staatsverschuldung.« Eine Zahl, die von keiner anderen mehr übertroffen wird.

»Der was?« Natürlich ist er verwirrt. Soll ich ihm erklären, daß sämtliche Italiener, ob Mann, Frau oder Kind, pro Kopf mit etwa dreißig Millionen Lire verschuldet sind, also mit mehr, als sein gesamtes Taschengeld jemals betragen wird? Im Augenblick scheint es wenig Sinn zu haben, sich mit diesem Thema ausführlicher zu beschäftigen. Schließlich hat das ja auch die Regierung noch nie versucht, und wenn sie es einmal täte ...

Michele hat auch eine Ein-Pfund-Münze in seiner Tasche, ein Andenken an die letzten Ferien in Somerset.

»Wie viele Lire ist die wert, Papà?«

»Heute, meinst du?« Ich erkläre ihm, was Wechselkurse sind. Das hätte ich besser nicht getan.

»Zweitausendfünfzig Lire.«

»Und heute?«

»Zweitausendeinhundert Lire.«

»Und heute?«

»Zweitausenddreihundert Lire.«

»Und heute?«

»Zweitausendvierhundertfünfzig Lire.«

»Und ...«

Gott sei Dank, daß das Kind keine Deutsche Mark hat! Sonst hätten wir womöglich einen ausgewachsenen Neurotiker am Hals. Ich hüte gewissenhaft das Geheimnis, daß seine Ersparnisse jeden Tag an Wert verlieren, genauso wie ich lange versucht habe, die Tatsache vor ihm zu verbergen, daß nicht Santa Lucia ihnen an Weihnachten die Geschenke bringt, sondern wir es tun.

Eingepackt in ihre Jacken sitzen die Kinder auf einem Hügel im blaugrünen Gras, wo wir ein November-Picknick veranstalten, breiten ihr gesamtes Geld auf einem Stein aus und starren es an – was, ebenso wie das Picknick selbst, in einem Land mit mehr Wind nicht möglich wäre. Denn diese Währung besteht fast ausschließlich aus Banknoten, die leicht sind wie eine Feder. Die größte Münze entspricht nur einem Gegenwert von etwa zwanzig Pence.

Und es ist auch eine farbenfrohe Währung, wie ja die Verpackungen und die Heiligenbilder in diesem Land ebenfalls sehr farbenfroh sind. Die Eintausend-Lire-Scheine sind grau oder rosa, die Zweitausend-Lire-Scheine orange und braun, die Zehntausend-Lire-Scheine sind in lieblichem Blau gehalten, die Fünfzigtausender sind wieder rosa, aber weicher und größer als ein Eintausender, und die Hunderttausend-Lire-Note zeigt ein eindrucksvolles *spettacolo* von pastellfarbenen Braun- und Grüntönen mit einer Spur von Blau. Anders als mit dem glanzlosen, rein zweckmäßigen Dollar erhält der Akt des Geldausgebens mit einer solchen Währung einen gewissen Zauber.

Stefi gefallen die Bilder auf den Scheinen, die Pferde, die Obstschalen, die Schiffe, die lernenden Kinder. Und die Gesichter. Wer ist das? Ich muß erklären, wer Giuseppe Verdi war, und wer Bellini. Deshalb zeigt das Bild ein Opernhaus. Siehst du, das ist die Scala. Ich verspreche Stefi, mit ihr in der Arena *Aida* anzuschauen, wenn sie größer ist,

allerdings nicht – aber das behalte ich für mich – *I puritani.* Ich erkläre, daß Maria Montessori auf dem Eintausender-Schein eine neue Methode für den Unterricht von Kindern erfunden hat, die man an ihrer *scuola elementare* in gewisser Weise auch anwendet, wenn man ihnen etwa all diese Projekte vorschlägt, bei denen sie sich selbständig etwas erarbeiten sollen, anstatt ihnen den Stoff zu diktieren. Und danach erfahren sie, was sie dabei gelernt haben sollten. Michele weiß fast alles über Guglielmo Marconi auf dem Zweitausender-Schein, über seinen Funkruf nach Amerika. Was er allerdings nicht weiß, ist, daß dieser Wissenschaftler in seinem späteren Leben Faschist wurde und sich glücklich schätzte, in den Schulbüchern als Erfinder einer Vorrichtung genannt zu werden, die zum Sieg über die riesige abessinische Armee beitrug. Aber wir können dem Jungen das ersparen. Auf dem Zehntausend-Lire-Schein ist Graf Alessandro Guiseppe Antonio Anastasio Volta abgebildet. »Denk nur, wenn du immer seinen ganzen Namen aufsagen müßtest!« meint Stefi, als ich (andeutungsweise) erkläre, was er entdeckt hat.
Auf der Fünfzigtausend-Lire-Note ist der hinreißende Bernini mit seinem mächtigen Schnauzer und neckischen Spitzbart abgebildet. Wieder Erklärungen. Wieder historische Anmerkungen. Aus meiner Geldbörse – nicht aus der Micheles – hole ich einen Hunderttausend-Lire-Schein, die größte erhältliche Banknote, von der einem ein sehr ernst wirkender Caravaggio entgegenblickt. Caravaggio hat nach einem Streit wegen eines Tennisspiels einen Mann getötet, sage ich warnend zu meinem Sohn. Michele neigt ebenfalls zu Zornausbrüchen, und nach einigen unbeholfenen Probespielen mit Zio Berto verlangt er jetzt lautstark, Tennisstunden nehmen zu dürfen, zusätzlich zu seinem Klavierunterricht und dem Rollschuhlaufen …

Auf jeder Banknote steht der Satz: »DIE HERSTELLUNG UND VERBREITUNG VON FALSCHGELD WIRD GESETZLICH BESTRAFT.« Das ist eine dieser Warnungen, die weniger abschrecken als daran erinnern, wie weit verbreitet dieses Verbrechen ist – man könnte fast meinen, der Satz fordere einen dazu auf. Und es ist lustig, wenn man an all die Fälscher denkt, die diesen Satz in den verschiedenen Schriftarten auf den verschieden großen Scheinen nachmachen müssen.
Aber jetzt ist Michele mit etwas anderem beschäftigt, was auf seinen Scheinen steht. Auf zwei seiner Eintausend-Lire-Scheine ist etwas mit Kugelschreiber gekritzelt. *»Terroni e statali, siete tutti parassiti!«* – Süditaliener und staatlich Bedienstete sind allesamt Parasiten! Und auf dem anderen steht: *»Bestemmiare è vilta.«* – Gotteslästerung ist abscheulich. Auf einen meiner Scheine hat jemand notiert: *»Pane, vino, Arena«*. *L'Arena* ist der Name der hiesigen Zeitung.
Ob solche Aufschriften den Wert der Scheine mindern, will Michele wissen. Und wenn ja, um wieviel?
Ich beruhige ihn. Es spielt keine Rolle, was die Leute auf Banknoten schreiben, sie behalten immer ihren Wert entsprechend der aufgedruckten Nullen. Manchmal, wenn ich gerade keinen Zettel zur Hand habe, kritzle ich selbst eine Telefonnummer auf einen Tausender. Interessant ist allerdings, daß die Leute für solche Zwecke kaum jemals einen größeren Schein benutzen. Manche Dinge sind eben immer noch heilig.
Wir sitzen auf dem Hügel bei dem alten *castello*. Die Kinder drehen die Scheine, die sie auf einen Stein gelegt haben, immer und immer wieder um. Die Farben, die Helden, die Graffiti. »Italien, Volk der Künstler, Märtyrer, Heiligen und Krieger …« Allerorten reproduziert die Kultur sich selbst, reflektiert sich selbst wie in einem Spiegelsaal – die Land-

schaft, die Sprache, die Währung, alles hängt mit allem zusammen und erschafft sich gegenseitig. Und zwischen all diesen Spiegeln und Spiegelbildern von Spiegeln steht das Kind und entdeckt sich selbst, in den Mauern dieser Burg, diesen terrassierten Hügeln, diesen leicht dahinfließenden Worten, die es spricht, und nun auch in diesen bunten Fetzen Papier.

Michele sammelt die Scheine auf und ordnet sie sorgfältig in der Reihenfolge ihres Werts. Geteiltes Italien. Staatlich gelenktes Italien. Von Pfaffen beherrschtes Italien. Brot-und-Wein-Italien. Inflations-Italien. Opernhaftes Italien. Künstlerisches Italien. Geniales Italien. Das alles steckt in der Geldbörse des kleinen Jungen. Er besitzt dies alles und ist davon besessen. Mit acht Jahren ist er ein Italiener, in jeder Hinsicht.

Obgleich ich erwähnen sollte, daß es von mir sehr unitalienisch ist, den Kindern regelmäßig Taschengeld zu geben. Fünftausend Lire die Woche, auszuzahlen am Sonntag, wenn sie brav gewesen sind, und dabei stets die Möglichkeit dieser schrecklichen Sanktion – kein Taschengeld! –, wenn sie ungezogen waren.

Italienische Eltern machen das in der Regel nicht. Das italienische Wort für Taschengeld ist *mancia* und bedeutet zugleich auch Trinkgeld. Und Trinkgeld ist, zumindest hier, ganz und gar vom Gutdünken des Gebers abhängig. Es kann üppig ausfallen, es kann mickrig sein, oder es kann auch überhaupt kein Trinkgeld gegeben werden. Anders als in Amerika spielen hier Prozentsätze überhaupt keine Rolle. Man gibt das eine Mal Trinkgeld, das nächste Mal aber nicht. Oder umgekehrt. Trinkgeld wird aus Herzlichkeit, nicht aus Gewohnheit gegeben. Entscheidend ist, daß es eine Frage der Laune ist. Es hängt von der Stimmung ab. Und wie alle von Launen bestimmten Dinge unterstreicht es die Macht desjenigen, der nach Lust und Laune handelt, der sich an dem einen Tag in Geberlaune fühlt, am nächsten aber vielleicht schon nicht mehr.

Vor Jahren, als Zio Berto an der Universität studierte, und auch danach noch, als er – wie so viele italienischen Ärzte – eine Zeitlang ohne Bezahlung arbeiten mußte, lebten Nonno und Nonna im Ausland. Obwohl er kein Einkommen hatte, rann Berto das Geld nur so durch die Finger. Er war ständig verschuldet. Nonno unterstützte ihn finanziell. Aber Berto wußte nie, wann Geld eintreffen würde. Oder wieviel. In der Zwischenzeit lieh er sich von uns etwas. Oder von anderen. Jeder Versuch unsererseits – nicht von Berto, wie ich betonen muß –, Nonno davon zu überzeugen, daß ein bestimmter, regelmäßig auf ein Bankkonto überwiesener Betrag (bei dem man wußte: *soviel und nicht mehr)* Berto zwingen und ihm zugleich erlauben würde, verantwortungsbewußter mit seinem Geld umzugehen, wurde mit der scharfen Erwiderung zurückgewiesen: »Ich bin doch keine Bank. Ich gebe, wenn ich geben will …« Schließlich geschah folgendes: Als sich Berto von seiner langjährigen Freundin trennte, mußte Nonno die sehr beträchtlichen Schulden zurückzahlen, die Berto bei ihr hatte auflaufen lassen. Nonna, die in diesem Fall natürlich die *mamma* war und daher ein wesentliches Element der Gleichung, hatte – wie sich herausstellte – keinen Zugriff auf ein Bankkonto, aber als sie wieder in Italien lebten, gab es immer einen Umschlag, in den sie sämtliches Geld tat, das sie zusammenkratzen konnte. Sie steckte ihn Berto in die Tasche, wenn Nonno nicht hinsah. Nun, wenn Geben eine höchst persönliche Angelegenheit ist, dann bedeuten zwei Elternteile auch zwei Einkommensquellen …

Micheles und Stefis Freunde erhalten kein regelmäßiges Taschengeld, denn das ist eine sehr angelsächsische, puritanische Einrichtung, geprägt von der fixen Idee, systematisch und berechenbar vorzugehen, Zuwendungen und Strafen zu verteilen – und dem perversen Wunsch, kleine Kinder dazu zu erziehen, daß sie einen bestimmten Geldbetrag über einen bestimmten Zeitraum hinweg verwalten lernen. Nein, sie bekommen statt dessen eine *mancia* von *papà,* vielleicht, wenn sie ihn darum bitten, vielleicht, wenn sie es nicht tun, und dann noch eine *mancia* von der *mamma,* vielleicht, wenn sie es am wenigsten erwarten, vielleicht mit der ausdrücklichen Auflage, es nicht *papà* zu erzählen. Wenn das nicht die beste Methode ist, etwas über das Leben zu lernen und über all die Ränke, die einen noch erwarten! Außerdem erhalten Beppino und Giovanni und Gigi eine Menge *mance* von ihren Großvätern und Großmüttern väterlicher- und mütterlicherseits. Manches wird möglicherweise heimlich zugesteckt. Manches nicht. Und in diesem Punkt sind meine Kinder klar im Nachteil, denn da uns die Großeltern so selten besuchen, sind sie nicht da, um *mance* zu geben, und es würde ihnen nicht im Traum einfallen, etwas mit der Post zu schicken (wie das ihre englische Großmama, meine Mutter, tut). Nein, nicht einmal an Weihnachten oder an den Geburtstagen. Was hätte es auch für einen Sinn, eine *mancia* oder sonst etwas zu geben, wenn man nicht persönlich anwesend ist, um den Dank für die Freigebigkeit einzustreichen und sich an der Freude des Kindes zu weiden? Nonno und Nonna kommen zuweilen zweimal im Monat, dann aber wieder ein halbes Jahr lang nicht. Doch selbst dann geben sie nicht immer etwas. Manchmal allerdings sind ihre Geschenke wirklich spektakulär, denn gerade das ist ihr Ziel: aufzufallen. Der Fünfzigtausend-Lire-Schein, der in Micheles Geldbörse immer noch den Ehrenplatz einnimmt, aus Stefis Geldbeutel jedoch schon einen Tag, nachdem sie ihn erhalten hatte, verschwunden war, stammt von einem fluchtartigen Aufbruch von Nonno und Nonna, als sie völlig aus heiterem Himmel, oder besser gesagt in der Dämmerung eines Wintermorgens verkündigten, sie müßten sofort nach Rom fahren, um eine Wohnung zu besichtigen, die Bertos Bruder Renato kaufen wolle. Nonno war bereits mit dem Hut auf dem Kopf hinuntergegangen, um den Motor warmlaufen zu lassen und eine Zigarette zu rauchen, als Nonna, schon zwischen Tür und Angel, sich noch einmal bei den Kindern entschuldigte und plötzlich in ihre ehedem elegante Handtasche, die sie immer noch nicht wegwerfen will, griff, zwischen all den Make-up-Utensilien herumkramte, die sie sich von Rita »geliehen« hatte, und schließlich die beiden Fünfzigtausend-Lire-Scheine zutage förderte. Die Kinder hatten bereits begriffen, daß sie auf der Stelle überströmende Dankbarkeit zeigen mußten und nicht weiter nach dem Wieso und Weshalb eines erneuten überstürzten Aufbruchs fragen sollten.

Dann, als sie schon halb die Treppe hinuntergegangen war, drehte sich Nonna noch einmal um und zog noch einen Dreißigtausend-Lire-Schein hervor, den sie Michele zusteckte. Ja, er war ganz allein für Michele gedacht. Bei ihrem nächsten Besuch würde auch Stefi einen bekommen, sagte sie. Ungefähr in einer Woche. Kaum war die Tür hinter ihr ins Schloß gefallen, kam es wegen dieses Geschenks natürlich zu einer heftigen Auseinandersetzung. Sollten die dreißigtausend Lire sofort in zwei gleiche Teile aufgeteilt werden oder nicht? Würde Nonna wirklich in einer Woche oder zwei wiederkommen? Würde sie sich noch daran erinnern, was sie versprochen hatte, selbst wenn sie kommen sollte? Stefi heulte und Michele murrte, als wir darauf bestanden, daß er teilen mußte. So sieht die Macht desjenigen aus, der planlos Zuwendungen verteilt.

Aber selbst diese Art launenhaften Schenkens ist hier nicht ganz die Norm. Denn italienische Eltern geben nicht so gerne eine *mancia,* sondern lieber richtige Geschenke. Dinge. Denn wenn man einem Kind Geld in die Hand gibt, so niedrig die Summe auch sein mag, gibt man ihm damit Macht. Man regt es dazu an, die Preise in Spielwarengeschäften mit den farbigen Scheinen in seiner Börse zu vergleichen, eine aufregende Erfahrung, die Stefi viel rascher vollzogen hat als Michele. Sie lernte schnell, etwas zum Kauf auszuwählen, was genau dem Gesamtbetrag entsprach, den sie in ihrem Geldbeutel hatte, oder, in den seltenen Fällen, wenn sie unbedingt etwas Bestimmtes haben wollte, was weniger kostete, den Betrag auf zwei Dinge aufzuteilen. Wenn Stefi ein Geschäft betritt, hat sie beim Verlassen des Ladens keinen roten Heller mehr, das versteht sich von selbst. Und sie strahlt vor Seligkeit, wenn sie herauskommt. Denn was auch immer Stefi gekauft haben mag – es gefällt ihr stets über alle Maßen. *Chi si accontenta, gode,* wie die Italiener nie müde werden zu sagen – wer sich zufriedengibt, genießt. Wobei die italienische Version viel tautologischer ist, wie es bei guten Lebensregeln vielleicht auch sein sollte: Wer mit dem glücklich wird, was vorhanden ist, ist wirklich glücklich. Und das trifft auf Stefi stets zu.

Auf der anderen Seite ist für Michele die Differenz zwischen der Anzahl der Nullen auf den Preisschildern und der auf den Scheinen in seiner Börse schon immer eine Quelle der Pein gewesen. Er ärgert sich und spart und versucht Stefi dazu zu bewegen, mit ihm zusammenzulegen, was sie nur dann macht, wenn das Geld, das sie gerade besitzt, genau reicht, um etwas Teures, das sie beide haben wollen, sofort kaufen zu können.

Mein englisches Taschengeld-System führt also dazu, daß

Stefi eine Menge nutzloses Zeug kauft, während Michele leidet und Blut und Wasser schwitzt, wenn er die Fünf- und Zehntausender gegen die Anzahl der Wochen aufrechnet. »Mamma, wie viele Fünftausender sind in sechsundachtzigtausend?« »Siebzehn, und tausend bleiben übrig«, kläre ich ihn auf. »Nein, ich will, daß Mamma es mir sagt. MAMMA!« »Siebzehn, und tausend bleiben übrig«, antwortet sie. Und dann leidet er, er leidet unsäglich und zerbricht sich den Kopf darüber, ob er jemals so brav sein kann, daß er siebzehn Wochen lang ununterbrochen sein Taschengeld erhält (wobei in diesem Falle Stefi den übrigen Tausender bekommen würde), oder ob er in seine Rechnung nicht von vornherein einbeziehen sollte, daß wir ihn mindestens einmal im Monat dabei erwischen werden, wie er Stefi tritt oder mit seiner Schleuder auf die falschen Dinge schießt, was dann zur Kürzung seines Taschengeldes führt. Es ist wirklich zu schade, daß er sich von solch kleinen Vergehen nicht mit ein paar Vaterunser freikaufen kann wie die anderen Jungen.

Wieviel klüger sind doch Eltern wie Stefano und Marta, die ihren Kindern nur Geschenke geben – einen riesigen Lego-Baukasten, ein Paar Skier, eine Ausrüstung zum Bogenschießen –, wann immer sie einen Grund dafür finden. Mit wieviel mehr Glück sind jene Kinder gesegnet, deren Großeltern ständig ein Füllhorn voller ferngesteuerter Jeeps und Puppen, die weinen und Pipi machen können, über sie ausschütten. Eines Tages kommt Silvios kleiner Giovanni mit einem Mini-Mountainbike, das mehr Gänge hat, als er vermutlich zählen kann, zu uns. Ist das ein Geburtstagsgeschenk? Nein, ist es nicht. Aber er hat es haben wollen. Genauer gesagt hatte er etwas anderes haben wollen, aber sie haben ihm statt dessen das Rad gekauft. Bitte um etwas, und du wirst etwas anderes bekommen. Ein anderes Mal entdecke ich, wie er hinter den Garagen mit einem kleinen Elektroauto herumkurvt. Kein Wunder, daß Silvio meint, er könne sich kein weiteres Kind leisten. Später, wenn diese Kinder größer werden, wird es das funkelnde Rennrad sein, das Moped, die glänzende Vespa und dann der Nervenkitzel der Autoschlüssel: der kleine Fiat, der größere Fiat, und schließlich, wenn die verhängnisvollen Würfel gefallen sind, die goldenen Ringe, die Eigentumswohnung, die Möbel …

Aber kein Bargeld.

So wird das junge italienische Paar sich schließlich wohlumsorgt mit all den Gegenständen einrichten, die ihre Eltern für sie gekauft haben. Und zuletzt, ganz zuletzt, werden sie in der Lage sein, ein unabhängiges Leben zu beginnen, und anfangen, selbst Geld zu sparen … um ihren Kindern damit etwas zu kaufen. Das erste Mal, daß sie selbst eine Immobilie erwerben, wird dann sein, wenn ihr erstes beziehungsweise (was wahrscheinlicher ist) ihr einziges Kind heiratet.

Überwältigende Großzügigkeit, totale Kontrolle. Es ist eine berauschende (ja göttliche) Mischung, eine, der eine weitere triumphale italienische Redewendung ihre Entstehung verdankt. Wenn der Vater von der Werkstatt, in der er aus Liebe zu seiner Familie vom frühen Morgen bis zum späten Abend geschuftet hat, nach Hause geht, kann er jedem, der ihn fragt, stolz erwidern: *»Tengo famiglia«* – was mit: »Ich ernähre eine Familie« zu übersetzen ist. Aber nein, nein, es ist mehr als das. Eine Übersetzung scheitert hier angesichts des gigantischen Eisbergs an Bedeutungen, der unter dieser scheinbar harmlosen sprachlichen Wendung verborgen schwimmt. Denn *tengo famiglia* bildet den Schnittpunkt so vieler kultureller Aspekte. *Tengo* kommt von *tenere,* halten. Der Ausdruck bedeutet also: Ich halte eine Familie, in dem

Doppelsinn von er-halten, sprich unterstützen, und festhalten, sprich kontrollieren. In diesem Ausdruck schwingen die Begriffe *sacrifici* und Macht mit. Angesichts der Heiligkeit der Familie in einer katholischen Gesellschaft, in der jede Familie eine heilige Familie ist, bedeutet das also auch: Ich bin ein Pfeiler der staatlichen Ordnung, ich erfülle meine Pflicht der Gesellschaft gegenüber. Wenn jemand also irgendwann gefragt wird, was er im Leben erreicht habe, braucht er nur *tengo famiglia* zu sagen, um jeglichen Vorwurf im Keim zu ersticken. Und wenn einen der Richter wegen Diebstahls oder politischer Korruption verurteilen will, wird der Verteidiger stets plädieren: »Aber Euer Ehren, mein Mandant *tiene famiglia!*« Er ernährt eine Familie. Und das entschuldigt sowohl seinen Diebstahl (er hat schließlich für seine Familie gestohlen!) und macht es zugleich schwieriger, ihn ins Gefängnis zu stecken (was würde dann aus seinen Kindern werden?).
Je mehr Geschenke man gibt und je weniger Bargeld, um so eher kann man behaupten: *tengo famiglia.*
Righetti hat noch einmal den Preis für die Garage heraufgesetzt, die ich immer noch nicht kaufen kann. Ziemlich erzürnt werfe ich ihm vor, ein prinzipienloser Immobilienspekulant zu sein. Dagegen verwahrt er sich, wahrscheinlich zu Recht: »Ich mache nur, was jeder andere Bauunternehmer auch tun würde, nämlich zu aktuellen Marktpreisen zu verkaufen.« Und in der ihm eigenen Art, in der er vorgibt, nicht reich, sondern nur ein kleiner Angestellter seines Vaters zu sein, fügt er hinzu: *»Tengo famiglia anch'io sai.«* Auch ich habe eine Familie zu versorgen, wie Sie wissen.
»Naturalmente«, erwidere ich, verbittert.
Mein einziger Trost ist, daß seine Frau gerade eine weitere *bella bambina* zur Welt gebracht hat. Die dritte. Silvio, Fran-

cesco, Giorgio und ich haben darüber ausgiebig und herzlich gelacht. Das wird ihn lehren, einen Flüchtling in unseren Keller zu stecken! Righetti denkt einfach nicht modern genug, um sich vorstellen zu können, daß ein Mädchen seine Firma leitet. Selbst wenn er weiterhin die finanziellen Fäden in der Hand hätte …

Santa Lucia

Wenn man die Fäden von Stefis Geldbörse aufschnürt, wird man darin zwar kein Geld finden, aber oft ein kleines Briefchen. Nachdem sie nun schreiben gelernt hat, ist sie von Briefen fasziniert: »MAMATIVOLIOBENEANCEQANDOFACIOLACATIVA« lautet einer der ersten. Stefi bevorzugt die Technik, die die Steinmetze bei den Kreuzen auf den Hügeln angewendet haben, und spart Platz, indem sie die Wortzwischenräume wegläßt. Zudem fällt bei ihr, wie hier im Veneto üblich, bei doppelten Buchstaben der zweite meist unter den Tisch. Eine Übersetzung könnte also folgendermaßen lauten: »MAMAICHABDICHLIBAUCHWENICHBÖSGWESNBIN«. Es ist interessant, wie schnell Michele und Stefi diese paradoxe Denkweise übernommen haben, die den anderen Kindern aus dem Beichtstuhl vertraut ist. Später werden sie sich in der Lage fühlen, Daddy zu lieben, auch wenn sie ihm ein paar tausend Lire aus dem Geldbeutel stibitzen, bis sie dann irgendwann – zumindest ihrer Einschätzung nach – alle gute Staatsbürger sind, auch wenn sie keine Steuern zahlen. Wer ohne Sünde ist, der werfe den ersten Stein.

Ein anderer Brief ist an Santa Lucia adressiert. Der Tag, an dem die gute Heilige Geschenke bringt, ist der 13. Dezember, aber Stefi fängt bereits um Ostern herum an, Wunschzettel zu schreiben, und bewahrt sie alle in ihrer Börse auf, bis sie sich schließlich für einen entscheidet:

LiebeSantaLucia, an SantaLucia möchte ich eine Carabambola [eine Puppenmarke] *mit Kinder-Stühlchen und Buggy.* [Das ist nur recht und billig.] *Wenn es das aber nicht gibt oder wenn Dein Maultier so große Sachen nicht tragen kann, dann möchte ich einen Lego-Baukasten, aber keinen von denen, die Michele schon hat. Also keine Piraten und nicht die Außerirdischen. Kauf irgendeinen anderen. Millegrazie.*
STEFI

Es ist beeindruckend, wie begeistert Kinder zum Stift greifen, wenn es darum geht, Santa Lucia einen Brief zu schreiben. Doch als Michele acht ist, klingt in seinen Briefen der immer stärker werdende, traurige Verdacht an, daß vielleicht doch nicht alles so ist, wie man ihm erzählt hat. »Santa Lucia«, beginnt einer seiner letzten Briefe im Vorfeld des großen Tages, »wenn es Dich wirklich gibt, wenn nicht einfach mein Dad und meine Mamma sich nachts hereinschleichen ...« So fahren die Menschen eben damit fort, dem lieben Gott Nachrichten zu schicken, nur für den Fall, daß es ihn vielleicht doch gibt, schreiben Briefe an Verflossene, nur für den Fall, daß sie immer noch daran interessiert sind, oder verschicken ausführliche Bewerbungen für staatliche Stellen, nur für den Fall, daß die Auswahl diesmal doch nicht von vornherein feststeht.

Liebe Santa Lucia, wenn es Dich gibt und hundertundzwanzigtausendlire nicht zu viel sind [Zahlen und Währung werden in diesem übervorsichtigen Land immer zusammengeschrieben, damit niemand irgendwo etwas einfügen kann], *dann hätte ich gern eine Angelrute und, wenn das auch noch möglich ist, alles, was zu einer Angelrute gehört, also eine Rolle und eine Schnur und Haken und Gewichte und Schwimmer, denn ich möchte losziehen und viele Fische fangen wie mein Freund Beppino oder*

Huckleberry Finn [Kinderbücher stammen hier, nicht anders als Bücher für Erwachsene, fast immer aus dem Ausland]. *Ich werde versuchen, ein so braver Junge zu sein, wie ich nur kann. Ich war die ganze letzte Woche brav. Grazie. MICHELE. PS: Es muß eine Angelrute für Süßwasser sein, nicht fürs Meer. Beppe hat nämlich gesagt, die sind verschieden.*

Sie zeigen diese Briefe ihrer Mama, um sicherzustellen, daß Santa Lucia sie versteht. Obwohl Michele inzwischen vielleicht andere Beweggründe hat ...

»Aber warum wünschst du dir im Winter eine Angelausrüstung, Michele, da ist es doch viel zu kalt zum Fischefangen?« fragt Rita.

»Wir haben letzte Woche mit Papà ein Picknick gemacht«, erwidert er.

Das stimmt. Im November kann es sehr mild sein, sogar richtig warm, wenn die Sonne mittags hoch am lieblich blauen Himmel steht; und dann abends wieder eisig kalt, wenn man herumstehen und zusehen muß, wie die Kinder Fußball spielen oder Rollschuh laufen oder mit ihren Fahrrädern die Cross-Strecke entlangflitzen.

Michele grübelt. Mama hat recht. Die Leute gehen im Winter nicht oft angeln. Also könnte er es ja vielleicht mit Reiten versuchen. »Beppe hat mit Reiten angefangen«, sagt er. »Und er hat alles dazu gekriegt: Reithosen, Stiefel, Helm, sogar eine Gerte. Vielleicht könnte ich Santa Lucia darum bitten.«

Hat oder hat Michele noch nicht verstanden, daß es Luxussportarten gibt? Ich glaube, eigentlich schon. Denn als Gigi darüber jammerte, daß Beppe für eine Woche in die Berge gefahren ist, um dort Skifahren zu lernen, habe ich gehört, wie Michele zu ihm sagte: »Aber sein Vater ist Steuerberater. Steuerberater können alles tun.« Ja, ich glaube, er hat es begriffen. Weiß er nun einfach nicht, was Reithosen, Stiefel, ein Helm, eine Reitgerte und – natürlich! – Reitstunden kosten, oder glaubt er, daß Santa Lucia über unbeschränkte finanzielle Mittel verfügt? Aber er hat doch auch geschrieben: »wenn hundertundzwanzigtausendlire nicht zu viel sind ...« Vielleicht ist ausschlaggebend, ob er im tiefsten Innern nun an die Existenz von Santa Lucia glaubt oder nicht.

»Hör mal, wenn du wirklich eine Angelrute willst«, entscheidet sich Rita, um Komplikationen zu vermeiden, »dann bitte Santa Lucia darum. Schließlich geht sie ja bis zum Frühjahr nicht kaputt ...«

In Wahrheit macht Michele im Augenblick eine Krise durch, was die Existenz beziehungsweise Nichtexistenz dieser gesegneten Heiligen angeht. Einige seiner Schulkameraden haben steif und fest behauptet, es seien wirklich nur ihre Eltern, die ihnen die Geschenke bringen. Tatsächlich haben ihre Eltern ihnen das erzählt, möglicherweise von dem Wunsch nach Dankbarkeit getrieben, denn es ist bitter, wenn die Kinder nach Jahren immer noch der falschen Person danken. Diese Kinder wissen Bescheid und lachen über Michele, wenn er wütend darauf beharrt, ganz sicher *zu wissen*, daß Santa Lucia existiert. Woher er das denn wisse? Nun teilweise, weil seine *mamma* sagt, daß es sie gibt, und dann, weil er letztes Jahr mitten in der Nacht aufgestanden ist, um Pipi zu machen, und da hat er ganz kurz ihren Schatten hinter der Fensterscheibe gesehen. Und sie hat ganz genauso ausgeschaut wie auf den Bildern, eine große Frau in einem langen weißen Kleid mit einer Krone auf dem Kopf. Die Jungs lachen ihn aus. Er, der größer ist als alle anderen, haut sie. Das Komische ist, daß sie sonst lachen, weil Michele nicht an Gott und an die Hölle glaubt, an Marienerscheinungen und das Wunder von Fatima. Und nun lachen sie über ihn, *weil* er an etwas glaubt, an etwas sehr viel Schöneres und Erfreulicheres, was letztlich kaum weniger abwegig ist: nämlich daß eine fiktive Heilige in einer Dezembernacht auf ihrem Maultier durchs Land reitet und allen kleinen Jungen und Mädchen Geschenke bringt.

Am Schultor teilt Michele eines Abends Rita betreten mit, daß Maestra Elena sie sofort zu sprechen wünscht. Die Lehrerin im Klassenzimmer läßt den Jungen draußen warten. Offensichtlich mußte sie eingreifen, weil Michele zwei andere Jungen ordentlich verprügelt und getreten hat. Als sie ihn dann aus dem Klassenzimmer schickte, hat Michele wütend protestiert und von ihr die Bestätigung verlangt, daß es Santa Lucia gibt. Die Jungen hatten ihn gehänselt, weil er daran glaubt …

Was sie ihm erzählt habe, will Rita wissen. Denn das werde allmählich zu einem Riesenproblem. Wir wüßten nicht mehr, wie wir uns verhalten sollten.

Maestra Elena lächelt. Sie hat viel Erfahrung in diesen Dingen. Sie hat ihm erzählt, solange er daran glaube, würde Santa Lucia ihm seine Wünsche erfüllen. Glaube er aber nicht daran, dann brächten ihm die Eltern anstelle von Santa Lucia die Spielsachen.

Man kann nicht umhin, die Raffinesse einer solchen Formulierung des Sowohl-Als-auch zu bewundern, die praktisch jede Kombination von Glauben und Nichtglauben sanktioniert. So kann später jemand zwar glauben, daß Abtreibung Mord ist, aber eben nur bei jenen, die das glauben; daß der Papst unfehlbar ist, auch wenn man persönlich der Meinung ist, daß er sich irrt … Die Liste ließe sich beliebig fortsetzen. In unserem Fall gibt diese Lösung Michele nun die Möglichkeit, Santa Lucia in letzter Minute noch ein paar eindringliche Zeilen zu schreiben …

Der große Tag rückt näher. Die Kinder konkretisieren ihre Wünsche und gehen dabei ins kleinste Detail: lieber den Buggy als das Kinderstühlchen für die Carabambola, wenn es nur eins sein kann; eine Zehn-Kilo-Schnur und Zubehör fürs Forellenfischen, wenn das möglich ist.
Sie legen ihre sorgfältig gefalteten Briefe auf die äußere Fensterbank, wo sonst die Zahnfeen Zehntausend-Lire-Scheine (Alessandro Volta) im Tausch für einen Milchzahn hinterlassen. Das Papier fliegt nicht weg, weil die Läden geschlossen sind. In der Nacht kommt Santa Lucia vorbei, öffnet irgendwie von außen die Läden (die Horrorvorstellung meiner Nachbarn), nimmt die Briefe mit und legt dafür in den letzten Tagen vor dem großen Ereignis Schokolade hin. Gleich nach dem Aufwachen stürzen die Kinder über ihr unaufgeräumtes Spielzeug zum Fenster ...
Eines Nachts hat sie die gute Heilige vergessen. »Papà, Papà, der Brief ist noch da!« O nein! Ich zwinge mich zum Aufwachen. Michele steckt in einer neuen Glaubenskrise. Aber ich bin heute schnell im Denken. Ich setze mich auf. »Du mußt böse gewesen sein, Michele.« – »Nein, war ich nicht.« – »Oh, aber *ich* war böse«, heult Stefi. Uns fällt ein, daß sie gestern ein Messer über den Tisch geworfen und dabei ein Glas zerbrochen hat. Santa Lucias Glaubwürdigkeitsrate steigt wieder. Und ich habe sofort ein schlechtes Gewissen, weil ich den Glauben an eine göttliche (oder halbgöttliche) Vergeltung in meinen Kindern stärke. Stefi bittet Michele um Verzeihung. Sie bietet ihm sogar ihr nächstes Taschengeld als Entschädigung an.
Jedenfalls erfüllen wir in der nächsten Nacht wieder unsere Pflicht und ersetzen (wie oft ist man doch auf die eine oder andere Weise dazu gezwungen) den nicht vorhandenen guten Geist. Besser gesagt, Rita macht das. Denn es sind

zwangsläufig *le mamme,* die all das erledigen: das Fenster öffnen, die Briefe mitnehmen und dann an einem versteckten Ort zur Erinnerung aufbewahren, zusammen mit Stefis alten Handabdrücken und einer Sammlung von Milchzähnen und Zeichnungen von Prinzen und Prinzessinnen und Sportwagen mit Raketenabschußrampen und MAMATIVOLIOBENEANCEQANDOFACIOLACATIVA-Briefen.
Deshalb ist es nur recht und billig, daß Santa Lucia, die Geschenkeüberbringerin, eine Frau ist, und ich kann wirklich nicht verstehen, warum die Gute nicht in ganz Italien tätig ist, sondern ihre Großzügigkeit auf das Veneto beschränkt. Babbo Natale – der Weihnachtsmann –, dick und fröhlich mit weißem Rauschebart und seinem geschmacklosen roten Mantel, ist solch ein augenfälliger Nordimport und noch unitalienischer als die *marocchini* oder der englische Slogan auf Stefis neuer Winterjacke (made in Vicenza): »BIG OUTSIDE«. Was haben Rentiere im Stammland der Maultiere verloren?
Und weil Santa Lucia nur eine Lokalheilige ist, müssen die Kinder an diesem großen Tag sogar zur Schule gehen wie immer. Das ist, als ob ein englisches Kind am Weihnachtstag zur Schule gehen müßte, weil die Nationalreligion Hindu oder ähnliches ist. Sie wachen in aller Frühe auf und rasen zu ihren Geschenken, die Santa Lucia im Wohnzimmer hinterlegt hat, obwohl weder ein Kamin vorhanden noch die Möglichkeit des Eindringens durch die schweren Fensterläden gegeben ist, ganz zu schweigen von der Hürde des automatischen Tores. Dieses Jahr hat die Heilige sich großzügig gezeigt. In einer Schachtel liegt alles, was man braucht, um einen Forellenschwarm zur Strecke zu bringen, und die Carabambola ist sowohl mit einem Stühlchen als auch mit einem Buggy eingetroffen. *Come si deve.* Dann gibt es Frühstück, und ab geht's zur Schule.

Interessanterweise spielt es für Micheles erschütterten Glauben keine Rolle, daß Santa Lucias Wirken geographisch begrenzt ist. Er hinterfragt nicht, warum sie einen so hochentwickelten Lokalpatriotismus an den Tag legt, wie sich ja auch Kirchgänger nicht wundern, daß die Madonna niemals Tibetanern erscheint. Vielleicht haben ihn all diese Bildstöcke am Wegesrand auf räumlich beschränkte Heiligkeit vorbereitet. Santa Lucia hat Macht … hier!

Doch die alte Spielverderberin, die Vernunft, bringt den Jungen schließlich zur Erkenntnis. Die Vernunft und, wie sich dann herausstellt, Zia, die eigentlich alles andere als eine Spielverderberin ist. Denn am Abend des 13. Dezember steht Zia Natalina am Schultor und überreicht den Kindern ihre Santa-Lucia-Präsente: eine Brettspielsammlung für beide; einen Flugzeugbaukasten für Michele; ein Schminkset – Lippenstifte, Lidschatten, Puder – für die sechsjährige Stefi. Sie ist hin und weg. Ich bin entgeistert. Vor allem, weil das Geschenk von einer Frau stammt, die doch ständig darüber jammert, daß jüngere Frauen mit älteren Männern durchbrennen. Aber Michele kommt ganz in Gedanken versunken heim.

»Zia hat mir ein Geschenk gegeben, Papà, zu Santa Lucia«, sagt er.

»Toll.«

»Das muß mindestens fünfzigtausend Lire gekostet haben.«

»Wie großzügig von ihr. Ich muß gleich anrufen und mich bedanken.«

»Als letztes Jahr Nonno gekommen ist, hat er mir ein Auto geschenkt.«

»Ja, ich erinnere mich. Das war sehr lieb von ihm.«

Er schweigt. Dann: »Aber du und *mamma*, ihr habt mir nichts geschenkt …«

»Mmh.«

Rita kommt dazu.
»Andere Leute schenken mir Sachen, aber ihr nie.«
Rita und ich wechseln einen Blick. Was sollen wir dazu sagen? Zugeben, daß wir knauserig sind, oder einräumen, daß Santa Lucia …
Michele lächelt. Er schlägt sich auf unsere Seite. Inzwischen ist er groß, gesund und kräftig und in der Lage, mit dem Trauma fertigzuwerden. Er umarmt seine Mutter: »Du hast mir die Angelausrüstung geschenkt, stimmt's?«
Was kann man an diesem Punkt anderes tun als kapitulieren? »Erzähl es aber nicht Stefi«, drängen wir. »Bitte sag ihr nichts. Du verdirbst es ihr sonst schon so früh.«
Damit nun verbreitet man den westlichen Grundgedanken weiter, daß der wahre Eingeweihte derjenige ist, der weiß, daß es nichts zu wissen gibt: mag es dabei heute um den Weihnachtsmann oder morgen um die wahre Liebe gehen.
Doch schon am nächsten Morgen sagt Stefi, während sie mit ihrer Carabambola – die Puppe wurde auf den sehr romantischen Namen Stellina getauft – ihr Frühstück teilt: »Ganz vielen Dank, daß ich den Buggy auch bekommen habe, Papà. Michele hat es mir gesagt.« Und man sieht deutlich, daß es für sie überhaupt kein Trauma war. *Chi si accontenta …*
Es unterbricht auch nicht Stefis Korrespondenz zu der Heiligen. Nur daß sie ihre Briefe jetzt etwas pfiffiger formuliert, mit ein bißchen mehr Bewußtsein für die Größenordnung der Ausgaben, die möglich sind. Ja, sie schlägt jetzt tatsächlich vor, auch an Babbo Natale zu schreiben. Mit einem Seitenblick auf mich stimmt Michele zu. Sie fangen an: »Lieber Babbo Natale …« Die Scharade ist offenbar auch reizvoll, wenn man weiß, daß es eine Scharade ist. Und obwohl wir ihnen in den vergangenen Jahren erklärt haben, daß es eine genaue territoriale Aufteilung zwischen Santa

Lucia und dem Weihnachtsmann gibt und sie von dem alten Knaben daher nicht mehr zu erwarten haben als von Nonno, der sich an Weihnachten nie blicken läßt, beschließen wir dieses Jahr, sie die Briefe schreiben zu lassen – mit der strikten Auflage, nicht zu vergessen, daß der Weihnachtsmann nicht mehr viel ausgeben kann …

Michele braucht nur ungefähr zehn Sekunden, um diese Neuerung schlüssig zu begründen: »Schließlich sind wir«, so erklärt er mir, »sowohl Engländer als auch Italiener. Also sollten wir auch vom Weihnachtsmann was kriegen.«

»Dann schreib den Brief in Englisch«, erwidere ich, »vielleicht ist er dann großzügiger.«

Wieder bei den *ricatti* … Folglich schreibt Michele seine ersten englischen Wörter. Entzückenderweise bedient er sich dabei der italienischen Phonetik: »Dir Fava Crissmass, mi an Stefi hav torccd an we ar agri that wan a sled so Dady can teik us to the maountins. Giust won present for to ist not veri costos an yu laik sno so much am scior you will giv us a sled …«

Hat er getan. Am Weihnachtsnachmittag fahren wir hinter Velo Veronese bergauf, weit über die Schneegrenze hinaus, und parken oben neben dem Kreuz, das jedem, der dort betet, hundert Tage Ablaß garantiert. Zusammen mit tausend anderen Leuten auf Bobschlitten, Rodelschlitten, LKW-Reifenschläuchen und Plastiktüten rutschen wir die Hänge hinunter. *Madonna!-, Dio Santo!-, Santa Patata!-* und *O Gesù*-Schreie schrillen durch die Luft, als unser Schlitten umkippt und pudriger Schnee aufstiebt.

Doch unser wahres Weihnachtsgeschenk ist Ergebnis eines völlig anderen Gesuchs. Als Rita die Kinder an ihrem letzten Schultag vom Rollschuhlaufen abholt, unterhält sie sich mit Don Guido, und es kommt ihr plötzlich in den Sinn, den armen Hristo zu erwähnen, wie er da mit all diesen Farbkü-

beln um sich herum in unserem Keller für sich kocht und dabei jede Minute in die Luft fliegen kann und außerdem nicht einmal eine Toilette hat. Unglaublich, wie lange das jetzt schon so geht. Jede Woche beteuert Righetti, der *imbianchino* habe versprochen, daß der Mann in Kürze ausziehen werde, aber nichts passiert, und es ist ja auch ziemlich unhygienisch, und mit all den Kindern im Haus, mit all den Familien, auch wenn er ein netter Bursche ist ...
»Warum haben Sie mir noch nie etwas davon gesagt?« fragt Don Guido. Als wollte er sagen: »Oh, diese Kleingläubigen!« Oder auch: »Es hat seine Vorzüge, Teil unserer Gemeinschaft zu sein, wissen Sie.« Vielleicht sogar: »Wenn es die katholische Kirche damals bereits gegeben hätte, dann wäre Jesus ganz bestimmt nicht in einem Stall geboren worden.« In kürzester Zeit findet der Pfarrer eine Bleibe für den höchst erfreuten Hristo. Er hat jemanden überredet, ihm ein Zimmer für einen sehr anständigen Preis zu vermieten, vielleicht mit Hinweis auf einen höheren Ablaß ...
Währenddessen treffen in der Via delle Primule – wo in jedem Mittelschicht-Wohnzimmer eine kleine Weihnachtskrippe steht und Stefi trotz ihrer Entschlossenheit, keinesfalls an der *ora di religione* teilzunehmen, ihr ganzes Geld für Ochsen und Esel und einen goldenen Engel ausgegeben hat, der an einem beinahe unsichtbaren Faden von einem Bücherregal herab genau über dem Jesuskindlein hängt –, in der Via delle Primule treffen also alle Hausbewohner zusammen und beschließen, den Keller gemeinsam anzumieten und damit den *imbianchino* rauszuwerfen (da Righetti den Hausbewohnern das Vorrecht einräumt), bevor er eine andere Christusfigur dort einquartiert. »Das wollte Righetti wahrscheinlich erreichen«, meint Francesco abgeklärt. »Er wollte uns zwingen, den Keller mitzumieten. Damit sich seine Investition auch rentiert.« *Naturalmente.*

Die Kinder allerdings sind traurig, als Hristo geht. Er hat mit ihnen Fußball gespielt und ihnen das Haar gezaust, und Michele sagt, er erinnere ihn an den Jim aus *Huckleberry Finn.* Mich erinnert Micheles schriftliches Englisch an ihn …

La passione

Es gibt Menschen, die angeln, und solche, die es nicht tun. Ich gehöre zu den letzteren. Nie in meinem Leben habe ich einen Fisch gefangen, höchstens vielleicht einmal als Kind Elritzen und Stichlingen mit einem Netz nachgestellt. Schon damals hatten sie die üble Angewohnheit, durch die Maschen zu entwischen. Aber Michele?

Michele hat sein Herz für das Angeln entdeckt, seit er gesehen hat, wie viele unserer Nachbarn und Freunde früh am Sonntagmorgen aufbrechen und zum Mittagessen mit Taschen voller Forellen zurückkommen. Silvio hat in seiner Garage ein großes Becken installiert, wo er sie säubern kann; neben seinem Zweitwagen, den er sich zugelegt hat, da er sicher ist, daß ein zweites Kind außerhalb seiner finanziellen Möglichkeiten liegt. Giovanni, Gigi, mein Michele, Martino, Stefi und Gianluca drängeln sich um ihn, wenn die geschmeidigen Tiere zappelnd und glitschig in das schimmernde Keramikbecken geschüttet werden. Sie schauen und staunen, wenn Silvio seinen dicken Daumen tief in einen bleichen Fischbauch steckt. Außerdem hat er alles mögliche Zubehör und Werkzeug für diese Arbeit, Gegenstände, deren Namen ich nie in irgendeiner Sprache kennen werde.

Die Kinder finden das alles sehr aufregend. Sie wissen, daß die Gegend hier von Bächen und kleinen Kanälen durchzogen ist, und auf unseren Fahrradausflügen haben sie gesehen, daß sonntags überall an den Ufern die Angler stehen, ausgestattet mit Gummihosen und reichhaltigem Zubehör, und ihre Fangnetze in der Strömung treiben lassen. Angler, wohlgemerkt. Keine Anglerinnen. Frauen angeln hier nämlich nicht. Santa Lucia hat Michele ein Geschenk gebracht, das eine neue Beziehung zu *papà* begründen und ihn in diese ausschließlich den Männern vorbehaltene Welt einführen soll. Wenn *papà* doch nur irgendeine Ahnung vom Angeln hätte …

Zunächst einmal, erklärt Silvio, würden wir einen Angelschein brauchen. Geduldig, aber mit einem verschmitzten Lächeln in seinem sympathischen Gesicht, spricht er über die Schwierigkeiten und die Kosten. Es gebe verschiedene Angelscheine für verschiedene Arten des Angelns, je nachdem, mit wie vielen Ruten man angeln wolle und in welchem Gewässer. Und unterschiedliche für Kinder und Erwachsene. Natürlich, klärt er uns auf, sei einer für Kinder viel billiger als einer für Erwachsene; das Problem sei nur, wie ich dann einer möglicherweise vorbeikommenden Kontrolle überzeugend darlegen könne, daß wirklich nur der Junge angele und nicht ich selbst mir die Lizenz zunutze machte, um auf billige Weise zu angeln, wenn ich einmal Michele begleiten würde. Besonders, falls der Kontrolleur gerade dann auftauche, wenn Michele beim Pinkeln sei und ich für ihn die Angel halte … Da könnte ich mir schließlich genausogut auch eine Angel kaufen, einen eigenen Angelschein besorgen und die Sache ernsthaft angehen.

»Sì, Papà, sì!« Michele hüpft neben mir auf und ab.

Aber das gehört zu den wenigen *sacrifici,* zu denen ich nicht bereit bin. Ganz und gar nicht. Denn insgeheim verabscheue ich das Angeln; allein schon die Vorstellung, die lebendigen Schuppentiere mittels eines Hakens in ihrem Maul hervorzuzerren, ist mir zuwider. Offen gesagt, ich würde sogar das Radfahren in den Bergen dem Angeln vorziehen; und meine uneingestandene, uneingestehbare Langzeitstrategie besteht darin, daß Michele unter Ausnutzung der Hilfe meiner Freunde in diese Kunst eingeführt wird, wobei ich besonders an Stefano denke; und später, wenn er alt genug ist, schicke ich ihn auf eigene Faust oder mit seinen Schulkameraden angeln.

Als Alternative, sagt Silvio, könnten wir zu einem der Baggerseen fahren, wo Fische ins Wasser gesetzt werden und man für jedes Angeln eine Gebühr entrichtet. Der beinahe schmerzliche Ausdruck auf seinem Gesicht bei der Erwähnung der Baggerseen zeigt uns, was er von solchen Einrichtungen hält. »Aber *einfacher* ist es schon«, betont er.

»Oh«, sagt Michele. Er ist verunsichert, denn die Lektüre von *Huckleberry Finn* auf Italienisch hat bei ihm die Vorstellung hinterlassen, man brauche nur über Nacht einen Haken in irgendeinen Fluß zu hängen, und schon würde ein großer Mississippi-Katzenfisch vorbeischwimmen und anbeißen. Da habe ich wohl ein realistischeres Bild von der Sache. Tatsächlich hat Silvio hier eine andere meiner heimlichen Hoffnungen berührt: Michele könnte die Anforderungen des Angelsports zu entmutigend finden und die ganze Sache aufgeben, zumindest, bis er alt genug war, um es auf eigene Faust zu versuchen. Obwohl ich mir bei diesem Gedanken fast wie ein Wurm vorkomme.

Womit wir bei der Frage des richtigen Köders wären.

Das hängt davon ab, welchen Fisch wir fangen wollen. Silvio fuchtelt unbestimmt mit den Armen herum. Wie kann man von ihm erwarten, eine lebenslange Erfahrung in ein paar Worten zusammenzufassen. Manchmal brauche man Maden, manchmal auch Regenwürmer aus dem Garten. Gelegentlich sei auch eine bestimmte Art Würmer erforderlich –

er benutzt einen Dialektausdruck –, die man nur im Laden bekomme. Oder es könnten auch einfach nur ein paar Maiskörner aus der Dose genügen. Es gebe unzählige Möglichkeiten und Kombinationen dieser Möglichkeiten untereinander. Aber das Hauptproblem sei, auf welche Fischart man es eigentlich abgesehen habe und wo und wann man sie fangen wolle, was auf die Frage zurückführt, ob man sich einen Angelschein besorgt oder nicht. Und wieder erläutert er die komplizierte Prozedur und erwähnt die unterschiedlichen Papiere, die man dazu braucht – den *certificato di residenza,* den *certificato di stato di famiglia,* und, da Michele in seinem Alter noch keinen richtigen Personalausweis hat, einen *certificato di nascita,* eine Geburtsurkunde. Ganz abgesehen davon, daß ich einen eigenen Angelschein beantragen sollte, wenn ich mit ihm gehen wolle …
Wenn doch bloß Santa Lucia sich auch darum gekümmert hätte! Michele tritt ungeduldig von einem Fuß auf den anderen. Ich bemerke in Silvios unschuldigem Gesichtsausdruck die Selbstzufriedenheit des Italieners, der eine bestimmte bürokratische Prozedur schon hinter sich gebracht hat, die seinem Gegenüber noch bevorsteht, und der nun insgeheim wünscht, man möge durch dieselbe Hölle gehen wie er selbst. Nicht unähnlich den Eltern mit mehr als einem Kind, die stets denken, alle anderen sollten auch mehr als ein Kind haben.
»Aber kommen diese Kontrolleure denn wirklich vorbei?«
Wie immer, wenn von Regeln und Gesetzen die Rede ist, kommt nun der Augenblick, in dem man die Frage nach der Durchsetzung stellen muß …
Zum Beispiel: Brauche ich wirklich einen Kindersitz auf der Rückbank meines Autos?
Nein.
Muß ich meinen Sicherheitsgurt anlegen?

Nur, wenn ich nicht gegen die Windschutzscheibe knallen will …
Muß ich meinen Fernseher anmelden?
Nicht, wenn es niemand von mir verlangt.
Brauche ich ein offizielles Schild an meiner Einfahrt, das anzeigt, daß man davor nicht parken darf?
Ja. Ja, verrückterweise ja. Denn diese besondere Regelung ist mit einer kommunalen Steuer verbunden, die Gemeindeverwaltung braucht dringend Geld, und es ist die einfachste Sache der Welt festzustellen, ob man bezahlt hat oder nicht: Ein *vigile* fährt umher und sieht nach, ob die Einfahrtstore mit offiziellen Parkverbotsschildern ausgestattet sind. Also muß ich die Steuer bezahlen.
Silvio weist nun mit Nachdruck darauf hin, daß es beim Angeln nicht anders sei. Die Kontrolleure seien auf Draht. Gerade wenn man sie am wenigsten vermute, seien sie da. Sie arbeiteten zu den unmöglichsten Zeiten! Nach Einbruch der Dämmerung. Am Sonntag vormittag …
Michele, der bereits während der kalten Wintermonate so gelitten hatte und sich mit dem Trostpflaster der Schlittenfahrten am Wochenende kaum noch im Zaum halten ließ; der mit seiner Angel vom Hochbett aus Spielzeug vom Boden gefischt und bereits sämtliche Würmer im Garten untersucht hat, ist nun ganz aus dem Häuschen vor Ungeduld. »Aber Papà, Papà, ich will *jetzt* gehen!«
Darauf verkündet Silvio mit außerordentlichem Charme und im Widerspruch zu allem, was er soeben geäußert hat: »*Va bene,* los geht's!« Auf zu einem kleinen »raid« (Überraschungsangriff), sagt er mit der den Italienern eigentümlichen Aussprache des englischen Wortes »ride« und meint damit einen Ausflug, ein kurzes Abenteuer. Anscheinend hat sich etwas von Micheles hitzköpfigem, jungenhaftem Gemüt auf Silvio übertragen. Auch er will *jetzt* angeln gehen.

Es ist ein Abend im März, der Frühling liegt bereits in der Luft. Und es muß ein Freitag sein, denn an allen anderen Tagen ist Michele mit Rollschuhlaufen und Klavierspielen beschäftigt, falls er nicht gerade auf der BMX-Strecke ist. Silvio fährt nicht weit mit uns. Wir laden die Angeln und das Zubehör in seinen zweiten Wagen, den neuen Panda, und nach nur etwa einem Kilometer sind wir auf der anderen Seite des Centro Primo Maggio. Auf einem unbefestigten Weg gelangen wir zu einem großen, von riesigen Binsen gesäumten, etwa sechs Meter breiten Graben, auf dessen Grund eine faulige und nicht gerade vielversprechende, veralgte Brühe steht. Anscheinend gehört er zum Hochwasserschutzsystem des Dorfes und führt eine Mischung aus Regenwasser, Abwässern und dem Überlauf der umliegenden Bäche mit sich. Der alte Reifen einer Schubkarre ragt halb aus dem Schlamm. Wir steigen durch hohes Gras eine steile Böschung hinab, ducken uns zwischen Bäumen und Büschen hindurch, bis wir auf dem schlammigen Grund stehen. Wir – das heißt ich selbst, Michele, Silvio sowie sein stets zu Unfug aufgelegter Giovanni und schließlich Stefi, die Protest eingelegt hat, als wir sie nicht mitnehmen wollten, obwohl ich Silvio deutlich ansehe, wie er über die Teilnahme kleiner Mädchen an Angelausflügen denkt.

Es ist nach fünf Uhr, und die Dämmerung hat bereits eingesetzt. In seiner überschäumenden Freude hat Michele – und das ist bei ihm sehr selten – zu fragen vergessen, ob es hier Vipern gibt. Noch nicht einmal seinen Vipernstock hat er mitgenommen, um Himmels willen! Er setzt seine Angel zusammen. Dann zeigt ihm Silvio, wie man den Köder anbringt, während Giovanni in seinem sich überschlagenden Gestotter den Vorgang unablässig kommentiert, herumschreit und dabei die Böschung auf und ab rast. Stefi will

wissen, wie viele Fische wir denn fangen werden, und bekreuzigt sich, wie sie es immer tut, wenn sie aufgeregt ist. Unsere Füße versinken im Schlamm. Zu Hause werde ich eine Standpauke bekommen, das weiß ich jetzt schon, denn ein italienischer Vater kann kaum etwas Schlimmeres machen, als seine Kinder der Mutter zu entreißen, ohne sie vorher mit dem passenden Schuhwerk auszustatten. Die Schuhe, die die Kinder normalerweise in der Schule tragen, sind bereits völlig verdreckt. Schlimmer noch, ihre kleinen Füße werden naß.
»Was ist, wenn die Kontrolleure kommen?« fragt Michele atemlos. »Sie werden nicht kommen«, antwortet Silvio. Er steckt zwei hellgelbe Stücke Dosenmais an den Haken.
Aber wie kann er da so sicher sein? Das wüßte ich gerne. Hat er nicht vorhin gesagt ...
Silvio schaut zu mir rüber, zwinkert mir über den Blondschopf des geschäftigen Michele zu und macht dabei ein Gesicht, als wollte er sagen: »Ich will dir das nicht hier vor den Kindern erklären, aber glaube mir, es geht schon in Ordnung, kein Kontrolleur wird kommen.« Dann befiehlt er seinem Sohn, mit dem Theater aufzuhören, weil er durch sein lautes Rufen und Herumgerenne noch die Fische verscheuche. Alle machen nun so eindringlich PSSSSST!, daß sich wahrscheinlich sogar die Fische ermahnt fühlen. »Still!« ruft Michele. Das brackige Wasser schweigt gehorsam.
Das Licht wird schwächer. Langsam wird es auch kühler. Das Auswerfen der Angel sei an dieser Stelle nicht einfach, erklärt uns Silvio, denn da sind zunächst die Bäume über unseren Köpfen, dann müsse man den Haken an einer Stelle ausbringen, wo es keine Algen gibt, und schließlich sei auch die Wassertiefe sehr unterschiedlich, so daß man die Schnur oft sofort wieder einholen müsse, um den

Schwimmer höher oder tiefer zu plazieren, denn der Köder müsse für diese Art Fische direkt über dem Grund sitzen ... Michele hört überhaupt nicht zu. Er hat plötzlich Angst, daß es zu dunkel wird, wenn wir uns nicht beeilen.
»Presto, presto, presto!« drängt er mit flüsternder, aber durchdringender Stimme. Ich denke an die Enttäuschung, die ihm bevorsteht, und leide im voraus mit. »Michele«, rede ich ihm zu. Nun kommt das, was früher oder später jeder Vater seinem Sohn sagen muß. »Michele, denk dran, Angeln ist eine Geduldssache. Manchmal wartet man stundenlang. Das hier ist nicht der Mississippi im Jahre 1860.«
»Die Fische sind *f-furbi!«* ruft Giovanni. Sie sind schlau! *»F-furbi, furbi, furbi!* Du wirst nie einen fangen!«
»Pst!«
»Manchmal fängt man überhaupt nichts«, warnt auch Silvio. Dann fügt er gewichtig hinzu: »Worauf es ankommt, ist *la passione.«* Diesen Ausdruck benutzt er auch, wenn ich ihm Komplimente über die außergewöhnliche Gestaltung seines Gartens mache und meine Unfähigkeit auf diesem Gebiet eingestehe. Man müsse eben *la passione* haben, sagt er. Wenn man *la passione* habe, sei man bereit, jedes *sacrificio* zu bringen; auch wenn beim ersten Mal nicht alles klappt, mache man weiter, bis es schließlich gelinge. Aber mit *la passione* sei es eine geheimnisvolle Sache. »Entweder man hat sie, oder man hat sie nicht«, belehrt uns Silvio.
»Weiß ich, weiß ich«, zischt Michele. *»Presto!«*
Mit einer Eleganz und Grazie, die man bei seinen dicken, muskulösen Unterarmen niemals vermutet hätte, wirft Silvio die Angel aus. Er übergibt die Angelrute an Michele und holt seine eigene hervor. »Laß den Schwimmer nicht aus den Augen«, mahnt er streng. »Sag mir Bescheid, wenn er sich bewegt, ich zeige dir dann, was du machen mußt.«
Das Licht schwindet. Die Sonne versinkt blutrot, und das

dunkle Geäst sieht jetzt, da die Efeublätter ihren Glanz verloren haben, noch schwärzer aus. Schon bekommt der Schwimmer einen schwach fluoreszierenden Schimmer. Und mit der Dämmerung steigt der Geruch oder die Empfindung von Feuchtigkeit und abgestandenem Wasser auf. Die ganze Situation hat etwas furchtbar Unheilschwangeres: Fünf Menschen, die sich um einen schmutzigen, verunkrauteten Wasserlauf drängeln. Tief in mir sitzt die Gewißheit, daß daraus nichts werden kann. Da zischt Michele mit flüsternder Stimme: »Der Schwimmer bewegt sich!«

Silvio schaut nicht einmal auf. In der Dämmerung untersucht er angestrengt seine Angelschnur auf Schleifen und Knoten. Schließlich ist gerade mal eine Minute vergangen, seit er sie ausgeworfen hat.

»Der Schwimmer bewegt sich!«

»Nein, tut er nicht.« Auch ich schaue kaum hin. Ich finde, daß die Örtlichkeit jetzt, da die zunehmende Dunkelheit den Reifen der Schubkarre und die Bierdosen auf der anderen Seite verschluckt hat, wenigstens etwas ansprechender aussieht.

»Porca vacca!« schreit Michele. »Der Schwimmer bewegt sich!«

»O la madonna!« Stefi bekreuzigt sich.

Giovanni ruft: *»Pesce, ha preso un pesce!«*

Und tatsächlich hat Michele einen Fisch gefangen. Silvio greift nach der Angel, zieht sie hoch und holt die Schnur ein, wobei seine Hände über denen des Jungen liegen. Es ist ein schlammig aussehender Fisch, ein bißchen dicklich und nicht gerade elegant, vielleicht zwanzig Zentimeter lang, aber immerhin ein Fisch. In der Ferne erklingen Don Guidos Glocken vom Band, *È l'ora che pia …*

In der folgenden Stunde wurden insgesamt sieben Fische gefangen, davon vier mit Micheles Angel. Oh, die Fische in diesem Graben waren nicht im geringsten *furbi.* Vielleicht hatten sie ja auch schon lange keinen Dosenmais mehr gesehen. Und ich bekam Gelegenheit, darüber zu sinnieren, wie prägend eine solche Erfahrung doch für die Charakterbildung sein kann. Es war ungefähr so, als würde die erste Erzählung, die man jemals geschrieben hat, vom ersten Verleger, dem man sie geschickt hat, veröffentlicht, und man ist auf einen Schlag berühmt. Oder als würde das erste Mädchen, an das man sich je rangemacht hat, sofort mit einem ins Bett steigen. Michele läuft ohne Zweifel Gefahr, ein zu blauäugiger, einfältiger Bursche zu werden. Mir ist klar, daß ihn nun nichts auf der Welt mehr vom Angeln abhalten wird, auch ein ganzes Nest voller Vipern nicht.

Und noch nicht einmal Mutters Zorn, als wir schlammbespritzt zu Hause eintreffen, mit sieben Fischen, die ausgenommen und geschuppt werden müssen, da Silvio behauptet, sie hätten zu Hause die Gefriertruhe voll damit. Da ich kein Angler *come si deve* bin, habe ich auch keine Ahnung, wie man die Dinger säubert. Aber die Kinder bestehen darauf, daß wir sie essen.

»Wie nennt man die?« fragt Rita.

»Silvio hat einen Dialektausdruck benutzt, den ich vergessen habe.«

»Jedenfalls stinken sie ziemlich.«

Nachdem sie gegrillt sind, erweisen sich die Fische als ölig und voller Gräten, und sie schmecken genau so, wie das Wasser, in dem sie lebten, es befürchten ließ. Nämlich faulig. Hätte man den Kindern solch ein Essen unter normalen Umständen vorgesetzt, sie hätten bestimmt ihre Teller voller Abscheu von sich geschoben. Falls man in der *scuola materna* so etwas aufgetischt hätte, wären die *rappresentanti di classe* mit Telefonanrufen überschüttet worden,

und sofort wäre es zu einer Protestversammlung gekommen. Aber an diesem Abend stopften Michele und Stefi das Zeug restlos in sich rein. Sogar ohne einen einzigen Schuß Ketchup. Später erfuhr ich von Silvio, daß niemals ein Kontrolleur zu diesem Kanal kommen würde, und zwar weil kein Mensch die Fische von dort essen wolle.
»Ich glaube«, fügte er grinsend hinzu, »dein Junge hat wirklich *la passione.*«

Diobon

So kam es, daß ich in jenem Jahr das Angler-Fachgeschäft in San Michele Extra kennenlernte. Es erinnert einen an einen dieser Krämerläden in alten Cowboy-Filmen, in dem ein schon betagter Vater zusammen mit seinen drei rührigen Söhnen eine rauhbeinige Kundschaft bedient, inmitten eines Wirrwarrs aus unzähligen Werkzeugen, dickbäuchigen, weit aufklaffenden Säcken und großen Hunden, die alles und jeden und einander beschnüffeln oder zwischen zwei Fässern und einer Kehrrichtschaufel dösen. Der Laden ist schmal und lang, an den Wänden sind Angelruten, Faltstühle, Netze und Watstiefel aufgereiht, daneben stapeln sich Schachteln unbekannten Inhalts und geheimnisvolle Gerätschaften aller Art bis zur Decke. Am anderen Ende des Ladens, an der Theke, stoßen und rempeln sich Männer in Overalls, die einander alle zu kennen scheinen, um die Aufmerksamkeit der Verkäufer auf sich zu lenken oder von dem alten Patriarchen, der neben ihnen steht, einen Rat zu erhalten, denn er erläutert technische Finessen und gibt rares Fachwissen preis. Gelegentlich läßt er sich sogar dazu herab, die Fragen eines Kunden zu solch profanen Dingen wie Posen, Bleigewichten und Blinkergrößen zu beantworten. Alles Dinge, von denen ich nicht die leiseste Ahnung habe.

Die Männer unterhalten sich ausnahmslos im Dialekt, und wenn Männer Dialekt sprechen, hört sich das immer irgendwie dröhnend an – eine ausufernde, ungebremste, unbefangene Geräuschkulisse. Die älteren Männer sind dieselben, die man im Centro Primo Maggio beim Bocciaspielen sehen kann und die in ihren Fiats 128 große Korbflaschen voll Landwein herumkutschieren, einen in den Nacken geschobenen Strohhut auf dem weißen Haar und einen Jagdhund im Kofferraum. Die jüngeren Männer sind ihre Söhne, aber diese sind nicht so leicht auf einen Nenner zu bringen: Manche von ihnen sitzen den ganzen Tag vor einem auf Hochglanz polierten Schreibtisch, immer im Entscheidungszwang, welches ihrer klingelnden Telefone sie zuerst abheben sollen, andere sind in sämtlichen Amtsstuben als Querulanten bekannt, und wieder andere schuften vom frühen Morgen bis zum späten Abend in ihren Werkstätten oder am Steuer ihres Lastwagens.

Da es sich hier auch um ein gesellschaftliches Ereignis handelt, gibt es natürlich jemanden, der sich in den Vordergrund spielt. Eine der Stimmen dröhnt lauter als alle übrigen zusammen. Ich kenne diese Stimme, sie gehört dem Besitzer der Autowerkstatt, in der ich meinen Wagen reparieren ließ, nachdem mir hinten jemand reingefahren war; ein Mißgeschick, aus dem er auf Kosten der Versicherung eine Art Goldgrube machte.

Er ist hier, um seine in Reparatur gegebene Angelrute abzuholen. Das Ding ist so ungeheuer lang, daß es quer durch den ganzen Laden reicht, als er es zusammensteckt, um zu begutachten, was daran ausgebessert wurde: Zwei Männer halten die Rute unten am Griff, während die Spitze im Lagerraum hinter der Theke verschwunden ist.

Carlon lautet sein Spitzname, wie mir jetzt einfällt – das bedeutet »der Große Carlo« …

Groß ist er wirklich. Vermutlich noch keine dreißig Jahre

alt, hat Carlon das auftrumpfende Gehabe und den tonnenförmigen Brustkorb der hormongefütterten Kerle, die in ihrer Freizeit an Meisterschaften im Armdrücken teilnehmen, als deren Preis einen Abend lang Freibier winkt. Aber es ist auch etwas Protziges und fast Tuntenhaftes an ihm, das auf Unsicherheit schließen läßt. Er hat einen blauen Overall an, wie ihn bestimmt schon sein Vater getragen hat, aber sein Hemd darunter ist neonpink und so weit aufgeknöpft, daß seine blonden Brusthaare herausquellen. Unter seinem abgewetzten Buschhut fallen die frisch schamponierten blonden Locken bis auf die Schultern. Sein dicker Schnauzer ist ebenfalls blond, wie auch sein Spitzbart; die Tätowierungen auf seinen breiten Unterarmen zeigen weder Anker noch nackte Mädchen, sondern zwei sehr große bunte Schmetterlinge. Aber erst die Sonnenbrille gibt dem Ganzen den letzten Schliff: Carlon hat seine in Silber gefaßte, blau verspiegelte Brille an der massiven Goldkette eingehakt, die um seinen Hals baumelt; aufblitzend spiegelt sich in den Gläsern wasserfeste Anglerbekleidung. Dadurch wird der Christus-am-Kreuz-Anhänger zu einer schemenhaften, in ein pinkumsäumtes blondes V eingebetteten Silhouette.

Carlon redet auf alle Leute gleichzeitig ein – vielleicht fühlt er sich dazu berechtigt, weil seine frisch reparierte Angelrute quer durch den ganzen Laden reicht –, und alle hören ihm zu. Und jedes zweite Wort aus seinem Mund lautet »Diobon«, der Dialektausdruck für »Guter Gott« und zugleich der gebräuchlichste und gotteslästerlichste Fluch im Veneto.

»Der Schweinehund war so groß, *Diobon,* so groß, und ich bin ja kein Hochseeangler, *Diobon, Diobon,* drum mußte ich ihn ordentlich hernehmen, weil die Leine ja zu leicht war, *Diobon,* versteht ihr, ich mein, *Diobon,* wenn ich gewartet hätt

und ihn gedrillt, so wie sonst, *Diobon,* hätt der Halunke die ganze Schnur durchgebissen, *Diobon.*«
Sein Dialekt ist so stark, daß ich mir die Hälfte dessen, was ich höre, selbst zusammenreimen muß. Der ganze Laden lacht, die Zuhörer werfen Bemerkungen dazwischen, und sie wissen genau, daß er aufschneidet und flunkert und daß jemand, der eine solch große teure Angelrute abbricht, sich ziemlich dumm angestellt haben muß. Aber sie genießen es trotzdem, und der Mann hinter der Theke versichert, die Rute sei so gut repariert, daß er einen Wal damit fangen könnte. Einen Wal könnte er jetzt fangen, *Diobon!* Der Ladenbesitzer zwinkert den anderen zu, und als Carlon das sieht, brüllt er: »*Diobon,* wenn ihr mir nicht glaubt, schlag ich euch die Schädel ein, *Diobon!*« Es ist klar, daß sie alle schon seit Ewigkeiten miteinander befreundet sind und einander wahrscheinlich jeden Freitagabend solches Anglerlatein auftischen. Weil am Freitagabend nämlich alle hierherkommen, um sich für das Wochenende mit Ködern einzudecken.
Michele – in der Mitte der Schlange – hört aufmerksam zu, und zweifellos versteht er Carlon und auch den Inhalt des Gesprächs viel besser als ich. »So groß!« flüstert er mir mit unschuldigen, weit aufgerissenen Augen zu. »So ein großer Fisch!« (Das heißt, so groß wie er selbst.) In seiner Verwunderung fügt er »Diobon« hinzu – worauf ich überlege, wie ich ihn um alles in der Welt bloß davon abbringen kann, solche Wörter zu verwenden, da doch meine eigene Ausdrucksweise im Englischen zugegebenermaßen auch nicht untadelig ist, wenn auch nicht so voller Wiederholungen.
Wir sind hier im Laden, um Köder und eine Menge anderer Dinge zu kaufen, die wir für den ersten gemeinsamen Angelausflug von Vater und Sohn (ohne weitere Begleitung) benötigen. Dreimal waren wir schon mit Stefano und Bep-

pino an einem Baggersee, einem dieser Weiher, wo man gegen Gebühr Forellen fangen kann, die aus einer Fischzucht stammen. Stefano ist ein erfahrener Angler und geht dabei genauso routiniert und bauernschlau zu Werke, wie er bestimmt auch seine Geschäftsbücher führt. Er weiß, wann man vor Ort sein muß, wo die besten Standplätze sind, zu welcher Zeit die Fische ausgesetzt werden und wann die Tiere anfangen, nach Nahrung zu suchen. Und er weiß sogar, wann man getrost eine Cappuccino-Pause in der Bar einlegen kann, weil die Fische nicht mehr beißen wollen. *»Sai com'è?«* meint er dann und freut sich, daß sein Gegenüber diese Frage eben nicht beantworten kann. Wenn man also mit Stefano angeln geht, fängt man immer mindestens sechs fette Forellen, was Micheles *passione* nur noch verstärkte, insbesondere da noch niemand von ihm verlangt hat, etwas von seinem Taschengeld zur Angelgebühr beizusteuern.

Aber es gibt durchaus auch Probleme. Obwohl sich Stefano mit den Baggerseen gut auskennt, behauptet er, daß es ihm dort ganz und gar nicht gefalle. Er gehe nur deswegen hin, weil er und Marta es für zu gefährlich hielten, mit Beppino an einem Fluß zu angeln, denn dort könnte er hineinfallen und ertrinken. (Interessanterweise verliert Stefano kein Wort darüber, daß man an einem Fluß einen Angelschein braucht.) Natürlich könnte der Junge genausogut auch in einen Baggersee fallen; weil dort aber immer eine Menge Leute angelten, würde ihn schon jemand herausziehen. Stefano selbst wäre dazu nicht in der Lage, denn wie viele Italiener seines Alters kann er nicht schwimmen; er hat es nie gelernt. Es entbehrt nicht einer gewissen Ironie, daß Beppino hingegen sehr gut schwimmt, schließlich hat er entsprechende Kurse besucht (ebenso wie er reiten und Baseball spielen gelernt hat). Dennoch erleidet Stefano

jedesmal fast einen Nervenzusammenbruch, wenn der Junge einem Gewässer zu nahe kommt – und beim Angeln läßt sich das eben nicht ganz vermeiden.
Vielleicht liegt es an der übertriebenen Vorsicht seiner Eltern, daß bei Beppino keinerlei Anzeichen jener *passione* zu erkennen sind, die mittlerweile in Micheles kindlicher Brust tobt. Mit lang baumelnder Nackensträhne tänzelt er am Ufer herum, beugt sich vor, um zu sehen, was die anderen Angler in ihren Netzen haben, und taucht dabei absichtlich mit der Nase fast ins Wasser, was Stefano in einen Zustand unablässiger Anspannung versetzt. »Fall nicht hinein! Was würde dann die Mamma sagen!« In Wirklichkeit, und wie sonst auch, soll das heißen: »Was würde *mir* die Mamma dann erzählen!« Und wie immer kennt er ganz genau die Antwort. Sie würde schimpfen: »Ich hab dir doch gesagt, daß der Junge besser zu Hause bleiben soll!«
Entmutigt, jeglichen Antriebs und aller Verantwortung beraubt, legt sich Beppino schließlich ins Gras und liest *Topolino* alias Micky Maus, eine Comic-Serie mit sämtlichen bekannten Disney-Figuren, die aber gänzlich in Italien geschrieben und hergestellt wird. Er hat drei oder vier solcher Hefte dabei. Dann aber, anstatt ihn in Ruhe zu lassen, meckert Stefano los: »Du wolltest doch unbedingt zum Angeln mitkommen, und jetzt ist es dir völlig egal. Das war's nicht wert, daß ich dich mitgenommen hab!« (Soll heißen: den Zorn deiner Mutter riskiert habe.) Als Antwort gibt Beppino nur primitive Laute von sich: Zap! oder Wrumm! oder Snap! oder Gulp! Denn obwohl *Topolino* in Italien geschrieben und gezeichnet wird, sind die Kinder an die englischen Ausrufe in übersetzten Comics so gewöhnt, daß diese, wenn auch in einer gewissermaßen eingebürgerten Form, beibehalten werden – Tlack! Sgrant!
Als Stefano einmal ganz wütend wird, fängt Beppino zu

kichern an und sagt etwas, das wie »Muumbele, Muumbele!« klingt. Lachend stimmt Michele ein. »Muumbele, Muumbele, Muumbele!« Stefano ist außer sich. Erst später begreife ich, daß dies die Art ist, wie die Kinder das »Mumble, mumble« – murmel, murmel – aus den Sprechblasen der Comics artikulieren. Sie haben irrtümlicherweise gedacht, das sei ein Ausdruck, mit dem man jemand schrecklich verspottet. »Muumbele, muumbele!«

Um all den Schwierigkeiten die Krone aufzusetzen, erlaubt Marta – eine unüberbietbare Beleidigung! – nicht, daß Stefano die Fische (die er unter solch nervenaufreibenden Umständen gefangen hat) auf der blitzblanken Spüle in ihrer Küche ausnimmt und putzt (sie haben in ihrer Garage noch kein Becken installieren lassen). Die Folge ist, daß er uns am Ende jeder Expedition seinen ganzen Fang aufdrängt, was Micheles Begeisterung nur zusätzlich steigern und die von Beppino nur noch weiter dämpfen kann. Deshalb habe ich beschlossen, daß wir von nun an allein losziehen, wenn Michele denn unbedingt angeln gehen will. Und deshalb stehen wir hier in diesem Anglerladen in San Michele – um Köder zu kaufen.

Wir erwerben Maden, Würmer, weiße Schaumstoffschwimmer, mit denen man Forellen anlockt, und einen Kescher. Erst beim Hinausgehen fällt mir ein, daß wir das Gerät vergessen haben, mit dem man den Fischen den Haken aus dem Maul zieht. Das hat Stefano immer übernommen. Aber da wir ohne Stefano wahrscheinlich ohnehin nichts fangen werden – überlege ich –, spielt es wohl keine Rolle. Draußen auf der Hauptstraße versucht Carlon vergeblich, ein knallrotes Golf-Cabriolet anzulassen.

Die Kiesgrube wird schmeichelhafterweise I Laghetti genannt – die kleinen Seen. Wie am Hochwassergraben, wo

Michele seinen ersten Fisch an Land gezogen hat, ist das Gelände hier nicht gerade einladend. Aber dadurch wird einem erst bewußt, wie wenig sich kleine Kinder um die ästhetische Qualität solcher Erfahrungen scheren. Sie haben überhaupt keine Augen für ihre Umgebung. Das einzige, was Michele interessiert, sind die Fische, *Diobon* ...

Man steht um halb sieben Uhr morgens auf und fährt – die Hügel hinter sich lassend – in die *bassa,* vorbei an Micheles ehemaliger Kinderkrippe, wo sie immer *due bene* geschrieben haben und er »Die Glocken von Bovolon« singen mußte. Das Pferd mit der roten Decke wird inzwischen schon gestorben sein, denn es ist bereits Jahre her, seit wir regelmäßig diese Strecke fuhren.

In San Michele kreuzt man die Hauptverkehrsroute Verona–Venedig und nimmt anschließend die Umgehungsstraße zur *autostrada.* Dann, gerade wenn einem die von Heidekraut und verfallenen Bauernhöfen geprägte Landschaft den Gedanken, hier angeln zu wollen, fast unvorstellbar erscheinen läßt (weil diese Gegend aussieht, als eigne sie sich nur für den Bau von Schnellstraßen, die einen zu schöneren Orten bringen), muß man scharf nach rechts in einen engen, holprigen Weg einbiegen. Er führt über einen Damm, hinter dem mehrere ehemalige, jetzt mit Wasser gefüllte Kiesgruben liegen. Zwischen zwei dieser Weiher ruckelt man mit dem Auto über eine rutschige, steile Böschung voll scharfkantiger Steine und gelangt so zu einem langen niedrigen Schuppen aus Holz mit Persenning-Dach und einem eisernen Schornstein, aus dem Rauch aufsteigt. Vor dem Eingang befindet sich eine Veranda, und die Fenster sind, was ungewöhnlich (und daher verdächtig) ist, mit Fliegengittern versehen. Über der Tür hängt ein Schild mit der Aufschrift: I LAGHETTI, RISTORANTE, TRATTORIA, PIZZERIA. Bei einem solchen Angebot ist für jeden

Geschmack etwas dabei, sollte man meinen, doch vermutlich ist es das einzige Restaurant in ganz Italien, in das noch nie ein Tourist seinen Fuß gesetzt hat. Ich weiß noch, wie wir an einem Winterabend zu I Laghetti fuhren und dort sämtliche der mehr als hundert Tische besetzt waren; die Gäste saßen alle in ihren Mänteln da, einige sogar mit Hut. Diese hölzerne, klamme und überaus primitive Kneipe wird nur von ein paar Ölöfen beheizt. Die Betreiber waren wohl der Ansicht, daß die Anschaffung von Fliegengittern weit dringlicher sei.

Aber jetzt ist es erst sieben Uhr morgens, und wir sind nicht hier, um zu tafeln, sondern wollen uns unser Mittag- und Abendessen selbst fangen. Auf einem anderen Schild an der Schuppenwand ist zu lesen: AZIENDA AGRICOLA ITTICA – Ichthyowirtschaftlicher Betrieb – die wichtigtuerische Umschreibung für Fischfarm, die sie neuerdings verwenden. Darunter steht: »Verkauf von Lebendforellen und Sportfischerei.« Jedesmal, wenn ich das lese, kommt mir in den Sinn, daß die einzigen, die dabei wirklich Sportsgeist zeigen, die Forellen sind …

Man parkt auf einer Anhöhe über den Weihern und erkämpft sich dann einen Platz. Italiener sind notorische Frühaufsteher, und das Ufer ist bereits zu mehr als der Hälfte besetzt. Der Baggersee zur Linken ist für ein Wettangeln reserviert, und dort stehen die Männer so dichtgedrängt wie Maden in einer Köderdose, Ellbogen an Ellbogen, die Ruten bewundernswert parallel ausgerichtet, mit unrasierten, hochkonzentrierten Gesichtern. Am Baggersee rechter Hand, den wir ansteuern, geht es etwas legerer zu, obgleich auch hier bereits ein Dutzend oder mehr Männer und Jungen in unregelmäßigen Abständen um das zwanzig mal zwanzig Meter große Geviert reglosen schwarzen Wassers herumstehen. Auf einmal ist Michele wie elektrisiert und wedelt mit dem Kescher, der Spinnerschachtel und der Rute aufgeregt hin und her. »Beeil dich, Papà, schnell!«

Durch nasses Gras und niedergetrampelte Kamille verläuft ein schlammiger Pfad, der auf der einen Seite vom Wasser und auf der anderen von einem Stacheldrahtzaun begrenzt wird. Dort, wo kein Zaun steht, geht es steil hinauf zu feuchten Äckern. Man sucht sich seinen Weg, vorbei an Leuten, die meistens in Dreier- oder Vierergruppen zusammen angeln, denn selbst dieser typische Einzelgängersport wird hier nie ganz allein ausgeübt. Die Männer bringen ihre Angeln in Stellung – die meisten haben mindestens zwei dabei –, dann setzen sie sich mit ihren Freunden zusammen und unterhalten sich leise – so, als ob sie die Fische nicht bei ihrer Aufgabe stören wollten, die Haken zu finden. Sie rauchen, da Rauchen die Fische nicht vertreibt, sie essen Chips oder Sandwiches oder abgepackte Croissants, sie trinken Wasser oder Wein oder sogar ein Schlückchen Grappa, sie beobachten aus dem Augenwinkel ihre Posen, und gelegentlich ziehen sie einen großen, gezüchteten Fisch aus dem Wasser, der sich windet und krümmt und in der klaren Morgenluft schimmert. Wir gehen an ihnen vorüber. Der Schlamm ist übersät mit Zigarettenkippen und weggeworfenen, verknäulten Angelschnüren, und alle zwei Meter oder in sogar noch kürzeren Abständen steht ein kleiner Betonblock als Sitzplatz, der seitlich ein tiefes Loch hat, in das man nach dem Auswerfen seine Angel stecken kann.

Wir entscheiden uns für einen der letzten Blöcke auf der gegenüberliegenden Seite. *»Grazie a Dio«*, meint Michele, der Atheist, und bekreuzigt sich wie seine Schwester Stefi. Nachdem wir uns erfolgreich einen Platz gesichert haben, fällt schlagartig alle Nervosität von ihm ab. Ich bin wirklich erstaunt über das Selbstvertrauen, mit dem er die Rute so zusammensteckt, wie Stefano es ihm gezeigt hat. Wenigstens vier Fische, verspricht er sich selbst. Wie bei seinem ersten Versuch fürchte ich, daß er sehr schnell enttäuscht sein wird. Mit den Händen in den Taschen mache ich das *corna*-Zeichen, obschon ich nicht weiß, ob es auch wirkt, wenn man es nicht sieht. Im Unterschied zu unserem ersten Angelausflug an den einsamen Kanal, wo uns ja nichts Schlimmeres passieren konnte, als überhaupt nichts zu fangen, besteht hier ein zusätzliches Risiko, nämlich *fare una brutta figura,* das heißt, sich lächerlich zu machen und sich vor allen anderen Anglern zu blamieren. Insbesondere ich selbst. Denn sehr schnell wird jeder der hier Anwesenden erkennen, daß ich von der Sache nicht die leiseste Ahnung habe. Einer der Hauptreize, weshalb die Leute gerade hierher kommen, anstatt sich einen einsamen Strom oder tiefen Fluß zu suchen, liegt ja darin, daß man hier einander zusehen, voneinander lernen und – was noch besser ist – über andere lachen kann.

Linker Hand zwischen unserem Betonblock und dem nächsten bezieht ein weiterer Angler Stellung. Das ist eindeutig zu nah, um noch bequem angeln zu können. Bis Michele es geschafft hat, mit seinen kleinen unbeholfenen Fingern unsere Ausrüstung zurechtzulegen, hat der Bursche neben uns schon zweimal ausgeworfen, und zwar mit einer Entschlossenheit, die die anderen Angler bisher nicht an den Tag legten; zwei oder drei von ihnen sind tatsächlich mit Zeitungslektüre beschäftigt. Komischerweise geht mir die Selbstzufriedenheit der Zeitungsleser genauso auf die Nerven wie das professionelle Gebaren des Neuankömmlings. Alle scheinen sich ihrer Sache überaus sicher zu sein, während ich nur das eine weiß – daß ich keine Ahnung habe.

Michele stellt sich zimperlich an und weigert sich, die Maden auf den Haken zu stecken. Er mag zwar *la passione* haben, aber eine Made rührt er nicht an. Also muß ich das erledigen. Als die weißen Körper vom Haken zermatscht werden, aufplatzen und gelbliches Blut, Sekret, Eiter oder was auch immer herausfließt, bin ich felsenfest davon überzeugt, daß sie ihr Leben umsonst geopfert haben. Es steht völlig außer Frage – mein Sohn und ich werden niemals einen Fisch fangen. Inzwischen, bei seinem vierten Auswurf, zieht der Mann zu unserer Linken, der offensichtlich ohne Pose mit der Kurrleine angelt, eine große Forelle aus dem Wasser. Es ist die erste, seit wir hier sind. Er holt die Schnur so fachmännisch ein und greift sich den Fisch mit dem Netz, wickelt ihn so geschickt und behende in einen Putzlappen, um den Haken herauszuziehen und die Forelle in ein anderes, mit einem Pflock am Ufer befestigtes Netz zu legen, daß er schon wieder – zum fünften Mal – ausgeworfen hat, noch bevor wir zu unserem ersten Versuch bereit sind. Die Zeitungsleser blicken von ihrer rosafarbenen *Gazzetta dello Sport* auf, betrachten diesen beispiellosen Eifer und setzen dann ihre Plauderei fort. Ihre Posen dümpeln bewegungslos auf der spiegelglatten Wasseroberfläche, die Leinen wandern, von der trägen Strömung unmerklich gezogen, in genau parallel ausgerichteten, schön geformten Bögen von links nach rechts.

Michele holt zu einem weiten Wurf aus, um seinen Haken in der Weihermitte zu plazieren, stellt sich dabei aber zu ungeschickt an, so daß die Pose schimpflicherweise nur einige Meter vom schlammigen Ufer entfernt landet. Ich sage zu ihm, daß man an dieser Stelle genausogut einen Fisch fangen könne wie anderswo, und schlage vor, er solle bei der Angel bleiben, während ich zu I Laghetti flitze, um dort die Gebühr zu entrichten.

»Papààààà!« Nachdem ich etwa die Hälfte der Zigaretten-

stummel und zertretenen Köderdosen hinter mich gebracht habe, ruft mich lautes Gebrüll zurück.
»Es hat einer angebissen! Es hat einer ANGEBISSEN!«
Nunmehr überzeugt, daß ich ständig falsch liege und mein Sohn nun mal ein Glückspilz ist, renne ich zurück, um mich diesem unerwarteten und offen gesagt beängstigenden Ereignis zu stellen. Die Pose hüpft tatsächlich auf und ab. Törichterweise bestehe ich darauf, die Schnur selbst einzuholen, was ich noch nie in meinem Leben versucht habe. Die Leine schießt aus dem Wasser, über meinen Kopf hinweg, und verheddert sich in dem Stacheldrahtzaun hinter mir. Am Haken hängen weder Fisch noch Made. Vermutlich haben Elritzen den Köder abgeknabbert. Einige *Gazzette dello Sport* rascheln. Man glotzt zu mir herüber. Der emsige Angler links neben uns dreht sich um und runzelt die Stirn, um uns zu bedeuten, daß ihm der Lärm, den wir veranstalten, mißfällt. Denn Michele kreischt vor Aufregung: *»Diobon, Papà, Diobon non cosi!«* Nicht so!
Michele ist überzeugt davon, daß ein Fisch am Haken hing und ich ihn verloren habe. *»Porco Giuda, Papà!«* schreit er. Das ist ein sehr übles Schimpfwort, und er schreit laut genug, um sämtliche Forellen des Veneto zu verjagen. Solcherart gedemütigt gerate ich in Wut und drohe ihm – mit geschärftem Blick für ein mögliches *ricatto* –, daß er, sollte er mich noch einmal anbrüllen, sämtliche weiteren Angelausflüge vergessen könne. Und zwar für immer! Kaum habe ich das gesagt, wird mir bewußt, daß ich, wenn ich Englisch spreche, nur die Neugier der anderen wecke und sie höchstwahrscheinlich in der Ansicht bestärke, ich sei völlig unfähig. Ein Engländer, und keine Ahnung vom Angeln! Dabei haben die doch lauter Wasser um sich herum! Aber sofort ärgere ich mich über mich selbst, weil es mich kümmert, was diese Leute denken, denn solche Befürchtun-

gen sind ja – wie mir auf einmal scheint – typisch italienisch. In London hat mir das nie sonderlich viel ausgemacht, Situationen wie diese haben mich nie durcheinandergebracht.
Durcheinander ... Das wäre eine höfliche Umschreibung des Zustandes, in dem sich unsere Schnur jetzt befindet. Als erstes müssen wir sie vom Stacheldrahtzaun losbekommen, und dann dauert es noch ungefähr zwanzig Minuten, bis wir sie unter Fluchen und »Ich-habs-dir-doch-vorher-gesagt« entknotet haben und wieder auswerfen können. Erneut mache ich mich auf den Weg, um für den Spaß, den wir an der Kiesgrube von I Laghetti haben, zu bezahlen ...
Diesmal lege ich den müllübersäten Weg zu der riesigen *ristorante-, trattoria-, pizzeria*-Baracke zurück, ohne daß Michele mich zurück ruft. Beim Anblick der hölzernen Veranda könnte man fast meinen, irgendwo im tiefsten Neu-England zu sein. Hinein geht es durch Schwingtüren, die eine Sekunde lang stehenzubleiben scheinen, bevor sie zurückklappen, und drinnen befinden sich ein paar alte Flipperautomaten. Ich habe schon seit Jahren keinen mehr gesehen. Seit irgend jemand sich breitschlagen ließ, die Genehmigung für die Errichtung dieses Schreckensortes zu erteilen, muß an I Laghetti die Zeit stehengeblieben sein. Das Klingeln und Rasseln des Flippers ist weitaus weniger nervenzehrend als das Getöse der Weltraum-Laserkanonen von den Videospielautomaten, die Michele so liebt. Aber merkwürdig, daß hier, tief im morastigen Hinterland, eine Gruppe Jugendlicher vor acht Uhr morgens flippert. Wieso hocken sie nicht neben ihren Angelruten?
An den Holzwänden um mich herum hängen, mit traurigem Blick, ausgestopfte Tiere und ein paar eingerahmte Fische. Daneben ein oder zwei Urkunden, das obligatorische Bord mit den Radrenn-, Angel- und Fußballpokalen,

und eine Ecke ist für ein Wirrwarr an Fotos reserviert, die offenbar bei Feiern im *ristorante* geknipst wurden. Die Bar besteht aus sechs weit auseinanderstehenden Tischen mit rot-weiß karierten Plastikdecken und einem Tischfußballspiel.
Ich gehe hinüber zur Theke, um zu zahlen, aber es ist niemand da. Beim Warten studiere ich ein Schild über der Kasse, auf dem die Gebühren verzeichnet sind. Mit einer Rute angeln kostet zwölftausend, mit zwei fünfzehn-, mit drei achtzehntausend. Kein Wunder, daß die anderen in Gruppen angeln!
Ein Mädchen kommt. Sie ist klein und bestimmt noch zu jung, um arbeiten zu dürfen. Und tatsächlich – sie könne mir zwar keine Benutzerkarte verkaufen, sagt sie, aber statt dessen einen Cappuccino zubereiten. Ich beschließe, einen zu trinken. Da es sonst nichts gibt, nehme ich dazu eines der eingeschweißten Croissants aus der Vitrine, die aussieht, als sei sie aus Geschirrschränken der fünfziger Jahre zusammengebastelt worden.
Auf einem Tisch liegt aufgeschlagen eine Ausgabe von *L'Arena;* also setze ich mich dorthin, um zu lesen, bis jemand erscheint, bei dem ich mein Geld loswerden kann. Ich gebe Zucker in meinen Kaffee und habe Mühe, die Verpackung des Croissants aufzubekommen. Als ich endlich soweit bin, es mir für ein paar Minuten bequem zu machen, bemerke ich, daß in dem Kaffee H-Milch ist. Mir graust vor H-Milch. Abgesehen davon – ist das überhaupt möglich? – scheint sie geronnen zu sein. Widerlich. Aber dann wird mir klar, daß hier wahrscheinlich schon seit Jahren kein Gast mehr einen Cappuccino bestellt hat. Die Jugendlichen am Flipper trinken Coca Cola, und die ein, zwei älteren Männer Wein beziehungsweise Kaffee mit einem Schuß Wein. Das Croissant ist ungefähr so resch wie zerkochte Kartoffeln.

Aber in der Zeitung steht eine Geschichte, die mich trotz allem aufheitert. Ein Mann in einer piemontesischen Kleinstadt rief seine Frau an, um ihr mit erstickter Stimme mitzuteilen, er sei entführt worden. Sie solle weitere Instruktionen abwarten und dürfe auf keinen Fall die Polizei einschalten. Woraufhin sie sofort die Polizei alarmierte. Bei den Nachforschungen stellte sich heraus, daß besagter Mann seinem Chef und den Arbeitskollegen angekündigt hatte, er werde in der folgenden Woche nicht im Büro erscheinen. Innerhalb von zwölf Stunden stöberten sie den angeblich Entführten in einem Strandhotel an der Küste bei Genua auf – zusammen mit seiner jungen, und wie anzunehmen ist, hübschen Geliebten. In seiner Stellungnahme räumt der Mann ein, eine *brutta figura* gemacht zu haben ... Weil diese Zeitung eigentlich ein erzkatholisches Blatt ist, erstaunt mich der weitere Tenor des Artikels, denn nun gerät der Journalist ins Schwärmen, wie solche Geschichten doch beweisen würden, daß traditionelle italienische Eigenschaften wie Leidenschaftlichkeit und Einfallsreichtum noch immer lebendig seien. Denn in welchem anderen Land der Welt, fragt er, wäre so etwas denkbar? Das stimmt. Ich jedenfalls übe schon im Geist, wie ich an Zia Natalinas Küchentisch diese Geschichte zum besten geben werde. *»Santa patata,* Signor Ti-iim«, wird sie sagen, *»davvero non c'è piu religione!«* Und ich werde erwidern: »Wenn er wenigstens behauptet hätte, er wäre beim Angeln ...« Das alles klingt für mich weniger nach Einfallsreichtum als nach Blödheit. An der Kasse erscheint ein unappetitlich aussehender junger Bursche. Sein langes Haar hat er zu einem dicken Pferdeschwanz zusammengebunden, und er trägt Clogs, mit denen er beim Gehen und sogar beim Stehen absichtlich schlurft. Er hat eine Tätowierung in Form eines Adlers, in einem seiner Ohrläppchen stecken drei Ringe, und um den

Hals baumelt eine Kette mit dem heiligen Christophorus. Er reicht mir ein kleines, quadratisches Stück gelbes Papier, malt ein Kreuz in das Kästchen, in dem »1 Rute« steht, und schreibt dann das Datum darauf. Weil mich bereits das schlechte Gewissen plagt, daß ich mich hier so lange aufgehalten habe, stopfe ich den Zettel in die Tasche, kaufe Michele zum Frühstück einen Schokoriegel und mache mich wieder auf den Weg zurück.
Seit ich zur Bar aufgebrochen bin, sind an die hundert neue Leute eingetroffen. Der arme Michele ist nun schwer eingeengt, denn rechts von ihm steht ein Neuzugang, der mit drei Ruten angelt, also achtzehntausend bezahlt hat und nicht zwölftausend wie wir. Alle tragen über ihren Overalls Jeansjacken, und die meisten haben kleine spitze Hüte mit dem Namen eines Fußballclubs oder einer Traktorenfirma auf. Es wird vergnügt gelacht, und Feldflaschen machen die Runde. Niemand scheint das Angeln sonderlich ernst zu nehmen, außer dem Kerl links von uns, dem einzigen, der unablässig seine Leine auswirft und wieder einholt. Michele, der verbissen die Angel hält, wobei die schlaffe Schnur nahe dem Ufer schwimmt, flüstert mir wütend zu, daß der Mann bereits vier große Forellen gefangen habe, während ihm die Elritzen ständig den Köder wegnagen würden! Micheles Füße sind übersät mit Mückenstichen. Ich hätte nicht zu ihm sagen sollen, daß er Sandalen anziehen kann.
Dem Jungen stehen Tränen in den Augen. Da beschwert sich der Mensch mit den drei Ruten rechts von uns, ein unbestreitbar großer und stämmiger Kerl, daß Micheles Schnur zu seiner hinübertreibe. Michele schweigt bitter, zieht seine Leine ein und wirft sie erneut aus. Um ihn aufzumuntern, lobe ich ihn, daß er jetzt zumindest das Auswerfen gut beherrsche. Er aber zuckt nur die Achseln und würdigt mich keiner Antwort, sondern mampft seine

Schokolade, während er die Angel unter einem Arm festgeklemmt hält.
Fünfzehn fruchtlose Minuten später erhalte ich schließlich Antwort auf verschiedene Rätsel dieses Morgens: Warum sitzen manche Männer nur herum und lesen *La Gazzetta dello Sport,* als würde sie das Angeln überhaupt nicht interessieren? Warum vergnügen sich die Jugendlichen am Flipperautomaten, anstatt sich mit ihren Angeln zu beschäftigen? Warum sind zwischen acht Uhr und Viertel nach acht an die hundert Leute neu hinzugekommen?
Antwort: Weil samstags um halb neun (wir waren bisher, zusammen mit Stefano, nur an Wochentagen in den Osterferien hier) die Fische ausgesetzt werden. Erst danach beginnt das Fest. Das Schlachten ...
Vom oberen Ende des Weihers kommt ein altes Blech-Dingi heran. Der langhaarige Bursche, dem ich mein Geld gegeben habe, jagt unnötigerweise den Außenborder hoch und schwenkt in die Mitte des Weihers, so daß sämtliche Leute eilends ihre Angeln einholen müssen. Überstürzt zieht Michele die seine mit einem Ruck heraus, worauf sie sich erneut im Zaun verfängt. Jetzt heult er wirklich vor Wut. Denn jetzt endlich hätten wir wirklich etwas fangen können, und wenn wir nur ...
Ich höre nicht auf sein Gejammer, sondern mache mich daran, ein nicht mehr lösbares Knäuel aufzuschneiden und den Rest aufzuwickeln.
Der langhaarige Bursche würgt den Außenborder ab und steht jetzt prahlerisch in seinem schwankenden Boot. Er taucht einen Eimer in zwei große, längsseits stehende Plastikwannen, in denen es von Forellen wimmelt, und wirft die sich windenden Fische abwechselnd vorne und hinten aus dem Kahn, mal links, dann wieder rechts, wobei er so tut, als würde er sie gerecht verteilen. Die Männer haben nun

aufgehört zu plaudern und ihre Zeitungen weggelegt, sind aufgesprungen und rufen ihm zu: *»Diobon,* schmeiß ein paar hier rüber, hier rüber, *Diobon ...«* Hämisch lachend läßt der Bursche vom Ichthyowirtschaftlichen Betrieb seinen Außenborder wieder an, jagt den Motor hoch, so daß eine ölgeschwängerte Abgasschwade über den Baggersee zieht, und rast die fünf Meter zum Ufer zurück. Vermutlich hat er kein Paddel im Boot.

In fieberhafter Eile habe ich unsere Angel wieder funktionstüchtig gemacht, bevor noch jemand anderer mehr als drei Fische an Land gezogen hat; allerdings holt der erschreckend ernsthafte Mensch links von uns gerade seinen vierten Fang ein. Michele ist außer sich, wirft aber sehr schön aus. Er schafft es, seine kleine Pose genau in der Mitte des Baggersees zu plazieren, gerade als sich die hektische Betriebsamkeit wieder legt. Offenbar haben die restlichen Fische begriffen, daß es nicht klug ist, nach all diesen Maden zu schnappen. Wir warten. Nichts tut sich. Aber inzwischen mache ich mir keine Sorgen mehr, daß Michele enttäuscht sein könnte. Das Schlimmste haben wir schon hinter uns. Es ist nichts mehr daran zu ändern. Nein, jetzt koste ich geradezu genüßlich die Gräßlichkeit dieser ganzen Unternehmung aus und hoffe insgeheim, daß wir nie wieder an diesen barbarischen Ort zurückkehren müssen.

»Eine halbe Stunde noch, dann verschwinden wir«, sage ich zu Michele. Er nickt traurig und hält die Angelrute krampfhaft umklammert. Dann nimmt er sich ein weiteres Stück Schokolade und starrt mit Tränen in den Augen auf das jetzt wieder reglose Wasser. Ich beobachte, wie sich ganz sanft ein Ölfleck ausbreitet. Noch eine halbe Stunde, dann kann ich endlich von hier weg. Um uns herum machen es sich die Angler, die erfolgreich waren, allmählich wieder bequem und plaudern miteinander. Ein paar gehen bereits. Andere

stöbern in ihren Imbißdosen herum und überlegen, ob drei Fische als Rechtfertigung ihren Frauen gegenüber ausreichen.
So trostlos sieht die Lage aus, als plötzlich bei Michele etwas anbeißt.
Es besteht kein Zweifel. Die Pose taucht ab wie ein Stein. Mit einem Schlag stehe auch ich wieder am Rande eines Nervenzusammenbruchs.
»Du!« schreit Michele. »Papà, mach du's! *Diobon!*«
Sein Mischmasch aus zwei Sprachen lenkt erneut sämtliche Blicke auf uns. Doch ich bin nicht gewillt, für ein weiteres Debakel den Kopf hinzuhalten.
»Das machst du selbst, mein Sohn«, sage ich zu ihm, als sei dies ein großartiges Zugeständnis, eine außerordentliche Geste des Vertrauens.
Also macht Michele es selbst. Sehr gekonnt spießt er den Fisch mit einem Ruck auf den Haken, wobei er eine Gewandtheit zeigt, die ich ihm nicht zugetraut hätte. Sofort biegt sich die Rute stark durch. Es muß ein großer Brocken dranhängen. Und ohne daß ich ihm irgendwelche Anweisungen erteile, beginnt Michele instinktiv zu drillen, indem er ein wenig Leine nachgibt, dann wieder ein bißchen einholt. Die beiden Angler links und rechts von uns sehen aufmerksam zu. Ich greife mir den großen Kescher, den ich gekauft habe, und schlittere das Ufer hinunter. Der Fisch schlägt mit der Schwanzflosse aufs Wasser, aber Michele hütet sich, ihn herauszuhieven. Er steuert ihn in meine Richtung, langsam und mit sicherer Hand. Er ist ganz und gar bei der Sache! Eine Minute später haben wir eine wirklich riesige Forelle im Kescher, vielleicht die größte überhaupt, die an diesem Morgen gefangen wurde. Als ich das Netz heraushole, schnellt das Ding herum, windet sich und wickelt sich um die Leine. In Micheles Gesicht spiegeln sich

Verzückung und Triumph. Der fleißige Bursche links von uns, der bereits ein Dutzend gefangen hat, vergeudet einen Teil seiner wertvollen Zeit damit, *»Bravo!«* zu sagen. Ich könnte ihn küssen ... dafür, daß er so nett war, uns einen Fisch übrigzulassen.
Aber jetzt fällt mir ein, daß ich die Zange nicht gekauft habe, mit der man den Haken herauszieht. Und ich habe auch keinen Lappen, um das Tier festzuhalten. Außerdem fehlt uns ein Setzkescher, in den man es lebend ins Wasser legen könnte, solange wir weiterangeln. Wir müssen den Fisch also gleich an Ort und Stelle umbringen. Michele kniet vor dem Netz, murmelt vor lauter Staunen unablässig *»Diobon«* und überlegt laut, ob wohl Huck Finn jemals einen so großen Fisch gefangen hat. Aber als er die Forelle nimmt, kann er sie nicht festhalten. Sie schlüpft ihm aus den Händen und fällt ins schlammige Gras. Einen Augenblick lang sieht es so aus, als würde sie es schaffen, wieder ins Wasser zu gleiten. In meinem Übereifer drücke ich das Ding fest auf den Boden, tief in den glitschigen Schlamm, dann öffne ich ihm gewaltsam das Maul und versuche, den Haken herauszubekommen. Es ist brutal. Ich bin so etwas nicht gewohnt. Die Forelle beißt mich. Der Haken läßt sich nicht herausziehen. Schließlich löst sich die Schnur, aber ohne Haken. Und dann muß ich dieses Monster ungefähr hundertmal mit dem Kopf gegen einen Stein schlagen, bevor es soweit Ruhe gibt, daß man es in eine Plastiktüte stopfen kann. *»Bravo, Diobon«*, meint Michele dazu. Einige der Angler kichern. Offen gesagt fühle ich mich so ausgepumpt wie jemand, der gerade seinen ersten Mord hinter sich hat.
Bei dem Burschen links von uns zappelt schon wieder einer am Haken. In kaum einer halben Minute hat er ihn im Netz. Michele möchte gern weiterangeln, aber ich behaupte, leicht übertreibend, daß der Fisch, den wir gefangen

haben, groß genug sei für die ganze Familie. Wir sollten lieber aufhören, solange es gut lief, und an einem Wochentag wiederkommen, wenn nicht so viele Leute hier wären. Er ist einverstanden. Er nimmt die Plastiktüte und marschiert mit stolzgeschwellter Brust den müllübersäten Pfad entlang, wobei er unterwegs jedem, der Interesse zeigt, den Fisch präsentiert.
Als ich wieder im Auto sitze und auf Michele warte, der in den Büschen ein kleines Geschäft verrichtet, klärt sich für mich auch das letzte Rätsel dieses Tages auf. Zwischen den Autoschlüsseln, die ich aus der Tasche krame, klemmt der kleine gelbe Zettel, den ich bekommen habe; auf ihm ist eine Forelle abgebildet, die, nach einer Fliege schnappend, aus dem Wasser schnellt. Um die Wartezeit zu überbrücken, studiere ich das Kleingedruckte auf der Rückseite:

VORSCHRIFTEN

Es wird kein Angelschein benötigt. Diese Benutzerkarte ist vor dem Angeln zu erwerben und muß auf Verlangen vorgezeigt werden. Wer ohne Benutzerkarte angetroffen wird, hat die doppelte Gebühr zu entrichten. Die Benutzerkarte ist nicht übertragbar und für jeweils einen Vormittag oder Nachmittag gültig. Das Angeln ist nur mit einer Rute und einem Haken gestattet. Korrektes Verhalten am Angelplatz wird erwartet. Gewicht und Anzahl des Fangs sind unbegrenzt.

Merkwürdig daran ist, daß auf der Vorderseite desselben Zettels Kästchen aufgedruckt sind, in denen man ankreuzen kann, ob man mit einer Rute, mit zwei oder gar mit drei angeln will ... Was mich aber wirklich stutzig macht, ist der Abschnitt »*Divieti*«, in dem aufgezählt wird, was alles verboten ist:

Es ist verboten, die Fische in jedweder Art zu füttern.
Es ist verboten, fliegende Löffel und Anker als Haken zu verwenden.
[Das würde mir auch gar nicht in den Sinn kommen.]
Zulässig sind sämtliche natürlichen Köder, verboten sind alle Arten von metallischen Ködern.
Wer gegen obige Vorschriften verstößt, wird vom Standplatz verwiesen; sein Fang wird unter den übrigen Anglern aufgeteilt.

»Michele! Michele!« Er kommt herbeigerannt. Ich lese ihm die Bestimmungen vor und sage, daß der Mann links von uns zweifelsfrei einen Blinker, also einen metallischen Köder, benutzt hat. Das haben wir gesehen, als er die Fische einholte. Theoretisch könnten wir jetzt zu dem langhaarigen Burschen mit den Ohrringen gehen, dann würde der Fang dieses Mannes konfisziert. Sie würden ihn aufteilen müssen, und da wir es gemeldet hätten, würden wir bestimmt mindestens noch eine Forelle bekommen.
Michele will die Sache auf der Stelle anzeigen. Er schreit vor Wut. *Ladro!* Dieb! Aber jetzt, da ich ihn in Rage versetzt habe, muß ich ihm auch erklären, daß es – bei näherer Überlegung – wahrscheinlich keinen Sinn hätte, bei dem langhaarigen Burschen Anzeige zu erstatten. Das ist ja nur eine Vorschrift, Michele, sage ich. Alle, die da angeln, müssen gesehen haben, daß er einen Blinker benutzt, und keiner hat ein Wort darüber verloren. Niemand regt sich deshalb auf ...
Michele ist von mir enttäuscht. Er meint, ich hätte bloß Angst. Aber dann sage ich zu ihm, wenn ich mich recht erinnerte, habe Stefano doch auch immer eine seiner Angeln mit einem Blinker bestückt, oder?
»*Sai com'è,* Michele«, sage ich. Er kräuselt die Lippen und nickt weise. Vielleicht beginnt er jetzt zu begreifen ...
In winziger Schrift steht unterhalb der *divieti* geschrieben:

»Die Geschäftsleitung übernimmt keine Haftung bei Diebstahl auf dem Gelände. Sach- und Personenschäden werden von der Versicherungsgesellschaft RAS gedeckt.« Seltsamerweise ist das Nascimbenis Arbeitgeber. Ich stelle mir vor, wie er hinkend die Böschung hinabschlittert, um die Geschäftsleitung zu warnen, daß eine Kiesgrube eben einer dieser Orte sei, an dem die Leute handgreiflich werden und sich gegenseitig verletzen könnten, woraufhin sie die Geschäftsleitung verklagen würden, weil diese nicht sorgfältig genug auf die Einhaltung der Vorschriften geachtet habe.

Zu Hause wird Michele von Silvio zu seinem sensationellen Fang beglückwünscht. *La passione* habe ihm dazu verholfen. Silvios Lächeln geht in ein Stirnrunzeln über. »Sehr schade, daß der Bursche so zermatscht wurde, als ihr ihn getötet habt.«

»Das war Papà«, verpetzt mich Michele. »Papà hat keine Ahnung vom Angeln.«

Tags darauf, am Sonntag, wählte Michele unseren Angelausflug als Thema für seinen Hausaufsatz übers Wochenende. Das gab mir die Möglichkeit, einmal zu sehen, wie er bestimmte Erlebnisse wahrnimmt. Oder zumindest, wie er meint, daß bestimmte Erlebnisse dargestellt werden sollten. Er schrieb:

ANGELN

Wenn man angeln geht, muß man sehr aufpassen, daß man sich nicht in der Leine verheddert.

Es ist langweiliger, wenn man eine Rute mit einer Pose benutzt, weil man dann nichts anderes tun kann, als zu schauen, ob die Pose sich bewegt.

Aber wenn man einen kleinen künstlichen Metallblinker benutzt, muß man ständig die Spule auf- und abkurbeln, und dann fängt man mehr Fische.

Man muß wissen, wie tief das Wasser ist, wo man angelt, und man muß wissen, wie man auswirft.

WENN DER FISCH ANBEISST

Wenn der Fisch anbeißt, hüpft die Pose im Wasser auf und ab. Zuerst muß man dann einmal kurz an der Schnur ziehen, danach muß man die Leine so weit aufspulen, bis man sehen kann, wie der Fisch im Wasser hin und her schießt. Dann holt man den Fisch mit dem Kescher heraus. Dann hält man den Fisch mit einem Lappen fest und gibt ihm einen Schlag auf den Kopf, um ihn zu töten.
Danach steckt man den Fisch in ein anderes Netz, das man ins Wasser legt, damit er frisch bleibt.
Aber vorher noch, wenn man den Fisch tötet, muß man den Haken aus seinem Maul ziehen.
Dann angelt man weiter.

NOTWENDIGE AUSRÜSTUNG

Angelrute, Bleigewichte, Haken, Würmer (Köder), Posen, zwei Kescher, Angelschnur.

Wie kenntnisreich das alles klingt. Als habe er darin Unterricht gehabt. Wie erfahren und technisch versiert. Und wie bescheiden … Michele hat offensichtlich sehr viel mehr gelernt, als ich geglaubt hatte.

Il cambio della guardia

Befremdlich bei Reisen mit dem Auto ist stets, wie hierbei Jahreszeiten unvermittelt aufeinanderprallen. Wir fahren südwärts durch die Pianura Padana, dieses große Dreieck aus flachem, chemikaliendurchtränktem Ackerland südlich der Alpen und östlich des Apennin. Die Landschaft besteht aus rechteckigen Feldern, streng parallel angeordneten Flächen, auf denen Mais, Weizen oder Wein angebaut werden und weder Hügel noch Hecken dem Auge Entspannung bieten – eine bedrückende Geometrie. Selbst die Obstbäume wurden so zugeschnitten, daß sie ihre Äste nur zweidimensional im rechten Winkel ausbreiten, sie erinnern eher an jüdische Leuchter als an etwas Lebendiges. Das dichte Netz der gigantischen Hochspannungsleitungen darüber fügt sich hervorragend ein; man hat den Eindruck, als handele es sich lediglich um ein weiteres maschinenbestelltes Feld – auf einer höheren Stufe der Evolution.

Wir fahren weiter. Im Laufe des Vormittags verstärkt die grelle Sommersonne noch das beklemmende Gefühl; sie entblößt das Land, so daß es schutzlos daliegt und vor sich hinbrodelt, als würde es in einer gewaltigen Industrieanlage bis zum Siedepunkt erhitzt. Die *autostrada* durchschneidet es kerzengerade und blendend hell wie ein weißglühender Schürhaken, darauf funkelt das von vorbeirasenden Windschutzscheiben reflektierte Sonnenlicht. Durch die Lüftungsanlage bläst warme, stickige Luft in den Wagen

herein. Aufgedreht und gereizt zanken sich die Kinder um die Sonnenblenden, die man an den Fenstern befestigt. Rita verteilt Saft aus der Kühltasche.
Doch mitten in dieser grellen Hitze warnen Straßenschilder vor Nebel. Weiße Farbtupfer am Straßenrand markieren Abstände von jeweils hundert Metern. Bei Sichtweite unter dreihundert Metern ist die Geschwindigkeit auf achtzig Stundenkilometer zu drosseln. Bei Sichtweite unter zweihundert Metern auf sechzig. Unter hundert Metern auf vierzig. Beim Überqueren einer Brücke macht ein anderes Schild auf die Gefahr durch eine möglicherweise vereiste Fahrbahn aufmerksam. Mit dem kleinen Bild eines schlitternden Autos. Und weiter im Süden, hinter Bologna und dann Rimini, wo man auf die grandiose Fernverbindung längs der Adria einschwenkt, die einen geradewegs nach Bari bringt, wird man vor Wind gewarnt – wenn man aus den langen Tunnels heraus oder über die riesigen Viadukte fährt, die, vor dem Hintergrund des blau schimmernden Meeres, trockene Flußtäler überspannen. Gefahr, Windböen! Das kleine Bild eines hochgedrückten Wagens, der sich auf nur noch zwei Rädern schlingernd fortbewegt. Doch der einzige Windhauch heute wird von den hochglanzpolierten Karosserien aus spiegelblankem Metall verursacht, die vollgepackt mit Urlaubern in Richtung Süden brausen. Dann legt sich selbst dieser, denn der Verkehr wird langsamer und schließlich zähflüssig, ein Sommerstau. Die Kinder balgen und kratzen sich wegen einer Wasserflasche. Ein widersinniges Dreieck teilt mir mit, daß ich bei Schneefall Schneeketten brauche.
Sommerhitze, winterliche Schilder … Als sollte man an das großartige Epos vom Wechsel der Jahreszeiten erinnert werden – wie das Land im Nebel und Frost des Winters still daliegt und dann wieder siedet unter der senkrecht ste-

henden Sommersonne. Vielleicht sollen die Verkehrsschilder einen auch nur trösten, daß die Juli-Hitze vergehen wird und im Winter ebenso unvorstellbar ist wie heute Schneeflocken? Möglicherweise will jemand auch erreichen, daß man darüber nachdenkt, wie die Straße stets da ist, auch wenn man selbst nicht darauf fährt, wie sie einen Erfahrungsschatz ansammelt, der einem fremd bleiben wird. Doch das ist kaum ein Gesprächsstoff, mit dem man die Kinder ablenken könnte. Wie es auch sinnlos wäre, ihnen zu erzählen, daß diese Reminiszenzen an die verschiedenen Jahreszeiten Erinnerungen an englische Familienferien wachrufen, als meine Eltern, mein Bruder, meine Schwester und ich vor Jahren von Blackpool aus eine Busfahrt zum Ribble unternahmen (unglaublicherweise hieß dieser Pendelverkehr damals Gay-Hostess). Wir starrten durch Fensterscheiben, gegen die Regentropfen prasselten, in die wie immer völlig durchweichte Landschaft von Lancashire, was für uns aber nur eine Herausforderung darstellte. Wie würden wir es schaffen, drei sturmgepeitschte Wochen an der Küste im Zelt, im Wohnwagen oder im Ferienhäuschen zu überleben? In welche Abenteuer würden wir durch unsere wilde Entschlossenheit durchzuhalten geraten? Die Kühe auf den Weiden schauten finster, während sie sich zum Schutz vor dem Wind, der in diesem Land winters wie sommers gleichermaßen pfiff, eng zusammendrängten. Und vielleicht huschten – während man sich am Handlauf des Vordersitzes festklammerte – auf einer imaginären Schnellstraße widersinnige Verkehrsschilder an einem vorbei, die an andere Lebensphasen erinnerten, einen andere wichtige Zeiten erwarten ließen, Verkehrsschilder, die besagten: Bei Eheschließung ist die Geschwindigkeit zu drosseln und mit erhöhter Vorsicht zu fahren; im Fall von Kindern stets rechts halten und unendliche Geduld beweisen.

Denn jetzt ziehen sich Michele und Stefi an den Haaren, weil sie sich streiten, was von dem Krimskrams, den ihnen Zia geschenkt hat, wem gehört. Rita versucht zu schlichten, zuerst freundlich, dann zunehmend gereizt. Denn die Hitze und das grelle Licht zerren an jedermanns Nerven. Während ich als Familienvater, die Augen zusammengekniffen wegen dieser unerträglichen Helligkeit, über einen weiteren Unterschied zwischen diesen Ferien und jenen meiner Jugend frohlocken darf: Während damals in England Vater die ganze Zeit anwesend war und jede Minute mit uns durchlitt, fahre ich, wie so viele italienischen Männer, meine Familie lediglich ans Meer, um dann – der bessere Part – für einen Monat ungestörter Arbeit und einsamer Vergnügungen nach Hause zurückzukehren. Wenn du in Rom lebst, lebe wie ein Römer, vor allem, wenn dort eine so angenehme Tradition begründet wurde.
Die Schule endet mit der zweiten Juniwoche. Dann hängen die Kinder die neonfarbigen Schulranzen an den Haken und geben in einem Sketch zum Schuljahresabschluß eine Mischung aus Selbstlob und politisch korrekten Aussagen zum besten. Stefis Sketch handelt von einer Schatzsuche, Menschen aller möglichen Hautfarben kämpfen um einen Schatz, der von einem Zauberer als der allergrößte bezeichnet wird. Wie sich am Ende herausstellt, handelt es sich dabei um ein riesiges Ei, das die gierigen Schatzsucher sofort aufbrechen, nur um darin eine Pappmaché-Taube zu entdecken, auf der *»PACE«* steht ... Frieden. Eine Heerschar von fotografierenden Vätern hält die Bestürzung ihrer Sprößlinge fest.
Indes brennt die Sonne gnadenlos auf die Via delle Primule nieder, wo Mario und Silvio einen Fernsehapparat draußen auf Marios Terrasse anschließen, damit sie den Kampf um die Fußballweltmeisterschaft abends im Freien verfolgen

können. Die Kinder flüchten sich vor der Hitze in ein großes Planschbecken, in das Rita von unserem Balkon zwei Stockwerke darüber kübelweise kaltes Wasser schüttet. Sie kreischen und ringen miteinander. Doch sobald sie aus dem Wasser steigen, ist es zu heiß, um im Garten zu bleiben. Das Thermometer steht bei siebenunddreißig Grad, und es ist hinterhältig schwül. So müssen sie in ihre düsteren Zimmer zurückkehren, wo halb geschlossene Läden die Sonne draußen halten.

Die Hitze bestimmt alles. Dabei handelt es sich nicht um eine trockene Hitze mit klarem Licht und scharfen Schatten, sondern um die schwüle Hundstage-Variante. Die Sonne ist ein schmutzigweißer Fleck in einem Himmel von der Farbe geschmolzenen Metalls. Die Luft ist drückend, so daß es jetzt schwerer fällt, aus dem Haus zu gehen, als im bitterkalten Winter. Jeder kauft große Markisen, um damit den Balkon zu schützen; dabei gibt es das Problem, daß alle die gleiche Farbe haben müssen, um den ästhetischen Gleichklang von Righettis weißverputzten *palazzi* nicht zu stören. Am Ende fällt die Entscheidung zugunsten von grau-gelben Streifen. Dennoch ist es immer noch zu heiß, um sich draußen auf dem Balkon aufzuhalten, außer vielleicht spätabends.

Als der Juli beginnt, trifft eine elegante, längliche Wespenart ein. Die Einheimischen nennen sie *matonsin* – Ziegelsteinchen. In fünfminütigen Abständen trudeln sie zum Küchenfenster herein und brummen geräuschvoll durchs Wohnzimmer bis zum unteren Treppenabsatz. Stefi trägt ihr elegantestes Sommerkleid und will gerade das hübsche, kleine, rosafarbene Wolltäschchen öffnen, das sie gern bei sich hat, wenn sie zur *pasticceria* oder, nicht ganz so häufig, mit ihrer *nonna* in die Kirche geht oder mit Natalina auf den Friedhof. Doch sie läßt es erschreckt fallen. Denn zwei dieser schreck-

lichen Biester sind darin! Und ein gräßlicher großer Dreckklumpen. Sie haben sich ein Nest gebaut. Man nennt sie *matonsin,* weil sie mit ihren langen Beinen kleine Ziegel aus Erde transportieren. Stefi weint. Sie stochert mit einem Plastikpfeil in ihrem Täschchen herum. Es ist hart, wenn sich ein eitles Accessoire als Höhle voller Stacheln entpuppt. Andererseits war Michele endlich das Vergnügen beschieden, eine *vipera* zu sehen. Sie schlängelte sich direkt vor unserem automatischen Tor über den Asphalt und verschwand in einem Spalt, noch bevor er einen Stock finden konnte. So behauptet er zumindest. Und sie war so lang, *Diobon!* Er spricht tagelang von nichts anderem und weigert sich, ohne sein Messer hinauszugehen.
Laut dröhnen die Zikaden. Die Grillen zirpen die ganze Nacht. Bei offenem Fenster, um wenigstens etwas Luft zu haben, ist man gezwungen, den bei anderen laufenden Fernsehprogrammen zu lauschen, denn die Nachbarn haben ihre Geräte hinaus auf Balkone und Terrassen gestellt. Später kläffen nervös ein paar Hunde. Selbst nach Mitternacht liegt in der unbewegten Luft Musik, die Töne verzerrt ... heute nacht Sambaklänge aus dem Centro Primo Maggio. Es ist unglaublich laut! Da ich wegen der Hitze ohnehin nicht schlafen kann, beschließe ich hinunterzuschlendern und zu schauen, was los ist, vielleicht kann ich mich ein bißchen amüsieren. Fünf Jugendliche tanzen lustlos vor riesigen Lautsprechern. Dorfleben ...
Es ist schwierig, die Kinder ins Bett zu kriegen. Ein Betthupferl, auf das sie zu bestehen gelernt haben, ist, was Rita *il cambio della guardia* nennt, Wachablösung. Man kann es von der großen Balkonterrasse aus beobachten. Gegen halb zehn schießen die Schwalben immer noch quer über das Kornfeld gleich hinter dem Garten, tauchen hinein und zwitschern aufgeregt. Sie haben eine wunderbare Art, die

Dämmerung zu beleben, das Halbdunkel mit Geschäftigkeit und Hoffnungsfreude zu erfüllen. Michele und Stefi sehen gebannt zu, freuen sich diebisch über ihr Entkommen aus dem Bett und schlürfen mit Strohhalmen Eistee. Dann – wurden die Schatten unmerklich länger, ist die Luft kühler geworden?– sind die Schwalben nicht mehr da. Oder doch? Vor dem Balkon geht es weiterhin lebhaft zu. Aber es gibt einen Unterschied. Im Bruchteil einer Sekunde haben sich die Schwalben in Fledermäuse verwandelt. *Il cambio della guardia!* Es ist bemerkenswert, wie ähnlich und doch anders die Bewegungen der beiden Arten sind – wie die Schwalben fröhliche Unbeschwertheit ausstrahlen, während das mottengleiche Umherhuschen der Fledermäuse Unruhe und Unbehagen verbreitet. Mit ihren sechs Jahren erklärt mir Stefi, daß der Tag wie die Schwalben ist, die Nacht aber wie die Fledermäuse ...
Um Mitternacht, als endlich alle im Bett liegen, erwacht die Rasensprenganlage mit lautem, explosivem Gurgeln und Zischen zum Leben, bevor sie in das leise Rauschen und Knattern einer modernen Berieselungsapparatur verfällt. Das nutzt Stefi als Ausrede, um zu uns ins Bett zu kriechen. Als ich um zwei Uhr morgens aufwache, schaue ich auf das Thermometer im Wohnzimmer und stelle fest, daß wir – im Haus! – zweiunddreißig Grad haben. Ein leises Kichern. Ich drehe mich um und sehe Michele und Stefi nackt auf den Fliesen liegen. Sie können nicht schlafen. Es ist zu heiß, zu stickig. Aber ich habe genug von diesem Elend. »Zeit für *mamma,* mit euch ans Meer zu fahren«, verkünde ich.
Also ab ins Auto und in Richtung Süden. Nach Pescara, zu *i nonni,* zum Strand. Zuerst durch den gleichmäßig hellen Dunst der Bassa Padana, dann auf die belebte Straße von Bologna nach Rimini, vorbei an dem nicht enden wollenden Band der Farb- und Keramikfabriken in eleganten moder-

nen Fertigungshallen. Bis wir schließlich die Adria-Küste entlangfahren, mit ihren Tunnels und den steilen Anhöhen, auf denen in schwindelerregender Höhe Bergdörfer, *campanile* und Burgen stehen. Im Fahrtwind vorbeirasender Autos zittern auf dem Grünstreifen der *autostrada* weiße, rosa- und cremefarbene Oleanderblüten, eine überwältigende Farbenpracht, während auf den kleinen, Puzzleteilen ähnlichen Äckern an den Hängen neben der Straße staubiges Getreide und hohe Sonnenblumen wogen. Wie leuchtend ihr Gelb doch ist, das das diffuse Licht des Tages sammelt und verstärkt! Rita erklärt den Kindern, daß die Sonnenblumen sich alle gleichmäßig ausrichten wie Soldaten bei einer Parade, um der am Himmel stehenden Sonne zu folgen. »Oder die Sonne folgt ihnen«, überlegt Stefi. Die Kleine entwickelt einen Hang zur Poesie – oder zum Absurden. Der technisch orientierte Michele weist unverzüglich darauf hin, daß die Sonne auch dann ihre Bahn nimmt, wenn keine Sonnenblumen da sind, also könne Stefi nicht recht haben. Darauf folgt ein langer astronomischer Diskurs: Die Sonne steht fest, die Erde dreht sich um sie herum, und die Sonnenblumen sind zwischen beiden hin- und hergerissen. Stefi gähnt und sagt, sie sei am Verdursten.

Als wir uns Senigallia nähern, sieht sich der Radiosender veranlaßt, uns darauf hinzuweisen, daß es klüger wäre, bei dieser Hitze nicht wegzufahren. Ich habe den Verkehrsfunk eingestellt, der hauptsächlich Dudelmusik spielt, einen daran erinnert, regelmäßig eine Kaffeepause einzulegen, und unfehlbar erst dann vor einem Verkehrsstau warnt, wenn man bereits mittendrin steckt. Ja, sagt eine wissende Stimme, diese Hitze ist entschieden *controindocato.* Man reagiere so leicht gereizt oder könne sogar am Steuer einschlafen. Fahren Sie nirgendwohin, wenn Sie nicht unbedingt müs-

sen. »Aber wir müssen ja unbedingt«, beteuert Michele. Wie alle anderen auch. Die Straße ist voll.
»Fahren wir den Stiefel hinunter, Mamma?« fragt Stefi. »Sind wir schon am Absatz?« Michele antwortet herablassend: »Wir fahren nur halb den Schaft hinunter, und wir haben noch nicht einmal die Hälfte der Strecke hinter uns.« Weiter südlich hat man auf einem Berg über dem dunklen Schlund eines Tunnels Weizen in Form eines großen Herzens ausgesät, um den steilen Hang mit seinen Luzernen zu verschönern. Die Kinder geraten ganz außer sich bei diesem Anblick: ein riesiges, braungelbes Herz auf einem grünschimmernden Berg! Und da ist noch eins! Und noch eins! Die Bauern müssen vom Fremdenverkehrsamt Geld dafür bekommen, meint Rita. Nein! Stefi wird sofort sentimental. Ein Herz heißt Liebe, führt sie aus. Die Bauern pflanzen Herzen, um zu sagen, daß sie die Natur lieben. Das klingt wortwörtlich wie eine Zeile aus einem ihrer Schultheaterstücke. Als wir in einen langen, tiefen Tunnel unter einem dieser Herzen einfahren, leuchten plötzlich Warnblinkanlagen vor uns auf. Verzweifeltes Bremsenquietschen, knirschend kommt der Verkehr zum Stehen. Wir sind mehr als eine Stunde zum Halten verdammt.
Denn weiter vorne hat es einen Unfall gegeben. Die Menschen gehen im Tunnel hin und her. Hauptsächlich sind es Familien auf dem Weg in den Urlaub oder Männer, welche das Wochenende mit der Familie verbringen wollen, die ihrerseits bereits im Urlaub ist. Sie verbrüdern sich. Sie jammern. Die Mütter können sich nicht entscheiden, ob es besser ist, im Tunnel zum Halten gezwungen zu sein, wo es zumindest kühler ist, oder draußen, wo sich die Abgase nicht so stauen können wie hier. Zugleich fasziniert und verängstigt erkunden die Kinder den engen Versorgungsdurchgang zwischen unserem Tunnel und dem gen Norden füh-

renden. Als wir unsere Köpfe am anderen Ende herausstrecken, sehen wir den Verkehr vorbeidonnern wie in finsterster Nacht …
Wieder im Auto, macht Michele eine wütende Bemerkung. »Das wäre im Norden nicht passiert.« »Nein, nie«, klagt auch Stefi. Offensichtlich ist ihre Sozialisation jetzt so weit fortgeschritten, daß weder Rita noch ich gegensteuern können. Aber als wir endlich in Pescara angekommen sind, scheint interessanterweise keins der Kinder zu bemerken, was die Straßen hier von denen im Norden unterscheidet: die größeren, aufdringlicheren, amerikanischeren Werbetafeln und Neonreklamen; das Fehlen von Gehsteigen beziehungsweise ihr schlechter Zustand; die weißen Haltelinien nur noch eine blasse Erinnerung …
Aber man kann es den Kindern nachsehen, daß sie ihre Vorurteile nicht durch Augenschein ersetzen. Denn was sie sehen, ist das, was jedes Kind sehen sollte: nämlich daß wir jetzt die Küste entlangfahren, mit ihrer Vielzahl an Strandbädern, mit Tausenden und Abertausenden von Sonnenschirmen, mit weißem Sand, mit Heerscharen glücklicher Menschen. Wir sind angekommen; wir sind im Urlaub. Und obwohl die Sonne in Pescara so heiß herniederbrennt wie im Norden, ist die Luft hier doch frisch, und es weht ein laues Lüftchen. Überall der Eindruck von Klarheit und Lebensfreude, so daß – wenn man nach links schaut – all die strahlenden Farben des Strandlebens wie aus einer gut ausgeleuchteten Szenerie ausgeschnitten und sorgfältig aufs kitschig blaue Meer geklebt wirken. In Pescara kann man durchatmen und sich wohlfühlen. Zwar gehen den Kindern keine solchen Gedanken durch den Kopf, trotzdem erholen sie sich blitzschnell und zeigen sogar wieder ein bißchen Zuneigung füreinander. Michele will Stefi das Schwimmen beibringen, sagt er. Sie wird die Münzen ein-

werfen, verspricht sie, wenn er seine Ferien-Videospiele spielt. Ich meinerseits stelle mir vor, wie die Einheimischen hier jeden Mißstand und alle Beleidigungen willig ertragen, solange sie nur nicht in unsere beklemmende Welt des Nordens mit ihren geraden Linien und ihrer schwülen Hitze ziehen müssen.

Stesso mare

Vielleicht schon am nächsten Morgen trällert Stefi auf dem Weg zum Strand den berühmten kleinen Schlager aus den Sechzigern:

Per quest'anno non cambiare,
Stessa spiaggia, stesso mare.

Ich wünschte, ich könnte der Übersetzung dieser Zeilen denselben eingängigen Reim und Rhythmus geben, den sie im Italienischen haben, denn Banalität oder ein gewisser sentimentaler Hang zur heimeligen Schlichtheit, die Banalität ja beinhaltet, ist genau die Stimmung, die dieser Vers vermittelt. Aber das ist leider nicht möglich. Ich kann sozusagen nur das Knochengerüst bieten und muß den Leser wieder einmal bitten, sich das Italienische selbst vorzusprechen – *stessa spiaggia, stesso mare* – und sich vorzustellen, wie dies mit einer schmissigen Melodie von einem rosigen, sechs Jahre alten Mädchen im Badeanzug gesungen wird, das erwartungsvoll sein Eimerchen und sein Schäufelchen schwingt, das Eimerchen randvoll mit allen Arten von Plastikförmchen für Sandhäschen, Sandhündchen, -entlein und -kätzchen.

Dieses Jahr, es bleibt dabei,
Selber Strand, selbes Meer.

Das wiederholt sie ohne Unterlaß, denn wie fast jedermann sonst hat auch sie den Rest des Liedes vergessen.

Dieses Jahr, es bleibt dabei,
Selber Stand, selbes Meer.

Ihre Kleinmädchenaugen funkeln hell wie Sterne vor Vergnügen, und wie Pu der Bär summt sie vor sich hin, während sie an meiner Hand die Straße entlang schlendert, aus deren holprigem, rissigem Pflaster das Gras wächst. Ein Automechaniker hat seine Arbeit von der Werkstatt auf die Straße verlagert, was sehr hinderlich ist; wir müssen über seine in Arbeitsklamotten gehüllten Beine hinwegsteigen, die unter einer staubigen Alfetta hervorragen. Eine vor bereits fünfzehn Jahren stillgelegte und seither ungenutzt gebliebene Eisenbahnlinie kreuzt den Asphalt und führt nach links und rechts in ein überwuchertes Gelände, das nachts von den Obdachlosen aufgesucht wird. Dosenverschlüsse, Zigarettenkippen, Spritzen und gebrauchte Kondome liegen zuhauf in dem schmutzigen Schotter. Ich beeile mich, mit den Kindern weiterzukommen, auch wenn schöne Bougainvillea an einem verfallenen, alten Gemäuer blühen und wilde Geranien zwischen den Schläfern leuchten. Absurderweise werden wir im Vorbeigehen von einem Polarhund, einem Husky, verbellt. Das modische Tier, das bereits jetzt, um acht Uhr dreißig, unter der Hitze leiden muß, liegt angekettet im Schatten eines zu einem Baum getrimmten Oleanders, einem rosa-fleischfarbenen Blütenball. An einer Ecke der ekelerregend stechende Geruch von Katzenpisse …
So also stellt sich Pescara dar, mit seinen angenehmen und weniger angenehmen Seiten, eine Mischung aus Exotik und Armseligkeit. Aber für uns als Italiener ist ja das Wichtigste,

überhaupt das einzig Wichtige, daß wir zum selben Ort zurückgekehrt sind: *stessa spiaggia, stesso mare,* selber Strand, selbes Meer. Seit die Kinder auf der Welt sind, waren wir jedes Jahr hier. Und wir werden auch in Zukunft hierherkommen. Stefi preist bereits mit ihrem Liedchen dieses entschieden mediterrane Vergnügen.

Wenn man in Pescara ein Auto mit einem deutschen Nummernschild sieht, so kann man ziemlich sicher sein, daß kein Deutscher am Steuer sitzt. Es sind die Autos derer, die ihre Heimat verlassen haben, um anderswo Arbeit zu finden. Wie Zugvögel kehren sie jedes Jahr zurück, um hier ihren Sommerurlaub zu verbringen. Noch weiter südlich auf dem italienischen Stiefel, wo das Leben wilder und gefährlicher ist, in Kalabrien oder Apulien, kann man in den Zeitungen lesen, wie Mafiabosse der Polizei ins Netz gingen, weil sie ihren Urlaub an ihrem Lieblingsstrand verbringen wollten, in der Nähe ihrer *mamma* ... Seit den Zeiten des Odysseus war das Epos des Mittelmeers immer eine Geschichte der Heimkehr.

Wie ich bereits erwähnt habe, bringt normalerweise der *papà* Frau und Kinder runter zum Meer und setzt sie in einer Ferienwohnung, einer *pensione* oder bei Verwandten in Jesolo, Rimini oder Cesenatico ab – wo immer es breite, sichere Adriastrände, seichtes Wasser und niedrige Preise gibt –, um dann wieder nach Hause zu verschwinden, wo er den Sommer verbringt, zumindest so lange, bis sein Büro oder seine Fabrik im August schließen und er endlich losfahren und sich seinen Lieben anschließen kann. Natürlich ist das die Quelle zahlloser Geschichten über eheliche Untreue; natürlich drehen sich die Männergespräche in Sporthallen und Bars um diesen Tatbestand. Zwangsläufig veranstalten die Medien nützliche Umfragen wie diese: Belebt sich das Geschäft einer Prostituierten im Juni und Juli, wenn die

Männer mehr Freiraum haben, oder geht es im Gegenteil zurück, weil es für diese einfacher geworden ist, ihre Geliebte zu besuchen oder sich eine zuzulegen? Dieses Jahr allerdings gibt es einen spannenderen Skandal, der sich nicht so gut für Stammtischwitze eignet, denn es dreht sich um ... weibliche Seitensprünge. Einige junge Mütter, allein mit ihren Kindern in Rimini, haben eine Affäre mit einem hübschen jungen Mann gehabt, den sie zufällig am Strand kennengelernt haben. Der Mann wohnt sehr imposant in einem Apartment direkt an der Strandpromenade, wohin er die Frauen einlädt und wo er mit ihnen ins Bett geht. Natürlich ahnen sie nichts von der im Schlafzimmer versteckten Videokamera. Kurz darauf bekommen sie Erpresserbriefe. Schließlich geht jemand zur Polizei, und die ganze Geschichte fliegt auf, aber immer noch sagen sämtliche Mütter, der Mann sei sehr liebevoll gewesen, sehr zärtlich und ein so guter Liebhaber. Leider zeigt keines der Blätter Interesse daran herauszufinden, wo die Frauen während dieser Zusammenkünfte ihre Kinder gelassen haben, worüber sich manch eine neidische Leserin den Kopf zerbrochen haben dürfte.
Man blättert durch die Sommerlochseiten. Die Zeitschriften sprühen vor Ratschlägen für Urlaubs-Affären. Niemand erhebt den moralischen Zeigefinger. Wunderbarerweise ist sogar der Papst einmal für eine Weile still. In bezug auf einige Fotos von einem nackten Nachrichtensprecher, der sich mit der falschen Frau erwischen ließ, wird ein Prominenter mit den Worten zitiert, daß im Sommer jeder die Gelegenheit haben sollte, »in Ruhe und Frieden seinem Partner Hörner aufzusetzen«.
So also sehen die normalen Sommerwochen aus, das ist die typische Atmosphäre, zugleich familiär und prikkelnd, wie sie die Erwachsenen erleben, während die Kinder, endlich

einmal von der Schule, dem Katechismusunterricht, der drückenden Hitze und von den Wespen befreit, entlang der endlosen Strände ausprobieren, wie lang Mutters Schürzenbändel sind ...

Aber eigentlich will ich von einem ganz anderen Sommer erzählen, dem Sommer sieben Jahre nach dem, mit dem unser Buch begann. In diesem Jahr konnte meine Frau, hochschwanger mit unserem dritten Kind, nicht mit ans Meer fahren, da dies allen zeitgenössischen italienischen Anstands- und Vernunftregeln zuwidergelaufen wäre. So übernahm der *papà* die Rolle der *mamma* und fuhr allein mit den Kindern zum Strand. Es wurde das Jahr des Rollentauschs, das Jahr meines Eintritts in eine italienische Welt, die in den Erinnerungen eines Kindes so großen Raum einnimmt. Es war auch das Jahr, als ich mich verliebte ... nein, nicht in die Lolitas am Strand (in die man sich immer verliebt), sondern in Pescara, eine auf den ersten Blick wenig einnehmende Hafenstadt mit all jenen Zügen von Schlichtheit und Banalität, die in dem kleinen Schlager mitschwingen, den Stefi singt, wenn wir am Morgen losziehen; eine Stadt, von der ich dennoch glaube, daß sie uns mehr über das Italien von heute zu erzählen hat als all die Sehenswürdigkeiten von Florenz, Rom und Venedig zusammengenommen.

L'avventura

Selber Strand, selbes Meer … Am Ende der verschlafenen, schmutzigen Straße, in der meine Schwiegereltern schon seit grauer Vorzeit wohnen, liegt der Strand. Jeden Morgen gehen wir, bewaffnet mit Eimer und Schaufel, dorthin. Vor dem Strand muß man allerdings erst einmal den *lungomare*, die Uferstraße, überqueren. Auf Luftaufnahmen würde man bestimmt erkennen, daß es an dieser Hauptverkehrsader etwa alle hundert Meter noch Spuren von Zebrastreifen gibt. Die hiesigen Autofahrer jedoch schert das herzlich wenig, und die Behörden unternehmen kaum Anstrengungen, es ihnen in Erinnerung zu rufen. Wir – Michele, Stefi und ich – stehen an der Bordsteinkante, und die Autos brausen an uns vorbei. Nicht ein einziges hält. Nach einigen Minuten zwecklos-geduldigen Wartens mache ich mit beiden Fäusten das *corna*-Zeichen, packe die Kinder an der Hand und stürze mich geradewegs in den Verkehrsstrom. Auf diese Bekundung blinden Vertrauens reagieren die Autos wie die Fluten des Roten Meers. Aber ausschließlich auf diese. Nur durch völlige Unbekümmertheit läßt sich das Wunder einer Überquerung der Uferstraße von Pescara herbeiführen. Die Kinder haben das bald begriffen. Südlich von Bologna hat es zuweilen den Anschein, als gebe es keine Regeln mehr, sondern nur noch die entschlossene Tat und die Reaktion darauf. Zum Glück erwartet einen auf der anderen Seite tatsächlich das Gelobte Land …

Als erstes gelangt man zu einem schmalen Streifen aus leicht erhöhten Rasenflächen, die von brüchigem Marmor eingefaßt sind. Noch im Juni ist das Gras dort ungemäht und vielleicht schon über einen halben Meter hoch, als sei das ein seit Jahren sich selbst überlassener Treffpunkt für Gespenster. Es wird erst unmittelbar vor oder nach dem offiziellen Beginn der Saison im Juli geschnitten. Im Abstand von jeweils ungefähr zehn Metern stehen die Strandpalmen in dem rauhen, stacheligen Gras. Manche sind alt und majestätisch, manche neu und frisch gepflanzt, und manche noch so jung, daß sie eher wie das dicke Ende einer riesigen Ananas aussehen, die sich aus der Erde schiebt. Aber wie alt oder jung diese Palmen auch sein mögen, sie haben alle gleich große Wedel, und genau das ist es, was dem Strand seine geometrische Regelmäßigkeit verleiht und den Eindruck eines sich unendlich wiederholenden Musters vermittelt, alle zehn Meter, Baum um Baum um Baum, so weit das Auge reicht. Ihre schuppige Rinde erinnert an Schlangen und Reptilien, an schläfriges Dahindämmern in erdrückender Hitze. Ich fühle mich stets ein wenig weiter »weg von zu Hause«, wenn ich eine Palmenreihe sehe.

Nicht so die Kinder, sie beachten sie überhaupt nicht.

Zwischen den Palmen und den Rasenflächen stehen Pfosten mit verrosteten Rahmen, in denen Reklameschilder hängen. Wiederum alle zehn Meter. All diesen Schildern ist eines gemeinsam: Sie werben ausnahmslos mit Ansichten von Busen und Hintern in straff sitzenden Designer-Badeanzügen oder jungen Lippen, die unter dem Blick eines Verliebten Eiscreme küssen. Wie das bei der Werbung in Italien, insbesondere derjenigen im Sommer, oft der Fall ist, haftet solchen Bildern ein wenig das Flair der fünfziger Jahre und eine ausgesprochen nostalgische Atmosphäre an – das dramatische Make-up, die üppigen Brüste –,

als müßte man stets und bis in die Unendlichkeit einer goldenen Zeit, einer mythischen Vergangenheit gedenken.
Jenseits von Gras und Palmen erstreckt sich eine Art Boulevard, eine Uferpromenade, auf der Radfahrer unterwegs sind und – verbotenerweise – auch Mopeds und Motorroller. An Wochenenden dringen auch Autos bis auf die Promenade vor und parken hier, was ebenfalls verboten ist. Manchmal erscheinen Verkehrspolizisten oder *carabinieri*, vertreiben alle, verteilen Strafzettel und sind schrecklich streng und unfreundlich. Aber manchmal erscheinen auch keine. Die Autofahrer lassen es drauf ankommen.
Ich bringe die Kinder immer um acht oder halb neun ans Meer. Schon das ist ein bißchen nachlässig von mir, da sowohl meine Frau als auch *Io e il mio bambino* ausdrücklich darauf hingewiesen haben, daß um sieben Uhr dreißig die Sonne am besten sei. Am besten heißt natürlich am gesündesten – Vitaminbildung ohne ultraviolette Strahlung –, denn bei jeder offiziellen Diskussion über Ferien in Italien ist es ganz entscheidend, daß man so tut, als würde man ausschließlich der Gesundheit zuliebe Urlaub machen, während sämtliche Bilder, die man auf den besagten Reklameschildern, im Fernsehen und später am Strand selbst präsentiert bekommt, einem »Spaß, Vergnügen, Sex« zurufen …
Die Kinder wollen auf der Brüstung einige Meter oberhalb des Strandes entlanglaufen. Auf diesem Weg kommen wir am Delfino verde (Grüner Delphin) und dann an der Orsa maggiore (Große Bärin) vorbei und gelangen schließlich zur Medusa. So heißen nämlich die einzelnen Strandbäder, und die Kinder kennen deren sämtliche Namen entlang der Küste bis hin zur Stadt – Calipso, Sette pini, La Sirena, Belvedere, Miramare, Aurora –, sämtliche Namen und all

ihre verschiedenen Vor- und Nachteile: Die Bar am Delfino verde führt keine frischen Brioches, aber die dortigen Warmwasserduschen sind tatsächlich warm und verfügen sogar über einen Windschutz aus Bambus – etwas Ungewöhnliches in einem Land, in dem die meisten Leute fluchtartig den Strand verlassen, sobald die Brise nicht bloß die Troddeln am Sonnenschirm hin und her bewegt, sondern einen winzigen Hauch stärker weht. Die Orsa maggiore bietet ebenfalls Warmwasserduschen, und ihre Benutzung ist sogar kostenlos. Aber dort gibt es keinen Windschutz, und der Aufseher achtet darauf, daß man den Zeitschalter nicht öfter als zweimal drückt. Man bekommt also zweimal einen Wasserstrahl von jeweils etwa vierzig Sekunden. Die Duschen der Medusa hingegen, aufgereiht auf einem Betonsockel, sind eiskalt. Man wird dort von einem reißenden Schwall unglaublich eisigen Wassers überschüttet, daß einem das Herz stehenbleibt, wenn man sich, aus dem heißen Sand kommend, darunterstellt. Dafür aber hat die Medusa die beste Terrassenbar mit den besten *pizzette* und den besten Computerspielen.

»Und die Farbe der Sonnenschirme, Kinder? Wißt ihr noch, welche Farbe die Sonnenschirme in den verschiedenen Strandbädern haben?«

Es ist unser erster Tag. Wir kommen gerade an der Orsa maggiore vorbei, und ich halte Stefi, die auf der Brüstung balanciert, an der Hand. Michele bildet unsere Vorhut, so wie das kleine Jungen gerne tun. »Macht mal jetzt die Augen zu und schummelt nicht. Versucht, euch an die Farben vom letzten Jahr zu erinnern. Wir müssen aber stehenbleiben, wenn ihr die Augen geschlossen habt!«

Obwohl die Kinder einigermaßen zweisprachig sind, benennen sie manche Dinge stets auf Italienisch: Wochentage, Monate, Zahlen, Farben, einfach alles, was sich irgendwie

ordnen läßt und – seltsamerweise – strenge Formkriterien erfüllt.
Michele legt also los: »Delfino verde, *verde e arancione.*« Grün und orangefarben.
Dann Stefi: »Orsa maggiore, *rosso e giallo.*« Rot und gelb. Aber gleich darauf streiten sie darüber, weil Michele meint, richtig sei *rosso e bianco.* So stehen sie mit zusammengekniffenen Augen über mir auf der Brüstung und zanken sich über die Farben der Sonnenschirme. Auf dem Mäuerchen unter ihnen bemerke ich ein obszönes Graffito: *I peli della figa istupidiscono la gente.* Wörtlich übersetzt: »Mösenhaar macht die Leute verrückt.« Hübsch ausgedrückt. Dessen ungeachtet sage ich: »Gut, bei der Orsa maggiore sehen wir es ja gleich. Wie ist es aber bei der Medusa?« Und sofort trällern die beiden im Chor: *»Bianco e blu«,* und sie haben natürlich recht, weil wir jedes Jahr zur Medusa gehen. Das ist nämlich der beste Strand. Unser Strandbad. Selber Strand, selbes Meer. Und bloß nie etwas anderes.

Der beste Weg, Ihnen Pescara und die italienischen Ferien im allgemeinen nahezubringen, besteht vielleicht darin, daß ich den Ablauf eines x-beliebigen Tages schildere. Weil ein Tag in Pescara zugleich für viele andere Tage steht und außerdem für jedermann gleich verläuft. Und das ist nicht nur in Pescara so, sondern auch in Rimini, Cesenatico und Jesolo und in Senigallia und Riccione und San Benedetto und in jedem anderen Badeort an der Adria. Jeder Tag in Pescara entspricht aufs genaueste allen übrigen; er wiederholt sich, analog zu den Palmen und den Sonnenschirmen, endlos in Raum und Zeit. Denn hier verbringt man die Ferien nicht so, wie ich es aus meiner Kindheit kenne, wo Mutter und Vater als allererstes eine Generalstabskarte besorgten und auf dieser Orte ankreuzten, von denen sie in

Broschüren gelesen hatten – Broschüren, wie sie in Pensionen oder gemieteten Wohnwagen auf dem Regal neben der Tür herumliegen. Jeden Tag mußten wir aufs neue entscheiden, was wir unternehmen wollten, welche Wanderungen zu absolvieren, welche Dörfer zu erkunden, welche Museen zu besichtigen, welche Felsen zu erklimmen waren – stets mit einem Blick zum Himmel und manchmal dem Spruch: »Noch ist es ja schön, aber wie sieht es wohl in einer halben Stunde aus?« Meistens jedoch lautete der Satz so: »Scheußliches Wetter, aber wenn der Wind so weiterbläst, könnte es später noch schön werden.« So daß man sich schließlich auf alle Fälle auf den Weg machte, ob bei Sonnenschein oder bei Regen, und oft gerade dann ein Museum besuchte, wenn die Sonne herunterbrannte, oder gerade dann am Strand lag, wenn einem Sturmböen die Handtücher davonwehten – herrliche Ferien voller Entdeckungen in windgepeitschten walisischen Buchten, Ferien, in denen wir die Nase rümpften über die noblen Herrenhäuser, die die Aristokratie für unsereins zur Besichtigung freigab, auf daß sie weiterhin auf unsere Kosten ihr Erbe genießen konnte; Ferien voller Abenteuer und Gefahren, mit schäumender Brandung, hartem Schiefer, abschüssigen Pfaden. Geriet man während solcher Ferien weit entfernt von seinem Quartier in ein Unwetter, so putzte der Vater mit dem Hemdzipfel sorgfältig seine Brille und meinte dabei: »Laut Karte führt der Weg durch dieses Dickicht zurück zum Cottage« – denn er war stolz auf sein Talent als Kartenleser –, während sich in Wirklichkeit der Weg allmählich in dichtem Gestrüpp verlor, wo jemand seinen Austin A40 verschrottet hatte; und schließlich mußte man bei strömendem Regen einen oder mehrere Kilometer in einer wasserdichten Regenjacke, die niemals wasserdicht war, zurücklaufen. Und war man endlich, erschöpft von der Anstrengung, wieder in der Unterkunft, machte einem die Mutter Dosensuppe auf dem Gaskocher warm, wobei sie mit dem Butangas herumhantierte, und unweigerlich kam dann eine Bemerkung wie: »Ach, das war ja ein toller Ausflug«, oder: »Tja, das war eine ordentliche Wanderung, nicht? Was wollen wir denn morgen unternehmen?« So sahen die Ferien aus, die einen zum Helden machten, die einen mit Stolz auf unsere glorreichen Jahrhunderte miserablen Wetters erfüllten, Ferien, durch die man ... zu einem Engländer wurde.

Pescara bietet einem nicht diese Art von Ferien.

In Pescara zieht man keine Landkarte zu Rate. Man überlegt nicht, was man unternehmen möchte. Man beobachtet nicht mißtrauisch den Himmel, denn man weiß ja, daß er blau ist und die Sonne herunterbrennt. Man entdeckt nichts Neues. Jedenfalls nichts, was meine Eltern für Entdeckungen gehalten hätten. Denn obwohl sich direkt hinter der Stadt steile, von einem rot-weißen Fernmeldeturm gekrönte Hügel erheben, die mein Vater wie so viele Engländer sofort hätte erklimmen wollen, denkt hier niemand daran, dergleichen zu tun. Es ist an die vierzig Grad heiß, und die Hänge sind mit häßlichen und vermutlich illegalen Zweitwohnsitzen aus großen Betonplatten verschandelt und mit Stacheldrahtzäunen, Geländern und dichten Zypressenhecken bewehrt. Niemand unternimmt Spaziergänge durch die Stadt. Und nur sehr wenige Leute unterziehen sich der Mühsal, über die schlechten Straßen in die alten Dörfer im Hinterland zu fahren, wo man kaum einen Parkplatz findet und Schatten Mangelware ist. Diese Orte können durchaus sehr reizvoll sein, aber wer hat bei dieser Hitze schon die Energie zu einem solchen Ausflug? Nein, wenn man einmal in Pescara ist, bleibt man auch in Pescara. Genaugenommen auf der anderen Seite dieser hektischen Straße, die die

Stadt von der Küste trennt. Kurz gesagt, man bleibt am Strand, der – wie aus dem unmißverständlichen Graffito auf der Brüstung zu schließen ist – mit genau jenen Entdeckungen lockt, angesichts derer meine Eltern alles unternommen hätten, um uns sogar noch den Gedanken daran auszutreiben …

»Adventure« – im Englischen – ist ein gefährliches Unternehmen, ein Risiko, eine aufregende Erfahrung, mit dem positiven und vor allem ehrenvollen Beiklang, daß der Mensch, der dieses Risiko eingeht, Mut und Tapferkeit beweist.

»Avventura« – im alltagssprachlichen Italienisch – ist eine kurze Affäre.

Aber sieht man einmal von den erotischen Aspekten ab – falls das überhaupt möglich ist –, bleibt einem in Pescara, in diesen italienischen Ferien, die schreckliche Last erspart, eine Gruppe von Leuten zu einer gemeinsamen Entscheidung darüber bewegen zu müssen, was »heute auf dem Programm steht«. In Pescara steuert man einfach den Badestrand an. Jeder steuert ihn an. Die einzigen Entscheidungen, die da noch zu fällen sind, lauten: Sollen wir außer dem Eimerchen, der Schaufel und den Luftmatratzen auch die Taucherbrillen und die Flossen mitnehmen, und wer trägt was?

Also: Erster Tag, acht Uhr dreißig. Wir haben die Namen der Strandbäder noch gewußt, wir haben uns noch an die Farbe der Sonnenschirme erinnert, und jetzt betreten wir durch einen von Weinreben umschlungenen Bogen den Medusa-Strand; der Name ist mit raffiniert geschwungenen Metallbuchstaben im Art-déco-Stil über dem Eingang angebracht. Hier angekommen, beschließe ich ganz entgegen meiner Gewohnheit, einen Cappuccino zu trinken. Den Kindern sage ich, daß sie zu den großen

Schaukeln am vorderen Strandabschnitt hinübergehen können. Darüber sind sie gar nicht begeistert. Sie wollen mich sofort in Beschlag nehmen und gleich ins Wasser hüpfen! Aber ich brauche eine Pause, ich bin dazu noch nicht in Stimmung. Deshalb greife ich zum klassischen *ricatto:* Sofern Michele nach einem gemeinsamen Bad im Meer von mir Geld für das Computerspiel haben möchte, ich für Stefi eine Sandburg bauen soll, und angesichts der Tatsache, daß ich sie beide angekleidet und ihnen das Frühstück bereitet habe, stehen mir doch wohl – oder etwa nicht? – ein paar Minuten *pausa* zu, um zu Beginn eines langen heißen Ferientages meine fünf Sinne beieinanderzuhalten.

Die Bedienungen hinter dem Tresen begrüßen mich. Ja, natürlich, sie kennen mich noch vom letzten Jahr. Wie es denn meiner Frau gehe, meinem Schwiegervater, meiner Schwiegermutter, meinen Kindern? Selber Strand, selbes Meer ... und dieselben netten Leute, die einem das Geld abknöpfen.

Ich setze mich an einen Tisch und gebe eine Prise Zucker in meinen Kaffee. Die Terrasse wirkt wie ausgestorben, denn es ist nicht üblich, hier zu frühstücken. Es weht eine sehr sanfte Brise zwischen den Tamarisken, die mit ihrem Schatten auf die Plastiktische ein Schachbrettmuster zeichnen – was mir recht angenehm ist, denn ich habe meine Sonnenbrille vergessen. Gerade, als ich überlege, wie lange ich die Kinder wohl bei den Schaukeln lassen kann, kommt eine junge Mutter mit ihrem vielleicht vier Jahre alten Jungen. Anstatt wie alle anderen über die Terrasse hinunter zum Strand zu gehen, marschiert sie an meinem Tisch vorbei zur Musikbox unter der Bambusmarkise an der Wand, die die Terrasse begrenzt.

Als erstes setzt sie das Kind ab. Sie ist Ende Zwanzig und trägt einen Tanga und ein limonengrünes Hemdchen, das gerade bis zum oberen Rand ihrer nackten Hinterbacken reicht. Es sind zwar nicht mehr die Hinterbacken eines Mädchens, aber fast. Das Kind ist ganz versessen darauf, an den Strand zu kommen, es quengelt schon und zerrt an ihrer Hand. Aber die Mama beugt sich über die Musikbox, wandert mit dem Finger sorgfältig über die Titel wie jemand, der in einem dicken Telefonbuch nach einem ihm entfallenen Namen sucht. Schließlich hat sie ihn gefunden. Ihr Geld muß in einer dieser modisch kleinen fluoreszierenden Börsen stecken, die man sich um die Hüfte bindet, denn sie nestelt kurz unter ihrem Hemdchen herum. Und sie muß wohl regelmäßig Gast in der Medusa-Bar sein, weil sie weiß, daß dieser Apparat nur mit den Jetons zu betreiben ist, die man am Tresen kauft, nicht aber mit Münzgeld. Denn sie hat solche Jetons. Einen steckt sie hinein. »Hör dir das an, *ciccio*«, sagt sie zu dem kleinen Jungen. Daraufhin geruht er, einen Augenblick lang stillzusitzen. Dann stellt sie sich in ihren Badesandalen in Pose wie ein Mädchen, das gleich lostanzen will – eine Ferse vom Boden abgehoben und einen Arm angewinkelt. Aber nichts geschieht. Also versetzt sie dem Apparat einen leichten Stoß. Wieder nichts. Im Flüsterton sagt sie etwas, was sie lieber für sich hätte behalten sollen – *porca puttana!* –, und versetzt dem Apparat einen etwas kräftigeren Stoß. Inzwischen schleicht sich das Kind langsam davon, weil es genau weiß, daß die Mama ihm folgen wird. Aber offenbar ist es für seine Mama sehr wichtig, dieses Lied zu hören. Als sie sieht, daß der dicke Mann, der das Strandbad betreibt, von der Straßenseite hereinkommt, geht sie zu ihm hinüber. Wie jedermann in Pescara begrüßen sie sich wie Leute, die einander von klein auf kennen. Der Dicke, mit roten Shorts und zeltartigem T-Shirt, watschelt hinüber zu dem Apparat und hantiert hinter

ihm herum. Knisternd erwachen die Lautsprecher zum Leben.
Was für ein Lied ist das nun, das die junge Mutter hören und ihrem kleinen Jungen vorspielen will? Etwas Nostalgisches wie *»Stessa spiaggia«*? Oder etwas mit mehr Sex, wie zum Beispiel:

Sapore di sale, sapore di mare,
hai sulla pelle il sapore del sole.

Der Geschmack von Salz, der Geschmack von Meer,
Deine Haut hat den Geschmack der Sonne.

Gesungen von einer melancholisch-einschläfernden männlichen Stimme mit genau dem richtigen Touch?
Oder wird sie einen aktuelleren Titel wählen und dabei vielleicht an ihren Mann denken, der in Mailand oder Turin zurückbleiben mußte? *»Non c'è, non c'è il profumo di te ...«* – Er ist nicht hier, er ist nicht hier, dein Duft in diesem Jahr ... – von einer leidenschaftlichen Frauenstimme der eher enthemmten, leider-muß-ich-mir-selbst-Vergnügen-schaffenden Art.
Oder etwa ein Lied für jemanden, den sie gerade am Strand kennengelernt hat, jemand, mit dem sie eine Ferien-*avventura* eingegangen ist? *»Sei un mito«* vielleicht. *»Sei un mito, sei un mito ...«* – Du bist ein Mythos, du bist ein Mythos ...« – mit der ganzen doppeldeutigen Aura, die dieses Wort besitzt, der Aura des *non plus ultra* und der Fiktion.
Nein. Sie wählt keinen dieser italienischen Schlager, ob nun traditionell oder zeitgenössisch, sondern drückt wieder auf die Knöpfe und stürzt los, um sich ihren kleinen Sohn zu greifen – da setzt die Musik krachend ein. Zuerst der künstlich mit einem Synthesizer erzeugte Klang von Gitarren – ein bedrohliches und viel zu lautes Wummern –, dann eben-

so künstlich die Nachahmung eines hämmernden Schlagzeugs, bei dem, unnötig rauh und schroff, eine Stimme auf englisch, genauer gesagt mit Cockney-Akzent, etwas zu brüllen beginnt, das sich anhört wie: »What y'gonna be, what y'gonna do? Don't you know I gotta have you? Gotta have you! Gotta have you!« Das Kind – krauses dunkles Haar, große braune Augen – steht verblüfft und verständnislos mit offenem Mund da und scheint gleich losheulen zu wollen. Doch da beginnt die Mama zu tanzen. Um acht Uhr fünfunddreißig morgens auf der leeren Terrasse der Medusa, neben der Musikbox an der Palme, die aus einem Meer von Geranien emporragt, wirbelt sie herum und dreht sich mit bewundernswerter Grazie. Dabei rutscht ihr Hemdchen hoch. Mit den Armen vollführt sie winkende Bewegungen, die Augen hat sie in Konzentration auf ihr Vergnügen geschlossen. So bemerkt sie nicht einmal, daß ihr Sohn weggelaufen ist. Ein paar Minuten später, als sie ihn auf halbem Wege über den Strand eingeholt hat, höre ich sie mit schriller Stimme rufen: *»Non era bellisimo?«* – War das nicht wunderschön? Als ich die Bar verlasse, grinst mich der dicke Besitzer vielsagend an.

Wir suchen unseren Sonnenschirm. Er steht drei Reihen vom Wasser und vier vom Fußweg entfernt. Präg dir das ein, Michele, drei vom Wasser und vier vom Fußweg. Und dann merke ich, daß die Musikbox-Mutter ihren Platz nur zwei Reihen hinter uns hat. Auf ihrer Sonnenliege cremt sie sich ein und achtet gar nicht auf ihren kleinen Jungen, der mit dem Sand herumspielt. Als ich mir unter den Liegestühlen einen passenden aussuche, wird mir plötzlich klar, daß diese Mutter hier niemals über Generalstabskarten und Sammlungen irgendwelcher Provinzmuseen brüten wird, daß sie niemals Wendungen wie: »So, was steht heute auf unserem Programm?« oder »Tja, das war eine ordentliche Wanderung, nicht?« benutzen wird. Wie die Mütter in Moravias *Agostino* oder Morantes *Aracoeli* ist sie es selbst, was das Kind zu entdecken hat … und was das betrifft, fürchte ich, daß ich nur einen ziemlich erbärmlichen Ersatz für meine Frau darstelle.

La Medusa

Ich frage die Kinder, ob sie wissen, was *medusa* auf Englisch heißt. *Jellyfish,* antwortet Stefi wie aus der Pistole geschossen, Qualle. Und sie hat recht. Eine *medusa* ist eine Qualle. Aber Michele weiß, daß Medusa auch ein Meeresungeheuer war, mit Schlangen anstelle von Haaren und einem Blick, der Menschen in Stein verwandeln konnte.
»Weshalb sind die Farben von La Medusa hier dann blau und weiß?«
Die Kinder sind verwirrt. Jeden Morgen versuche ich mit solchem Geplauder den Augenblick hinauszuzögern, da ich ins Wasser muß.
»Ich meine, warum nicht rosa wie eine Qualle, oder gräßlich schlangengrau und blutrot wie ein Ungeheuer?«
Michele, der gerade auf meinem Brustkorb herumhämmert oder meine Beine im Sand einzugraben versucht, begeht den Fehler, tatsächlich über diese Frage nachzudenken, so berückend ist die Vorstellung, daß es Beziehungen zwischen Wörtern und Dingen gibt. »Wenn Medusa eine Meeresgöttin war«, setzt er an, »dann ist blau und weiß ...« Mit ihrer weiblichen Intuition sagt Stefi, während sie ihre lackierten Zehennägel begutachtet: »Weil es hübsche Farben sind.«
Das stimmt. Und La Medusa ist blau und weiß. Jeder der großen Sonnenschirme hier ist blau und weiß. Ein Segment blau, eins weiß. Die Liegestühle und Sonnenliegen sind blau und weiß. Und auch das niedrige Mäuerchen um die Ter-

rasse, die Strandkabinen, die Tret- und Ruderboote, die man mieten kann, alles ist geradezu zwanghaft in Blau und Weiß gehalten. Im gleichen Verhältnis und im stets gleichen Abstand.

Wenn man am Morgen kommt, sind die Sonnenschirme noch zu und hängen schlaff da wie die in der Morgendämmerung ebenfalls noch geschlossenen Sonnenblumen längs der *autostrada.* Doch schon ist der *bagnino* – der zugleich als Bademeister und Mädchen für alles fungiert – dabei, sie zu öffnen; er geht herum und spannt schwungvoll einen nach dem anderen auf – die Sonne schafft das bei den Blumen auf einen Schlag. Jeder Sonnenschirm steht genau zweieinhalb Meter vom nächsten entfernt, und zu dieser frühen Stunde, da die Sonne noch tief über dem Meer steht, fällt der Schatten des eigenen Schirms sogar hinter den Schirm in der Reihe hinter einem. Sollen wir dort sitzen, frage ich Michele, in einem fremden Liegestuhl, aber im eigenen Schatten, oder sollen wir auf unserer Liege bleiben, im Schatten eines fremden Sonnenschirms?

»Ach, komm ins Wasser, Papà«, ruft er. »Komm endlich. Ich werde dich in Stücke zerreißen und an die Fische verfüttern.«

Im Lauf des Tages beschreibt das Schattenrund zwangsläufig eine elliptische Bahn; nachdem es sich kühn weit hervorgereckt hat, versteckt es sich, wenn die Sonne am heißesten niederbrennt, schamhaft direkt unter dem blauweißen Sonnenschirm, bis es sich im Lauf des Nachmittags, während die Sonne in Richtung Berge wandert, leise aufs Meer hinaus davonstiehlt. Tausende von Urlaubern ziehen Liegestühle und Sonnenliegen dem Schatten hinterher oder auch aus ihm heraus, je nach Hautrötung. Der Strand ist in ständiger Bewegung.

Da kommt der *bagnino,* um unseren Schirm zu öffnen. Ihm

folgt ein höchstens fünfzehnjähriges Mädchen. Groß, schlank und sehr wohlgeformt, hilft sie ihm nicht etwa, ja, sie spricht nicht einmal mit ihm, sondern drapiert sich lediglich auf irgendeiner Liege in seiner Nähe. Er ist etwa achtzehn, blond und hellhäutig. Die Anziehung zwischen den beiden ist unübersehbar, und sie wissen genau, daß auch alle anderen das merken.
Er öffnet unseren Schirm und unsere Liege, und weil heute unser erster Tag ist, stellt er sich vor. Dann fährt er damit fort, Sonnenschirme zu öffnen. Seine Freundin folgt ihm auf dem Fuß und findet stets eine passende Unterlage, auf der sie sich räkeln und ihm zuschauen kann.
Unvermittelt stehe ich auf und flitze zwischen den Sonnenschirmen hindurch, dabei schreie ich: »Das Meer! Das Meer!« Die Kinder sausen hinter mir her. Während La Signora Musikbox sich die Nägel schneidet oder einen Leberfleck untersucht oder ihre gespalteten Haarspitzen begutachtet. Das Meer, in das wir hineinlaufen, liegt vollkommen glatt und bewegungslos da.
Wenn ich Pescara englischen Freunden zu beschreiben versuche, wenn ich sie einlade, mich doch hier zu besuchen, zeigen sie immer nur laue Begeisterung, selbst jene, die Italien lieben und von Florenz und Rom und Venedig nicht genug bekommen können. Dieses gleichförmige Muster aus Sonnenschirmen deprimiert sie, wie auch die endlosen Reihen von Liegestühlen und Sonnenliegen, diese Erholungsmaschinerie, die Strandbürokratie. Sie denken an ihre Erfahrungen mit überfüllten englischen Stränden zurück, an diesen wenigen Tagen, wenn echte Hitze einmal wunderbarerweise auf ein Wochenende oder einen Feiertag fiel. Sie erinnern sich an ihr Gefühl der Beklemmung, wenn fremde Menschen ihre Handtücher zwischen sie und die andere Familie legten, die ihnen auch schon viel zu nah gekommen

war – schließlich konnten sie bereits den Kaffeeduft aus ihren Thermosflaschen und ihr Sonnenöl riechen! An diese Bilder erinnere auch ich mich nur mit Schaudern. Ein Hund schnüffelt einem am Fuß herum. Ein Ball fliegt knapp über die Beine der Gattin. Und wo sollen die Sprößlinge denn bloß Kricket spielen? Liegt man mit geschlossenen Augen auf dem Rücken, so wird die Sonne immer wieder von Menschen verdunkelt, die sich zwischen den Lagerstätten hindurchkämpfen und einem beinahe aufs Handtuch treten, wie man selbst den anderen auch jedesmal fast auf ihr Handtuch tritt, wenn man aus dem Wasser kommt, immer darauf bedacht, kein eiskaltes Wasser auf krebsrote Rücken oder rasierte Arme und Beine zu tropfen. Und dann liegt da auch noch ein Teebeutel im Sand, und hier ein Butterbrotpapier, dem jemand unbeholfen hinterherhechtet, während es der Wind über aufgeschreckte Sonnenanbeter bläst …

An den Adria-Stränden wird all dieses eben durch den regelmäßigen Abstand der großen Sonnenschirme verhindert. Keiner kann einem hier näherrücken als besagte zweieinhalb Meter. Das ist nah, ich weiß. Aber es ist nicht zu nah. Und dann sind die meisten Sonnenschirme auch den ganzen Sommer über an Einheimische vermietet, die nur am Wochenende oder nach Feierabend auftauchen. Niemand darf diese Plätze besetzen, auch wenn der Mieter gerade nicht da ist. Denn das gehört mit zu den Aufgaben des *bagnino:* Er muß Schnorrer fernhalten. Und was Butterbrotpapiere angeht: Wer würde auch nur im Traum daran denken, belegte Brote mitzubringen, wenn doch eine Bar mit hübscher Terrasse lediglich hundert Meter weit entfernt ist? Die Menschen hier besitzen nicht nur keine Thermosflaschen, sie wüßten vermutlich auch gar nicht, wozu diese gut sein sollen. Für Abfall gibt es etwa alle vier Sonnenschirme einen Abfallkorb, der regelmäßig geleert wird, ganz zu schweigen von dem Heer junger Burschen, die von den Strandbesitzern extra angestellt werden, um den Strand sauberzuhalten. Jeden Abend gehen sie mit einer kleinen Maschine den Strand entlang, mit der die oberen zwei bis drei Zentimeter Sand abgehoben, durch ein Sieb geleitet und erst dann wieder auf den Strand zurückgeschüttet werden. Deshalb gibt es hier auch kein Treibholz. Und keine rostigen Nägel in splittrigem Holz. Auch Muscheln werden nur direkt am Wasser geduldet. Und wenn eine seltene Brise mit Wellengang einmal Seetang heranschwemmt, wird auch dieser aufgesammelt.

Der junge *bagnino* arbeitet sich mit einer Heugabel vorwärts und schichtet den Tang zu Haufen. Währenddessen lehnt seine Freundin auf der Schattenseite an dem kleinen Fahrzeug, in das er den Tang verlädt. Sie beobachtet ihn. Ihr Badeanzug ist ein tropischer Farbencocktail auf zimtbrauner Haut, in ihrem Haar steckt eine große, künstliche, pinkfarbene Blume. Der Freund hievt schwere Tanghaufen. Er hält den Strand für uns sauber.

Wenn man nicht auf der Suche nach unberührter Natur ist (wie meine Mutter damals), ist Pescara einfach perfekt.

Aber das eigentliche Vergnügen hier – und das kann man sich eigentlich nicht vorstellen, bis man es einmal erlebt hat – ist die Möglichkeit, *jeden Tag* die gleichen Leute zu beobachten, zu wissen, wo man sie finden und wie man ihnen in diesem Labyrinth aus Licht und Schatten ausweichen kann. Wie hätte sich Aschenbach je in Tadzio verlieben können, hätte er nicht Gelegenheit gehabt, ihn tagtäglich am Lido zu betrachten, stets gewiß, wo er ihn finden konnte? In Pescara hat man Zeit, das Ziel anzuvisieren. Die Menschen hören auf, lediglich blasse – mal attraktive, mal abstoßende – Schemen zu sein; man lernt ihre Bewegungen und Gesten detailliert kennen, ebenso ihre Gewohnheiten, die Neurosen der Mütter, die Zeitungen der Männer und die Narben der Rentner. Man bekommt ihre Gespräche mit, die einem ebenso die Röte ins Gesicht – und nicht nur dorthin – treiben wie die Sonne. Man bekommt mit, wie sich Soundso die Nägel schneidet, wie jener Mann raucht. Man entdeckt Leute, die stundenlang auf dem Rücken liegend schmökern, wobei sie das Buch gegen die Sonne halten; andere hingegen können nicht einmal eine Lage finden, die bequem genug wäre, um einen Zeitungsartikel zu Ende zu lesen. Man sieht, wie sich außerordentlich viele Menschen über die *Settimana enigmistica* hermachen, ein Wochenheft, vierzig Seiten Kreuzwort- und Silbenrätsel. Selbst Signora Musikbox beschäftigt sich damit, wenn sie nicht gerade mit der orangefarbenen Feile in der Hand an einem ihrer Körperteile herumschmirgelt. Es ist eine bestrickende Intimität, die durch diese Sonnenschirme geschaffen wird.

Ohne es zu wissen, frönen auch die Kinder – zwischen dem Herumplanschen im Wasser, ihren Raufereien und dem Sandburgenbauen – diesem packenden Sport des gegenseitigen Beobachtens. Am dritten oder vierten Tag wird Stefi fragen: »Warum läuft das Mädchen immer dem *bagnino* hinterher?« Und Michele wird ziemlich aufgebracht ergänzen: »Kann sie ihn nicht in Ruhe lassen? Wie soll er da Leute vor dem Ertrinken retten, wenn sie ihm die ganze Zeit im Weg steht?« Sie werden wiederholen, was sie aufgeschnappt haben, was die Leute am Strand und unter den anderen Sonnenschirmen erzählen. Diesen Sommer steht die Freundin des *bagnino* in La Medusa im Mittelpunkt des Interesses. Jeder empört sich darüber, daß sie ihn nie-, niemals allein läßt. Sie sitzt neben ihm auf dem Beobachtungsturm am

Ufer. Sie liegt hinten auf seinem kleinen Katamaran, wenn er zwischen den Schwimmern hinausrudert. Sie folgt ihm, wenn er bei den Sonnenschirmen seine Runde macht. Und alle warten auf den Augenblick, da diese beiden sich endlich berühren …

Il certificato di verginità

Ich springe ins Wasser, gefolgt von den Kindern. Es ist etwa neun Uhr. Das seichte Meer ist lauwarm und ohne Wellen. Die meisten Badenden kehren schon um oder begnügen sich damit, an den flachen Stellen den Strand entlangzuspazieren: man sieht Großmütter mit Strohhut und Sonnenbrille und dicke, in Gespräche vertiefte Männer. Im strandnahen Wasser spielen die größeren Jungs Volleyball oder *tamburello.* Fast niemand wagt sich in den tieferen Bereich hinaus.

Ich ermutige meine Kinder zu schwimmen, wir rangeln zum Spaß miteinander, und schließlich überrede ich sie, bis zu dem felsigen Wellenbrecher rauszuschwimmen und auf der anderen Seite ins Wasser zu springen, in die offene See, wohin sich sonst niemand verirrt. Dabei bin ich mir durchaus bewußt, einem hierzulande unüblichen Erziehungsplan zu folgen, der die Dinge nicht locker genug nimmt. Den anderen Eltern genügt es, einfach nur im warmen, seichten Naß zu stehen, das Glänzen ihrer gebräunten Körper in der Sonne und im Wasser zu bestaunen und dabei das Treiben der Leute am Strand zu beobachten, ohne sich im geringsten um ihre Kinder zu kümmern.

Falls doch einmal jemand ernsthaft schwimmt, dann ist es ein Junge. Anscheinend schwimmen die Mädchen überhaupt nicht. Sie stehen bis zu den Oberschenkeln im Meer und vollführen eine Prozedur, wie ich sie in England noch nie gesehen habe: Mit der Hand schöpfen sie Wasser und lassen es an ihrem Körper hinabrinnen. Das wiederholen sie vielleicht zwei- oder dreimal. Es macht den Eindruck, als wollten sie sich akklimatisieren, sich aufs Hineinspringen vorbereiten, aber gerade wenn man denkt, jetzt müßten sie soweit sein, drehen sie sich um und waten zurück. Nachdem ich sie eine Weile beobachtet habe, wird mir klar, daß in diesem Vorgang ein gewohnheitsmäßiges Verhalten zum Ausdruck kommt, und mir fällt eine meiner früheren Übersetzungen ein, in der es um die mythologische Gestalt eines Mädchens namens Iphimedeia ging. Sie war in Poseidon verliebt und ging oft am Strand spazieren oder badete im Meer, wo sie Wasser aus den Wellen schöpfte und es über ihren Körper rinnen ließ. Es sollte eine Geste der Verführung, der Liebe sein. Und es funktionierte auch. Poseidon erhob sich schließlich aus den Fluten, umschlang sie und zeugte gleich zwei Kinder mit ihr. Danach wurde Iphimedeia bestimmt zu einer der vielen jungen Mütter am Strand. »Willst du eine Banane, Benedetta? Komm schon, ein bißchen Obst ist gut für dich nach der *pizzetta.* Wirf nicht mit Sand herum. Laß deine kleine Schwester in Ruhe. Nein, du kannst noch nicht ins Wasser, erst um zehn. Du mußt erst dein Essen verdauen. Und dein Bäuchlein muß eingecremt werden, sonst kriegst du noch einen Sonnenbrand, merkst du nicht, wie heiß die Sonne brennt?«

Iphimedeia, die Medusa, die ewige Wiederkehr – die scherenschnittartigen Umrisse im Licht, die klar wie die Silhouetten auf griechischen Vasen wirken. Das Mittelmeer ist das Ende des Kontinents und zugleich die Grenze einer zeitlosen, von mediterranen Archetypen bevölkerten Welt, so daß man sich immer wie in einem Mythos fühlt.

Dennoch falle ich stets wieder in meine praktisch orientierte, angelsächsische Mentalität zurück. Nachdem ich mich im Meer müde gekrault habe, arbeite ich mich nun an einer runden, mehrstöckigen Riesensandburg mit Wassergraben, Ringmauer, Geheimtunnels und Verliesen ab. Sie sieht sehr englisch aus. Auch die Kinder machen mit. Es macht ihnen den gleichen Spaß wie mir früher, wenn ich mit meinem Vater und meiner Mutter zusammen so etwas gebaut habe. Auch andere Kinder schließen sich an. Eine kleine Patrizia hilft Stefi, Muscheln für die Zinnen zu suchen. Irgendein kleiner Marcello rennt mit seinem Eimerchen hin und her, um den Wassergraben aufzufüllen. Zu meiner Überraschung bildet sich schließlich sogar eine kleine Zuschauermenge am Strand, die die Strebepfeiler und bewehrten Mauern bewundert. Wir sind nun schon etwa einen Meter hoch gekommen, eine stattliche Burg. Die Leute bleiben stehen, um sie sich anzuschauen. Eifer in dieser Größenordnung hat hier beträchtlichen Seltenheitswert.

Als wir wieder zu unserem Sonnenschirm zurückkehren, treffen wir Tante Paola. Da wir in diesem Jahr nur kurz in Pescara bleiben, gestattet sie uns, ihren Sonnenschirm mitzubenutzen, eine Geste, die beinahe so großzügig ist, wie wenn man mit jemandem sein Badezimmer teilt. Und da meine Schwiegereltern für ein paar Tage verreist sind, bietet sie mir bereitwillig ihre Hilfe und, wie alle aus der Familie Baldassarre, auch ihre guten Ratschläge an. Schließlich gilt es in Italien als feststehende Tatsache, daß ein Mann kaum länger als ein paar Stunden allein für seine Kinder sorgen kann.

Zia Paola, die leicht gebeugt geht, ist alt, weißhaarig, verschwiegen und gütig. Ihre Stimme klingt angenehm leise und rauh. Als erstes rät sie, man solle am Montag keinen Mozzarella kaufen. Das könnte verheerende Folgen haben, denn vielleicht lag er ja das ganze Wochenende über im Laden, und bei dieser Hitze …

Auch mit Salat soll ich sehr vorsichtig sein. Sie kann mir einen Laden empfehlen, wo ich schöne und frische Tomaten und Kopfsalat zu einem günstigen Preis bekomme.

Eine ganze Weile redet sie sehr ausführlich übers Einkaufen und Kochen. Die Kinder, die beim Thema Essen besser Bescheid wissen als ihr Papa, interessieren sich mehr für das Gespräch als ich: Sie erklären, wie Mama einen Salat anmacht und welche Nudeln sie am liebsten mögen. Besonders Stefi tut sich hervor. Sie nippe immer an Papas Wein, erzählt sie.

Paola verspricht, mir ein wenig Wein aus der Gegend mitzubringen, den ein Freund von ihr anbaut. Als nächstes warnt sie mich davor, das Handtuch zu benutzen, nachdem es im Sand gelegen hat. Man könne sich auf diese Weise Hautkrankheiten holen. Gott allein wisse, was es alles für Pilze im Sand gebe. Ich müsse es nun waschen und im direkten Sonnenlicht trocknen. Wenn man es richtig bedenke, sollte ich den Kindern vielleicht überhaupt keinen Mozzarella geben bei diesem Wetter, selbst dann nicht, wenn ich ihn am Dienstag oder Mittwoch frisch gekauft habe, denn bei dieser Hitze könnten solche Lebensmittel im Magen zu gären anfangen.

Paola war so nett zu uns, und da sie dauernd übers Essen spricht und ich mich ihr gegenüber irgendwie erkenntlich zeigen will, lade ich sie ins Restaurant ein. Ob es ihr vielleicht morgen passe? Zusammen mit ihrer Tochter? Aber sie lehnt das Angebot ab. Sie sei zu *fastidiosa,* wie sie sich ausdrückt. Es gebe so viele Sachen, die sie nicht essen will oder kann. Stefi meint, ihr gehe es ebenso. Die Kleine nickt weise, wobei ihr feuchtes Haar über die Augen fällt. Zum

Beispiel möge sie keine Chilibohnen, und Michele keine Erbsen ... »In einem Restaurant«, meint Paola, »kann man nie wissen, wie lange die Sachen schon in der Gefriertruhe lagen, ob sie sich die Hände gewaschen haben und was sie reingetan haben, nur damit es besser aussieht. Außer Haus essen ist sehr ungesund.« Ich erzähle ihr besser nicht, daß ich gerade mit den Kindern nach oben zur Terrasse hinaufgehen wollte, wo sie ihre geliebte Vorspeise, *pizzetta* und Coca-Cola, bekommen sollen.

Der normale Tagesablauf hält nun noch folgendes Programm für uns bereit: Duschen, *aperitivo,* Vorspeise, Computerspiele, nach Hause gehen.

Ich kann mich nicht erinnern, an englischen Stränden jemals Duschen gesehen zu haben, aber im heutigen Italien, das so übereifrig darauf bedacht ist, seine bäuerliche Vergangenheit hinter sich zu lassen, ist es undenkbar, nach dem Kontakt mit etwas Organischem wie Meerwasser nicht anschließend sorgfältig zu duschen, um es wieder abzuspülen. Die mehr praktische Seite der Sache ist, daß sich Salz auf der Haut bei Temperaturen weit über dreißig Grad sehr unangenehm anfühlen kann.

Hier kommt nun der einzige Punkt, an dem die Strandererlebnisse meiner Kinder einen Anflug von Heroismus erhalten. Wie schon erwähnt, sind die Duschen der Medusa kalt, vor allem aber äußerst kräftig. Man kann sie nur zudrehen oder voll aufdrehen, und dann überschütten sie einen mit einer kräftigen Ladung eiskalten Wassers. Aber alle scheinen das zu mögen. Die Leute stehen Schlange vor den vier Duschen zwischen der Terrasse und den Umkleidekabinen. Sie stellen sich unter das kalte Wasser und kreischen. Die Kinder springen schreiend herum. Dann, nachdem sie nur eine Minute, vielleicht auch kürzer, die Eiseskälte auf der heißen Haut gespürt haben, sind sie schon wieder draußen, lachend und fröstelnd in ihre Bademäntel gehüllt. Als ob diese aufregende Begegnung mit den Elementen, dieses Erlebnis des Durchhaltens und der Härte gegen sich selbst, also all das, von dem unsere englischen Eltern hofften, es würde uns Kinder stärken, sich im Schock dieser wenigen eisigen Sekunden konzentrieren würde. Um hinterher noch mehr die Sonne auf der Haut genießen zu können und in dem wunderbaren Gefühl bestätigt zu werden, in einer Atmosphäre aus hellem Licht und Farben und mit reichlichem Essen aufzuwachsen.

»Una pizzetta rossa«, bestellt Stefi, *»e quattro gettoni.«* Vier Jetons.

Wir stehen am Tresen. Ich bestelle eine *bicicletta,* ein »Fahrrad«, was eigentlich nur ein Mixgetränk aus pinkfarbenem *gingerino,* einer bittersüßen Limonade, und einem sehr großen Glas Weißwein ist. Mit so einem Getränk wäre man an einem Samstagabend im »Queen's Head« oder im »Pig and Donkey« in Clapham oder Stoke Newington ziemlich fehl am Platz, aber hier in der gleißenden Sonne lacht es einen verheißungsvoll an.

Der dicke Junge, der hier bedient, trägt ein T-Shirt mit der Aufschrift: I'M A LATIN LOVER. Ich gönne es ihm. Seine Mutter erkundigt sich nach meiner Frau, und als sie hört, daß sie in anderen Umständen ist, drückt sie ihr Erstaunen über unseren *coraggio* aus. Ich weiß, sie denkt im stillen, dieses dritte Kind, sechs Jahre nach dem zweiten, sei ein Fehler. Jeder erwachsene Italiener, mit dem ich gesprochen habe, ist davon überzeugt, und das um so mehr, wenn ich das Gegenteil behaupte.

»Es wird wieder ein Mädchen«, erzähle ich ihr. Wir haben das durch die Ultraschalluntersuchung erfahren.

»Wie schön«, lächelt sie, »ihr habt ja schon euren *maschietto.«*

Es ist so beruhigend, wenn man bereits im voraus weiß, was die Leute sagen werden.
Mittlerweile kommt bei den beiden Kindern das Jungen- und Mädchenhafte ihrer Persönlichkeit überdeutlich zum Ausdruck! Michele hat seine Jetons geschnappt und ist ans andere Ende der Terrasse zu seinem Computerspielautomaten geflitzt. Er hat es eilig anzufangen, bevor der große Ansturm losgeht. Stefi wartet hinten am Tresen, um ihm seine Pizza und Coca-Cola zu bringen. Dann gesellt sie sich zu ihm, steht neben dem Automaten und füttert und tränkt ihn, während er spielt. Es ist anrührend und erschreckend zugleich, wie fürsorglich weiblich sie sich dabei gibt. Offensichtlich ist sie sehr beeindruckt, wie Michele die Knöpfe und Hebel des Apparates bedient und dadurch die unglaublichsten Kampfkünste in einer Figur namens »Der Wächter« weckt, der die New Yorker U-Bahn durchstreift und dort schwerbewaffnete Schurken verdrischt. Die anderen Kinder, die sich um ihn drängen, sind beeindruckt, weil Michele die englischen Spielanweisungen und Kommentare lesen kann. Besonders am Ende, wenn der »Wächter« zu Boden geht und ein Arzt mit einer lächerlichen, randlosen, auf die Stirn geschobenen Brille erscheint, ihm fest auf seine breite Brust drückt, während in roter Schrift aufflackert: »If you want your hero to revive, you have thirty seconds to insert another token.« (Willst du deinen Kämpfer wiederbeleben, wirf innerhalb von dreißig Sekunden eine neue Münze ein.) Michele liest den anderen Jungs diese Anweisung vor. Es ist mir nie gelungen, ihn von der schlechten Angewohnheit zu heilen, die Wortendungen so überzubetonen: »Iff you wanta yourr hero to reviv-ve …«, so daß man für einen Augenblick denken könnte, die Geschichte spiele sich tatsächlich in der Bronx ab. »You havva thirty …« Stefi wirft den zweiten Jeton gerade noch rechtzeitig ein und klatscht in die Hände, als

ein besonders häßlicher Schurke mit einem Schraubenschlüssel zusammengeschlagen wird. Ihre Bewunderung und die stille Anteilnahme, mit der sie die Pizza und die Cola ihres Bruder hält, erinnern mich an das Verhalten der Freundin des *bagnino* …
Während die Kinder ihre Tagesration an Videospielen konsumieren, kann ich in aller Ruhe meine *pizzetta* essen, meine *bicicletta* trinken und darüber nachdenken, was ich zum Mittagessen zubereiten werde. Ich sitze einfach nur so da. Etliche Fünfzehnjährige hängen bei der Musikbox herum und lassen ihre Lieblingssongs laufen. Am Ende der Woche werde ich wissen, welches Mädchen welchen Titel auswählt. Denn es sind immer die Mädchen, die entscheiden, was gespielt wird, auch wenn sie manchmal einem Jungen das nötige Geld abbetteln. Eines der Mädchen, noch ein Kind, aber mit der Figur und der Eleganz einer Frau, tanzt in einem Bikini, auf dessen Bund MORE ENERGY geschrieben steht, was sich auf einer Art Schärpe unter ihrem Busen wiederholt. Sie ist schön. Aber die Jungs läßt das ganz kalt. Ähnlich wie beim Verhältnis des *bagnino* zu seinem Mädchen liegt das nicht so sehr an ihrer Gleichgültigkeit als vielmehr daran, daß sie es noch nicht so recht bemerkt haben. Sie essen ihre *pizzetta* und reden über den Schulabschluß, der gerade hinter ihnen liegt. Mehr als für die Mädchen interessieren sie sich, so scheint es, für all die modischen Accessoires, mit denen sie sich schmücken: Silberne Sonnenbrillen, die in ihre Brusttaschen eingehakt sind, Goldkettchen, die sie um den Hals und am Handgelenk tragen, Swatch-Uhren, neonfarbene Stirnbänder, Ohrstecker, purpurrote Geldbörsen und lederne Schlüsselanhänger …
Mit einem Mal entschließt sich die ganze Gruppe, auf die andere Seite der Terrasse hinüberzugehen, zum Telefon,

wo alle sich um das tanzende Mädchen in ihrem MORE ENERGY-Outfit versammeln. Gerade will sie einen wichtigen Anruf erledigen. Sie nimmt den Hörer ab und wählt. Während sie spricht, machen die anderen aufmunternde Zeichen und schneiden Grimassen. Telefoniert sie mit ihrem Freund? Will sie ihre Eltern überreden, ihr Ausgang zu geben? Sie bemüht sich, nicht loszuprusten. Die anderen benehmen sich sehr albern. Und mir kommt in den Sinn, daß einer der Gründe, warum ich in Italien geblieben bin, meine Überzeugung ist, daß die Kleinen hier eine schönere Kindheit und die Jugendlichen mehr Spaß haben – ein möglicherweise irriger und sentimentaler Glaube, vielleicht auch nur eine Reaktion auf mein eigenes Erwachsenwerden, das aus Kirchenbesuchen und verregneten Wochenenden bestand. Jedenfalls habe ich noch nie eine Gruppe junger Leute gesehen, die so voller Selbstvertrauen und im Einklang mit sich und ihrer Jugend waren. Das wünsche ich meinen Kindern auch.

Dann aber hebt man plötzlich eine liegengelassene Zeitung auf und liest eine Geschichte, die alles über den Haufen wirft und zu erneutem Nachdenken zwingt. Während ich noch das Pizzaöl von meinen Fingerspitzen ablecke und am Eiswürfel in meiner *bicicletta* lutsche, beobachte ich mit einem Auge die Jugendlichen und mit dem anderen zwei Männer, die über die Schiedsrichter schimpfen. Einer von ihnen hat AMO LUCIA – Ich liebe Lucia – auf seiner Schulter tätowiert. Plötzlich wird meine Aufmerksamkeit von dem gleichen Namen angezogen, der auch in der Schlagzeile der Seite erscheint, die ich gerade aufgeschlagen habe. »LUCIA IMMACOLATA?« wird da gefragt.

Lucia ... Mit anrührendem Enthusiasmus beschreibt der *Corriere della Sera* die achtzehnjährige blonde Schönheit aus Kalabrien als das am meisten verehrte Mädchen ihres Vier-

tels ... Die Geschichte ist folgende: Aus nicht näher erläuterten Gründen wurde Lucia von ihrer Mutter zu Sommeranfang nach Neapel zu einer Tante geschickt. Ergebnis: Alle Leute in ihrem Wohnblock und der Straße behaupteten, sie sei wegen einer Abtreibung oder vielleicht sogar wegen einer bevorstehenden Geburt still und heimlich aus dem Verkehr gezogen worden. Es gibt hier in Italien den schönen Ausdruck »*malelingue*« – böse Zungen, Klatschbasen –, und diese bösen Zungen verbreiteten, Lucia sei eine Schlampe. Das bekümmerte ihre Mutter, weil sie fürchtete, das Mädchen ließe sich nicht mehr so gut verheiraten, wenn solchen Verleumdungen Glauben geschenkt würde. Also ging sie zu einem Gynäkologen im größten Krankenhaus Kalabriens, ließ das Mädchen untersuchen und ihr allen Ernstes ein offizielles »*Certificato di Verginità*«, ein Jungfräulichkeitsattest, ausstellen. Dieses in Händen, machte sie nun die Runde und klopfte an alle Türen des Viertels, um es den Leuten zu zeigen. Ihre Tochter sei noch Jungfrau, sagte sie. Und hier habe sie den Beweis. Man hätte annehmen können, daß die Gerüchte nun verstummten. Aber das war ein Irrtum. Nicht nur zeigten sich die *malelingue* davon unbeeindruckt, sondern sie setzten sogleich das Gerücht in Umlauf, die Mutter habe den Gynäkologen bestochen, damit er das Dokument ausstelle; und da sie eine arme, verwitwete Frau sei, habe sie einen so hochdotierten Mann wahrscheinlich nur in Gestalt ihrer ... Tochter bezahlen können. Lucia sei also mit dem Gynäkologen ins Bett gegangen, um ihr Jungfräulichkeitsattest zu bekommen! Verständlicherweise war dieses pikante Paradox zuviel für die Mutter, die nun unter Beweis stellte, daß sie sehr wohl über Ersparnisse verfügte, indem sie gerichtlich gegen die *malelingue* vorging ...
Während ich gemütlich unter einer Tamariske, in diesem Gewölbe aus Licht, Schatten und flirrenden Farben, diesem

Stück gezähmter Natur, sitze und diese Geschichte lese, überdenke ich das ganze Problem der Jungfräulichkeit und deren Bedeutung: Gibt es wohl in den verschiedenen Ländern unterschiedliche Auffassungen von Jungfräulichkeit? Ich überlege, in welchem Alter man sie verliert, in welchem Alter meine eigenen Kinder sie verlieren werden ... Will ich es wissen, wenn es soweit ist? Nein. Nein, ganz sicher nicht. Und das scheint mir das Wichtigste an der ganzen Sache zu sein. Wir sollten eigentlich nicht wissen dürfen, ob Lucia noch Jungfrau ist oder nicht. Es geht uns einfach nichts an. Und wir dürfen auch nicht danach fragen. Eine Fassade der Unschuld muß bestehen bleiben, während Lucia macht, was sie will, wenn sie es denn will, wobei sie hoffentlich den richtigen Instinkt hat und nichts übertreibt. Im Grunde ist *il certificato di verginità* wie so viele offizielle Papiere in Italien (so etwa jenes, das den Kaufpreis meines Hauses ausweist) nur ein ziemlich grobes Hilfsmittel, um die Fassade aufrechtzuerhalten, um eine diplomatische offizielle Version zu liefern, die man sinnvollerweise nicht anzweifelt. Das mag teilweise heuchlerisch sein, scheint mir aber die zivilisierteste und spannendste Umgehensweise mit dieser Frage. Lucia ist eine Herumtreiberin *und* zugleich eine Jungfrau ...

Die Jungen und Mädchen sind immer noch um das Telefon versammelt. Nun telefoniert ein anderes Mädchen. Sie hat direkt über der Brust einen Schmetterling tätowiert. Ob auch Iphimedeia eine Tätowierung trug? Einer der Jungs versucht, sie mit einer Möwenfeder an den Beinen zu kitzeln. MORE ENERGY hat sich unterdessen einen Eislutscher gekauft, der ihre Lippen zu glänzenden Erdbeeren anschwellen läßt. Dann kommt die Freundin des *bagnino,* erstaunlicherweise ohne diesen, und hakt sich bei ihr unter. Ach, sie sind also Freundinnen! Und es liegt soviel Einver-

ständnis und Pfiffigkeit in ihrem Lächeln, soviel weibliche List, daß man sich wirklich vorstellen kann, daß sie …
Aber dann sieht man den gleichen Ausdruck bei Zehnjährigen, bei Sechsjährigen sogar. So wie jetzt, wenn mein Töchterchen zu mir kommt, bedächtig an ihrem zerknitterten Kleidchen zieht und sagt: »Papà, ach Papà, wach auf, Papà.« Sie drückt mir den zärtlichsten Kuß auf die Lippen, und sofort ist mir klar, daß auch sie einen Eislutscher will. Und daß Michele sein Spiel beendet hat. Wieder ist ein Morgen am Strand zu Ende. Nun muß ich mit ihnen nach Hause und Mittagessen machen. Allerdings bin ich von einer großen Mattigkeit überwältigt. Ob die Medusa mich in Stein verwandelt hat? Es bedarf einer heldenhaften Anstrengung, um zu dem Begriff Verantwortung zurückzufinden, den Kindern ihre Lutscher auszureden und darauf zu bestehen, daß wir zu Hause Salat mit Mozzarella essen.
»Und das wird auch nicht in eurem Magen gären«, fällt mir ein, als Stefi meutert. »Zia Paola übertreibt.« Ich mag Mozzarella. Und er ist so einfach anzurichten. Als wir gehen, lassen wir Schaukelpferde, den Kaugummiautomaten und MORE ENERGY zurück, die einen rätselhaften Fleck auf der Schulter des Mädchens vom *bagnino* begutachtet; und Michele beschreibt voll unschuldiger Begeisterung, wie er gerade mehr als zwanzig Schurken mit einem Schraubenschlüssel totgeschlagen hat …

Lo chalet svizzero, la savana, il carcere …

Die Uferstraße unter senkrecht stehender Sonne. Das Gefühl des Chaos, das einen in Italien so oft überfällt, wenn man die geordnete Welt einer Bar oder eines Restaurants verläßt und in die entfesselte Anarchie der Straße hinaustritt. Wir stehen am Bordstein. Es ist gefährlich. Ich muß Michele erklären, daß ein Mensch auf einem Motorrad, der gerade mit beiden Händen hinter dem Kopf seinen Pferdeschwanz richtet (den Sturzhelm hat er auf dem Soziussitz festgeklemmt), keine Chance hat, an einem Zebrastreifen anzuhalten. Selbst wenn er es wollte. Warte, Michele. Warte, Stefi. Überlegt euch gut, bei welchem Auto ihr es riskieren wollt. Ein Mercedesfahrer wird nicht wollen, daß seine Stoßstangen mit Blut verschmiert werden …

Dann zurück zu dem Baldassarre-Anwesen, wo man die Angriffe einer ganzen Armee von Leuten abwehren muß, die nur allzu gerne noch vor dem Mittagessen die Kinder verspeisen würden.

Wie kann ich das erklären?

Das Baldassarre-Anwesen erstreckt sich über einige Hektar flachen, sandigen Geländes entlang der Via Luigi Cadorna. Auf dem Gelände befinden sich drei Gebäude. Eines ist ein ziemlich nobles, wenngleich baufälliges altes Haus direkt an der Via Cadorna. Im oberen Stockwerk wohnt eine verrückte Dame. Als wir uns dem Gebäude nähern, merken wir gleich, was wir als erstes vermeiden müssen. Die Frau hat nämlich ihren alten Fiat 600 unter dem Balkon geparkt und kommt ungefähr jede halbe Stunde heraus, um aus einer Höhe von etwa drei Metern eimerweise Wasser auf das Auto zu kippen, damit es in der Sommersonne kühl bleibt. Das Wasser spritzt fast über die ganze Straßenbreite und auch gegen die Fenster der Mieter im Erdgeschoß, einem jungen persischen Architekten und seiner türkischen Frau, die in der Stadt eine Nachtbar betreiben und deshalb erst jetzt aufstehen, als wir zurückkommen. Es ist komisch, daß die Kinder diese Marotte der dürren alten Frau mit ihrer Waschschüssel aus Plastik, mit der sie ihr Ziel anvisiert, gar nicht lustig – oder traurig – finden. Sie plappern bloß empörte Äußerungen über dieses Tun nach, die sie irgendwo aufgeschnappt haben. Aber die irre Zwanghaftigkeit, die dahinter steht, begreifen sie nicht.

Wir müssen noch fünfzig Meter an dem Zaun, von dem grüne Farbe abblättert, entlanglaufen, bevor wir zum Eingang des Anwesens gelangen. In der ganzen Via Cadorna zeigen kleine Steine im Plattenbelag neben der Straße an, daß der Bürgersteig *Proprietà privata* ist. Denn auch der Grund jenseits der Zäune gehört den Hauseigentümern, und sie haben für die Pflasterung des Bürgersteigs gezahlt. Bezeichnenderweise fehlt vor Nonnos Grundstück der Bürgersteig; statt dessen sprießt aus dem seit langem aufgebrochenen Teer hartes Gras. Nonno hat nämlich nicht gezahlt. Er war gerade nicht da, als das Gemeinschaftswerk in Angriff genommen wurde. Auf dem grünen Zaun weist ein großer schwarzer Pfeil mit gelber Beschriftung auf die »ARIANNA INFORMATICA – 100 m« hin. Einmal, als wir an den rasch verdunstenden Pfützen vorbeilaufen, die sich um den Fiat 600 gebildet haben, fragt mich Michele, was das bedeute, Arianna informatica. Das müsse irgendeine Computerfirma sein, antworte ich. Und da Arianna (Ariadne) Theseus geholfen habe, den Weg durch das Labyrinth zu finden, um den Minotaurus zu töten, biete diese Firma vielleicht eine ähnliche Art von Beistand an. Seltsamerweise ist es uns nie gelungen, die Arianna informatica ausfindig zu machen. Das einzige, was wir von ihr wissen, ist, daß sie hundert Meter entfernt in dieser Richtung liegt oder lag. Es scheint auch kein Labyrinth zu geben, in dem sie sich hätte verlieren können. Das Hinweisschild ist aber auch schon sehr alt.

Ebenfalls sehr alt ist das zweite Haus, vor dem man am Ende des Weges steht, wenn man das Tor durchschritten hat. Jedermann nennt es *lo chalet svizzero* – das Schweizer Chalet –, ein einstöckiges Gebäude, dessen Lehm- und Steinmauern direkt auf dem sandigen Boden stehen und ein nur sehr flaches Fundament haben. Es ist etwa zweihundert Jahre alt. Der Putz hat die Farbe, die Milch annimmt, wenn man sie auf staubigem Boden verschüttet. Die Fensterläden sind flaschengrün.

Hier liegt Antonietta auf der Lauer. Entweder sitzt sie neben der Tür auf ihrem Stuhl, eine magere Katze neben ihr im Schatten am Boden, oder sie hantiert an ihrem Spülbecken herum, einem riesigen Ding aus Stein, das einen sofort an jene Spülen aus den Filmen der dreißiger und vierziger Jahre erinnert, in denen wehmütig das zum Aussterben verurteilte Landleben beschworen wird. Zur Geschichte des Baldassarre-Anwesens muß man wissen, daß Nonno und Nonna es kurz nach dem Krieg geerbt haben, aber in der Folgezeit fast immer im Ausland lebten und in der ganzen Welt Bauprojekte leiteten. Weshalb die Bewohner, abgesehen von dem Perser und der Türkin, immer noch die gleichen sind wie vor vierzig Jahren und Mieten zahlen, deren Höhe sich seither kaum geändert hat.

Antonietta ist schon über achtzig. Als Rita und ihre Brüder noch Kinder waren, hat sie auf sie aufgepaßt. Sie ist unter-

setzt, drall und dabei so gebrechlich, daß sie in abgetragenen Sandalen mit herabgerollten schwarzen Strümpfen – wodurch ihre häßlichen Krampfadern sichtbar werden – mühsam umherwankt. Ihr Rock und ihr Kopf- und Schultertuch sind ebenfalls schwarz. So verkörpert sie das Italien der zahnlosen Alten. Aber sie ist eifrig darum bemüht, ihren Beitrag zu dem jungen Italien zu leisten, die Kinder zu versorgen, mit ihnen zu sprechen, ihnen zuzuhören, sie zu liebkosen, ihnen Süßigkeiten zuzustecken. Sie wartet schon immer darauf, daß wir kommen.
Heute steht sie an ihrer Spüle und reibt mit kraftlosen Händen irgendein Wäschestück an dem rauhen Stein, denn diese Spülen haben eine Art eingebautes Waschbrett. Kaum hat sie uns bemerkt, lächelt sie, winkt und humpelt heraus, um uns zu begrüßen. Sie hat ein Geschenk für mich und eins für die Kinder. Vom Fensterbrett nimmt sie einen mit einem Tuch bedeckten Topf, in dem eine Minestrone mit Pasta und Bohnen schwappt. Für die Kinder hat sie Päckchen mit *ciunga,* was nichts anderes als die verquere phonetische Ableitung des ehrwürdigen Begriffs »chewing gum« – Kaugummi – ist.
Michele und Stefi sind sich nicht sicher, ob sie Antonietta mögen oder nicht. Es gruselt sie vor ihrem verrunzelten Gesicht und den mit Altersflecken gesprenkelten Händen. Obwohl ich ihnen immer wieder eintrichtere, alten Menschen Respekt zu erweisen und Gebrechliche rücksichtsvoll zu behandeln, bezeichnen sie sie mir gegenüber als *la strega,* die Hexe. Sie hat aber auch wirklich diesen schmeichlerisch-verführerischen Ton in der Stimme, der einem sofort das Gefühl gibt, in eine Falle gelockt zu werden. Die Kinder schnappen sich den Kaugummi und laufen weg. Ich hingegen bleibe, um der alten Dame zu danken, und überlege, ob ich wohl die Kinder dazu überreden kann, die Minestro-

ne zu essen, denn aus früherer Erfahrung weiß ich, daß Antonietta die Angewohnheit hat, alles so lange zu kochen, bis es nur noch ein Brei ist – vielleicht hat sie vergessen, wie das Leben damals war, als sie noch Zähne hatte.

Wir durchqueren nun das, was Rita die Savanne nennt, und gehen zum dritten und letzten Gebäude des Anwesens. Es liegt, von der Straße aus nicht einsehbar, hinter dem ersten Haus. Ein niedriges, einstöckiges Gebäude mit Flachdach. Nonno selbst hat es in den fünfziger Jahren erbaut, aber dann verlor er wohl die Lust daran oder das Geld ging ihm aus oder beides, und deshalb hat er bis heute noch nicht das geplante zweite Stockwerk und das vorgesehene Satteldach draufgesetzt. Beim Anblick seiner grauen Betonmauern, die irgendwie bedrückend und in ihrer Zweckmäßigkeit abstoßend wirken, meint man vor einem Bunker zu stehen, der für irgendeinen längst vergessenen bewaffneten Konflikt oder für einen Überschuß an unerwünschten Flüchtlingen erbaut wurde. Wir nennen es *il carcere,* das Gefängnis. Wenn man einen dunklen Schatten zu sehen glaubt, der pfeilschnell über die Risse in der Wand huscht, dann war das eine Eidechse ...

Die Savanne ihrerseits besteht aus einer völlig ungepflegten Grasfläche zwischen den drei Häusern. Feigen- und Pflaumenbäume wachsen aus dem hohen Gestrüpp, und das Areal wird aus unerklärlichen Gründen von einem Zaun durchschnitten, dessen oberster Draht als Wäscheleine dient. Man erkennt sofort, daß all die Unterwäsche und Strümpfe, die hier hängen, alten Leuten gehören. Denn die beiden oberen Wohnungen des Gefängnisses beherbergen ebenfalls Mieter, die seit vierzig oder mehr Jahren nicht mehr umgezogen sind. Links wohnen zwei alte Jungfern, die beiden Schwestern Clara und Iolanda, die wie Antonietta am liebsten mit Augen und Ohren die Kinder verschlingen würden, wenn die widerborstigen kleinen Geschöpfe nur mal eine Sekunde stillhielten. Wenn die beiden alten Damen den Weg durch die Savanne entlangspazieren, sieht es aus, als würden sie sich gegenseitig stützen. Keine könnte es allein aus eigener Kraft schaffen, befürchtet man, und würde eine der beiden stürzen – womöglich bei einem Zusammenstoß mit meinem ungestümen Sohn, wenn er auf seinem Rad an ihnen vorbeiflitzt –, würde bestimmt auch die andere das Gleichgewicht verlieren. Aber Clara und Iolanda sind nicht so rückständig wie Antonietta. Sie tragen modernere Kleidung: weite Hosen und bunte Blusen. Irgendwann während der Ferien werden wir in ihrem stickigen Wohnzimmer sitzen und süßen Kaffee trinken, umgeben von Zierdeckchen, gerahmten Fotos von Verstorbenen und verstreut herumliegenden religiösen Broschüren, auf denen junge Heilige, verzückt in himmlischer Erleuchtung, abgebildet sind. Iolanda, die ältere, erzählt mir, daß sie schon seit zwanzig oder mehr Jahren nicht mehr am Strand gewesen sei.

Die andere Wohnung im Obergeschoß, zu der außen eine Treppe hinaufführt, gehört einem Behinderten und seiner Frau, aber man bekommt die beiden kaum jemals zu Gesicht, und ihre Versuche, die Aufmerksamkeit der Kinder auf sich zu ziehen, sind viel zu halbherzig. Ihre Anwesenheit nehmen wir lediglich wahr, wenn der Mann hin und wieder versucht, anstatt mit seinem Rollstuhl auf Krücken vom Fernseher in die Küche zu gelangen. Denn wir haben die Wohnung darunter bezogen; die zweite Wohnung im Erdgeschoß bewohnen Nonna und Nonno selbst.

Provisorische Stromleitungen ziehen sich an behelfsmäßigen Pfosten durch die Savanne. Tief durchhängend verlaufen sie vom Haus an der Straße zum Gefängnis, vom Gefängnis zum Schweizer Chalet. Nonno hat nämlich nie

eingesehen, warum er dem Elektrizitätswerk dreimal die Grundgebühr für seine drei Häuser zahlen sollte.
Hört sich das alles schrecklich gespenstisch und reizlos, furchtbar primitiv und grausig an? Ich hoffe nicht. Denn in Wahrheit hat Nonnos Anwesen seinen ganz eigenen Charme. Das hohe wogende Gras, die Feigenbäume, das herumliegende Gerümpel – das alles vermittelt einem das Gefühl (noch verstärkt durch die aus den fünfziger Jahren stammenden Einrichtungsgegenstände der Wohnung, die Installationen, Möbel und Bestecke), daß hier seit langem die Zeit stillsteht und es wirklich keinerlei Grund zur Eile gibt oder jemals geben kann. Ich bin froh, daß die Kinder einen solchen Ort kennenlernen dürfen. Unsere Welt in Verona ist so modern und mittelschichtgeprägt, so sehr mit Beschränkungen belegt und so sauber, außerdem voller Dinge, die die Kinder nicht kaputtmachen dürfen. Wohingegen hier …
Gerade als wir die Badekleidung hinaushängen, kommen Zia Maria und Zio Franco herbei. Die Verwandten besuchen uns öfter, wenn Nonno und Nonna nicht da sind, und obgleich sie höflich mit mir plaudern und mir freundliche Komplimente machen, weil ich zwei Kinder füttern und anziehen kann, ist klar, daß sie nur wegen Michele und Stefi vorbeischauen. Franco hat ihnen ein paar selbstgefertigte Puzzles aus Metall mitgebracht. Er ist jetzt ungefähr fünfundsechzig. Vor etwa dreißig Jahren hat er die Möglichkeit genutzt, als Eisenbahner in Frühpension zu gehen, und seither hat er nichts mehr gearbeitet. Nichts – wenn man davon absieht, daß er sämtliche Witze in sämtlichen Ausgaben der *Settimana enigmista* auswendig lernt, Kühlschränke und kaputte Wasserpistolen repariert und faszinierende kleine Puzzles bastelt, bei denen man dreidimensionale Figuren aus verdrehten Nägeln oder zu Schleifen geformten

Drähten auseinanderklamüsern muß, um sie dann wieder zusammenzusetzen. Franco ist stets guter Dinge, fröhlich hält er Michele und Stefi mit den Armen umschlungen, und mit einem albernen Lächeln auf seinem zu jungen, glattrasierten Gesicht erklärt er ihnen, wie sie bei den Puzzles vorgehen müssen.
Zia Maria, rundlich, fröhlich, stets bunt gekleidet und fein herausgeputzt, ist berühmt für ihr profundes Wissen über all jene Sportereignisse, an denen Italien erfolgreich teilgenommen hat. So kann sie die Namen sämtlicher Spieler der italienischen Fußball-Nationalmannschaft hersagen. Und auch die sämtlicher Ersatzspieler. Sie verfolgt die Tour de France ebenso wie den Giro d'Italia. Sie weiß auch, wer jemals bei den Olympischen Spielen eine Goldmedaille gewonnen hat. Und wenn die Italiener im Flohhüpfen brillieren würden, könnte sie sämtliche Mitglieder des Herren- wie des Damenteams aufzählen, und zudem wüßte sie, wer sich dabei den Daumennagel eingerissen hat und wer wegen unerlaubten Dopings der Flöhe gesperrt wurde oder vor dem Wettkampf Kokain geschnupft hat. Zia Maria ist ein echter Schatz, und die Kinder lieben sie. »Wir kommen nur auf einen Sprung herein«, erklärt sie wie üblich, »um nachzusehen, ob ihr etwas braucht.« Sie erbieten sich, für mich die Einkäufe zu erledigen. Als ich ablehne, sind sie sichtlich betrübt. Denn sie gehören zu der riesigen Zahl von Italienern, die viel zu früh ins Nichtstun verfielen, dies genossen haben und nun immer versuchen, sich bei anderen Leuten nützlich zu machen. Wenn man Enkel adoptieren könnte, würden sie es tun.
Nachdem ich sie endlich wieder losgeworden bin – die Heiligkeit der Mittagsstunde macht das leichter –, stelle ich hinter dem Gefängnis, auf einem Stück Rasen, einen Tisch unter den schmuddeligen Sonnenschirm, von dem mir

Nonna einmal stolz erzählt hat, sie habe ihn aus dem Sperrmüll an der Straße gerettet. Und schließlich setzen wir uns – die Metall-Puzzles habe ich bis nach dem Mittagessen konfisziert – zu unserem Mozzarella, den Tomaten, dem Salat und dem Brot. Und dem Wein.

Aber wir bleiben nicht ungestört.

Ich versuche gerade zu erklären, warum Nonnos Kiwipflanzen (links von uns) niemals Früchte tragen werden, wenn er sie nicht pflegt und beschneidet, und, was noch schwieriger ist, warum Leute wie Nonno immer wieder etwas Neues anfangen, ohne es je zu Ende zu führen (denn ich hätte noch hinzufügen sollen, daß er einmal auch eine Reihe Weinstöcke angelegt, eine Wand des Gefängnisses bloß bis zur Hälfte verputzt und nur etwa zehn Meter des Hauptweges gepflastert hat und daß in einer Ecke ein seit zehn Jahren halbfertiger Schuppen steht, der zwar Tragepfeiler und ein Dach hat, aber keine Wände) – mit einem Wort, ich versuche gerade, ein weites psychologisches Feld so darzulegen, daß zwei Kinder unterschiedlicher Entwicklungsstufen es verstehen, als plötzlich aus dem Gefängnis ein aufgeregtes Gackern und Flügelschlagen zu hören ist, das offenbar durch den einstimmigen Aufschrei von Clara und Iolanda, den beiden alten Jungfern, ausgelöst wurde.

Zwei fette braune Hennen stieben aus dem Haus und flüchten sich in das aus Kiwis, Weinreben, Geranien, Bougainvilleen und Unkraut jeglicher Art bestehende Unterholz. Denn als ich von dem Zaun sprach, der aus unerklärlichem Grund die Savanne teilt, so meinte ich damit, daß dieser Zaun nie ganz fertiggestellt wurde und somit auch nicht verhindert, daß Nonnos Hühner von der einen auf die andere Seite gelangen können. Dadurch haben die beiden Hennen freien Auslauf auf dem gesamten Gelände und – um die Sache beim Namen zu nennen – die Möglichkeit, überall hinzuscheißen. Iolanda kommt heraus, um mich zu ermahnen, daß die Eingangstür zum Gefängnis immer geschlossen sein müsse, denn sonst würden diese abscheulichen Hennen ins Haus kommen und auf die Treppe kacken. »Und es ist gesetzlich verboten, Signor Tim«, sagt sie, »es ist gesetzlich verboten, in einem Wohngebiet Hühner zu halten.« Als hätte es irgendeine Bedeutung für mich oder gar Nonno, wenn wir das wissen (ganz offensichtlich weiß er es), da Nonna nicht nur fest entschlossen ist, Hühner zu halten, um jeden Tag frische Eier zu haben, sondern auch darauf besteht, daß sie herumstreunen können, wo immer sie wollen. In Wahrheit verhält es sich nämlich so, daß es Nonno sogar freut, wenn seine Mieter sich darüber aufregen. »Bei der Miete, die sie zahlen«, sagt er, »können sie gerne ausziehen, wenn ihnen das nicht paßt.« Er träumt davon, alle seine langjährigen Mieter loszuwerden und das Anwesen auf wundersame Weise neu herzurichten, was er bestimmt in Angriff nehmen, aber nie zu Ende führen würde. Doch wenn einer seiner Mieter krank wird, was häufig geschieht, ist er stets sofort bereit, ihn ins Krankenhaus zu fahren. Und als Antoniettas Mann starb und es kein Grab für ihn gab, verlängerte Nonno sozusagen das Mietverhältnis über den Tod des Mannes hinaus und erlaubte, ihn im Familiengrab der Baldassarre auf dem Friedhof am Hügel beizusetzen. Als ich einmal mit den Kindern dort hinaufstieg, um ihnen den Friedhof zu zeigen, war ich nicht überrascht, daß die letzte Ruhestätte von Urgroßvater Rocco noch immer keinen richtigen Grabstein hatte.

Nachdem sich Iolanda wieder ins Haus zurückgezogen hat, um uns in Ruhe essen zu lassen, steht Stefi auf, nimmt trotz meines Einspruchs eine der Hennen und streichelt und liebkost sie, als wäre sie mißhandelt worden. Michele hingegen wiederholt lautstark Nonnas Worte, kaum sei sie einige

Tage verreist, würde Antonietta sämtliche Eier stehlen, die eigentlich uns vorbehalten seien. Nun verlangt Stefi, wir sollten selbst ein paar Hühner in der Via delle Primule halten. Wie herrlich – Kinder kommen gar nicht auf den Gedanken, daß Leute, die Einfahrtstore mit Fernbedienung und Rasensprenganlagen einbauen lassen und stundenlang über den erwünschten Krümmungswinkel eines Blumenbeets sowie die verschiedenen Straucherarten, die dort zu pflanzen sind, diskutieren können, von der Gesellschaft scharrender, Schmutz verbreitender Hühner nicht gerade begeistert wären. Die beiden Italien müssen strikt voneinander getrennt bleiben.

Als ich Stefis Wunsch abschlage, bricht sie in Tränen aus und drückt das Huhn so fest an sich, daß es in Panik Reißaus nimmt.

Michele meint, ich sei grausam.

Beschämt winde ich mich aus dieser Situation, indem ich ihnen erlaube, einen von Antoniettas Kaugummis zu nehmen.

Siesta

Das Mittagessen ist vorüber, und eingedenk Ritas Anweisungen unternehme ich kurz den eher farcenhaften Versuch, die Kinder zu einer Siesta, einem Mittagsschlaf, zu überreden. Es ist gewiß wahr, daß die meisten Italiener im Sommer, und vor allem im Urlaub, Siesta halten – und es ist ebenfalls eine Tatsache, daß Kinder überall auf der Welt dem überhaupt nichts abgewinnen können.
Wir liegen in unserem gemeinsamen Zimmer, die alten hölzernen (museumsreifen) Stabjalousien sind heruntergezogen, und beginnen zu plaudern. Nun, was hat euch heute vormittag am meisten Spaß gemacht, Kinder? Sie treten quer übers Bett nacheinander. Sobald das Spiel einen unerwünschten Verlauf nimmt, fängt Stefi zu quengeln an ...
Laßt uns das Reimspiel machen, schlage ich vor. Man sucht sich ein Wort aus und muß dann alle nur möglichen Reime darauf finden. Seinen *ciunga* kauend überlegt Michele sofort, worauf sich die schmutzigen Wörter reimen, die er kennt: *razzo* (Rakete), denn dann kann er in ein paar Minuten stolz *cazzo* (Schwanz) sagen. Worauf Stefi sich vor Lachen kringeln wird. Oder *mulo* (Maultier), damit er später mit *culo* (Arsch) aufwarten kann.
Unser Zimmer ist schlicht. Weiß gekalkte Wände und Steinfußboden. Während Michele flucht und Stefi kichert, blickt von einem herzförmigen Ölbild an der Wand mit mütterlicher Langmut die Jungfrau Maria herab (hätte sie wohl je

ein *certificato di verginità* beibringen können?). Sie hat schon Schlimmeres zu Ohren bekommen. Und als wir, etwa zur Halbzeit unseres Urlaubs, über das Baby sprechen, das Mami erwartet, muß unversehens eine dieser Siesta-Stunden für die Aufklärung der Kinder herhalten. Doch Unsere Liebe Frau erhebt keinen Einspruch, wiewohl *sie* vielleicht Grund dazu gehabt hätte. Ich vermittle den Kindern das Basiswissen, erleichtert wie zweifellos alle Eltern, den richtigen Moment genutzt und es hinter mich gebracht zu haben. »So ist das also«, ende ich. Michele ist völlig unbeeindruckt. Ja, er lächelt in sich hinein. Nehme ich sie auf den Arm? Du hast schon bessere Geschichten erzählt, sagt Stefi und teilt mir dann mit, daß ihre Freundin Francesca ein kleines Schwesterchen bekommen hat, weil ihre Eltern es ihr *gekauft* haben. Das ist der in Italien gebräuchliche Euphemismus: »Wir haben beschlossen, uns *un bel bambino* zu kaufen.«

»Hör mal, du kannst dir kein Kind kaufen«, muß ich Stefi erklären. »Von wem würdest du es denn kaufen wollen? Jemand müßte es doch zuerst machen.« Aber da erinnert mich Michele daran, daß Stefano und Marta und Beppe diesen Sommer genau wegen eines solchen Kaufs nach Brasilien geflogen sind. Beppe hat ihm erzählt, sie würden zehntausend Dollar hinblättern, um dann ein Kind mitzubringen ...

Nun denn, ich beschließe, es erst einmal dabei zu belassen. Das Thema wurde zumindest umrissen. Mit der Zeit werden sich Fragen und Antworten zweifellos gedanklich zuordnen. Die Kinder lachen und treten nacheinander, während ich nach all dem Wein, den ich getrunken habe, ziemlich schläfrig werde. In einem letzten verzweifelten Versuch, die beiden in ihren Betten zu halten, schlage ich das Assoziationsspiel vor. Wer fängt an?

»*Spiaggia*«, sagt Michele.
»*Ombrellone*«, erwidere ich.
»*Bello*«, ergänzt Stefi.
»Nein, Stefi, Eigenschaftswörter gelten nicht.«
»*Bagnino* ...«
»*Ragazza* ...«
»*Stupida* ...«
»Stefi, ich habe doch gerade gesagt, daß Eigenschaftswörter nicht zählen. Du mußt Gegenstandswörter nehmen.«
Stefi denkt nach. »Wie war nochmal das Wort?«
»*La ragazza del bagnino*«, wiederholt Michele.
»*Bambino*«, fährt Stefi fort.
Vielleicht haben sie unterbewußt ja doch etwas mitgekriegt ...
»*Mamma*«, greift Michele vorhersehbar das Stichwort auf.
»*Buona*«, fällt Stefi dazu ein. Wieder ein Adjektiv. Aber diesmal unterbreche ich nicht. Von fern her höre ich ihre Stimmen, sie rufen: »Papà! Du bist dran! Mach schon, Papà!« Und ich weiß, daß ich am Einschlafen bin und den Teufel tun werde (wofür ich die Jungfrau um Vergebung bitte), um aufzuwachen und dieses blöde Spiel fortzusetzen ...
Die Sinne von Sonne und Wein vernebelt, wird meine Siesta zu einem lebhaften Traum, in den die Spiele meiner Kinder dringen. Denn sobald sie merken, daß ich eingeschlafen bin, stehen sie auf und schleichen auf leisen Sohlen davon. Ich verschließe meine Ohren vor ihrem Lärmen und Rufen, um nicht aufzuwachen. Unterbewußt bekomme ich mit, daß sie einen Spielkameraden gefunden haben: Samuele, den Enkel des Behinderten. Die Schreie scheinen um das Haus zu kreisen, immer und immer wieder. Es ist, als versuche man, auf der Nabe eines Karussells zu schlafen. Irgend etwas raschelt an den Jalousien: ein Strahl aus ihrer gigantischen

Wasserpistole, der Liquidator. Und noch etwas stört meine Träume, das unbestimmte Gefühl von schlechtem Gewissen, von Pflichtverletzung. Ich sollte sie wirklich nicht so viel fluchen lassen. *»Porco Giuda«*, rufen Michele und Samuele alle fünf Sekunden, dazwischen *»Dio Christo«* und sogar, wenn ich es nicht nur geträumt habe, *»Porco Dio«*, das schlimmste aller Schimpfwörter. Ist es die Madonna, die mich aufzuwecken versucht, damit ich endlich einschreite und die Ohren der beiden alten Jungfern geschont werden? Ich schlafe weiter, und wenn ich endlich gegen vier Uhr aufwache, dann vielleicht wegen der plötzlichen Stille. Es ist niemand mehr da. Also durchstreife ich die Savanne auf der Suche nach den Kindern. Auf dem Weg schrecke ich Eidechsen auf und beobachte Ameisenkolonnen bei ihrer Arbeit unter den Zwetschgenbäumen. Da höre ich schließlich Stimmen aus Antoniettas Haus. Letztlich hat das Fernsehen gesiegt. Sie sitzen dort in einem dieser Zimmer, vollgestopft mit Pietàs und Jesusbildern, vor denen rote Lämpchen brennen; dabei schauen sie eine täglich ausgestrahlte Sommersendung an, wo erstaunlich knapp bekleidete Showmaster jeden Strand an der Adria abklappern, um Fünfzehnjährige zu Karaokeauftritten auf einer Bühne direkt am Meer zu ermuntern. Antonietta hat Tränen in den Augen, weil Michele ihr erzählt hat, daß wir am Grab ihres Mannes waren. Wie *gentile* von mir, sie dorthin zu bringen! Was für ein guter Ehemann ich doch sei! Und wie wundervoll, daß Rita wieder ein Baby erwarte!
Antoniettas Bluse ist bis hinunter zum Büstenhalter und noch ein Stückchen weiter aufgeknöpft. Es ist drückend heiß in ihrem Schweizer Chalet, auch wenn die Kinder das nicht zu merken scheinen. Ja, sie hat sich am Bein verletzt, als sie im Frühjahr aus dem Bett gefallen ist, aber Signor Adelmo war so freundlich, sie ins Krankenhaus zu bringen.

Sie fächelt sich mit einer Zeitschrift Luft zu; die Titelseite verspricht, das dritte Geheimnis von Fatima zu offenbaren. Inzwischen hat die spärlich bekleidete kleine Nymphe im Fernsehen begonnen, »Sei un mito« zu trällern. Sie singt einen vollen Halbton anders als das Playback. Und noch mal einen vollen Halbton daneben ist Stefis Interpretation. Als Antonietta den Kühlschrank öffnet, um mir ein Bier zu holen, sehe ich, daß ihr Eiergestell gut gefüllt ist. Sie weiß, wo die Hühner legen. Die alte Frau nimmt eine Flasche Bier heraus, deren Etikett mich auffordert, an dem aufregenden Abenteuer der Fußballweltmeisterschaft in Italien teilzunehmen. Wie, ist nicht ganz klar. Da Antonietta zittert, stoßen ihre fleckenübersäten Finger den Flaschenhals gegen das Glas. »Setzen Sie sich doch.« Ich komme zu dem Schluß, daß ich das etwa eine halbe Stunde lang durchhalten kann – vielleicht am besten, indem ich so viele bizarre Gegensätze wie nur möglich aufspüre, die wunderbarerweise scheinbar nie wirklich in Widerspruch zueinander geraten.

Azzurro

Ein anderer alter Schlager, der im Sommer unentwegt im Radio gespielt wird, ist »Il treno dei desideri« oder »Azzurro«, wie ihn viele Leute nennen. *Azzurro* ist die Farbe aller italienischen Nationalmannschaften, die immer als *Gli azzurri,* die Blauen, bezeichnet werden. Daher rührt wahrscheinlich auch das Engagement meiner Lieblingsbiersorte, Nastro azzurro, »Das blaue Band«, für die Fußballweltmeisterschaft. Aber vor allem ist *azzurro* die Farbe des Sommernachmittags in diesem Teil der Welt, ein tiefes, sehr tiefes Azurblau. Die erste Zeile des Schlagers geht so: *»Azzurro, il pomeriggio è troppo azzurro e lungo per me ...«* Blau, der Nachmittag ist zu lang und blau für mich ...

Selbstverständlich handelt es sich um ein Liebeslied. Wie soll der Sänger je ohne seine Geliebte über einen solch blauen, langen Nachmittag kommen? Nun, vielleicht hilft ihm dabei ja das viele Geld, das die ungeheuer erfolgreiche Scheibe eingespielt hat. Wie auch immer, es ist ein schöner Schlager, denn die so angenehm sanften und schmachtenden Akkorde des Liedes fangen etwas ein, das jedem Italiener von frühester Jugend an vertraut sein muß: wie lang, wie träge diese Nachmittage sind, und das Gefühl, man könne an einem solchen Nachmittag nichts anderes tun als warten, wie er Minute um Minute vergeht. Mit Sicherheit eignen sie sich nicht für die Arbeit, und vielleicht nicht einmal für die Liebe. Mehr für die Flucht vor der ersteren und für Träume von letzterer, während man einem sehnsuchtsvollen Schlager lauscht …

Nachdem wir endlich von Antonietta losgekommen sind, dehnen wir den langen blauen Nachmittag mit einer traumhaften Fahrradtour aus. Wir radeln die Strandpromenade hinunter und dann an der Küste entlang, entweder nordwärts nach Montesilvano oder südwärts ins Zentrum von Pescara und zum Hafen. Weiter im Norden fehlen den Strandbädern die leuchtenden Farben, die breiten Markisen und baumbestandenen Terrassen, die zwanglose Vermischung von Innen- und Außenraum. Hier draußen, wo die Stadt sich in einer steinigen Hügellandschaft verliert und der Strand ohne die Wellenbrecher nur noch ein schmaler Streifen ist, erinnern die Bäder eher an Grenzposten, glücklose Ansiedelungen am Rande einer glücklicheren Welt, fadenscheinige Imitationen: eine kleine Bar, ein paar Plastikstühle, die schon bessere Zeiten gesehen haben, Sonnenschirme, die klein, traurig und schäbig aussehen (solche, wie sie Nonna für die Savanne in der Via Cadorna aufsammelt). Wenn es hier eine Schaukel gibt, so besteht sie lediglich aus einem Reifen, der an zwei Seilen hängt. Ein Karussell ist aus alten Metallrohrstühlen und einem runden Holzbrett zusammengebastelt. Kurz gesagt, vor der Stadt nimmt die Strandpromenade das langweilige, schicksalsergebene, verwitterte Aussehen an, das so vielen britischen Stränden eigen ist, mit dem Unterschied allerdings, daß hier das anrührende Bemühen um einen vornehmen Eindruck fehlt.

Dann hören die Strandbäder auf, und die *pineta* beginnt. Die *pineta* ist ein dichter Streifen hoher Pinien, die im Sandboden am Übergang vom Strand zum Ackerland wurzeln und deren dramatisch vom Wind zerzaustes Geäst einen Schirm aus staubigen Nadeln trägt. Ich erkläre den

Kindern, daß diese Piniengehölze sich früher die ganze Küste entlang erstreckten, Hunderte von Kilometern weit; und als ihre Mama noch ein kleines Mädchen war, haben Nonna, sie und ihre Brüder sich in den Schatten der *pineta* geflüchtet und nicht unter einen Sonnenschirm.
Wir steigen von unseren Fahrrädern und wandern über einen Teppich aus Pinienzapfen und Nadeln. Die Bäume sind hoch, die Luft ist unbewegt und riecht würzig. Das Summen der Insekten unterstreicht diese Stille und die Hitze des Nachmittags. Einmal zwitschert sogar kurz ein Vogel. Aber fast sofort stoßen die Kinder wieder auf Sachen, die sie nicht finden sollen – einschließlich der jetzt allgegenwärtigen Fixerspritzen –, und ich muß sie zu den Fahrrädern zurückschleppen.
Mit ihren Sommerwochenenden, Liebesgeschichten und Mordaffären spielt die *pineta* eine romantische Rolle bei den italienischen Schriftstellern, die ich am meisten mag: Morante, Moravia, Cassola und Pavese. Zu der Zeit, als sie sich noch endlos die sonnenverbrannte Küste entlang erstreckte, muß es ein geheimnisvoll verwunschener Ort gewesen sein: still, warm, vertraut und fremd zugleich. Aber das ist nun so gut wie vorbei. Meinen Kindern sagt das nichts mehr. Fünfhundert Meter *pineta*, dann fangen die Strandbäder wieder an, und man ist in Montesilvano, einem Billigableger von Pescara – Betondenkmäler mit Europaflaggen und dergleichen. Bettenburgen, abgestimmt auf die Bedürfnisse billiger Pauschalreisen, ragen entlang der Strandpromenade empor. Die Kinder bestaunen einen Mann und eine Frau, die unter starkem Sonnenbrand leiden. »Papà, Papà, die Leute da können Englisch!« So als ob das unser ureigenstes Spezialgebiet wäre, eine Art private Familiensprache. »Sie sind so rot wie *peperoni*«, meint Stefi, womit sie einen Lieblingsausdruck von Rita aufgreift. Das

bringt sie auf eines der Liedchen, die Kinder immer parat haben:

Ma quando tu prendi, tu prendi il solleone
Sei rossa, spellata, sei come un peperone

Aber wenn du in der heißen, heißen Sonne liegst
Wirst du ganz rot, und schälst dich, wie eine Peperoni

Es ist eine Schande, daß diese mehlweißen Engländer, er mit seinem weichen Jungmänner-Bierbauch und sie, die in dem hellen Licht unablässig blinzelt, über zweitausend Kilometer von Luton oder Gatwick herangekarrt wurden, nur um den schönen Teil der Gegend um ein oder zwei Kilometer zu verfehlen und obendrein fürchterlich von der Sonne verbrannt zu werden ...
Aber normalerweise meiden wir Montesilvano. Wir fahren südlich ins Zentrum von Pescara und weiter zum Hafen. Radfahren ist hier nicht ganz so einfach. Wie bereits erwähnt, gibt es eine breite gepflasterte Strandpromenade; die meisten Leute schlendern sie gemächlich entlang, während andere, die zum Strand wollen oder vom Strand her kommen, sie eilig überqueren. Zusätzlich gibt es Massen von Fahrrädern, die in beide Richtungen fahren, und das ohne irgendwelche Verkehrsregeln zu beachten, weil es ja schließlich keine richtige Straße ist. Außerdem gibt es noch Mopeds, Motorroller und Motorräder, die irgendwo einen Parkplatz suchen, oder einfach nur hin und her fahren, was natürlich verboten ist ... Eine Luftaufnahme, die zeigte, wie alle es schaffen, hier durchzukommen, ohne jemals den anderen Platz zu machen, allerdings auch ohne jemals mit ihnen zusammenzustoßen, würde viel über den italienischen Nationalcharakter enthüllen.

Wenn man Richtung Süden radelt, liegt rechts von der Promenade ein frisch gemähter Grasstreifen mit Palmen und all den geparkten Motorrollern. Michele und ich haben es einmal nach nur wenigen Minuten aufgegeben, sie zu zählen, wir waren bei etwa hundertsiebzig. Links von uns reihen sich die Strandbäder endlos aneinander – Las Vegas, Nettuno, Le Onde, Le Sabbie Dorate –, und dazwischen liegen die Spiel- und Sportplätze, die jeder Pächter oben am Strand einrichtet. In dem gleißenden Licht sieht man von den vier Jungs, die Tischtennis spielen, nur die Silhouetten. Es gibt Tennisplätze, kleine Fußballplätze für Sechser-Mannschaften und Volleyball-Netze ... Auf der Strandpromenade und den Spielflächen herrscht ein ständiges Hin und Her, und es wird viel nackte Haut zur Schau gestellt. Denn niemand ist richtig angezogen, am wenigsten die Radfahrer, am wenigsten wir selbst. Ich weiß nicht, wieso, aber auf mich wirkt diese Beinahe-Nacktheit auf Fahrrädern und Motorrädern, diese Kombination von Haut und Maschine, von glänzenden Badeanzügen auf ledernem Sozius und zarten Waden, die sich an Metall pressen, ausgesprochen fremdartig. Aber vielleicht erscheint mir das nur deshalb so fremdartig, weil ich es nicht aus meiner Kindheit kenne.

Wir fahren weiter, und natürlich machen sich die Kinder einen Spaß daraus, über jeden Abwasser- oder Kanaldeckel zu fahren, egal, ob er nun links oder rechts von unserem Weg liegt. Es ist erstaunlich, wie geduldig die vielen anderen Radfahrer sind, mit welcher Selbstverständlichkeit sie sich im Zickzack durchschlängeln. Die Autos auf der Straße verhalten sich da ganz anders. Nach einer Weile gebe ich es auf, den Kindern hinterherzurufen, und drossele ein wenig mein Tempo, um die abwechslungsreiche Parade zu genießen. Denn die Strandbäder werden zum Zentrum hin immer vornehmer und eleganter. Vor den Eingängen erheben sich große Palmen in Töpfen und Blumenkästen, drinnen sieht man im Schatten Tische mit weißen Decken und polierten Weingläsern. Uniformierte Kellner stehen adrett und kerzengerade in den Türen oder widmen sich den mit provinzieller Eleganz gekleideten, Cocktails schlürfenden Gästen. Auch die spiralförmigen Säulen, roten Laternen und anderen Bizarrerien eines Shanghai-Chinarestaurants fehlen nicht, und natürlich tönt aus seinem Innern knisternd irgendeine orientalische Melodie. Hier in Pescara wirken jedoch weder diese billige Aufmachung noch die Musik unpassend.

Neben dem chinesischen Lokal steht ein Gebäude, das anscheinend vollständig aus blauen Kacheln erbaut ist. Dieses Strandbad ist ausschließlich den *carabinieri* vorbehalten. Hier können sich die hart arbeitenden, uniformierten Jungs in ihrer Freizeit erholen. Ob die englische Polizei auch jemals ihr eigenes Stückchen Strand bekommen wird? Noch dazu in einer solchen Toplage! Ich fürchte, nein. Die *carabinieri* stolzieren die Promenade auf und ab, an den Seiten ihrer prächtigen schwarzen Hosen glänzen die roten Streifen, von denen Stefi sagt, sie wären nur da, um ihnen zu helfen, die Taschen zu finden. In der Regel sind sie zu zweit unterwegs, genau wie die jungen Mädchen hier, und manchmal grüßen zwei Arm in Arm spazierende Mädchen zwei *carabinieri,* die Seite an Seite gehen. Fröhliche Selbstsicherheit liegt in der Art, wie sie sich die Hände schütteln, sie sind zufrieden mit sich und der Welt. Michele und Stefi nehmen die wohltuende Fülle von Sonne, Farben und Schönheit als selbstverständlich hin, fest auf ihre Flugbahn zwischen den Kanaldeckeln konzentriert rasen sie auf und ab und eliminieren unter lautem Geschrei diese feindlichen Stützpunkte.

»Was glaubst du, wie viele Computerspiele es hier entlang der Küste gibt?« frage ich Michele und setze dabei auf seine Vorliebe für Zahlen. »In all den Strandbädern hier. Los, rate mal. Und rate mal, wie viele Eiscremetüten hier in wie vielen Gefriertruhen liegen.«
Er rollt mit den Augen, was beinahe einen Unfall zur Folge hat. Ein kleines Kind zieht einen großen, aufblasbaren Delphin hinter sich her. Aber als gelernten Italienern fällt es ihnen nicht schwer, ohne Berührung aneinander vorbeizukommen, allerdings zum Nachteil Micheles, der einen Fuß auf den Boden setzen muß.
Gerade gewöhne ich mich an diesen Überfluß aus Licht und Schatten, Segeltuch, lackiertem Holz, Beton und Grünzeug – Lorbeer, Geranien und Oleander –, an die bunten Farben überall, die reich gedeckten Tische und sorglosen Gelage, und da plötzlich … nichts mehr dergleichen …
Mitten in der Stadt liegt eine öde Fläche. Gerade wo man das nächste prallvolle Fellini-Spektakel vermutet … da ist nur noch eine Brüstung, Sand und Meer. Auf uns, die wir an diesem Loch, diesem Vakuum, dieser Unterbrechung des Gewohnten vorbeiradeln, macht es den Eindruck einer Wüste, aus der sich gerade irgendeine Armee zurückgezogen hat. Fernsehbilder vom Golfkrieg kommen einem in den Sinn. Müll, wohin man schaut – Dosen, Plastikfolie, Papier – und dazwischen hier und da menschliche Körper, die unbeweglich, mit verdrehten Gliedmaßen, im schmutzigen Sand liegen, wie auf feindlichem Gebiet dahingeschlachtet und ausgeplündert. Ein paar Hunde schnüffeln herum, ein einzelner weißer Sonnenschirm signalisiert Kapitulation.
Warum, wollen die Kinder wissen. Papà! Warum läßt man zu, daß es so einen häßlichen Platz mitten in der Stadt gibt? Das ist der öffentliche Strand, erkläre ich ihnen, ein Gelän-

de, wo jeder hingehen und sich hinlegen kann und vielleicht sogar seinen eigenen Sonnenschirm aufstellen darf, ohne sich einen mieten zu müssen. Das schreibt das Gesetz vor, damit niemand sagen kann, der Strand sei völlig privatisiert und unzugänglich für die Mittellosen oder auch für die paar Eigenbrötler, die nicht am gemeinsamen Leben in der heimeligen Umgebung eigener Liegestühle teilnehmen wollen ...

Man sieht kaum Italiener am öffentlichen Strand. Die meisten Leute hier sind Deutsche, Skandinavier oder Engländer, denen der Gedanke fremd ist, für den Zugang zu einem Strand etwas zu bezahlen. Häufig parken ausländische Wohnwagen an der Straße. Man sieht Schlafsäcke, sogar eine Feuerstelle. Wenn ich mir den Müll anschaue und bedenke, wie selten sie hier wohl saubermachen, kommt mir der Verdacht, daß der Platz absichtlich so unattraktiv wie möglich gehalten wird, damit er das Geschäft der Strandbäder nicht beeinträchtigt, deren Verpachtung der kommunalen Verwaltung feste Einnahmen garantiert. Aber vor allem zeigt der öffentliche Strand, daß die Annehmlichkeiten in Pescara zu mindestens fünfzig Prozent von Menschenhand geschaffen sind. Selbst unter dem prächtigen azurblauen Himmel sind Strand und Meer nur eine Wüstenei, wenn sie sich selbst überlassen bleiben.

Maria, fulgens maris stella

Einen Kilometer vom öffentlichen Strand entfernt, jenseits der Strandbäder, liegen Fluß und Hafen. Die Straße wendet sich nach rechts, weg von der Uferpromenade, und zieht sich an einem Hafen entlang, auf dessen öligem Wasser zahlreiche Fischkutter dümpeln. Wir biegen nach links ab, hinaus auf die Mole. Die Kinder müssen von ihren Rädern absteigen, weil hier vor einigen Jahren bei irgendwelchen Bauarbeiten das Pflaster aufgerissen und seither nicht repariert wurde. Für ein auffälliges neues Denkmal war aber anscheinend genügend Geld vorhanden. Fast während unserer ganzen Fahrt konnte man es sehen: ein etwa fünfzehn Meter hohes, nadelförmiges Gebilde aus Travertin und Beton, schuppig und reizlos, so plump, wie man es bei einer Nadel nie erwarten würde. Auf der Spitze thront eine Madonna aus Beton, die steifen Falten ihres Gewandes bilden stromlinienförmige Flossen, als würde sie im nächsten Moment in den Himmel emporgehoben. Das Denkmal wurde 1954 im *anno mariano,* dem Marienjahr, errichtet – und vielleicht brach damals, als man die Baumaterialien herschaffte, das Pflaster auf; und danach hat man es so belassen. In Augenhöhe ist auf der Nadel mit schwarzen Metallbuchstaben folgende Inschrift angebracht:

Maria
Fulgens maris stella
Piscoriae tuere filios

Maria
Leuchtender Stern der See
Beschütze deine Söhne, die Fischer

Ob die Fischer wohl Latein verstehen? Wenn man über die lange Mole radelt, kann man das Ein- und Auslaufen der Boote – *Madre Teresa, Padre Mariano, Santa Margherita* – verfolgen, und da fragt man sich, wie ernst diese Bitten um göttlichen Schutz heutzutage noch gemeint sind, bei diesen großen und motorisierten Schiffen, von denen manche über automatische Systeme zum Ausbringen und Einholen der Netze verfügen. *San Pietro Pescatore, Santa Lucia* ... Die Hautfarbe vieler Seeleute auf den Kuttern, die schaukelnd in der ersten Dünung vorbeituckern, läßt darauf schließen, daß sie einem anderen Glauben angehören, daß nun Einwanderer diese anstrengende Arbeit, die heute kaum noch ein Europäer machen will, übernommen haben. Schwarze rollen die Taue auf, Marokkaner holen die Netze ein. *Santa Rita, Santa Monica* ... Flüchtig kommt mir in den Sinn, daß die Italiener bisher noch keines jener Zugeständnisse an andere Kulturen gemacht haben, wie sie in Großbritannien üblich sind: Fahrkartenverkäufer mit Turbanen und Schadors in den Kindergärten. Hier ist das Alltagsleben nach wie vor gänzlich katholisch geprägt. Doch die Gleichgültigkeit nimmt immer mehr zu. Während sich auf den Bahnhöfen die Einwanderer drängeln, kommen den Italienern im Rummel ihres wirtschaftlichen Erfolgs die Rosenkränze abhanden. Ich kann mich des Gefühls nicht erwehren, daß dieses PS-starke moderne Boot, das eben mit seiner nord-

afrikanischen Crew in die Adria hinausprescht, höchstwahrscheinlich nicht aus Frömmigkeit *Santa Monica* getauft wurde, sondern einfach, weil sich noch niemand einen anderen Namen für ein Fischerboot vorstellen kann.
Wir radeln die Mole entlang. Rechter Hand verläuft die Fahrrinne, die die Boote und Schiffe beim Ein- und Auslaufen benutzen. Die Kinder versuchen den slawischen Namen eines Frachtschiffes zu entziffern: die *Nikolai*-irgendwas – der Rost macht den zweiten Teil des Namens unleserlich. Ein Tragflügelboot, das auch jetzt noch als Fähre zwischen Italien und Bosnien verkehrt, ist mit hellblauen Tauen festgezurrt. Aber zur Linken ist es noch interessanter, denn hier hat man haufenweise und aufs Geratewohl riesige Betonblöcke als Wellenbrecher ins Wasser gekippt. Und auf diesen erstreckt sich eine ganze Reihe von – mir fällt keine andere Bezeichnung dafür ein – riesigen Baracken; sie reichen nur einen Viertel- oder halben Meter weit in die Mole hinein. Die kunterbunten Gebilde, zusammengezimmert aus Sperrholz- und Wellblechplatten, Eisenbahnschwellen, blauer Teerpappe, roten Blechen, Treibholz, alten Zäunen und Verkehrsschildern, sind fast so groß wie Häuser, gut zwei Geschosse hoch, und ragen, behelfsmäßig von versenkten Pfählen getragen, über die Felskante. Dahinter erheben sich Staken und Masten, die, imposant aufgetakelt wie ein Schoner, mit ihren Trossen und Stagen, an denen lange Spriete hängen, ein Gewirr sich kreuzender Linien bilden. Erblickt man diese Baracken zum ersten Mal aus der Ferne, erscheinen sie einem wie eine Ansammlung alter Wracks, die wundersamerweise aufrecht und in einer Reihe auf einer exakt parallel zum Ufer gelegenen Sandbank gestrandet sind. Man meint, schon im nächsten Moment müßten ein paar davon oder alle für immer in den Fluten versinken. Tatsächlich gehen diese Bauten auf alte Pachtverträge und

vor langer Zeit gewährte Sondergenehmigungen zurück, die – von den Vätern auf die Söhne vererbt – den Inhabern das exklusive Recht einräumen, auf einem bestimmten Abschnitt des Piers zu fischen. Mit ausgetüftelten Flaschenzugvorrichtungen werden die Netze an den Sprieten ins Wasser gelassen und wieder herausgeholt. Doch was einen am meisten erstaunt – wie bei den Bauernhöfen auf den Hügeln über Verona, wo Scheunen von Kirschbäumen abgestützt werden und Weinreben sich um die zwischen Schuppen und Pergola gespannten Drähte ranken –, was einen hier wirklich verblüfft, ist dieses Ineinander von Mensch und Natur, dieser schamlose Notbehelf, der vielleicht ewig hält, weil er sich so gut in die Felsen und in die Köpfe der Menschen eingebettet hat.

Die Kinder spähen verstohlen durch eine Tür, die aus einem wilden Durcheinander von Brettern zusammengenagelt ist, und entdecken dahinter einen mit Fischereizubehör – Netzen, Stiefeln, Messern – vollgestopften dumpfigen Raum, in dem ein Tischchen mit drei großen Weinflaschen steht. Bei uns in der Via delle Primule, in den Schrebergärten hinter der Fabrik am Ende der Straße, haben die alten Männer ähnliche Verschläge, behelfsmäßige Schuppen, vollgepackt mit Gartengeräten, Stiefeln, Messern, Kannen, und auch mit sehr ähnlich aussehenden Weinflaschen: ein paar auf einem Tisch und der Rest in großen Kisten an der Wand ...

»Immer diese großen Flaschen«, meint Michele.

Die Mole mißt ungefähr dreihundert Meter, und über die ganze Länge erstrecken sich auf der einen Seite die Baracken. Am Ende steht ein kleiner Leuchtturm, dahinter folgt ein weiterer großer Haufen Betonblöcke, die man wie riesige Zuckerwürfel ins Meer gekippt hat. Das ist ein guter Platz zum Angeln, und wohl deshalb sind hier an die zehn Leute versammelt, hauptsächlich alte Männer mit ungeheuer langen Ruten, bestückt mit jeweils fünf oder sechs Blinkern, was hier vermutlich sogar erlaubt ist. Michele ist wild entschlossen, ebenfalls hier zu angeln, aber nach unseren Ausflügen zu I Laghetti bin ich auf weitere Erlebnisse dieser Art nicht sonderlich erpicht. Deshalb versuche ich ihm klarzumachen, daß man am Meer anderes Angelgerät braucht. Aber das führt nur dazu, daß er jetzt unbedingt eine vollständige Ausrüstung haben will. Vielleicht irgendwann einmal ...

Michele klettert über die glitschigen Felsen, um näher am Geschehen zu sein. In den Spalten dazwischen schwappt das Wasser hoch. Die alten Männer zausen ihm das Haar und freuen sich, ihm alles erklären zu können, die Gewichte und Köder, wie und wo sie sie auswerfen. Schließlich sind sie ja hier, um genauso wie wir an diesem langen, faulen Nachmittag die Zeit totzuschlagen. Sie sind nur mit Kappe, Badehose und Sandalen bekleidet, und sie lassen Michele die Angelruten halten, wenn sie sich eine ihrer starken Zigaretten anzünden. Und winkend signalisieren sie mir, nicht das kleine Mädchen auf die Felsen zu lassen. »Nicht *la bambina.*« Weil Stefi auch ganz versessen darauf ist, hinüberzuklettern. Sie will bei Michele sein. »Komm schon, Papà.« Die Männer fuchteln mit den Armen: »Nein, das ist zu gefährlich für ein kleines Mädchen«, rufen sie. »Es ist zu gefährlich«, meint auch Michele selbstgefällig. Demonstrativ nehme ich Stefi bei der Hand und klettere mit ihr hinüber.

»Wenn du einen Fisch fängst«, meint der Mann, der Michele gerade seine Rute überlassen hat, »wird Italien heute abend sechs zu null gewinnen.« Heute findet nämlich das Spiel gegen Nigeria statt. Das große Abenteuer der Fußballweltmeisterschaft. Michele hält die Angel so fest wie noch nie. Es mag ihm zwar keinen Spaß gemacht haben, in der frostigen Dämmerung in Montecchio den Ball herumzukicken,

aber bestimmt möchte er, daß Italien gewinnt. Mit Bedacht holt er die Leine ein, immer wieder mit kurzem Rucken, so wie die Männer es ihm erklären. Aber nichts gefangen. Die Männer lachen. Sie glauben wohl nicht, daß Italien sechs zu null gewinnt ...
Etwa zwanzig Jugendliche kommen herbei, knutschen heftig miteinander und klettern die Leitern zum Leuchtturm rauf und runter. In der langen Dünung rollen die Fischkutter hinein und hinaus. Offenbar gibt es eine Tag- und eine Nachtcrew, und der Wechsel findet jetzt, gegen fünf Uhr, statt. Auf den einlaufenden Booten fahren hauptsächlich Seeleute weißer Hautfarbe; auf den auslaufenden hauptsächlich Schwarze. Und immer noch nicht das leiseste Anzeichen, daß an irgendeiner der Leinen hier auf den Felsen ein Fisch anbeißen würde. Michele wandert von einem der Rentner zum nächsten. Stefi und ich haben uns auf einem großen Steinquader niedergelassen, der tückischerweise ziemlich schräg steht. Um uns die Zeit zu vertreiben, rege ich sie an, ihrer neuen Leidenschaft, dem Lesen, zu frönen und ein auf die gegenüberliegende Hafenwand gesprühtes Graffito zu entziffern. Es lautet:

Quello che tu vedi non è il mare
Ma il mio amore per te, Amalia!

Was du hier siehst, ist nicht das Meer,
Sondern meine Liebe zu Dir, Amalia!

Stefi ist beeindruckt von dieser Liebesbezeugung, die genau den Ton so vieler Kindergeschichten trifft und ihrer kindlichen Beschäftigung mit Prinzen und Prinzessinnen entspricht. (Seltsamerweise ist der italienische Ausdruck für »Märchenprinz« *principe azzurro* – sollte damit ein Sportler gemeint sein? Hoffentlich nicht Roberto Baggio.) Stefi wiederholt die Worte *il mio amore per te;* sie läßt sie wie Süßigkeiten, wie frischen *ciunga,* auf der Zunge zergehen. Aber sie scheint sie in keiner Weise mit dem Verhalten der Jugendlichen in Verbindung zu bringen, die über die Felsen und übereinander krabbeln. Vielleicht hat sie recht damit. Dennoch überrascht mich immer wieder, wenn Italiener in großen Gruppen herumschmusen und -knutschen, dabei gelegentlich eine Pause einlegen und sich gegenseitig necken. Das hat nichts von dieser Schüchternheit und Heimlichtuerei, die ein anscheinend unvermeidlicher Bestandteil meiner Jugend gewesen ist.

Dann buchstabiert Stefi etwas anderes, den Namen eines weiteren Fischerbootes, das gerade die Hafenmündung passiert. Anscheinend gibt es doch einen, der beschlossen hat, es ohne den Schutz der Heiligen zu versuchen. Mit der Unverfrorenheit des modernen Menschen nennt sich dieses schnittige und mächtige Boot einfach *»Tempo è denato«*. Zeit ist Geld.

Michele und seine alten Männer haben nichts gefangen. Trotz ihrer teuren Geräte scheinen sich die Männer nicht sonderlich auf ihre Angelei zu konzentrieren. Sie reißen Witze darüber, wie lausig die *azzurri* spielen und wie beschämend es war, als sie gegen Irland verloren und Mexiko nicht geschlagen haben, wie verwöhnt, überbezahlt und mimosenhaft die Jungs seien. Der Nachmittag geht allmählich zur Neige. Das Blau des Himmels wird immer dunkler, der Abend naht. Keinen einzigen Fisch erwischt. Bis schließlich ein Neuankömmling allen zeigt, wie man's macht.

Es handelt sich um einen Kerl, der erstaunlicherweise Stadtkleidung, einen sorgfältig gepflegten weißen Schnurrbart, eine goldene Armbanduhr und eine schicke, blau eingefaßte Sonnenbrille trägt. Der Mann stellt seinen Motorroller beim Leuchtturm ab, nimmt seine Schultertasche und geht zu dem Ladebaum hinüber, auf den ich bisher noch gar nicht geachtet hatte; er befindet sich am äußersten Ende der Mole, zwischen den Felsen auf der einen und der Hafeneinfahrt auf der anderen Seite. Aus einer Tasche holt der Mann ein großes Netz von ungefähr zwei Meter Durchmesser und befestigt es am Mast. Das dauert etwa zwei Minuten. Mit Hilfe eines Flaschenzugs wird das Netz ins Wasser gelassen. Dann ist es Zeit für eine Zigarette, die er einem eleganten silbernen Etui entnimmt. Anschließend zieht er das Netz nonchalant hoch. Drei schimmernde Fische! Sie werden herausgeholt, bekommen mit einem kurzen Stock einen Schlag auf den Kopf und verschwinden in einer Plastiktüte …

»Papà! Papà!« Michele kommt über die Felsen geklettert, wobei er Kopf und Kragen riskiert. »Papà, er hat Fische gefangen!«

Das ist aufregend. Die Angelruten sind vergessen. Der Neuankömmling raucht eine nach der anderen, schnippt die Kippen ins Wasser, läßt das Netz hinab und zieht es wieder hoch. Die folgenden drei Versuche erbringen nichts. Allmählich zerstreut sich der kleine Menschenauflauf wieder, der sich um ihn gebildet hatte. Doch beim nächsten Versuch zieht er einen wirklich großen Fisch heraus, sechzig bis siebzig Zentimeter lang, der in verschiedenen Silber- und Farbschattierungen glänzt und sich schlängelt und windet. *»Porco Giuda!«* Michele stöhnt vor Bewunderung auf, und ich habe nicht das Herz, ihn zurechtzuweisen. Denn auch ich bin beeindruckt. Ein schrecklicher Schlag mit dem Stock, dann geht der Mann mit dem Fisch in der Hand zu einer kleinen Tür am Sockel des Leuchtturms, auf deren abblätterndem grauen Anstrich er offenbar markiert, wie lang die größten Exemplare sind, die er fängt. Dieser ist nur ein klein wenig kürzer als einige frühere Fänge, wie man den verblaßten Markierungen älteren Datums entnehmen kann. Von den Jugendlichen, die ihre Knutscherei unterbrochen haben, um zuzusehen, hört man Äußerungen ehrfürchtiger Bewunderung. Die alten Angler hingegen, die es einfach nicht ernsthaft genug versucht haben, starren ungerührt hinaus aufs Meer.

Hier spielt eine andere Sondergenehmigung eine Rolle. Dieser Mann aus der Stadt zahlt eine geringe Gebühr für das Recht, mit dem Netz zu fischen. Bestimmt hatte vor ihm schon sein Vater dieses Privileg. Niemandem sonst ist es erlaubt, an diesem Mast sein Netz festzumachen, obgleich ich annehme, daß es dennoch manchmal geschieht.

Als wir zurückradeln, wächst jener Fisch in Micheles Vorstellung zu unendlicher Größe, genauso wie das Talent dieses Mannes als Fischer. Wie geschickt er das Ding aus dem Netz gehoben hat! Mit beiden Händen. Wie groß und stark dieses Tier war! Wie es sich sträubte und umherschnellte! An einem Strandbad mit einer tollen rot-gelben Markise, die unsere Gesichter in goldenen Schimmer taucht, legen wir unsere rituelle Eiscreme-Pause ein. Als wir fertig sind, ist der Fisch bereits so lang wie Micheles ausgebreitete Arme. Meine Versuche, den Unterschied zwischen dem Sportsgeist der alten Männer mit ihren Ruten und diesem lässig vorgeführten Massaker mit Netz und Stock darzulegen, fallen auf fruchtlosen Boden oder besser gesagt ins tiefe, tiefe Wasser. Schließlich haben die alten Männer ja überhaupt nichts erwischt. (Eigentlich haben sie mich im Stich gelassen; sie hätten meinem Sohn ein pädagogisch wertvolles Beispiel geben können.)

»Was soll schlecht an Netzen sein?« beharrt Michele, »die Fischerboote benutzen ja auch Netze«. – »Ja, aber zumindest riskieren sie dabei ihr Leben«, erwidere ich, »wenn sie jede Nacht aufs Meer hinausfahren.« Ich erinnere ihn an die Worte auf dem Denkmal. Maria, *piscoriae tuere filios.* »Sie fahren aufs Meer hinaus, und wenn ein Sturm aufkommt, kehren sie vielleicht nicht mehr zurück.« Das beeindruckt Michele überhaupt nicht. Genau wie bei unserem Ausflug zu I Laghetti ist es der sichere Fang, von dem er träumt, die Gewißheit des Erfolgs. Wie jene Tausende von italienischen Jägern, die auf Fasane schießen, die man erst zehn Minuten zuvor aus einer Zuchtfarm geholt hat. Oder jene alten Hasen an den Baggerseen, die verbotene Blinker benutzen. Oder jene Fußballexperten, die jubeln, wenn der Star der gegnerischen Mannschaft verletzt wird und deswegen ausfällt. Anders als Tom Sawyer sieht Michele nichts Ehrenvolles darin, den schwierigen Weg zu gehen …

Umidità

»Was habt ihr noch vor?« Wir sind schon fast wieder an La Medusa, als wir Zia Paola und ihre Tochter treffen, die gerade einen Spaziergang machen. Fulvia wohnt noch immer zu Hause, sie ist eines jener italienischen Mädchen, deren Freund schon seit mehr als einem Jahrzehnt auf die Hochzeit spart. Inzwischen ist sie zweiunddreißig, doch am Arm ihrer Mutter sieht sie wie fünfundzwanzig aus. Im Radio erfährt man, daß beinahe vierzig Prozent der Dreißigjährigen in Italien noch bei den Eltern wohnen.

»Eine letzte Runde schwimmen«, erkläre ich. Die Tasche mit den Badesachen habe ich hinten aufs Fahrrad geschnallt.

»Das solltet ihr lieber sein lassen«, meint sie freundlich besorgt. Und fügt hinzu: *»Troppa umidità.«*

Zu viel Luftfeuchtigkeit? Um schwimmen zu gehen? Es ist einer jener zauberhaften Augenblicke, in denen ich im Unterschied zu meinen Kindern nicht verstehe, was gemeint ist. Nicht, daß ich die Bedeutung der beiden Wörter nicht verstanden hätte. Niemand könnte sich deutlicher ausdrücken als Zia Paola. Doch der Sinn bleibt für mich im dunkeln. Wie kann es denn zu feucht sein, um schwimmen zu gehen? Ich habe keine Ahnung. Deshalb lächle ich nur und wünsche Mutter und Tochter einen angenehmen *passeggiata.*

Auf dem Weg zu unserem Sonnenschirm erklärt Stefi: »Sie

meint, die Luft ist so feucht, daß wir uns erkälten werden, wenn wir aus dem Wasser kommen.«
Ich hatte das nicht bemerkt. Aber der Spätnachmittag, der frühe Abend, ist nicht mehr ganz so strahlend blau. Halb sieben. Die tiefstehende Sonne ist von einem grauen Schleier umgeben, die Brise abgeflaut, und die Luft tatsächlich ein bißchen feucht, drückend. Aber es sind immer noch gut über dreißig Grad ...
Ist diese Manie, überall Gefahr zu wittern, nur eine Form, Zuneigung zu zeigen?
Ausgestreckt unter dem Sonnenschirm zwei Reihen hinter uns liegt – wie könnte es anders sein? – die Musikbox-Mutter und erklärt ihrem kleinen Jungen und einem anderen Kind, daß sie nicht ins Wasser können, weil sie so spät gegessen haben. Trotz ihrer geschlossenen Augen spricht sie mit fester Stimme. Sie habe ihnen ja gesagt, sie sollten nicht so spät essen, aber da wollten sie ja nicht auf sie hören und hätten weitergespielt. Nun, dann könnten sie jetzt eben nicht ins Wasser. Weil sie ertrinken würden.
Wie spät sie wohl gegessen haben, frage ich mich. Und wie viel? Und warum sind sie immer noch am Strand, wenn sie nicht ins Wasser dürfen? Das ältere Kind rennt kreischend herum und bespritzt dabei alle anderen mit Sand. Doch die Mutter schreitet nicht ein, sondern zupft den Seidenschal zurecht, den sie eng um ihre Schenkel drapiert hat. Es steht dem Kleinen frei, sich schlecht zu benehmen, aber keinesfalls darf er seine Gesundheit aufs Spiel setzen.
Doch nun stelle ich fest, daß meine Kinder ganz ähnlich miteinander reden. »Michele, du mußt dein Handtuch mit ans Wasser nehmen, damit du dich gleich darin einmummeln kannst, wenn du rauskommst«, sagt Stefi. »Vergiß deine Badeschuhe nicht, Stefi«, entgegnet Michele. »Sonst schneidest du dir noch deine Füßchen an den Muschelscha-

len auf.« Da bleibt einem schier die Luft weg. Und doch ist es gleichzeitig sehr lieb.

»Michele, du hast vergessen, dich einzucremen«, rügt Stefi. Mit sechs Jahren! Nachdem sie mich gerade über die Gefahren der Luftfeuchtigkeit aufgeklärt hat.

Wir ziehen uns um. Der altbekannte *Cocco!*-Ruf ertönt, dazu das Klacken des Eimers, aber wir kaufen nichts. Kokosnuß vor dem Schwimmen würde zu schwer im Magen liegen. Oder etwa nicht? Auf dem Weg zum Wasser fliegen einem die *tamburelli* um die Ohren, und einige Männer zwischen vierzig und sechzig mimen das wichtige Fußballspiel von heute abend, wie ich es als kleiner Junge auch oft gemacht habe. »Albertini zu Signori, Signori zu Baggio, der umspielt den ersten Gegner, dann den zweiten, und Tooor!!!!!«

»Nein, er ist am Pfosten vorbeigegangen«, widerspricht der rundliche, weiße Torwart der Nigerianer. Als Torpfosten dient ein grüner Benetton-Pullover, darauf ein neonfarbiger Brustbeutel, damit man ihn besser erkennen kann. Die Männer streiten wie Kinder, ob es nun ein Tor war oder nicht …

Im Wasser nutzt eine elegante Mutter die vorgerückte Stunde, in der alles in honigfarbenes Licht getaucht ist, um ihre hübsche Tochter zu fotografieren. Das vielleicht acht- oder neunjährige Mädchen sitzt in einem albernen aufblasbaren Boot mit einer Art Pedal-Paddeln am Heck. Überflüssigerweise trägt es ein Bikini-Oberteil und räkelt sich lüstern, an den Bootsrand gelehnt, die Hände hinter dem Lockenkopf verschränkt, in einer Pose, die sie aus dem Fernsehen kennt. Die Mutter kauert mit ihrer Autofocus-Kamera im Wasser, auf der Suche nach *dem* Bild, das dann gerahmt auf einem Wohnzimmerregal in Mailand oder Turin stehen soll. Doch die Strömung treibt das Boot ab. »Trete doch mal!« ruft die Mutter. »Versuch es an der gleichen Stelle zu halten.« Das

Mädchen jammert, daß beim Treten der Tang mit hochkommt, der im seichten Wasser dahintreibt. Tang ist eklig. Sie will ihn nicht an den Füßen haben! Also muß die Mutter, die mit affektiertem Mailänder Akzent spricht, zu ihr waten und selbst das Boot herüberziehen und wenden, damit es im richtigen Winkel zur Sonne steht. Dann paßt es ihr nicht, daß ihr eigener Schatten ebenfalls mit aufs Bild kommt. Anvisieren, Bildausschnitt wählen ... zu spät. Schon wieder ist das Boot abgetrieben. Das Mädchen weigert sich zu treten. Als wollte es sich lustig machen über eine Mutter, die bereit ist, so viele Opfer für dieses Foto zu bringen, mit dem sie vor den Freunden angeben will. Vielleicht zu Recht. Zum Teufel mit dieser ewigen Fotografiererei der eigenen Kinder. Das Ganze wird wiederholt, und dann noch einmal und noch einmal, bis der Schnappschuß endlich gemacht ist und die Mutter das rosa-weiße Boot sicher an Land gezogen hat, damit die Füßchen der jungen Dame nicht mit dem Tang in Berührung kommen. Dann läßt sie sich mit einem vernehmlichen Seufzer in einen Liegestuhl fallen und zündet sich eine superdünne Zigarette an.
Warum hoffe ich insgeheim, daß das Bild nichts wird?
Wir planschen in der abenteuerlichen Wassertiefe von etwa einem Meter – vorbei an dem Schild LIMITE DELLE ACQUE SICURE – zu den Felsen. Die Kinder haben ein Spiel erfunden, das sie *bruco marino* nennen, Wasserraupe. Dazu muß sich der Papa bäuchlings auf den Meeresboden legen, und sie reiten auf ihm oder stampfen auf seinem Rücken herum. Während er sich zwischen den Krabben wie eine Raupe vorwärtsschlängelt, hört er im lauwarmen Wasser nur Fetzen des Liedes, das sie zur Untermalung dieses Ritts gedichtet haben. *»Il bruco marino, ha perso il codino, ha perso il culino, non riesce a cagar.«* Übersetzt macht das – ohne Reim und Rhythmus – noch weniger Sinn als im Italieni-

schen: Die Wasserraupe hat kein Schwänzchen mehr, und auch keinen Popo, kann kein Aa mehr machen.
Ich überlege lieber nicht – schließlich bin ich die Wasserraupe –, ob etwa irgendeine gräßliche Freudsche Bedeutung darin steckt oder Bezug genommen wird auf das umfassende Problem der italienischen Analfixierung. Lieber bahne ich mir – unter Wasser – weiter meinen Weg, es ist mir gestattet, circa alle vierzig Sekunden nach Luft zu schnappen. Und so werden wir, als ich viel höher als gewollt aus dem Wasser schnelle, Zeugen einer Szene, die – wie es der Zufall will – Höhe- und Schlußpunkt eines Kernthemas in diesem Urlaub bildet. Die Kinder entdecken ... nun ja ... Oder lassen Sie es mich so formulieren: An diesem letzten Tag – ich habe ja bereits erwähnt, daß alle Tage hier gleich sind, der erste ebenso wie der letzte – an diesem unserem letzten Ferientag wird endlich das Geheimnis um den *bagnino* und seine Freundin gelüftet, warum diese beiden ständig zusammen sind und sich dennoch nie berühren. Und das auf eine Art und Weise, die bewußt für uns in Szene gesetzt scheint, den Kindern als Beispiel.
Moravia wäre begeistert gewesen.
Wir stehen nahe den großen Felsen in etwa ein Meter fünfzig Meerestiefe, die Kinder treten Wasser oder schwimmen oder klammern sich an mir fest. Ich bin endlich von meiner Wasserraupen-Rolle erlöst, und wir machen uns auf den Rückweg zum Ufer. Da entdecken wir, nur zehn Meter entfernt, die *moscone* des *bagnino*, seinen kleinen roten Katamaran, sein Rettungsboot.
Der *bagnino* ist vom Strand weggerudert, obwohl nur sehr wenig Leute im Wasser sind (zweifellos eine Folge der gefährlichen Luftfeuchtigkeit). Wie immer begleitet ihn seine Freundin in dem Bikini, der an einen tropischen Cocktail erinnert und so bezaubernd mit dem warmen Buttertoast-

braun ihrer fünfzehnjährigen Haut kontrastiert. Wieder berühren sie sich nicht. Er hat zu tun, er trägt Verantwortung. Er kann nicht mit seiner Clique losziehen und herumknutschen wie diese beneidenswerten Burschen draußen auf der Mole. Doch da, vielleicht hundert Meter vom Ufer entfernt, das Boot in Richtung offenes Meer, gleiten die beiden auf der dem Strand abgewandten Seite ganz plötzlich aus dem Boot. So stehen sie jetzt in dem ein Meter fünfzig tiefen Wasser zwischen den beiden Rümpfen des Katamarans, neugierigen Blicken vom Ufer vollständig verborgen durch dessen hölzerne Plattform und den leicht erhöhten Sitzplatz, der dem *bagnino* den notwendigen Überblick über den Wasserbereich verschaffen soll, in dem Babys ertrinken könnten. Sie steht mit dem Rücken zur Plattform, die Arme auf den Rümpfen, um das Ding am Fortschwimmen zu hindern, er ist ihr zugewandt und von daher in der Lage, ein halbes wachsames Auge auf den Strand und seinen Chef, den Strandpächter, zu haben. Dann treten sie in Aktion. Sie fallen wild übereinander her. Doch das Komische ist, sie wissen dabei genau, daß wir – an diesem späten Nachmittag und in dieser feuchten Luft praktisch die einzigen Badenden – nur etwa zehn Meter entfernt sind und beste Sicht auf sie haben. Und auch, daß die Kinder, mit denen sie mich jeden Tag gesehen haben, noch ziemlich klein sind und ich ein seriöser erwachsener Besucher ihres Strandbades. Es scheint, als würden sie sich – nun nicht mehr im Blickfeld des Strandes, des *bagnino*-Chefs und der Einheimischen, die den Chef kennen – den Teufel darum scheren, wer sie sehen kann. Dieses Sich-nicht-Berühren die lieben langen heißen Tage lang, an den azurblauen Nachmittagen, muß wirklich eine große Versuchung sein.

Sie verschlingen einander.

Diesmal sagt Stefi mit unverhohlener Anerkennung: »*È*

l'amore« – das ist Liebe – und unterscheidet es damit von dem Geknutsche der Jugendlichen auf den Felsen. Denkt sie dabei an das Graffiti? Könnte dieses Mädchen Amalia sein? »Was du hier siehst, ist nicht das Meer ...« Aber Michele ist außer sich. Er hat wie alle kleinen Jungen sämtlichen romantischen Gefühlen abgeschworen – bis es ihn einmal selbst erwischt. »Wie können sie das nur tun!« ruft er. »Wie können sie nur! Wo doch der *bagnino* auf die Leute im Wasser aufpassen soll. Was, wenn gerade jetzt jemand am Ertrinken ist und um Hilfe schreit?«

Gleichzeitig haben beide Kinder den gleichen Einfall. Wild kichernd und wassertretend rufen beide: *»Aiuto!!!«* Hilfe! *»Aiu-u-to-o-o!«* und rudern dabei mit den Armen, um die Aufmerksamkeit des *bagnino* auf sich zu lenken. Sie werden so von Gelächter geschüttelt, daß sie sich kaum über Wasser halten können. Stefi keucht, geht unter, schluckt Wasser. Eine exzellente Darstellung einer Ertrinkenden.

Aber der *bagnino* dreht sich nicht einmal um, so entschlossen sind die beiden, die verlorene Zeit wettzumachen. »Hört auf, Kinder«, verlange ich. »Hört auf. Das ist gemein.« Ich bringe sie zurück zum Strand und lenke sie ab. »Schnell, wir müssen uns abtrocknen, bevor alles klamm wird!« Aber man sieht deutlich, daß dieses Schauspiel sie tief beeindruckt hat. Eine Folge des Strandlebens, das Intimität schafft und das Gefühl, die Leute zu kennen, die man beobachtet und über die man nachgrübelt. Wäre es ein Pärchen gewesen, das wir noch nie gesehen hätten, die beiden hätten es wahrscheinlich gar nicht mitgekriegt. Doch so werden sie Ewigkeiten davon erzählen. Wenn ich auch nie höre, daß sie es mit dem in Verbindung bringen, was Papa ihnen über die Entstehung von Mamis Baby erzählt hat. Diesbezüglich sind wir schon merkwürdige Lebewesen. Wir kennen so viele Varianten des Wissens und Nichtwissens, des Verstehens und

Nichtverstehens. Und das ist wohl – wie mit der strittigen Jungfräulichkeit des kalabrischen Mädchens – genau so, wie es sein soll.

Die Strandbesucher packen ihre Zeitschriften und das Sonnenöl ein und brechen auf, dabei fummeln sie mit ihren Handtuch-Knäueln und den Spaten und aufblasbaren Spielsachen herum; sie können sich nie überwinden, die Luft herauszulassen, sonst müßten sie ja morgen alles erneut aufblasen. Das Reinigungsteam von La Medusa macht sich an die Arbeit, sie klappen die Sonnenschirme zu und binden sie fest, für den Fall, daß nachts Sturm aufkommt; dann werfen sie ihre Siebmaschine an, um Zigarettenstummel und Dosennippel einzusammeln.

Wir ziehen los. Trotz der Feuchtigkeit bestehen die Kinder auf ihrer kalten Dusche. Ich drücke mich. Ich bin doch nicht verrückt. Während ich auf sie warte, lese ich einen Aushang neben den Strandkabinen, der mit *Capitaneria di porto* (Hafenbehörde) überschrieben ist. Jeder Strand ist verpflichtet, ihn gut sichtbar anzubringen. In Plakatgröße, aber mit Buchstaben, so groß wie in einem Taschenbuch, steht da, in erlesener Amtssprache, eine beeindruckende Liste von Regeln, betreffend: die Pflichten der Strandpächter, den Lebensrettungsdienst, Verhaltensmaßregeln für Boote, Schwimmer, Angler, die Erste-Hilfe-Ausrüstung, Sicherheitsvorkehrungen und so weiter. Ich lese gerade, daß der *bagnino* tatsächlich erheblich gegen diese Vorschriften verstoßen hat, als die Lautsprecheranlage losdröhnt. Die *piccola bambina* Marcia Maroni ist verlorengegangen. Hat jemand die *piccola bambina* Marcia Maroni gesehen? Und wenn ja, würde er sie bitte sofort zu ihren Eltern bringen, die voller Sorge vor dem Büro des La-Medusa-Pächters auf sie warten? Ein kleines Kind wird vermißt! Sofort kommt mir der furchtbare Gedanke, daß tatsächlich jemand ertrunken sein könnte, während unser *bagnino* noch immer herumschmust. Und ich finde einfach, das hat er nicht verdient. Das wäre nicht gerecht. Um seinetwillen bange ich mit. Dann wird die Nachricht wiederholt: *La piccola bambina, Marcia Maroni, di quattordici anni* ... Die kleine Marcia Maroni, vierzehn Jahre alt ... Erleichtert lächle ich. Wie dehnbar dieses Wort *bambina* doch ist. Wahrscheinlich muß Marcia nicht vor dem Ertrinken gerettet werden, sondern – ist die Freundin des *bagnino*.

Die Kinder rasen aus der Dusche, und das erste, was Stefi tut, ist zum Weg rennen, um zwischen den Sonnenschirmen hindurch aufs Meer zu schauen. Ja, die *moscone* liegt immer noch draußen, kreischt sie. Und sie kichern. Doch jetzt sehe ich noch etwas. An dem Mast neben dem Hochsitz des *bagnino* ist die rote Flagge gehißt, die den Vorschriften der *Capitaneria di porto* gemäß anzeigt, daß möglicherweise Gefahr für die Schwimmer besteht. Der clevere blonde Bursche hat sich abgesichert.

Caporetto

Als wir gegen halb acht vom Strand zurückradeln, fällt Michele zum ersten Mal der Name der Straße auf: Via Luigi Cadorna. Ich hingegen stelle fest, daß in der Zwischenzeit jemand weiße Kreise um die Kanaldeckel gezogen hat. Vielleicht heben sie die verdammten Dinger ja mal an, damit sie nicht mehr gefährliche dreißig Zentimeter unter dem Niveau des Straßenbelags liegen.

»Wer war denn Luigi Cadorna?«

Stefi in ihrem blauen Kleidchen radelt im Kreis um einen der gekennzeichneten Kanaldeckel herum.

»Luigi Cadorna war *maresciallo,* der Oberbefehlshaber der italienischen Armee im Ersten Weltkrieg.«

Michele will es genauer wissen.

Also erzähle ich ihm, daß Luigi Cadorna für die schwerste und verlustreichste italienische Niederlage des Krieges, die Schlacht von Caporetto, verantwortlich war. Das Desaster war so groß, daß der Name Caporetto zum Synonym für eine katastrophale Niederlage wurde. Wenn heutzutage irgendein korrupter Politiker abgewählt oder ein Opernsänger an der Scala ausgepfiffen wird, dann schreiben die Zeitungen für gewöhnlich, das sei sein Caporetto, also sein Ende, gewesen.

»Warum«, fragt Michele in aller Unschuld, »haben sie eine Straße nach diesem Mann benannt, wenn er für eine so große Niederlage verantwortlich war?«

Das ist eine sehr gute Frage, aber vielleicht liefert ja der Zustand der Via Luigi Cadorna die Antwort – das kaputte Pflaster, die stillgelegte Eisenbahnlinie, der Müll, die abgesackten Kanaldeckel, der oft unerträgliche Gestank der Kater. Doch ich behalte diesen Gedanken für mich und sage statt dessen zu Michele, daß Nonno seine Verwunderung teile. Tatsächlich hat Nonno schon zweimal an den Stadtrat geschrieben und eine Umbenennung gefordert, denn er lehne es ab, in einer Straße zu leben, welche nach einer Person benannt sei, die nicht nur ein Versager war – etwas anderes sei ja kaum zu erwarten gewesen (mein Schwiegervater hat keine hohe Meinung von den Männern, unter denen er im Zweiten Weltkrieg gekämpft hat), sondern die darüber hinaus *allgemein als ein solcher bekannt war,* was weitaus schlimmer sei.
Aber hier gehe ich zu weit. Michele versteht nicht, was ich damit sagen will.
Schau, erkläre ich ihm. Viele Leute sind der Ansicht, der italienische Fußballtrainer Arrigo Sacchi sei unfähig, also *non bravo.* Wenn Italien gewinnt, bleiben sie ruhig. Dann sagen sie, er sei *bravo.* Aber wenn Italien verliert, vor allem wenn sie heute abend gegen eine Mannschaft wie Nigeria verlieren, dann wird jeder bis in alle Ewigkeit behaupten, er sei unfähig, selbst wenn das nicht stimmt.
Diese Worte sollten sich als beinahe hellseherisch erweisen! Und wie so oft, wenn man vom Teufel spricht, ist dieser nicht weit. Zum Glück traf das weder auf Luigi Cadorna noch auf Arrigo Sacchi zu, aber auf Nonno. Denn als wir zurückkommen, finden wir ihn am Rande der Savanne unter einem zerfledderten Sonnenschirm sitzen, einen Brief in der Hand. Nonna steht im hohen Gras und vollführt kleine Luftsprünge nach den Feigenbäumen. Wie immer sind sie unangekündigt und unerwartet aufgetaucht. Uns hatten sie

gesagt, sie würden während der Zeit, die wir hier Ferien machen, nicht zurückkommen können.
Es folgen die üblichen übertriebenen Umarmungen, die Versicherung unwandelbarer Zuneigung und gegenseitiger Bewunderung, wie prächtig doch der andere aussehe. Diese allgemein geforderte, unumgängliche Theatralik gehört vermutlich, genau wie die strengen Rituale, denen fast alles in Italien unterworfen ist (und unsere Ferien bildeten da keine Ausnahme), zu den Dingen, die den Menschen hier helfen, gut durchs Leben zu kommen. Es ist immer viel leichter, man selbst zu sein und sich wohl zu fühlen, wenn man genau weiß, was von einem erwartet wird. Es gibt so wenig, was man hier wirklich entscheiden muß – weder was man tut, noch wie man es tut. Früh morgens nimmt man die Kinder zum Strand mit, damit sie die gesündeste Zeit des Tages mitbekommen, man schreit hinter ihnen her und überschüttet sie mit Zärtlichkeiten, um 11.30 Uhr nimmt man seine *pizzetta* und seinen *aperitivo* zu sich, unterdessen wandern die Schatten in exakten Ellipsen um die Sonnenschirme, und man umarmt herzlich seine Schwiegermutter.
»O Tim«, lügt sie, »du bist mein Lieblingssohn.«
Nonna überreicht mir eine Schüssel voller frischer Feigen und stapft dann mit den Kindern durchs hohe Gras, um nachzusehen, wo die Hühner ihre Eier gelegt haben. Sie trägt einen abgenutzten Strohhut, einen weiten Rock und ein T-Shirt. Trotz ihrer siebzig Jahre hat sie immer noch etwas Mädchenhaftes, etwas Kapriziöses an sich. Ihren Bewegungen nach könnte man fast sagen, daß sie umhertollt. Die Kinder springen hinter ihr her. »Nonnina, Nonnina!« rufen sie. Sie dreht sich um und streichelt sie, fährt mit der Hand durch ihr Haar, zwickt ihre goldbraune Haut und sagt, daß sie sie am liebsten lebendig auffressen würde – das habe

ihre *nonna* schon immer gesagt, ich freß dich lebendig auf – und wie leid es ihr getan habe, daß sie nicht hier sein konnte während unserer Ferien, aber sie mußten sich (wer hätte das gedacht?) um einen kranken Verwandten kümmern. Wo hat denn nur das dumme *pìopìo* seine Eier hingelegt? Dumme Hühnerchen. Ihre *nonna* habe schon immer gesagt, Hühner könnten sehr intelligent sein, aber nicht, wenn es ums Eierlegen gehe. Wo haben sie sie bloß hingelegt? Ich sehe, wie Antonietta zwischen ihren Fensterflügeln hervorlugt.
Ich setze mich zu Nonno. Seine Shorts und sein Hemd sind khakifarben und verbergen weder seine dicken sommersprossigen Beine noch seine fette sommersprossige Brust. Die Knöpfe springen beinahe ab. Den Hut, der noch abgenutzter ist als der seiner Frau, hat er in den Nacken geschoben, so daß seine runde sommersprossige Stirn freiliegt. Großzügig schenkt er aus einem Karton billigen Rotwein aus dem Supermarkt ein und zündet sich eine Camel Light an. Ich spüre, daß ihm etwas schwer auf dem Herzen liegt.
Was kann das sein?
»Kinder. Oh, die Kinder, *caro mio*«, meint er. »Was sonst.« Er schiebt sich den Hut noch weiter in den Nacken. »Ihr seid verrückt, noch eins zu kriegen«, sagt er ohne Umschweife. »Verrückt.« Er schüttelt den Kopf.
Er selbst habe ja auch drei, wende ich ein.
Er schüttelt noch stärker den Kopf, was um so ausdrucksvoller wirkt, als Nonno fast keinen Hals hat. »Ich habe nicht behauptet, daß ich nicht verrückt war.«
Ich warte ab. Nonno liebt es, geheimnisvoll zu tun. Er liebt es, die Neugier seines Zuhörers zu reizen und dann nichts zu sagen. Italienische Männer lassen sich nicht gerne in die Karten schauen. Zum Beispiel hat nie jemand gewußt, wieviel mein Schwiegervater verdient oder wie es um sein Bank-

konto bestellt ist. Wenn er verreist, kennt niemand sein Ziel. Es ist ein bißchen so wie mit Lucias Jungfernschaft.
Ich beschließe, unser nächstes Kind Lucia zu nennen, da wir ja nun wissen, daß es ein Mädchen wird. Sofern Rita zustimmt. Lucia ist ein hübscher Name. Sie wird ihren Namenstag haben, wenn es die Geschenke gibt …
Ich bringe die Geduld auf, keine Fragen zu stellen, sondern trinke einfach nur ein Glas Wein und rauche eine Zigarette, bis er schließlich sagt: »Aber in meinem Fall gab es mildernde Umstände.«
Was soll das heißen? Mir fällt an den kurzen Hosen, in denen seine füllige Gestalt steckt, ein Etikett mit dem Markennamen »Old Dog« auf.
»Insofern«, meint er nachdenklich, »als meine Generation die erste war, der das passierte.«
Der was passierte? Ich ziehe es vor, nicht nachzufragen.
Von der Savanne her schallen aufgeregte Rufe durch die Abendluft. Sie haben ein Ei gefunden! Ein Ei! *O bravo pìopìo!*
Ich erzähle, daß die Nachbarn sich über die Hühner beklagt haben, weil sie auf die Treppe kacken. Das amüsiert den alten Knaben. Wir müssen beide lachen. Es gebe noch etwas, was optimistisch stimme, berichte ich: In der Luigi-Cadorna-Straße habe man weiße Kreise um die Kanaldeckel gemalt. Vermutlich sollen sie in Ordnung gebracht werden.
Sein Lachen steigert sich zum Hohngelächter. »Nein, *caro mio,* das ist wegen des Radrennens, das durch die Straße führt. Die Fahrer müssen auf die Kanaldeckel aufmerksam gemacht werden, denn wenn sie da reinknallen, ist das Rennen gelaufen. Also malt man einen Kreis drumherum, aber das wird doch nicht repariert.«
»Aha. Vielleicht schüttet die verrückte Frau ja einen Eimer Wasser auf die Rennfahrer.«
Er lacht wieder, ist aber immer noch gedrückter Stimmung.

Daran ändert sich auch nichts, als ich eine Feige schäle und ihm die rote, fleischige Frucht reiche. Nach einer weiteren Schweigeminute kratzt er sich und sagt, heutzutage müsse man für die Kinder nicht nur sorgen, solange sie noch klein seien, sondern ihr ganzes Leben lang. *Ecco il problema,* ihr ganzes Leben lang, bis zum bitteren Ende. In unserer modernen Gesellschaft gebe es nie einen Augenblick oder eine Situation, in der man nicht für seine Kinder verantwortlich sei und nicht mehr ihre ins Ungeheure gesteigerten Bedürfnisse erfüllen müsse. Er drückt seine Zigarette aus. Das sei anders gewesen, als er ein Kind war, und schließlich sei es verzeihlich, wenn er nicht voraussehen konnte, wohin sich die Welt entwickeln würde. Ich hingegen hätte es schlauer anfangen können.

Obwohl das offensichtlich nicht der springende Punkt bei seinem Problem ist, beginnt er, all die *sacrifici* aufzuzählen, die er für seine Kinder gebracht hat: Er habe sie bei seinen internationalen Aufträgen rund um die Welt mitgenommen; er habe ihnen stets Vitamine, Eisenpräparate und alles, was angeblich sonst noch gut für die Gesundheit sein sollte, gegeben; er habe für die beste medizinische Behandlung, die man für Geld bekommen konnte, gesorgt und immer die besten Schulen ausgesucht; er habe sie auf der Universität unterstützt und ihre Miete bezahlt, ihnen Geld gegeben, wenn sie arbeitslos waren und auch, wenn sie Arbeit hatten, aber nicht ordentlich entlohnt wurden (wie das so häufig vorkommt in Italien); sogar ihre Schulden, die sie ohne sein Wissen gemacht hatten, habe er beglichen …

Die Liste wird immer länger, wobei sich ernstgemeinte Klagen mit resigniertem Humor mischen. Und hat das nun ein Ende? Ist das nun vorbei? Nein, es ist nicht vorbei!

Nun sind wir schon fast auf den Punkt gekommen. Ich warte noch ein bißchen, und schließlich kann er es nicht mehr für sich behalten. Als er nach Hause gekommen ist, hat er zwei Briefe vorgefunden. Er zieht sie aus der Brusttasche seines Hemdes. Er weiß nicht zu sagen, welcher ihn trauriger gestimmt hat. »Du willst etwas über Kinder in Italien schreiben?« fragt er. »Lies das.«

Es sind Briefe von den Zwillingen, Ritas jüngeren Brüdern, den heißgeliebten Onkeln der Kinder, mit denen ich mich wunderbar verstehe. Der erste stammt von Renato in Rom. Er ist mit der Maschine geschrieben und reiht in dürren Worten Sachverhalte aneinander, ähnlich den Berichten über Forschungsprojekte an Micheles Schule oder seinem Aufsatz über das Angeln.

Punkt eins: Nonnos Grundstück ist ein Vermögen wert, wenn man es als Bauland verkaufen würde. Punkt zwei: Dieser Grundbesitz gehört der ganzen Familie, nicht nur Nonno, denn die ganze Familie mußte große *sacrifici* bringen, damit Nonno ihn nicht verkaufen mußte, als es ihnen schlechtging (hier spielt Renato, wie Nonno erklärt, auf eine Zeit an, als sie Zeitungspapier benutzen mußten, um sich den Hintern abzuwischen). Punkt drei: Es ist unsinnig, daß die Kinder Nonnos Tod abwarten sollen, bevor sie in den Genuß ihres Erbes kommen. Die Steuern würden einen großen Teil des Geldes auffressen und sie wären schon zu alt, um etwas davon zu haben. Punkt vier: Alles zusammengenommen ist es Nonnos *Pflicht* seinen Kindern gegenüber, *jetzt* zu verkaufen (»Pflicht« und »jetzt« sind unterstrichen). Punkt fünf: Mit einem Teil des Geldes könnte er sich ein *appartamentino* kaufen, das würde für ihn und Nonna genügen.

Nonno schüttelt den Kopf.

»Ein echtes Caporetto«, bemerke ich, weil mir das durch den Kopf geht.

»Nein, zwei«, sagt er. »Zwei!«

Als ob nach Waterloo noch etwas übriggeblieben wäre für ein zweites Waterloo!
Der andere Brief ist von Roberto, dem Zwilling in Verona. Er ist im Begriff zu heiraten und muß daher ein Haus kaufen. Die Eltern seiner *fidanzata* haben ihm eine bestimmte Summe Geld angeboten, aber nur unter der Bedingung, daß seine Eltern den gleichen Betrag beisteuern. In diesem bedeutenden Augenblick seines Lebens fühlt er sich berechtigt, an Nonnos Pflichtgefühl zu appellieren ...
Sie werden nie erwachsen, regt sich der alte Mann auf. Sie hängen für immer und ewig an *papà* und *mamma.* Sie haben nicht einmal das Bedürfnis, unabhängig zu sein. Die Hälfte von ihnen lebt mit vierzig Jahren immer noch zu Hause. Sie lassen sich von vorne bis hinten bedienen. Sie glauben, man müsse alles für sie tun. Sie sehen, daß andere Eltern ihren Kindern Häuser kaufen, also denken sie, ich müßte das auch tun. Man erwartet von mir, daß ich ihnen zuliebe den letzten Blutstropfen opfere. Jetzt soll ich auch noch aus meinem eigenen Haus ausziehen, um sie zufriedenzustellen! Er öffnet einen imaginären Geldbeutel und tut so, als ob er dessen Inhalt über dem Schotterweg verstreue.
»Tieni famiglia«, sage ich zu ihm.
Er gibt einen grunzenden Laut von sich.
Ich gebe zu bedenken, daß ihr Verhalten zwar selbstsüchtig, aber nur allzu menschlich sei. Tatsächlich kaufen die meisten Eltern ihren Kindern eine Wohnung. Das gilt für mindestens die Hälfte der Ehepaare in unserer Straße. Ganz zu schweigen davon, daß in diesem Land alle geradezu mit Besessenheit von »Pflicht« reden ...
Nonno spuckt zur Seite, schenkt erneut Wein ein und zündet sich eine weitere Zigarette an. Dann entspannt er sich ganz plötzlich, ein Zug an ihm, den ich sehr mag. Er lehnt

sich in seinen Stuhl zurück, legt seine Füße auf einen anderen Stuhl bei der Bougainvillea, schlägt seine dicken Beine übereinander, schiebt sich den Hut tiefer nach vorne über die Glatze, grunzt wieder und lacht.
»Was willst du nun tun?«
Ohne seine bequeme Haltung aufzugeben, greift er nach den Briefen und zerreißt sie sehr bedächtig. Dann legt er sie in ordentlichen Stapeln auf den Tisch.
»Niente«, sagt er. »Nichts. Ich vergesse einfach, was sie geschrieben haben, und sie werden es auch vergessen.«
Hätte doch auch Luigi Cadorna das gleiche tun können – nach Caporetto!
Dann zwinkert er mir mit seinen blauen Augen zu und verkündet, als ob es die größte Weltweisheit wäre: *»Gli schiaffi dei figli sono carezze per i genitori.«* Das ist der höchste Ausdruck des *sacrifici*-Prinzips: »Die Schläge eines Kindes sind Zärtlichkeiten für seine Eltern.« Nach einer Pause von etwa zehn Sekunden brechen wir beide in schallendes Gelächter aus.
Nonna kommt mit zwei Eiern zurück und schimpft über Antonietta, die sie gerade eben noch herzlich umarmt hat, wie ich beobachten konnte. Die Kinder feuern mit ihren Wasserpistolen auf die Marschkolonnen der Ameisen, die die rissige Fassade erstürmen, und auf Eidechsen, die jetzt, um acht Uhr, die letzten Strahlen der Abendsonne tanken. Dann ist es Zeit fürs Abendessen, das wir im Freien zu uns nehmen: Speck, Feigen, gekochte Eier und Salat. Aber selbst nach diesem langen Tag, selbst mit der Aussicht auf das Spiel Italien gegen Nigeria um zehn Uhr sind die Kinder immer noch nicht zufriedengestellt. Stefi fängt an, Nonno zu umschmeicheln. Sie setzt sich neben den alten Mann, und als er ein *panino* teilt, streichelt sie ihm die Hand und schmiegt sich an ihn. Er möchte ein Küßchen von ihr, aber sie gibt

ihm keins. Unsere Ferien haben zweifellos ihr Bewußtsein für den Wert ihrer Küßchen gesteigert. Sogar mir gegenüber verweigert sie sie nun gelegentlich. Anders gesagt, sie teilt sie jetzt genau ein. Sie wendet die *ricatti*-Taktik an und weiß sehr gut, daß sie das besser kann als ihr älterer Bruder, der immer plump mit seinen Forderungen herausplatzt. Vielleicht liegt darin ja auch der Unterschied zwischen Ritas Verhältnis zu ihren Eltern und dem der Zwillinge …

»Willst du nicht mit uns zum *patatine* gehen«, flötet Stefi. »Es ist unser letzter Abend, Nonno. Bitte geh doch mit uns zum *patatine.*«

Patatine sind Pommes frites. Sie meint einen Mann, der seinen Imbißwagen an der Strandpromenade in der Nähe der Medusa parkt und Pommes frites und Coca-Cola, Bier und Hamburger verkauft.

»Wenn du uns zum *patatine* einlädst«, sagt sie, »dann kriegst du ein Küßchen.«

Kinder hassen es, wenn sie erpreßt werden, wenn sie etwas hergeben sollen, um etwas anderes zu bekommen. Aber Erwachsene mögen das. Besonders Nonna ist beeindruckt. *»O la civetta,* die kleine Verführerin! Und ihre Großmutter habe schon immer gesagt: Alles hat seinen Preis, nur ein Kuß ist umsonst. Das scheint ein wenig unangebracht, da doch Stefi gerade den Preis mit so zynischer Exaktheit benannt hat: ungefähr siebentausend Lire für zwei Portionen Pommes frites und zwei Coca-Cola. Aber wenn ich etwas dazu sage, dann wirft man mir nur wieder meine angeblich typische angelsächsische Unterkühltheit vor, *la tipica freddezza anglo-sassone.* Ich weiß nur zu gut, wie man in der Familie über mich redet …

Schließlich akzeptiert Nonno nicht nur den Preis für den Kuß, sondern meint sogar, er sei billig weggekommen. Er stößt seinen von rostigen Nieten zusammengehaltenen

Stuhl zurück, erhebt sich in seiner ganzen majestätischen Fülle und vollführt mit dem Arm eine theatralische Gebärde, als wollte er einen Sturmangriff befehlen.
»Auf zum *patatine!*« ruft er.
»Auf zum *patatine!*« wiederholt Stefi.
»Avanti Popolo!« schreit Michele, was die italienische Entsprechung von »Brüder, zur Sonne, zur Freiheit« ist ... Er hebt seine Wasserpistole und zielt auf eines der Hühner, das sich ihm scharrend nähert. Nonna ist darüber sehr wütend.
So geht es also ein letztes Mal die Via Luigi Cadorna entlang, an den zur Warnung der Rennfahrer frisch aufgemalten Kreisen vorbei, über die Bahnlinie, diese ausgestorbene Straße hinunter bis zur Strandpromenade, wo der Besitzer des Imbißwagens ein tragbares Fernsehgerät aufgestellt hat, um die Weltmeisterschaft zu verfolgen. Er kommentiert das Spiel Schweiz gegen Spanien oder ein anderes, worüber er vergißt, ob wir Ketchup und Coca-Cola wollten oder nicht und wie viele Biere wir bestellt haben. Wie viele Biere? Denn Nonna, Nonno und ich trinken Bier. »Gib mir auch eine Portion Pommes«, sagt Nonno, um den Mann noch weiter zu verwirren. »Mir auch«, schließt sich Nonna an. Nun, da einmal Festtagsstimmung ausgebrochen ist, gibt es kein Halten mehr. Michele langt nach seinen Pommes, und ich denke daran, wie riesig mir als Kind der Eismann oder der Würstchenverkäufer in seinem Imbißwagen immer vorkam, weshalb ich irgendwie den Eindruck hatte, als sei er ungeheuer freigiebig und großzügig. Die Großzügigkeit in diesem Falle dagegen liegt bei ...
»Ich zahle«, ruft Nonno und greift nach seinem Portemonnaie. Aber ich lebe nun lange genug in Italien, um zu wissen, daß ich das nicht dulden kann. Das würde mich in ein sehr schlechtes Licht setzen.

»Nein, ich zahle.«
Es folgt das übliche Hin und Her, das übliche übertrieben nachdrückliche Beharren und die wiederholte Versicherung, daß der andere sich mit seinem Angebot lächerlich mache. »Ach komm, sei doch nicht albern.« – »Kommt überhaupt nicht in Frage. Ich lade euch ein.«
Unbeeindruckt davon nehmen die Kinder ihre Fritten entgegen. Sie fragen, wer die blaue und wer die rosa Plastikgabel bekommen soll. Hat der *patatine*-Mann wirklich mit Absicht Stefi eine rosa und Michele eine blaue Gabel gegeben? Bestimmt nimmt ihn das Spiel dafür zu sehr in Anspruch. Irgend jemand hat ein Tor geschossen, oder zumindest beinahe.
»Porco Giuda!« ruft Michele.
Nonna lacht nachsichtig. Aber als er mit Wasser nach ihren Hühnern gespritzt hat, hätte sie ihn erwürgen können.
Und die Rechnung bleibt an mir hängen, wie ich es vorausgesehen habe. Sie ist seit meiner ersten Schätzung auf fünfzehntausend Lire gestiegen. Der reinste Wucher. Unwillkürlich kommt mir der Gedanke, daß ich damit den Preis für den Kuß zahle, den Stefi im Meer gesehen hat, oder vielleicht sogar für all die Küsse dieser Marcias und Amalias, die sie inspiriert zu haben scheinen.
Tengo famiglia.
Normalerweise verzehrt man seine Pommes frites auf der niedrigen Mauer der Strandpromenade, neben dem kleinen Fußballfeld für die Sechser-Mannschaften. Man könnte denken, die Terrasse der Medusa sei hierfür der schönere Ort, aber wie zum Beweis dafür, daß auch Italiener schlechten Geschmack haben können, wird sie am Abend von niedrig hängenden Neonlampen erleuchtet. Wie der Blick der Gorgo lassen sie alles zu Stein erstarren, was sich in ihrer Reichweite befindet, wohingegen die schönen Bäume und

all die weichen, schwingenden Formen auf diesem Platz in Tintenschwärze versinken.
Wir sitzen also da und essen und trinken und schauen uns die vom Flutlicht beleuchteten Sechser-Mannschaften an. Sie spielen sehr gut, mit Eleganz und Bravour, technisch hervorragend. Man hat den Eindruck, einige dieser Jungs hier müßten sofort bei den *azzurri* aufgenommen werden. Alle begeistern sich für das Spiel, und die Kinder wollen wissen, welche Mannschaft wir unterstützen, damit sie für die gleiche sein können. Michele allerdings bevorzugt meistens das Team, das in Führung liegt.
»Evviva i rossi!« entschließt er sich endlich, als diese ein Tor schießen.
Die Menge flaniert immer noch die Strandpromenade auf und ab, wie sie das seit acht Uhr morgens tut. Auch der Verkehr ist noch lebhaft. Die Leute sind nach wie vor in Badekleidung, sie fahren im Zickzackkurs auf Fahrrädern vorbei oder gehen Arm in Arm, manche schieben die Dreiräder ihrer kleinen Kinder vor sich her. Erst als es auf zehn Uhr, die Schicksalsstunde, zugeht, löst sich die Menge schlagartig auf, und unvermittelt senkt sich Schweigen über die abendliche Szenerie. Gleich beginnt das große Spiel. Auch der *patatine*-Mann hat nun seine Ruhe ...
Und natürlich schießt Nigeria zuerst ein Tor. Und Italien schießt keins. Und das Spiel läuft weiter und weiter, und immer noch schießt Italien kein Tor. Es sieht auch nicht so aus, als ob sie ein Tor schießen würden. Schließlich fangen Nonno und Nonna an, über die *azzurri* genauso zu reden wie vorhin über ihre Kinder. Sie seien alle viel zu verwöhnt. Man habe ihnen zuviel gegeben. Zuviel Geld. Sie denken, ihnen stehe alles zu. Sie geben sich keine Mühe. Seit dem Krieg sind in Italien alle zu reich geworden. Sie selbst seien ja weggewesen und durch die Welt gereist und dabei nicht

reich geworden, aber als sie zurückgekommen seien, hätten sie gemerkt, wie alle im Geld schwimmen. Alle seien reich und verdorben und die Nationalmannschaft nicht mehr fähig, eine afrikanische Mannschaft zu schlagen ...

Immer noch schießen die *azzurri* kein Tor. Es steht zu befürchten, daß der Spielverlauf sich ungünstig für die Zwillinge und ihre finanziellen Forderungen auswirkt. Ich versuche meine Schwiegereltern mit einigen sprachlichen Beobachtungen abzulenken. »Merkt ihr, daß der Sprecher immer *intervento regolare* – fairer Körpereinsatz – sagt, wenn ein italienischer Spieler einen zweifelhaften Körpereinsatz macht, den der Schiedsrichter durchgehen läßt, aber immer *intervento giudicato regolare* – als fair bewerteter Körpereinsatz –, wenn die anderen das gleiche machen? Womit doch offenbar angedeutet werden soll ...«

Aber niemand hat Sinn für solche Bemerkungen. Denn immer noch ist Italien torlos. Es ist zum Aus-der-Haut-Fahren. Unglaublich. Die *azzurri* sind auf dem besten Wege zu verlieren. Gegen Nigeria! Michele fängt an, sich über mich aufzuregen, weil ich nicht richtig aufpasse und wahrscheinlich sogar dafür bin, daß Italien verliert. Ich sei ja gar kein Italiener. Aber er ist einer. Er ist Italiener, und er will, daß Italien gewinnt. Er ist den Tränen nahe. Ich fühle mich beinahe schuldig – es ist das erste Mal, daß er sein Nationalgefühl in dieser Deutlichkeit zeigt. Hoch und heilig muß ich ihm versichern, daß ich den Sieg Italiens wünsche, obwohl ich den Sprecher in Wahrheit entsetzlich unsympathisch und selbstgefällig finde und so gerne hören würde, was er sagt, wenn ...

Stefi ist vernünftiger; sie hat das Interesse verloren und übt sich im Kopfstand auf der Couch. Vielleicht will sie uns auch nur ihre hübsche rosa Unterhose zeigen. Ungefähr alle zehn Sekunden fragt sie: »Hat jemand ein Tor geschossen?

Hat jemand ein Tor geschossen?« Was Michele nur noch mehr auf die Palme bringt.
Denn immer noch hat Italien kein Tor geschossen. Fünf Minuten vor Spielende hat der Kommentator nun angefangen, *sie* zu sagen, wenn er die Mannschaft meint, und nicht mehr *wir.* Ein böses Vorzeichen. Und nun fällt das Wort *Caporetto!* Ja, das ist es. Eine Niederlage, ein Desaster. Eine Schande. Von den Afrikanern, den Einwanderern, geschlagen. Das wird natürlich nicht offen gesagt, aber in dem Bewußtsein der drohenden Erniedrigung blitzt auch Rassismus auf. Nonno und Nonna sind ganz still, schauen gebannt auf das Geschehen. Ganz Italien hält den Atem an.
Da, plötzlich, *GOL! GOL!* Baggio hat ein Tor geschossen. Nein, *wir* haben ein Tor geschossen. *Unsere* Jungs haben ein Tor geschossen. Die *azzurri* haben ein Tor geschossen. *Bravissimi azzurri.* Das Fernsehgerät scheint zu explodieren. Das Zimmer scheint zu explodieren. Die Welt draußen explodiert. Die halbe Mannschaft bekreuzigt sich. Auch Stefi, im Kopfstand auf der Couch (ob das wohl eine Gotteslästerung ist?). Später, als Italien das Spiel mit einem zweifelhaften Elfmeter, der vom Pfosten abprallt, gewinnt, geht ein Hupkonzert los, das bis tief in die Nacht hinein dauert, Feuerwerke werden abgebrannt, und es gibt Tote, weil die Leute wie die Verrückten rasen oder versuchen, zu zehnt auf einer Vespa zu fahren …
Im Bett, vor dem Gutenachtkuß, sagt Stefi: »Du hast es versprochen.«
»Was habe ich versprochen?«
»Genau, du hast es versprochen«, mahnt mich Michele noch eindringlicher. Natürlich strahlt er jetzt. Italien hat gewonnen. Aber Stefi wendet ihr Gesicht ab. Da fällt es mir ein. Morgen ist der 24. Juni, der Tag des San Giovanni Battista, Johannistag, nicht genau die Sommersonnenwende, aber

doch beinahe, und Zia Paola hat den Kindern erklärt, es sei Brauch, in dieser kürzesten Nacht des Jahres vor der Morgendämmerung aufzustehen, zum Strand zu gehen und den Sonnenaufgang über der Adria zu beobachten. Und obwohl es wegen der hohen Luftfeuchtigkeit eigentlich *controindicato* sein muß, gehen einige Leute sogar schwimmen. Das hat Paola ihnen erzählt. Offenbar habe ich den Kindern das alles in einem Anfall geistiger Umnachtung versprochen.
»Also, wenn ihr früher ins Bett gegangen wärt ...«
Haben auch Sie noch die Stimme Ihres eigenen Vaters im Ohr, wenn Sie erklären wollen, warum ein gegebenes Versprechen dann doch nicht eingehalten werden kann? Dieser Tonfall unerbittlicher Vernunft.
»Es ist schon so spät, es ist nach Mitternacht ...«
»Per favore, Papà!«
»Nein!«
Nonno, der in der Tür steht, sagt: »Ich nehme die beiden mit. Ich schlafe sowieso nie lange.«
Da wird man dann doch eifersüchtig, wenn jemand anders die Kinder mit einer solchen Erfahrung beglücken will. Also gibt man nach.
»Also gut ...«
»O Papà!«
Nun streckt sie mir die Arme entgegen, um meinen Hals zu umfassen. Ihre roten Lippen nähern sich den meinen und wollen mich auf den Mund küssen. Ich werde ihr wohl sagen müssen, daß sie mit solchen Gesten ein wenig sparsamer umgehen sollte. Die zwei Wochen am Strand waren anscheinend des Guten zuviel.

Aurora

Also ist das ein echtes und ehrliches *sacrificio,* ein Vorhaben, das der Vorstellung meiner Mutter von Ferien voll und ganz entsprechen würde ... Um die Sonne zur Mittsommerzeit über der Adria aufgehen zu sehen, muß man gegen vier Uhr aufstehen. In dieser besonderen Nacht bedeutet das weniger als vier Stunden Schlaf – wenn man denn schlafen könnte ... Denn auch nachdem das Hupen aufgehört hat, keine Böller mehr knallen und der Lärm der Jugendlichen auf der Luigi Cadorna abgeebbt ist, bleibt die heiße Nacht erfüllt vom Kreischen und Jaulen der Katzen, wodurch man den Eindruck erhält, daß Liebe eine Art Höllenstrafe sein muß. Keine besonders originelle Vorstellung. Nonnas *nonna* sagte offenbar immer, die beste Art und Weise, liebestolle Katzen zur Räson zu bringen, bestehe darin, einen Eimer Wasser über sie zu schütten, und das ist mir sogar einmal, in Verona, gelungen. Es hat auch recht gut funktioniert; aber hinterher fühlte ich mich irgendwie mies. Deshalb steige ich heute nacht aus dem Bett und gehe barfuß hinaus in die Savanne, um sie zu verscheuchen, wobei mir wieder einfällt, wie entzückend der Katamaran verankert war und wie Michele und Stefi um Hilfe gerufen haben. Als ich wieder ins Haus komme, hockt im Mondlicht ein riesiger Frosch auf dem Fußabstreifer. Er sieht aus, als warte er auf etwas. Als wollte er sich in Roberto Baggio oder sonst jemanden verwandeln. In diesen bescheuerten Roberto Baggio,

den *principe azzurro.* Nie werde ich ein Italiener sein. Nie werde ich aus vollem Herzen die italienische Fußballnationalmannschaft anfeuern können. Mein Junge verehrt diese Dumpfbacke ja. Schön für ihn.
Und jetzt ist auch noch eine Stechmücke im Zimmer. Das Surren der warmen, warmen Nächte. Die Schwüle der Laken. Aber die Laken sind unser einziger Schutz. Dann das Rattern eines Zugs in der Ferne, das Poltern des Prostatageschädigten über uns, der auf Krücken ins Badezimmer humpelt, und die ganze Zeit über das schrille, durchdringende Zirpen der Grillen, eine akustische Folter von solcher Dauerhaftigkeit, daß man sich ihrer erst bewußt wird, wenn das Wunder geschieht und sie für ein paar Sekunden aussetzt. Aber schon geht sie weiter. Unter diesen Umständen fällt es mir nicht schwer, bereits vor Anbruch der Morgendämmerung aufzustehen …
Mein Schwiegervater hat eine reizende Art, sich anzukündigen, wenn er meint, er müsse einen aufwecken oder überraschen. Dann erscheint er am Fenster und ruft »Whei! Whei, Tim! Whei, *ragazzi!*«, wobei dieses »whei« halb gepfiffen und halb gesprochen wird und sowohl besänftigend wie aufrüttelnd klingt. Zum Schutz seines kahlen Hauptes trägt er den Filzhut, außerdem hat er eine leichte Jacke an. In seinen Shorts der Marke »Old Dog« sieht er aus, als sei er auf einer Billig-Safari.
Dann die Kleinen in die Kleider gepackt und los geht's. Natürlich sind sie wie tot. Sie bekommen kaum mit, wie ihnen geschieht. Draußen auf der Savanne hüpfen die Frösche herum. Das hätte ich nicht gedacht. Tagsüber habe ich noch nie einen gesehen. Nonno erzählt, daß er als Kind diesen Morgenausflug mehrere Male unternommen habe. Und er hat auch Rita und die Jungs dazu mitgenommen. Früher entzündeten die Leute oben auf dem Hügel Freu-

denfeuer. Denn seinerzeit standen dort noch keine Häuser. Und Strandbäder habe es damals auch noch nicht gegeben. Doch den Anlaß für diese Feuer kenne er auch nicht. Er könne sich nicht vorstellen, was das mit Giovanni Battista zu tun hatte. Wie so oft läßt sich kaum sagen, ob ein Fest eingeführt wurde, um einen Heiligen zu ehren, oder ob man es erst nachträglich mit dessen Feiertag verknüpft hat. Wie dem auch sei – selbst wenn der ursprüngliche Grund in Vergessenheit geraten ist, das Fest findet weiterhin statt.

Wir gehen die Luigi Cadorna hinunter und orientieren uns an den weißen Kreisen, um nicht in die Vertiefungen zu stürzen. Rund um den Fiat 600 der verrückten Frau hat sich eine Pfütze gebildet. Nonno hegt die Befürchtung, das Wasser, das die Frau eimerweise herunterschüttet, könnte zu Schimmelbildung auf dem Putz führen. Der Husky, der die wenigen Stunden relativer Kühle genießt, fühlt sich fit genug, um uns anzubellen. Wodurch die Kinder schließlich aufwachen.

»Porco Giuda!« schimpft Michele und reibt sich die Augen.

Jetzt sei es aber genug, herrsche ich ihn an. »Wirklich, das reicht jetzt. Sag das noch einmal, und ich werde, ich werde ...« Leider kann ich keinen klaren Gedanken fassen.

»Du bist ja nur sauer, daß Italia gewonnen hat«, meint er selbstgefällig. Er sagt immer »Italia«, auch wenn er englisch mit mir redet.

Ich male mir schon aus, wie ich in Zukunft alle seine Bitten um Kredit ablehnen werde.

Dann will Stefi wissen, wer Johannes der Täufer gewesen sei.

»Das war doch der«, tönt Michele, »der gesagt hat, Jesus sei Gott. Aber das stimmt nicht. Jesus war nicht Gott.«

Stefi, die eigentlich recht froh ist, nicht an der *ora di religione* teilnehmen zu müssen, widerspricht und meint, daß Jesus sehr wohl Gott gewesen sei. Noch unter dem Eindruck der *scuola materna* und Geschichten von in Phiolen aufgefangenen Tränen Christi und dem Kruzifix, das einen vor dem Bösen schützt, ist Stefi eine entschiedene Verteidigerin des Glaubens. Die beiden geraten in einen heftigen Disput über die Frage der Göttlichkeit Christi.

»Er war nicht Gott. Wie könnte denn ein Mensch Gott sein?«

Und das morgens um zehn nach vier Uhr!

Ich unterbreche sie mit der Bemerkung, daß Johannes der Täufer enthauptet wurde.

»Ans Messer geliefert von einer Tänzerin«, meint Nonno und schüttelt dabei sein »Old Dog«-Haupt.

Als ein Auto, aus dessen Fenster eine große italienische Fahne flattert, röhrend auf der Uferstraße vorbeirast, verlieren die Kinder das Interesse an dem Thema.

»Alè! Evviva!« schreit Michele. Von irgendwoher tönt ein *Alè!* zurück. *»Grande Italia!«* brüllt Michele.

»Santa patata, Miccko«, schimpfe ich, »sie haben Nigeria knapp zwei zu eins geschlagen, und das auch erst in der Verlängerung.«

»Capperi!« meint Nonno. »Was wir jetzt brauchen, ist ein Cappuccino und ein Brioche.«

Capperi (Kapriolen) ist ein Wort, das ich noch in meinen Wortschatz aufnehmen muß, ein netter, harmloser Kraftausdruck, den man auch im Beisein der Kinder verwenden kann und der nicht so dämlich klingt wie *Santa patata.*

»Avanti popolo«, meint Stefi, als wir an den Strand kommen. *»Alla riscossa!«* Zu den Waffen! Als fände heute so etwas wie die Landung der Alliierten statt und wir würden über die See heranpreschen.

Wir durchqueren den Delfino Verde, um ans Ufer zu gelangen. Das ist ein bißchen näher als über den Medusa-Strand. Zwanzig nach vier. Jenseits der Straßenlaternen merkt man, daß die Nacht gar nicht richtig finster ist: Zwischen den zusammengeklappten Liegestühlen und den schlaff herabhängenden Sonnenschirmen erkennt man ein sanftes Leuchten; der Sand schimmert leicht und fühlt sich unheimlich kalt an, wenn er einem in die Sandalen rieselt. Der gewohnte Ort zu einer ungewohnten Zeit flößt den Kindern Respekt ein: Sie sehen jetzt, daß der Strand nicht immer *la stessa spiaggia* ist, zumindest nicht in der Morgendämmerung; genauso wie die im Sommer heiße Straße bisweilen vereist sein kann und die sonnige Küste nebelverhangen. Alles hat eben auch eine Kehrseite. Und es wird auch einst der Tag kommen, an dem Roberto Baggio nicht in der letzten Spielminute noch ein Tor schießt und an dem der Bursche, wer immer es auch sein mag, keine Graffiti mehr für seine Amalia schreibt.

Dann fallen wir fast über zwei Leute im Schlafsack. Das blonde, blonde Haar von Leuten aus dem Norden. Ich mache »sch!« zu den Kindern. Nonno meint, er habe vor solchen Reisenden mehr Respekt als vor seinen eigenen Jungen, die immer nur auf Kosten ihres Vaters Luxusferien verbringen würden. Oder bei ihrer *mamma* herumhockten und sich von vorne bis hinten bedienen ließen. Aber ich weiß auch, wie sehr es ihn freut, wenn die Jungen nach Hause kommen.

Nun sind wir endlich am Ufer. Das Wasser liegt völlig ruhig da. Nur ein steter Glanz in dem heller werdenden Licht und dahinter die scharfen schwarzen Konturen der Felsen. Draußen auf dem Meer zerteilt der Strahl eines Leuchtturms die Zeit, verkürzt sie, verlängert sie. An, aus. An, aus. Nicht der leiseste Hauch einer Brise. Hoffentlich sind wir nicht zu früh dran.

Wir stehen herum und warten. Ganz anders als in Nonnos Kindheit, als hier alle dicht gedrängt standen, ist jetzt am Strand kaum eine Menschenseele, und oben auf den Hügeln brennen bestimmt auch keine Sonnwendfeuer. Ungefähr hundert Meter von uns entfernt hat eine fünfköpfige Familie die Liegestühle in der ersten Sonnenschirm-Reihe auseinandergeklappt und sie mit Blick zum Horizont aufgestellt. Noch weiter entfernt hockt eine Gruppe von Jugendlichen im Sand. Wahrscheinlich haben sie die ganze Nacht durchgemacht. Sie unterhalten sich leise im Flüsterton. Einen Augenblick lang erinnert mich das an Situationen wie die, wenn man an eine Bushaltestelle kommt und aus der Länge der Schlange nicht ersehen kann, ob der Bus nun in der nächsten Minute oder erst in einer Stunde eintrifft. Vielleicht warten die Leute ja überhaupt nicht auf den Bus. Vielleicht wissen die Jugendlichen ja überhaupt nicht, daß dies der Morgen ist, an dem man den Sonnenaufgang beobachtet. Womöglich sitzen sie jede Nacht im Kreis am Strand. Hinter uns klappert plötzlich etwas – es ist die Besitzerin des Delfino Verde; sie öffnet die Läden ihrer Bar. Erstaunlicherweise wird das Lokal aufgemacht. Zum Glück kann man sich darauf verlassen, daß eine Wirtin weiß, wann etwas los sein wird.

Michele hat sich bis auf die Badehose ausgezogen und tänzelt am Wassersaum herum. Dieses nie endende Dilemma. Soll man die Kleinen zurückhalten oder sie tun lassen, wozu ihre Vitalität sie drängt? Müssen sie mit Strenge zivilisiert werden oder sind sie von Geburt an schon zivilisierter als wir? Verstünde man, wie das Wesen eines Volkes mit dieser verzwickten Frage verknüpft ist, hätte man auch dessen Kultur begriffen. Werde ich deshalb immer unschlüssiger, weil ich kulturell zwischen zwei Stühlen sitze? Ich bin zwar kein Engländer mehr, aber mir gelingt es nach wie vor

nicht, für Baggio zu schwärmen … Oder ist das bloß das Alter?
»Warte, bis du den Sonnenaufgang gesehen hast«, sage ich zu ihm. »Deshalb sind wir ja hier. Danach kannst du kurz reinhüpfen. Aber keine kalte Dusche.«
»Wo ist denn Nonno?« will Stefi wissen.
Tatsächlich, wohin ist Nonno verschwunden? Ich blicke mich um. Nichts von ihm zu sehen. Hat das Meer ihn verschluckt? Die außergewöhnliche Stille verleiht dem Wasser etwas Geheimnisvolles. Aber Nonno ist, wie ich bereits sagte, bekannt für sein unangekündigtes Kommen und Gehen.
Dann, innerhalb weniger Minuten, die Dämmerung. Der Himmel wird plötzlich heller und hebt sich vom Meer ab. Die Konturen werden deutlicher. Auch der Horizont. Die Farben kehren zurück. Das Prosaische wogt herein wie eine Flut. Ich würde es gern etwas verzögern: der Sand beige, die Sonnenschirme grün und gelb, die rote *moscone,* die man ans Ufer gezogen hat. Der gleiche alte Strand wie immer. Ohne auch nur einen einzigen rosigen Finger auszustrecken, um uns zu warnen, taucht zwischen zwei Wellenbrechern der Sonnenrand empor.
Die Kinder sind ganz aus dem Häuschen, weil die Sonne so groß ist. Riesengroß. Und was für eine Farbe! Nicht unähnlich derjenigen meiner Augen, zumindest jetzt. *»Il sole«,* stöhnt Stefi, »rot wie eine *peperone!«* Sie starrt gebannt. Sie läßt sich gerne faszinieren, sie freut sich, wenn etwas so ist, wie es sein soll, als könnte sie mit ihrer entschlossenen Bewunderung der Sonne etwas Magisches verleihen, so wie Gott erst durch die Kerzen in der Kirche zu Gott wird und eine Schwiegermutter erst durch theatralische Umarmungen zu einer Schwiegermutter. Weiter unten am Strand jubeln die Jugendlichen. Man hört auch *Alè*-Rufe, als wäre

der große rote Ball, der nun halb aus dem Wasser emporgestiegen ist, mit schrecklicher Präzision von wer weiß wem hochgeworfen worden. Dann – fast ein noch größeres Wunder – kehrt Nonno mit einer Tüte voll Croissants zurück. »*Bello*«, meint er mit vollem Mund.
Die Kinder folgen dem Beispiel der anderen Zuschauer und stürmen ins Wasser. Die Sonne rollt ihnen einen roten Teppich über dem Wasser aus, und für ein paar Augenblicke baden sie in einem gleißenden Rot. Ihre Körper schimmern in den waagrechten Strahlen. Sie haben diesen wunderbaren Emailleglanz, der sich nur herstellt, wenn junge Haut auf Wasser und strahlendes Licht trifft. Dann aber ist die Sonne schon zu hell, um sie noch länger anzuschauen, und plötzlich ist sie seltsamerweise völlig verschwunden, aufgelöst in einer alltäglichen Helligkeit, in der der Verkehrslärm auf der Uferstraße erwacht und der nächtens weggeworfene Müll aus Dosen und Verpackungen sichtbar wird, den der *bagnino* noch wegräumen muß. Schlagartig verlieren die Kinder das Interesse am Baden und rennen schlotternd zu ihren Croissants. Michele will unverschämterweise wissen, welches das größte sei. Dann geht es hinauf zur Bar und zur Cappuccino-Zeremonie, ein eher vertrautes Ritual des italienischen Lebens.
»Vielleicht ist Lucia schon auf der Welt, wenn wir nach Hause kommen«, sagt Michele. Und Stefi erwidert umgehend: »Ich kann es gar nicht abwarten, sie zu küssen.«
»So eine Dummheit«, meint Nonno und denkt dabei an die vielen Münder, die gefüttert werden wollen, die Leiber, die gekleidet werden müssen, das Verhätscheln und Verwöhnen und Verzärteln, und dann wieder an die Schulden, die abzutragen, und die Wohnungen, die zu kaufen sind, und an die Nachfragen wegen des Erbes.

»Kein besseres Land, um groß zu werden, als Italien«, necke ich ihn.
Noch während er wie ein großes Baby den Schaum löffelt und ihm die Krümel seines zweiten Brioche an den Lippen kleben, entgegnet mein Schwiegervater schlagfertig: »Kein besseres Land, um *nicht* groß zu werden!«